जहाँआरा

एक ख़्वाब, एक हक़ीक़त

हेरम्ब चतुर्वेदी

वाणी प्रकाशन

वाणी प्रकाशन

4695, 21-ए, दरियागंज, नयी दिल्ली 110 002

फ़ोन : +91 11 23273167 फ़ैक्स : +91 11 23275710

शाखाएँ

अशोक राजपथ, पटना 800 004, बिहार

कॉफ़ी हाउस कैम्पस, महात्मा गांधी मार्ग, इलाहाबाद 211 001, उत्तर प्रदेश

महात्मा गांधी अन्तरराष्ट्रीय हिन्दी विश्वविद्यालय, वर्धा 442 001, महाराष्ट्र

सुल्तानिया रोड, मोतिया पार्क, भोपाल 462 001, मध्य प्रदेश

www.vaniprakashan.com

marketing@vaniprakashan.in

sales@vaniprakashan.in

Jahanaara : Ek Khwab Ek Haqeeqat

by Heramb Chaturvedi

ISBN : 978-93-5518-136-7

Novel

प्रथम संस्करण 2022

मूल्य : ₹ 699

आर. टेक ऑफ़सेट प्रिंटर्स, दिल्ली-110032 में मुद्रित

वाणी प्रकाशन का लोगो मक़बूल फ़िदा हुसेन की कूची से

अपनी बुआ, डॉ. चित्रा चतुर्वेदी 'कार्तिका'

की पुण्य स्मृति

को समर्पित

उपन्यास लिखने की कहानी : लेखक की ज़ुबानी

नवम्बर 2016 को देर शाम डॉ. नासिरा शर्मा जी का फ़ोन आया कि 'अभिनव इमरोज़' में हम लोग सूफ़ी विशेषांक की तैयारी में हैं, बस एक कमी है इसमें हम 'जहाँआरा' पर एक लेख चाहते थे। आपसे तो बड़ी बहन होने के नाते ज़ोर देकर कह सकते हैं, जितनी जल्दी हो यह लेख भेज दीजिए। मतलब यह काम हमको करना ही था—न करने की गुंजाइश नासिरा जी ने नहीं छोड़ी थी। लिहाज़ा शुरू हुआ जहाँआरा की सामग्री बटोरने का सिलसिला। मगर लेख तो जल्दी भेजना था, भेज दिया और जनवरी 2017 के अंक में पृष्ठ 21 से 25 में प्रकाशित भी हो गया। लेकिन हमारी दिलचस्पी तो बढ़ चुकी थी। हमने जो सामग्री एकत्रित की थी, वह बची रह गयी थी और फिर हमने बाक़ायदा इस पर शोध शुरू किया...यानी 2016 से 2020 तक शोध करते हुए सामग्री एकत्रित करने का क्रम चलता रहा। फिर हो गया लॉकडाउन और हम उस सामग्री को लेकर लिखने बैठ गये—उसी का नतीजा है यह उपन्यास।

उच्च शिक्षा के दौरान हमने इलाहाबाद विश्वविद्यालय से बी.ए. तथा एम.ए. और शोध शुरू करते हुए जुलाई 1974 से लेकर दिसम्बर 1979 तक तो पढ़ा था इतिहास फिर जनवरी 1980 से इतिहास विभाग, इलाहाबाद, विश्वविद्यालय में अध्यापन करना शुरू किया और आज तक इतिहास ही पढ़ रहे हैं, शोध का क्रम भी अनवरत चल ही रहा है। तो जब हमने सामग्री एकत्रित करनी शुरू की, तब इतिहास के सामान्य स्रोतों के अतिरिक्त कुछ जानने के क्रम में हमेशा की तरह आदरणीय श्री प्रेमशंकर जी खरे को भी परेशान किया—जीवन के 91 वर्ष पूर्ण करके भी वे सक्रिय युवा ही हैं, बस शरीर से थोड़ा शिथिल हुए हैं! उन्होंने तुरन्त दो पुस्तकें सुझायीं। पहली पुस्तक थी एंड्रिया बुटेंशन की 'द लाइफ़ ऑफ़ ए मुग़ल प्रिंसेस जहाँआरा बेगम : डॉटर ऑफ़ शाहजहाँ' (1931)।

इसमें विदेशी (यूरोपीय) यात्रियों के वृत्तान्तों पर आधारित होने के साथ एक निश्चित औपनिवेशिक दृष्टिकोण था और मुग़ल महिलाओं की अच्छी छवि बिल्कुल भी प्रस्तुत नहीं की गयी थी। वैसे भी आंग्ल सत्ता के युग की पुस्तक थी। अंग्रेज़ों के लिए आवश्यक ही नहीं अपरिहार्य था अपने शासन–प्रशासन और भारत पर अधिकार के औचित्य को साबित करना? इसीलिए वे जानबूझकर हमारी छवि के साथ न्याय नहीं करते थे?

श्री खरे ने दूसरी पुस्तक सुभद्रा सेनगुप्ता की, 'जहाँआरा : डायरी ऑफ़ ए मुग़ल प्रिंसेस' का ज़िक्र किया और यह भी बताया कि उसका हिन्दी अनुवाद भी हुआ है और उस प्रकाशित अनुवाद की एक प्रति उमराव सिंह मेमोरियल स्कूल, मम्फोर्डगंज, इलाहाबाद के पुस्तकालय में उपलब्ध है, जो उन्होंने पढ़ी थी! डॉ. पूनम ईस्युबिअस डिसूज़ा (अध्यापक, सेंट जोज़फ, इलाहाबाद) की मदद ली और इस पुस्तक की प्रकाशित प्रति पढ़ने में भी सफलता पायी। लेकिन मूल प्रति और इस अनुवाद को पढ़कर थोड़ी–सी निराशा हुई, क्योंकि, शाहजहाँ के बादशाह के रूप में सिंहासनारूढ़ होने के साथ ही इस लघु उपन्यास का अन्त हो जाता है! जबकि, जहाँ तक जहाँआरा का सवाल है उसकी असली भूमिका तो उसकी माँ मुमताज़ महल की मृत्यु के पश्चात शुरू हुई, जब वह अपनी माँ की जगह मुल्क की 'मल्लिका–ए–जहाँ' नियुक्त हुई...फिर, शाहजहाँ की बीमारी के चलते जो गृहयुद्ध हुआ, उसमें औरंगज़ेब बादशाह हो गया और अपने पिता, शाहजहाँ को आगरा के किले में कैद कर दिया। उसके बाद जहाँआरा ने बादशाह–पिता के साथ उनके कारावास की अवधि में उनकी सेवा–शुश्रूषा करते हुए साढ़े छह साल यूँ ही बिताये। जिस भाई, औरंगज़ेब और उसकी पारस्परिक शत्रुता के विषय में हमें इतिहास में भी पढ़ने को मिलता रहा, आखिर उस भाई ने उसे क्यों पुनः 'मल्लिका–ए–जहाँ' नियुक्त किया? ऐसे में हमारे लिए यह एक चुनौती ही साबित हुई जब हमने इस कहानी को कहने का बीड़ा उठाया!

बस इन्हीं सवालों का उत्तर खोजने में तीन–चार साल कब गुज़र गये, पता ही नहीं चला और जब कोरोना के चलते मार्च 24, 2020 को 'लॉकडाउन' की नौबत आयी तब पैंसठ साल की उम्र में बाहर निकलना ठीक न जानकर घर में ही दुबक गये...मगर सवाल था कि समय कैसे कटे? तो याद आयी जहाँआरा की और सारी सामग्री लेकर जुट गये... पत्नी आभा, बिटिया वन्या (एम.बी.ए.), और बेटे कार्तिक ने हमको हर

काम से मुक्ति दे दी। पत्नी तो फ़ोन पर भी सबसे यही कहतीं, कि वे बुढ़ापे के इश्क़ में मुब्तिला हैं...वाक़ई जहाँआरा से इश्क़ न होता, तो यह काम मुमकिन भी नहीं था...हमारे एक शोध–छात्र, मुहम्मद शकीम अलीगढ़ मुस्लिम यूनिवर्सिटी से प्रोफ़ेसर इशरत आलम (आजकल, अलीगढ़ मुस्लिम यूनिवर्सिटी में इतिहास विभाग के विभागाध्यक्ष) की मदद से वहाँ से सम्बन्धित सामग्रियों के कुछ अंश छाया–प्रति करा लाये थे...उससे भी बहुत मदद मिली।

केवल नाम लेकर ही इतिश्री नहीं करेंगे अपितु उनकी सलाह मानते हुए उन पुस्तकों का उल्लेख ज़रूर करना चाहेंगे जिनकी सहायता से यह उपन्यास का रचनाकर्म सम्भव हो सका...तो अनुज–सम मित्र, कवि बोधिसत्व हमेशा कहते हैं–'सर, आप एक पुस्तक सूची ज़रूर संलग्न कर दिया कीजिए...' बस इसीलिए कुछ पुस्तकों की चर्चा...सबसे पहले तो अपनी गुरु प्रोफ़ेसर रेखा मिश्रा जोशी (अवकाशप्राप्त विभागाध्यक्ष एवं पूर्व संकायाध्यक्ष, कला संकाय, इलाहाबाद विश्वविद्यालय) की पुस्तक का उल्लेख ज़रूरी है–'विमेन इन मुग़ल इंडिया' (1967) जिसने हमें शुरू से ही बहुत प्रभावित किया और सारे दिशा–निर्देश और संकेत इसी पुस्तक से हमको मिले! इसके अलावा, दूसरी मूल पुस्तक जो पूरे मुग़ल परिवेश को समझने में मददगार है वह है प्रोफ़ेसर हरबंस मुखिया जी (पूर्व विभागाध्यक्ष, इतिहास विभाग एवं रेक्टर, जे.एन.यू.) की 'द मुग़ल्स ऑफ़ इंडिया' (2005)। दो पुस्तकों का और उल्लेख इसी क्रम में करना ज़रूरी है, डॉ. बेनी प्रसाद कृत 'हिस्ट्री ऑफ़ जहाँगीर' (1930 / 1973) तथा, डॉ. बनारसी प्रसाद सक्सेना की, 'हिस्ट्री ऑफ़ शाहजहाँ ऑफ़ देहली' (1958 / 1976)–दोनों ही इलाहाबाद विश्वविद्यालय के इतिहास विभाग के अध्यापक थे। बेनी प्रसाद जी लास्की के साथ शोध के उपरान्त राजनीति शास्त्र विभाग के प्रथम अध्यक्ष हुए जबकि बनारसी प्रसाद जी इतिहास विभाग के अध्यक्ष रहे।

अब बात क्रम से बाक़ी पुस्तकों की। सबसे पहले तो मौलिक और समकालीन पुस्तकों की–मुग़ल काल के इतिहास के लिए बाबर कृत 'तुजुक–ए–बाबरी', मिर्ज़ा हैदर दोग़लत कृत 'तारीख़–ए–रशीदी', गुलबदन बेगम कृत 'हुमायूँनामा', जौहर आफ़्ताब्ची की 'तज़किरात–उल–वाक़यात', बयाज़िद–बयात की 'तारीख़–ए–हुमायूँनी', ख्वान्दा मीर कृत 'क़ानून–ए–हुमायूँनी'; अबुल फ़ज़ल कृत 'अकबरनामा', 'आईन–ए–अकबरी';

निज़ामुद्दीन अहमद की 'तबकात–ए–अकबरी' और अब्दुल क़ादिर बदायूँनी की 'मुन्ताख़ब–उल–तवारीख़'; फिर जहाँगीर की आत्मकथा, 'तुजुक–ए–जहाँगीरी' और मुतामिद ख़ाँ की 'इक़बाल नामा–ए–जहाँगीरी'; कज़्मिनी की 'पाद्शाहनामा' और अब्दुल हमीद लाहौरी का 'बादशाहनामा', मुहम्मद वारिस का भी 'बादशाहनामा', मुहम्मद ताहिर का 'शाहजहाँनामा', मुहम्मद सालेह कम्बोह की 'अमल–ए–सालेह', मिर्ज़ा मुहम्मद कासिम कृत 'आलमगीरनामा', 'फ़तवा–ए–आलमगीरी', औरंगज़ेब के पत्रों के संकलन : 'आदाब–ए–आलमगीरी', 'अहकाम–ए–आलमगीरी' और 'रुक्क़ात–ए–आलमगीरी', ईश्वरदास नागर कृत 'फ़ुतुहात–ए–आलमगीरी', साकी मुस्तैद ख़ाँ कृत 'मासीर–ए–आलमगीरी', आक़िल ख़ाँ राज़ी की 'वाक़ियात–ए–आलमगीरी' या 'ज़फ़रनामा–ए–आलमगीरी'; शहनवाज़ ख़ाँ की 'मासिर–उल–उमरा'; और, कँवर ख़ाँ कृत 'तज़किरा–ए–सलातीन–ए–चग़ताई', मुहम्मद हाशिम काफ़ी ख़ाँ की 'मुंतख़ाब–उल–लुबाब'।

सर जदुनाथ सरकार कृत 'शॉर्ट हिस्ट्री ऑफ़ औरंगज़ेब' (1954 / 1962), 'हिस्ट्री ऑफ़ औरंगज़ेब', 5 वॉल्यूम्स (1912, 1916–1930), 'एनेकडॉट्स ऑफ़ औरंगज़ेब', 'शिवाजी एंड हिज़ टाइम्स'(1960), 'मुग़ल एडमिनिस्ट्रेशन'(1920)। 'ज़हीरुद्दीन फ़ारुक़ी कृत 'औरंगज़ेब एंड हिज़ टाइम्स'(1972), एम. अथर अली कृत 'द मुग़ल नोबिलिटी अंडर औरंगज़ेब' (1968 / 1970), कालिका रंजन क़ानूनगो कृत 'दारा शिकोह' (1952), श्रीराम शर्मा की 'द रिलीजियस पॉलिसी ऑफ़ द मुगल एम्पेरर्स' (1940 / 1962), डब्लू.एच.मोरलैंड की 'फ्रॉम अकबर टू औरंगज़ेब' (1923), शिबली नोमानी की 'आलमगीर' (1981)। मुग़ल प्रशासन समझने के लिए प्रोफ़ेसर रामप्रसाद त्रिपाठी कृत 'सम एस्पेक्ट्स ऑफ़ मुस्लिम एडमिनिस्ट्रेशन' (1972 संस्करण), इब्न हसन कृत 'द सेंट्रल स्ट्रक्चर ऑफ़ द मुग़ल एम्पायर' (1936 / 1970), परमात्मा सरन की 'प्रोविंशियल गवर्नमेंट ऑफ़ द मुग़ल्स, (1941), इश्तियाक़ हुसैन कुरैशी कृत 'द मुगल एडमिनिस्ट्रेशन' (1979), यू.एन.डे, की 'द मुग़ल गवर्नमेंट' (1970) आदि का अध्ययन बहुत आवश्यक है।

लेकिन यहाँ भी असली मसला तो मुग़लकालीन संस्कृति और समाज की समझ का भी था? ए.एल. बैशम की एक सम्पादित पुस्तक है,

'ए कल्चरल हिस्ट्री ऑफ़ इंडिया' (1975), डॉ. ताराचन्द की 'इन्फ़्लुएंस ऑफ़ इस्लाम ऑन इंडियन कल्चर' (1976 का संस्करण), भारत सरकार के सूचना एवं प्रसारण मन्त्रालय के पब्लिकेशन डिवीज़न की 'मेमोरियल वॉल्यूम, अमीर ख़ुसरो' (1975), युसुफ़ हुसैन की 'ग्लिम्प्सेस ऑफ़ इंडियन कल्चर' (1957/1973) तथा एम.ए. अंसारी की 'सोशल लाइफ़ ऑफ़ द मुग़ल एम्पेरर्स' (1974), के.एस.लाल की 'द मुग़ल हरम' (1988)। सूफ़ीवाद को समझने के लिए बिशप जॉन.ए. सुभान कृत 'सूफ़ीज़्म, इट्स सेंट्स एंड श्राइन्स' (1960 का संस्करण)। पर्सी ब्राउन की 'इंडियन आर्किटेक्चर : इस्लामिक पीरियड' (1956 प्रथम/1975 का संस्करण।), डॉ. रामनाथ कृत 'मध्यकालीन भारतीय कलाएँ एवं उनका विकास' (1973), सूचना एवं प्रसारण मन्त्रालय की 'पैनोरमा ऑफ़ इंडियन पेंटिंग' (1968/1981)। लाहौर पर एक दिलचस्प पुस्तक है, लेफ़्टिनेंट कर्नल एच. ए. नेवेल कृत 'लाहौर ए गाइड टू प्लेसेस ऑफ़ इंटरेस्ट विद हिस्ट्री एंड मैप' (1917)। इस पुस्तक का प्रकाशन एडविन हावर्ड द्वारा 'सिविल एंड मिलिट्री गैज़ेट प्रेस' से एवं इसकी बिक्री व्हीलर कम्पनी से ही होती थी अतः हमें इसकी प्रति सुश्री विनीता ल्याल बनर्जी, जो व्हीलर परिवार, इलाहाबाद से सम्बद्ध हैं, उनसे प्राप्त हुई।

परवीन काज़मी द्वारा सम्पादित जहाँआरा कृत 'मुनीस–उल–अरवाह' (1970), तनवीर अल्वी सम्पादित 'रिसाला–ए–साहिबिया' (1986–1987), दारा शिकोह कृत 'मजमा–उल–बाहरेन' (बिब्लियोथिका इंडिका सीरीज़), 'रिसाला–ए–हक़नुमा', 'सिर्र–उल–इसरार', 'सफ़ीनत–उल–औलिया' एवं 'सक़ीनत–उल–औलिया' (सभी, नवलकिशोर प्रेस, लखनऊ) आदि के अध्ययन के पश्चात ही इस समग्रता में जहाँआरा लिखी गयी है। कुछ विदेशी यात्री अपने संस्मरण भी छोड़ गये हैं जैसे, फ्रेंकोइस बर्नियर, मनूची, पेल्सर्ट, जीन बैप्टिस्ट टेवर्नियर, थेवेनोट आदि जो बहुत दिलचस्प क़िस्से छोड़ गये हैं, इनमें कुछ गप्प भी हैं मगर मुग़ल 'हरम' की पर्दादारी ने उनकी उत्सुकता और बढ़ा दी थी इसीलिए वे ताका–झाँकी से बाज नहीं आते थे! फिर प्रायः वे व्यापारी थे अतः हरसम्भव प्रयास करते कि मुग़ल शासन–प्रशासन का कोई सिरा या छोर पकड़ में आ जाये और वे लाभ अर्जित कर सकें? इसीलिए उनकी दिलचस्पी मुग़ल दरबार और 'शाही हरम'–उसमें भी ख़ासतौर से 'मल्लिका–ए–जहाँ' के इर्द–गिर्द घूमती थी! इसीलिए वे 'हरम' के कुछ क़िस्से बयाँ करते हुए 'मल्लिका–ए–जहाँ' के

क़िस्सों पर ज़्यादा ज़ोर देते हैं! इन स्रोतों को हमने तब खँगाला था जब अपनी पुस्तक 'मध्यकालीन भारत के विदेशी यात्री' (2007) पर हम काम कर रहे थे।

इसी तरह 'मध्यकालीन भारत में राज्य और राजनीति' (2005) पर काम करते हुए सारी मुग़ल राजनीतिक प्रक्रिया और विकास को समझा था। 'मध्यकालीन इतिहास के स्रोत' (2003) पर काम करते हुए हमने पूरे मध्यकाल के समकालीन स्रोतों के बारे में जानकारी जुटाई थी। इसीलिए हमें इस उपन्यास के फ़लक को समझने–समेटने में सफलता मिली है। इसमें भी जब हमने आमजन तक इतिहास को पहुँचाने का प्रयास किया तब यही समझ आया कि सर वाल्टर स्कॉट से लेकर वृन्दावन लाल वर्मा, आचार्य चतुरसेन, रामकुमार वर्मा, अमृतलाल नागर आदि की तरह ही, पूरी तरह से शोध करके, सामग्री एकत्रित करके, इस इतिहास की तथ्यपरकता को बनाये रखते हुए इसे कहानी–क़िस्सों के ज़रिये सम्प्रेषित किया जाये। यह क्रम, 'दास्तान : मुग़ल महिलाओं की' (2013) नामक ऐतिहासिक कहानियों के संकलन से शुरू हुआ; फिर, 'दो सुल्तान, दो बादशाह' नामक कहानी संकलन एवं ऐतिहासिक उपन्यास 'मुग़ल शहज़ादा खुसरू' (2016) प्रकाशित हुए! फिर आयी 'दास्तान : मुग़ल बादशाहों की' (2019)।

हमें एक ही शिकायत है ऐतिहासिक उपन्यास लिखने वालों से वे कहानी पर ज़ोर देकर उसकी तथ्यपरकता को नष्ट करते हैं! जिन पूर्ववर्तियों के नाम लिए उन्होंने एक प्रविधि विकसित की थी और एक मानक स्थापित किया था, किन्तु बीच के लोगों ने लोकप्रियता के चक्कर में ऐतिहासिक तथ्यों और सच्ची घटनाओं से समझौता कर लिया। एक उपन्यास शेरशाह पर पढ़ा जिसमें रोहतास जीतने के बाद चुनार विजित करते उसको दर्शाया है? जबकि चुनार के छह वर्ष बाद वो रोहतास जीतता है! इसी प्रकार, औरंगज़ेब की प्रेयसी पर केन्द्रित एक अन्य लोकप्रिय उपन्यास में चित्रित किया गया है कि औरंगज़ेब बुरहानपुर में है और ताप्ती नदी के पार गीत–संगीत के साथ रक़्क़ासा का नृत्य चल रहा है? वाक़ियानिगार, हरकारों और वाक़ियानवीस की नियुक्ति और उसके कार्यों के विषय में जो नहीं जानते हैं, वे ऐसी बातें लिखते हैं और जनता गुमराह होती है...औरंगज़ेब के विषय में प्रसिद्ध है कि उसे बलबन की भाँति ही एक–एक ख़बर रहती थी! इसी तरह एक सज्जन दारा शिकोह

पर लिखते हुए रोशनारा को औरंगज़ेब के साथ गुप्त वार्ताओं के दौर में गुसलख़ाने में भी उपस्थित दिखा देते हैं और कई बार? यह मुग़ल शासन–प्रशासन की संस्कृति से पूर्णतया अनभिज्ञता प्रदर्शित करती है!

इसीलिए पुराने उल्लिखित साहित्यकारों के आदर्शों के अनुसार हिम्मत से शोधपूर्ण अध्ययन और ऐतिहासिक विश्लेषण कर तीन–चार सालों के श्रम के बाद 'जहाँआरा' पर एक ऐतिहासिक उपन्यास प्रस्तुत करने का साहस कर रहे हैं...इसको लिखने में दो सवाल मुँहबाये रहे–प्रथम, क्या जो आरोप विदेशी यात्रियों ने शाहजहाँ और उसकी बेटी के पारस्परिक सम्बन्धों को लेकर लगाया गया है वह न्यायोचित था? दूसरा, अगर उसके और औरंगज़ेब के बीच इतनी शत्रुता थी, तब शाहजहाँ की मृत्योपरान्त उसी औरंगज़ेब ने उसे दुबारा 'मल्लिका–ए–जहाँ' क्यूँ बनाया? इन्हीं प्रश्नों ने कुछ अधिक पढ़ने को विवश किया और सम्भवतः हमने जहाँआरा के साथ न्याय करने की कोशिश की है? हमने तिथियों का उल्लेख इसीलिए किया है कि आप उनकी पुष्टि कर सकते हैं और तथ्यों को भी जाँच सकते हैं...अब इस उपन्यास और इसके कथ्य पर फ़ैसला आप सुधी पाठकों के हाथ में है...

हम शुक्रगुज़ार हैं वाणी प्रकाशन के श्री अरुण माहेश्वरी जी एवं उनकी लायक सुपुत्री, सुश्री अदिति माहेश्वरी–गोयल के, जिन्होंने 'जहाँआरा' पर केन्द्रित इस उपन्यास को प्रकाशित करने में दिलचस्पी दिखायी है!

मुग़लों का साम्राज्य स्थापित हुए एक अरसा बीत चुका था; बाबर के बाद हुमायूँ बदली हुई परिस्थितियों में पूर्वी और पश्चिमी भागों के अफ़गानों से लड़ते–लड़ते शेरशाह से पराजित होकर ईरान के शाह के दरबार में पहुँचा। उसे ईरान के शाह से आशा थी जिसने उसके वालिद बाबर की मदद की थी, 'जब काबुल में किये गये प्रशासनिक सुधारों के चलते वह अलोकप्रिय हुआ,' इस अलोकप्रियता ने एक जनविद्रोह का रूप धारण किया और उसको काबुल से भागना पड़ा था! ईरान के शाह की मदद से वह वापस काबुल में सत्ता स्थापित करने में कामयाब हुआ था? अतः प्रतिकूल परिस्थितियों में फँसे हुमायूँ को भी वहीं शरण लेने के लिए बाध्य होना पड़ा! शाह की एक ही शर्त थी, जो उसने बाबर के समक्ष भी रखी थी–मुग़ल बादशाह शिया मत अपना लें। बाबर ने अपनाया और सत्ता दोबारा हासिल की, हुमायूँ को भी सत्ता के लिए मत परिवर्तन से गुरेज़ न हुआ? एक बार अपने राज्य के स्वामी हो गये फिर जो मन आये सो करें? मुग़लों ने हमेशा मज़हब या धर्म को सियासत के लिए इस्तेमाल किया?

लेकिन अबकी बार ईरान के शाह ने मुग़लों की वादा–ख़िलाफ़ी को समझते हुए हुमायूँ से स्पष्ट शब्दों में कहा था कि तुम अपने वालिद की तरह हमारी शर्त मत भूलना? वस्तुतः ईरान के शाह ने दोनों मुग़ल शासकों को उनकी प्रतिकूल परिस्थितियों में मदद करने में कोई हिचक नहीं दिखाई थी। मदद की शर्तों में शिया मत अपनाने के साथ एक शर्त और थी–वे सैन्य मदद के एवज़ में कन्धार पर अपना अधिकार चाहते थे! अगर सामरिक दृष्टि से देखा जाये तो कन्धार ही वह स्थान था जहाँ से पश्चिमोत्तर दिशा–मध्य एवं पश्चिम एशिया से हिन्दुस्तान में प्रवेश सहज होता था और एक तरह से वहाँ से पूरे हिन्दुस्तान के आवागमन पर नज़र रखी जा सकती थी? सामरिक दृष्टि से कन्धार का बहुत महत्त्व था!

और इसीलिए उसने यह शर्त रखी और फिर पूरे मुग़ल इतिहास में यही कन्धार का आधिपत्य इन दोनों शक्तियों के मध्य प्रतिद्वन्द्विता और प्रतिस्पर्धा का मूल कारण बना रहा–अपने सामरिक महत्त्व के चलते यह इन दोनों साम्राज्यों के लिए अपरिहार्य था!

इसी कन्धार से जहाँआरा की भी कहानी कहीं दूर और गहराई से जुड़ती है! इसी ईरान से उसकी माँ मुमताज़ के दादा गियास बेग हिन्दुस्तान आये थे। कन्धार से हिन्दुस्तान के रास्ते में जब सब–कुछ लुट गया था तब उनको पुत्री प्राप्त हुई थी जिसका नाम मेहरुन्निसा था। यही मुग़ल बादशाह जहाँगीर की प्रिय पत्नी और आजीवन प्रेमिका रही। उसका नाम पहले जहाँगीर ने नूर महल और फिर नूरजहाँ रखा! इस नूरजहाँ से जहाँआरा की कहानी फिर यूँ जुड़ती है कि नूरजहाँ की भांजी, उसके बड़े भाई आसफ़ ख़ाँ की बेटी थी अर्जुमंद बेगम, जिससे जहाँगीर के तृतीय पुत्र खुर्रम का निकाह हुआ था और उसका नाम मुमताज़ महल पड़ा। शाहजहाँ भी इस शिया सुन्दरी के ख़्वाब और हक़ीक़त में डूबा रहता। उसी की याद में आज भी दुनिया प्रेम की इबारत ताज महल में पढ़ती है! इस तरह से अपने प्रेम को अमर कर गया!

खुर्रम भी सलीम या जहाँगीर का बेटा था। जब उसका अपना बड़ा भाई और अकबर का सर्वप्रिय ख़ुसरो बड़ा हो गया तब वह अपने दादा अकबर का प्रिय पौत्र बन गया। जिस रोज़ अकबर ने अपनी मृत्यु से पहले बाप–बेटे, सलीम और ख़ुसरो के झगड़े को ख़त्म करने की नीयत से दोनों के हाथियों में युद्ध करवाया था और वह युद्ध लगभग पिता–पुत्र सलीम और ख़ुसरो के समर्थकों के बीच एक ख़ूनी संघर्ष में तब्दील होने लगा था तब उसने किशोरवय खुर्रम को अपने दूत के रूप में सलीम के पास भेजा था और कहलवाया था कि तुम शाही अस्तबल के सभी हाथी ले लो लेकिन यह ख़ूनी लड़ाई रोक दो। और कैसे अकबर उसके बाद सन्निपात में पड़ गया! खुर्रम अपने बीमार दादा का कमरा छोड़ने को तैयार नहीं–उसके पिता बहुत हैरान–परेशान हुए थे कि उसके बेटे को उसको दबाने या समझौता करने के लिए ज़मानत के तौर पर इस्तेमाल किया जा सकता था? उसका अपना साला, राजा मानसिंह और मिर्ज़ा अज़ीज़ कोका ही सात–हज़ारी मंसबदार थे यानी सबसे बड़े मंसबदार–एक जहाँगीर का साला और शहज़ादे ख़ुसरो का मामा और दूसरा अकबर का दूध–भाई और ख़ुसरो का श्वसुर और दोनों ही सलीम की जगह ख़ुसरो को अकबर

के उत्तराधिकारी के रूप में देखना चाहते थे और यहाँ से भी हमारी कहानी जुड़कर आगे बढ़ती है...

इस क़िस्से की उसे धुँधली–सी याद थी मगर बाद में जब सलीम जहाँगीर के नाम से बादशाह हुआ और उसने अबुल फ़ज़ल का अकबरनामा पढ़ा और हरम में भी ये क़िस्सा सुना तब उसकी याद फिर ताज़ा हो गयी थी। ख़ुद बादशाहत हासिल करने से पहले और बाद में भी शाहजहाँ जब भी इस क़िस्से को सुनाता तो भावुक होकर इसका और सजीव चित्रण कर देता। उसके बताने के ढंग से ऐसा ही लगता था जैसे ये सब अभी–अभी हुआ हो? वह जहाँआरा को बताता कि कैसे दो दिन और दो रात वह वहीं रहा। एक अजब–सी कशमकश के समय–अकबर के प्रमुख अमीर–द्वय, अज़ीज़ कोका और मानसिंह, एक ख़ुसरो के श्वसुर, दूसरा उसका मामा, उसे अपने पिता सलीम का गुप्तचर मानकर अकबर के कक्ष से निकलवाने को आतुर और दूसरी ओर उसकी माँ और पिता सलीम उसे बुलाने को आतुर कि कहीं उसे बन्दी बनाकर उससे ख़ुसरो के पक्ष में झुकाने को मजबूर न किया जाये? इधर अकबर की हालत बिगड़ती गयी और तीसरे रोज़ उसका इन्तकाल हो गया!

ख़ैर सलीम अन्ततः शासक बनने में कामयाब रहा और सम्राट जहाँगीर ने अपने इस पुत्र ख़ुसरो को नज़रबन्द–सा ही कर दिया और वह अपने अस्तित्व की रक्षा करने के लिए भागने और विद्रोह करने को मजबूर हुआ। ख़ैर, अन्ततः ख़ुसरो पकड़ा गया और राजबन्दी के रूप में ही रहा? इसी विद्रोह के बाद खुर्रम जो आगरे में था उसे शाही आदेश भेजा गया कि वह अपनी दादी मरियम–उज़–ज़मानी के साथ लाहौर में हाज़िर हो। यहाँ लाहौर में उसका दूसरा बड़ा भाई परवेज़ भी अब तक पहुँच चुका था। अतः वहीं मार्च 21, 1607 को खुर्रम को 8,000 ज़ात तथा 5,000 सवार पद प्रदान करके पहली बार मंसबदार बनाया गया। इसी के एक सप्ताह बाद उसकी सगाई गियास बेग के पुत्र, इतिकाद ख़ाँ (भावी आसफ़ ख़ाँ) की पुत्री अर्जुमंद बानो से कर दी गयी। इसी साल नवम्बर में वली–अहद के लिए संरक्षित हिसार–फ़िरोज़ा की जागीर भी खुर्रम को प्रदान की गयी और साथ ही उज्जैन में भी एक जागीर दी गयी! हमें स्मरण रखना चाहिए अभी तक नूर महल का प्रवेश शाही हरम में नहीं हुआ था। जब जहाँगीर छह माह बाद मार्च 12, 1608 को राजधानी आगरा पहुँचा तब खुर्रम सोलह साल का युवा था।

जहाँआरा ने अपनी माँ से सुना था कि कैसे उसकी फूफी, मल्लिका–ए–जहाँ, नूरजहाँ अपनी भांजी, अरजुमन्द को बिटिया की तरह दुलार करतीं और भाई के दामाद, खुर्रम को बेटे की भाँति चाहती थीं। एक महारानी के रूप में जहाँगीर के हरम में दाख़िल हुई नूरजहाँ के पिता वकील–ए–मुत्लक़ या प्रधानमन्त्री थे, उसका रुतबा कुछ अलग था जैसे, उसका रूप–रंग, चाल–ढाल। जब 42 वर्षीय बादशाह ने मेहरुन्निसा से ब्याह रचाया तब वह मात्र 34 वर्षीया थी। जब उसके शौहर शेर अफ़गन की मृत्यु हो गयी तब मध्यकालीन मुग़लिया रिवाज़ के अनुसार उसे सुरक्षित और संरक्षित रखने के लिए मुग़ल हरम में सम्मिलित किया गया। वह शहंशाह अकबर की एक रानी रुकय्या बेगम की सहचरी हो गयी थी। मेहरुन्निसा का वैधव्य और उम्र दोनों उसकी सुन्दरता को छुपाने और दबाने में असफल थे। वह शिया ख़ूबसूरती की सबसे सुन्दर मिसाल थी। उसका गोरा रंग ग़ज़ब का गुलाबीपन लिए हुए था जैसे कुदरत ने उसे सबसे अलग अपने ही रंग में रँगा हो? सुबह की ताज़गी, शाम का नशा और दिवस की जवानी सब कुछ एक साथ उसके चेहरे में देखे जा सकते थे! जहाँगीर को मदिरा से भी ज़्यादा नूर की ख़ुमारी रही थी!

मेहरुन्निसा की क़द–काठी किसी कमसिन जैसी ही थी और वह ग़ज़ब की फुर्ती वाली चाल–ढाल की मल्लिका थी। उसका रोबदार नुकीला–सा चेहरा उसकी लम्बाई को बढ़ाता था, वहीं उसकी भौंहें बिल्कुल धनुष जैसी लगती ही नहीं थीं बल्कि उसी तरह हर दीदार करने वाले का शिकार भी कर लेती थीं! भौंहों के नीचे चमकदार गहरे भूरे रंग की पुतलियाँ देखने वाले को जैसे घनघोर बदली में चमकदार बिजली का–सा असर छोड़ती हुई उसे किसी लायक नहीं छोड़ती थीं? उसकी नाक आर्यों–ईरानियों की तरह नुकीली, सधी हुई और सुतवाँ थी। इतना ही नहीं, उसके गुलाबी होंठ भी घुमावदार थे और ये उसकी लम्बी, दुबली–पतली काया की ख़ूबसूरती में चार चाँद ही लगाते थे! और खिलती हुई कली जैसी उसकी ग़ज़ब–सी मुस्कान उसके चेहरे पर सदैव बसी ही रहती थी। पहली नज़र में ऐसा लगता था कि जैसे किसी सुनहरे तालाब में अभी–अभी कमल खिल कर चुका हो या कि चौदहवीं का चाँद एकदम से बादल की पर्देदारी से बाहर निकल आया हो या कि किसी गायक ने अभी लय की शुरुआत की हो या कि बस अभी ही वीणा का तार किसी ने छेड़ दिया हो! इस सुन्दरता को तो कोई संगतराश अपने हुनर से पत्थर की मूर्ति बनाकर

उसमें प्राण–प्रतिष्ठा कर दे या कि माहिर मुसव्विर तस्वीर में क़ैद करने के बाद उसमें जान डालने की भी कोशिश करता दिखे? जैसे कि मूर्ति बोल उठेगी या तस्वीर जाग बैठेगी...!

अतः हम जहाँगीर की हालत समझ सकते हैं जब उसने पहली मर्तबा मेहरुन्निसा को देखा और देखते ही फ़िदा हो गया था? मरता क्या न करता? न जी सकता था और न ही मर सकता था। वह मुग़ल साम्राज्य के प्रधानमन्त्री की बिटिया थी और अकबर की एक प्रिय बीवी की सहेली। ख़ैर, अन्ततः दोनों की शादी हुई और हरम की महिलाओं के साथ बाक़ी लोगों को भी यही लगा कि मुग़ल बादशाहों में तो यह आम प्रचलन है कि वे कितने भी निकाह कर सकते हैं। अतः तब किसी ने इस विषय पर बहुत नहीं सोचा मगर साल–भर में ही जब उसकी भतीजी, और भाई आसफ़ ख़ाँ की बेटी अर्जुमंद बानो का निकाह शाहजहाँ के साथ सम्पन्न हुआ तब उसके सपनों ने नया आकार ग्रहण करना शुरू किया और वह पूरी सत्ता पर नियन्त्रण की इच्छुक हो उठी। ख़ैर उसके जन्म की कथा और फिर कुछ तकलीफ़ भरे दिन उसकी क़िस्मत में आकर गुज़र ही चुके थे?

नूरजहाँ ने बादशाह के नशे में चूर रहने और व्यसनों में अत्यधिक रस लेने का लाभ उठाया, और धीरे–धीरे सत्ता पर अपनी पकड़ बनानी शुरू कर दी। फिर सत्ता और सियासत उसके लिए एक नशा हो गयी। रात–दिन वह सिर्फ़ सियासी चालें सोचती, जहाँगीर को बताती, वह अमल करता और वाह री सियासत! हुकूमत में उसे कामयाबी ही कामयाबी हाथ लगती। धीरे–धीरे जहाँगीर ने सत्ता की वास्तविक कमान नूरजहाँ को ही दे दी, शाही मोहर तो सुरक्षा की दृष्टि उसके पास रखी ही रहती थी ताकि कोई जहाँगीर की स्थिति का कभी ग़लत फ़ायदा न उठा ले? नूरजहाँ ने पूरी तरह से सत्ताधीश होने के लिए अपना एक गुट बना लिया था। उसके पिता मुल्क और मुग़ल हुकूमत के वकील–ए–मुत्लक़ या प्रधानमन्त्री थे; उसका भाई आसफ़ ख़ाँ प्रमुख अमीर था और भाई का दामाद खुर्रम उसकी भांजी से शादी के बाद उसी गुट का सबसे युवा और सक्रिय सदस्य हो गया था।

जहाँगीर का विवाह मेहरुन्निसा से मई 25, 1611 को सम्पन्न हुआ था। नूरजहाँ की नज़र खुर्रम पर थी किन्तु वह उसे यह अहसास दिला देना चाहती थी कि उसकी तरक़्क़ी और फिर मुग़लिया तख़्त नूरजहाँ के

रहमोकरम पर निर्भर रहेगा! अतः अपनी भतीजी से शादी से चार सप्ताह पहले नूर महल के इशारे पर ही मार्च 27, 1612 को खुर्रम को 12,000 ज़ात एवं 5,000 सवार का पद प्रदान किया गया! शाहजहाँ की पहली पत्नी ईरान के शाह की रिश्तेदार थी जिससे उसकी पहली सन्तान, पुरहुनार बानो का जन्म अगस्त 1611 को हुआ था जबकि दूसरी बेगम, मुमताज़ से उसकी चौदह सन्तानें हुईं, जिनमें से 7 जीवित रहीं और इन जीवित बची सन्तानों में सबसे बड़ी थी जहाँआरा, जिसका जन्म अजमेर में मार्च 1614 को हुआ था; जबकि उसी के बाद मार्च 1615 में दारा का जन्म हुआ! पुत्री जहाँआरा के जन्म के बाद ही शाहजहाँ ने मेवाड़ के शासक अमर सिंह के ख़िलाफ़ सफल अभियान चलाकर उसे 'चित्तौड़ की सन्धि' के लिए मजबूर किया था अतः वह इस पुत्री को अपनी क़िस्मत के लिए शुभ मानता और उसके प्रति विशेष लाड़–दुलार सदा रहा!

मेवाड़ के इसी विजय अभियान के बाद शाहजहाँ–मुमताज़ के ज्येष्ठ पुत्र दारा का जन्म हुआ। अतः वह एक प्रकार से विजय के पुरस्कार का प्रतीक–सा हो गया! अन्त तक शाहजहाँ को ये दोनों सन्तानें कुछ अधिक ही प्यारी रहीं जिस वजह से अन्य सन्तानों ने अपनी माँ की मृत्यु के पश्चात इन दोनों के ख़िलाफ़ एक मोर्चा ही खोल लिया था और शाही परिवार पारस्परिक प्रतिस्पर्धा में फँस गया जिसका प्रभाव हरम और दरबार से बाहर निकलकर राज्य और उसकी राजनीति पर पड़ने लगा था! ख़ैर, चित्तौड़ के इस सफल अभियान के बाद ही उसका पद बढ़ाते हुए 15,000 ज़ात एवं 8,000 सवार कर दिया गया! चन्द्रमा पर आधारित पंचांग के अनुसार उसके जन्मदिन पर फ़रवरी 1, 1616 को जहाँगीर ने अजमेर में बड़ा आयोजन किया और उसे पहली बार स्वयं मदिरा पीने को यह कहते हुए दी, कि अब तुम बच्चों के पिता हो गये हो; शासकों के शासक हो; कभी–कभी विशेष अवसरों पर इसका पान करना ताकि जश्न और रोज़ की परिस्थिति में कोई अन्तर तो समझ में आये? हमारी तरह न भी लेना चाहो तो कम या नियमित मात्रा में मदिरा लेना मगर इस मय का ऐसा परहेज़ क्या करना?!

इसी बीच खुर्रम का दूसरा बड़ा भाई परवेज़ दक्खन में कुछ ख़ास हासिल नहीं कर पा रहा था अतः उसे इलाहाबाद स्थानान्तरित करके, शाहजहाँ को दक्खन भेजने का निर्णय हुआ। महारानी नूरजहाँ की वजह से दक्खन अभियान से पहले उसका मंसब एक बार फिर अभूतपूर्व रूप से

बढ़ाकर 20,000 ज़ात एवं 10,000 सवार कर दिया गया; उसको 'शाह' का ख़िताब देकर शाह खुर्रम के रूप में मुग़ल दरबार से दक्खन के लिए विदा किया गया और जब वह दक्खन के राज्यों के साथ सन्धि करके लौटा तो उसको 'शाह–जहाँ' का ख़िताब और मंसब में ज़बरदस्त वृद्धि देकर उसे 30,000 ज़ात एवं 20,000 सवार का पद दिया गया! और उसे लगभग मुग़लिया ताज का उत्तराधिकारी मान लिया गया? वाक़ई जिसे सम्राज्ञी नूरजहाँ का प्रश्रय प्राप्त हो, उसको कौन रोक सकता था? जहाँआरा तीन साल सात माह की हो चुकी थी उसे सब धुँधला–धुँधला याद था कि कैसे आतुरता से बादशाह अपने इस बेटे का इन्तज़ार माँडू में कर रहे थे? और कैसे दीवान–ए–आम में उसके वालिद का अभूतपूर्व शाही स्वागत अक्टूबर 12, 1617 के दिन हुआ था! और, उसके बाद उसके पिता शाहजहाँ की धूम पूरी मुग़ल हुकूमत में हो गयी थी!

इसी बीच जहाँआरा की पढ़ाई का सिलसिला शुरू हुआ। जहाँगीर के दरबारी कवि ताली अमूली की बहन सती–उन–निसा ख़ानम जहाँआरा की पहली शिक्षिका हुईं। वे बेहद पढ़ी–लिखी महिला थीं, जो कुरान शरीफ़ ही नहीं फ़ारसी साहित्य की ज्ञाता थीं। इसके अलावा तमीज़, तहज़ीब, रखरखाव के अलावा चिकित्साशास्त्र में भी पारंगत थीं। वे मुमताज़ के हरम में मुख्य संरक्षिका के रूप में अपना दायित्व निभाकर उनके हरम की व्यवस्था चुस्त–दुरुस्त कर चुकी थीं। इन्हीं सब विशेषताओं के चलते मुमताज़ की बड़ी बेटी और सबसे बड़ी सन्तान के लिए शिक्षिका के रूप में उनका चयन अपरिहार्य हुआ और यह बाद में तार्किक और न्यायसंगत भी सिद्ध हुआ क्योंकि जो निखार उसके व्यक्तित्व में आया और उत्तरोत्तर उसमें वृद्धि होती गयी वह इस प्रारम्भिक बुनियाद का ही नतीजा था!

वैसे भी मुग़ल हरम की यह विशेषता थी कि उनकी महिलाएँ शिक्षित, प्रशिक्षित और अनेक कलाओं में निष्णात होती थीं। गुलबदन तो अपने पिता बाबर की तरह एक ग़ज़ब की लेखिका भी थी। उसने जिस तरह का इतिहास रचा था वह इन मुग़ल महिलाओं के लिए एक आदर्श और मानक था। उसकी रचना 'हुमायूँनामा' उस काल के इतिहास और ख़ासतौर से सामाजिक–सांस्कृतिक इतिहास के लिए आज तक एक मील का पत्थर है। उस समय तो इसको सब महिलाएँ इतिहास जानने के साथ लेखन कला में प्रशिक्षित होने के लिए भी पढ़ती थीं। इसका अध्ययन हरम की महिलाओं के लिए ही नहीं पढ़े–लिखे वर्ग के लिए उसी तरह अपरिहार्य

माना जाता था जैसे तुज़ुक–ए–बाबरी या अन्य साहित्य का अध्ययन! ये महिलाएँ कविताएँ भी करतीं और गायन–वादन, सिलाई–कढ़ाई आदि कलाओं में भी रुचि लेतीं।

इतना ही नहीं, वे अगर हरम में चौपड़, ताश और शतरंज खेलने में माहिर होती थीं तो घुड़सवारी, आत्मरक्षा के अभ्यास, चौघन (आधुनिक पोलो) के साथ शिकार में भी सिद्धहस्त होती थीं। ज़ाहिर ही है, उन्हें घर–बाहर, हर परिस्थिति के लिए प्रशिक्षित किया जाता था। घुड़सवारी न आती तो चौघन कैसे खेलतीं और शिकार कैसे सम्भव होता? और, शिकार ही वह तरीक़ा था जिसके माध्यम से युद्धाभ्यास सम्भव था अतः विषम और विपरीत परिस्थितियों के लिए भी उन्हें मानसिक, शारीरिक और सैन्य रूप से प्रशिक्षित ही नहीं किया जाता था अपितु निरन्तर अभ्यास में भी रखा जाता था। जहाँआरा के साथ तो कुछ ऐसा ही हुआ कि अपनी शिक्षिका के साथ घर–बाहर की ज़िम्मेदारी निभाते हुए वह बहुत छोटी उम्र में ही बड़ी हो गयी! और माँ–बाप की दुलारी उनकी राज़दार भी हो गयी। माँ के साथ अपनी इस शिक्षिका का हाथ बँटाते–बँटाते कब वह अक्ल और व्यवहार में सयानी हो गयी, आभास ही नहीं हुआ? इन महिलाओं को हुमायूँ का अमूल्य पुस्तकालय उपलब्ध था जिसे उसके पुत्र अकबर ने और भी अधिक समृद्ध कर दिया था। इसमें सभी धर्मों, सम्प्रदायों की पुस्तकों के अलावा विश्व–इतिहास और साहित्य की लगभग सभी पुस्तकें उपलब्ध थीं! और ये महिलाएँ उन्हें बड़े चाव से पढ़तीं और उस पर चर्चाएँ करती थीं!

इसी के बाद शाहजहाँ शाही सवारी के साथ गुजरात गया और वहाँ दोनों पिता–पुत्र (जहाँगीर–शाहजहाँ) बीमार पड़े तब फ़तेहपुर सीकरी होते हुए कश्मीर के लिए चल पड़े और मार्च 1620 से अगले साल अक्टूबर तक वहीं रहे और वहीं से काँगड़ा विजय भी सम्भव हुई। इधर मुग़ल दरबार को उत्तर एवं पश्चिमोत्तर क्षेत्रों में व्यस्त देखकर अवसर का लाभ उठाते हुए दक्खन फिर अस्थिर हो चुका था और जहाँगीर के पास एक ही विकल्प था सबसे योग्य और विश्वासी व्यक्ति और वो था शाहजहाँ जिसका यह 'नामकरण' ही उसकी दक्खन की सफलता का परिणाम था? किन्तु इस बीच काफ़ी पानी नदियों में बह गया था गुजरात से कश्मीर की यात्रा और वहाँ के प्रवास में और कुछ होता न होता नूरजहाँ और उसके प्रिय मुग़ल शहज़ादे के आपसी रिश्ते ठण्डे पड़ गये। दोनों ही तरफ़ से

बराबर–सा योगदान रहा था–नूरजहाँ को लगता था कि शाहजहाँ को जो भी हासिल हुआ था उसमें उसकी भूमिका ही सब कुछ थी जबकि शहज़ादे को लगता कि वो सौतेली माँ के लिए एक मोहरे की तरह है जिसकी वजह से बादशाह और मल्लिका की उपलब्धियाँ सम्भव हुई हैं–अगर वह क़ाबिल न होता तो क्या मल्लिका मेहरबान रहतीं? बाक़ी दो भाई और भी तो हैं...अतः उसकी व्यक्तिगत महत्त्वाकांक्षा अब ज़ोर मारने लगी थी, वह ख़ुद अपने लिए अपनी जगह बनाने को बेकरार होने लगा था। उसके मंसूबे सिंहासन को पाने के थे और वह चाहता था कि बीमार पिता के चलते यह जितनी जल्दी हो, उतना बेहतर!

शाहजहाँ को यह भी समझते देर नहीं लगी कि जितनी ज़रूरत उसे मुग़ल बादशाह और सम्राज्ञी की कृपा की थी उससे कहीं अधिक उसकी ज़रूरत उनको, उनकी प्रतिष्ठा और मुग़ल साम्राज्य के लिए उसकी और उसके योगदान की है। फिर यह बात भी 'हरम' से होते हुए उसके कानों तक आ पहुँची थी कि उसकी सत्ता की आकांक्षाओं को सन्तुलित करने और अपनी हैसियत दिखाने के चक्कर में नूरजहाँ ने कैसी कुटिल चाल खेली थी? उन्होंने अपनी बेटी लाडली बेगम से बन्दी भाई ख़ुसरो का विवाह करने का प्रयास किया था और कैसे ख़ुसरो ने मुग़ल परम्परा तोड़ते हुए सिर्फ़ एक पत्नी के साथ ज़िन्दगी गुज़ारने का अपना प्रण दोहरा दिया था? उसे समझते देर नहीं लगी कि यही मौक़ा है अपनी राह साफ़ करने का वरना मल्लिका अपने खेल खेलने लगेगी और बादशाह अब सिर्फ़ उसके हाथों की कठपुतली बनकर रह गया था? उसे अब ख़ुद ही येन–केन–प्रकारेण सत्ता हासिल करनी थी अतः उसका दिमाग़ द्रुत गति से दौड़ने लगा। शाहजहाँ को अपने पिता और मुग़ल सम्राट की हालत समझ आ रही थी। अगर दक्खन में अभियान के दौरान उसकी अनुपस्थिति में जहाँगीर को कुछ हो गया तब कहीं ख़ुसरो शासक न बन जाये! गुजरात में जो पिता–पुत्र की तबीयत बिगड़ी थी उसके बाद वह तो पूरी तरह से तन्दुरुस्त हो गया था किन्तु जहाँगीर का स्वास्थ्य गिरता ही चला गया था। सारे हकीम–वैद्यों और फिरंगी डॉक्टरों की दवाइयों के बावजूद हालत दिन–पर–दिन गिरती ही जा रही थी?

इसी बहाने उसने अपने बड़े भाई ख़ुसरो जो मुग़ल सिंहासन का वास्तविक और सबसे प्रबल दावेदार है, उसे मार्ग से हटाने की चाल चलकर सबको हैरान कर दिया। उसने अपने पिता और मुग़ल शासक से

साफ़ कर दिया कि वह अपने भाई को अपने पास अपनी सुरक्षा की नीयत से या ज़मानत के तौर पर रखना चाहता है ताकि नूरजहाँ की नाराज़गी के कारण उसके हित का कोई नुक़सान न हो। जहाँगीर के लिए साम्राज्य के हित का सवाल मुँहबाये खड़ा था। दक्खन के आदिलशाही और कुत्बशाही जैसे शिया राज्यों का सर उठाना परोक्ष रूप से ईरान के सामने मुग़लिया साम्राज्य को नीचा दिखाना ही था। अतः घरेलू और विदेशी प्रतिष्ठा के लिए दक्खन पर नियन्त्रण बहुत ज़रूरी था। शाहजहाँ इन सब बातों को भली–भाँति समझ रहा था। उधर नूरजहाँ जो शासकीय निर्णयों और नीतियों में सबसे महत्त्वपूर्ण भूमिका निभाती थी उसका रुख भी अन्ततः शाहजहाँ के लिए मददगार ही साबित हुआ? नूरजहाँ की अपनी योजना ख़ुसरो की हठधर्मिता के चलते धराशायी हो चुकी थी अतः वह ख़ुसरो के भाग्य को लेकर पूरी तरह से तटस्थ हो गयी। और, शाहजहाँ का मार्ग साफ़ और सरल हो गया।

अपने–अपने स्वार्थों ने मुग़ल राजवंश को अन्धा कर दिया और जो होना था वही होता चला गया। एक बार षड्यन्त्रों का दौर जो शुरू हुआ उसने मुग़ल सत्ता को शिथिल करके ही दम लिया! ख़ैर, शाहजहाँ भाई ख़ुसरो को बतौर ज़मानत के तौर पर अपने साथ लेकर दक्खन के लिए रवाना हो गया। उसके दिमाग़ में तड़क–भड़क, वैभव, प्रदर्शन आदि का बहुत महत्त्व था। वह सदैव तैमूर और बाबर का वंशज होने के गुरूर को प्रकट करता था बाबर ने भी खुलकर तैमूर को ही आदर्श माना था और तीन बार समरकन्द जीतने–हारने के दौर को सदैव दिल में बसाया था। उसने अपनी आत्मकथा 'तुज़ुक–ए–बाबरी' में समरकन्द के भवनों, स्थापत्य की भूरि–भूरि प्रशंसा की है। और बाद में वही शाहजहाँ के लिए भी आदर्श और मानक बना–स्थापत्य प्रेम और लगाव का! शाहजहाँ ने भी चम्बल नदी पार करते हुए मदिरा को हाथ न लगाने की वैसे ही उद्घोषणा की जैसी बाबर ने खानवा के युद्ध से पहले राणा सांगा की फ़ौज से डरी हुई मुग़ल सेना के उत्साहवर्धन के लिए की थी। उसने भी अपने शाही शिविर के मदिरालय की समस्त मदिरा चम्बल में प्रवाहित करके ऐसा सार्वजनिक प्रदर्शन किया कि उसके इस अभियान की गम्भीरता की सूचना दूर दक्खन के राज्यों तक पहुँच सके! वह उनसे युद्ध करने से पूर्व ही उनके मनोबल को तोड़ने के प्रयास में लग गया यानी वह चम्बल के इस पार से ही युद्ध शुरू करने में कामयाब हो गया!

फिर उज्जैन और माँडू होते हुए वह दक्खन में घुसा और अन्ततः अपने शौर्य तथा कूटनीति से दक्खन की सेनाओं को और उनके नेता मलिक अम्बर को समझौते के लिए मजबूर करके मुग़ल प्रतिष्ठा को पुनः स्थापित किया। किन्तु शाहजहाँ ने उसी पुराने ढर्रे के अनुसार अपने पिता को अतिशयोक्तिपूर्ण भाषा में पत्र लिखकर अपनी इस उपलब्धि का बयान किया। उसने तो इस द्वितीय अभियान को प्रथम से भी अधिक महत्त्वपूर्ण बताया? पहले अभियान से पूर्व वह शाह खुर्रम हुआ था और लौटने के बाद 'शाहजहाँ'! उसने स्वप्न में भी नहीं सोचा था कि जिस बड़ी समस्या को उसने साम्राज्य के लिए टाला और मुग़ल सिंहासन की प्रतिष्ठा को बरकरार रखा, वह बादशाह की नज़र में क्यों न लायी जाये? उसने तो यहाँ तक लिखा कि महत्त्व की नज़र से यह अभियान तो अकबर के गुजरात के द्वितीय अभियान से भी अधिक महत्त्वपूर्ण है, जब अकबर विजित गुजरात में विद्रोह को दबाने के लिए दुबारा गया था!

जहाँगीर ने अपनी आत्मकथा में बस इस अभियान का ज़िक्र भर किया है--न उसने शाहजहाँ की शान के क़सीदे पढ़े, न ही इनाम–पुरस्कार घोषित करते हुए उसका मंसब बढ़ाया या समृद्ध जागीर ही प्रदान की! शाहजहाँ को यह व्यवहार अन्दर तक झकझोर गया। इन बातों से उसका हरम भी उद्वेलित हो उठा–मुमताज़ और उसके बच्चे सब सहम से गये! क्या नूरजहाँ बहुत नाराज़ हो गयीं? मुमताज़ अपनी फूफी से ज़्यादा वाक़िफ़ थी। क्रोध में वह प्रतिशोध से भी बाज़ नहीं आती थीं? सम्भवतः यहाँ भी दोनों–सम्राज्ञी और बादशाह एक तरफ़ और दूसरी ओर शाहजहाँ–में एक समानता थी? वे सब एक से ही थे इसीलिए एक–दूसरे को ज़्यादा अच्छी तरह से समझते भी थे। शाहजहाँ के बच्चों तक को यह बातें पता चलने लगी थीं और सबसे अधिक या यूँ कहें तो सारी बातें बड़ी बेटी जहाँआरा को तो पता ही होने लगी थीं। वह सदैव परछाईं की तरह माँ के साथ रहती थी। बल्कि माँ मुमताज़ को उसके साथ की ज़रूरत रहती थी। छोटे–छोटे बच्चों को सँभालने में मदद करने से लेकर दिल का बोझ हल्का करने तक–कम उम्र की जहाँआरा समय से बहुत पहले परिपक्व हो चली। वह अपनी माँ को सलाह देती कि सम्राज्ञी के रुख से स्वयं शाहजहाँ परेशान हैं। अतः जब वे उनके पास आयें तो बस उनका ख़ैरमक़दम ही करें, कोई सवालात न करें। शाहजहाँ ने इक रोज़ यूँ ही बेगम से पूछा तब उनको भी यह राज़ उजागर हुआ कि उनकी

बिटिया ने उनकी माँ की भूमिका अपना ली है! वह पहले ही अपनी पहली सन्तान को अपनी क़िस्मत की कुंजी मानता था अब तो उस पर भरोसा भी करने लगा!

वाक़ई शाहजहाँ की परेशानियाँ बढ़ती जा रही थीं। ख़ुसरो मुग़ल ताज का सबसे बड़ा और असली दावेदार उसके क़ब्ज़े में था; दूसरी ओर उसकी महत्ता और शक्ति को सन्तुलित करने के लिए ही उसके दूसरे भाई परवेज़–जिसको दक्खन की असफलता के चलते हटाकर इलाहाबाद स्थानान्तरित किया गया था, उसका भी ओहदा बढ़ाया गया, और उसे इलाहाबाद के सूबे के साथ ही बिहार की भी सूबेदारी प्रदान की गयी! इतना ही नहीं, जहाँगीर के दो बेटों, यथा ख़ुसरो और शाहजहाँ से ख़फ़ा नूरजहाँ ने नागिन–सी एक फुँफकार और मारी, उसने सबसे छोटे और कमज़ोर से बेटे शाहरयार से अपनी बेटी लाडली बेगम की सगाई करने का फ़ैसला कर लिया और उसको पदोन्नति दिलवाते हुए उसका मंसब 8,000 ज़ात एवं 4,000 सवार कर दिया गया! शाहजहाँ को यह समझते देर नहीं लगी कि ये सब कुछ नूरजहाँ के कहने पर हो रहा था?

शाहजहाँ ने अब और देर न करने का फ़ैसला किया तथा अपने मार्ग के पहले काँटे को सोमवार की रात, फ़रवरी 22, 1621 को निकाल फेंका और ख़ुद शिकार के बहाने प्रमुख अमीरों के साथ जाकर ख़ुसरो की हत्या करवा दी! उसका एक प्रतिद्वन्द्वी कम हुआ–सिंहासन की राह में सियासी शतरंज की चाल में फँसे शाहजहाँ का यह पहला जवाबी हमला था। उसने अपने मंसूबे और पैंतरे स्पष्ट कर दिये? उसके ऊपर यह भी इल्ज़ाम था कि अपना मार्ग प्रशस्त करने और मुग़ल सिंहासन को 'मयूर सिंहासन' बनाने की ज़िद में उसने बाद में राजकुमार परवेज़ को शराब की इतनी ज़बरदस्त आपूर्ति करवायी कि जब जहाँगीर ने पूरी रोक का बन्दोबस्त कर दिया तब भी उसने अपने भाई को जंग लगी बन्दूक़ की नाल में मदिरा पहुँचवाने में सफलता प्राप्त की। शराब का लती परवेज़ यही विषाक्त हो चुकी शराब के चलते दुनिया से कूच कर गया और शाहजहाँ की चाल रंग लाने लगी!

यहीं शक्ति और सत्ता के दोनों पिपासु खुल कर आमने–सामने आ गये। सम्राज्ञी नूरजहाँ ने शतरंज की बाज़ी पलटने की कोशिश में अपनी बेटी लाडली बेगम के पति और जहाँगीर के सबसे छोटे अयोग्य, अस्वस्थ तथा कमज़ोर बेटे, शाहरयार पर दाँव चला। अन्ततः इस परम

सुन्दरी महारानी की ईर्ष्या और षड्यन्त्रों के चलते शाहजहाँ को अपनी जान बचाने के लिए 1623 में विद्रोह की राह पकड़नी पड़ गयी। ईरान के शाह ने कन्धार पर अधिकार करने के लिए वही वक़्त चुना जब शाहजहाँ को दुबारा दक्खन रवाना होना पड़ा और वह दक्खन के शिया राज्यों में उलझा हुआ था। इन दक्खन के राज्यों का ईरान के शाह से सीधा वास्ता था और वही इनका वास्तविक संरक्षक था। अतः ईरानी सेनाओं द्वारा कन्धार की इस घेरेबन्दी से निजात पाने के लिए जहाँगीर ने अपने दोनों पुत्रों, परवेज़ और शाहजहाँ को बुला भेजा। शाहजहाँ को उसकी विशाल और विजयी सेनाओं को तलब करने के लिए वरिष्ठ सैन्याधिकारी, अहदी सेना के बख़्शी, जैनुल आबिदीन को भेजा ताकि वहाँ के तोपखाने और विशाल, सशक्त हाथियों के साथ तत्काल हाज़िर हो?

शाहजहाँ को समझते देर नहीं लगी कि नूरजहाँ उसे पश्चिमोत्तर के इस भीषण युद्ध में शहादत के लिए भेज रही हैं? अतः उसने अनेक शर्तें रखीं? जब एक बार दक्खन जाने के लिए ख़ुसरो को उसके संरक्षण में ज़मानत के तौर पर रखने की ज़िद पूरी की गयी थी तो ज़ाहिर ही है उसको लगा कि साम्राज्य की रक्षा और प्रतिष्ठा के लिए उसकी शर्तें इस समय भी मानी जायेंगी? फिर भी दिखावे के तौर पर उसने तत्काल बुरहानपुर छोड़ दिया और माँडू के लिए कूच किया ताकि सबको भरोसा हो जाये कि वह वस्तुतः राजाज्ञा का अनुपालन कर रहा है। राह में उसके वफ़ादार साथी, यथा अफ़ज़ल ख़ाँ, राजा विक्रमाजीत तथा राजा भीम आ मिले। वे अपने क्षेत्रों के ख़ज़ाने, विशेष रूप से दक्खन के राज्यों और गोंडवाना के ज़मींदारों से वसूल की गयी राजस्व की राशि के साथ हाज़िर हुए थे और इससे शाहजहाँ के धन–संसाधन में अभूतपूर्व वृद्धि हुई तथा उसे अपनी योजना बनाने तथा उसे अमली जामा पहनाने का अवसर मिला, भले ही वह असफल क्यों न रहा हो?

यहीं बुरहानपुर और माँडू के बीच ही उसने शाही सन्देशवाहक को वापस जाने की अनुमति प्रदान करते हुए अपनी शर्तों भरा पत्र सम्राट को प्रेषित करने के लिए दिया। इसके अन्तर्गत उसकी पहली माँग यही थी कि, चूँकि बरसात शुरू होने को है अतः उसे वर्षा ऋतु माँडू में गुज़ारने की अनुमति प्रदान की जाये; उसे अपने अधीन अधिकारियों को पदोन्नत एवं पदानवत करने का अधिकार दिया जाये; उसे पंजाब की जागीर दी जाये और अभियान के ख़र्चे के लिए समुचित नगद धन प्रदान किया जाये!

इतना ही नहीं, उसने अपने परिवार को सुरक्षित रखने के उद्देश्य से अपने परिवार के लिए सबसे सुरक्षित रणथम्भौर का दुर्ग भी माँगा! जहाँगीर ने अभी भी कन्धार के संकट के आगे शाहजहाँ की बेतुकी माँगों को नज़रंदाज़ करते हुए 'सज़ावल' भेजे ताकि वह बारहा एवं बुखारा के सैयदों, शेख़ज़ादों, अफ़ग़ान तथा राजपूत सेनानायकों को तत्काल प्रभाव से अपनी सेना से मुक्त करते हुए उन्हें उत्तर के लिए रवाना कर दे!

इधर दो घटनाएँ लगभग साथ–साथ घटीं। बावजूद इसके कि परवेज़ को जल्दी बुलाने के लिए भी सन्देशवाहक भेजे गये किन्तु उसे भी आने में समय लगने लगा। वो वैसे भी सुस्त और मद्यपान में डूबा रहने वाला राजकुमार था। इसलिए नूरजहाँ ने चाल चली और अपने पति को समझाकर तत्काल घेरेबन्दी का मुक़ाबला करने के लिए मिर्ज़ा रुस्तम और इक्तियाद ख़ाँ को निर्देश दिलवाये; शाहजहाँ की धौलपुर की जागीर अपने दामाद, शाहरयार के नाम करवा दी और जब शाहजहाँ के अधिकारियों और शाही कारिन्दों के बीच इसके अधिकार को लेकर झगड़ा हुआ, तब उसने इसका लाभ उठाकर शाहजहाँ के आचरण के ख़िलाफ़ सम्राट के कान भरे। जहाँगीर को वैसे भी अपने इस योग्य पुत्र का व्यवहार नागवार गुज़र रहा था। उस पर नूरजहाँ के कान भरने पर उसे समझ आ गया कि शाहजहाँ का रवैया खुली बग़ावत का ही था? अतः अब उसने शहरयार को कन्धार के अभियान का नेतृत्व दिलवाने में कामयाबी हासिल की। इस अवसर पर शहरयार का मंसब बढ़ाकर 12,000 ज़ात तथा 8,000 सवार किया गया और बदले में नूरजहाँ ने बादशाह को 60,000 रुपये मूल्य के दो तुर्की मोती प्रदान किये! उसके ही कहने पर जहाँगीर ने शाही दरबार में नियुक्त शाहजहाँ के प्रतिनिधि, मीर अब्दुस–सलाम को दरबार से ही प्रतिबन्धित कर दिया!

इतना ही नहीं, जैसा कि नूरजहाँ के लिए विख्यात ही था उसके क्रोध की सीमा नहीं रही। उसने दोआब तथा हिसार फ़िरोज़ा की सरकार में शाहजहाँ को प्रदान की गयी जागीरों को भी ज़ब्त करवा लिया। शाहजहाँ ने अपने दीवान अफ़ज़ल ख़ाँ को तत्काल शाही दरबार में इस सन्देश के साथ भेजा कि बादशाह 'हरम' के प्रभाव में आकर ऐसे (ग़लत/अन्यायपूर्ण) निर्णय न लें? ज़ाहिर ही है बादशाह के ऊपर इन बातों का अगर कोई प्रभाव पड़ना था तो वह शाहजहाँ के विरुद्ध ही जाता। अतः वही हुआ और अफ़ज़ल ख़ाँ को भेजकर अपनी बात अपने पिता तक

पहुँचाने का शाहजहाँ का यह अभियान असफल हो गया। अब शाहजहाँ को यह अच्छी तरह से समझ आ गया था कि नूरजहाँ उसको सैन्य रूप से कमज़ोर करके उसके ख़िलाफ़ सैन्य कार्यवाही की योजना बना रही है– 'खग जाने खग ही की भाषा'! ये दोनों एक लम्बे दौर तक एक–दूसरे के पूरक रहे थे, अतः एक–दूसरे को बहुत अच्छी तरह समझते थे! नतीजा शाहजहाँ ने बग़ावत कर दी और दो वर्षों तक शाही सेनाओं ने उसे चैन से नहीं रहने दिया। दक्खन से सिन्ध और वहाँ से ईरान के शाह से सहायता की आशा भी जब नकार दी गयी तब वह पुनः दक्खन और फिर दबाव बढ़ने पर उड़ीसा होकर बंगाल–बिहार होते हुए इलाहाबाद तक जा पहुँचा। किन्तु वहाँ महाबत ख़ाँ और परवेज़ को मय शाही सेनाओं के साथ सामने मौजूद पाकर वापस दक्खन की कष्टप्रद यात्रा की। इसी दौरान मुमताज़ ने रोहतास में मुराद को जन्म भी दिया और जल्दी भागने के चक्कर में उस नवजात को वहीं अपने अधिकारियों और उसकी दूध–माँ के पास ही छोड़ना उचित समझा।

इतनी विपदाओं से घिरे शाहजहाँ ने जब अन्ततः अपने पिता से शान्ति और क्षमा की कामना की, तब नूरजहाँ ने उसे अपमानित करने वाली शर्तों की झड़ी लगा दी थी। सम्राज्ञी की कामना की पूर्ति चूँकि सैन्य शक्ति से ही सम्भव थी अतः उसने शाहजहाँ को कमज़ोर करने में कोई कसर बाक़ी नहीं छोड़ी। इतना ही नहीं, शाहजहाँ का एक पुत्र शुजा तो जहाँगीर के पास था ही; उसके अलावा उसके दो अन्य पुत्रों यथा दारा और औरंगज़ेब को भी ज़मानत के तौर पर शाही दरबार में भेजने को कहा गया! जब शान्ति स्थापित करने की शर्तें यही थीं तो मरता क्या न करता; शाहजहाँ ने दोनों पुत्रों को शाही दरबार में भेज दिया। साथ ही रोहतास और असीरगढ़ के दुर्ग भी मुग़ल सेनानायकों को सौंप दिये। नूरजहाँ ने शाहजहाँ के विद्रोह के दमन के लिए जिस महाबत ख़ाँ और परवेज़ का सहारा लिया था अब उन्हें दूध की मक्खी की तरह निकालना ज़रूरी था ताकि शहरयार के सिंहासनारोहण का मार्ग निष्कंटक हो सके। सबसे पहले उसने महाबत ख़ाँ और परवेज़ की जोड़ी को तोड़ने के लिए महाबत ख़ाँ को बंगाल स्थानान्तरित करवा दिया और जहाँगीर के अति–विश्वसनीय अमीर ख़ाँ जहाँ लोदी को परवेज़ का संरक्षक बनवा दिया। इतने से ही सन्तुष्ट न होते हुए अपने चिर शत्रु महाबत ख़ाँ को नेस्तनाबूद करने की नीयत से उस पर शाहजहाँ के विरुद्ध लम्बे चले सैन्य अभियान के दौरान धन ग़बन का झूठा आरोप लगाकर उसे

विद्रोह के लिए मजबूर कर दिया। झेलम पार करते हुए उसने बादशाह और नूरजहाँ को बन्दी बना लिया।

अब शाहजहाँ ने मौक़ा देखा। बादशाह महाबत ख़ाँ की निगरानी में काबुल में था और परवेज़ ख़ाँ जहाँ लोदी के साथ दक्खन में व्यस्त तथा वह स्वयं शाही क्षेत्र से दूर निज़ामशाही राज्य में नासिक में मौजूद था। यहाँ भी मलिक अम्बर के गुज़र जाने के बाद स्थिति संक्रमणशील थी। इस समय उसने सिन्ध तक जाकर ईरान के शाह से मदद की गुहार भी लगायी किन्तु उसका कोई लाभ न देखकर वह निराश वापस दक्खन की ओर लौटा। राह में ही उसको परवेज़ की मृत्यु की ख़बर मिली। वर्षों से प्रतिकूल परिस्थितियों से जूझते शाहजहाँ के लिए यही एकमात्र अच्छी ख़बर थी। उसके मार्ग का एक और काँटा दूर हुआ था। किन्तु उधर नूरजहाँ महाबत ख़ाँ के चंगुल से बादशाह को छुड़ाने में कामयाब हो चुकी थी और वे कश्मीर प्रवास में थे जब अक्टूबर 1627 में महाबत ख़ाँ शाहजहाँ के पास जुन्नार पहुँचा।

लेकिन लाहौर की गर्मी से बचने की नीयत से कश्मीर पहुँचे सम्राट जहाँगीर का पुराना दमा का रोग उभर आया। इलाज से कोई लाभ नहीं हुआ उलटे, ज्यों–ज्यों दवा हुई मर्ज़ बढ़ता ही गया! बादशाह की हालत दिन–ब–दिन बिगड़ती गयी और सब हाथ पर हाथ धरे रह गये–केवल एक आदमी को छोड़कर, जो हर परिस्थिति और हरसम्भव विकल्प पर कार्य करते हुए भविष्य की अनिश्चितताओं में दृढ़ निश्चय से लक्ष्य–प्राप्ति के उद्देश्य के विषय में ही मगन था? वह व्यक्ति और कोई नहीं बादशाह का वकील या प्रधानमन्त्री, मल्लिका–ए–जहाँ का अपना सगा भाई और शाहजहाँ का ससुर, आसफ़ ख़ाँ था! उसने न केवल सारे विकल्प ही खुले रखे थे अपितु हर परिस्थिति के लिए कमर कस कर पूरी तरह से तैयार हो चुका था। मुग़ल सिंहासन की दौड़ में नूरजहाँ का प्रत्याशी, उसका अपना दामाद और बादशाह का सबसे छोटा पुत्र, शहरयार भी छोटी माता निकल आने से बिस्तर से लग गया। वह वैसे भी कमज़ोर था और प्रायः बीमार ही रहता था। अतः यह फ़ैसला लिया गया कि ऐसी परिस्थितियों में लाहौर ही लौटना पड़ेगा ताकि शहरयार का भी इलाज हो सके? उसे भी वहीं पहुँचने का सन्देश भेज दिया गया।

किन्तु, लाहौर के मार्ग में राजौरी पहुँचते–पहुँचते, इतवार अक्टूबर 29, 1627 को जहाँगीर के प्राण–पखेरू उड़ गये! नूरजहाँ ने अपनी कुटिलता

और कूटनीतिक चालों का खुला उपयोग करते हुए, अपने दामाद, शहरयार को शीघ्र अपने पास आने के लिए सन्देश–वाहक भेजे और दूसरी ओर, सम्भवतः अपने भाई को बन्दी बनाने की योजना पर भी विचार किया ताकि अपने दामाद के माध्यम से वह सत्ता पर अपनी पकड़ बनाये रह सके? इसीलिए उसने इस दुःख के अवसर पर अपने भाई को भी बुला भेजा किन्तु जो आसफ़ ख़ाँ पग–पग पर उसका साथ देता रहा था–उससे अधिक अपनी बहन को जानने वाला और कौन था? अतः वह सतर्क हो गया और नूरजहाँ के झाँसे में न आकर उसने अपनी चाल चलने और लक्ष्य प्राप्ति में सफलता हासिल की। उसने होशियारी से सैन्य मन्त्री या मीर बख़्शी, इरादत ख़ाँ को अपनी ओर मिला लिया और उसको विश्वास में लेकर योजना को अमली जामा पहनाना शुरू किया!

किन्तु जैसे कि शतरंज के खेल में वज़ीर की भूमिका महत्त्वपूर्ण होती है वैसे ही इस सियासी शतरंज में वज़ीर आसफ़ ख़ाँ ने अपनी बहन का साथ छोड़ने का फ़ैसला किया और बेटी–दामाद का पड़ला भारी हो उठा! ताज नूरजहाँ के क़ब्ज़े से दूर; शहरयार के मस्तक की जगह एक बलि के बकरे के सर चढ़ाया गया ताकि शाहजहाँ के दक्खन से आगरा पहुँचने का इन्तज़ार किया जा सके। मृत ख़ुसरो के बेटे दावर बक्श की ताजपोशी कर दी गयी ताकि सत्ता और सिंहासन पर नियन्त्रण! नूरजहाँ की पहुँच के बहुत बाहर हो जाये! आसफ़ ख़ाँ जो अपनी बहन का सर्वाधिक लाभ उठा चुका था अब अपनी बेटी–दामाद के निहितार्थों के रक्षक और संरक्षक की तरह खड़ा हो गया–ठीक उसी तरह जैसे कभी उसके वालिद, ग्यास बेग या एत्मादुद्दौला जीवन भर खड़े हुए थे अपने बेटी–दामाद, नूरजहाँ–जहाँगीर के लिए! बनारसी ने लाहौर से जुन्नार की लम्बी दूरी मात्र बीस दिन में पूरी की और वह इतवार के रोज़, नवम्बर 18, 1627 को जुन्नार पहुँचा।

II

आइए फिर लौटते हैं उस काल में, जब शाहजहाँ ने अन्ततः चार साल की बग़ावत के बाद अपने वालिद और मुग़ल बादशाह से 1625 के अन्त में माफ़ी माँग ली तब उनके जीवन में कुछ स्थायित्व और सुकून आया। वह नासिक में अपना निवास बनाने में कामयाब हुआ। और मार्च 1626 तक वह राजनीतिक दायित्वों और झंझटों से दूर नितान्त शान्त पारिवारिक

जीवन जीने की मोहलत पाया और उसी में मग्न हो गया। वह अपने बच्चों की पढ़ाई और प्रशिक्षण पर स्वयं ध्यान देने लगा और नित उन्हीं के माध्यम से अपनी सामरिक और बौद्धिक क्षमताओं को भोथरा होने से भी बचाने लगा। उसने उनके अध्ययन की समुचित व्यवस्था तो कर ही रखी थी अब ख़ुद उनके शिक्षण–प्रशिक्षण की प्रगति का परीक्षण लेने लगा! इससे उसका मन भी लगने लगा और वह पराजय या हीनता के अवसाद से बच गया! मार्च 1626 में ही जहाँगीर के शाही फ़रमान के मुताबिक़ उसे दस वर्षीय दारा और आठ वर्षीय औरंगज़ेब को बतौर ज़मानत मुग़ल शाही हरम में नूरजहाँ के संरक्षणत्व में भेजने का हुक्म हुआ था! हमें स्मरण रखना चाहिए कि शाहजहाँ का पुत्र शाहशुजा पहले ही नूरजहाँ के हरम में रह रहा था।

नूरजहाँ इस बग़ावत कर चुके और मुग़लिया सत्ता के सबसे सक्षम दावेदार की ख़ासियत शक्ति और चतुराई दोनों से वाक़िफ़ थी। वे दोनों सालों तक एक ही उद्देश्य से कार्य करते रहे थे और दोनों एक–दूसरे की क्षमताओं और महत्त्वाकांक्षाओं से भी भली–भाँति परिचित थे। नूरजहाँ गुट के आम सदस्यों में भाई आसफ़ ख़ाँ और आसफ़ के दामाद शाहजहाँ का ही मुख्य स्थान था। अब शाहजहाँ से मोहभंग एवं उसकी बग़ावत के अन्त के बाद मल्लिका अब उसे उसके अधिकारों से भी वंचित रखने में कोई कोर–कसर नहीं छोड़ना चाहती थी। अतः उसने उसके पुत्रों को अपने पास रखने का आदेश करवाया था ताकि शाहजहाँ और उसकी राजनीतिक तथा सैन्य चालों को वह उसके तीन पुत्रों की ज़मानत के माध्यम से निष्फल कर सके?

वैसे भी मुग़ल इतिहास में ये कोई अनोखी घटना नहीं थी। जब ईरान से हिन्दुस्तान लौटते हुए हुमायूँ ने अपने छोटे और सौतेले भाई से काबुल जीतने के प्रयास में तोपों से गोला–बारूद बरसाना शुरू किया था तब उस भाई कामरान ने शिशु अकबर को क़िले की दीवार से लटका दिया था ताकि अपने बेटे की प्राणरक्षा हेतु वह गोलाबारी तत्काल बन्द करवा दे! यही नहीं जहाँगीर से भी तो शाहजहाँ ने दक्खन के दूसरे अभियान से पहले उसके ज्येष्ठ पुत्र और अपने सगे बड़े भाई और मुग़ल सिंहासन के दावेदार शहज़ादे ख़ुसरो की माँग की थी ताकि वह उसे ज़मानत पर रखकर उससे नाराज़ नूरजहाँ की राजनीतिक चालों को निष्प्रभावी कर सके। और, अन्ततः उसने उस भाई की हत्या करवा कर

मुग़ल सिंहासन की दौड़ में अपना मार्ग निष्कंटक करने का प्रयास किया था और अब वही नूरजहाँ उसके मार्ग में उसी चाल से अवरोध खड़े कर रही थी। 'खग जाने खग ही की भाषा'!

चूँकि मलिक अम्बर की मृत्यु के बाद निज़ामशाही राज्य में भी माहौल बदल गया था और वहाँ के हब्शियों का व्यवहार आक्रामक सा होता था अतः निज़ाम–उल–मुल्क की इजाज़त से शाहजहाँ ने मार्च, 1627 में नासिक के स्थान पर एकान्त और सुरक्षित जुन्नार में अपना निवास बनाया! वस्तुतः मलिक अम्बर ने ही अपने लिए वहाँ एक मनोरम महल निर्मित किया था–वही शाहजहाँ का नया निवास–स्थल बना। यहीं ख़िदमत परस्त ख़ाँ तथा बारहा का सैयद मुज़फ़्फ़र शाहजहाँ के पास आये थे। यहीं पर शाहजहाँ ने कुछ दिन सुकून के गुज़ारे थे। जब शाहजहाँ नासिक में था तभी कुछ न करने की स्थिति में उसने अपना समय घर–परिवार में ही गुज़ारना शुरू किया। वह बच्चों की पढ़ाई–प्रशिक्षण आदि के बारे में प्रगति का मूल्यांकन करने लगा था। जहाँ तक जहाँआरा का प्रश्न है उसके अध्यापन के लिए बादशाह जहाँगीर की सलाह पर और मल्लिका नूरजहाँ की संस्तुति पर ही मुमताज़ की सहचरी और शाहजहाँ के हरम की संरक्षिका सती–उन–निसा को ही उसकी प्रथम शिक्षिका भी नियुक्त किया गया था!

जहाँआरा के रोज़नामचे में इस विषय में जो जानकारी हमें मिलती है वह यूँ है : "जब हम आगरा में थे और चार बरस के क़रीब रहे होंगे तभी मल्लिका नूरजहाँ जो मेरी माँ की सगी फूफी थीं, ने हमारी पढ़ाई का सिलसिला शुरू करा दिया। बादशाह जहाँगीर के दरबारी कवि ताली अमूली की बहन सती–उन–निसा ख़ानम हमारी शिक्षिका नियुक्त हुई थीं, वे हमारी अम्मी की सहेली और हमारे वालिद साहब के हरम की संरक्षिका भी थीं। सती–उन–निसा बेहद पढ़ी–लिखी महिला थीं जो कुरान शरीफ़ ही नहीं फ़ारसी, अरबी और तुर्की साहित्य की ज्ञाता थीं। इसके अलावा तमीज़, तहज़ीब, रखरखाव, सौन्दर्यशास्त्र, आत्म–रक्षण के लिए हथियार प्रयोग के अलावा चिकित्सा–शास्त्र में भी पारंगत थीं। वे मुमताज़ के हरम में मुख्य संरक्षिका के रूप में भी अपना दायित्व निभाकर उनके हरम की व्यवस्था चुस्त–दुरुस्त कर चुकी थीं। इन्हीं सब विशेषताओं के चलते ही वे हमारी शिक्षिका के रूप में नियुक्त हुईं और बाद में यह तार्किक और न्यायसंगत भी सिद्ध हुआ क्योंकि जो निखार हमारे व्यक्तित्व में आया

और उत्तरोत्तर उसमें वृद्धि होती गयी वो इस प्रारम्भिक बुनियाद का ही नतीजा था!"

"जहाँ तक मुग़ल हरम में महिलाओं का जीवन था तो वे लिखने–पढ़ने आदि में ही नहीं, हरम में चौपड़, ताश और शतरंज खेलने में भी माहिर हो जाती थीं, साथ ही घुड़सवारी, चौघन (आधुनिक पोलो) के साथ शिकार में भी सिद्धस्त हो जाती थीं। ज़ाहिर ही है, उन्हें घर–बाहर, हर परिस्थिति के लिए प्रशिक्षित किया जाता था। घुड़सवारी न आती तो चौघन कैसे खेलतीं और शिकार कैसे सम्भव होता? और शिकार ही वह तरीक़ा था जिसके माध्यम से युद्धाभ्यास सम्भव था अतः विषम और विपरीत परिस्थितियों के लिए न केवल उन्हें मानसिक, शारीरिक और सैन्य रूप से प्रशिक्षित ही किया जाता था अपितु निरन्तर अभ्यास में भी रखा जाता था। हम महिलाओं को बादशाह हुमायूँ का अमूल्य पुस्तकालय उपलब्ध था जिसे बादशाह अकबर ने और भी अधिक समृद्ध कर दिया था। इसमें सभी धर्मों, सम्प्रदायों की पुस्तकों के अलावा विश्व इतिहास और साहित्य की लगभग सभी पुस्तकें उपलब्ध थीं! और जो महिलाएँ पढ़ने में दिलचस्पी लेतीं उन्हें बड़े चाव से पढ़तीं और उस पर चर्चाएँ भी करती थीं! हमें शुरू से ही पढ़ने–लिखने का शौक़ सती–उन–निसा के चलते हो गया था! हमने इस पुस्तकालय का बहुत फ़ायदा उठाया और बीच के समय में सबसे ज़्यादा इसी की उपयोगिता हमें समझ आयी है।"

बहुत कम उम्र में अपनी परिपक्वता को लेकर भी जहाँआरा ने अपने रोज़नामचे में अपनी आपबीती दर्ज की है कि कैसे प्रतिकूल परिस्थितियों में व्यक्ति कम उम्र में अधिक सयाना हो जाता है, "हमारे साथ तो कुछ ऐसा हुआ कि अपनी शिक्षिका के साथ घर–बाहर की ज़िम्मेदारी निभाते हुए हम बहुत छोटी उम्र में ही परिपक्व हो गये थे! शायद इसीलिए हम अपने माँ–बाप के निहायत दुलारे और आगे चलकर उनके राज़दार भी हो गये। कब अपनी माँ के साथ अपनी इस शिक्षिका का हाथ बँटाते–बँटाते हम बड़े हुए याद नहीं; हमको कब अक्ल आ गयी और हमारे व्यवहार में शालीनता और शाहीपन आ गया, हमको इसका भी आभास नहीं हुआ बल्कि जब दूसरे लोग यह बात कहते तब हमें ख़ुद पर यक़ीन न होता! जब हमारे वालिद और बादशाह जहाँगीर के बीच तकरार ने बढ़कर बग़ावत का रूप इख़्तियार कर लिया तब वे शाही सेनाओं के दबाव में दक्खन छोड़ने को मजबूर हुए थे और उड़ीसा होकर बंगाल–बिहार होते हुए इलाहाबाद

तक जा पहुँचे थे, किन्तु वहाँ महाबत ख़ाँ और शहज़ादे परवेज़ मय शाही सेनाओं के साथ पहले से ही मौजूद थे, अतः हम लोगों ने वापस दक्खन की कष्टप्रद यात्रा की। इसी दौरान हमारी वालिदा मुमताज़ बेगम ने हमारे भाई मुराद को रोहतास में जन्म भी दिया था।"

"इस पूरे दौर में बादशाह शाहजहाँ बेहद तनाव में रहते थे। मेरी माँ मुमताज़ ही उसको ढाढस बँधाती और बड़ी बेटी होने के नाते हम भी कोशिश करते कि हमारे वालिद को इस बुरे वक़्त में कोई तकलीफ़ न हो? इस भागा–दौड़ी में–जब शाही सेना निरन्तर उसका पीछा कर रही हो तब कम–से–कम ज़िम्मेदारियाँ निभाई जा सकती हैं। सेना के लिए ही सारे इन्तज़ाम तो बादशाह को ही करने होते हैं। ऐसे हालातों में हमारे 'हरम' का आकार–प्रकार और उसके सेवक, ख़्वाजा–सरा, अन्य बाँदियों–लौंडियों की संख्या में अभूतपूर्व कमी हुई। अनेक ज़िम्मेदारियां 'हरम' में मौजूद राजपरिवार की महिलाओं को सँभालनी पडी थीं। और, ऐसे में मेरी माँ मुमताज़ के प्रसव की हालत! और फिर इलाहाबाद से बिहार–बंगाल होते हुए दक्खन की ओर पलायन–ज़ाहिर है सबसे अधिक ज़िम्मेदारी बड़ी बेटी होने के नाते हमारे ऊपर ही आयी क्योंकि, हम इन ज़िम्मेदारियों से भागने को तैयार नहीं थे। हम ख़ुद को साबित करना चाहते थे कि इंसान को सब कार्यों में दक्ष होना चाहिए? अतः इन प्रतिकूल परिस्थितियों में हमें एक अहम और सक्रिय भूमिका निभाने का मौक़ा मिला और इसी वजह से माँ–बाप का दुलार और विश्वास हमारे नसीब में आ गया!"

उसने एक बात कई मर्तबे अपने रोज़नामचे में कई मुख़्तलिफ़ अन्दाज़ में लिखी है और वो है रोहतास में सबसे छोटे भाई मुराद की पैदाइश की बात। वो फिर उस घटना को याद करते हुए लिखती है : "वाक़ई हम उन दो–तीन रातों में ही सयाने हो गये थे, जब मेरी माँ, मुमताज़ बेगम मुराद के पैदा होने में प्रसव के दर्द से बेहाल थीं। माँ के पूरे प्रसव के दौरान जैसे–जैसे सती–उन–निसा कहती गयीं हम वैसे–वैसे उनकी मदद करते रहे और पहली बार ऐसा लगा कि हमने आदमी के पैदा होने की पूरी जानकारी ही नहीं हासिल कर ली बल्कि इसी बहाने हमें रातों–रात अपनी उम्र से कहीं ज़्यादा बड़े हो जाने का अहसास होने लगा! अभी तक तो हमने किताबों में ही इसके बारे में पढ़ा था और सती–उन–निसा ने कुछ ज़रूरी बातें हमारे जिस्म से सम्बन्धित हमको पहले ही समझा रखी थीं;

मगर अब उसके अलावा जो कुछ भी जानना चाहिए था ख़ासतौर से आदमी–औरत और उनके बीच जिस्मानी सम्बन्ध और उसके नतीजे से बच्चे पैदा होने का पूरा सिलसिला–सभी कुछ तो देखकर समझ आ गया। अब जो ज्ञान हमने मुराद के प्रसव और फिर पैदा होने की प्रक्रिया में हासिल किया था वह सिर्फ़ किताबी नहीं था इसीलिए इसने दुनिया और दुनियावी हरकतों और आदमी के व्यवहार की ओर मेरा पूरा नज़रिया ही बदल दिया था!"

एक रोज़ की बात है कि फ़ुर्सत के क्षण में शाहजहाँ को फ़िरदौसी की याद आयी, उसने मुमताज़ से पूछा कि फ़िरदौसी के 'शाहनामा' की उसकी अपनी व्यक्तिगत प्रति जो 'हरम' के पुस्तकालय में सुरक्षित थी, वह कहाँ रख दी गयी है? ज़ाहिर है मुमताज़ को लगा कि उसकी सहचरी सती–उन–निसा, जो उच्चशिक्षित ही नहीं थी अपितु प्रबन्धन के कार्य से फ़ुर्सत पाकर निरन्तर लिखने–पढ़ने में लगी रहती थी, वही ले गयी होगी। अतः उसने तत्काल अपने 'हरम' की इस संरक्षिका से पूछा, जो वहीं इत्तिफ़ाक़ से आ गयी थी। सती–उन–निसा ने ही बताया कि राजकुमारी जहाँआरा ने उससे माँग ली है और वही पढ़ रही है! शाहजहाँ भी, चूँकि, वहीं मौजूद था अतः उसको यह बात सुनने पर बहुत हैरानी हुई कि मात्र बारह वर्ष की यह बच्ची विश्व की इस महान साहित्यिक–सांस्कृतिक कृति को कितना समझ पायेगी? और, बस उत्सुकतावश तुरन्त जहाँआरा तलब की गयी। इससे पहले कि कोई यह पूछ पाता कि पुस्तक कहाँ है, शाहजहाँ ने अपनी बिटिया को बड़े दुलार से अपने पास बैठाते हुए उससे पूछना शुरू किया और जहाँआरा ने 'शाहनामा' की लगभग पूरी कथा ही अपने पिता के प्रश्नों के उत्तर में सुना दी। इतना ही नहीं, उसने साहित्यकार सादी की 'बोस्तान' से उसकी तुलना भी की। शाहजहाँ हतप्रभ एकटक सुनता रह गया और उसने अपनी बेटी को बाँहों में भरकर अपने गले में पहनी हुई अपनी प्रिय बसरा के मोती वाली माला बेटी के गले में डाल दी। उसे अपनी बेटी पर बहुत गर्व हुआ और उसने सती–उन–निसा के वेतन में भी वृद्धि का ऐलान किया और मुमताज़ को चाँदी के हज़ार सिक्कों की एक थैली पकड़ा दी!

जब शाहजहाँ जुन्नार आ गया तब उसने अपनी बिटिया के अध्ययन पर स्वयं ध्यान देना शुरू किया। दारा और औरंगज़ेब सन्धि की शर्तों के अनुसार बादशाह जहाँगीर के हरम में भेजे जा चुके थे।

वहाँ शुजा पहले से ही मौजूद था, मुराद छोटा था और रोशनारा की पढ़ाई शुरू ही हुई थी। अतः सारा ध्यान उसी सन्तान की ओर जाना अपरिहार्य भी था जिसकी प्रतिभा से वह नासिक प्रवास में ही प्रभावित हो चुका था! उसने राजकुमारी को दारा से बेहतर घुड़सवार के रूप में पाया! उसके व्युत्पन्नमति से उसके शब्दों के चयन और आचारण–व्यवहार की शालीनता और शैली से कोई भी प्रभावित हुए बिना नहीं रह सकता था–उसकी चाल–ढाल, बोल–चाल में एक शिक्षित, शाही या परिष्कृत अन्दाज़ था। शाहजहाँ को सहसा बाबर का स्मरण हो आया। इसी तरह उसकी बहादुरी बादशाह बाबर जैसी, सज्जनता बादशाह हुमायूँ जैसी, बातों में उदारता अकबर वाली, जिसमें संकीर्णता की कोई गुंजाइश थी ही नहीं।

उसी ने अपने पिता शाहजहाँ को जुन्नार के अतीत के बारे में बताया था–जो कुछ भी सुनकर उसने जुन्नार के विषय में अपनी उत्सुकता शान्त करने के लिए ज्ञानार्जन किया था। शाहजहाँ इसीलिए प्रभावित होता गया। वह इस क्षेत्र में कई बार आया–गया था किन्तु इस ज़रा–सी बच्ची ने तारीख़ी किताबों से और लोक–व्यवहार की बातें स्थानीय नौकर–चाकरों से अर्जित करके कितनी जानकारी हासिल कर ली है जो उसके लिए भी नयी सूचनाएँ ही थीं। उसके माथे के सारे बल जाते रहे जो जहाँगीर–नूरजहाँ की वजह से और शाही दरबार से मुतामिद ख़ाँ द्वारा प्रेषित सूचनाओं के चलते उसके पड़े ही रहते थे। ये शिकन उसके भाल के स्थायी निशाँ हो गये थे। और यह ज़रा–सी 12 साल की बिटिया अपनी परिपक्व बातों, पुस्तकीय और लोक–जीवन से प्राप्त ज्ञान से उनको मिटाने में सहज ही कामयाब हो गयी। ज़रा–सी जहाँआरा ने जुन्नार की आकृति को कुलीन हिन्दुओं द्वारा पहने जाने वाले जनेऊ से जोड़ कर बातें कीं जिसे फ़ारसी में जुन्नार और बाबर की तुर्की में लिखी 'तुजुक–ए–बाबरी' में जेनार से जोड़ा और शाहजहाँ ही नहीं ख़ुद सती–उन–निसा और जहाँआरा की माँ मुमताज़ सुनकर दंग रह गये! तभी शायद शाहजहाँ को रज़िया की याद आयी होगी–कैसे अपने ज्येष्ठ तथा योग्यतम पुत्र नसीरुद्दीन महमूद की मृत्योपरान्त उसने सिर्फ़ रज़िया पर भरोसा व्यक्त किया था–शेष पुत्रों से उसे कोई आशा नहीं थी। उसी तरह फ़िलहाल शाहजहाँ को भी बेटी जहाँआरा से ही आशा जगी थी!

अब ज़ाहिर है सियासत से दूर अपने नये परिवेश में सियासत का यह माहिर मोहरा जो नूरजहाँ से चोट खाकर अवसर की तलाश में था,

उचित परिस्थिति का इन्तज़ार करते हुए अध्ययन–और शतरंजी चालों के बीच जुन्नार के मनोरम परिवेश में भ्रमण का आनन्द लेते हुए अपनी इस बेटी की घुड़सवारी की दक्षता के परीक्षण के लिए उसी के साथ घुड़दौड़ भी करता और शिकार भी और फिर कभी उसी से विचार–विमर्श और पुस्तकों पर चर्चा के साथ शतरंज भी खेलने लगा। उसको बेटी के साथ शतरंज खेलने में इसलिए अच्छा लगता कि वह अपने बालपन में कोई कोताही और दया नहीं बरतती थी जबकि मुमताज़ और उसके अपने साथी अमीर उससे हारने में अपनी जीत समझते? जहाँआरा के साथ शतरंज खेलते समय शाहजहाँ को पूरी एकाग्रता और सतर्कता की ज़रूरत पड़ती थी; ज़रा–सी चूक और शह–मात की पूरी गुंजाइश! उसे जैसे नूरजहाँ के चालों की काट करती हुई–सी वही लगती और साँसत में पड़े उसके अपने शतरंज के मोहरे न जाने क्यों उसे राहत भी देते थे। इसी खेल के माध्यम से वह मानसिक रूप से अधिक तैयार और मज़बूत होने लगा। वो बात–बात में जब कोई अच्छी चाल चल लेता था तब बरबस उसके मुँह से निकलता : "बादशाह दुनिया के हैं, मोहरे मेरे शतरंज के!" बादशाहत का ख़्याल और सियासी चालों में वह बादशाहत की राह तलाशता एक मुसाफ़िर–सा हो गया था...!

अब तो जहाँआरा के साथ शतरंज खेलना उसका शग़ल या शौक़ ही नहीं रह गया था, एक नशा हो गया था। यही शतरंज का खेल उसको ऊर्जा, दिशा–निर्देश देने के साथ उसके संयम, दिमाग़ की कसरत और मानसिक सतर्कता में अभिवृद्धि करने के साथ मनोवैज्ञानिक प्रशिक्षण भी कराता था। जहाँआरा के साथ शतरंज खेलने का यह क्रम जो जुन्नार के इस प्रवास में शुरू हुआ वह शाहजहाँ की मृत्यु तक चलता रहा। जब–जब भी उसे अवसाद, चिन्ता या अस्वस्थता होती वह शतरंज के माध्यम से उससे लड़ता और उबरता था। जितनी शिद्दत और पूरी तन्मयता से जीतने की चाह से जहाँआरा शतरंज खेलती इतने दिल–माग कभी दारा या बाक़ी लोग नहीं खेले। दारा का ज़िक्र इसलिए किया क्योंकि मुग़ल राजतन्त्रीय परम्परा में छोटे–छोटे राजकुमारों को प्रायोगिक या व्यावहारिक प्रशिक्षण देने के लिए उन्हें कम उम्र में ही विभिन्न प्रान्तों का सूबेदार नियुक्त कर दिया जाता था और उनके साथ किसी दक्ष, स्वामीभक्त और विश्वसनीय उच्च पदस्थ अमीर को संरक्षक के रूप में नियुक्त कर दिया जाता था। इसीलिए इन शहज़ादों के नाम के आगे सुल्तान लिखा जाने लगा था

जैसे सुल्तान दारा शिकोह, सुल्तान औरंगज़ेब, सुल्तान शाह शुजा और सुल्तान मुराद बक्श आदि। मगर दारा सोचता रह जाता था कि कौन–सी चाल मुफ़ीद होगी, वह कौन–से मोहरे को चले–तब तक उसकी शह हो जाती थी!

दूसरे, चूँकि शाहजहाँ को अपनी पुत्री, जहाँआरा के अलावा अगर किसी से बहुत मोह–ममता थी तो वह ज्येष्ठ पुत्र दारा से ही थी। बल्कि वही अकेला शहज़ादा था जो कभी भी सूबे के दायित्वों के निर्वहन के लिए दरबार से नहीं गया। बस एक मर्तबा वह अध्ययन के सिलसिले में अपने सूबे, इलाहाबाद गया था और वहाँ तथा बनारस में पण्डितों के साथ उपनिषदों पर चर्चा करते हुए वक़्त गुज़ारा था! अन्यथा उसे शाहजहाँ सदैव अपने निकट रखता था। अतः प्रायः साथ रहने के चलते भी जहाँआरा और उसके तुरन्त बाद छोटे भाई दारा के मध्य अधिक परस्पर प्रेम हो गया। अतः शतरंज वह इन्हीं दोनों बच्चों के साथ खेलता और थकान उतारने के साथ उसे मानसिक ख़ुराक भी मिलती जहाँआरा के साथ बिल्कुल युद्धपरक परिस्थितियों में खेलकर। दारा ने तो शतरंज की कई चालें जहाँआरा से सीखीं भी किन्तु वह इस खेल में उसके मुक़ाबले में कहीं नहीं ठहरता था। बस एक बार वह इस खेल में अपने किसी भाई से हारी थी तो वह औरंगज़ेब था भले उसने भी औरंगज़ेब को हराया था। इसीलिए औरंगज़ेब के प्रति उसके मन में भाई–बहन के प्रेम के अलावा एक संरक्षिका का भाव भी जाग्रत हो गया था। हालाँकि, उसके प्रमाण के अवसर कम ही मिले, किन्तु बाद के काल में यह ज़ाहिर हुआ कि दोनों एक–दूसरे के साथ प्रेम और विश्वास के साथ परस्पर आदर का भाव भी रखते थे। जिस काल में शाहजहाँ को औरंगज़ेब ने क़ैद कर लिया था तब शाहजहाँ और औरंगज़ेब के बीच ख़त–किताबत के अलावा यदि कोई सम्पर्क–सूत्र था तो वह जहाँआरा ही थी। वह दोनों धुर–विरोधियों की विश्वसनीय थी। उसने अपने पिता और भाइयों में अपनी अलग अपनत्व की जगह बनाई थी। यह स्थान उसने अपने निष्कलंक आचरण, संयत व्यवहार, शालीनता, आदर, स्नेह, निःस्वार्थ सेवा भाव से अर्जित किया था!

शाहजहाँ अपने जीवन में ऐसे दिनों की आशा कभी कर ही नहीं पाया था; उसने एक–एक करके अपने भाइयों को अपने मार्ग से हटाया था; नूरजहाँ का कहना भी कितना माना था; और, उसी की कृपा से दक्खन के अपने पहले ही सैन्य अभियान के बाद वह खुर्रम से शाहजहाँ हुआ था

और अधिक महत्त्वाकांक्षी होना तो दुर्भाग्य लाया ही साथ ही, महारानी का अपनी पुत्री लाडली बेगम का शहरयार से विवाह कराना एक ज़बरदस्त चाल थी, जो शाहजहाँ के ख़िलाफ़ वह चल सकती थी। नूरजहाँ ने एक सम्भावित बादशाह को खड़ा करके शाहजहाँ को ऐसी शिकस्त दी थी कि इस चोट से वह तिलमिला गया था और मुग़ल दरबार और साम्राज्य से भी दूर जुन्नार आकर इन परिस्थितियों को वस्तुपरक ढंग से विश्लेषित करने में सफल हुआ। इतना ही नहीं, अपनी बेटी के साथ शतरंज खेलते हुए कई शह बचने की कवायद उसे उस असफलता के सदमे से उबारने के साथ सियासत की नयी तरकीबें सोचने और नये फ़ैसले करने की प्रेरणा देते। अतः वह जहाँआरा के साथ शतरंज में डूबा रहने लगा—यही उसका उपचार था, इसी ने शाहजहाँ को उसके अवसाद से उबार दिया और उसके अन्दर एक नयी आशा का संचार किया! ज़ाहिर है बिटिया के प्रति उसका प्रेम दिन दूना रात चौगुना बढ़ता ही गया।

इतना ही नहीं, जब वह फ़िरदौसी के 'शाहनामा' पर बात कर सकती थी तो रूमी के अश'आर भी उतने ही डूबकर सुना देती थी—अदायगी के ढंग से सहज ही अनुमान हो जाता था कि वह उसके पीछे के गूढ़ अर्थ को समझकर उन अश'आरों को पढ़ रही है। शाहजहाँ ने जब बाबर की कृति 'तुजुक—ए—बाबरी' के विषय में उससे कुछ जानना चाहा तो उसने कुछ ऐसे बताया कि शाहजहाँ को उसकी आवाज़ में कुछ दुःख की झलक मिली। उसने पूरे लाड़ के साथ अपनी इस छोटी—सी बिटिया से पूछा, तब जहाँआरा ने अपने मन की बात अपने पिता से कही कि वह फ़ारसी में ग्रन्थ पढ़ तो गयी लेकिन असली मज़ा तो शायद मूल तुर्की में पढ़ने में आता? शाहजहाँ को थोड़ा अचरज हुआ मगर उसने जहाँआरा को आश्वस्त कर दिया कि जल्दी ही उसके तुर्की पढ़ने का इन्तज़ाम भी हो जायेगा। वैसे भी निज़ामशाही राज्य के शिया शासन में फ़ारसी का चलन तो था मगर तुर्की के विद्वान की तलाश करनी पड़ती। सती—उन—निसा ने जितना सिखाया उतनी तुर्की तो उसे आती थी मगर अब वह ज़्यादा गहराई से और भी अधिक पढ़ना चाह रही थी...!

शाहजहाँ ने मुमताज़ से मज़ाक़ भी किया कि तुम्हारे बाबा गियास बेग का ख़ून अब जाकर तुम्हारी सन्तानों में हल्का पड़ने लगा है क्या? उनके बेटे आसफ़ ख़ाँ की नवासी अपने शिया संस्कार से इतर मुग़ल तुर्की भाषा—संस्कृति की ओर घूम रही है। मुमताज़ ने भी मुस्कुराकर कहा,

"लगता है अगली पीढ़ी में मुग़ल सियासत इसी के इर्द–गिर्द घूमने को विवश होगी! इसीलिए तो वो फ़ारसी के साथ तुर्की भी सीखना चाहती है।" वैसे बातों–बातों में यह राज़ भी खुल गया कि उसने तुर्की का प्रारम्भिक अक्षर ज्ञान तो अर्जित कर लिया है अब आगे पढ़ने की ललक है तो है! जहाँआरा के विषय में माँ–बाप की मज़ाक़–मज़ाक़ में की हुई ये बातें आगे चलकर कितनी सही साबित हुईं हम लोग तो जानते ही हैं! इसी तरह वह जानकर ख़ुश हुआ कि वह गुलबदन कृत 'हुमायूँनामा' भी इसी उम्र में पढ़ चुकी थी तब उसके मुँह से सहज निकला ये तो बिल्कुल अबुल फ़ज़ल हो रही है–उसने भी कितनी कम उम्र में सब अध्ययन कर लिया था!

अबुल फ़ज़ल का ज़िक्र आते ही एक बार फिर अजब तरीक़े से जहाँआरा की आँखें कुछ अनकहे का इशारा करने लगीं तब मुमताज़ ने अपनी बेटी से पूछा, "कुछ कहना चाह रही हो अपने वालिद के सामने कहो, उन्हें अच्छा लगेगा"। तब जहाँआरा ने अबुल फ़ज़ल की बात को 'अकबरनामा' से जोड़ते हुए जो कहा उससे उसकी माँ और वालिद दोनों की आँखें फटी–की–फटी रह गयीं। वो बोली अबुल फ़ज़ल ने जितना पढ़ा वो मेरे लिए कहाँ मुमकिन होगा? शाहजहाँ ने अब्दुर्रहीम ख़ान–ए–ख़ाना को याद करते हुए "रहिमन चुप रह बैठिए देख दिनन के फेर/फिर नीके दिन आयेंगे बनत न लगिए बेर!" और रहीम के साथ अपने व्यवहार की ऊँच–नीच को समझते हुए वह एकदम से चुप भी हो गया। मुमताज़ ने बात को आगे बढ़ाते हुए कहा, "हौसला रखो, तुम्हारे वालिद जल्दी और मज़बूती से उबरेंगे। अभी उन्हें एक ख़तरनाक नागिन ने डसा है–उसका ज़हर कम होने में वक़्त तो लगेगा ही बेटा।" अब शाहजहाँ की बारी थी : 'नागिन' मुमताज़ ने मुस्कुराकर कहा, "आपकी लाड़ली ने आपके साथ हुए इस व्यवहार की वजह से मेरी फूफी और अपनी सौतेली दादी को यही नाम दिया है।"

अब शाहजहाँ भी मुस्कुराये बिना न रह सका। उसको समझ आ गया कि इस बच्ची को सब कुछ ज्ञात है कि जो कुछ भी परिवार ने भुगता है; उसके तीन–तीन भाई उससे जुदा हुए हैं, उन सबके पीछे किसका हाथ है? लेकिन बात बदलने की नीयत से उसने पूछा, "बेटा तुम कुछ अबुल फ़ज़ल के बारे में और बताना चाह रही थीं?" अबकी बार जहाँआरा ने एक परिपक्व विदुषी के अन्दाज़ में अपने वालिद के सवाल का जवाब दिया :

"बादशाह अकबर और अबुल फ़ज़ल दोनों ही मानते थे कि दुनिया में और भी कई मज़हब हैं और सभी में सच्चाई भी है और अच्छाई भी, इसीलिए 'सुलह–ए–कुल' और 'तौहीद–ए–इलाही' की बातें उठी थीं? क्या आप भी इन बातों पर एतबार करते हैं?" शाहजहाँ ने बिना सोचे उससे प्रतिप्रश्न किया, "क्या तुम सूफ़ीवाद के बारे में भी कुछ जानती हो?" जहाँआरा के हाँ में उत्तर देने पर उसने उससे अल ग़ज़ाली पढ़ने पर ज़ोर दिया तो जहाँआरा ने संकीर्ण ग़ज़ाली के साथ उदार राबिया का नाम भी लिया और बोली, ''अभी इनको थोड़ा–थोड़ा पढ़ा है। पर अगर आप तैयार हों तो चलिए आपको दूसरे मज़हबों और उनकी तहज़ीब के बारे में जानने के लिए कुछ दिखायें।''

शाहजहाँ जितनी भी देर जहाँआरा के साथ रहता उसे अपनी बेटी की नयी जानकारियों से हैरत ही होती? उसने कहा, "कहीं चलना पड़ेगा?, कहाँ?" जहाँआरा ने जवाब दिया, "यहीं जुन्नार में ही इर्द–गिर्द बहुत–सी गुफाएँ हैं जिनसे उन दूसरे मज़हबों और उनकी तहज़ीब के बारे में पता चलता है।" शाहजहाँ उलझन और उधेड़बुन में था तभी मुमताज़ ने फिर समाधान करते हुए बताया जो यहाँ के स्थानीय नौकर–चाकर, परिचारिकाएँ मिली हैं उन्हीं से जहाँआरा ने ये जानकारियाँ इकट्ठी की हैं और इतना ही नहीं, एक नयी स्थानीय बोली जो धीरे–धीरे यहाँ पनप रही है, वह भी सीख गयी है। उस बोली को यहाँ के लोग 'मराठी' कहते हैं। इसमें कुछ लफ़्ज़ रेख़्ता के हैं, जो शिविर में बोली जाने वाली भाषा से बहुत मिलती–जुलती है। शाहजहाँ को उत्सुकता हुई और उसने अगले ही दिन शिकार के बहाने उन गुफाओं को देखने का मन बन लिया।

अगली सुबह बारहा का सैयद अपने बीस सशस्त्र सैनिकों के साथ हाज़िर था; शाहजहाँ ने 2–3 मुग़ल विद्वानों, लेखकों और 2 चितपावन ब्राह्मण पुरोहितों को भी साथ लिया और वे जुन्नार के निकट की चार अलग–अलग पहाड़ियों पर बनी इन दो सौ से भी ऊपर गुफाओं को देखने के लिए पूरे शाही शिविर के साथ चल पड़ा। सबसे पहले वे जुन्नार से लगभग ढाई मील पश्चिम की ओर गये जहाँ तुलजाबाई पहाड़ी पर और तुलजा लेनी या तुलजा लेना गुफाओं को देखना शुरू किया। लेकिन जैसे जहाँआरा ने देखा वैसे किसी ने नहीं देखा। वह अपने रोज़नामचे (डायरी) में उन गुफाओं के पूरे–पूरे चित्र भी बनाती जा रही थी और जल्दी–जल्दी कुछ लिख भी रही थी ताकि कोई बात छूट न जाये। शाहजहाँ की तन्मयता

दूसरे क़िस्म की थी। वह अपनी बेटी से अलग उन चित्रों और गुफाओं के स्थापत्य को नज़र में क़ैद करके दिल में बसा रहा था। उसे इनके स्थापत्य पर आश्चर्य होने लगा और वह इनके निर्माताओं के बारे में सोच–सोचकर दंग रह गया कि कैसे संगतराश रहे होंगे और कैसे मुसव्विर रहे होंगे कैसे इन गुफाओं में फ़नकारों, शिल्पकारों ने काम किया होगा?!

कैसे इन महान कलाकारों ने पत्थर काटकर चैत्य बनाये थे जहाँ वे ध्यान–पूजन करते और कैसे विहार बना दिये थे जिसमें अलग–अलग कई कक्ष थे जिसमें बौद्ध भिक्षु रहते थे। हिन्दुस्तान का यह भावी बादशाह दाँतों तले उँगली दबाये बस इन गुफाओं और उनकी मूर्तियों, मन्दिरों को देखता ही रह गया–शायद भविष्य में उसके स्थापत्य की योजनाओं को प्रेरणा, विचार और उछाल यहीं से मिला हो? यहाँ तुलजाबाई पहाड़ी के बाद वे वहाँ से थोड़ा दक्षिण की ओर गये–यह जुन्नार से लगभग दो मील दक्षिण–पश्चिम में स्थिति शिवनेरी की पहाड़ी थी। उसे देखने के बाद वे जुन्नार से लगभग दो मील दक्षिण की ओर स्थित मनमोड़ी पहाड़ी की ओर गये जहाँ गुफाओं के तीन अलग–अलग संकुल मिले। जो विद्वान और चितपावन पुरोहित थे, उन्होंने शाहजहाँ को बताया कि पहला शंकुल भीमाशंकर है–यहाँ ही हिन्दुओं के आराध्य शिवजी का ज्योतिर्लिंग है; दूसरा संकुल अम्बा–अम्बिका–शाक्त पूजकों का संकुल है; तीसरा तान्त्रिकों से सम्बन्धित भूतलिंग संकुल है। इन्हीं लोगों ने हिन्दुओं के विभिन्न मत–मतान्तरों के अन्तर से बादशाह और शाही परिवार की इस टोली को अवगत कराया–जिसमें जहाँआरा एक–एक बारीकी को देखने, समझने और विद्वानों से पूछ–पूछ कर पूरे समय अपने रोज़नामचे (डायरी) में दर्ज करती रही, और उधर, शाहजहाँ–मुमताज़ मन–ही–मन अपनी बारह वर्षीय इस विदुषी बिटिया पर फ़िदा होते रहे!

शाही शिविर लौटने का मन बना ही रहा था तभी एक ब्राह्मण ने ज़ोर दिया कि एक और पहाड़ी पास में ही है उसी रास्ते से वापस जुन्नार चले चलेंगे–आज उसे भी देखते चलें। अतः तय हुआ कि यह भी देख ही लिया जाये। यह जुन्नार से तीन मील के क़रीब उत्तर में स्थित लेन्याद्री पहाड़ी पर बना पाषाण शिल्प का अद्‌भुत नमूना था। वस्तुतः यही लेन्याद्री संकुल सबसे महत्त्वपूर्ण था। शायद इसीलिए जहाँआरा यहाँ सबसे बाद में और आज ही जाने के लिए लगभग ज़िद ही कर बैठी थी। सम्भवतः वह अपने पिता को कुछ ख़ास दिखाना चाहती थी। वो हिन्दुस्तान के इस

भावी शासक में यहाँ के सभी मज़हबों के बारे में एक उदार दृष्टिकोण रखने के विचार को भी विकसित करने का प्रयास कर रही थी? जहाँआरा ने अनेक अवसरों पर शाहजहाँ को संकीर्णता से प्रभावित पाया था किन्तु स्थापत्य के प्रति उसके रुझान को वह भी जानती थी। अतः उसी स्थापत्य के बहाने वह अपने पिता को शायद कुछ समझाने की कोशिश कर रही थी। जहाँआरा की अपनी उम्र से कहीं अधिक परिपक्वता को मुमताज़ तो शुरू से ही जानती थी किन्तु शाहजहाँ को इसी जुन्नार प्रवास में समझने के मौक़े मिल रहे थे।

लेन्याद्री पहुँचते ही वे सब संकुल की तीस व्यवस्थित गुफाओं और सागौन–चीड़ के ऊँचे–ऊँचे वृक्षों तथा ऊँची पहाड़ियों, प्राकृतिक सरोवरों वाले परिवेश के साथ उन गुफाओं के समन्वय को देखकर अचम्भित रह गये। इन सभी निर्माणों को उनके परिवेश के हिसाब से ढाला गया था–कहीं कोई अनुपात गड़बड़ नहीं लग रहा था...जहाँआरा ने अपने वालिद से साथ आये विद्वानों और पण्डितों से इन गुफाओं के बारे में विस्तार से समझाने का आग्रह किया और अपना रोज़नामचा निकाल लिया। शाहजहाँ उन लोगों से मुख़ातिब होते हुए बोला, "भाई हमारी नन्ही शहज़ादी की उत्सुकता शान्त कीजिए।" तब उन लोगों ने बारी–बारी से इन गुफाओं के बारे में बताना शुरू किया कि गुफा संख्या सात को छोड़कर शेष गुफाएँ बौद्ध मत से सम्बन्धित हैं; अब एक लम्बे गौरवर्णीय कम उम्र वाले ब्राह्मण से नहीं रहा गया उसने कहा, "आपका हुक्म हो तो हम भी कुछ अर्ज़ करें?" और शाहजहाँ जैसे ही उसकी ओर मुख़ातिब हुआ वह कहने लगा, "बाक़ी गुफाओं के विषय में ये लोग बतायेंगे ही, हम आपको उस अपवाद वाली गुफा संख्या सात के बारे में बताना चाहते हैं, जो हमारे यहाँ हर कार्य में सर्वप्रथम पूज्य गणपति जी की है। ये साधारण गणेश न होकर पूरे क्षेत्र में 'अष्टविनायक' (आठ प्रसिद्ध) गणेश मन्दिरों में से एक है, हम इन्हें विघ्नहर्ता मानते हैं और इनके पूजन से सब बाधाएँ दूर होती हैं ...आपने अनजाने ही अपनी बाधाओं को पार कर लिया है...हे बादशाह...!"

शाहजहाँ ने फ़ौरन ही उस तिलकधारी युवा ब्राह्मण को टोका क्योंकि उसने शाहजहाँ को वाक्य–प्रवाह में बादशाह कह दिया था। किन्तु उसने थोड़ी देर के मौन के बाद उनसे इजाज़त माँगी और अपना कथन जारी रखते हुए कहा, "आप अपने से यहाँ नहीं आये हैं। अव्वल तो आपकी बेटी ने प्रेरित किया आपको यहाँ आने के लिए; फिर आप सब थकने लगे थे और

वापस जाना चाह रहे थे, तब भी इसी बेटी ने फिर ज़िद की और आप लोग यहाँ तक आ गये। इस बेटी की मुखाकृति में अध्यात्म की चमक है इसीलिए इसे अन्तःकरण से प्रेरणा मिली और आप सब यहाँ इनके दर्शन करने में कामयाब हुए हैं और इस मन्दिर परिसर में हमको अन्तःप्रेरणा मिली और अनायास 'बादशाह' कह गया तो हमारी आस्था कहती है कि आपकी प्रार्थना मंज़ूर होगी और हम सब जानते हैं कि यहाँ आने वाले के मार्ग के सारे काँटे और अवरोध हमारे 'देव' दूर कर देते हैं। आपकी इच्छा ज़रूर पूरी होगी!"

शाहजहाँ और उसके पूरे दल ने शेष गुफाओं को जल्दी–जल्दी देखा कि कैसे इनमें से दो गुफाएँ चैत्य या पूजा स्थल थे तथा शेष बौद्ध भिक्षुकों के आश्रय स्थल थे। उनके साथ आये विद्वानों ने बताया कि ये सारी बौद्ध गुफाएँ, बौद्ध मत के हीनयान सम्प्रदाय से सम्बन्धित थीं। शाहजहाँ को इन गुफाओं में भी सबसे ज़्यादा उत्सुकता इस ऊँचाई पर सहज जल की उपलब्धता पर हुई। और वह उसका अध्ययन करते हुए जल–स्रोत से आगे उसकी निकासी के छोर तक गया। इस दिलचस्पी के चलते देखने के अलावा उसने अपने साथ आये स्थानीय विद्वानों से भी यही पूछा। उसने ग़ौर से देखा कैसे पत्थरों को काट–काट कर अनेक जलाशय निर्मित किये गये थे और फिर नालियों के माध्यम से ऊपर तक जलापूर्ति हो रही थी। उसने ग़ौर किया कि जैसे–जैसे ये नालियाँ ऊपर जा रही थीं वैसे–वैसे पतली होती जा रही थीं, जिससे जल–प्रवाह बना रहने के कारण ऊँचाई तक जलापूर्ति सम्भव हो पायी थी! बिल्कुल यही व्यवस्था तो माँडू, सीकरी और आगरा में भी है!

ऐसा लगता था कि इस संकुल का एक–एक हिस्सा अपनी पूर्णता में तराशा गया हो! एक बार फिर शायद शाहजहाँ को घुमावदार मेहराबों, पहाड़ी पर पानी के इन्तज़ाम वग़ैरह की समझ और सफलता ने अचम्भित कर दिया और वह मन–ही–मन शायद भावी योजनाएँ बनाने लगा था। इसीलिए बाद में बादशाहत मिलने पर जब भी कुछ निर्माण करने की सोचता और योजना बनाता वह जहाँआरा से सलाह ही नहीं करता बल्कि उसकी उन डायरी के पन्नों को सुनता और चित्रांकन को देखकर अपनी स्थापत्य कला को एक नया सोपान और ऊँचाई देने में कामयाब भी हो पाया था! जुन्नार के क़रीब पहाड़ियों पर बसे बौद्ध और हिन्दू देवालयों, चैत्यों, विहारों, गुफाओं की यात्रा से उसे बहुत लाभ मिला था।

इतना ही नहीं, अकबर के नैकट्य के बावजूद जो उसके अन्दर संकीर्णता थी वह भी आड़े नहीं आयी। एक तो वह शत्रु–क्षेत्र में था,

दूसरे सत्ताच्युत था अतः देखने के अलावा और कुछ कर भी नहीं सकता था। बारहा का सैयद ख़ुद को पक्का चग़ताई तुर्क कहकर इन गुफाओं से बाहर ही रहा और उसने इस कुफ्र में शरीक होने से साफ़ इंकार कर दिया था लेकिन शाहजहाँ अपनी शिया बीवी और हरम के साथ देखने–समझने गया। बाद में, जुन्नार पहुँचकर शाम को उसने शाहजहाँ से कहा भी आप लोग शासक हो, आपकी सियासी मजबूरियाँ होंगी हम तो लकीर के फ़क़ीर भले। बातों–बातों में यह ज़िक्र भी आया कि कैसे बाबर और हुमायूँ दोनों ने अलग–अलग समय पर ईरान के शाह से मदद ली थी और उसकी शर्त स्वीकार करते समय शिया मत स्वीकार करने से भी परहेज़ नहीं किया था–भले ही राजनीतिक लाभ लेने के बाद उन्होंने फिर अपने मत की ओर लौटने में कोई देर नहीं की!

मुमताज़ परदे के पीछे से जहाँआरा के साथ यह वार्तालाप सुनती, मुस्कुराती रही, शायद उसके शिया ख़ून को कुछ तसल्ली हो रही थी मगर जहाँआरा की डायरी के पन्नों पर यहाँ भी क़लम चलती रही। उसने धीरे–से पूरे अदब के साथ सैयद को चचा सलाम करने के बाद पूछ ही लिया, कि सियासी लाभ हो न हो परिस्थितियों से समझौता करना तो व्यावहारिक भी है और समझदारी भी? सैयद चाचा के पास हामी भरने के अलावा कोई चारा नहीं था; वह शाहजहाँ का साथ एक बार छोड़कर अमीरों के सुन्नी–तूरानी दल के नेता महाबत ख़ाँ की वजह से उसके ख़िलाफ़ खड़ा हुआ था और अब वे दोनों ही शाहजहाँ के साथ थे? शाहजहाँ और मुमताज़ उसकी हाज़िर–जवाबी से मन–ही–मन मुस्कुराते रहे। शाहजहाँ ने उसी दिन रात को जहाँआरा को सोने की पाँच सौ अशर्फ़ी इनाम में दीं और साथ ही एक बेहतरीन सोने के हाशिये वाली डायरी भेंट की जिसमें उससे सबसे अच्छी बातों को दर्ज करने के लिए कहा!

शाहजहाँ को बार–बार उस गौरवर्ण तिलकधारी युवा चितपावन ब्राह्मण श्वेतांक पन्त का चेहरा याद आ रहा था। आज फिर न जाने कितने महीनों बाद उसने शराब के प्याले को होंठों से लगाया–एक तो वैसे ही दिल की महत्त्वाकांक्षा की आग को शतरंज की चालों के ज़रिये बादशाहत बरकरार रखने की विवशता और दूसरी ओर आज लेन्याद्री की गुफाओं में अष्टविनायक गणेश के मन्दिर–गुफा के सामने ब्राह्मण का उसे 'बादशाह' सम्बोधित करना एक अजब चिंगारी का काम कर गया। दबी हुई महत्त्वाकांक्षा शोले–सी भड़क गयी और मुमताज़ ने भी मदिरा

पिलाने के साथ ही आज सेविकाओं को विदा दे दी। वो समझ गयी थी बादशाह आज एकान्त और सिर्फ़ उसका साथ और सहवास का इच्छुक है। उसने सती–उन–निसा को भी समझा दिया कि आज जहाँआरा को सँभाले रहे। जबकि वह जानती थी कि समझदार जहाँआरा अपने वालिद के मदिरापान करने की सूचना के बाद ख़ुद अपने कक्ष में शमा की लौ तेज़ कर रूमी और जामी के गहरे फ़लसफ़े वाले दीवान पढ़ेगी न कि दुनियावी फ़िरदौसी और सादी के दीवान! इतना ही नहीं बल्कि आज उस सुनहरे हाशिये वाली डायरी में अच्छे अश'आर, नज़्म और ग़ज़ल अपनी सुन्दर–सी लिखावट में दर्ज करेगी।

लेकिन ऐसे में वह चाहती थी कि न तो शाहजहाँ के साथ उसको और न ही जहाँआरा को उसके अध्ययन के बीच में कोई खलल हो! उसने सब इन्तज़ाम ख़ुद किये और सुनिश्चित होकर ही वापस अपने कक्ष में लौटी। उसने दरवाज़े वाली शमा की लौ धीमी कर दी फिर उसके बिस्तर के पास वाली लौ भी बिल्कुल धीमी कर दी...वह शाहजहाँ को उसकी पसन्द का चीतल का कबाब खिलाती रही। शाहजहाँ ने मुँह का कौर ख़त्म करते–करते इशारे से और न खाने का इशारा किया तथा पीकदान में हाथ धोकर कुल्ला किया। वह दरवाज़े तक गया और वहाँ वाली शमा की लौ बिल्कुल धीमी कर दी जिससे कमरे में अँधेरा ज़्यादा हो। रोशनी बस बिस्तर के सिरहाने रखी शमा की हल्की–हल्की सी आ रही थी। शाहजहाँ ने बिस्तर में पड़ते हुए मुमताज़ को दोहरी हसरत से देखा और पूछा, "तुम्हें उस ब्राह्मण की बात पर भरोसा है क्या?" और मुमताज़ ने कोई जवाब न देते हुए अपने होंठ उसके होंठों पर रखकर उसे चुप करा दिया। शाहजहाँ ने हाथ बढ़ाकर बिस्तर के सिरहाने वाली शमा बुझा दी और मुमताज़ को आगोश में ले लिया...उसे लगा जैसे बादशाहत मिल ही गयी!

सुबह जब शाहजहाँ सोकर उठा तब उसके अन्दर एक अजब–सी ताज़गी थी, न कि रात की शराब या शबाब का सुरूर था? मुमताज़ ने चुटकी भी ली तो मुस्कुराकर बोला, "मोहतरमा, आपका सुरूर ही तो हमें इन हालातों में भी ज़िन्दा रखे है, हमारे जीवन में बाक़ी किसी सुरूर की गुंजाइश ही कहाँ?" मुमताज़ ने समझ लिया था कि आज बादशाह सलामत होने के सपने से आगे उसे हक़ीक़त में बदलने की ख़्वाहिश ने ज़ोर पकड़ लिया था और वह नये मंसूबे बनायेगा। या तो उसके पिता, आसफ़ ख़ाँ को या अपने विश्वसनीय मुतामिद ख़ाँ को सन्देशवाहक से

कोई गुप्त सन्देश ज़रूर भेजेंगे ताकि दरबार की कोई ख़बर मिल सके। चूँकि, शाही दरबार इस समय पंजाब के रास्ते कश्मीर की ओर अग्रसर था इसीलिए सन्देशों के आवागमन में भी देर हो रही है।

वैसे भी यहाँ जुन्नार में तो उतनी ठण्ड नहीं शुरू हुई थी मगर वह जान रहा था कि पंजाब, कश्मीर में तो नवम्बर में ठण्ड शुरू हो ही गयी होगी और आवागमन की दिक्क़त भी; क्योंकि, दिन में निकलकर आफ़ताब के भी जल्दी ढलने के कारण शाम और रातें भी लम्बी हो जाती हैं। मुमताज़ ने शरारत भरे अन्दाज़ में उसके सोचने के क्रम को तोड़ते हुए और अपनी ओर से जोड़ते हुए फिर पूछा, "एक बात बताइए हुज़ूर कल रात आपका इरादा बादशाहत का था या फिर पिता बनने का?" शाहजहाँ ने किसी युवा वाली मुस्कान से ही अपना उत्तर देना बेहतर समझा या वह निरुत्तर हो गया? वह जानता था कि औरत को सन्तान के बीज पड़ने के बारे में तुरन्त समझ आ जाता है जबकि आदमी इससे अनभिज्ञ रहता है! इसीलिए उसने मुस्कुरानें ही बेहतर जाना। ख़ैर एक गहरी, लम्बी अँगड़ाई के बाद शाहजहाँ ने बिस्तर छोड़ दिया।

अभी उसने अपने रोज़मर्रा के काम निबटाये और फ़िरदौसी के 'शाहनामा' में अफ़रसियाब के बारे में पढ़ना शुरू ही किया था कि एक प्रहरी लगभग दौड़ते हुए आया। शाहजहाँ ने आहट सुनी और अपने प्रिय ख़्वाजासरा दिलदार को दरवाज़े पर खड़े पाया, तो उसने इशारा किया और प्रहरी ने अन्दर आकर बताया कि उसके विश्वसनीय मुतामिद ख़ाँ का सन्देशवाहक आया है। उसने ख़त दिलदार को और दिलदार ने शाहजहाँ को पकड़ाया। शाहजहाँ ने ख़त पढ़ा उसके माथे पर बल पड़े और फिर उसने दिलदार से उस सन्देशवाहक के ठहरने आदि के इन्तज़ाम के लिए कहा और इत्मीनान से शाम को मुँहज़बानी मुग़ल दरबार का हाल सुनाने को कहकर अपने कक्ष से मुस्कुराते हुए विदा किया। दिलदार से सती–उन–निसा और फिर मुमताज़ को ख़बर लगते देर नहीं लगी और देखते ही देखते मुमताज़ और जहाँआरा और उनके पीछे ख़ुद सती–उन–निसा भी हो लीं।

शाहजहाँ ने बताया, ख़त मुतामिद ख़ाँ ने भेजा है कि बादशाह की तबीयत बहुत ख़राब हो गयी है। फिर बेटी जहाँआरा को बताने की नीयत से उसकी ओर मुख़ातिब होकर बोला, "जब बादशाह ने तबीयत ख़राब होने की वजह से अपनी जीवनी, 'तुज़ुक–ए–जहाँगीरी' के लेखन

का काम बन्द किया तब उसने इसी मुतामिद ख़ाँ को चुना था कि वह बोलता जाये और मुतामिद क़लमबन्द करता जाये; मुतामिद ख़ाँ और उसके परिवार पर शहज़ादे के रूप में मेरे (खुर्रम के) बहुत एहसानात थे अतः वह मेरा विश्वसनीय उस दौर में भी था और बादशाह के ख़िलाफ़ बग़ावत के दौरान भी वह हम तक ख़बर पहुँचाता रहा था। आज भी सबसे वफ़ादार है।" ख़ैर शाम हुई तब उस सन्देशवाहक ने बताया कि वह अक्टूबर के पहले हफ़्ते में चला था और उसे एक महीने से ऊपर लग गये यहाँ पहुँचने में–फिर हिसाब जोड़कर ख़ुद ही बोला अक्टूबर 6 को चलकर नवम्बर 16 यानी एक महीने दस दिन में वह यहाँ आ पाया। उसने बताया कि जिस तरह से बादशाह की साँस की तकलीफ़ अबकी उभरी है ठीक होने का नाम ही नहीं ले रही। न दवा और न ही दुआ का कोई असर है।

परदे के पीछे बैठी जहाँआरा के मुँह से यकबयक निकला, "मेरी दुआ तो असर कर रही है उनकी और नागिन की न भी क़बूल हो!" शाहजहाँ को इस कथन से कैसी राहत मिली कि उसने कोई प्रतिक्रिया तो व्यक्त नहीं की मगर उसके फड़फड़ाते होंठ लोगों की नज़र से नहीं छुप पाये, जो दिल से आमीन कह चुके थे! अब बात फिर लेन्याद्री की गुफा के अष्टविनायक मन्दिर के सामने उस ब्राह्मण श्वेतांक पन्त की ओर घूम गयी। शाहजहाँ ने उसे एक थैली अशर्फ़ियों की भेजी और कल उसे जुन्नार के अन्दर ओज़र वाले गणेश जी के मन्दिर में शाहजहाँ के लिए इबादत करने की ख़बर करवायी। इतना ही नहीं जहाँआरा ने ख़ास इबादत के ख़र्चे के लिए भी अलग से कुछ रक़म भेज दी। श्वेतांक पन्त और उसकी कही बात ही अब डूबते को तिनके का सहारा हो गयी थी और वहाँ मौजूद सभी लोगों को यह सही ही मालूम पड़ा–उन सब की क़िस्मत भी तो शाहजहाँ से ही जुड़ी थी? अगर उसका भला होगा तो सबका भला होगा!

एक हारे हुए सेनानायक और असफल बग़ावत की सज़ा भुगतने के लिए शत्रु निज़ामशाही की शरण में रहने को और अपने तीन बेटों से बिछुड़ने के लिए बाध्य हुआ। एक तरफ़ ये जो कुछ हुआ था वो उसे अवसाद में ले गया तो दूसरी ओर जुन्नार आना उसके लिए क़िस्मत का दरवाज़ा खोलता दिखा। उसको समझ आ गया कि मलिक अम्बर ने बहुत सोच–समझकर ही यह स्थान अपने केन्द्र या मुख्यालय के लिए चुना था।

अभी मार्च, 1627 में वह जुन्नार आया था; शहज़ादे परवेज़ की मृत्यु की ख़बर से मुग़ल सिंहासन के रास्ते का एक और काँटा तो दूर हुआ ही; इसी के परिणामस्वरूप महाबत ख़ाँ के लिए भी मजबूरी हो गयी कि किसी मुग़ल शहज़ादे का साथ पकड़े—जहाँगीर को नज़रबन्द करने के कृत्य से बादशाह और बादशाह—बेगम, नूरजहाँ दोनों के यहाँ उसे पनाह मिलनी नहीं थी अतः उसका भी अब एक ही सियासी विकल्प था—शाहजहाँ! अतः सितम्बर में ही महाबत ख़ाँ का भी सन्देश आ गया था कि वह शहज़ादे के पास आने के लिए चल पड़ा है और अक्टूबर 22, 1627 को वो अपने दो हज़ार घुड़सवारों के साथ शाहजहाँ से जुन्नार में आ मिला। उसका इस्तक़बाल शाहजहाँ की ओर से सैयद मुज़फ़्फ़र बारहा और ख़िदमत परस्त ख़ाँ ने किया!

इसी दौरान शाहजहाँ न चाहते हुए भी अपने सह—धर्मी और सह—नस्लीय सुन्नी तूरानी अमीरों से घिरता जा रहा था। एक पुरानी कहावत ही है कि जैसा साथ होता है इंसान की सोच वैसी ही हो जाती है और वह वैसा ही व्यवहार करने लगता है अतः इस दौर में वह थोड़ा संकीर्ण और धार्मिक रूप से कट्टर होने लगा था। लेकिन एक शिया राज्य में आश्रय पाने के चलते और फिर अध्ययन में समय गुज़ारने के कारण व्यावहारिक उदारता तो शेष रह ही गयी होगी क्योंकि वह भी तो अकबर के संरक्षण में रहा था और, उसकी सबसे प्रिय पत्नी भी ईरानी—शिया थी; उसका सबसे बड़ा समर्थक उसका श्वसुर भी ज़ाहिर है शिया—ईरानी गुट का सर्वोच्च नेता था अतः उसके स्वभाव में इस उदारता के अंश भी काफ़ी मात्रा में थे।

जब उसकी बेटी, जहाँआरा ने आस—पास की प्रसिद्ध गुफाओं को देखने के लिए पहली बार कहा तब शाहजहाँ के मन में दुविधा थी कि कहीं सैयद मुज़फ़्फ़र बारहा, ख़िदमत परस्त ख़ाँ या महाबत ख़ाँ नाराज़ न हो जायें। उसकी ताक़त उनके समर्थन से थी और वह राजनीतिक रूप से मज़बूत हो रहा था अब कोई जुआ नहीं खेलना चाहता था। सैयद मुज़फ़्फ़र बारहा के अलावा उसके बाक़ी अमीरों ने भी ख़ुद को इस यात्रा से अलग करते हुए उसे बेटी का मन रखने की सलाह ही दी—इस तरह अपनी बेटी की वजह से नवम्बर 15, 1627 को शाहजहाँ बौद्ध और हिन्दू गुफाओं को देखने गया। गणेश मन्दिर के समक्ष चितपावन ब्राह्मण श्वेतांक पन्त ने अनायास ही उसे बादशाह सम्बोधित किया और दूसरी सुबह ही

मुतामिद ख़ाँ का सन्देशवाहक एक दूर तक संकेत देने वाली ख़बर ले आया था! लेकिन शुभ सूचनाओं की यह शुरुआत ही थी क्योंकि जुम्मे की ख़बर जज़्ब होते–होते, इतवार नवम्बर 18, 1627 को जो हुआ वह तो बिल्कुल ही हैरान कर देने वाला था।

वो इतवार का दिन था जब मुतामिद ख़ाँ का ख़बरची आया और तब से बातचीत का सिलसिला थमने का नाम ही नहीं ले रहा था। आज सुबह शिकार के बाद हल्का–फुल्का नाश्ता कर शाहजहाँ ने पहले कुछ काम निबटाया और फिर सब अमीरों को विदा करके हरम की ओर चल पड़ा। उसने मुमताज़ से जहाँआरा को आवाज़ देने की बात कहकर शतरंज की बिसात बिछानी शुरू की। मुमताज़ ने प्रिय दासी परवीन को जहाँआरा को बुलाने के लिए रवाना किया और शाहजहाँ को शतरंज की बिसात सजाते देखा तो उसके मुँह से निकल गया–आज सुबह–सुबह सियासत का कोई दाँव आज़माना है क्या? शाहजहाँ जब तक कोई जवाब देता वो बारह वर्षीय बिटिया अपने वालिद को सलाम करके मोहरों को ऐसे देखने लगी जैसे वे सचमुच के इंसान हों? उसने ख़्वान्दामीर कृत 'क़ानून–ए–हुमायूँनी' में पढ़ा था कि कैसे बादशाह हुमायूँ ऐसी ही बिसात बनवा कर उसमें सैनिकों को खड़ा करवा कर चाल चलते, उन्हें 'चहलक़दमी' करवाते और शतरंज को एक अमली जामा पहनाकर खेल का मज़ा लेते!

ख़ैर, बादशाह होने के लिए जोश से लबरेज़ शाहजहाँ और जीत के लिए तारीफ़ और इनाम हासिल करने की नीयत से जहाँआरा भी मुस्तैदी से बैठ गयी। दोनों बाप–बेटी ने एक निहायत लम्बी बाज़ी खेली, लगता था कि आज शह–मात का खेल नहीं कोई ख़ूनी मंज़र गुज़र रहा है। मुमताज़, सती–उन–निसा और हरम की तमाम औरतें, लड़कियाँ आ जुटीं–कुछ तो लम्बी खिंचती बाज़ी देखने और कुछ शतरंज की चालें सीखने के मक़सद से भी आ जुटीं। सीखनेवालियों में प्रायः 'हरम' में रह रही राजपरिवार की लड़कियाँ ही थीं। ख़ैर, जहाँआरा ने एक–एक करके अपने वालिद के हाथी, घोड़े और एक ऊँट मार लिए! शाहजहाँ ने दूसरी ओर उसके प्यादे लगभग मार गिराए थे। दोनों एक–दूसरे को दो–दो बार शह भी दे चुके थे और बार–बार मात बचाने में कामयाब रहे थे; दोपहर के खाने का समय भी निकलता जा रहा था। मुमताज़ से रहा नहीं गया, वो बोली, "आज ही तेरे ऊपर मेरी फूफी का असर आना था। और आप भी अपनी बिटिया के साथ खेल रहे हैं अपनी सास के साथ नहीं...अब बस भी कीजिए!"

शाहजहाँ ने मुमताज़ को आश्वस्त करते हुए जवाब में कहा, "बस थोड़ी देर और, अभी ख़त्म करते हैं।" और ये क्या...शाहजहाँ एक–एक करके दो प्यादे उस कोने तक ले गया। एक प्यादे से हाथी ज़िन्दा करने में कामयाब हुआ तो दूसरे से ऊँट। अब क्या था–एक सीधी मार करने वाला और दो तिरछे वार करने वाले, बाज़ी फिर जस–की–तस–कोई हटने को तैयार नहीं, बस शह करते–मात बचाते रहे! ऐसी मार–काट वाला खेल कभी नहीं हुआ था–लगा ही नहीं कि शतरंज का खेल हो रहा है, बल्कि जैसे नूरजहाँ घेरती रही थी पिछले दो–तीन सालों में वह सब फिर ताज़ा हो रहा था और शाहजहाँ कभी महाबत ख़ाँ से बचता कभी ईरान के शाह की मदद की आशा करता। कभी अपना वज़ीर बचाता कभी प्यादा बढ़ाता। मुमताज़ ने अबकी बार खीज कर कहा, "अरे भाई! बाज़ी यहीं रोककर खाना खा लीजिए क्योंकि, आपके पहले कोई खायेगा नहीं और समय बहुत ज़्यादा बीत गया है। शाहजहाँ ने बिटिया जहाँआरा की ओर देखा और दोनों ने फ़ैसला किया कि खेल बराबरी पर छूटा है इसीलिए अब ख़त्म ही किया जाये। शाहजहाँ का एक हाथी और दो ऊँट फिर ज़िन्दा हो चुके थे अब फिर वह नये सिरे से मैदान में था? अंजाम तक जाने के लिए इस पार या उस पार शाम भी हो सकती है। अतः सब खाना खाने के लिए दस्तरख़्वान की ओर चल पड़े! शाहजहाँ से ज़्यादा मुमताज़ को तसल्ली हुई कि शाहजहाँ हारा नहीं यह सगुन अच्छा ही रहा!

जहाँआरा इतनी लम्बी थका देने वाली शतरंज की बाज़ी खेल कर तरोताज़ा होना चाहती थी इसीलिए खाना खाने के बाद उसने एकान्त में कुछ लिखने–पढ़ने की सोची, क्योंकि, सुबह की शतरंज की बाज़ी ने उसकी सारी शक्ति ही निचोड़ ली थी–वैसे भी उसे एकान्त में फ़लसफ़े वाले अश'आर या फिर खालिस सूफ़ी साहित्य पुनः स्फूर्ति प्रदान कर देता था। उसने हमेशा यही नुस्ख़ा आज़माया था और ऐसा करने में कामयाब रही थी। मुमताज़ ने समझाया कि थोड़ी देर आराम कर लो, फिर दो घण्टे बाद लिखना–पढ़ना...वह मानकर अपने बिस्तर पर लेट कर रूमी की एक नज़्म गुनगुनाने लगी। उसे कब झपकी आ गयी ये पता ही नहीं चला। वाक़ई वह डेढ़ घण्टे बाद ही जागी! अपना काग़ज़–क़लम, दवात सँभाले वह ऊपर छत पर चल दी पढ़ाई की धुन में–आज बहुत समय शतरंज में चला गया था वरना उसका इरादा तो सुबह से लिखकर अब तक ख़त्म कर देने का था। ख़ैर...

जहाँआरा को रूमी के दीवान के कुछ अश'आर अपने रोज़नामचे में उतारने थे। उसकी यह आदत थी कि वह कोई काम टालती नहीं थी–कोई भी कोताही न करते हुए आज वो मलिक अम्बर के इस महल के सबसे ऊँचे कँगूरे पर इस गरज से जा बैठी जहाँ वह सुकून से अपने काम को जल्दी–से–जल्दी अंजाम दे सके, एक तो गपशप और फिर छोटी बहन रोशनारा आकर उससे तरह–तरह के सवाल कर–कर के परेशान कर देती थी कि वह क्या और क्यों लिख रही थी या फिर जो लिखा है उसका मतलब क्या है? जितना समय उसने सोचा था उससे भी कम समय में उसने अपना काम निबटा लिया–यहाँ पक्षियों के कलरव के अलावा कभी–कभी सागौन के वनों से या दूर पहाड़ियों से किसी जानवर की भी आवाज़ आ जाती थी, और इससे उसकी तल्लीनता में कोई असर नहीं पड़ता था बल्कि इन आवाज़ों के बीच उसे कुदरत के नज़दीक होने का ही अहसास होता था और उसकी एकाग्रता बढ़ती थी।

जैसे ही उसने लिखने का काम ख़त्म करके प्रकृति के सौन्दर्य को निहारना शुरू किया था कि उसे दूर से ही धूल का गुबार दिखा और ऐसा लगा कि काफ़ी संख्या में घुड़सवार आ रहे हैं। वे अभी कुछ मील दूर थे। वह घबड़ा गयी। उसे लगा कि कहीं निज़ामशाह के सैनिक उसके वालिद को गिरफ़्तार करने तो नहीं आ रहे! नागिन का कोई भरोसा नहीं, उसने शाहजहाँ के शक को ख़त्म करने के लिए इस ख़बरची को ख़रीद लिया हो! मुतामिद ख़ाँ पर तो भरोसा हो सकता है मगर उसके ख़बरची पर कितना ऐतबार? कहीं उसके सहारे वो नागिन कोई नया छल तो नहीं कर रही थी? वो इतनी हड़बड़ी में नीचे उतरती चली गयी कि नौकर–चाकर, ख़्वाजासरा दिलदार तक घबड़ा गया और एकदम से शोर–सा उठा "क्या हुआ?" सबके सामने सिर्फ़ मुस्कुराने वाला चेहरा पीला पड़ गया था और जहाँआरा थी कि बेसुध–सी बस भागी जा रही थी–उसे कपड़ों तक की फ़िक्र नहीं थी। जिस लड़की का दुपट्टा भी किसी ने सर से सरकते न देखा हो, ज़ाहिर–सी बात है सभी लोग बेहद परेशान हो उठे? शाहजहाँ के कान में सती–उन–निसा की हलकी–सी आवाज़ आयी, ''अरे शहज़ादी क्या हुआ?'' वह सब काम छोड़कर ख़ुद हड़बड़ाकर अपने कक्ष से भीतर आँगन की ओर भागा। तब तक बिटिया सीधा पिता से लिपट गयी और जो कुछ उसने ऊपर कँगूरे से देखा था वह एक साँस में कह डाला! कहते–कहते डर से काँपती आवाज़ धीरे–धीरे

थम गयी, उसकी आँखें पलट गयीं। मुमताज़ ने दौड़कर बेटी को सँभाला तब तक एक नौकरानी पानी ले आयी। शाहजहाँ ने खुद जहाँआरा के चेहरे पर पानी छिड़का और हलके से उसका नाम कई बार पुकारा। धीरे–धीरे जहाँआरा ने आँखें खोलीं।

अब घबड़ाने की बारी शाहजहाँ की थी। उसने तुरन्त अपने सैनिकों को तैयार होने के लिए कहा। बारहा का सैयद तो जैसे इसी दिन के इन्तज़ार में बैठा था उसकी तो युद्ध की सम्भावना से ही बाँछें खिल गयीं और ख़ुद शाहजहाँ ने भी महीनों बाद युद्ध की तैयारी की और छत पर तैनात सिपाही से पूछा कि वे कितने नज़दीक पहुँच गये थे और कितने घुड़सवार और सिपाही होंगे? उस ऊँचाई पर तैनात सिपाही ने जो कुछ बताया उससे इन लोगों को माज़रा समझ नहीं आया। वह बोला, “वे लोग तो इत्मीनान से आ रहे हैं और हँसते, ज़ोर–ज़ोर से बातें करते आ रहे हैं। ऐसा नहीं लग रहा कि वे लड़ाई की मंशा से आ रहे हैं?” आख़िर ये थे कौन? एक संशय तो सबके मन में था ही।

ख़ैर राज़ तो तब खुला जब पहले बादशाह के सामने महाबत ख़ाँ हाज़िर हुआ, जो सुबह अपने एक दस्ते के साथ शिकार पर गया था। उसने शाहजहाँ को मुबारकबाद दी, मगर शाहजहाँ को यह समझ नहीं आया कि वह उसे किस बात की मुबारकबाद दे रहा है? तब महाबत ख़ाँ ने बाक़ी लोगों को हट जाने का इशारा किया और जब सिर्फ़ शाहजहाँ, बारहा का सैयद और दो–चार ख़ास लोग रह गये तब उसने बनारसी को आगे किया–शाहजहाँ अपने श्वसुर आसफ़ ख़ाँ के इस विश्वासपात्र को तुरन्त पहचान गया और पूछा, "ख़ैरियत तो है? तुम कैसे?" उसने धीरे–से आसफ़ ख़ाँ की अँगूठी शाहजहाँ को दी। उसने अँगूठी पहचान कर उस अँगूठी को परदे के पीछे बैठी आसफ़ ख़ाँ की बेटी मुमताज़ को भिजवा दिया। अब बनारसी ने बताया कि उसे तो मार्ग में महाबत ख़ाँ मिल गये और वह उन्हीं के साथ हो लिया। जब बनारसी को यह जानकारी हुई कि अब महाबत ख़ाँ शाहजहाँ के सबसे नज़दीकी लोगों में होकर उसके समर्थन के लिए दो हज़ार घुड़सवारों के साथ हाज़िर है, उसने सबसे पहले उसी को ख़ास ख़बर दे दी थी।

बनारसी ने शाहजहाँ को बताया कि बादशाह की तबीयत नहीं सुधर रही थी और कोई दवा और दुआ काम नहीं कर रही थी।

आख़िर में, इतवार के दिन अक्टूबर 9, 1627 को ही उनका इन्तकाल हो गया। और आज भी इतवार है जब हम आपके पास ख़बर लेकर खुद हाज़िर हुए हैं! आसफ़ ख़ाँ ने ख़त लिखने की भी देरी न करते हुए बनारसी को ज़ुबानी ख़बर देने के लिए अपनी अँगूठी बतौर निशानी भेजी थी। वो बीस दिन में जुन्नार तक पहुँचने में कामयाब रहा था। जुन्नार से कुछ पहले ही महाबत ख़ाँ मिल गया और दोनों साथ ही हाज़िर हुए थे। बनारसी से ही यह भी पता चला कि, "आसफ़ ख़ाँ ने मीर बख़्शी, इरादत ख़ाँ को भी अपनी ओर कर लिया है और इन दोनों ने परामर्श करके शाहजहाँ के सबसे बड़े भाई महरूम खुसरो के पुत्र, दावर बख़्श को मुग़ल बादशाह के रूप में सिंहासनारूढ़ कर दिया ताकि सिंहासन भी ख़ाली न हो और आसफ़ ख़ाँ को अगर शहरयार से युद्ध में सामना भी करना पड़े तो यह बग़ावत न होकर दो दावेदारों की लड़ाई ही लगे। इतना ही नहीं, लोगों को अपनी ओर करने के लिए इस ख़बर को ख़ासोआम तक प्रचारित करवाया कि ख़ुसरो के पुत्र का हक़ शहरयार से अधिक था क्योंकि, शहरयार तो एक दासी–पुत्र था। और लोगों को मृत ख़ुसरो से अधिक लगाव और मुहब्बत भी थी।"

बनारसी ने कुछ रुककर फिर बताना शुरू किया, "मेरे स्वामी आसफ़ ख़ाँ ने नामधारी मुग़ल बादशाह दावर बख़्श के नेतृत्व में शहरयार के विरुद्ध सैन्याभियान का निश्चय करते हुए भीमबार पर चढ़ाई कर दी। उधर नूरजहाँ ने स्वयं अपने भाई के ख़िलाफ़ मोर्चा सँभाल लिया। किन्तु आसफ़ ख़ाँ ने ख़्वाजा अबुल हसन की मदद से आपके तीनों पुत्रों, यथा दारा, शुजा एवं औरंगज़ेब को किसी तरह नूरजहाँ की पहुँच से बाहर निकलवा लिया और मृत बादशाह का शव दफ़नाने के लिए लाहौर विदा करवा दिया। और मुझे आपके पास तेज़ गति से पहुँचने के लिए रवाना कर दिया।" ख़ैर बाक़ी सूचनाएँ तो दो दिन पहले मुतामिद ख़ाँ का दूत आकर दे ही चुका था कि, "कैसे बादशाह की तबीयत और साँस लेने में कोई आराम नहीं हुआ तो उसने कश्मीर जाने का आदेश दिया और यहाँ अक्टूबर में ही ज़्यादा सर्द मौसम के चलते उसकी साँस की तकलीफ़ और बिगड़ गयी थी, तभी उसने लाहौर लौटने का निर्णय लिया था और रास्ते में राजौरी पहुँचते ही उसकी इहलीला समाप्त हो गयी!"

शाहजहाँ ने बादशाहत का रास्ता यूँ इतनी जल्दी साफ़ होते देखकर अपने अन्दर की ख़ुशी दबाते हुए एक ग़मगीन चेहरा बनाया और यही

कहा कि हम ग़म का दौर बिताकर ही अब यहाँ से आगरा के लिए निकलेंगे, किन्तु बनारसी के ज़ोर देने पर कि आसफ़ ख़ाँ ने उसे तुरन्त चल देने को कहा है उसने सबसे पहले एक शोक सभा की और मृत बादशाह के लिए इबादत भी। फिर सबसे पहले 'हरम' में पहुँचकर उसने अपने बड़ी बेटी के सर पर हाथ फेरते हुए अपने गले में पड़ी पन्ने की माला उसके गले में डाल दी। मुमताज़, सती–उन–निसा और स्वयं जहाँआरा को समझ आ गया कि लेन्याद्री गुफ़ा, गणेश मन्दिर, ब्राह्मण श्वेतांक पन्त और यह ख़बर सब मिलकर एक माला ही बना रहे थे और उसके लिए काफ़ी हद तक जहाँआरा ज़िम्मेदार थी। इसीलिए ये विशेष लाड़! ख़ैर, इस नये बादशाह ने राज्यारोहण से पहले ही ब्राह्मण श्वेतांक पन्त को शाही वस्त्र भिजवाकर सम्मानित ही नहीं किया अपितु उसे 1000 स्वर्ण मुद्राएँ और उसके अधिपति जुन्नार के अष्टविनायक मन्दिर के लिए 1000 स्वर्ण मुद्राएँ भी भेजी गयीं।

धन और पुरस्कार से धन्य हुए ब्राह्मण श्वेतांक पन्त ने दूसरे दिन, सोमवार, नवम्बर 19, 1627 को शाहजहाँ को पुनः बादशाह सम्बोधित करते हुए अपना आभार प्रकट करने के साथ शोक भी व्यक्त किया और अगले दिन कुछ ज्योतिषियों के साथ आने का वादा करके वह चला गया। वादे के अनुसार अगले दिन वह ग्यारह ब्राह्मणों, पुरोहितों तथा ज्योतिषियों के साथ पहुँचा और शाहजहाँ को शीघ्र आगरा जाने के लिए बृहस्पतिवार सुबह के दो पहर बीत जाने के बाद जुन्नार छोड़ने की सलाह दी। शाहजहाँ को श्वेतांक और उसके पण्डितों पर इतना भरोसा हो गया था कि उसने उनके बताये समय पर ही आगरा के लिए प्रस्थान करने का निर्णय किया, वरना वो और देर से जाने की सोच रहा था। ख़ैर, अब सब लोग वापस आगरा जाने की तैयारी में जुट गये। सबको अपना–अपना सामान बटोरने–समेटने में इतना समय तो लगना ही था। कब चलने का दिन और समय आ गया पता ही नहीं चला।

शाही सवारी पूरी सज–धज के साथ उत्साह और जोश से लबरेज़ बढ़ चली–जुन्नार के प्रति एक अजब–सा लगाव शाहजहाँ और जहाँआरा को हो गया था, शाहजहाँ की सारी मुरादें यहीं आकर पूरी हुईं और जहाँआरा को न केवल पढ़ने–लिखने का ख़ूब मौक़ा मिला था अपितु पिता की देख–रेख में घुड़सवारी, शिकार से लेकर शतरंज और उसके बहाने सियासत के दाँव–पेंच समझने की क़ाबिलियत भी आ गयी थी।

अतः दोनों पिता–पुत्री ने बार–बार पीछे मुड़कर कृतज्ञता के भाव से जुन्नार को देखा। जहाँआरा ने तो अपने पिता का मार्ग निष्कंटक करने वाले गणेश जी को पूरी श्रद्धा के साथ जुन्नार के अष्टविनायक मन्दिर के लिए अपने पास से चाँदी के छत्र का पैसा भी ब्राह्मण श्वेतांक पन्त के पास भिजवा दिया था। जितनी ख़ुशी आगरा जाने की थी उतना ही दुःख जुन्नार छोड़ने का भी था। शाहजहाँ के अपने लगभग पाँच–छह हज़ार सैनिकों, घुड़सवारों के अलावा महाबत ख़ाँ के दो हज़ार घुड़सवार, सैयद मुज़फ़्फ़र बारहा तथा अन्य के भी दो हज़ार के क़रीब–एक अच्छी–ख़ासी फ़ौज के साथ जैसे किसी बड़ी जीत के बाद उत्तर भारत की ओर लौट रहे हों–इस ऊर्जा के साथ बढ़े चले जा रहे थे।

सबसे पहले जुन्नार से दक्षिण–पूर्व की ओर घूमे फिर नारायण गाँव में शिविर लगाया और रात–भर के विश्राम के बाद उत्तर दिशा में 33 मील चलकर संगमनेर पहुँचे। जहाँआरा ने अपने रोज़नामचे में दर्ज किया : "यह पुराने खानदेश राज्य का एक महत्त्वपूर्ण स्थल था। इसका धार्मिक और सांस्कृतिक महत्त्व था क्योंकि, प्रयाग–इलाहाबाद की ही तरह यहाँ भी तीन नदियों का संगम था–प्रवर, महलूँगी एवं अधाल (या, अधल)। अब तक हम कुल पचहत्तर मील चल चुके थे; फिर वहाँ शिविर लगा, जहाँ एक दिन आराम किया गया; फिर वहाँ से उत्तर–पश्चिम की दिशा की ओर घूमकर 24 मील की दूरी तय करके नवम्बर 28, 1627 को सिन्नूर पहुँचे।" उस दिन चन्द्र–तिथि या चन्द्र–वर्ष के अनुसार शाहजहाँ का जन्मदिन था, सब प्रमुख अमीरों ने नज़राना पेश किया और अघोषित बादशाह की निसार की; बदले में उनको शाहजहाँ की ओर से इनाम–इकराम से नवाज़ा गया। उससे भी ज़्यादा–आने वाले दिनों में उनको योग्यतानुसार पदों का भरोसा तो था ही, क्योंकि ऐसी प्रतिकूल परिस्थितियों में उन्होंने शाहजहाँ का साथ दिया था। इतना ही नहीं अकबर के समय से राजपूतों से ली गयी परम्परानुसार मुग़ल रिवाज़ को जारी रखते हुए शाहजहाँ का तुलादान भी हुआ और इसकी रक़म सैनिकों से लेकर सबको बाँट दी गयी।

अभी शाहजहाँ के जन्मदिन का उत्सव ख़त्म भी नहीं हुआ था कि एक और शुभ संकेत हुआ। शाहजहाँ ने जुन्नार से निकलते समय ही सैयद मुज़फ़्फ़र बारहा को अपनी सेना का मीर बख़्शी मुक़र्रर कर दिया था। शिविर में दरबार लगा ही हुआ था कि सैयद मुज़फ़्फ़र बारहा ने धीरे–से शाहजहाँ को बताया कि आसफ़ ख़ाँ का एक और दूत आया है।

उसके विश्राम–भोजन आदि की व्यवस्था कर दी गयी है जैसे ही बादशाह हुक्म करेंगे उसे अलग एक छोटे शिविर में बातचीत के लिए हाज़िर कर दिया जायेगा। इस पर शाहजहाँ ने हुक्म दिया कि उसे 'हरम' वाले मुमताज़ के शिविर में पेश किया जाये ताकि वे परदे के पीछे से सब सूचनाएँ प्राप्त कर सकें, ख़ासतौर से मुमताज़, अपने पिता द्वारा उठाये जा रहे क़दमों से उत्साहित और प्रसन्न हो सके। वह तो उस दिन से पिता का गुणगान कर ही रही है जिस दिन उसने उसके तीनों बच्चों को नूरजहाँ के संरक्षण से मुक्त करा कर अपने संरक्षण में ले लिया था और बनारसी के हाथों सन्देश भेजा था। यही तय पाया गया और दूत ने जब यह बताया कि नूरजहाँ के मोहरे, शहरयार की सेना को आसफ़ ख़ाँ ने युद्ध में शिकस्त दे दी है तो जन्मदिन का उत्सव पुनः शुरू हो गया। मुग़ल सत्ता की इस अकेली दावेदार और सत्ता पर अधिकार करने की नूरजहाँ की हसरत का यह अन्त भी था। अतः इस समय सूचना के बाद का उत्सव वास्तविक उत्सव में तब्दील हो गया था।

शाहजहाँ के जन्मदिवस के बाद एक दिन और विश्राम करने के बाद फिर यह शाही दल सिन्नूर से नवम्बर 30, 1627 को उत्तर दिशा की ओर बढ़ चला...इस बार ज़्यादा लम्बी यात्रा की गयी–यह पिछली बार से लगभग दस गुनी लम्बी और थोड़ी दुष्कर यात्रा थी। जुन्नार से सिन्नूर तक सिर्फ़ पचहत्तर मील का सफ़र तय किया था जबकि यहाँ से अगले बड़े पड़ाव, यथा गोगुन्दा तक की यात्रा सात सौ बीस मील की थी। जहाँआरा ने अपने रोज़नामचे में कुछ यूँ दर्ज किया, "जब हम जगह–जगह रुकते–रुकाते, विश्राम करते और यात्रियों और पशुओं के आराम के साथ भोजन आदि की व्यवस्था कर लेते थे तब आगे बढ़ते थे। लगभग 355 मील की यात्रा के बाद हमारा शिविर नर्मदा के तट पर लगा।" शाहजहाँ के दीवान वाइज़ ख़ाँ ने अपने दूत यह पता करने के लिए भेजे कि गुजरात के सूबेदार सैफ़ ख़ाँ का शाहजहाँ के प्रति क्या रुख़ है? वस्तुतः सैफ़ ख़ाँ भी आसफ़ ख़ाँ का दामाद था। अर्जुमंद बानो की अपनी बहन से बहुत पटती थी।

लेकिन जब वाइज़ ख़ाँ ने शाहजहाँ को सैफ़ ख़ाँ के बग़ावती तेवर की ख़बर दी तब शाहजहाँ ने बिना कोई देर किये, सैफ़ ख़ाँ को सूबेदारी से बेदख़ल करते हुए नाहर ख़ाँ जिसे उसने ही शेर ख़ाँ के ख़िताब से नवाज़ा था उसको गुजरात का नया सूबेदार मुक़र्रर किया। यह तो सच है कि अगर अर्जुमंद बानो यानी मुमताज़ ने उसको माफ़ करने के लिए

न कहा होता और उसकी सुरक्षा सुनिश्चित करने के लिए विश्वसनीय परस्तार ख़ाँ को अहमदाबाद न भेजा होता तब नाहर ख़ाँ ज़बरदस्ती में कुछ भी कर सकता था जिससे सैफ़ ख़ाँ की जान–माल को ख़तरा हो सकता था? इसका यही फ़ायदा हुआ कि सैफ़ ख़ाँ को गिरफ़्तार करके सुरक्षित आगरा के लिए रवाना कर दिया गया। इसी के बाद बाबा पियारा तट पर शाही कुमुक ने नर्मदा नदी पार की। यहाँ फिर जहाँआरा ने अपने रोज़नामचे में दर्ज किया, "नर्मदा इतना बड़ा दरिया है कि यह उत्तर और दक्षिण भारत की सरहद है। यही दरिया हिन्दुस्तान और दक्खन को अलग करता है...यह पूरा इलाक़ा ही बहुत ख़ूबसूरत है।"

इस तरह शाही दल के द्वारा नर्मदा पार की गयी और जहाँआरा के अनुसार, "अहमदाबाद से बारह करोह की दूरी पर गुजरात का नया सूबेदार शेर ख़ाँ बादशाह के इस्तक़बाल के लिए हाज़िर हुआ। उसी ने कंकय्या तालाब के किनारे शाही विश्राम के सब इन्तज़ाम कर रखे थे अतः वहीं शाही शिविर लगा और सबने एक हफ़्ते तक वहीं विश्राम किया और बादशाह शाहजहाँ ने गुजरात सूबे का सब इन्तज़ाम किया। सबसे पहले शेर ख़ाँ को इनाम देते हुए उसकी प्रोन्नति दी गयी। उसे पंच–हज़ारी मंसबदार बना दिया गया। मिर्ज़ा ईसा को 4000 जात का मंसब दिया गया। ख़िदमत परस्त ख़ाँ को ख़ास शाही दूत बनाकर मेरे नाना, आसफ़ ख़ाँ के पास लाहौर भेजा गया। सन्देश क्या था शायद वालिद साहब ने किन्हीं ख़ास वजहों से हमको नहीं बताया। वे अच्छी तरह जानते हैं कि हमारी भी आदत खोद–खोद के पूछने की नहीं है, बस जितना बता दिया गया हम इत्मीनान कर लेते हैं। ज़रूर कोई ख़ास सियासी बात होगी।"

शाहजहाँ ने ख़िदमत परस्त ख़ाँ के हाथों जो पैग़ाम अपने श्वसुर आसफ़ ख़ाँ को भेजा था वह काफ़ी क्रूरता से भरा हुआ था और इसीलिए शायद उसने 'हरम' की महिलाओं और ख़ासतौर से अपनी नाज़ुक–दिल और भावुक बिटिया, जहाँआरा से छुपाना ज़रूरी समझा था। 'हरम' में अगर मुमताज़ को बताता तो भी जहाँआरा को पता चल ही जाता। न जाने उस मासूम के दिल पर क्या गुज़रती! बस एक पिता का दिल बादशाह और अव्वल सियासी के सामने हार गया। उसने वस्तुतः आसफ़ ख़ाँ को यही सन्देश भेजा था कि परिस्थितियों को देखते हुए यही सही होगा कि शहरयार, दावर बख़्श तथा उसके भाइयों, तेहुमर्स और होशंग को अन्धा

कर दिया जाये और दरबार में लाने की कोशिश की जाये या फिर सीधे मृत्युदण्ड दे दिया जाये।

यहाँ से आगे चलकर यह काफ़िला गोगुन्दा पहुँचा। इस काफ़िले ने जैसे ही गुजरात राज्य की हरियाली सीमा पार की, वैसे ही राजपूताने की रेतीले इलाक़े की कुछ तकलीफ़ें शुरू हो गयीं। ऊपर से अब ठण्ड शुरू हो चुकी थी, रात ठण्डी होने लगी थी। और राजपूताने के रेतीले इलाक़े में तो आफ़ताब ढलते ही सर्दी का कुछ ज़्यादा ही असर होता था। ख़ैर, जनवरी 1, 1628 पूरे जोश से लबरेज़ यह शाही दल गोगुन्दा पहुँच गया। गोगुन्दा के बाहर एक बड़े बाग़ में शिविर लगाया गया और यहाँ पहली बार शाहजहाँ ने अपने लिए बादशाह के विशेषाधिकार वाला लाल शिविर लगवाया और उसके ठीक बगल में एक छोटा शिविर ताकि वो ख़ास लोगों से बातचीत कर सके। शाहजहाँ के गोगुन्दा पहुँचने की ख़बर मेवाड़ के राणा के पास भेज दी गयी थी। अतः मेवाड़ के राणा करण यहाँ स्वयं उसका इस्तक़बाल करने को मौजूद थे।

गोगुन्दा में शाही शिविर का सारा इन्तज़ाम राणा करण ने पहले से कर रखा था और शाहजहाँ को राणा के इन्तज़ाम और इस्तक़बाल दोनों से बहुत ख़ुशी और सुकून हुआ। राजपूताने का यही एक राज्य था जिसने अकबर के सामने भी अपना परचम लहराये रखा था और जिसे उसने जहाँगीर के दौर में अपने सैन्याभियान से मुग़लों के साथ 'चित्तौड़ की सन्धि' करने के लिए मजबूर किया था। अतः उसकी ख़ुशी कई गुना बढ़ गयी कि राजपूताने के इस प्रमुख राज्य का स्वामी उसका साथ निभाने के लिए हाज़िर था–उसके लिए शासन शुरू करने से पहले इससे बढ़िया और शुभ संकेत और क्या हो सकता था? राजपूताने के इस प्रमुख घराने के राणा का शाहजहाँ का यूँ स्वागत करना पूरे राजपूताने और उत्तर भारत के राजपूत शासकों के लिए भी एक पक्का इशारा था कि वे शाहजहाँ को ही अपने नये बादशाह के रूप में न केवल स्वीकार न करें बल्कि उन्हें पूरे गर्मजोशी से नये बादशाह का इस्तक़बाल भी करना चाहिए!

इस अवसर पर मेवाड़ के राणा करण ने शाहजहाँ को बहुमूल्य उपहारों से लाद दिया; बेगम मुमताज़ और राजपरिवार के अन्य सभी सदस्यों के लिए भी राणा उपहार लाये थे। बिटिया जहाँआरा के लिए मीरा का एक चित्र और उनकी रचनावली की सुनहरी जिल्द वाली पाण्डुलिपि भी अलग से भेंट की। शाहजहाँ चूँकि ख़ुद बेहद ख़ुश हुआ था इसीलिए

उसने भी राणा करण को बहुमूल्य शाही वस्त्र, एक रत्नजड़ित तलवार, एक रत्नजड़ित ख़ंजर, बदख़्शाँ के माणिक्य से जड़ाऊ गले का हार जिसका मूल्य लगभग तीस हज़ार रुपये था; चाँदी के हौदे से सुसज्जित एक हाथी तथा सोने की काठी वाला एक घोड़ा भेंट किया। जैसा कि स्पष्ट है शाहजहाँ इस राजपूत घराने के साथ आने के महत्त्व को समझ रहा था।

यहाँ थकान दूर करने की नीयत से थोड़ा लम्बा पड़ाव किया गया। इस लम्बे समय वाले अवसर का सबसे ज़्यादा लाभ जहाँआरा ने अपनी तरह से उठाया। उसको राणा करण की बेटी और भतीजी का साथ मिल गया और उनके साथ वह गोगुन्दा के इलाक़े में न सिर्फ़ घूमी अपितु वहाँ की जानकारी और इतिहास जान लिया। जिसकी जैसी रुचि वह उसी में रम रहा था। उसने यहाँ की ढेरों जानकारियाँ अपनी डायरी में दर्ज कीं और शाहजहाँ ने चलने से एक रात पहले उसे पढ़ा भी और तारीफ़ किये बिना रह न सका। जहाँआरा के बयान के अनुसार, "जब अकबर बादशाह ने चित्तौड़गढ़ को घेरा था तब राणा उदय सिंह ने गोगुन्दा को अपनी अस्थायी राजधानी बना दिया था। और यहीं 1572 में उसकी मृत्यु भी हुई और उसके बाद राणा प्रताप का राजतिलक भी। यह राजतिलक वहाँ के झाला राजपूतों के राजपुरोहित मसलिया रावल ने सम्पन्न कराया था। यहाँ चूँकि झाला राजपूत के रावल ही इलाक़े के सामन्त थे अतः जो महल यहाँ उनके सरदार ने 1567 में बनवाया था वह 'रावला' कहलाता था"। उसने यह भी दर्ज किया था, "यहाँ का मुख्य त्योहार 'गणगौर' है जिसमें सर्वाधिक भील तथा गरासिया जनजातियों के लोग और विशेष रूप से स्त्रियाँ बढ़–चढ़ कर भाग लेती हैं। गोगुन्दा जैन सम्प्रदाय का भी बड़ा समृद्ध केन्द्र है यहाँ तीन जैन मन्दिर हैं जिनका स्थापत्य विशुद्ध मेवाड़ शैली का न होकर गुजरात, मालवा और मेवाड़ की मिश्रित विशेषताओं से युक्त है।"

जहाँआरा ने आगे दर्ज किया था, "यहाँ गणेश जी का भी एक प्रसिद्ध मन्दिर है।" उसने राजपूतानी राजकुमारियों के साथ मन्दिर के स्थापत्य के साथ ही भव्य मूर्ति और उसका श्रृंगार भी देखा। वह उसकी बारीक कारीगरी देख कर दंग रह गयी। उसके साथ ही चतुर्भुजा मन्दिर, शिव मन्दिर के ही साथ एक हनुमान मन्दिर का भी वर्णन उसने दर्ज किया। सम्भवतः यहाँ के जैन एवं हिन्दू मन्दिरों में साधारण रत्नों से पच्चीकारी

के नमूने का चित्रण और वर्णन देखकर ही शाहजहाँ ने अपने स्थापत्य की विशेषता बना दिया और संगमरमर के उपयोग के साथ पच्चीकारी के अलंकरण ने उसके स्थापत्य को चार चाँद लगा दिये थे। उसमें गोगुन्दा और जहाँआरा द्वारा उसका विस्तृत वर्णन बहुत काम आया था। उसने यहाँ की मस्जिद का भी विस्तृत ज़िक्र किया है जिसका स्थापत्य भी क्षेत्रीय ज़्यादा है।

गोगुन्दा पहुँचने के छठे दिन शाहजहाँ ने सौरवर्ष की तिथि के अनुसार अपना तुलादान करवा कर सब में वितरित करवाया और गीत–संगीत की महफ़िल भी सजी। इस तरह से कई दिनों तक गोगुन्दा में शिविर लगा रहा और राणा के लोगों के द्वारा ख़ूब आवभगत होती रही। सेना, घोड़ों तथा अन्य जानवरों को भी काफ़ी राहत महसूस हुई और अब वे फिर आगे की यात्रा के लिए तरोताज़ा हो गये। गोगुन्दा से यह शाही दल उत्तर–पश्चिम दिशा में घूमा–यहाँ से लगभग एक सौ अस्सी मील की दूरी थी अजमेर की–जहाँ अगला बड़ा पड़ाव निर्धारित था। राजपूताने के अजमेर सूबे का वह मुख्यालय था। शाही दल जनवरी 14, 1628 को अजमेर पहुँचा और सबसे मनोरम स्थान आना सागर में शाही शिविर लगाया गया था। सामने झील से आती ठण्डी हवा और वहीं सब के रहने का इन्तज़ाम...यहाँ शाहजहाँ ने सबसे पहले अजमेर सूबे के सूबेदार पद पर महाबत ख़ाँ को नियुक्त किया। यह राजपूताने का तो मुख्यालय था ही दक्खन और पश्चिम हिन्दुस्तान का भी ख़ास दरवाज़ा था। महाबत ख़ाँ भी यहाँ की नियुक्ति से बहुत प्रसन्न हुआ। अजमेर पहुँचते ही शाहजहाँ ने एक दिन आराम करते हुए वहाँ के सारे इन्तज़ामात ख़ुद किये और महाबत ख़ाँ को ज़रूरी निर्देश दिये।

यहीं उसके मन में आया कि वह मुईनुद्दीन चिश्ती साहब की दरगाह तक पैदल ज़ियारत करने के लिए जाये, जैसी अकबर बादशाह ने परम्परा डाली थी और जहाँगीर ने भी उसे जितना मुमकिन हो निभाया ही था। मुमताज़ भी जाने को तैयार हो गयी, साथ में सती–उन–निसा भी। लेकिन 12 वर्षीय जहाँआरा ने तो बादशाह के साथ ही पैदल ज़ियारत की ज़िद पकड़ ली। शाहजहाँ भी अपनी लाड़ली बेटी की माँग को नहीं टालता था क्योंकि वह इतनी समझदार और सलीक़ेदार थी कि जायज़ के अलावा कोई माँग कभी उसने की ही नहीं। अतः तय हुआ कि सुबह–सुबह ही शाही दल पैदल निकलेगा–बस मुमताज़ बेगम एवं कुछ अन्य पालकियों में जायेंगी।

शाहजहाँ ने साथ चल रही जहाँआरा को ग़ौर से देखा उसके हाथ में उसका वही रोज़नामचा था, सोने के हाशिये वाला जो उसने अपनी बिटिया को जुन्नार में दिया था।

वह समझ गया कि जितनी भी जानकारी चिश्ती साहब की होगी आज जहाँआरा के रोज़नामचे में सब दर्ज हो जायेगी। उसे अब चिश्ती साहब की ज़ियारत के बाद शाम को आना सागर के किनारे बैठकर बिटिया के रोज़नामचे में जो दर्ज है वह पढ़ने में भी ज़ियारत का ही सवाब मिलेगा। और अगर आ भी न पाये यहाँ तक तो इस रोज़नामचे की नक़ल करवा के अपने पास रख लेगा और वक़्त ज़रूरत ज़ियारत का आभास कर लेगा। सबने चिश्ती साहब के मक़बरे पर इबादत की; शाहजहाँ ने यहाँ एक संगमरमर की मस्जिद बनवाने के लिए नगद रक़म दी और तमाम इन्तज़ाम के लिए निर्देश दिये। वहाँ के मुतवल्ली और इन्तज़ामकर्ता को भी मदद–ए–माश में पहले से दिये गये अनुदान की पुष्टि करने के साथ ही उन्हें 200 बीघे का अतिरिक्त भू–अनुदान सयूर्घल या मदद–ए–माश में दिया और उसके लिए साथ गये नये सूबेदार, महाबत ख़ाँ को भी ज़रूरी निर्देश दिये।

शाम को उसने सोचे हुए को अमली जामा पहनाया और जहाँआरा को अपने रोज़नामचे में दर्ज किया हुआ, सुनाने को कहा। जहाँआरा ने भी पूरे जोश और शिद्दत से अपना लिखा हुआ पढ़कर सुनाना शुरू किया : "आज सुबह अपने ख़्वाब को हक़ीक़त में तब्दील होते देखा। न जाने कब से तमन्ना थी कि इस सूफ़ी सन्त की दरगाह में माथा नवायें और इबादत अदा करें। अपनी तस्बीह हाथ में लेकर हम अपने वालिद, हिन्दुस्तान के बादशाह शाहजहाँ के साथ पैदल ही निकले क्योंकि सबसे पहले करौनाह तुर्क सुल्तान, मुहम्मद–बिन–तुग़लक़ ने पैदल ही ज़ियारत की इस नयी परम्परा की शुरुआत की थी और अकबर बादशाह ने न सिर्फ़ इसे अपनाया बल्कि उसे शिद्दत से निभाने का रिवाज़ बना दिया। यहाँ ग़ौरतलब है कि मुहम्मद–बिन–तुग़लक़ से पहले किसी भी तुर्की सुल्तान ने उसके महत्त्व को नहीं समझा था जबकि हिन्दुस्तान में सूफ़ीवाद की नींव के साथ इस्लाम के सूफ़ीवादी मानवीय स्वरूप का प्रचार–प्रसार उन्हीं ने किया था। सुल्तान मुहम्मद ने ही सबसे पहले बस उस उजड़े से इलाक़े में बनी चिश्ती साहब की क़ब्र को एक बड़े मक़बरे में तब्दील

करते हुए उनकी ख़ानक़ाह की मरम्मत करवायी; इन सब के रख–रखाव के लिए ज़रूरी इन्तज़ाम किये और उसके लिए उनको सालाना आमदनी के लिए माफ़ी की ज़मीन या मदद–ए–माश भी दी गयी।"

शाहजहाँ, मुमताज़ और सती–उन–निसा ने जहाँआरा द्वारा अभी तक के लिखे और सुनाये हुए हाल की ख़ूब तारीफ़ की और उसके बाद बादशाह से इशारा मिलने पर जहाँआरा ने फिर अपना लिखा हुआ पढ़कर सुनाना शुरू किया; "सुल्तान मुहम्मद के बाद हमारे तैमूरी ख़ानदान में बाबर के बाद सबसे ज़्यादा नाम कमाने वाले बादशाह अकबर ने ही इस पाक जगह का पुरसा हाल लिया और उनकी शोहरत बुलन्द हुई। लाल बलुआ पत्थर की मस्जिद उन्हीं की बनवायी हुई थी और शेख़ मुईनुद्दीन चिश्ती की दरगाह और ख़ानक़ाह की मरम्मत आदि करवाने के साथ ही, उन्होंने यहाँ एक मदरसा खुलवाया तथा इस सबके ख़र्चे के वास्ते इन्तज़ामकर्ताओं के लिए 200 बीघे की माफ़ी की ज़मीन मुक़र्रर की। उन्होंने ही वहाँ एक सराय भी अलग से बनवा कर आने वाले मुसाफ़िरों के लिए बेहतर इन्तज़ाम की ओर भी ध्यान दिया। अब हमारे बादशाह का नाम और शोहरत उसी तरह फैलेगी जैसे उन्होंने यहाँ ज़रूरी इन्तज़ाम करके आज सवाब कमा लिया है। हमने इसलिए ख़ुद बादशाह सलामत के साथ अकबर की ही तरह पैदल ज़ियारत करने का फ़ैसला लिया था और अपनी तस्बीह पर सूफ़ी दर्शन वाले राबिया के सूफ़ी अश'आर ही पढ़ते गये थे। अल्लाह का बहुत शुक्र है कि उनके करम से हमने मुईनुद्दीन साहब से वादा कर लिया कि जैसे सुल्तान मुहम्मद, हमारे पुरखे बादशाह अकबर और अब बादशाह शाहजहाँ ने आपकी शान को समझते हुए यहाँ जो थोड़ा–बहुत किया है, वैसे ही हमने भी यहाँ ज़ियारत के लिए आने वाले मुसाफ़िरों के लिए संगमरमर का एक बहुत बड़ा सेहन या वरांडा बनाने के साथ ही आपकी जीवनी लिखने की क़सम खायी है। आपसे ही दुआ है कि हमारी दोनों दुआएँ क़बूल हों और हम अपना फ़र्ज़ अदा कर पायें!" जैसे ही जहाँआरा ने दुआ की बात की, शाहजहाँ और मुमताज़ दोनों के मुँह से अनायास ही 'आमीन' निकला। यहीं से उस नन्ही बारह वर्षीय जहाँआरा का झुकाव सूफ़ीवाद और तयव्वुफ़, इबादत और फ़लसफ़े की ओर ज़्यादा हो गया।

इस ज़ियारत और सूफ़ी सन्त की मज़ार के दर्शन आदि के बाद शाही शिविर खरामा–खरामा आगरा के लिए चल पड़ा। इसी बीच महत्त्वपूर्ण अमीर जो अब तक जहाँगीर के चलते नूरजहाँ का साथ दे रहे थे, वे भी एक–एक कर शाहजहाँ के पास हाज़िर हुए, इनमें से ख़ाँ आलम, मुज़फ़्फ़र ख़ाँ मामूरी, बहादुर ख़ाँ उज़्बेग, सैयद बारहा, राजा जय सिंह एवं राजा भारत सिंह ख़ास थे। इसी बीच जब शाही लश्कर अजमेर और आगरा के बीच में था तभी आसफ़ ख़ाँ ने ख़िदमत परस्त ख़ाँ के पहुँचते ही शहरयार, दावर बख़्श, के साथ ही मरहूम शहज़ादे दानियल के बेटों तेहुमर्स और होशंग को भी मौत के घाट उतार दिया। अब शाही लश्कर जनवरी 1628 के आख़िरी हफ़्ते में आगरा पहुँचा। शहर में प्रवेश न करते हुए पुरानी रिवायत के हिसाब से वे दहारा बाग़ में रुके ताकि ज्योतिषियों के बातें शुभ मुहूर्त में राजधानी में प्रवेश करें।

इसी बीच, ज्योतिषियों के बताये मुहूर्त के अनुसार सोमवार फ़रवरी 4, 1628 को शाहजहाँ के सिंहासनारोहण की रस्म अदा हुई और उसके नाम का ख़ुतबा पढ़ा गया। उसने (शाहजहाँ ने) अबुल मुज़फ़्फ़र शिहाबुद्दीन मुहम्मद साहिब किरान सानी का ख़िताब धारण किया। आगरा क़िले के दीवान–ए–आम में सिंहासनारोहण के बाद वह हरम में गया जहाँ मुमताज़, जहाँआरा आदि सभी ने सबसे पहले मुबारकबाद दी। उन्होंने उसके ऊपर सोने और चाँदी के सिक्के निसार किये जिन्हें ज़रूरतमन्दों और ग़रीबों में बाँट दिया गया। शाहजहाँ और उसके परिवार की ख़ुशी का ठिकाना नहीं रहा। ख़ुशी का एहसास तो बनारसी के आने पर ही हो गया था लेकिन अब जब औपचारिक सिंहासनारोहण हो गया तब जैसे रोयें–रोयें में ख़ुशी का एहसास होने लगा और मुमताज़ हो या जहाँआरा दोनों ही नाच उठे।

शाहजहाँ ने इस मुबारक मौक़े की ख़ुशी में मुमताज़ को अपनी तरफ़ से दो लाख अशर्फ़ियाँ और छह लाख रुपये दिये तथा दस लाख रुपये की सालाना रक़म मुक़र्रर की। अपनी प्रिय बेटी को इस मुबारक मौक़े पर एक लाख अशर्फ़ी चार लाख रुपये और छह लाख रुपये का सालाना ख़र्च भी बाँध दिया–इसमें से शाही ख़ज़ाने से आधी रक़म नगद और आधी जागीर की शक्ल में दी जानी थी। इसके अलावा उसने मुमताज़ को आठ लाख रुपये प्रदान किये जिसमें से साढ़े चार लाख दारा, शुजा और औरंगज़ेब के लिए और, शेष मुराद, लुत्फ़ुल्लाह, रोशनारा तथा सुरैया बेगम के बीच बाँटा जाना था।

III

फ़रवरी, 1628 के पहले हफ़्ते में शुरू सिंहासनारोहण का यह जश्न फ़रवरी के आख़िरी हफ़्ते तक यूँ ही किसी–न–किसी बहाने चलता रहा। जहाँआरा ने अपने रोज़नामचे में जो दर्ज किया है उसके हिसाब से "बादशाह ने अपने ख़ास लोगों को पुरस्कृत किया। हमारी माँ को 'मुमताज़ महल बेग़म' के ख़िताब और हमें, 'बेगम साहिब' के खिताब से नवाज़ा गया; इस सिलसिले की शुरुआत में सबसे पहले हमारे नाना आसफ़ ख़ाँ का मंसब बढ़ाकर 8,000 जात और 8,000 सवार दु–अस्पाह–सिंह–अस्पाह किया गया; साथ ही उनके लिए 'चचा' का सम्बोधन तय करने के साथ ही उन्हें 'मा–हरम' घोषित किया गया–या वो अब 'शाही हरम' में जाने के अधिकारी थे जैसा हक़ उनके वालिद, एतमादुद्दौला को भी मिला था; इतना ही नहीं अपने वालिद वाला सर्वोच्च पद वकील–ए–मुत्लक़ से भी उन्हें नवाज़ा गया। इसी तरह महाबत ख़ाँ को भी ख़ान–ए–ख़ाना का ओहदा और 7,000 जात 7,000 सवार दु–अस्पाह–सिंह–अस्पाह मंसब प्रदान किया गया। इसी तरह, वज़ीर ख़ाँ, सैयद मुज़फ़्फ़र बारहा, दिलावर ख़ाँ, बहादुर ख़ाँ, सरदार ख़ाँ, ख़िदमत परस्त ख़ाँ और राजा विट्ठल दास को भी इनाम–इकराम से नवाज़ा गया। ख़िदमत परस्त ख़ाँ को 'मीर तुज़ुक' का ओहदा भी दिया गया।"

"इन शुरुआती तोहफ़ों के बाद बादशाह ने शतरंज की चाल की तरह नूरजहाँ के चहेतों की जगह अपने ख़ास और भरोसेमन्द लोगों को सूबेदारी और ऊँचे ओहदों पर बैठाया। ख़ालू सैफ़ खनकी की जगह जिस तरह से शेर ख़ाँ को सूबेदार बनाया गया था; उसी तरह अब ख़ाँ आलम को बिहार में मिर्ज़ा रुस्तम की जगह सूबेदार बनाया; उसी तरह काबुल में ख़्वाजा अबुल हसन की जगह लश्कर ख़ाँ; बंगाल में फ़िदाई ख़ाँ की जगह क़ासिम ख़ाँ ज़ुवैनी; मुज़फ़्फ़र ख़ाँ की जगह ख़ाँ ज़माँ; इलाहाबाद में जहाँगीर कुली की जगह जाँ सिफ़र ख़ाँ और आख़िर में दिल्ली में भी सूबेदार मुख़लिस ख़ाँ की जगह कुलिज ख़ाँ को नियुक्त किया गया। तब जाकर बादशाह सलामत की बादशाहत की बिसात बिछ गयी। जब रात गये हमने यही बात अपने वालिद से कही तब वे मुस्कुरा कर बोले, "यही तो खेल में शह और मात तय करता है कि आपने बिसात कैसी बिछायी है और पहली चाल क्या चले हैं। वैसे बेटी, तेरे साथ शतरंज खेल–खेल कर

शह–मात बचाते–बचाते इन बातों को और बेहतरी से समझा है। देखना, घायल नागिन को अब बिल्कुल भी नहीं छेड़ूँगा। अब मेरी बारी थी अवाक् रह जाने की। मैंने कहा वाक़ई बादशाह कोई मुख़ालिफ़त ख़ुद की हरकत से तो नहीं पैदा करना चाहते हैं! ये बात कितनी अच्छी है, शायद चिश्ती साहब की दरगाह का ही यह नतीजा हो कि ख़ुशी के इस मुबारक मौक़े पर वे किसी के लिए कोई कसैलापन नहीं रखे हैं। ख़ुदा इनको शोहरत और लम्बी उम्र दराज़ करे।"

जहाँआरा बेगम ने लिखा, "फ़रवरी, 1628 की 26 तारीख़ को आख़िरकार वो मुबारक मौक़ा भी आ गया जब मेरे नाना अपने तीनों नवासों (दारा, शुजा और औरंगज़ेब) के साथ लाहौर से चलकर आगरा के क़रीब आ पहुँचे। वे सिकन्दरा, बादशाह अकबर जहाँ क़यामत के रोज़ तक सुकून से इन्तज़ार फ़रमा रहे हैं वहीं ठहर गये। वाक़ई वे आराम ही फ़रमा रहे हैं क्योंकि उन्होंने जितना हिन्दुस्तानियों की परवाह और भलाई की शायद ही कोई सोच भी सकता हो? पूरे मुल्क को जोड़ने से लेकर सभी मज़हबों और तहज़ीबों को भी एक ही डोर में बाँधने के लिए 'तौहीद–ए–इलाही' को अपना तरीक़ा बनाकर उसे 'दीन–ए–इलाही' का नाम भी दिया। सभी मज़हबों के बारे में उनकी राय एकदम सही थी कि सभी अच्छी बातों पर ज़ोर देते हैं और इन्हीं अच्छी बातों को इकट्ठा कर के इसे 'दीन–ए–इलाही' कहा। वे जानते थे कि हर समाज में कई हिस्से और कई क़िस्म के लोग होते हैं इसीलिए वे सबको साथ लेकर चलने के लिए 'सुलह–ए–कुल' या पूरे मुल्क में सुलह और सुकून की मंशा रखते हुए बादशाहत करते थे; तभी तो सारे राजपूत राजा और ज़मींदार, पण्डित और आम लोग सब उनको मानते थे। किसान हो या जागीरदार, सेठ–साहूकार से लेकर सागर–पेशा सभी उस महान बादशाह को अपना संरक्षक और ख़ुदा का असली बन्दा मानते थे, जो उनकी ख़ुशहाली में अपने देश की बरकत देखता था।"

ख़ैर, इसके बाद वह अपनी माँ के साथ सिकन्दरा पहुँची और उसका हाल अपने रोज़नामचे में भी दर्ज किया : "मेरी माँ तो मारे ख़ुशी के अपने पिता से लिपट गयीं; और पूरा माहौल ख़ुशी और ग़म का मिला–जुला सा ही हो गया है; फिर माँ के सामने सबसे आगे और पहले दारा पड़ा–उन्होंने उसे अपने कलेजे से लगा लिया; हमने भी दारा, शुजा और औरंगज़ेब को गले से लगा लिया; दारा माँ के आँचल में आँसू बहाकर सँभल चुका था।

शुजा का मिज़ाज तकल्लुफ़ वाला–सा था; औरंगज़ेब ने आँसुओं को रोका मगर आँखें उसकी पनीली होकर भाई–बहन के प्यार की गवाही दे गयीं। हमें दारा के अलावा औरंगज़ेब अपनी साफ़गोई के लिए बहुत पसन्द था। वह कई बार कड़वा सच बोलने से भी कोताही नहीं करता इसीलिए बचपन से उसे अक्खड़ क़रार दिया गया था। हम लोग वापस आगरा को लौट आये, उनके लिए अगले रोज़ सुबह आगरा आना मुक़र्रर हुआ। हमारे ये दोनों भाई मार्च, 1626 में हम लोगों से जुदा हुए थे, वे जून, 1626 में शाही दरबार पहुँचे थे, जहाँ नूरजहाँ की देख–रेख में इन्हें रखा गया। अब 1628 की फ़रवरी के आख़िर में वे सकुशल वापस आकर हम लोगों से मिल रहे थे। शुजा तो और दो–तीन महीने पहले हम लोगों से बिहार से बंगाल होते हुए वापस दक्खन भागते हुए अलग हुआ था।"

रात को वापस आगरा आकर हमने अपना रोजनामचा पलटना शुरू किया और पहले का जो कुछ लिखा था उसमें फिर नये सिरे से जोड़ा : "हमें पूरी तरह से याद है कि कैसे वालिद साहब शाहजहाँ बुरहानपुर जीतने में जी–जान से लगे हुए थे और राव रतन जो बादशाह जहाँगीर द्वारा तैनात शाही फ़ौज़दार था वह बहादुरी से मुक़ाबला कर रहा था और हार टालने को कमर कसे हुए था। इस मोड़ पर हमारे वालिद को अपने भाई शहज़ादे परवेज़ और महाबत ख़ाँ के बुरहानपुर पहुँचने की ख़बर मिली तो वे मजबूरी में घेरेबन्दी उठाकर हम सब के साथ रोहिनखेड़ जैसे छोटे लेकिन आरामदेह और मज़बूत क़िले में लौट आये। यहाँ के क़िले की मज़बूती और मेहराब खलजी काल की इमारतों की याद दिलाती हैं। यहाँ ख़ुदावन्द ख़ाँ ने 1582 में एक बड़ी सुन्दर मस्जिद बनवाई थी–जो आज भी बिल्कुल नयी मालूम होती है! ख़ुदावन्द ख़ाँ अपने–आप को 'महदवी' मानता था और उसके मुरीद भी यही मानते थे। इस जगह की एक ग़ज़ब ख़ासियत है जिसको देखकर पुराने अमीर और सिपाहियों, नौकरों–चाकरों को इलाहाबाद के क़िले की याद आ जाती है। हालाँकि, वहाँ की तरह यह क़िला दो नदियों के किनारे पर नहीं बना हुआ था फिर भी इस जगह की ख़ासियत यही थी कि यह भी दो नदियों के बीच बसा हुआ था, जिनका नाम नालगंगा और उतावली था। शायद गंगा की याद में नालगंगा नाम रख दिया हो क्योंकि यह किसी बड़े नाले सी बड़ी नदी नहीं थी लेकिन पानी बिल्कुल साफ़ था; और उतावली सिर्फ़ बरसात में उफनती थी शायद इसलिए यहाँ की बोली में उसको उतावली नाम दिया गया हो?"

"अब बादशाह ने अपने दूत भेजे और उसके पहले मुतामिद ख़ाँ जो हमारे वालिद का बहुत ख़ास आदमी साबित हो रहा था। उसे अपना दूत भेजकर आगाह कर चुका था। मुतामिद ख़ाँ ही वो शख़्स था जिसे बादशाह ने अपनी तुज़ुक को आगे लिखने का ज़िम्मा सौंपा था। इसीलिए उसे बादशाह के बारे में फ़ौरन और पूरी ख़बर रहती थी। उस दूत ने बताया था कि दो–एक दिन में शाही दूत आता ही होगा; शायद उससे असीरगढ़ और रोहतास के क़िले वापस माँगे जायें और कुछ आर्थिक दण्ड भी लगाया जाये। नूरजहाँ उसे पूरी तरह से नेस्तनाबूद करना चाह रही हैं...ख़ैर, शाही दूत तो शाही चाल से चल रहा था इसीलिए वह मुतामिद ख़ाँ के दूत के पूरे पाँच दिन बाद हमारे ठिकाने रोहिनखेड़ पहुँचा (मार्च 1626)।"

"शाहजहाँ ने वाइज़ ख़ाँ को शाही दूत और बादशाह के फ़रमान के इस्तक़बाल के वास्ते भेजा और सेहन में सब के बैठने के इन्तज़ाम किया गया। शाही दूत ने शहज़ादे को उसी तरह से सजदा किया जैसे बादशाह को किया जाता है। मुग़ल अमीरों और दूतों की यह ख़ासियत है कि अपने दायित्वों का निर्वहन या कर्तव्यों का पालन करते समय भी बहुत लिहाज़ और इज़्ज़त देते हैं। वे बहुत ही होशियार या यूँ कहें कि शातिर होते हैं, क्योंकि वे जानते हैं कि कब मुग़ल सियासत कौन–सी करवट ले ले और जिस शहज़ादे को वो क़ैद करने जा रहे हों, वही नया बादशाह न हो जाये। इसीलिए वे अपने निहितार्थों के तहत ही काम करते थे। उसने बा'अदब शाहजहाँ से इजाज़त माँगकर शाही फ़रमान सीधे उसके हाथों में ही पकड़ा दिया क्योंकि उसको बादशाह से यही हुक्म मिला था। मुग़ल सियासत की यह भी ख़ासियत है, जब तक आम जन के लिए फ़रमान न हो, उसे खुले दरबार में नहीं पढ़ा जा सकता था। हमारे वालिद शाहजहाँ ने भी पूरे अदब से पैबोस के अन्दाज़ में फ़रमान को चूमते हुए, अपने माथे से लगाया और शाही दूत और उसके साथ आये सैनिक दस्ते के रहने, खाने–पीने के इन्तज़ाम की ताकीद करते हुए अमीरों को दोपहर के खाने के बाद इकट्ठा होने का हुक्म दिया और वह फ़रमान को अकेले सुकून से पढ़ने की नीयत से 'हरम' की ओर लौट आये।"

"...'हरम' में तो हम सब इसी इन्तज़ार में ही थे कि हमारे वालिद साहब आयें और हमें बतायें कि शाही फ़रमान में क्या हुक्म आया है। लेकिन ये क्या–वे तो ख़ुद बहुत ख़ामोश क़दमों से हम लोगों की तरफ़ ही चले आ रहे थे।

उनके चेहरे में एक अजब–सी फ़िक्र और फ़रमान का सबब जानने की बेताबी भी थी। ख़ैर, वे आये हम सब एक कोने में दुबक गये–हर बार की तरह हम सबको बाहर जाने के लिए नहीं कहा गया था–मुग़ल अपने बच्चों को ऐसे ही हर परिस्थिति के लिए तैयार करते हैं क्योंकि यह मोड़ कैसा भी हो सकता है। हम सब छोटे ज़रूर थे लेकिन समझते इसलिए थे क्योंकि हम पिछले कई सालों से सिर्फ़ जान–माल बचाकर भाग ही तो रहे हैं। जहाँ कहीं एक जगह थोड़े से सुकून के लिए रुकते वैसे ही शाही फ़ौजों के पीछा करने की ख़बर आती और हमारा तम्बू–क़नात सब उखड़ जाता या दस्ता भाग रहता।"

"जैसे दूत के सामने उन्होंने शाही फ़रमान को चूमा था वैसे ही हम बच्चों के सामने भी चूमा–ताकि हम भी मुग़ल सियासी तहज़ीब से वाक़िफ़ हो सकें और शायद सबको दुआ करने का भी इशारा था–ताकि सब सही–सलामत हो? ख़ैर, हमारी माँ मुमताज़ ने अपने मियाँ शाहजहाँ से जल्दी फ़रमान पढ़ने का इशारा किया और उन्होंने लाल शाही मोहर वाला रेशमी फ़रमान पढ़ने की नीयत से खोलना शुरू किया। जब तक वालिद साहब धीरे–धीरे चन्दन की डण्डी में लिपटा हुआ फ़रमान खोल पाते, मेरी माँ से रहा नहीं गया, वे बोल ही पड़ीं, "चन्दन की गोल डण्डी में लिपटा हुआ यह फ़रमान ही बता रहा है कि नागिन की कोई शातिर चाल है। चन्दन और साँप का साथ तो सभी जानते हैं। दूसरे, ये लाल शाही मोहर तो बेगम नूरजहाँ के ही पास रहती है वही हर फ़रमान पढ़कर मोहर लगाती हैं। अगर कोई बात उनके पसन्द की न हो तो उसे वैसे ही लौटा देती हैं और बादशाह उनसे बाद में सलाह–मशविरा करके मामले को निबटाते हैं।" अभी भी हमारे वालिद साहब उसे आहिस्ता से खोल ही रहे थे, अम्मी अपनी हड़बड़ाहट छुपाने के लिए शायद दुबारा बोल पड़ीं, "रेशम में फ़रमान का मतलब कोई सख़्त निर्णय लिया गया है?" अब फ़रमान खुल चुका था और पूरे कक्ष में अजब–सा सन्नाटा छा गया था।"

"हमारे वालिद साहब ने फ़रमान को पढ़ना शुरू किया। लेकिन उन्होंने सबसे पहले माँ मुमताज़ की ओर देखा और ताज्जुब किया, "देखो बादशाह ने नहीं, एक वालिद ने हमारे ख़त का जवाब अपने हाथों से लिखा है, देखो उन्हीं की लिखावट है। क्या पता, शाही मोहर भी खुद ही लगा दी हो?' ख़ैर, वे लिखते हैं, 'आओ सब मिलकर अल्लाह ताला का गुणगान करें। उसी परवरदिगार की इबादत में, मैं नूरुद्दीन मोहम्मद जहाँगीर,

शहंशाह–ए–हिन्दुस्तान अपने बेटे ख़ुर्रम शाहजहाँ को तहे–दिल से शुभकामनाएँ देता हूँ। अल्लाह का लाख–लाख शुक्र है कि तुमने अपनी ग़लती महसूस की है और हमसे माफ़ी माँगकर फिर से अपनी अक़्ल और अपने फ़र्ज़न्द होने का परचम लहराया है।" मेरे वालिद साहब के माथे की शिकन कम ही हुई थी कि वे कुछ हिचके, और आगे पढ़ने लगे, 'मेरी ख़्वाहिश और हुक्म है कि तुम दूर दक्खन में हो इसलिए तुम्हारी हिस्सार–फ़िरोज़ा की जागीर शहज़ादे शहरयार को दे दी जाये ताकि उसका रखरखाव सही ढंग से हो सके'।"

"हमारे वालिद रुक गये, क्योंकि इसका मतलब साफ़ था। हिस्सार–फ़िरोज़ा की जागीर इस दौर में मुग़ल वली–अहद या मुग़ल तख़्त के वारिस के लिए नियत थी, जैसे बाबर ने सँभल की जागीर वली–अहद के लिए निर्धारित की थी। मेरे वालिद को उस जागीर से बेदख़ल किये जाने का एक ही आशय था वे शहरयार को वली–अहद बनाने की ओर साफ़ इशारा कर रहे थे। बात ग़ुस्सा काफ़ूर होने की कर रहे थे मगर काम ग़ुस्सा निकालने का कर रहे थे। हमने मन–ही–मन सोचा वाक़ई माँ की फूफी नागिन हैं यह तो वही करवा सकती हैं। बादशाह अपने बच्चों के मामलों में बहुत नाज़ुक दिल हैं। कितनी बार ख़ुसरो को माफ़ करते रहे, उसकी आँख निकलवाकर फिर से इलाज भी करवाया था। ये जो बेदख़ली है उसी नागिन की करतूत है। आगे पढ़ते हुए पता चला कि उसके बदले बिलोचपुरा की जागीर दी गयी–उतने ही मूल्य की जांगीर और वह भी राजधानी आगरा के इतने पास–शायद इससे कुछ तसल्ली हमारे वालिद को हुई होगी? वैसे शायद यह जागीर भी उन्हें दुखती रग को याद दिलाने के लिए ही प्रदान की गयी होगी, क्योंकि जब हमारे वालिद ने बग़ावत करके राजधानी आगरा पर क़ब्ज़ा करने की सैन्य कोशिश की थी तब शाही फ़ौज से यहीं बिलोचपुरा में पराजित होकर (1623) मालवा होते हुए दक्खन और फिर तेलंगाना होते हुए बंगाल, बिहार, इलाहाबाद और फिर वापस दक्खन भागते घूमे थे।"

"हमारे वालिद ने इस बात को भी समझा होगा किन्तु शतरंज के होशियार खिलाड़ी की तरह बिलोचपुरा की जागीरदारी को अपने हक़ में करने की वैसे ही सोची होगी जैसे वे प्यादे को दूसरी छोर पहुँचाकर बड़े मोहरे में बदल लेने में माहिर थे। इसीलिए वे मन–ही–मन कुछ सोचते हुए आगे पढ़ने लगे, "बरख़ुरदार, आपको हम हुक्म करते हैं कि फ़ौरन से

पेश्तर आप अपने लोगों और अधिकारियों को हुक्म दीजिए कि वे हमारे भेजे शाही अफ़सरों को दक्खन में असीरगढ़ और बिहार में रोहतास के क़िले फ़ौरन सौंप दें। इन क़िलों से तुम अपना क़ब्ज़ा ख़ाली करके शाही क़िले सरकार को देकर एक बेटे और अपनी माफ़ी माँगने वाली बात को अमली जामा पहनाते हुए एक मुग़ल शहज़ादे का अपना फ़र्ज़ अदा करो... और हाँ, तुम्हें दक्खन में रहने की आज़ादी होगी–कोई मुग़ल अधिकारी तुम्हें वहाँ क़तई परेशान नहीं करेगा'।"

"मेरे वालिद और माँ मुमताज़ के साथ हम सभी ने राहत की साँस ली, क्योंकि दक्खन का नया सूबेदार ख़ाँ जहाँ लोदी मुग़लों के हर विवाद का फ़ायदा उठाकर फिर से एक बार हिन्दुस्तान में अफ़ग़ान सत्ता का सपना उसी तरह से देख रहा था जैसे शेरशाह ने देखा और हक़ीक़त में तब्दील किया था। उसे साफ़ तौर पर बादशाह ने अलग फ़रमान भेजकर शहज़ादे शाहजहाँ और उसके परिवार के लोगों को परेशान न करने के साथ ही पूरी इज़्ज़त देनी की भी बात की थी। इस बात का ज़िक्र भी अपने बेटे को भेजे फ़रमान में बादशाह ने उसे आश्वस्त करने के साथ अपना बड़प्पन दिखाने के लिए ही किया था! हमारे वालिद और माँ के लिए जहाँ एक तरफ़ राहत थी वहीं दूसरी तरफ़ घेरेबन्दी से तड़प भी, उनका एक बेटा शुजा वैसे ही बादशाह के पास था; दूसरा, मुराद जिसका जन्म रोहतास में हुआ था वह अभी भी रोहतास में ही था; दो बेटे, दारा और औरंगज़ेब ही हम लोगों के साथ थे, उनको दरबार में तलब किया गया है। दारा तब भी दस साल का था और औरंगज़ेब से दो साल बड़ा था। औरंगज़ेब सिर्फ़ आठ साल का था; ज़ाहिर–सी बात है इस शाही हुक्म के बारे में सुनते ही इन दोनों के चेहरे उतर गये; रोकते–रोकते भी दोनों भाइयों के आँखों में आँसू साफ़ झलक उठे। बड़ी भारी आफ़त बरपा दी थी, उस नागिन ने। फ़रमान की शुरुआत एक निजी ख़त से हुई और अन्त आते–आते उफ़्फ़...क़हर बरपा दिया।"

मरता क्या न करता, शाहजहाँ के पास कोई विकल्प ही नहीं था; जैसे–तैसे मुमताज़ को समझाया मगर शहज़ादों को समझाकर कैसे तैयार किया जाये? ख़ैर, फ़रमान लेकर जो शाही दूत आया था वह बहुत संवेदनशील था और ख़ुद बीवी–बच्चों वाला था अतः वह समझ रहा था कि बच्चों को समझाने में कितनी दिक्क़त आयेगी। उसने शहज़ादे शाहजहाँ से साफ़ शब्दों में कह दिया था कि आप इत्मीनान से सब सँभाल

लीजिए हम भी इत्मीनान से जायेंगे–हमारी तरफ़ से आप और बेगम साहिबा बिल्कुल निशा–ख़ातिर रहें, क्योंकि हम ख़ुद समझ रहे हैं कि आप लोगों पर क्या बीत रही है। जब हम सुनकर दहल गये हैं तो ज़ाहिर है, आप लोगों का हाल बयाँ करना तो दूर कोई सोच भी नहीं सकता। इस तरह कुछ समय मिल गया कि सब एक–दूसरे को समझायें–बुझायें, हिम्मत और ढाढस बँधा सकें। सबसे पहले शाहजहाँ ने मुज़फ़्फ़र ख़ाँ से रोहतास का क़िला मुक़र्रर किये गये शाही अधिकारियों को वापस सौंप देने को कहा; साथ ही कुल माल–असबाब और शहज़ादे मुराद के साथ अपने पास आने का हुक्म दिया, और इसी तरह हयात ख़ाँ को असीरगढ़ के नये मुग़ल शाही फ़ौज़दार को सौंपने के लिए फ़रमान रवाना किया।"

"हमारे वालिद साहब को लगता है कोई तरकीब आती थी, वे दोनों बेटों को 'हरम' से दूर शिकार के बहाने अलग ले गये और न जाने क्या–क्या समझाया, कि कैसे कम उम्र में बाबर ने फरगना और अकबर ने हिन्दुस्तान सँभाला था, इतनी–सी उम्र में ही हुमायूँ, अब बादशाह जहाँगीर, हम, हमारे सारे भाई, चचा वग़ैरह जितने भी शहज़ादे हुए हैं, वे सब बहुत छोटी उम्र में ही बड़ी–बड़ी ज़िम्मेदारियाँ सँभालने लगे थे, उन्हें या तो किसी बड़ी लड़ाई में सेनापति बनाकर भेज दिया जाता; या सूबेदारी दी जाती थी, भले ही उनके साथ किसी भरोसेमन्द और तजुरुबेदार अमीर को असली ज़िम्मेदारी दी जाती थी ताकि ये शहज़ादे मुकम्मल तौर पर आगे के लिए तैयार हो सकें। ये उनके प्रशिक्षण का समय माना जाता था। हम लोग सब इस उम्र में घर–परिवार से बाहर चले जाते थे, तुम लोगों को तो तब भी शाही महल में जाना पड़ रहा है, जहाँ अपने रिश्तेदारों और ख़ास लोगों की कोई कमी नहीं है, जो तुम लोगों का पूरा ख़्याल रखेंगे। बस याद रखना मुग़ल शहज़ादे हर मुसीबत और माहौल के लिए तैयार रहते हैं और पूरी शिद्दत और बहादुरी से बिना डरे डट कर खड़े रहते हैं।"

"शाम को जब हमने अपने दोनों भाइयों से विदा होने से पहले उनकी तैयारी का जायज़ा लेने की कोशिश की तब उन लोगों ने बताया कि वालिद साहब ने उन्हें कैसे तैयार कर दिया है। हमें औरंगज़ेब का ज़्यादा ख़याल था क्योंकि वह अभी छोटा था। भले ही उसके दो बड़े भाई वहाँ होंगे मगर यह भी सच है कि वह ख़ुद ही इन दोनों से कहीं ज़्यादा समझदार और अपने क़िस्म का बहादुर भी था–उसे कोई तकलीफ़ भी हो तब भी मजाल कि उसके चेहरे पर शिकन भी आ जाये और सामने वाला

समझ भी पाये कि उसके दिल पर क्या बीत रही है–वह डटकर खड़ा रहेगा और जैसे–तैसे मुसीबत से निबट ही लेगा। मगर ऐसे माहौल और हालात में जब नूरजहाँ उन्हें बतौर वालिद की ज़मानत के तौर पर आगरा या लाहौर या कश्मीर में रखेगी तब क्या होगा? हम सबको चिन्ता तो हो ही गयी थी। आज जब नाना आसफ़ ख़ाँ इन तीनों को सही–सलामत लेकर लौटे तब जाकर हम सबकी जान में जान आयी, भले ही हमारे ख़ानदानी रिश्तेदार और वालिद साहब के ख़ास लोग इनका ख्याल भी रख रहे थे और खबर भी भेज रहे थे, माँ मुमताज़ को अपने वालिद, आसफ़ ख़ाँ पर पूरा यक़ीन था कि वे इन शहज़ादों की पूरी देखभाल करते रहेंगे। और, वही हुआ, आख़िर नाना आसफ़ ख़ाँ ही इन शहज़ादों को लेकर सुरक्षित लौट आये। हम सबने राहत की साँस ली।"

बादशाह अपने श्वसुर के एहसान को भी समझ रहे थे इसीलिए दूसरे दिन सुबह शाहजहाँ ने अपने सभी प्रमुख अमीरों को वकील–ए–मुत्लक़ और श्वसुर आसफ़ ख़ाँ के अभिवादन के लिए भेजा और उनके इस्तक़बाल के बाद एक शाही क़ाफ़िले में वे आगरा पहुँचे। आगरा पहुँचने पर जहाँआरा की क़लम फिर चली : "हमारे नाना, आसफ़ ख़ाँ और तीनों राजकुमार तथा अन्य अमीर बादशाह के सामने लाये गये। सबने बादशाह को सलाम और नज़र पेश की। ख़ुद को सबसे भरोसेमन्द साबित कर चुके हमारे नाना को हमारी माँ मुमताज़ की सिफ़ारिश पर शाही मोहर रखने का ख़ास हक़ दिया गया और सबके सामने उनके वकील के ओहदे पर तैनाती की ख़बर ख़ासो आम को दे दी गयी।" इसके बाद जिन अमीरों ने शहरयार के ख़िलाफ़ मेरे नाना के कहने पर मेरे वालिद की ओर से लड़ाई लड़ी थी उन्हें भी इनाम–इकराम से नवाज़ा गया। इनमें सबसे ख़ास थे शाइस्ता ख़ाँ, सादिक ख़ाँ, शेर ख़्वाजा, मीर हिसामुद्दीन अंजू, शाहनवाज़ ख़ाँ, मीर जुमला और मुतामिद ख़ाँ वग़ैरह। इस तरह मेरे वालिद साहब की असली बादशाहत की शुरुआत हुई। पूरा राजपरिवार भी राजधानी में इकट्ठा हो गया था।"

जहाँआरा ने एक बहुत ही दिलचस्प और ज़रूरी जानकारी हम सबको दी है। आइए, उसी के शब्दों में जानते हैं: "अभी भी जश्न का माहौल थमने का नाम नहीं ले रहा था–ख़ैर, हमारे वालिद साहब को ख़ुशी भी थी और उसका इज़हार करने में और दूसरों को करने देने में भी बहुत अच्छा लगता था। जैसे–जैसे कोई–न–कोई अमीर हुज़ूर की ख़िदमत में आता

और पेशकश नज़र करता और मुबारकबाद देता वह भी जवाब में बादशाह से इनाम–इकराम और दुआएँ पाता था। जब आख़िर में हिसाब हुआ तब पता चला था कि बादशाह सलामत को कोई दस लाख रुपये से भी अधिक अमीरों से पेशकश में मिले थे, हीरे–जवाहरात, हाथी–घोड़े वग़ैरह अलग थे। इस जश्न का आख़िरी बड़ा और भव्य आयोजन नौरोज़ का मनाया गया था जो मार्च के दूसरे हफ़्ते में पड़ा था। पूरे दरबार को क्या, पूरी राजधानी को ही दुल्हन की तरह सजा दिया गया था।"

"वैसे तो नौरोज़ पारसी लोगों के नये साल का त्योहार है, मगर जब इस्लाम फ़ारस तक पहुँचा तो मशहूर ख़लीफ़ाओं के काल से चली आ रही रिवायत का हवाला देते हुए ख़लीफ़ा राशिद ने स्थानीय रस्मों–रिवाज़ों को अपनाने की दलील को मंज़ूरी दी थी ताकि नये लोगों को इस्लाम को अपनाने में कोई दिक्क़त और हिचक न हो। फ़ारस के निवासियों को यह एहसास रहे कि हम भले ही इस नये धर्म को अपना रहे हैं मगर हमें इतनी छूट है कि हम अपने पुराने रस्मों–रिवाज़ को भी वैसे ही मना सकते हैं। वैसे ये उस दौर के ख़लीफ़ाओं की दूर–देशी थी। वे जानते थे कि इसी तरह से इस्लाम का दरवाज़ा और चौड़ा खुलकर अपनी पकड़ मज़बूत बनाते हुए दुनिया–भर में फैल सकेगा–और यह वैसे ही होगा जैसा कि रसूल चाहते भी थे। हमें इस्लाम क़बूल करवाने का यही तरीक़ा पसन्द भी है जिसमें प्यार, सेवा और भाईचारा हो न कि तलवार और युद्धों का रास्ता। 'नौरोज़' या फ़ारसियों के नये साल को मनाने के साथ–साथ फ़ारसी दरबार के तौर–तरीक़े वाली रस्में–'पैबोस' और 'सजदा' भी राजत्व की शान–शौक़त और दरबार की तड़क–भड़क को लिए सुल्तान बलबन ने फ़ारस के शासकों की नक़ल में जस की तस अपना ली थीं।"

"ये परम्पराएँ पूरे सुल्तनत काल में चलती रहीं और मुग़ल शासकों को भी इसमें वो फ़ायदा तो दिखा ही जिस वजह से बलबन ने इसे लागू किया था। इससे अमीरों और बादशाह में ख़ुद–ब–ख़ुद एक मज़े की दूरी स्थापित हो जाती थी और बादशाहत वाक़ई बिना कहे ही 'नायब–ए–ख़ुदाई' या अल्लाह द्वारा बख़्शा पद हो जाता था। अबुल फ़ज़ल ने तो 'अकबरनामा' में साफ़ लिखा ही है–'ख़ुदा दौलतमन्द को अगर बादशाहत बख़्शता तो कोई समृद्ध सेठ–साहूकार बादशाह होता; या किसी हृष्ट–पुष्ट को चुनता तो कसरती पहलवान बादशाह होता; किसी बड़े इल्म वाले की बात होती तो कोई आलिम बादशाह होता मगर जो

दुनिया में ज़रूरी सभी ख़ूबियों से लैस इंसान होता है अल्लाह उसी को बादशाहत के लिए चुनते हैं!' ये बातें उससे पहले हमें ज़ियाउद्दीन बर्नी की 'फ़तवा–ए–जहाँदारी' में भी देखने–पढ़ने को मिली थीं...हिन्दुस्तान में जब बर्लास तुर्कों या तैमूर के ख़ानदान वालों की हुकूमत स्थापित हो गयी तब से सुल्तनतकालीन दरबारी रस्म–रिवाज़ अपने फ़ायदे को देखते हुए जस–के–तस अपना लिए गये। मेरे वालिद ने 'नौरोज़' के इस शाही और मुबारक मौक़े पर 'सजदा' और 'पैबोस' ख़त्म करने का ऐलान कर दिया और उसकी जगह 'चहर तस्लीम' की रस्म को दरबारी अभिवादन बना दिया। 'तस्लीम' करने में बायें हाथ को कमर के पीछे करते हुए पूरा झुक कर दाहिने हाथ से लगभग ज़मीन को छूते हुए सलाम किया जाता था।"

जहाँआरा ने यहीं पर एक बहुत ज़रूरी बात लिखी है जो वही पढ़ा–लिखा इंसान लिख सकता था जिसने बाबर की आत्मकथा के साथ तैमूर का इतिहास भी पढ़ा हो और जो इनके बीच की तारीख़ से भी वाक़िफ़ हो, "हम लोग तैमूर के ख़ानदान के हैं, हिन्दुस्तान के लोग न जाने क्यों हमारे ख़ानदान की हुकूमत को 'मुग़ल' कहते हैं? ख़ासतौर से हमारे वालिद के ससुराल वाले या यूँ कहें तो दादी जगत गोसाईं के ख़ानदानी लोग और उन्हीं की तरह बाक़ी राजपूत राजा भी, और राजाओं से लेकर आम जनता भी हमें इसी नाम से पुकारती है मगर हम लोग 'बर्लास उपजाति के तुर्क हैं। चंगेज़ ख़ाँ के समय जब मंगोल सशक्त हुए और वे संसार को जीतने की अपनी मुहिम पर निकले तब मध्य एशिया का पूरा पूर्वी इलाक़ा उनकी हुकूमत का हिस्सा हो गया था। महान मंगोल शासक चंगेज़ ख़ाँ के मरने के बाद चूँकि, उनका राज्य उनके बच्चों में बाँटा गया था अतः जो हमारे ख़ानदान का हिस्सा था वह उनके पुत्र चग़ताई ख़ाँ के इलाक़े में आ गया इसीलिए उसको चग़ताई राज्य और हम लोगों को तब से 'चग़ताई तुर्क' कहा जाने लगा था।"

फिर वह लगभग बाबर के शब्दों और भावों को शब्द देती हुए दिखती है जब लिखती है : "हम लोग तुर्क हैं न कि मंगोल या उसका बिगड़ा हुआ–सा लफ़्ज़ 'मुग़ल'। बादशाह बाबर ने अपने 'तुज़ुक–ए–बाबरी' में सही फ़रमाया है कि मंगोल तो काफ़ी हद तक घुमन्तू जनजातीय लोग थे जबकि मध्यएशियाई तुर्क फ़ारस के लगे हुए इलाक़े के चलते फ़ारसियों की तरह तमीज़–तहज़ीब वाले और अपनी जातिगत फुर्ती और बहादुरी के लिए मशहूर थे। चंगेज़ ख़ाँ के समय से हमारे रहन–सहन और

तौर–तरीक़ों को देखकर मंगोलों में एक रिवाज़–सा हो गया था कि वे अपने बेटों की शादियाँ तो मंगोल जनजातियों में ही करते थे लेकिन जब अपनी बेटियों की शादी करते थे तब चग़ताई या बर्लास तुर्कों के यहाँ करते थे–वे जानते थे कि उनकी बेटियाँ बहुत सुख–सुकून से रहेंगी, क्योंकि वे बड़ी हुकूमत के मालिक होने के बाद भी अपना यायावरी और शिविरों का जीवन छोड़ने को तैयार नहीं थे।"

"बादशाह बाबर के पिताजी की ही नहीं उनके सारे भाइयों की बेगमें मंगोल ही थीं। लेकिन एक ख़ासियत तो इन्होंने–मुग़ल बादशाहों ने–अपने शुरू के ननिहाल वालों की जारी रखी और वह है शिविरों का जीवन। जहाँ भी ये जाते–शिकार पर या सैन्याभियान पर–इनका तम्बू–क़नात साथ चलता और हर जगह पर चलता–फिरता शहर बसा लेते थे। बाद के बादशाह भी स्थानीय रस्मो–रिवाज़ अपनाने में बड़े माहिर हैं, तभी न 'तुलादान' और 'झरोखा–दर्शन' जैसी रस्म राजपूतों से ले ली। इतना ही नहीं 'हरम' में राजपूत औरतों के आने के बाद से ही यह रिवाज़ भी चल पड़ा कि बेगमों के नाम न लिए जायें अपितु वे जहाँ की थीं वहीं के नाम से पुकारी जाने लगीं या उनका कोई ससुराल वाला नामकरण हो जाता था। हमने तो हिन्दू धर्म, उसके संस्कार और रीति–रिवाज़ इन्हीं राजपूतानी बेगमों–मौसी, काकी, नानी, दादी से सीखे, क्योंकि एक ही 'हरम' में सब अपने–अपने महलों, हिस्सों या कमरों में रहती थीं और आपसी मेल–जोल बहुत था वरना 'हरम' में जीना मुहाल हो जाता। अलग–अलग तरह के लोगों के चलते ही किसी–न–किसी का कुछ–न–कुछ त्योहार होता ही रहता और पूरे समय हम लोग उत्सव मनाते रहते।"

"मुग़ल 'हरम' में आपसी खींचतान और एक–दूसरे से ऊपर दिखने–दिखाने के चक्कर में सियासत भी बहुत होती थी और कभी–कभी तो ये सियासत साम्राज्य को ही हिला देती थी। ये सब पहले भी होता रहा लेकिन जैसा पिछले बादशाह जहाँगीर के समय नूरजहाँ बेगम की वजह से हुआ वैसा ख़ूनी खेल कभी नहीं हुआ। लेकिन, दूसरी तरफ़ जब सब हिन्दू, मुस्लिम, शिया, सुन्नी, हिन्दुस्तानी, तुर्की, फ़ारसी सभी साथ में हरम में रहते थे तो दो ज़बरदस्त बदलाव हुए जिन्होंने हिन्दुस्तान की तहज़ीब को भी मज़बूत किया। एक तो शान्तिपूर्ण सह–अस्तित्व–सब मिल–जुलकर एक साथ भाईचारे के साथ रहें; और, दूसरे, एक–दूसरे के रस्म–रिवाज़ों, धर्म–सम्प्रदायों, मत–मतान्तरों को समझने और आपसी

मेल–जोल के चलते एक सांस्कृतिक समन्वय का भाव भी न केवल जगा बल्कि मज़बूत भी हुआ! मुग़ल शहज़ादों की शुरुआती परवरिश चूँकि 'हरम' में ही होती थी अतः वे सब भी जाने–अनजाने इस मिली–जुली तहज़ीब को आत्मसात् कर लेते थे–यह भाईचारे का भाव और उदारता कब उनकी दिमाग़ी बनावट का हिस्सा हो जाते थे, उनको पता भी नहीं चलता था। चाहें अकबर बादशाह का 'तौहीद–ए–इलाही' हो या 'सुलह–ए–कुल' सबकी नींव यहीं 'हरम' में पड़ी थी।"

"जो नयी भाषा अब हिन्दुस्तान में शक्ल इख़्तियार कर रही है जिसे हिन्दुस्तानी या हिन्दवी या हिन्दुवी कहते हैं और जो अमीर ख़ुसरो के समय से चली तो आ रही थी हमारे ख़ानदान के 'हरम–जीवन' की वजह से ज़्यादा मशहूर हुई। बादशाह अकबर से लेकर मेरे वालिद साहब न केवल यह ज़ुबान बोलते थे बल्कि घर के नौकर–चाकरों से इसी भाषा में बोलना भी पड़ता था। अकबर बादशाह का वो क़िस्सा तो लोग और हरम की महिलाएँ नमक–मिर्च लगाकर सुनाती हैं कि कैसे अधम ख़ाँ को मारते समय अकबर बादशाह हिन्दुस्तानी की एक से बढ़कर एक गालियों से उसे नवाज़ रहे थे। उनके दरबार में संस्कृत और हिन्दुस्तानी के कवि और साहित्यकार को राज्याश्रय दिया गया था और यह क्रम बादशाह जहाँगीर और बादशाह सलामत शाहजहाँ के काल में भी बदस्तूर जारी है।"

"ख़ैर, हम बात बता रहे थे कि कैसे प्रशासनिक कार्यों को निबटाते हुए हमारे वालिद ने हम लोगों की परवरिश को क़तई नज़रंदाज़ नहीं किया अपितु हम लोगों की पढ़ाई–लिखाई का भी इन्तज़ाम किया। पढ़ाई–लिखाई से मतलब सिर्फ़ किताबी–कीड़ा बनाना नहीं होता था। हम लोगों को घर–बाहर की ज़िम्मेदारियों को सकुशल निभाने के लिए तैयार किया जाता था, इसमें अगर लड़कों को प्रशासनिक ज़िम्मेदारियाँ और सैन्य तज़ुर्बे से वाबस्ता करवाया जाता था तो हम लड़कियों को 'हरम' चलाने और उसके प्रबन्धन की ज़िम्मेदारी निभानी पड़ती थी। ख़्वाजासरा से लेकर आम ख़्वाजा, नौकर–चाकर, परिचारिकाएँ, वित्तीय व्यवस्था, रसोई में खाना बनाने से लेकर उसकी आपूर्ति और फिर 'हरम' की रोज़मर्रा के साथ तमाम ज़रूरतों की फ़ेहरिस्त बनाकर मीर सामाँ या ख़ान–ए–सामाँ को सौंपना और फिर आपूर्ति किये गये सामान का उस फ़ेहरिस्त से मिलान करके उसके ठीक ढंग से रखने और उसके संरक्षण

का इन्तज़ाम करना सब हम लोगों के ज़िम्मे था। शाही रसोई की सबसे अहम ज़िम्मेदारी यह होती थी कि खाना दस्तरख़्वान पर परोसे जाने से पहले उसे सबसे पहले पक्षियों और जानवरों को चखवाया जाता था; तब जाकर जो सुबह–शाम के अलग–अलग खाना चखने वाले नियुक्त किये जाते थे, उनको चखाया जाता था। इन चखने वालों को बाक़ायदा नौकरी पर रखा जाता था और तनख़्वाह मिलती थी। इनके ऊपर नज़र भी रखी जाती और ये एक तरह से वहीं आगरा या जहाँ भी बादशाह हों वहाँ भीतरी परकोटे के पास सैनिकों की निरन्तर निगरानी में रखे जाते थे।"

"कपड़ों से लेकर अनाज, मसालों, सब्ज़ियों सबका हिसाब तो था ही; जाड़े–गर्मी के कपड़े; शॉल, कम्बल, रज़ाई, कालीन से लेकर अचार, मुरब्बे, शरबत, शराब ही नहीं हर छोटी से बड़ी चीज़ की आपूर्ति से लेकर खपत तक का हिसाब रखना होता था; फिर हम शहज़ादियों की अपनी–अपनी जागीरें, ज़मींदारियाँ भी होती थीं, उनकी देख–रेख का भी ज़िम्मा; जोत से लेकर फ़सल से लेकर सिंचाई से लेकर रोपाई और फिर अनाज की कटाई सबका ब्यौरा रखना और इसके साथ सिलाई, कढ़ाई, बुनाई, गायन, नृत्य, घर के अन्दर और बाहर के खेल और आखेट, सब कुछ तो करना पड़ता था। हम लोग अच्छे–भले इन्तज़ामकर्ता और हिसाब–किताब के चलते व्यावहारिक गणित में भी प्रवीण हो जाते थे। और फिर मुग़ल काल की असली सियासत तो मुग़ल 'हरम' में ही खेली जाती थी, अतः सियासत से लेकर छोटे–मोटे षड्यन्त्र सब यहीं बनते और कुछ फलीभूत भी यहीं होते थे।"

"बादशाह बाबर ने जब से मुग़ल राज की नींव यहाँ पर रखी तभी से 'हरम' अपने समय की सियासत में अहम भूमिका निभाने लगा था। जब उसने अपनी बहुत प्रिय बेगम के पुत्र हुमायूँ को उत्तराधिकारी या वली–अहद घोषित करते हुए वली–अहद के लिए नामित सम्भल जागीर भी दी थी। उसके बाद तो बैरम ख़ाँ को हटाने में मरियम मकानी या हमीदा बानो और महम अंग्गा की भूमिका से लेकर अधम ख़ाँ के अन्त तक की दास्ताँ मरियम मकानी या हमीदा बानो और बीवी अंग्गा ने लिखी ही थी। बादशाह अकबर के काल में मरियम मकानी और उनके देहावसान के बाद सलीमा बेगम और फिर पिछले बादशाह जहाँगीर के काल में नूरजहाँ की भूमिका से तो केवल वाक़िफ़ ही नहीं है उससे उबर ही नहीं पाये हैं। ख़ैर उन ख़ातूनों का बहुत लिहाज़ और इज़्ज़त की जाती थी।

तब ने नाना आसफ़ ख़ाँ और मेरे वालिद शाहजहाँ ने उनकी वार्षिक आय भी दो लाख रुपये निर्धारित कर दी थी। यह राशि इतनी थी कि वे सुकून से बाक़ी ज़िन्दगी गुज़ार सकें।"

"जहाँ तक बेगम नूरजहाँ का सवाल है आख़िर तो वे मेरी दादी होती थीं और हमारे नाना और हिन्दुस्तान के वकील–ए–मुत्लक़ की सगी बहन। बादशाह जहाँगीर के काल में उनके 'मल्लिका–ए–जहाँ' होने का पूरा फ़ायदा मेरे नाना आसफ़ ख़ाँ को मिला ही था और मेरे वालिद के शुरुआती दिनों में उन्होंने उनकी बहुत मदद भी की थी, जिसकी वजह से वे महत्त्वाकांक्षी भी हुए और सियासत की बारीकियाँ समझने और उनके जवाब शतरंज जैसी सियासी चालों से देना सीख पाये। बस बग़ावत के पहले के वाक़िये और उसके दौरान और नतीजे में बदले की कार्यवाही हुई अगर उसको भुला दें तो दोनों ही एक–दूसरे के समर्थक और पूरक भी रहे थे। इन तमाम बातों के मद्देनज़र बेगम नूरजहाँ को इस पेंशन के साथ बिना छेड़छाड़ के छोड़ दिया गया। वे भी पूरी तरह से दुनियादारी से दूर एक बेवा की ज़िन्दगी जीती रहीं। वे बादशाह जहाँगीर की मौत के बाद अट्ठारह साल और ज़िन्दा रहीं लेकिन कोई सियासत नहीं की। वे सिर्फ़ सफ़ेद लिबास पहने अपनी बेवा हुई बेटी लाड़ली बेगम (शहरयार की बेवा) के साथ लाहौर में लगभग संन्यास की हालत में रहीं और 1055 हिजरी शावल महीने की उनतीस तारीख़ को उनका इन्तक़ाल हुआ।"

"जहाँ तक मेरी वालिदा का सवाल है, वे उस मामले में बहुत सीधी हैं लेकिन ख़ून तो उनका भी अपने दादा गियास बेग या एतमादुद्दौला और वालिद आसफ़ ख़ाँ का ही है। वे सियासत ख़ूब समझती हैं इसीलिए बादशाह जब सिर्फ़ शहज़ादे थे और बादशाह के साथ ही मल्लिका–ए–जहाँ से अनबन हुई तब बग़ावत के दौरान वे अपने मियाँ का पूरा साथ ही नहीं देती रहीं बल्कि ख़ुद अपने वालिद, आसफ़ ख़ाँ से ख़त–किताबत रखते हुए उन्हें मल्लिका–ए–जहाँ के हर क़हर से बचाने में शिद्दत से कोशिश करती थीं। आख़िर में, जब सब तदबीरें उलटी पड़ गयीं तब उन्होंने ही अपने ख़ाबिन्द से माफ़ी माँग लेने की बात अब्दुर्रहीम ख़ान–ए–ख़ाना के इस दोहे के साथ कही थी : "रहिमन चुप रह बैठिये देख दिनन के फेर फिर नीके दिन आयेंगे बनत न लगिये बेर!" वाक़ई महाबत ख़ाँ और परवेज़ जब शहज़ादे शाहजहाँ की बग़ावत को दबाने के लिए दक्खन में आये थे तब रहीम साहब ने यही कहते हुए मेरे वालिद को समझाने की

भरसक कोशिश की थी लेकिन तब नहीं मगर अब जब कोई तरकीब नहीं बची तब वे मेरी माँ से वही दोहा सुनकर बादशाह से बिना शर्त माफ़ी माँगने को तैयार हो गये थे।"

जहाँआरा ख़ुद दर्ज करती है, "हमारे अलावा हमारे तेरह (13) भाई–बहन और हुए थे। सबसे बड़े से छोटे के क्रम में उनके नाम थे हूर–उन–निसा, जो हमसे भी बड़ी थीं; मुहम्मद दारा शिकोह, मुहम्मद शाह शुजा, रोशनारा बेगम; मुहम्मद औरंगज़ेब; उम्मीद बख़्श; सुरैया बानो बेगम; एक भाई जिसका इन्तक़ाल पैदा होने के कुछ वक़्त बाद ही हो गया था इसीलिए कोई नाम ही नहीं था; उसके बाद मुहम्मद मुराद बख़्श; फिर, लुत्फ़ुल्लाह दौलत अफ़ज़ाह; फिर एक बहन जो जन्म के कुछ समय बाद अल्लाह को प्यारी हो गयी; और आख़िर में गौहर आरा बेगम, जिसके पैदा होने में मेरी माँ मुमताज़ का इन्तक़ाल हुआ था और एक तरह से हमने ही इसे पाला था। हमने अपने वालिद के बादशाह हो जाने के बाद ख़्वाजा कामगार हुसैनी की लिखी, 'मासीर–ए–जहाँगीरी' पढ़ी, जिसको पढ़ने से हमें यह पता चला कि बुधवार सफ़र की 21 तारीख़ हिजरी सन् 1023 (अप्रैल 2, 1614) को जब हम पैदा हुए थे, तब हमारे दादा और उस समय के बादशाह ने ख़ुशी मानते हुए हमारा नाम जहाँआरा बेगम मुक़र्रर किया था! इतना ही नहीं, बादशाह जहाँगीर ने अपनी जीवनी 'तुज़ुक–ए–जहाँगीरी' में लिखा है कि वे इस नाम से इतने मुतासिर थे कि जब वे 1607 में काबुल गये थे तब वहाँ के एक बाग़ का यही नाम कर दिया था। यानी बाग़ या ख़ुशी और बहार से जोड़कर उन्होंने मेरा नाम रखा था।"

अपनी पढ़ाई–लिखाई के बारे में ख़ुद जहाँआरा ने अपने रोज़नामचे में लिखा है : "पढ़ाई–लिखाई के मामले में मेरी क़िस्मत बहुत ही अच्छी थी। मेरी पढ़ाई करवाने वाली जो सबसे पहले ज़िक्र करने लायक हैं उनमें मेरी माँ मुमताज़, हुन ख़ानम या सती–उन–निसा का ज़िक्र बहुत ज़रूरी है। आइए आपको बारी–बारी से सबके बारे में बताते हैं। सबसे पहले बात करते हैं, अपनी धाय–माँ हुन ख़ानम का, जिन्हें पैदा होने पर हमारी परवरिश और तीमारदारी के लिए मुक़र्रर किया गया था। हुन ख़ानम, ज़ाहिद ख़ाँ कोका की माँ थी, जो मेरे वालिद साहब का बहुत वफ़ादार अमीर साबित हुआ था। एक तरह से देखें तो ज़ाहिद ख़ाँ कोका मेरा दूध–भाई है जैसे कि मिर्ज़ा अज़ीज़ कोका अकबर बादशाह के थे।

यही मिर्ज़ा अज़ीज़ कोका हमारे ताऊ शहज़ादे ख़ुसरो के श्वसुर थे। वे अकेले ऐसे अमीर थे जो बादशाह अकबर को भी भला–बुरा कहते और बादशाह ने कभी बुरा नहीं माना। एक बार तो बादशाह के महज़र पढ़ने से लेकर 'तौहीद–ए–इलाही' के ऐलान के बाद तो वो अकबर से इतना ख़फ़ा हुए कि गाली–गलौज करके यह कहकर मक्का चले गये कि तुम्हारे हिन्दुस्तान में कभी क़दम नहीं रखेंगे, फिर साल–दो साल बाद गुस्सा ठण्डा होने के बाद ख़ुद ही वापस भी आ गये।"

"जहाँ तक हुन ख़ानम का सवाल है तो वे बादशाह जहाँगीर के दरबार के मलिकुरशोअरा की पदवी से नवाज़े गये मशहूर शायर तालिब अमूली की बहन थीं। जब उनके ख़सम नासिर का इन्तक़ाल हो गया तब उनके रखरखाव और सुरक्षा के लिहाज़ से मुमताज़ के हरम में तैनाती दे दी गयी। वे कुरानख़्वानी होने के साथ ही फ़ारसी, तुर्की, अरबी और हिन्दुस्तानी भाषा और शायरी के साथ ही साहित्य की बहुत जानकार थीं। उन्हें घर–परिवार चलाने का भी ग़ज़ब का हुनर था। ये तमाम बातें और हुनर हमें उन्हीं ने सिखाये। वे तमीज़–तहज़ीब पर बहुत ध्यान देतीं और उम्मीद करतीं कि 'हरम' में उसी तरह का माहौल रहे। मेरी माँ और वे दोनों अपनी आदतों और पसन्द–नापसन्दगी में लगभग एक–सी थीं इसीलिए एक–दूसरे के प्रति दोनों का व्यवहार बहनों जैसा था। अपने काम के प्रति लगन, कार्य–कुशलता और ईमानदारी के चलते ही वे 'मुहरदार' तक हो गयी थीं। मेरी माँ मुमताज़ के मृत्योपरान्त मेरे वालिद ने उनकी सेवाओं और कामों के मद्देनज़र उन्हें ही अपने 'हरम' की सर्वेसर्वा बनाने में कोई कोताही नहीं की।"

"जब सती–उन–निसा बेगम का इन्तक़ाल हुआ था तब हम और हमारे वालिद दोनों ही बहुत दुखी हुए थे। उनके जनाज़े और मय्यत में इसीलिए ख़र्चे की भी कोताही नहीं की गयी और दस हज़ार रुपये ख़र्च किये गये थे। इसी तरह उनके शव को ताजमहल के पश्चिम की ओर दफ़नाया गया था और उनके मक़बरे पर उस समय तीस हज़ार रुपये ख़र्च हुए थे। इतना ही नहीं, बादशाह सलामत ने इस बात का भी ख़्याल रखा कि बाद में ऐसा न हो इसका कोई रखरखाव या देखभाल ठीक से न करे इसीलिए उन्होंने वही स्थानीय गाँव भी इस मक़बरे के रखरखाव के लिए आवंटित कर दिया था ताकि उसके महसूल से साल में क़रीब तीन हज़ार रुपये उस मद में ख़र्च हो सकें और कोई तंगी न महसूस हो।"

"हमारी शुरुआती दौर की पढ़ाई–लिखाई बहुत तेज़ी से और बहुत जल्दी ही हो गयी थी–शायद अल्लाहताला ने हमको इसके लिए ही चुना था और हमें जल्दी–जल्दी सीखने का हुनर दिया था। हम न केवल पूरी कुरान शरीफ़ अरबी में पढ़ लेते थे बल्कि अरबी की शुरुआती किताबें जो पवित्र ख़लीफ़ाओं (अबू बकर, उमर, उस्मान और अली) के बारे में लिखी गयी थी वो शायद पूरे 'मुग़ल हरम' में बेगम गुलबदन और अब हमने पढ़ी थीं। उसके बाद एक–एक करके सती–उन–निसा बेगम ने हमको इस्लाम के धर्मशास्त्र की किताबें पढ़वा दी थीं। लेकिन साथ ही सूफ़ीवाद पर जितना भी मौजूद साहित्य था हमने जुन्नार में ही पढ़ डाला था। यहाँ आकर हमने बाबर से लेकर हुमायूँ बादशाह और उसके बाद जिस तरह से अकबर बादशाह ने उस शाही पुस्तकालय को समृद्ध किया उसके तो कहने ही क्या।"

"अपनी पढ़ाई–लिखाई की बात से हमें दो सच्चे क़िस्से याद हो आये हैं आपके साथ वो भी साझा कर लें तो शायद आपको हमारी बातें ज़्यादा समझ में भी आयें और आने वाली नस्लों को भी ये बातें इसी बहाने पता चल जायें। हम जब अपने वालिद के बादशाह होने के बाद आगरा आ गये तब शाही पुस्तकालय हमारे लिए सदा उपलब्ध रहता था तब हमें ये दो क़िस्से पता चले जो अलग–अलग किताबों में हमने पढ़े थे। हुमायूँ बादशाह जब ईरान के शाह की मदद से अपने छोटे सौतेले भाई मिर्ज़ा कामरान पर विजय हासिल कर चुके थे तब उन्हें अपनी फ़ौजी कामयाबी से ज़्यादा इस बात की ख़ुशी हुई कि उसकी किताबें जो खो गयी थीं वो दो ऊँटों पर लदी हुई मिल गयीं और वो मारे ख़ुशी के नाच उठे थे। दूसरा क़िस्सा हमारे महान तैमूरी ख़ानदान के महान बादशाह अकबर का है–जिन्हें लोग–बाग़ ग़ैर–पढ़ा–लिखा मानते हैं। हमने शाही पुस्तकालय में फ़िरदौसी की मशहूर किताब 'शाहनामा' की एक पाण्डुलिपि देखी है, जिस पर एक जगह हाशिये में फ़ारसी में कुछ टिप्पणी दर्ज है और उस टिप्पणी पर एक गोला खींचकर शौक़ीन बादशाह जहाँगीर ने नस्तालिक क़लम में लिखा है कि हाशिये पर यह टिप्पणी हमारे वालिद अकबर बादशाह की लिखावट में दर्ज है। इतना ही नहीं बादशाह जहाँगीर ने अपने उस बयान के नीचे अपने दस्तख़त भी कर दिये ताकि कोई शक–शुबह की गुंजाइश न रहे कि ये टिप्पणी किसकी हैं।"

"हमारे भाई दारा जो चारों भाइयों में सबसे बड़ा और पढ़ाई–लिखाई में ज़बरदस्त दिलचस्पी लेने वाला है उसकी 'बमकतब रफ़तन' या पढ़ाई

की शुरुआत मुल्ला अब्दुल्लाह लतीफ़ सुल्तानपुरी की देख–रेख में हुई थी, जो अपने समय के बहुत ही मशहूर आलिम थे। दारा ने भी शुरू में कुरान शरीफ़, फ़ारसी साहित्य, फ़िरदौसी का शाहनामा, तैमूर, बाबर की तारीख़ों के साथ–साथ बादशाह अकबर के समय लिखी गयी ख़ास किताबें, अबुल फ़ज़ल और फ़ैज़ी की सारी किताबें तो पढ़ी हीं, साथ ही अबुल फ़ज़ल ने जो सुलेख और लिखावट पर ख़ास ज़ोर देने के लिए ख़ासतौर से आने वाली नस्लों को सिखाने के लिए लिखा था, वह भी बड़े ग़ौर और शिद्दत से पढ़ी थीं। उसकी आदत भी थी कि वह घण्टों बैठकर लिखता रहता था ताकि वह वैसा ही लिख सके जैसा अबुल फ़ज़ल ने निर्दिष्ट किया है। और वो वाक़ई कामयाब भी रहा, क्योंकि जब भी वह कुछ ठान लेता तो उसमें पूरी तरह से डूब जाता था। हमारे वालिद साहब, बादशाह शाहजहाँ किसी समर पर जा रहे होते और सब उनको छोड़ने बाहर तक जा रहे होते हैं तब भी अगर वह पढ़ रहा होता वह बस एक बार हल्की–सी नज़र घुमाकर आँखों से सलाम दुआ कर लेगा मगर मजाल है वह बन्दा अपनी पढ़ाई या लिखाई छोड़ उठ जाये।"

"मेरे छोटे भाई दारा ने बहुत तेज़ी से पढ़ाई करने की एक मिसाल ही क़ायम कर दी। अब उसका दिमाग़ सूफ़ीवाद और माकूलात साहित्य–यानी जो कल्पना और आध्यात्मिक विषय हैं, उनकी ओर घूमा। उसने जब आगे इस क़िस्म की पढ़ाई का रुख़ किया तब उसके एक उस्ताद अपने समय के बहुत नामचीन हस्ती और अच्छी लिखावट वाले अब्दुर्रशीद दायलेमी थे। उसके जो ख़त आज तक लिखे गये हैं वे उसकी बेहतरीन लिखावट की गवाही देते हैं। उसको भी मेरी हीं तरह फ़िरदौसी और सादी से कहीं ज़्यादा रूमी और जामी पसन्द थे। इनमें जो फ़लसफ़े की गहराई थी हम दोनों भाई–बहन को आकर्षित करती थी। हम लोग अक्सर ही रूमी की किसी एक नज़्म या शेर पर ही घण्टों बात कर लेते थे और उस मौजू के न जाने कितने अश'आर हम दोनों को याद थे। हम लोगों की बातों में बहुत साम्य था बस एक ही बात पर इत्तिफ़ाक़ कभी नहीं बना और वह था तारीख़ या इतिहास को लेकर। दारा इब्ने खलदून से लेकर ज़ियाउद्दीन बर्नी और अबुल फ़ज़ल तक की इस राय से सहमत नहीं हो पाता था कि इतिहास से भी जीवन की कुछ ख़ास सीख मिलती है।"

"हम मुग़ल ख़ानदान वाले इतिहास के पढ़ने–पढ़ाने पर बहुत ज़ोर देते रहे हैं और इसीलिए शाही पुस्तकालय में सबसे ज़्यादा इतिहास की

पुस्तकों की भरमार है और तो और हमारे बादशाह सलामत भी दारा को यह समझाने में कामयाब नहीं हो पाये कि इतिहास पढ़ना भी उतना ही ज़रूरी है जितना दर्शन और कविताएँ। वे जब सिकन्दर की तारीफ़ से अपनी बात शुरू करते तो वह अरस्तु और उसके उस्ताद अफ़लातून और उनके भी उस्ताद सुक़रात की चर्चा करने लगता। वो कहता कि अगर सुक़रात ने अफ़लातून को और अफ़लातून ने अरस्तु को न पढ़ाया होता तो क्या अरस्तु सिकन्दर को विश्व–विजय और ख़ासतौर से हिन्दुस्तान के बाबत जानकारी दे पाता क्या? सिकन्दर को कामयाबी का रास्ता दिखाने वाला उससे कहीं ज़्यादा महत्त्वपूर्ण है–जब इल्म की मशाल ही न होगी तो जाहिलियत का अँधेरा ही रहेगा और इंसानी सभ्यता का विकास कैसे हो सकेगा? हमारे मुग़ल ख़ानदान में वही एक अलग क़िस्म का शहज़ादा था। हमारे घर में भी वो अलग था क्योंकि हमारे बाक़ी तीनों भाई कुरान शरीफ़, धर्मशास्त्र यानी मज़हब और इतिहास के अलावा सिर्फ़ युद्ध की किताबें ही पढ़ते थे। उसे शुरू से शूरवीर सूरमाओं की कारस्तानियों से ज़्यादा दार्शनिकों की आध्यात्मिकता आकर्षित करती थी।"

दारा के अध्ययन के सिलसिले में जहाँआरा अपने बारे में एक महत्त्वपूर्ण जानकारी देती है : "दारा से हमारा दिल–दिमाग़ कितना मिलता था। आख़िर मेरा पीठ–भाई था–मेरे बाद जन्मा था। हम लोग ज़्यादातर एक–से विषय की किताबें पढ़ते थे क्योंकि हम लोगों की पसन्द एक–सी ही थी। रूमी और जामी के मामले में तो हम लोग घण्टों चर्चा कर सकते थे लेकिन हम भाई से इस बात में फ़र्क़ थे क्योंकि हमें तारीख़ और उसमें भी ख़ासतौर से शाहनामा से लेकर तैमूर, बाबर, हुमायूँ, अकबर सबके इतिहास में भी बहुत दिलचस्पी थी। हमें तो सती–उन–निसा और माँ मुमताज़ महल का जो शुरू में बेहद क़रीबी साथ मिला था उसने हमें फ़ारस के इतिहास की तरफ़ भी आकर्षित किया था। इधर बीच जैसा कि ज़ाहिर ही है, 'हरम' में अलग–अलग धर्म, सम्प्रदाय और इलाक़ों की महिलाएँ रहती थीं और उनकी मुश्किलें, ख़्वाहिशें और ज़रूरतें भी ज़्यादातर एक–सी थीं अतः देर–सबेर वे एकजुट भी हो जाती थीं और इस गहरे मेल–जोल ने ही मिली–जुली हिन्दुस्तानी तहज़ीब के फलने–फूलने में बहुत मदद की। शतरंज, चौपड़ जैसे खेलों में तो मुग़ल हरम की महिलाएँ सहज ही पुरुषों को भी शह और मात दे देती थीं। लड़ने में नहीं तब भी आत्मरक्षा के मामले में मुग़ल आदमियों से कहीं

बेहतर प्रशिक्षित होती थीं, क्योंकि उन्हें अक्सर अचानक और हड़बड़ी में शिविरों से चल पड़ने या भागने के लिए कहा जाता था।"

जैसा कि हमने देखा जहाँआरा हमको यह बताना नहीं भूलती कि बाक़ी भाई जो पढ़ते थे वह क्या और कितना ज़रूरी था मगर उसी के साथ जोड़ती है : "मेरे बाक़ी भाइयों में हमें औरंगज़ेब से भी बहुत लगाव था–वह साफ़ दिल का लड़का था और अपनी हर बात साफ़ लफ़्ज़ों में सीधे–सीधे बयान कर देता था। कभी–कभी इसी वजह से लोग उससे नाखुश भी रहते थे कि वह मुँह पर कह देता था, कभी–कभी बिना वक़्त और इंसान का लिहाज़ किये हुए। हमसे उसने ज़िद कर–कर के कैसे शतरंज सीखी थी लेकिन वह असली चेला था, गुरु तो वाक़ई गुड़ ही रह गयी उसके सामने। यह बात तो हमने अपने वालिद को भी बतायी थी और उस रोज़ शाम को जो बाप–बेटे के बीच शतरंज की बाज़ी हुई और बिसात बिछी वैसी चालें तो वाक़ई हैरतअंगेज़ थीं–सब लोग दाँतों तले उँगलियाँ दबाये बस देखते ही रह गये। शाम को दरबारे–ख़ास से लौटने के बाद शरबत के गिलासों के साथ जो शतरंज की इकलौती बाज़ी शुरू हुई उसने रात के दो पहर बीत जाने तक सबको ऐसे बाँधे रखा कि आँखों की नींद जाती रही। फिर आख़िर में मेरी माँ, मल्लिका–ए–जहाँ को ही खेल रुकवाना पड़ा।"

"गहन रहस्यवाद और अध्यात्म के प्रति रुचि और झुकाव के चलते हम भी दारा की तरह ही सूफ़ीवाद की तरफ़ बहुत आकर्षित हुए। लेकिन जहाँ उसे ग़ज़ाली पसन्द था वहीं मुझे राबिया सबसे ज़्यादा प्रिय लगती थी और यह लाज़िमी भी था। हम भी अपने भाई दारा के कहने पर उसी के साथ क़ादरिया सिलसिला के मशहूर सन्त मुल्ला शाह बदख़्शी की तरफ़ आकर्षित हुए और हमने उस सिलसिले में बहुत दिलचस्पी ही नहीं ली बल्कि सक्रियता और शिद्दत से उसके कामों में हिस्सा लिया और इस सिलसिले को मदद करने की भी हर मुमकिन कोशिश की। क़ादरिया सिलसिले के विकास के लिए बहुत योगदान देने के चलते ही मुल्लाशाह बदख़्शी ने हमें न केवल अपनी ख़िलाफ़त दी बल्कि वे तो हमें अपना वारिस बनाने की भी सोचते थे और इस बात का अफ़सोस करते थे कि उनके सिलसिले में इस बात की इजाज़त न होने की वजह से यह मुमकिन नहीं हो पा रहा है और वे मन मसोस के रह जा रहे हैं!"

"जहाँ तक क़ादरिया सिलसिले का सवाल है, हिन्दुस्तान में इस सिलसिले के सबसे मशहूर सन्त थे मियाँ मीर, जिनसे बादशाह जहाँगीर

और बादशाह शाहजहाँ दोनों ही लाहौर जाकर मिले और बाद में शहज़ादा दारा भी उनसे मिलने गया तब हम भी मिल आये थे। मियाँ जी का पूरा नाम था 'बाबा साईं मीर मुहम्मद साहिब' और इनकी पैदाइश 1550 की थी और दुनिया से रुख़सती अगस्त 22, 1635 को हुई थी। दारा ने तो बाक़ायदा मियाँ मीर को अपना पीर मान लिया था और उनके जाने के बाद ही उनके ख़लीफ़ा मुल्ला शाह बदख़्शी को पीर माना था। शहज़ादे दारा ने ही मियाँ साहब की जीवनी 'सकीनत–उल–औलिया' के नाम से लिखी थी। वे अपनी सादगी और अध्यात्म की वजह से ही सभी मज़हब वालों के बीच मशहूर थे। जहाँ एक ओर, छज्जू जैसे नाथपन्थी उनके सबसे क़रीबी दोस्त थे वहीं दूसरी तरफ़, सिख गुरु अर्जुन देव ने हरमन्दिर साहब जैसे पवित्र गुरुद्वारे की शुरुआत की थी तब शेख़ मियाँ मीर से नींव का पहला पत्थर रखवाया था!"

"मियाँ मीर हमारे पवित्र ख़लीफ़ा उमर–अल–खत्ताब के ही ख़ानदानी थे। उन्हीं की वजह से हिन्दुस्तान में क़ादरिया सिलसिले के 'मियाँ खेल' नाम की एक शाखा चल निकली थी और यह उनकी रुख़सती के बाद बहुत ही ज़्यादा मशहूर हो गयी। उनकी एक बहन थीं जिनका नाम था बीवी जमाल खातून–वे भी अपने भाई की ही मुरीद हो गयी थीं और, बाद में वे ख़ुद एक मशहूर सूफ़ी सन्त रहीं। हमारी ख़ुशक़िस्मती कि हम उनसे मिले और हमने उनको हमारे समय की राबिया कह कर ही इज़्ज़त दी थी। उन्हीं की वजह से मियाँ मीर और मुल्लाशाह बदख़्शी ने हमें क़ादरिया सिलसिले में शरीक होने की इजाज़त दी थी। मियाँ साहब ने तो खुले दिल से मेरे वालिद और मेरे भाई के सामने मेरी सादगी की तारीफ़ ही नहीं की बल्कि हमें ख़ुदा की इबादत में लगी एक पाक रूह तक घोषित किया था। बीवी जमाल खातून के बारे में मेरी लिखने की बहुत चाहत थी लेकिन दारा की 'सकीनत–उल–औलिया' पढ़ने के बाद हमें यह ज़रूरत महसूस नहीं हुई क्योंकि, 'सकीनत' के दूसरे तबक़े में दारा ने बीवी जमाल खातून के बारे में बहुत गहराई से सब कुछ लिख दिया है। मियाँ साहब और बीवी जमाल के वालिद भी सूफ़ी सन्त, कादी कदान के बच्चे थे जिनका इन्तक़ाल 1551 में ही हो गया था। जब भी मियाँ साहब अपने मुर्शिदों को परवरदिगार की साधना और सादगी से ज़िन्दगी जीने की राह बताते थे तब उनको बीवी जमाल की रोज़ की गतिविधियों को ग़ौर से देखने को कहते थे ताकि वे उसी की नक़ल करके ईश्वरीय साधना

की राह पर पक्की तौर से बढ़ सकें। वाक़ई हम जिस राबिया को पढ़ते, पसन्द करते आये थे वो अक्स हमें बीवी जमाल की शख़्सियत में दिखाई दिया और हम क़ादरिया सिलसिले के मुरीद हुए बिना रह न सके। हमको मुल्लाशाह बदख़्शी साहब ने 1641 में इस सिलसिले में बाक़ायदा शामिल कर लिया।"

"जब दारा 'सकीनत' लिखने में लगा हुआ था तब वो अक्सर आकर कुछ न कुछ पूछता, चर्चा और बहस करता। जिस मुद्दे पर उसे कुछ शक, शुबहा होता या आम जन के समझने के हिसाब के साथ–साथ तारीख़ के हिसाब से, हम ही से पूछता था, क्योंकि हमने उसकी तरह तारीख़ी पढ़ाई से मुँह नहीं मोड़ा था। ख़ैर, उसके पास इलाहाबाद की सूबेदारी के साथ और भी प्रशासनिक ज़िम्मेदारियाँ थीं–लेकिन शायद इसी वजह से उसे तारीख़ की किताबें और ज़्यादा पढ़ने की ज़रूरत थी। जितना उसके लिए इतिहास पढ़ना–लिखना ज़रूरी था उतना ही वो उससे मुँह मोड़े रहा। हमने बादशाह से उसकी बातें भी बतायीं कि वह इल्म की बिल्कुल दूसरी ही दुनिया का मुसाफ़िर होता जा रहा है। हमारी बातों का इतना ही असर हुआ कि बादशाह ने आइंदा उसे दरबार में अपने सामने ही रखा ताकि कुछ सुधार सकें।"

"बादशाह शाहजहाँ ने शहज़ादे दारा को बहुतेरा समझाया कि कैसे बाबर पढ़े–लिखे और ज़हीन होते हुए भी समर में अपना ख़ूब नाम कमा गये। तैमूर के ख़ानदान में उनके सिवा और कौन था जिसने समरकन्द तीन–तीन बार जीता लेकिन ख़ूँखार उज़्बेगों के बढ़ते प्रभाव और शैबानी ख़ाँ जैसे नेता के चलते उन्हें हार का मुँह देखना पड़ा था; फिर भी काबुल और उसके बाद हिन्दुस्तान में राज्य क़ायम किया था। कैसे बादशाह हुमायूँ भी आध्यात्मिक थे, कैसे वे 'नूर' की बात करते ही नहीं, उन पर यक़ीन करते थे; खगोल, ज्योतिष, अध्यात्म पर उनका अध्ययन बहुत ज़बरदस्त था–वो उसमें डूबे तो रहते थे लेकिन, सोचो शेरशाह से दो बड़े युद्धों में हारकर हिन्दुस्तान के बाहर जाने को मजबूर भी हुए और सबसे बड़ी बात यह कि वे फिर हिन्दुस्तान का अपना राज्य फ़तेह करने में कामयाब भी हो गये; शहज़ादे खुसरो को देखो सिर्फ़ किताबों में उलझे रहे और ताज से महरूम ही रहे वरना हम नहीं वे ही बादशाह होते; ख़ुदा बादशाहत हमारे ख़ानदान को इस लायक़ समझकर बख़्शता तो है लेकिन ख़ानदान में भी सबसे क़ाबिल इंसान को ही तख़्तनशीं करवाने का नसीब अता करता है।

क़ाबिलियत में किताबी इल्म के साथ, समर की तैयारी और बहादुरी पर भी निर्भर करता है। सबका बराबरी का जोड़ होना चाहिए, वरना बादशाहत की तराज़ू का पलड़ा एक–सा नहीं रहेगा जो निहायत ज़रूरी है।"

"सबसे मज़ेदार बात यह हुई कि दारा के ऊपर इन बातों का कितना असर हुआ, नहीं कह सकते। हमारे ऊपर इनका भरपूर असर हुआ। और, हमने समझ लिया कि ज़कात देने से लेकर ग़रीबों, मज़लूमों की मदद करना बहुत ज़रूरी है मगर उसके लिए ज़रूरी है कि आपके पास ख़ुद इतना हो कि बिना सवाब की ख़्वाहिश के भी आप इसे कर सकें। जब ख़ुदा मौक़ा दे तो इतना इन्तज़ाम कर लेने में ही होशियारी है कि आप सबका भला कर सकें? हमने इसको जीवन का उसूल ही बना लिया और ख़ुदा और उनके बन्दों की काफ़ी मदद भी करने की हैसियत बन गयी और उस अल्लाह का ऐसा रुतबा कि हमारी झोली भरे ही रहा हम जितना–जितना देते रहे वह उतना–उतना सौ गुना करके देता चला गया। और न जाने क्या किया कि हमारी अपनी ज़रूरतें और ख़्वाहिशें कम से कमतर होती चली गयीं।"

"तैमूरी ख़ानदान की हमारी पीढ़ी में हमारे और दारा के अलावा औरंगज़ेब भी सूफ़ीवाद के असर में आया था और उसका झुकाव नक्शबन्दी सिलसिले की तरफ़ रहा। इसीलिए उससे भी अक्सर सूफ़ीवाद पर भी बात होती थी–उसके साथ एक और ख़ासियत थी, वह इस्लाम को गहराई से पढ़ता था और मज़हब की सभी शाखाओं को समझता था, विधि–शास्त्र पर तो उसकी पकड़ उस छोटी–सी उम्र में ही ज़बरदस्त हो गयी थी। उससे बात करने से एक फ़ायदा तो था ही, हम सूफ़ीवाद में चिश्तिया और क़ादरिया सिलसिलों के बारे में उसे बताते तो वह नक़्शबन्दियों की ख़ासियतों से हमें वाक़िफ़ कराता रहता था। उसकी भी आदत हमारी और दारा जैसी ही थी–वह भी किसी भी बात को बिना दिमाग़ और तर्क पर कसे मानता नहीं था। शतरंज की चाल की तरह ही वह फ़लसफ़े को और फ़लसफ़े की तरह ही शतरंज की चाल सोच–सोच कर चलता लेकिन उसका विश्लेषण और दिमाग़ बिजली की चाल से चलता था। इसीलिए कभी–कभी उसे समझने में न केवल दिक़्क़त होती थी बल्कि एक अजब–सी तल्ख़ी का एहसास भी होता था। वह परवरदिगार पर एतबार के साथ तारीख़ से भी सीखता और उसके क़िस्से से अपनी बात जोड़ता, समझाता चलता। इसीलिए सूफ़ियानी तबीयत के साथ दुनियावी

हसरतें इस तरह मिल–जुल जाती थीं कि लगता था कि उसकी तर्बियत किसी ऐसे सूफ़ी सन्त के यहाँ हुई है जो हिन्दुओं के भगवान कृष्ण की तरह कुरुक्षेत्र के समर से पहले उसे गीता का इल्म करा गये हों।"

जहाँआरा फिर से दारा के लेखन की ओर लौटते हुए बताती है : "दारा से बातचीत में जब पता चल गया कि वह क़ादरिया सिलसिले के सन्तों के बारे में 'सकीनत' में सब बयान कर रहा है जिसमें बीवी जमाल का ज़िक्र भी दूसरे ही तबक़े में आ जायेगा तब हमने उससे सलाह करते हुए ही सन्त मुल्लाशाह पर अलग से लिखने का मन बना लिया। हमने 'रिसाला–ए–साबियाह' के नाम से उनकी जीवन–यात्रा लिखी। लेकिन उससे पहले हम हिन्दुस्तान में चिश्तिया सिलसिले के पहले सन्त और मुल्क में लोगों के दिलों में सूफ़ी सन्तों और सूफ़ीवाद के प्रति भक्ति भाव जगाने में उनके किये को याद करते हुए 'मूनिस–अल–अरवाह' लिख चुके थे। और लिखते हुए यह अफ़सोस भी जताया था कि हमारे समय कैसे नाशुक्रे लोग ही नहीं सूफ़ी सन्त भी हैं जो उसी पहली कमाई को भुना रहे हैं मगर उनको याद करने की ज़रूरत ही किसी ने नहीं समझी। इसीलिए पहले मुईनुद्दीन चिश्ती और अब मुल्लाशाह बदख़्शी के बारे में लिखने के बाद से तो सूफ़ी सन्तों से होते हुए हमारा नाम पूरी इस्लामी दुनिया में हमारे सामने–सामने ही फैल गया।"

बात को आगे बढ़ाते हुए जहाँआरा लिखती है : "हमें कभी–कभी शर्म भी महसूस होती थी जब कोई पहुँचा हुआ सूफ़ी सन्त और आलिम या फ़क़ीर ही आकर हमारी तारीफ़ करते–करते हमें राबिया कहने लगता था। हमें याद आ जाता था कि कैसे हमने जब बीवी जमाल को हमारे समय की राबिया कहा था तब उन्होंने यही कहा था कि यह मुमकिन कहाँ कि कोई राबिया हो सके? लेकिन उनकी बतायी राह पर चलाना ज़रूरी भी है और मुनासिब भी। हम भी उसी तरह का संकोच महसूस करते थे। हमने तो पहली मर्तबा शेख़ मुईनुद्दीन चिश्ती साहब की दरगाह में अजब–सा सुख, सुकून और ख़ुलूस का एहसास किया था और मेरा मन ही नहीं हुआ कि हम वहाँ से उठें या हटें। शायद मेरा जन्म ही अजमेर में उनसे जुड़ने की वजह से हुआ हो? हमने अजमेर में अपनी पैदाइश और सूफ़ी सन्त से लगाव का फ़र्ज़ ही अदा किया। बाक़ी जब आलिम लोग हमसे इज़्ज़त से पेश आते–आते किसी पीर की तरह दुआ और आशीष की उम्मीद करते तब हमें अजब–सा ज़रूर लगता था।"

"हम तो निहायत ही सादगी से इबादत करते थे और सन्तों तथा उनकी ख़ानक़ाहों, मकतबों और मदरसों की जो बन पड़ता थोड़ी–बहुत ख़िदमत कर देते हैं। हाँ, हमने सूफ़ी सन्तों से सम्बन्धित 'मलफूज़ात साहित्य' के लिए अनेक तर्जुमों के साथ पुराने क्लासिकी किताबों की टीकाएँ लिखवायीं। उसके लिए आलिमों को मदद–ए–माश ही नहीं नगद धन भी अपने पास से दिया। वैसे भी यह धन मेरा कहाँ था! जिस परवरदिगार ने दौलत बख़्शी है उसी के बन्दों के काम पर लगाना ही सही था, वरना वह फ़िज़ूलख़र्ची होती। हमारा ख़्याल यही था और हमें यही सही मालूम होता था। हमने इस दान के बाद उसे पाने वालों की ख़ुशी महसूस की है और उन्होंने जिस काम के लिए वृत्ति और अनुदान लिए उन्हें शिद्दत से पूरा भी किया है। अपने सूफ़ी ख़्यालातों और उनको अपनी ज़िन्दगी में ढालने के चलते ही हम ख़ुद को 'फ़क़ीरा' मानते और कहलवाना पसन्द करते हैं। यह लफ़्ज़ हमें शहज़ादी से तो बेहतर ही लगता है क्योंकि हमारे 'मुग़ल हरम' में शहज़ादियाँ तो एक से एक थीं–हम वैसे न थे, न ही होना चाहते थे। और शायद इसीलिए हम अपने वालिद और वालिदा के बहुत लाड़ले रहे।"

वह यह भी बयान करती है कि कैसे उसने पढ़ाई–लिखाई के लिए मदरसों, मकतबों के अलावा भी हर क़िस्म के फ़न और फ़नकारों को भी बढ़ावा देने में नगद और भू–अनुदान जैसी जिसकी ज़रूरत थी, वैसी मदद भी की। "हमने ज़रूरत के मद्देनज़र शेख़ मुईनुद्दीन चिश्ती साहब की दरगाह में एक बड़ा–सा सेहन या वरांडा संगमरमर का बनवाया था ताकि जो सुकून से इबादत करना चाहें वहाँ बैठकर कर सकें। इस तरह जब हमने रूमी की मसनवी पर टीका लिखवायी और ग़ज़ाली के ख़्यालों का संकलन करवाया तब से हमारे पास इस तरह के लिखने वालों के ख़त भी आने लगे जिसमें वे अपना लिखा हुआ भेज कर उसकी पांडुलिपियाँ बनवाने के लिए मदद माँगते और कुछ लिखने की तैयारी के लिए आर्थिक मदद की गुहार करते। हमसे जो कुछ बन पड़ता था हम कर देते थे, जिसकी वजह से हमारे वालिद साहब बहुत ख़ुश होते थे क्योंकि हमारा यह उसूल हो गया कि देने वाला अल्लाहताला और ज़मीन पर बादशाह सलामत तो फिर जो भी इस तरह से शाया हो उसमें परवरदिगार के बाद बादशाह का ज़िक्र ज़रूर हो–वाक़ई ख़ल्क़ ख़ुदा की, तो मुल्क उनकी ही फ़ज़ल से बादशाह का–हमको तो जो भी हासिल है इन्हीं की वजह

से–तो इन्हीं की प्रशंसा और इनके प्रति समर्पण होना चाहिए–जिनका वाक़ई हक़ है।"

फिर वो वापस पढ़ाई–लिखाई की तरफ़ घूमती है और उसके रोज़नामचे में दर्ज है उस समय के पाठ्यक्रम की किताबों का हाल– "हमारे समय में बादशाह अकबर ने बहुत सुधार किये–मज़हबी तालीम के साथ जो गणित, खगोल, धर्म–दर्शन, विधि–शास्त्र जैसे तार्किक विषय भी शामिल हो चुके थे। वैसे भी अमीर तैमूर से लेकर पादशाह बाबर तक की विरासत भी यही थी जिसमें दोनों, मज़हबी और दुनियावी या ग़ैर–मज़हबी विषयों को बराबर का हक़ मिलता था और उम्मीद की जाती थी कि इंसानी तर्बियत का यही सही तरीक़ा है और इस तरह की विद्या से ही आदमी की पूरी तरक़्क़ी हो सकती है। पादशाह बाबर के समय तक तो कुस्तुनतुनिया का भी पतन हो चुका था और मग़रिब में नयी रोशनी आ रही थी; दूसरे यह वक़्त नये पैग़बर या 'महदवी' के शिद्दत से इन्तज़ार का समय था शायद इसलिए नयी तरह की पढ़ाई पर और ज़ोर दिया जाना वाजिब ही था और समय की माँग भी।"

"हमारी क़िस्मत बहुत अच्छी थी और ख़ुदा की इनायत भी थी कि हमें काफ़ी छोटी उम्र में ही मकतब तक जो इल्म हासिल होता था उससे कहीं ज़्यादा अपनी माँ और सती–उन–निसा के चलते हासिल हो गया था; फिर नासिक और जुन्नार में हम ही अकेले बड़े बच्चे होने के नाते बादशाह शाहजहाँ, माँ मुमताज़ और सती–उन–निसा का पूरा समय हासिल कर पाते थे। इसीलिए हमने उम्र से ज़्यादा पढ़ाई कर ली थी। लेकिन उसके बाद जब मेरे वालिद शाहजहाँ हिन्दुस्तान के बादशाह हो गये तब शाही पुस्तकालय से किताबें मिलना बहुत आसान हो गया और हमने इसका भरपूर फ़ायदा भी उठाया। आइए एक झलक आपको दिखला दे : 'गद्य में हमने इंशा–ए–यूसुफ़ी, मुल्ला जामी और मुल्ला मुनीर की मर्कुमात, मकतूबात–ए–अबुल फ़ज़ल, गुलदस्ता–ए–शेख़ इनयातुल्लाह, मोहम्मद सालेह का बहार–ए–सुख़न, शैदा का मुन्शात, मुल्ला तुघरा और हिसाब या गणित के मशहूर भास्कराचार्य की लीलावती, (1150) का फ़ैज़ी द्वारा फ़ारसी में किया गया तर्जुमा (1587), और 'कारनामा–ए–लाल चन्द' जैसी किताबें पढ़ ली थीं। इसी तरह शायरी में 'यूसुफ़–ज़ुलेखा', मुल्ला जामी की 'तुयेफ़तुल अबरार' और 'नुश्फ़तुल अबरार', 'सिकन्दरनामा', 'मख़्ज़ाने इसरार', 'हफ़्त–पैकार', 'शीरेन्न ख़ुसरो', 'लैला–मजनूँ', अमीर ख़ुसरो की

'किरान–उस–सैदान', 'मत्वा–उल–अनवर' और 'एजाज़–ख़ुसरवी', शम्स तबरेज़ का दीवान, 'ज़ाहिर–ए–फ़रियाबी', सादी, बद्र–ए–चच; फ़ैज़ी, हाफ़िज़, और इनके साथ ही अनवरी, ख़ज़ानी और उर्फ़ी के क़सीदे'।"

"हमने शहज़ादे दारा और औरंगज़ेब की तरह किसी भी किताब को पढ़ने से कोताही नहीं की कि यह पढ़ेंगे और यह नहीं। हमारा ख़्याल था कि इल्म का फैलाव जितना होता है इंसान उतना ही मुकम्मल भी होता है। जो इन भाइयों ने नहीं पढ़ा वह सब भी हमने पढ़ डाला। इसीलिए हमने अलग क़िस्म की भी कुछ ऐसी किताबें पढ़ीं जिनका ज़िक्र करना ज़रूरी समझते हैं जैसे 'तूतिनामा–ए–बख़्शी', मुल्ला वाइज़ कास्फ़ी की 'अनवर सुहैल', शेख़ अबुल फ़ज़ल की 'अय्यार–ए–दानिश' और शेख़ इनायतुल्लाह की 'बहार–ए–दानिश', ये तो ग़ैर–तारीख़ी किताबें थीं लेकिन हमने तारीख़ की भी ख़ूब किताबें पढ़ीं जैसे फ़िरदौसी का 'शाहनामा', शर्फ़ुद्दीन अली का 'ज़फ़रनामा', 'तारीख़–ए–फ़िरोज़शाही', 'तुज़ुक–ए–बाबरी', 'हुमायूँनामा', 'अकबरनामा', 'तुज़ुक–ए–जहाँगीरी' और 'इक़बालनामा–ए–जहाँगीरी' वग़ैरह और 'महाभारत का तर्जुमा', नीति और बेहतरीन इंसान बनने के लिए जो ज़रूरी ख़ासियतें हैं उनके इल्म के लिए भी 'अख़लाक–ए–नासिरी, 'अख़लाक–ए–जलाली', 'नुजहत–उल–अरवाह', रूमी की 'मसनवी', और सनाई की 'हदीकाह'। 'क़ुरान शरीफ़', 'हदीस' और 'शरीअत' के साथ हमने ज़ेब (शहज़ादे औरंगज़ेब) से जानकर 'उसूल–ए–फ़िक्ह', 'शरह–ए–वाक़िया', 'हिदायाह', 'नुरूल अनवर', 'तौहीद–उत–ताल्विह', और 'मुसल्लमस–सुबूत' भी पढ़ डालीं। हिसाब–किताब की तो जितनी भी किताबें मुग़ल पुस्तकालय में थीं हम सब दीमक की तरह चाट गये थे–अब कहाँ तक नाम गिनायें?"

IV

"अब बादशाह शाहजहाँ की हुकूमत वाक़ई में शुरू हो गयी थी। नूरजहाँ को लाहौर में कोई तकलीफ़ न हो इसका ख़्याल बादशाह शाहजहाँ और वकील–ए–मुत्लक़, आसफ़ ख़ाँ दोनों ने ही रखा; इससे एक फ़ायदा तो यह हुआ कि जो जहाँगीर या नूरजहाँ के अपने क़रीबी अमीर थे, वे बग़ावत या अपनी हरकतों से बाज़ आये। वैसे उनमें से जिनको हमारे वालिद ने सरकारी पदों से हटा दिया था और उनकी जगह अपने वफ़ादारों को तैनात किया था, वे नाराज़ तो थे ही अगर पुरानी मल्लिका–ए–जहाँ भी

नाराज़ हो जातीं तो पक्का था कि वे सियासत का एक बरअक्स केन्द्र बनकर लाहौर से हिन्दुस्तान को हमेशा भूकम्प के झटके देती रहतीं। यही सोच कर हम लोगों ने तसल्ली भी की। लेकिन जिस अमीर, ख़ाँ जहाँ को बादशाह जहाँगीर ने अपने बेटे को 'बे–दौलत' करते हुए उनके बग़ावत के दिनों में और ख़ासतौर से शहज़ादे परवेज़ के इन्तक़ाल के बाद दक्खन की सूबेदारी बख़्शी थी वही निज़ामशाह मुर्तज़ा द्वितीय का क़रीबी हो गया। फिर भी जुन्नार से आगरा जाते हुए हमारे वालिद ने बड़प्पन दिखाया और उसे दक्खन की सूबेदारी से बेदख़ल न करने की मंशा दिखाते हुए अपने ख़ास दूत जान निसार ख़ाँ के हाथों बुरहानपुर ख़त भेजा तब उसने जान निसार ख़ाँ के साथ बड़ी बेरुखी दिखायी।"

"जान निसार ख़ाँ के वापस लौटते ही ख़ाँ जहाँ बुरहानपुर से मालवा की ओर राजा जय सिंह और राजा गज सिंह के साथ बढ़ा कि माँडू का क़िला हस्तगत करके अपनी हैसियत मज़बूत कर ले लेकिन बादशाह ने फ़ौरन फ़ैसला लिया और अजमेर की ओर चल दिये। दोनों राजपूत राजाओं ने बादशाह के मुहिम की ख़बर सुनते ही ख़ाँ जहाँ का साथ छोड़ दिया–मजबूरी में ख़ाँ जहाँ ने बादशाह से माफ़ी माँग ली। शाहजहाँ ने उसे खानदेश और बरार का सूबेदार मानते हुए उससे जल्दी ही दक्खन के बालाघाट तथा बाक़ी के इलाक़ों को वापस जीत कर अपनी वफ़ादारी का सबूत पेश करने की उम्मीद जतायी। बादशाह जानते थे कि इसे कैसे मसरूफ़ रखा जा सकता है और साथ ही निज़ामशाह से इसकी दोस्ती तोड़कर इसे कमज़ोर किया जा सकता है। ये शतरंज की चालों से ही समझा जा सकता है! माँडू के फ़ौज़दार और मालवा के सूबेदार अब्दुर्ररज़्ज़ाक़ मामूरी को शाही वस्त्र भेजे गये कि उन लोगों ने ख़ाँ जहाँ की वजह से बिगड़े हुए हालातों का बहादुरी से सामना किया था। हमें अच्छी तरह से याद है, क्योंकि उस समय मीर–ए–सामाँ भी बाहर गये हुए थे इसलिए यह काम हमें 'हरम' से पूरा करना पड़ा था।"

"जब ख़ाँ जहाँ ने दक्खन में कुछ भी हासिल नहीं किया तब बादशाह ने उसे मालवा की सूबेदारी के लिए भेज दिया ताकि वो महाबत ख़ाँ के साथ जुझर सिंह की बग़ावत को दबा सके। बादशाह को वो मौक़ा मिल गया था जब ख़ाँ जहाँ को अपनी नज़र के सामने रखा जाये। और वो यह भी जानते थे कि महाबत ख़ाँ और ख़ाँ जहाँ में आपस में क़तई नहीं बनती इसीलिए इस अभियान के बाद उसे जब आगरा बुलाया तब महाबत ख़ाँ

को दिल्ली में तैनात कर दिया। लेकिन ख़ाँ जहाँ भी होशियार था वह समझ रहा था कि बादशाह उसकी घेरेबन्दी कर रहे हैं। उसने जो निज़ामशाह से दौलत हासिल करके बालाघाट का इलाक़ा उसे मुग़ल क़ब्ज़े से वापस लेने दिया था, उसी के एवज़ की यह घूस उससे बादशाह वसूलेंगे। वाक़ई में, जब हम लोग जुन्नार में रह रहे थे तभी तो ख़ाँ जहाँ की इस घूसखोरी की ख़बर और सबूत सत्ताहीन और अब बादशाह को मिल गयी थी...सब सोच–समझकर ख़ाँ जहाँ इस बन्धन से भागने की फ़िराक़ में था और आख़िर में उसने भागना ही बेहतर समझा मगर बादशाह पहले से चौकन्ने थे और चाहते थे कि उसे यह मौक़ा देकर तब कार्यवाही हो ताकि सबूत के अभाव में नाइंसाफ़ी न हो। भागते हुए ख़ाँ जहाँ का शाही फ़ौज ने पीछा किया और धौलपुर के पास चम्बल के किनारे दोनों फ़ौजों के बीच ज़बरदस्त लड़ाई हुई, जिसमे हमारी तरफ़ से ख़िदमत परस्त ख़ाँ, मीर आतिश, खवास ख़ाँ भट्टी, मरहमत ख़ाँ, मोहम्मद शफ़ी जैसे बहादुर और वफ़ादार लोग मारे गये तो ख़ाँ जहाँ के दो बेटे, अज़मत और हुसैन के साथ ही उसका दामाद शम्स ख़ाँ भी मारे गये। ख़ैर, चम्बल की बाढ़ के चलते ख़ाँ जहाँ भागने में कामयाब रहा।"

"जैसे ही ख़ाँ जहाँ दक्खन पहुँचा निज़ामशाह मुर्तज़ा ने पूरी गर्मजोशी से उसका इस्तक़बाल किया और उसकी मदद से उसने दक्खन से मुग़ल सत्ता को उखाड़ने की योजना बनायी। बादशाह जिसे दक्खन की वजह से पहले शाह ख़ुर्रम और उसके बाद शाहजहाँ का ख़िताब हासिल हुआ था और फिर जिसने अपनी दुश्वारी के दिन दूर दक्खन में गुज़ारे थे भला उनसे अच्छा दक्खन को कौन समझ सकता था। इसीलिए उनको यह समझते देर न लगी कि चाहें कितनी फ़ौज और कितने सेनानायक भेज दो दक्खन की सियासत की पेचीदगियों को सही तरह से समझ कर सुलझा पाना सबके बस की बात नहीं है। इसीलिए दक्खन की अपनी वाकिफ़ियत का फ़ायदा उठाने और वहाँ पूरी तरह से सब कुछ ठीक–ठाक कर देने की नीयत से बादशाह ने दक्खन का ख़ुद रुख़ करने का अहम फ़ैसला लिया। हम सब आगरा से दिसम्बर 3, 1629 को लगभग दो साल बाद वापस दक्खन की ओर रुख़ कर चुके थे। मालवा में घुसने के बाद हम सबका मन और दिल बैठ गया। हम सब माँडू में रहे थे और वह इतनी प्यारी और बेहतरीन जगह थी कि हम लोग चाह रहे थे कि कुछ रोज़ माँडू में रुकते मगर बादशाह तो जो ठान चुके थे उसे जल्दी से जल्दी

हासिल करने को उतारू थे और शायद सियासत की नज़र से यही सही भी था। अतः हम लोग बिना माँडू में रुके हुए अकबरपुर के क़रीब नर्मदा पार करके दक्खन में फिर से दाख़िल हुए—अब हम पूरे दो साल बाद वापस दक्खन में थे।"

"दक्खन में हमारे परिवार को कभी ख़ुशी कभी ग़म ही मिलते रहे; यहीं पर सबसे पहले मेरे वालिद को शाह के ख़िताब से फिर शाहजहाँ के ख़िताब से नवाज़ा गया था तो यहीं पर बग़ावत के बुरे दिन भी हमने भुगते थे। फिर यहीं हमें अपने वालिद साहब की क़िस्मत बदलने की ख़बर नाना आसफ़ ख़ाँ से मिली थी इसीलिए यहाँ की यह वापसी कम-से-कम हम तीन औरतों के मन में अजब-सा ख़्याल जगा रही थी। मेरी माँ मुमताज़ और सती-उन-निसा दोनों का मन एक बार माँडू के एक फ़क़ीर से मिलने को था जिसने एक बार बताया था कि तेरे ख़ाविन्द के सितारे बुलन्दी पर हैं और उसकी बादशाहत कोई रोक नहीं सकता—यह तो सबसे बड़े बादशाह ने मुक़र्रर कर दी है।

बग़ावत के दिन और शहज़ादे की लगातार हार और परेशानी के दौर में उसने जो कुछ बताया था वह सच हो रहा था इसीलिए सब उनके दीदार करके कुछ पूछने और उनकी ख़ुद से कुछ सेवा-ख़ातिर करने की सोच में थे। वैसे उन फ़क़ीर के लिए 'मल्लिका-ए-जहाँ' मुमताज़ महल की सिफ़ारिश पर मदद-ए-माश तो बादशाह से मिल ही चुकी थी।"

"उन फ़क़ीर की हम सब बहुत क़द्र करने को मजबूर थे उन्होंने माँ को चार बेटों की माँ होने की बात कही थी। तब तक उनके पाँच बेटे हो चुके थे और एक के इन्तक़ाल के बाद भी चार थे ही मगर जब पाँचवें का भी नामकरण से पहले ही इन्तक़ाल हुआ तो सबने फ़क़ीर की बात पर थोड़ा-सा अविश्वास किया था मगर जब रोहतास में मुराद का जन्म हुआ तब सबको फिर एकबारगी इन फ़क़ीर बाबा की बात याद हो आयी। अब सब कुछ उनके बताये के हिसाब से हुआ इसीलिए हम तीनों की शिद्दत से चाहत थी उनके दीदार की। माँ ने जब बादशाह को सारी बातें बताकर इसके लिए इजाज़त माँगी तब बादशाह ने सियासी मजबूरी बतायी और भरोसा दिलाया कि जल्दी ही बग़ावत दबाकर वे भी हम सबके साथ फ़क़ीर बाबा के यहाँ दीदार को चलेंगे। माँ तो चुप हो गयीं क्योंकि वह जानती थीं कि बादशाह उनसे बेहद मुहब्बत करते थे और उनका कुछ भी कहा टालते न थे। लेकिन सती-उन-निसा से रहा

नहीं गया और वे बोल पड़ीं, 'तो हमारा रुकने का इन्तज़ाम करवा दीजिए हम बाद को आपके पास पहुँच जायेंगे।' लेकिन बादशाह ने बग़ावत और निज़ामशाह के विरोधी रुख़ का हवाला दिया कि कैसे इस माहौल में हम सब सेना के साथ ही सुरक्षित हैं और वे जल्दी–से–जल्दी हम लोगों के माँडू लौटने का इन्तज़ाम करवायेंगे। ज़ाहिर है फिर हम सब मन मसोस कर दक्खन की ओर बढ़ चले।"

"मगर हम सब के आने की ख़बर तो फ़क़ीर साहब को हो ही गयी थी, रात को दिलदार ने हम लोगों को उनके आने की ख़बर दी... यानी ख़ुदा ने अपने बन्दे को ख़ुद भेज दिया...जैसे माँ ने दुआ माँगी वो क़बूल हो गयी। वे बोल पड़ीं, 'जो दुनिया का बादशाह अपनी सियासी मजबूरी के चलते नहीं दे पा रहा था, वह ख़ुद परवरदिगार ने अता फ़रमा दिया।' ख़ैर, बादशाह सारे बन्दोबस्त में लगे हुए थे लिहाज़ा बस उनकी दुआ–सलाम क़बूलने के बाद वे 'हरम' से चले गये और हमारे वाले तम्बू में परदे के उस पार बैठे बुज़ुर्ग फ़क़ीर साहब ने एक मर्तबे फिर मेरी माँ का बहुत शुक्रिया अदा किया क्योंकि उन्हें माफ़ी की ज़मीन उनकी वजह से ही मिली थी...वे बोले, 'हमें तो शाही फ़ौज आने की जैसे ही ख़बर मिली थी, हमने आप लोगों से मिलकर शुक्रिया अदा करने का फ़ैसला कर लिया था इसीलिए हाज़िर हुआ हूँ...मेरे लायक़ कुछ हो तो हुक्म करें...' तब माँ ने उनसे कहा, 'बाबा, आपकी कही सारी बातें तो सच होती हैं...कुछ आगे का बतायें?' और वे बाबा की तरफ़ मुख़ातिब हुईं और हम लोग सब सुनने के लिए एकदम से ख़ामोश हो गये..."

"फ़क़ीर बाबा कुछ रुके और चूँकि हम चिलमन के इधर ऐसे बैठे थे कि शमा की रोशनी मेरे चेहरे पर पड़ रही थी और बाबा को हमारा चेहरा साफ़ दिखाई पड़ रहा था। वे बोले, "अब तो यह आपकी सबसे बड़ी औलाद है ना? इसके चेहरे पर सूफ़ियों–सा सुकून और बादशाहों–सी तेजी है इसे इन दोनों का मिला–जुला असर अपनी ज़िन्दगी में देखने को मिलेगा'। और फिर ख़ुद ही बोले, 'बेगम साहिबा, आपकी आवाज़ में अजब–सी ठण्डक है...अपनी सेहत का बहुत ख़्याल रखियेगा और अगर माँ बनने को हों तब ख़ासतौर से ज़्यादा ख़्याल रखने की ज़रूरत होगी।' माँ मुमताज़ ने बाबा से अगला सवाल बच्चों, मुग़लिया हुकूमत के भविष्य के बारे में किया। बाबा बोले, 'यही बच्ची सब देखेगी...इसके भाइयों के बीच ताज–ओ–तख़्त के लिए जंग होगी...और जो ख़ुदा का सच्चा बन्दा

और इस्लाम को मानने वाला होगा वही फ़तेह हासिल करेगा!' इतना सुनकर मेरी माँ के मुँह से बस 'आमीन' ही निकला...बाबा को दान–दक्षिणा के बाद विदा करके जब हम लोग फ़ारिग़ हुए तब हमारी माँ मुमताज़ अपने–आप बोलीं, 'जो होगा ठीक ही होगा...हमारे सारे ही बच्चे मुसलमान ही हैं।' उस समय बात आयी–गयी हो गयी...क्योंकि हम सब को सुबह दिन निकलने से पहले ही यहाँ से रवाना होना था इसीलिए सब लोग जल्दी सोना चाह रहे थे..."

"दक्खन पहुँचकर बादशाह पूरी शिद्दत से ख़ाँ जहाँ की बग़ावत को जड़ से उखाड़ने में जुट गये। वे ख़ुद जानते थे कि मुग़ल सियासत की सबसे बड़ी कमज़ोरी है शहज़ादे और अहम अमीर जिन्हें सूबेदारी नसीब होती थी। सूबेदारी के चलते एक मज़बूत आधार और अपार धन–सम्पदा और इतने हक़–हुक़ूक़ हासिल हो जाते थे कि वे भी मुग़ल बादशाहों की तरह दरबार लगाते थे और इसीलिए उनकी ख़्वाहिश बढ़ जाती थी और वे बस ख़ुद को तख़्त के ख़्वाब देखने से नहीं रोक पाते थे। वे ख़ुद बग़ावत कर चुके थे और जानते थे कि उस पूरे दौर में पूरा हिन्दुस्तान कैसे उथल–पुथल में उलझा रहा था इसीलिए इस बग़ावत को नेस्तनाबूद करने के लिए जुट गये। अपनी बग़ावत का उनका अपना तज़ुर्बा बहुत काम आया। वे जानते थे कि ख़ाँ जहाँ पठान है और सारे अफ़ग़ान उसके साथ हो लेंगे। अफ़ग़ानों और मुग़लों के बीच यह उठापटक का रिश्ता पादशाह बाबर के समय से ही चल रहा है, जब उन्होंने पानीपत की जंग में इब्राहिम लोदी को हराकर हिन्दुस्तान में मुग़ल हुकूमत स्थापित की थी।"

"वाक़ई में, जब मिर्ज़ा बाबर काबुल की हुकूमत पर क़ाबिज़ हुए थे तब से ही मुग़लों ने अफ़ग़ानों को दबाया था और जब एक मौक़ा मिला तब उन्होंने अब तक पादशाह हो चुके बाबर के ख़िलाफ़ ऐसी ज़बरदस्त बग़ावत की कि उन्हें ईरान भागना पड़ा और ईरान के शाह की मदद से वे दुबारा काबुल जीत पाये और इसीलिए वे हिन्दुस्तान को ज़्यादा महफ़ूज़ मानते हुए यहीं अपनी हुकूमत क़ायम करना चाहते थे, भले ही यहाँ की गर्मी, धूप और धूल से वे बहुत बेचैन हो जाते थे। इसी तरह अफ़ग़ानों को पानीपत के मैदान में हराकर और फिर पूर्वी क्षेत्रों में उन्हें हराकर अपनी सत्ता मज़बूत की थी मगर उसके बाद ही उनका इन्तक़ाल हो गया और अफ़ग़ानों को मौक़ा मिला था मगरिब में बहादुर शाह गुजराती और पूर्वी इलाक़ों में शेर ख़ाँ बारी–बारी से हुमायूँ को बराबर परेशान करते रहे और

हुमायूँ बादशाह कभी पश्चिम तो कभी पूरब में अफ़ग़ानों से ही लोहा लेते रहे। उनको भी चौसा और बिलग्राम में हुई लड़ाइयों में शेर ख़ाँ ने हराकर एक बार फिर हिन्दुस्तान छोड़कर ईरान के शाह की मदद लेने के लिए मजबूर कर दिया।"

जहाँआरा अपने वृत्तान्त को जारी रखते हुए विस्तार से लिखती है, जिससे उसके तारीख़ या इतिहास के ज्ञान का भी सहज आभास होता है, उसके अनुसार, "जब हुमायूँ बादशाह मजबूरी में हिन्दुस्तान छोड़ गये तब हिन्दुस्तान में दोबारा अफ़ग़ान सत्ता क़ायम हुई। फिर हुमायूँ बादशाह ने ईरान के शाह की मदद से हिन्दुस्तान में अपनी वापसी की और उसके बाद बादशाह अकबर महान ने हिन्दुस्तान में मुग़ल सत्ता के खम्भों, पायों को बहुत मज़बूत कर लिया था लेकिन अफ़ग़ान भारत भर में फैले हुए थे और वे मुग़ल सत्ता में उनकी जी–हुज़ूरी करते ऊँचे–ऊँचे पदों पर पहुँचते और फिर अपना असली रंग दिखाते थे। हमारे ख़ानदान की यही ख़ासियत थी कि सभी लोग बहादुर लोगों का बहुत मान–सम्मान करते थे इसीलिए जब ख़ाँ जहाँ मुग़ल शाही फ़ौज के साथ मुठभेड़ में लड़ते हुए मरा तब बादशाह ने उसके जज़्बे और बहादुरी की बहुत तारीफ़ ही की थी।"

जहाँआरा को तारीख़ में दिलचस्पी या उसका ज्ञान–भर नहीं था बल्कि वह तारीख़ को सही ढंग से समझती और समझाती थी इसीलिए वह लिखना नहीं भूलती है : "बाबर के समय भी अफ़ग़ानों को लेकर दिक्क़तें आयी थीं। हमारी नस्ल के लोग बहुत ही कम थे और वे मुग़ल राज्य के अफ़ग़ान प्रभुत्व वाले पूर्वी इलाक़ों में नियुक्ति के लिए तैयार नहीं थे। अतः पादशाह बाबर को उन्हीं अफ़ग़ानों पर एतबार करना पड़ा जिनमें शेर ख़ाँ भी शामिल था। चन्देरी के युद्ध में मुग़ल सेना में अफ़ग़ान भी बड़ी संख्या में मौजूद थे। मेदिनी राय को हराने के बाद जब शाही दावत में सब शरीक हुए थे तब एक अजब हरकत हुई। मांस का एक टुकड़ा खाते हुए जब शेर ख़ाँ से वह किसी भी तरह से टूट नहीं रहा था उसने समय न ख़राब करते हुए कमर में खोंसी हुई अपनी कटार खींची और मांस के उस टुकड़े को काट कर खा लिया तभी पादशाह बाबर ने सबको इशारा करते हुए अपने वज़ीर को बताया था कि मुग़ल सत्ता को इसी से ख़तरा होगा और उससे हुमायूँ की पराजय में यह सच भी साबित हुआ। अकबर बादशाह के समय में सेना से लेकर अमीरों में भी तूरानियों, ईरानियों,

राजपूतों, ग़ैर–राजपूत हिन्दुओं, भारतीय मूल के मुसलमानों की गिनती भी अच्छी–ख़ासी हो गयी थी, अतः ये अफ़ग़ान एक तरह से नियन्त्रित होकर हाशिये पर भी रहे। बादशाह जहाँगीर के समय नूरजहाँ की कच्ची समझ और सत्ता पर क़ब्ज़े की कोशिश ने उनको मुग़ल राज्य में हो रही अव्यवस्था का लाभ उठाने का मौक़ा दे दिया।"

"यह ख़ाँ जहाँ भी बादशाह जहाँगीर का बहुत ख़ास था और हमारे वालिद साहब की बग़ावत का फ़ायदा उठाते हुए इसने तीस लाख रुपये की घूस लेकर निज़ामशाह को मुग़लों द्वारा जीता हुआ बालाघाट का पूरा इलाक़ा वापस दे दिया था; हमारे वालिद ने फिर भी उसे माफ़ करते हुए बनारसी के आने के बाद उसे दक्खन का सूबेदार रहने दिया था और एक बार बग़ावत के बाद फिर माफ़ किया था। बादशाह इस फ़साद की वजह को अब जड़ से ही ख़त्म करने की क़सम खा चुके थे। उनके अन्दर इस पार–उस पार का एक अजब जूनून था–इसीलिए उसको नेस्तनाबूद करने में कोई कसर नहीं छोड़ी। दक्खन के सूबेदार इरादत ख़ाँ को आज़म ख़ाँ की पदवी से नवाज़ा और उसे बालाघाट में ख़ाँ जहाँ को घेरने के साथ एक बड़ी सेना ख़्वाजा अबुल हसन के नेतृत्व में नासिक और संगमनेर जीतने के लिए रवाना की; और नासिरी ख़ाँ के अधीन एक और बड़ी सेना पूरब की ओर तेलंगाना जीतने के मक़सद से भेजी, ताकि हर तरफ़ से घेरकर न केवल ख़ाँ जहाँ को बल्कि उसके सर पर हाथ रखने वाले और उसे हर तरह की मदद करने वाले निज़ामशाह का भी नामो–निशान मिटा दें–न रहे बाँस न बजे बग़ावत की बाँसुरी। और वे अपने मक़सद में कामयाब रहे।"

"जैसे–जैसे हर इलाक़े और मोर्चे से जीत और मुग़ल कामयाबी की ख़बर आ रही थी हमारी गर्भवती माँ की तबीयत बिगड़ती जा रही थी। सती–उन–निसा ने हँसी–मज़ाक़ करके अपनी सखी का मन बहलाने के लिए कहा भी, 'बेगम साहिबा फिर बेटी जनेंगीं, बिटियाँ आते समय और बेटे आने के बाद माँ को परेशान करते ही हैं।' लेकिन रात होते–होते माँ मुमताज़ की तबीयत ज़्यादा ही बिगड़ने लगी। हमने एक बार रोहतास में मुराद के प्रसव के समय सती–उन–निसा की बहुत मदद की थी इसीलिए मेरी माँ और सती–उन–निसा को हम पर बहुत भरोसा था और शायद इसीलिए बादशाह को भी हमारे ऊपर बहुत भरोसा था–तभी इतने नौकर–चाकरों, सेविकाओं, दासियों, ख़्वाजाओं तथा ख़्वाजासरा के बावजूद

हमारी मौजूदगी आस–पास ही रही और बीच–बीच में मल्लिका–ए–जहाँ हमारे बारे में तफ़्तीश करतीं। हम उनके कमरे से सटे हुए कमरे में बादशाह के साथ शतरंज खेलकर समय बिता रहे थे, क्योंकि रोहतास में मुराद के जन्म के प्रकरण में हुई तकलीफ़ के बाद वे अपनी बेगम के बस बहुत क़रीब रहने के इच्छुक थे।"

जहाँआरा आगे लिखती है : "अब माँ अपनी चौदहवीं सन्तान के साथ पुनः गर्भवती थीं और उनकी तबीयत गिरती जा रही थी तब परेशान बादशाह ने हमारे साथ रतजगा करने के लिए शतरंज खेलना शुरू किया ताकि सजग प्रहरी की भाँति वो अपनी प्रिय पत्नी की ज़रूरत का ख़्याल रख सकें और हम माँ को इस हालत में छोड़ नहीं सकते थे। न हम लोगों को नींद आ सकती थी और न सोना ही चाहते थे, आज की रात सही सलामत गुज़र जाये, फिर क्या? सब ठीक ही होगा। पहली बाज़ी ही डेढ़ घण्टे चली लेकिन बादशाह आज शह नहीं बचा पाये। मात से पहले सती–उन–निसा ने हमें एक बार आने को कहा, हम पर्दा हटाकर मल्लिका के कक्ष में घुस गये। इस बीच बादशाह नये सिरे से खेलने के लिए बिसात बिछाने लगे–शतरंज के मोहरे सजाने लगे क्योंकि पहली बाज़ी में किसी की मात तो हो नहीं रही थी और न ही बेगम के माँ बनने की कोई सूरत–ए–हाल। शायद सती–उन–निसा ने सही समझकर हमें अन्दर बुलाया था। उसी समय मल्लिका को ज़ोर का दर्द शुरू हुआ और जैसे ही हमने हाथ लगाया तो पहले कुछ ख़ून निकला और फिर माँ की चीख सुनाई दी और मेरी बहन मेरे हाथ में आ गयी। उसके बाद सेविकाओं ने बड़ी फ़ुर्ती दिखाते हुए उसकी नाल काटी और उसे लेकर गुलचिरा और कई सेविकाएँ हाथों–हाथ सफ़ाई वग़ैरह करने के लिए ले गयीं। इधर माँ का ख़ून बहता ही जा रहा था बल्कि अब तो ख़ून के थक्के निकलने लगे। सती–उन–निसा, जिन्हें चिकित्सा की सबसे अधिक जानकारी थी उन्होंने जितनी भी दवाएँ थीं वो एक के बाद एक देनी शुरू कीं, हम ख़ुद परदे के पीछे से हकीमों, वैद्यों और एक फ़िरंगी हकीम को भी हाल बताते रहे और जैसे–जैसे वो लोग बताते उनका इलाज करते रहे।"

"मेरी माँ अब तक पस्त हो चुकी थीं। उन्हें जैसे कोई इल्हाम हुआ और मेरा हाथ ज़ोर से पकड़कर धीरे से फुसफुसायीं कि बादशाह को बुलाओ। इतना ख़ून बह जाने के चलते उनके अन्दर ताक़त ही नहीं बची थी

कि वह ठीक से बोल भी पातीं। हमने अपनी नासमझी में कहा भी कि अभी बुलाये देते हैं वे यहीं तो हैं परदे के पीछे...मगर तब तक बादशाह ख़ुद अपनी बेगम का हाथ थाम कर दूसरे हाथ से उनके बाल सहलाने लगे थे। मल्लिका–ए–जहाँ ने हमारा हाथ भी उनके हाथ में कर दिया और बोलीं, 'मेरी बड़ी बिटिया का तुम ख़्याल रखना और बेटी तुम अपने वालिद का ख़्याल रखना और तुम दोनों मिलकर मेरी माँ और मेरे बाक़ी बच्चों का ख़्याल रखना।' हमने अपने वालिद को बड़ी से बड़ी मुसीबत में देखा है लेकिन कभी इतना परेशान नहीं हुए, जितना इस समय हमने उन्हें देखा वे कभी इबादत में कुछ बड़बड़ाते, कभी मल्लिका को ढाँढस बँधाते कि इत्मीनान रखो, तुम्हें कुछ न होगा, हम कुछ नहीं होने देंगे।"

"मगर हम सब को जिसका क़तई यक़ीन न था, वो गुज़रा। माँ चौदह प्रसव झेल कर अन्दर से कमज़ोर हो चुकी थीं और मुराद वाला प्रसव और उसके बाद तुरन्त भागना शायद उनको सबसे ज़्यादा नुक़सान कर गया था। हमें फ़क़ीर बाबा की कुछ समय पहले की भविष्यवाणी भी याद आयी? जब मेरी माँ 'मल्लिका–ए–जहाँ' हो गयी थी और जैसे–तैसे अब जब हम सबका इत्मीनान का वक़्त आया तब वे सबको इस तरह अचानक छोड़कर चलने को तैयार। बादशाह उनसे बात करते रहे और दिलासा दिलाते रहे, हम उनके हाथों को रगड़ते रहे और वे बेसुध हो गयीं। हम दोनों बाप–बेटी यही सोचते रहे कि मल्लिका को बहुत ख़ून बह जाने से गहरी बेहोशी है–सती–उन–निसा की समझदारी और तजुर्बा बोल उठा कि 'अल्लाह को यही मंज़ूर है, आप लोग खुद को सँभालें। तब भी हमें तो भरोसा नहीं हुआ–इतना सुनते ही वालिद साहब तो बाहर की ओर और शायद अपने कमरे में चले गये ताकि कोई उनका रुदन न देख–सुन सके और हमको हमारी नानी और सती–उन–निसा ने जैसे–तैसे सँभाला। देखते–ही–देखते बच्चे की ख़ुशी को ग़म में बदलते पहली मर्तबा यूँ देखा था।"

"हमारे ऊपर क्या बीती यह तो हम बयाँ ही नहीं कर सकते क्योंकि हम अपनी ज़िन्दगी में सबसे ज़्यादा अगर किसी के नज़दीक थे तो वो मेरी माँ थीं, हम रोहतास में मुराद के जन्म के समय बड़े या सयाने हो गये थे मगर आज रात बीतते–बीतते हम एकबारगी बहुत बड़े हो गये। मेरी उम्र भले अभी सत्रह साल की हो मगर मेरी परिपक्वता एक ही रात में किसी प्रौढ़ा जैसी हो गयी। हमें अपनी नानी, अपने दुखी वालिद और अपने छह छोटे भाई–बहनों को सँभालना था–एक तो अभी बस पैदा ही हुई है।

रात कब और कैसे कटी हमें होश नहीं मगर तस्बीह और इबादत ने सहर को क़रीब ला दिया। सुबह होते ही मय्यत और मल्लिका को सुपुर्द–ए–ख़ाक करने की तैयारियों ने हमें जैसे अपनी माँ के आख़िरी काम को उन्हीं की तरह, सलीक़े से करने के लिए प्रेरित किया और हम उसी सब में मसरूफ़ रहे। मल्लिका–ए–जहाँ को फ़िलहाल बुरहानपुर में ताप्ती दरिया के उस पार एक बारादरी में दफ़ना दिया गया। कब शाम ढली और हम निढाल अपने कमरे में पड़े हुए थे। कोई सेविका पैर दबा रही थी, कोई बालों में तेल लगाकर सर दबा रही थी कि आगे–आगे गुलचिरा और पीछे–पीछे सती–उन–निसा आयीं। आज उन्होंने सबको बाहर जाने को कहा और क़रीब आकर मेरा सर अपनी गोद में रखकर ख़ुद भी रोना शुरू कर दिया। शायद वह अपने अन्दर का दुख निकाल देने के लिए ही आयी थीं।"

"काफ़ी समय बीत जाने के बाद जब हम दोनों काफ़ी सँभल गये और मरहूम माँ की बातें करने लगे तब धीरे–धीरे बाक़ी लोगों की बातें और परवाह, ख़्याल के चलते काफ़ी दुरुस्त हो गये। फिर हम लोग बादशाह के कमरे में गये। वे अनमने से बैठे थे। बड़ी मुश्किल से अपने क़रीब वाली शमा जलाने की इजाज़त दी। उस कमरे के दो किनारों पर दूर दो शमा जल रहीं थीं। आज हमें बहुत ताज्जुब हुआ जब कुछ देर बाद बादशाह सती–उन–निसा से हाथ जोड़कर हमारे लिए यानी अपनी बेटी के लिए पूरा ख़्याल रखने की गुज़ारिश करने लगे। बादशाह ने कहा, 'ये बेचारी बे–उम्र ही बड़ी होकर बुज़ुर्ग हुई जा रही है, मालूम नहीं जो ज़िम्मेदारी निभाता है उसी को लोग और ज़िम्मेदारी सौंपते जाते हैं। मेरी बेटी को मल्लिका मेरा ख़्याल रखने को कह गयीं जबकि हमको अपनी बेटी का ख़्याल रखने की ज़िम्मेदारी निभानी चाहिए थी।' लेकिन इससे भी ज़्यादा ताज्जुब तब हुआ जब हम लोग चलने को हुए–ये क्या, सती–उन–निसा ने गुलचिरा को बादशाह के पास ही रहने की हिदायत दी और हमारा हाथ पकड़ कर कमरे से बाहर ले गयीं।"

"जब हम दोनों बादशाह के कमरे से निकले तो सती–उन–निसा ज़ोर से हमारा हाथ पकड़े–पकड़े हमारे कमरे की जगह अपने कमरे में ले गयीं जो मेरे कमरे से लगा हुआ ही था। जब हम उनके कमरे में पहुँच गये तब भी दोनों के बीच एक अजब–सी ख़ामोशी थी। हम कुछ पूछना चाह कर भी पूछ नहीं पा रहे थे और वे कुछ कहना चाह कर कह नहीं पा रही थीं।

ख़ैर, आज हमारे लिए सिर्फ़ ताज्जुब और नये तजुर्बों का दिन था। अभी हमने देखा कि हमारी माँ की सबसे भरोसेमन्द दासी बादशाह के कक्ष में ही रह गयी और हमको अपने वालिद के पास और न बैठने देकर सती–उन–निसा वहाँ से वापस ले आयीं। हमको ज़बरदस्ती बाँहों में भरकर बेटी की तरह स्नेह दर्शाती सती–उन–निसा ने बस आज की रात उनकी हर बात मानने का इसरार किया और बोलीं, 'कल से हम सिर्फ़ वही करेंगे जो तुम कहोगी, मगर मेरी क़सम है कि जो हम आज कहेंगे तुम वो करने से इंकार नहीं करोगी, बेटा हम जो कहेंगे उसको इसलिए मान लेना कि हम अपने तजुर्बे से और चिकित्सा के इल्म से कहेंगे और इसलिए कहेंगे क्योंकि इसी में तुम्हारी भलाई है।' कहाँ तो बादशाह के कमरे में पहुँचकर उनके क़रीब वाली शमा ख़ुद सती–उन–निसा ने जलायी थी, यहाँ पर उसका उल्टा किया और जहाँ हम लोग बैठे थे उस के क़रीब वाली शमा बुझा दी!"

"धीरे से एक चाँदी की सुराही अपनी ओर खिसकायी और चाँदी के दो गिलासों में जैसे ही उँड़ेला, वैसे ही हमारे मुँह से निकला, 'शराब तो हराम है। लेकिन फिर याद आया आज हमें सिर्फ़ कहना मानना है। वैसे सती–उन–निसा मेरी संरक्षिका और शिक्षिका पहले भी थीं और आज भी हैं और अब तो माँ के जाने के बाद उन्हीं की सरपरस्ती थी। मेरी नानी शायद अपनी बेटी और ननद के झगड़ों के बाद बिल्कुल ही ख़ामोश हो गयी थीं तब मल्लिका ने जाते–जाते उनका भी ख़्याल रखने की बात हम दोनों बाप–बेटी से कही थी। हम से सती–उन–निसा ने 'शराब तो हराम है' के जवाब में इतना ही कहा, 'बस थोड़ी देर बाद तुम्हारे इसी सवाल का नहीं बल्कि जो भी सवाल तुम्हारे मन में उठ रहे हैं उनका जवाब हम ही देंगे। आज की रात बहुत लम्बी है न तुम्हें नींद आएगी, न हमें, न बादशाह को, इसीलिए सुकून से बातें करेंगे लेकिन पहले इसे दवा समझकर हलक़ से धीरे–धीरे उतारो और बुखारा से मेवे आये हैं वो तश्तरी में तुम्हारे बगल में रखे हैं वो साथ में खाती रहना।' ख़ैर, हमने उनका कहना माना और एक के बाद एक, दो बार अपने गिलास खाली करने के बाद ही सवालिया निगाह उनकी ओर की।"

"हमने तो दो बार गिलास खाली किया था लेकिन मोहतरमा उस बीच तीन बार गिलास खाली कर चुकी थीं। उन्होंने, हमारे गिलास को भी तीसरी बार भर दिया और मेरा सर अपने सीने पर रखकर मेरे बाल सहलाने शुरू किये जैसे मेरी माँ मेरे साथ करती थीं।

और धीरे–धीरे कहना शुरू किया, 'आदमी जब दिमाग़ और जिस्म से बिल्कुल थक कर चूर होता है तो उसको राहत एक ही चीज़ पहुँचा पाती है, या तो शराब या फिर शबाब...शुरू से ही ऐसा होता रहा है। तुम्हारी माँ और बादशाह का प्यार तुमसे छुपा तो नहीं है। हमने तुम्हें किताब पढ़ना भी सिखाया है, इंसान के शरीर के एक–एक अंग और उसकी कमज़ोरी, बीमारी और उनसे पार पाना भी सिखाया है। आज बस तुम्हें वो सब दूसरे ढंग से समझाती हूँ। बादशाह इस समय ख़ाँ जहाँ के साथ निज़ामशाह से भी लड़ रहे थे सेनाएँ तो ज़मीनी स्तर पर लड़ रही थीं लेकिन दिमाग़ और तीनों इलाक़ों में हो रही लड़ाइयों की हर पल की ख़बर से बादशाह पूरे समय तनाव में रहते और फिर सारे इलाक़े की एक–एक ख़बर जो वाक़ियानिगारों से इकट्ठा करके सूबे का 'वाक़ियानवीस' खुद बादशाह को रोज़ भेजता था; उसकी एक–एक बात को पूरी शिद्दत से पढ़ना–समझना तभी उसके हिसाब से दिमाग़ से जंग को आगे बढ़ाना–ये सब बिल्कुल वैसे ही करना पड़ता था जैसे शतरंज में खुद की शह को बचाना और सामने वाले खिलाड़ी को शह देकर मात देना।"

"वाक़ई माँ के इन्तकाल के दूसरे दिन, आफ़ताब ढलने के बाद यूँ इस तरह वो बिल्कुल मेरी संरक्षिका से माँ की भूमिका में आ चुकी थी। और आज अरसे बाद सती--उन–निसा हमें बिल्कुल बचपन वाली सती–उन–निसा लगीं, जब उन्होंने आप की जगह हमको तुम कहकर पूरा अपनापन दिखाया। ख़ैर, जो बातें आज वो करने जा रही थीं बिना इस माहौल के साथ शायद उस लड़की के साथ नहीं हो सकती थीं जिसे उन्होंने अपनी सगी औलाद की तरह पाला--पोसा था। वैसे हमारी माँ ने भी हमको प्यार करने में कोई कसर छोड़ी नहीं थी–हमारी छोटी बहन रोशनारा को तो उनके गुज़र जाने के बाद तक भी यही शिकायत रही कि हमको सबसे ज़्यादा लाड़–दुलार मिलता था। माँ की तरह हो गयी सती–उन–निसा बेगम ने अपना गिलास फिर से भरा और हमें बात को समझाते हुए फिर कहना शुरू किया, 'तुमको तो मालूम है कि तुम्हारी माँ की तबीयत कितनी ख़राब हो गयी थी और सातवें महीने से ही हम सब चिन्तित हो गये थे। अपनी समझ के साथ जो दवा और होशियारी रखने और जिन चीज़ों से परहेज़ रखना था वह सबसे बड़ी दिक़्क़त थी।' बेगम ने फिर एक बड़ा–सा घूँट लिया और हमने भी उनके देखा–देखी यही किया। फिर से बेगम ने बोलना शुरू किया...

'...बादशाह और बेगम साहिबा हर रोज़ मिलने के रियाज़ी थे। बादशाह तुम्हारी तरह सूफ़ीवाद से न उस तरह से वाक़िफ़ थे न बेगम के अलावा किसी और से उन्हें मोहब्बत थी न लगाव–जैसे बच्चों में वे तुमसे सबसे ज़्यादा और फिर दारा से–क्यूँकि वह बेटा है, वली–अहद हो सकता है–लेकिन जब ज़मानत के तौर पर शाही दरबार और नूरजहाँ के हरम में था तब वो तुमको ही रज़िया की तरह वली–अहद बनाने की सोचने लगे थे–यह सच हमसे ज़्यादा कौन जानता है। ख़ैर, वे अपनी बेगम से रूहानी प्यार करते थे और आम लोगों की तरह समझते थे कि रूह तो जिस्म में ही रहती है, अलग से उसका कोई अस्तित्व ही नहीं है इसीलिए रोज़ जिस्मानी मिलन ही रूहानी सुकून देता था। लेकिन जब हमने शाही हकीम साहब के कानों तक बेगम के हालात की असलियत बतायी और अपनी तरफ़ से हिदायतों का ज़िक्र किया तब सभी शाही हकीमों, वैद्यों और जानकारों ने हमारी अगले दो महीने तक उन दोनों के जिस्मानी मिलन से गुरेज़ करने की सख़्त हिदायत की संस्तुति करते हुए हमारी तारीफ़ भी की। यह बात हमने बादशाह और बेगम को साथ बैठकर समझायी, जैसे आज तुमको समझाने की कोशिश कर रहे है।

'बेगम और बादशाह दोनों बेबस थे अब कोई रास्ता नहीं था। बेगम ने हमसे कुछ सलाह की–तुम्हें तो मालूम ही है बेगम ने हमसे कभी दिल नहीं छुपाया और यह बात बादशाह को भी अच्छी तरह पता थी। हमने बेगम से खुलकर सारी बातें कीं और उनको जिस्मानी परहेज़ की बात साफ़ और कड़े लफ़्ज़ों में की। बेगम और बादशाह की आदतों और मजबूरियों से हम भी बख़ूबी वाक़िफ़ थे इसीलिए हम ख़ुद ही इस उधेड़बुन में कई दिनों से थे इसीलिए अच्छी संरक्षिका की तरह हमने बहुत कुछ सोच लिया था और गुलचिरा को इस दिन के लिए तैयार करना शुरू कर दिया था–वह बादशाह की ख़िदमत के नाम पर और हमको तथा बेगम को ख़ुश करने के लिए यह सब करने को बिल्कुल ही तैयार हो गयी। अब हमने बेगम के सामने यह बात रखी और समझा–बुझाकर राज़ी कर लिया। बेगम ने एक ही शर्त रखी और वह जायज़ भी थी। वे भी जानती थीं कि हमारी तरकीबों और इलाज दोनों पर सारे 'हरम' को तो क्या बादशाह को भी बहुत भरोसा था, इसीलिए हम बादशाह के सामने यह बात रखें और उनकी रज़ामन्दी से ही यह सब कुछ हो सकता है। जिस शाम तुम रूमी की मसनवी पर कुछ लिखने में डूबी हुई थीं–

उस रोज़ हमने तुम्हें तुम्हारे कमरे की जगह अपने कमरे की मेज़ पर पढ़ने के लिए कहा था। तुमने कहा भी हम देर तक पढ़ेंगे और हमने तुमसे कहा था हम बेगम के कमरे में शायद बहुत देर तक रहेंगे–तुम्हारा कमरा बेगम के कमरे से सटा हुआ था हम तुमको उस शाम बेगम के कमरे और उसमें से आ रही आवाज़ों से दूर ही रखना चाहते थे, बेगम की भी यही मंशा थी। और हम सब कामयाब रहे।

'उसी रोज़ हमने यही शराब बादशाह और बेगम को भी पेश की और हमने बादशाह और बेगम से सारी बातें बिल्कुल एक चिकित्सक की तरह खुलकर कीं और सख़्त हिदायतें दीं। चूँकि, बेगम के साथ सारी बातें पहले से ही तय हो गयीं थीं तो उन्होंने बहुत चालाकी से बादशाह को यह परहेज़ करने को राज़ी करते हुए एक वादा भी करा लिया कि आज वो जो कहेंगी बादशाह न चाहते हुए भी उसे इंकार नहीं करेंगे। बादशाह ने बहुत भावुक होते हुए कहा भी, 'आप ख़ुद ही बतायें मल्लिका हमने कब आपकी कोई बात टाली भी है और आपने हम से कब कुछ ऐसा कहा है जिसमें हमारी भलाई न हो इतना तो हमें अपने पर भी भरोसा नहीं जितना हम आप पर करते हैं।' इस तरह बातों–बातों में जिस गुलचिरा को हम काफ़ी कुछ समझा चुके थे उसे हमने 'हरम' में बेगम के कमरे में आने का इशारा किया...

'बेगम ने आँखों के आँसुओं को किसी तरह रोकते हुए गुलचिरा की ओर इशारा किया और कहा आप हमको वचन दे चुके हैं, जब तक हम फिर से आपकी जिस्मानी माँग पूरी नहीं कर सकते, आप इसी के साथ रात बिताकर हमसे किये गये वादे को पूरा कीजिए। आपका भी जी बहल जायेगा, दिमाग़ी थकान उतरेगी और फिर नये सिरे और जोश से आप ख़ाँ जहाँ और निज़ामशाह के ख़िलाफ़ मोर्चा लेकर कामयाब हो सकेंगे। शाहजहाँ बहुत अचकचाया मगर शराब अपना असर कर चुकी थी, क्योंकि बादशाह बाक़ी मुग़ल बादशाहों की तरह न तो रोज़ और न ही ज़्यादा पीने का आदी था। और फिर बेगम की ग़ैर–मौजूदगी में वह पहली रात गुलचिरा के ही साथ बीती और फिर तो सिर्फ़ गुलचिरा का ही साथ रहा... इसीलिए आज कोई नयी शुरुआत नहीं है...बल्कि बेगम और बादशाह की रज़ामन्दी से जो सिलसिला शुरू हुआ था उसी डोर को फिर से बादशाह को पकड़ा दिया है ताकि बादशाह ग़म से कुछ उबर सकें और...मुग़लिया हुकूमत और हिन्दुस्तान में बादशाह के जलाल और रुतबे के साथ शासन

पर कोई बुरा या उल्टा असर न पड़े...बेटा, हमने तुम सबकी भलाई के साथ ही हिन्दुस्तान और मुग़लिया हुकूमत का ख़्याल भी किया और फिर बादशाह के लिए जो सबसे सही लगा वो किया, मगर कल से यह 'हरम' तुम्हारे अधीन होगा तब तुम जैसा फ़ैसला करना।"

'तुमको शायद गुलचिरा के बारे में भी सब कुछ नहीं मालूम, आओ उसको भी जान–समझ लो...जब बादशाह के साथ हम सब ख़ाँ जहाँ की बग़ावत के चलते यहाँ दक्खन में आये थे, तब दक्खन में निज़ामशाह के साथ ख़ाँ जहाँ की दोस्ती थी इसीलिए वह बच जाता था। बादशाह ने दोनों को ख़त्म करने के लिए तीन तरफ़ से इन दोनों को घेरा। इसी बीच दौलताबाद के पूरे इलाके में अकाल के चलते हालात बहुत बिगड़ गये थे। जगह–जगह घेरेबन्दी और उससे उपजी परेशानी के चलते निज़ामशाह इलाके में सिर्फ़ अव्यवस्था ही बची। इसी के साथ निज़ामशाह के दरबार की आपसी खींचतान ने वहाँ अजब–सा माहौल बना दिया था। मुर्तज़ा शाह और उसके दीवान या वज़ीर फ़तह ख़ाँ में अनबन बढ़ गयी। धीरे–धीरे मराठा सरदारों में से अनेक 'वतनदारों' ने अपने 'वतन' के हितों की रक्षा के लिए मुग़ल बादशाह के साथ जाना ही सही समझा। इसीलिए, खेलोजी, मालोजी और उदाराम जी जैसे बड़े 'वतनदार' जब बादशाह के शिविर में हाज़िर हुए तो बादशाह ने उन्हें मंसब प्रदान करते हुए अमीर का पद प्रदान किया। उनके साथ हुए अच्छे बर्ताव को देखते हुए अगले क्रम में मुस्लिम अमीरों ने भी निज़ामशाह का साथ छोड़ना शुरू किया, इन अमीरों में सबसे ख़ास आतिश ख़ाँ, याकूत ख़ाँ और ख़ुदावन्द ख़ाँ थे।"

'हालात ऐसे हो गये थे, कि अन्ततः फ़तह ख़ाँ को मुर्तज़ा निज़ामशाह ने बर्ख़ास्त करके बन्दी बना दिया लेकिन मुर्तज़ा निज़ामशाह फ़तह ख़ाँ का बहनोई भी था। अन्ततः उसकी बीवी ने अपने भाई को न केवल मुक्त करवाया बल्कि उसे दुबारा वज़ीर भी बनवा दिया। आतिश ख़ाँ, याकूत ख़ाँ और ख़ुदावन्द ख़ाँ जो बादशाह की शरण में आ चुके थे–उनके साथ एक बड़ी दिक़्क़त थी–इन्होंने संयुक्त रूप से मुर्तज़ा निज़ामशाह को ख़ुश करने के लिए अपने इलाके की एक लड़की को सालों–साल तैयार किया था और उसे नाच–गाने से लेकर दरबारी तमीज़ और तहज़ीब सब सिखा दी थी मगर अब वे उसका क्या करें? बादशाह ने उन्हें आश्वासन देते हुए कहा कि हमारे 'हरम' के साथ हमारे दिल की भी मल्लिका हमारी 'मल्लिका–ए–जहाँ', मुमताज़ महल बेगम हैं। आप सबको उनके सामने

अपनी यह बात रखनी पड़ेगी, तभी हम आपका यह तोहफ़ा क़बूल कर पायेंगे। अपने ख़ास 'कक्ष' में परदे के पीछे बैठी मुमताज़ के सामने जब उन्होंने निज़ामशाही राज्य के ये तीन प्रमुख अमीर हाज़िर किये और उन्होंने मुमताज़ महल से गुलचिरा को अपने संरक्षण में लेने का निवेदन किया तब मल्लिका–ए–जहाँ ने ही उसे अपने लिए 'तोहफ़े' के रूप में क़बूला।

'उसी दिन शाम को एक ढकी परदे वाली पालकी जब मुमताज़ महल के 'हरम' के सामने रुकी तब पूरे बुरहानपुर में यह उत्सुकता बनी रही कि आख़िर इसमें है कौन? और यह पालकी कहाँ जा रही है? जब ख़्वाजासरा दिलदार ने सती–उन–निसा को और सती–उन–निसा ने गुलचिरा मुमताज़ बेगम को सौंपी तो वे गुलचिरा को एकटक देखती रह गयीं। वो बेहद ख़ूबसूरत बाईस साल की बाला, पतली–सी काया, नज़र नीचे किये हुए निहायत अदब से सलाम करके एक कोने में ठिठक कर खड़ी हो गयी। उसकी चितवन चंचल, उम्र कमसिन, कमर पतली और होंठों के नीचे तिल के साथ गाल में पड़ते गड्ढे! बेगम तो पहली नज़र में ही उसकी ख़ूबसूरती पर फ़िदा हो गयी थीं। फिर धीरे–धीरे उसकी कलाओं और अदाओं पर मरती–मिटती रहीं–ये तो आपने भी महसूस किया था और तभी आपने जानना चाहा था कि वो कौन है और कहाँ से आयी? हमने तब आपको कुछ–कुछ बता दिया था लेकिन उसके बाद जो हुआ उसको बताने का मौक़ा ही नहीं मिला, न हिम्मत थी और न ही समझ आ रहा था कि यह बात कैसे छेड़ें, कैसे शुरू करें? चलो आज मौक़ा भी है माहौल भी और ये कहते–कहते बेगम ने एक बार गिलास भर दिये थे' तब तक उनकी सेविकाएँ बाहर आ चुकी थीं और दस्तरख़्वान पूरा सजा दिया गया था...साबिया जो अच्छा गाती थी उसने ग़ज़लें सुनानी शुरू कीं...हम लोगों ने पीने से ज़्यादा अब खाने पर ज़ोर दिया और बातें यूँ ही चलती रहीं, संगीत और खाने के साथ..."

"जब सती बेगम चुप हुईं तब हमने माँडू वाली बात छेड़ी। हमने कहा 'अब जब सोचते हैं तब लगता है कि वाक़ई अल्लाह के खेल निराले ही होते हैं–वो वही करता है जो हमारे लिए मुनासिब हो या जैसी उसकी अपनी रचना हो, हम लोग अपने नज़रिये से देखते हैं और दुखी भी हो लेते हैं। अब समझ आता है कि अगर उस सच्चे फ़क़ीर से मेरी माँ और पहले मिली होतीं और उन्होंने हिदायत सुनी होती तब शायद आज भी वे हमारे बीच होतीं...ख़ैर, जो उसकी रज़ा...!

आज दक्खन में यूँ मल्लिका–ए–जहाँ के जाने के बाद हम यही सोच रहे हैं कि वो जो करता है वही ठीक है बस हम अपने हिसाब और अपनी चाहत के पूरी न होने पर कुछ दुखी ज़रूर हो जाते हैं।' सती–उन–निसा बेगम ने अब कबाब मेरी तश्तरी में और डाला कुछ चटनी भी और हमसे कुछ–कुछ खाते रहने का इसरार किया।"

"हालाँकि, इससे पहली वाली रात तो बहुत ही काली रात थी जब मेरी माँ गुज़री थीं और अब ये दूसरी रात भी...नींद तो जैसे पहले ही ग़ायब थी अब और जाती रही और हम दोनों न जाने क्या–क्या बातें करते रहे और इतनी छोटी रात कभी नहीं गुज़री थी...साबिया भी कई ग़ज़लें सुनाकर, सती बेगम से इनाम लेकर कब की रुख़सती ले चुकी थी...शमा में फिर से तेल भरा गया था, तश्तरी हटा दी गयी थीं...फिर, ऐसा लगा कि सहर हो गयी, मुर्गे, कौव्वे बोलने लगे, चिड़ियों की चहचहाहट तेज़ होती जा रही थी...सैनिकों की आवाज़ाही भी बढ़ी और सेविकाओं का आना–जाना भी। हम लोग भी उठ गये और बेगम से कहकर हम अपने कमरे की ओर चले आये मगर बेगम साथ हो लीं बोलीं नहीं 'मल्लिका' हम आपको आपके कक्ष तक छोड़कर आयेंगे...। रास्ते–भर उस गलियारे में हम जानकर कुछ नहीं बोले क्योंकि दीवारों के भी कान होते हैं और यह बुरहानपुर था न आगरा न दिल्ली न लाहौर..."

"अपने कमरे में पहुँचते ही हमने सती बेगम से इस राज़ से भी पर्दा उठाने को कहा कि वे क्यूँ हमें यूँ छोड़ने यहाँ तक आयीं और छोड़ने से पहले क्यूँ हमें 'मल्लिका' कहा, जबकि मल्लिका गुज़र चुकी थीं। बेगम मुस्कुरायीं–शायद दो रात बाद वे पहली बार मुस्कुराईं थीं और ग़म के बादल छाँटना चाहती थीं। वे निहायत शरारती बच्चे वाली मुस्कान के साथ बोलीं, 'यह एक राज़ ही है, आओ सुनो, हम बताते हैं, वाक़ई में जब बेगम की तबीयत के चलते यह तय हुआ कि मल्लिका–ए–जहाँ और बादशाह सलामत के बीच जिस्मानी मुलाक़ात नहीं होनी है, तब हम दोनों ही एकबारगी कुछ ज़्यादा ही चिन्तित हो गये थे, कहीं बादशाह का दिल अपनी अन्य बीवियों पर न फ़िदा हो जाये? ख़ासतौर से हमें कम उम्र वाली अब्दुर्रहीम खान–ए–खाना की पोती और शाहनवाज़ ख़ाँ की बेटी की ओर से ख़तरा कहीं ज़्यादा महसूस हुआ–आख़िर उसके बाप–दादा के इलाक़े का मामला था।' इस बीच हमारी सेविकाएँ आने लगीं। हमने उन्हें बाहर के काम बताकर थोड़ी देर बाद आने को कहा ताकि हमारी बात पूरी हो सके..."

"दासियों के जाने के बाद आश्वस्त होकर सती बेगम ने आगे कहना शुरू किया, 'लिहाज़ा हमने और बेगम ने गुलचिरा को इस काम के लिए पसन्द किया हालाँकि उसको तैयार करने में कुछ समय और पैसे भी ख़र्च किये गये बाक़ी लालच और आगे का सुनहरा भविष्य उसे दिख ही रहा था...बादशाह की रखैल का दर्जा उप–पत्नी का ही होता है...तुमने देखा नहीं था कि बादशाह जहाँगीर के गुज़र जाने पर कैसे शहरयार के हक़ को कोई नज़रंदाज़ नहीं कर पाया था। फ़िलहाल तो बादशाह को उनकी बाक़ी तीन पत्नियों से दूर करने की नीयत से ही यह सिलसिला दो महीने पहले शुरू हुआ था...और अब परसों रात को यह वाक़िया हो गया। बादशाह को ग़म से उबारने का हमें यही तरीक़ा दिख रहा है। उन्हें बिल्कुल भी परेशान न किया जाये, बस अपने हाल और गुलचिरा के साथ पर छोड़ दिया जाये...दिलदार और उसके मार्फ़त ही कोई बादशाह के कक्ष में अब आ–जा सकेगा क्योंकि आप जब तक ख़ुद को सँभाल नहीं लेतीं तब तक हम 'हरम' की ज़िम्मेदारी निभा रहे हैं फिर आपको सँभालना है इसीलिए बाक़ी तीनों बेगमों को दूर रखने के लिए गुलचिरा इस्तेमाल में लायी गयी है...उम्मीद है, आप 'हरम' के महत्त्व और इसकी सियासत के प्रभाव को समझकर इस बात को स्वीकार करेंगी कि आपके और आपके ख़ानदान के साथ हिन्दुस्तान की भलाई के लिए यह सब करना पड़ा है ताकि बादशाह को हमेशा बाक़ी तीन बेगमों से अलहदा ही रखा जाये–जब उन्होंने अब तक मुमताज़ महल के 'हरम' को ही शाही 'हरम' की मान्यता दी तो उसी को बरक़रार रखने के साथ अब आपके महत्त्व और इस 'हरम' पर हम लोगों के क़ब्ज़े के लिए यही एक रास्ता है...' न जाने सती बेगम की इन बातों का हमारे ऊपर क्या असर हुआ कि इन सारी बातों से हम एक दूसरी सियासी दुनिया में ही चले गये। और नूरजहाँ का अक्स तेज़ी से दिमाग़ पर उभरा और पूरे मुल्क में अपनी सत्ता का ख़्वाब किसी हक़ीक़त की मानिन्द आँखों के सामने तैर गया।"

बादशाह शाहजहाँ एक हफ़्ते तक तो अपने कमरे में एक तरह से क़ैद–सा ही रहा, उस हफ़्ते शाही शोक का माहौल था। इस दौरान–वह न जल्दी किसी से मिलते न ही ज़रूरी काम के अलावा कोई काम करते, हर जुम्मे को मुमताज़ की क़ब्र पर जाकर फ़ातिहा पढ़ आते, अपने आँसू बहा आते; रोज़मर्रा के काम सँभालने के लिए आसफ़ ख़ाँ थे ही, बाक़ी सारे काम सती–उन–निसा की सलाह से जहाँआरा अब करने लगी थी।

पहली मर्तबा बादशाह ने शराब और गुलचिरा में ही ख़ुद को डुबो दिया था—एकान्त में ग़म ग़लत करते रहे, आँसू पीते रहे। जहाँआरा ने पूरा 'हरम' सँभाल लिया और देखते–देखते उसके इर्द–गिर्द अमीरों से लेकर सभी तरह के ख़त और फ़रियाद के लिए दरख़्वास्त आने लगीं—सबको समझ आ गया था कि बादशाह तक पहुँचने या अपनी बात पहुँचाने का सबसे आसान तरीक़ा जहाँआरा के ज़रिये ही था और कुछ ही दिन में उसे सती बेगम की बातें समझ आने लगी और वो सती बेगम में ही अपनी माँ देखने लगी थी और यह मुनासिब भी था। सती बेगम ने कभी भी अपने या अपने बेटे के लिए अपने इस प्रभाव का इस्तेमाल नहीं किया—उन्होंने इस मामले में महम अंगा का अनुसरण न करके जीजी अंगा को ही अपना आदर्श माना इसीलिए उनकी इज़्ज़त होती रही और मरने के बाद भी अपनी सहेली के पास ही ताजमहल में दफ़नाने का हक़ हासिल किया।

जिस आख़िरी सन्तान के जन्म के साथ ही मुमताज़ की इहलीला समाप्त हुई वह गौहर बानो थी जिसका जन्म जून 7, 1631 को बुरहानपुर में हुआ था। मुमताज़ की कुल 14 में से 7 सन्तानें ही ज़िन्दा रह सकी थीं। इन सात में अब सबसे बड़ी जहाँआरा थी; उसका भाई दारा उससे एक साल छोटा था, जबकि शुजा दो साल छोटा था, बहन रोशनारा तीन साल छोटी और उसका तीसरा भाई औरंगज़ेब उससे चार साल छोटा था। जब शाहजहाँ ने अपने वालिद के ख़िलाफ़ विद्रोह किया था तब उसके चौथे भाई मुराद का जन्म रोहतास में हुआ था। कैसे उसने उस अवस्था में अपनी माँ के सुरक्षित वापस दक्खन की कष्टदायक यात्रा बनाई थी अपने–आप में एक अद्वितीय दास्तान है। मात्र तीन दिन पहले जन्मी बच्ची की देखभाल करते उसे जिसने भी देखा वह जहाँआरा का कायल हुए बिना नहीं रह सका।

इस सिलसिले में जहाँआरा अपने रोज़नामचे में बयाँ करती है "मेरी माँ की सम्पत्ति में नगद के अलावा सोने–चाँदी के गहने, नगीने, क़ीमती रत्न और रत्नजड़ित ढेरों चीज़ें सम्मिलित थीं, जिनकी पूरी क़ीमत एक करोड़ रुपये से कुछ अधिक ही थी। उसमें से आधा हिस्सा मेरे वालिद ने हमको और बाक़ी आधे में शेष छह बच्चों के हिस्से में बाँट दिया था। बादशाह ने पूरे ख़ानदान को यह एहसास करा दिया था कि मेरी भावी भूमिका क्या होने वाली है और मुल्क भर के लोगों को भी कि सरकारी महकमे में मेरी बुलन्द जगह क्या होगी। वालिद साहब ने समझ लिया था

और फिर फ़ैसला लिया था। इतना ही नहीं उन्होंने साफ़ कर दिया कि 'जो पद और अधिकार मुमताज़ के थे उनके इन्तक़ाल के बाद वही हमारी बड़ी बेटी को दे दिये गये हैं। इतना ही नहीं उसकी बढ़ती ज़िम्मेदारी के मद्देनज़र हमने उसकी सालाना आय चार लाख से दस लाख रुपये कर दी है।' हमें ख़ुद अपने पर एतबार नहीं हो रहा था कि कुछ ही दिनों में ये क्या हो गया।

"हम अभी 'हरम इन्तज़ामात' के बारे में सब कुछ जान, सीख रहे थे–अपनी इस नयी ज़िन्दगी और उससे जुड़ी ज़िम्मेदारियों के बारे में और यक़ीन जानिए हर दिन कोई नयी जानकारी हमें चौंकाती भी थी। हम इन तीनों, बादशाह, सती बेगम और नाना आसफ़ ख़ाँ–का बार–बार शुक्रिया अदा करते थे और मन–ही–मन उस अल्लाहताला और उसके नेक बन्दे मुईनुद्दीन चिश्ती का दिल ही दिल एहतराम करते कि हमें इस लायक़ समझा और इस सत्रह साल की उम्र में क्या–क्या अता कर दिया। हुआ ये कि दिलदार ने शकीला नाम की हमारी दासी को बताया कि मीर बख़्शी के दफ़्तर से बख़्शी–ए–सागरपेशा ख़ुद कई दफ़्तरी और काग़ज़ातों के साथ हाज़िर हुए हैं। हमें बड़ी हैरत हुई। ख़ैर, नयी ज़िम्मेदारी को अभी तो समझाने के लिए सती बेगम थी हीं। हमने उन्हें बेहद अदब के साथ तलब किया और जैसे ही उनके आने की ख़बर हमें शकीला ने दी तो हम ख़ुद उनके इस्तक़बाल के लिए दरवाज़े पर पर्दा उठाये खड़े थे– मेरी दूध–माँ, मेरी पहली शिक्षिका ने सबसे पहले शकीला से लेकर बाक़ी तीन–चार दासियाँ जो मौजूद थीं उनको इस बात के लिए झिड़का कि 'मल्लिका' क्यों दरवाज़े तक आयीं और पर्दा ये क्यों उठा रही हैं? तुम लोगों का क्या काम है? वो इतना प्यार–दुलार हमसे करती थीं और हम कभी उनके सामने यह कोशिश भी नहीं कर सकते थे कि हम नयी 'मल्लिका–ए–जहाँ' हैं और वो मेरी 'वकील'–वो मेरी माँ की 'वकील' थीं और चूँकि, हम मल्लिका हो गये थे–उनकी वजह से ही, फिर भी वे मुग़ल दरबारी तमीज़ और तहज़ीब से हमको भी बख़ूबी वाक़िफ़ करवा रही थीं। अभी भी वे मेरी शिक्षिका ही थीं--उसी के साथ माँ के जाने के बाद उन्हीं की तरह हमको दुलार करने की उनकी आदत ने हमको हमेशा यही एहसास कराया कि अब वे मेरी माँ की जगह पर इसीलिए थीं!"

"ख़ैर, सती बेगम के बैठने के बाद हमने जब दिलदार और शकीला की बात बतायी कि 'बख़्शी–ए–सागरपेशा' ख़ुद हाज़िर हुए हैं–

'हरम' के सबसे बाहरी कोने में बने मेहमान कमरे में तशरीफ़फ़र्मा हैं—हमें क्या करना है यही जानने—समझने के लिए हमने आपको तकलीफ़ दी है। वे हमेशा की तरह मुस्कुरायीं और बताया कि 'बख़्शी—ए—सागरपेशा' सभी ग़ैर—सैनिक कर्मचारियों और सेवकों की तनख़्वाह का हिसाब—किताब करता है—इसीलिए वो हर महीने आपके पास 'हरम' के सेवक—सेविकाओं जैसे माली—मालिनें, धोबी—धोबिनें, तम्बोलिनें, मशालचियों, शमा जलाने वालियों, रसोइयों और शाही रसोई में सेविकाओं से लेकर सफ़ाई वग़ैरह से जुड़े सभी कर्मियों की सूची की जाँच करवायेगा कि ये सब अभी भी 'शाही हरम' में अपनी सेवाएँ दे रहे हैं कि नहीं, इनमें से कौन कितने दिन की छुट्टी पर गया इसका भी हिसाब जो उनके काग़ज़ातों में दर्ज है, वह भी देखना पड़ेगा कि सब कुछ सही है या नहीं। अभी तक आपको तकलीफ़ न देते हुए हम इस सबको ख़ुद देखकर आपसे बस उसके काग़ज़ातों पर दस्तख़त करवाने की ज़हमत देते थे। अब धीरे—धीरे आप सब समझिए और करिए।"

"फिर न जाने सती बेगम को क्या हुआ हमारे कमरे में जितनी भी काम करने वालियाँ मौजूद थीं उनको तख़्लिया कहकर विदा किया और हमारी तरफ़ मुख़ातिब होकर वे बोलीं, 'हरम' में काम करने वाले सारे ख़्वाजाओं के साथ ख़्वाजासरा की भी निगरानी ख़्वाजानवीस के लोग माली, धोबी के रूप में करते रहते हैं उनकी भी पूरी रिपोर्ट आपको ख़्वाजानवीस से हर महीने लेनी होगी और उस पर ग़ौर करने के बाद ज़रूरी क़दम भी उठाने पड़ेंगे, हमको समझाने के लिए उन्होंने बात आगे बढ़ायी और बोलीं, 'जैसे इस समय आपको शकीला को रोशनारा की सेवा में भेज देना चाहिए। इस एक तीर से आप दो शिकार करेंगी। हमारी ख़बर के हिसाब से दिलदार के साथ उसका बहुत रूहानी लगाव हो रहा है और 'मुग़ल हरम' की पूरी सुरक्षा और अनुशासन के लिए यह ज़रूरी है कि दोनों को ज़्यादा मिलने से समय रहते रोका जाये।' हम उनकी ओर देखते ही रह गये...और उनके बोलने से पहले ही पूछ बैठे, 'इस तीर का दूसरा शिकार कौन'?"

"वे फिर बच्चों की तरह मुस्कुराती हुई कहने लगीं, 'तुम बाक़ी सारे लोगों को हटाकर बस शकीला को अपने पास बिठा कर धीरे—धीरे फुसफुसाते हुए समझाना ताकि उसे एहसास हो सके कि तुम उससे कोई ख़ास बात कर रही हो और तब कहना कि हम तुम्हें एक ख़ास

मक़सद से रोशनारा बेगम के यहाँ भेज रहे हैं। उनसे मुताल्लिक़ सबसे ज़्यादा ख़बर तुम ही तो हमको लाकर सुनाती हो, अब थोड़े दिन वहाँ हमारी खुफ़िया जासूस की तरह रहना और हर बात पर नज़र रखना और हमारी ख़बरी रहना। तुम्हें अभी हम पाँच सौ रुपये नगद दे रहे हैं फिर आगे भी तुम इनाम–इकराम की हक़दार रहोगी ही।' शकीला और दिलदार के सम्भावित गठबन्धन से कोई और भी किसी का फ़ायदा न उठा ले इसका भी ख़्याल रखना है–तुम्हें बस याद दिला रहे हैं, मेरी सबसे प्यारी शहज़ादी और मुल्क की मल्लिका, यह कभी मत भूलना हम अभी भी दुश्मनों से घिरे हुए निज़ामशाही इलाक़े में हैं और एक ज़रा–सी चूक मुग़ल हुकूमत के लिए कितनी महँगी पड़ सकती है। बादशाह ने बहुत सोच–विचार और आपके नाना आसफ़ ख़ाँ, नानी और हमसे कई दिन सलाह–मशविरा के बाद आपको मल्लिका की जगह दी है। यह न तो कोई सिर्फ़ जज़्बाती फ़ैसला था और न ही यह जल्दबाज़ी में ही लिया गया है–सबने बहुत दूर की सियासत के बारे में देख–सोचकर यह फ़ैसला लिया है। अपनी नानी से या नाना साहब से भी कभी आप पूछेंगी तो वो भी आपको यही बतायेंगे।' हमने सती बेगम को पूरी इज़्ज़त के साथ रुख़सत किया।"

"बेगम के जाने के बाद हमने सबसे पहले शकीला को बुलाने के साथ ही बाक़ी सबको अपने कमरे से हटा दिया और 'हरम' की सियासत में क़दम बढ़ा दिया और मन–ही–मन में फ़ैसला किया कि जो ज़रूरी है बस वही करेंगे। हम इस दलदल में उस तरह नहीं धँसेंगे जैसे महम अंगा या फिर नूरजहाँ बेगम धँसी थीं। हम मरियम मकानी, सलीमा सुल्ताना बेगम, गुलबदन बेगम या फिर बहू बेगम और अपनी माँ की तरह उनकी फ़ेहरिस्त में अपना नाम शामिल करवाना पसन्द करेंगे। वैसे भी हम अपने पीर मुईनुद्दीन चिश्ती की तरह सियासत से एक हिफ़ाज़त वाली दूरी ही बनाकर रहेंगे। शेख़ सलीम चिश्ती तक तो चिश्तिया सिलसिले के इस फ़लसफ़ा का पालन होता रहा और इज़्ज़त बनी रही; अब वो बात कहाँ? मगर हम सिर्फ़ ख़्वाजा मुईनुद्दीन को पीर मानते हैं इसीलिए हम कोशिश करेंगे कि उनकी बातों को जैसे अब तक अपनी ज़िन्दगी में उतारा है वैसे ही आगे भी अमल में लाते रहें।"

"वैसे हम जैसे–जैसे पढ़ते गये हमारी दिमाग़ी फ़ितरत ही ऐसी होती चली गयी। हिन्दुओं के एक भगवान कृष्ण ने अपने चेले अर्जुन को यही

तो समझाया था कि जब कोई काम कर रहे हो तो उस काम के फल की उम्मीद मत करो–उस काम में उतना ही डूबो कि जो सच है वही देख पाओ उसमें मतलबी और जज़्बाती न हो जाओ, बस ग़ैर–जानिबदार या बेपरवाह होकर अपना फ़र्ज़ अदा करते रहो। हमने जब बादशाह अकबर के हुक्म पर बदायूँनी द्वारा किये गये महाभारत का तर्जुमा पढ़ा था तभी से हमें गीता पढ़ने की ललक बढ़ी थी और हमने आगरा से यहाँ आते समय और फिर बुरहानपुर में माँ के रहते ही उसको भी पढ़कर ख़त्म कर दिया था और उनको ही नहीं बल्कि एकाध बार तो अपने वालिद साहब को भी उसमें से कुछ–न–कुछ सुनाया था। जब मेरी माँ उनसे कोई गम्भीर बात कह जातीं तब वे पूछते और मेरी माँ हँसकर बतातीं कि जहाँआरा ने गीता में पढ़कर हमें फ़र्ज़ अदायगी के कई पाठ समझाये हैं। बादशाह अकबर के दरबार और ख़ानदान में जिसकी परवरिश हुई हो उसको 'सुलह–ए–कुल' और 'तौहीद–ए–इलाही' का मतलब और असर तो मालूम ही था–इसीलिए वे हमसे दो–चार बार गीता की कुछ ख़ास बातें सुन चुके थे। हमारे ऊपर इसका भी असर था और शायद यही हमको सही रास्ते पर ले चला कि इतनी कम उम्र में 'मल्लिका–ए–जहाँ' की ज़िम्मेदारियाँ सँभालने में हम कामयाब हो सके।

"यह सच है कि मेरे इस ओहदे और बढ़े हुए जलवे के लिए हमारे नाना आसफ़ ख़ाँ और सती–उन–निसा की 'हरम' में की गयी सियासत ने ही बड़ी ज़िम्मेदारी निभाई थी। हमें अपनी माँ की जायदाद में से जितना बताया बस उतना ही हासिल नहीं हुआ। अब हम अपनी माँ मुमताज़ की जगह 'मुग़ल शाही हरम' की भी मल्लिका हो चुके थे और मेरी संरक्षिका, सती बेगम, अब मेरी 'वकील' यानी 'हरम' की वकील मुक़र्रर की गयी थीं। इसमें सारा का सारा शतरंज का खेल सती बेगम का ही था। इसीलिए शायद बादशाह और गुलचिरा के ताल्लुक़ात वे हमें बताने को मजबूर भी हुई थीं। हो सकता है उन्हीं की वजह से बादशाह मुतमईन रहे होंगे कि सती सब सँभाल लेंगी। ख़ैर, मुग़ल इन्तज़ामात में इतनी पर्देदारी तो थी कि हर किसी को हर किसी की बातों या कामों का पता नहीं ही चल सकता था। आने–जाने, उठने–बैठने, बात कहने–सुनने से लेकर हर बात के तौर–तरीक़े तय थे उसमें कोई हीला–हवाली मुमकिन नहीं थी। और यही इसकी ख़ूबसूरती और ख़ासियत भी थी जिसकी वजह से अनुशासन बना रहता था–हर रिश्ते में एक सम्मानजनक फ़ासला था।"

"हमको जब माँ की जायदाद का आधा हिस्सा मिल गया तो हमारे भाई–बहन सबको खुशी ही हुई, क्योंकि वे जान रहे थे कि हमें ता–उम्र यूँ ही 'हरम' सँभालने के साथ छह भाई–बहनों का बड़ा परिवार जिसमें नानी, कुछ दादी, कुछ और रिश्तेदारों के साथ तमाम सागरपेशा शामिल था–सबकी ज़िम्मेदारी निभानी थी। बस मेरी छोटी बहन, रोशनारा जो औरंगज़ेब से बस एक साल बड़ी थी, वही एक अपवाद थी। उसे हमको इतना सब कुछ दिया जाना नागवार गुज़रा था। वह सबसे कुछ–न–कुछ मेरे ख़िलाफ़ कहती रहती थी–कभी मज़ाक़–मज़ाक़ में तो कभी तंज में, कभी शिद्दत से शिकायत में, तो कभी रंज में। हम उसकी बातों पर ज़्यादा ग़ौर नहीं करते थे कि छोटी बहन है, अच्छा है गुबार निकाल ले रही है। 'मुग़ल हरम' की यह भी ख़ासियत थी कि जैसे बादशाह को वाकिया–नवीस वग़ैरह ख़बर देते रहते थे, वैसे ही 'हरम' की एक–एक सदस्य की एक–एक बात पर नज़र रखी जाती थी। ये 'मुन्हियाँ' क़िस्म की औरत जासूस सब शाही महिलाओं के यहाँ नौकरानियों, परिचारिकाओं, शमा जलाने, साफ़–सफ़ाई करने वालियों की शक्ल में तैनात रहतीं थीं। उनके ख़्वाजा भी ख़्वाजासरा को एक–एक बात बताते कि क्या हुआ है। किसी को कानों–कान भनक भी नहीं होती थी कि उनकी जासूसी भी हो रही है।"

"मुग़ल सियासत बादशाह बाबर के समय से ही 'हरम' से प्रभावित होती रही है और 'हरम' की यह ख़ासियत अक्सर मुग़ल तख़्त हिलाती ही रही। उनके समय में उनकी बीवियों के क़िस्से–जो उन्होंने ख़ुद अपनी 'तुज़ुक' में बयान किये और बाक़ी के क़िस्से बेहतरीन ढंग से उनकी बेटी गुलबदन बेगम ने 'हुमायूँनामा' में दर्ज किये हैं। इन सबको पढ़ें तब हमें समझ आता है कि 'हरम' की अलग से व्यवस्था क्यूँ की जाती थी और सेविकाओं के बाद ख़्वाजाओं की फ़ौज और उनके ऊपर एक ख़्वाजासरा। इस मामले में हमारा ख़्वाजासरा, दिलदार वाक़ई अपने नाम की तरह ही दिलदार था। वह बादशाह और बेगम के प्रति पूरी तरह समर्पित तो था ही, शायद इसलिए उनकी लाड़ली होने की खातिर हमको स्नेह भी करता और इज़्ज़त भी जो उसके व्यवहार से साफ़ झलकता भी था। और, जब से हम 'हरम' की मल्लिका हुए–तब से यह लाज़िमी होने के नाते और भी बढ़ गया था। इसीलिए हमें अपनी बहन की शिकायतों की सब ख़बर मिलती रहती थी। कुछ दिनों बाद रोशनारा की हमारे साथ बेरुख़ी और भी बढ़ गयी जब बादशाह सलामत ने हमें और भी बहुत कुछ बख़्शा।"

"हमारी ज़िम्मेदारियों के बढ़ने से हमारा ख़र्चा भी बेपनाह हो जाता था यह सब समझते हुए बादशाह सलामत ने हमारी आमदनी बढ़ाने की नीयत से हमें कई गाँव की जागीरदारी प्रदान कर दी, इनके 'ख़ालसा' ज़मीन में ही रहते हुए बस इनकी आमदनी दीवान–वज़ीर के हुक्म से मुशरिफ़–ए–ममालिक के दफ़्तर में यह हमारे खाते में जमा हो जाती थी। इतना ही नहीं, हमारी आमदनी में और भी इज़ाफ़ा करने की नीयत से फलों के बगीचे से होने वाली आमदनी को भी एक ज़रिया बना दिया गया। इसमें मेरे नाना आसफ़ ख़ाँ की मेहरबानी बहुत रही। हमको बाग़–ए–जहाँआरा जिसका ज़िक्र हम पहले भी कर चुके हैं कि कैसे अपने इस प्रिय कश्मीरी बाग़ के नाम पर ही बादशाह जहाँगीर ने अपनी इस पोती का नाम भी जहाँआरा मुक़र्रर किया था। इस बाग़ के अलावा भी मेरी माँ के नाम से मुग़ल चार–बाग़ शैली के दो मशहूर बाग़, बाग़–ए–नूर और बाग़–ए–सफ़ा जो कभी फूफी दादी नूरजहाँ के बाग़ थे हमको दे दिये गये, अब उनसे होने वाली आमदनी मेरे खाते में पहुँचनी ही थी।"

"इतना ही नहीं, अच्चोल और फरजाहारा गाँवों की जागीरें जो मेरी माँ की थीं, वे भी हमारे नाम हो गयीं और इनके साथ पानीपत का परगना और बछोल, सफ़ापुर, दोहरा और नगीना की सरकारें (ज़िले) हमको आवंटित हुईं। शायद बादशाह के बाद मेरा मुक़ाम बना ही रहा इसीलिए हिन्दुस्तान में तिजारत के नज़रिये से सबसे समृद्ध, ख़ुशहाल और पैसे वाला शहर सूरत हमको नसीब हुआ। बादशाह के हम न केवल क़रीबी और इकलौते राज़दार थे बल्कि बादशाह के शतरंज के साथी खिलाड़ी भी। हमने अपने रोज़नामचे में यह बात दर्ज भी की है कि कैसे जब दारा, शुजा और औरंगज़ेब तीनों मुग़ल शाही 'हरम' में नूरजहाँ की देख–रेख में थे और मुराद शिशु था तब हमारे वालिद साहब हमको रज़िया और ख़ुद को इल्तुतमिश की तरह देखते–समझते और बर्ताव भी करते। वे हमारी शिक्षा–दीक्षा–प्रशिक्षण सब ख़ुद अपनी देख–रेख में करते–करवाते और नूरजहाँ के बर्ताव के चलते हमको ही अपने उत्तराधिकारी या 'वली–अहद' के रूप में देखते थे! ये तो भला हो नाना आसफ़ ख़ाँ साहब का, कि वे हमारे भाइयों को नूरजहाँ के चंगुल से छुड़ाने में कामयाब रहे थे।"

"जो हैसियत चार साल पहले मेरे नाना आसफ़ ख़ाँ साहब की बहन नूरजहाँ की थी आज वह उनकी नवासी की हो गयी है। ख़ैर, हमने जून से दिसम्बर के बीच के छह महीनों में सती–उन–निसा की सलाह से

सारे काम सकुशल निबटाये थे और अब उनके आगरा जाने का वक़्त हो गया था इसलिए हमको ख़ुद ही सब सँभालना था—बादशाह दक्खन में निज़ामशाही सुल्तनत को ख़त्म करे बिना जाने को तैयार नहीं थे, इसीलिए मजबूरी में हम लोगों को अभी बुरहानपुर में न जाने और कितना रहना था...लेकिन उस दौरान कोई ऐसा जुम्मा नहीं रहा जब मेरे वालिद अपनी बेगम की मज़ार तक न गये हों और फ़ातिहा न पढ़ा हो, शाम को वहाँ पर ख़ुद शमा न जलायी हो...हमको गुलचिरा के सम्बन्ध में सती बेगम का असली मन्तव्य भी समझ आ चुका था, जब अपनी बहन ही आपसे जल–भुन रही हो तो बाक़ी हमारी तीनों सौतेली माँओं और हरम की मन भर मुग़ल महिला रिश्तेदारों में से कुछ के कलेजों पर तो साँप लोटते ही रहते थे। जब से 'हरम' हमारे अधीन हुआ और सारी खबरें हमारे पास आने लगीं तब हमने सारे राज़ जाने और चीज़ें नये नज़रिए से देखने–समझने की अक्ल भी आ गयी।"

"किताबी ज्ञान के साथ व्यावहारिक ज्ञान इन्हीं छह महीनों में—माँ के इन्तक़ाल और सती बेगम के आगरा–प्रस्थान के बीच ही धीरे–धीरे हासिल किया था? वैसे हमारे वालिद साहब को भी लगता था कि यह सत्रह साल की बिटिया जो उनके साथ शतरंज खेलती थी वही उनके सारे राज़ और ज़िम्मेदारी सँभाल सकती है—ऐसा उन्होंने हमारी नानी, नाना आसफ़ ख़ाँ साहब के साथ–साथ हमारी माँ की वकील रही हमारी संरक्षिका, सती बेगम से भी कहा था। इसीलिए नाना आसफ़ ख़ाँ और सती बेगम के चलते बादशाह ने ख़ुद भी स्नेह दिखाते हुए और अपना सारा लाड़ उँड़ेलते हुए जो हमारी इज़्ज़त–अफ़ज़ाई की थी, उसका तो कोई न मोल न था न हिसाब। इसमें गुलचिरा ने भी मौक़े–बेमौक़े हमारी तरफ़दारी की थी और बादशाह से हमारे द्वारा उसके 'हरम' में प्रवेश के समय से ही किये गये अच्छे बर्ताव और कृपा की चर्चा करती थी। ये बातें छन–छनकर हमारे तक आती रहीं कि वह हमेशा ही हमारी तरफ़ से ही बोलती है। हमने तो उसके लिए कुछ अलग नहीं किया हम तो ऐसे ही सबके साथ बर्ताव करते हैं—जैसे एक इंसान को दूसरे किसी भी इंसान के साथ करना चाहिए।"

"हमने तारीख़ की किताबों से लेकर सूफ़ी सन्तों और रूमी जैसे शायरों के कलामों से यही सीखा था और बचपन से मन में राबिया–सा होने का एक ख़्वाब और एक हसरत भी पल गयी थी! हमारे लिए उसके

प्रति व्यवहार हमारा स्वभाव ही था–उसे अच्छा लगा तो यह उसकी ख़ासियत है कि उसका दिल इतना अच्छा है वरना हम तो अपनी छोटी बहन का भी वैसा ही ख़्याल रखते हैं और बर्ताव भी अच्छा ही करते हैं लेकिन वो तो नाराज़गी छोड़ना ही नहीं चाहती? हम आज तक समझ ही नहीं पाये उसकी नाराज़गी की वजह क्या है। अब तो जब से हमने 'हरम' का कामकाज सँभाला है सबसे पहले उसकी ख़्वाहिश और फ़रमाइश पूरी करते और आगे से आगे, ख़ुद ही उसकी सुख–सुविधा में कोई कमी नहीं आने देते थे–हमारे इस तरह से ख़्याल रखने को भी उसने शायद यही समझा कि हम कोई एहसान और ओहदा दिखाना चाह रहे हैं। हमने एक रोज़ बहुत दुखी मन से बादशाह से यह कहा भी, मगर उन्होंने मुस्कुराकर यही भर कहा, 'तुम ही निबाह सकती हो रोशनारा को भी और 'हरम' की ये कठिन ज़िम्मेदारी; इसीलिए बेटा हम लोगों ने सब सोच–समझकर फ़ैसला किया है।' बात ख़त्म न करते हुए उन्होंने हमें कुछ देर रुक कर दिलदार की बात सुन लेने को कहा।"

"दिलदार ख़बर लाया था कि खेलोजी और वारिस ख़ाँ दोनों ही साथ में बादशाह से मिलने आये हैं और वे दौलताबाद की घेरेबन्दी की ज़रूरी ख़बर लाये हैं, शायद दौलताबाद फ़तेह कर लिया है तभी वे दोनों आपको ख़ुद बताने के लिए बेचैन हैं। बादशाह ने उनकी ख़ातिरदारी करने और ख़्याल रखने के ज़रूरी निर्देश दिलदार को देते हुए यही कहा, 'हम दस–पन्द्रह मिनट में दीवान–ए–ख़ास में आते हैं।' दिलदार के जाने के बाद उन्होंने हमसे कहा, 'हिन्दुस्तान की तारीख़ में और ख़ासतौर से मुग़ल तारीख़ में कभी ऐसा भी समय हुआ जब भाई ने भाई और बहनों से लेकर बीवियों तक ने सियासत न की हो। इसी से तमाम दिक़्क़तें भी हुई हैं लेकिन औरतों की ही समझ, सन्तोष और स्नेहपूर्ण बर्ताव ने तमाम दिक़्क़तें दूर भी की हैं, हम वो ही करते हैं जो मुल्क और लोगों की भलाई के लिए हो–तुम्हें तो अपनी पढ़ाई के चलते पता ही है कि कैसे सुल्तान अलाउद्दीन खलजी ने यही जवाब बयाना के प्रसिद्ध क़ाज़ी मुघीसुद्दीन को दिया था और यह ज़ियाउद्दीन बर्नी की 'तारीख़–ए–फ़िरोज़शाही' में दर्ज भी है; इतना ही नहीं, बर्नी की 'फ़तवा–ए–जहाँदारी' में भी यही बातें अच्छे शासक के लिए ज़रूरी बतायी गयी हैं; बिल्कुल ऐसी ही बातें अबुल फ़ज़ल ने भी 'अकबरनामा' के दूसरे भाग में और 'आईन–ए–अकबरी' में जगह–जगह दर्ज की हैं।' वे पानी पीने के लिए रुके।"

"पानी का गिलास रखकर उन्होंने फिर कहना शुरू किया, 'इन दोनों ही लोगों ने तारीख़ भी लिखी और अबुल फ़ज़ल ने तो इल्म की रोशनी से मुल्क को वैसे ही जगमगा दिया जैसे उनके बाद अब्दुर्रहीम खान–ए–खाना ने किया है...इसीलिए समझो कि इन दोनों के अलावा भी कई जगह पढ़ने को मिलता है कि खुदा जिसको लायक़ समझता है उसी बुद्धिमान इंसान को वह बादशाहत प्रदान करता है।' कहा उन्होंने जो भी मगर वे असल में कह रहे थे कि बादशाह का निर्णय सोच–समझकर, ठोंक–पीटकर, आगे की भी बहुत दूर तक सोचकर होता है और उसे हम अपनी सत्रह साल की अक्ल से नहीं समझ सकते? इतना कहकर हमारे वालिद ने उसी तरह हमारे सर पर हाथ फेरा जैसे वे बचपन से दुलार में करते आये थे लेकिन आज जब हमारे वालिद साहब ने हमारा सर दुलार से सहलाया तब हमें एक बड़ा अजब–सा एहसास हुआ–हमें ऐसा लगा जैसे हम मुईनुद्दीन साहब की दरगाह में हैं और किसी बुज़ुर्ग फ़क़ीर ने हमारा सर क्या सहलाया हमें रूहानी सुकून आ गया। खुदा ने ये इतना क़रीबी और पाक–सा रिश्ता कायम किया है हम बाप–बेटी में कि हिन्दुस्तान जैसे मुल्क में ही नहीं सारे ख़ल्क़ में इसको नमूने की तरह दर्ज करके सुनाया जायेगा; यह पाक रिश्ता खुद एक ख़ास तारीख़ में तब्दील हो जायेगा। वैसे भी हमारे वालिद साहब जब वक़्त के साथ–साथ अपनी बेगम के ग़म से उबर रहे थे उनके बाल सफ़ेद होते गये थे और अब तो वे बिल्कुल ही अपनी उम्र से डेढ़ गुने या दुगने लगने लगे थे–हर कोई यह देखकर चौंकता भी था और इसे पहले दबी ज़ुबान अब खुल कर कहता था।"

"जून, 1631 में मृत मल्लिका–ए–जहाँ के ताबूत को अन्ततः दिसम्बर 1631 में आगरा के लिए रवाना कर दिया गया। उनके ताबूत को आगरा तक पूरी इज़्ज़त और सावधानी से ले जाने के लिए उनके एक बेटे शाह शुजा, वज़ीर ख़ाँ और मल्लिका–ए–जहाँ की वकील, सती–उन–निसा को भेजा गया ताकि उनको सुपुर्द–ए–ख़ाक करके वहाँ एक भव्य मक़बरा निर्मित हो सके। इस तरह ताजमहल की बुनियाद जनवरी 15, 1632 को पड़ी माननी चाहिए जब बेगम मुमताज़ महल को पूरे शाही सम्मान के साथ आगरा ले जाकर दफ़नाया गया। संगमरमर के इस बेहतरीन मक़बरे को पूरा बनने में कई साल लग गये और यह 1645 में कुल चालीस (40) लाख रुपये में बन पाया था। हम खुद, सती बेगम वग़ैरह सब ही पूरे

समय इसके बनते समय निगरानी रखते थे लेकिन बादशाह के लिए यही सबसे अहम काम हो गया था।"

V

"अहमदनगर में बादशाह शाहजहाँ के दबाव में मुर्तज़ा निज़ामशाह को उसके दीवान और साले फ़तह ख़ाँ ने ज़हर का प्याला पीने को मजबूर किया और ख़बर यही फैलायी कि मुर्तज़ा निज़ामशाह की स्वाभाविक मौत हो गयी है। उसने बादशाह शाहजहाँ के नाम का खुतबा पढ़ा और अहमदनगर के सिक्कों पर हिन्दुस्तान के बादशाह का नाम ख़ुदने लगा, तब बादशाह ने अपने सबसे भरोसेमन्द आसफ़ ख़ाँ को दक्खन का महाधिनायक या वायसराय बनाने के लिए प्रस्ताव रखा। यह पद मुग़ल अपने बेटों के अलावा किसी को नहीं देते थे—इस लिहाज़ से यह बहुत बड़ी बात थी लेकिन मेरे नाना ने इंकार किया तब महाबत ख़ाँ को दक्खन में नियुक्त करना ही मुनासिब था। महाबत ख़ाँ के दक्खन पहुँचने तक उसके बेटे, ख़ाँ जमाँ को तब तक काम देखने का हुक्म दिया गया और इस तरह बादशाह सलामत के साथ हम सब दक्खन से आगरा के लिए मार्च 6, 1632 को चल पड़े।"

"हमारे ऊपर 'हरम' की ज़िम्मेदारी तो थी ही, अपने छोटे भाई—बहनों की भी पूरी ज़िम्मेदारी थी, अपनी नानी और छोटी—सी दुधमुँही गौहरआरा की भी ज़िम्मेदारी थी लेकिन उनके साथ एक और बड़ी ज़िम्मेदारी हमारे सर पर थी—अपने वालिद को पूरी तरह से माँ के ग़म से निजात दिलाना और फिर से माहौल को सामान्य कर देना। इसमें एक ख़ास बात या मौक़े ने हमारी पूरी तरह से मदद कर दी थी—दारा के निकाह की तैयारी ने। दारा की सगाई माँ मुमताज़ बेगम अपने जीते—जी कर गयी थीं, मगर उनकी अचानक हुई मौत ने सब काम टाल दिये थे। आगरा पहुँचने के बाद सती ख़ानम की मदद से करीम—उन—निसा (नादिरा बेगम) से दारा के निकाह की तैयारी शुरू की गयी—मर चुकी माँ की जैसी ख़्वाहिश थी वैसे ही हमने सारी रस्में कीं, बल्कि और भी बढ़—चढ़ कर ताकि उनकी रूह को सुकून मिले। वैसे तो यही मौक़ा था जब मरहूम बेगम के शोक से पूरे दरबार और मुग़ल ख़ानदान को ग़मगीन माहौल से उबरने का मौक़ा मिला था।"

"हमने उस निकाह की ज़ोर—शोर से तैयारी शुरू की और उसी सिलसिले में नवम्बर 11, 1632 को दो लाख की लागत का कुल 'सचाक'

का सामान लड़की के घर भेजा गया। यह सामान लेकर हमारी नानी, बड़ी ख़ाला, फूफियाँ और हरम की बाक़ी महिलाएँ भी जुलूस बनाकर पूरी भव्यता के साथ गयीं। हमने गुलबदन बेगम की 'हुमायूँनामा' में हिंदाल के निकाह के सिलसिले में मुग़ल शादियों में होने वाली रस्मों के बारे में जो–जो पढ़ा था हमने वही सारी रस्में वैसे–वैसे ही अदा करवायीं, बल्कि, यूँ कहें कि उनको और भी बड़े फ़लक पर और भी ज़्यादा तड़क–भड़क के साथ किया गया। इसके तीन महीने बाद शुक्रवार, फ़रवरी 1, 1633 को दारा की निकाह की रस्म हुई। तय तारीख़ की रात को आगरा के महल में दीवान–ए–ख़ास में मजलिस का आयोजन किया गया और मुमताज़ बेगम के इन्तक़ाल के बाद उस रोज़ पहली मर्तबा बादशाह ने शोक के कपड़े त्याग कर उत्सव के भड़कीले कपड़े पहने, माँ के जाने के कोई ढाई साल बाद महल में संगीत की इजाज़त दी गयी। उस रात 'हिनाबन्दी' की रस्म यूँ पूरी हुई जब ख़ानदान भर की महिलाओं ने परदे के पीछे से नाच–गाने का लुत्फ़ उठाते हुए शहज़ादे के हाथों में मेहँदी रचायी। बाहर इज़्ज़तदार मेहमानों की उँगलियों पर महल की छबीली, कमसिन बालाओं, दासियों और बाँदियों ने मेहँदी लगायी और उनकी कलाइयों में सोने के काम वाले या ज़री के रुमालों को बाँधा–इस रस्म–अदायगी के बाद खाने के लिए लम्बा–सा दस्तरख़्वान बिछा दिया गया।"

"इसके बाद तो नाच–गाने के बीच ही सब मेहमानों और मुग़ल ख़ानदान के लोगों का शामिल खाना हुआ। उस रोज़ एक सच और मेरे सामने आया कि सभी महिलाओं ने मय छककर पी और बहकीं भी। और जो मज़ा इतने लोगों के साथ खाना खाने में आया और वो भी ज़्यादातर पिये हुए लोगों के बीच, उसको तो हम शब्दों में बयाँ कर ही नहीं पायेंगे। सती ख़ानम सारे इन्तज़ाम पर नज़र और पकड़ बनाये रहीं। उन्होंने हमको एक बार भी यह एहसास नहीं होने दिया कि सारा बोझ हमारे ही कन्धों पर है। जैसे–जैसे दिन बीतते गये हैं हमें दो–तीन लोगों पर नाज़ बढ़ता ही गया है, जबकि ज़्यादातर इसका उल्टा ही होता है। ये तीन लोग जिनसे हम सबसे ज़्यादा मुतासिर रहे हैं वे सती ख़ानम, बादशाह और मेरे नाना आसफ़ ख़ाँ हैं। इसके अगले दिन शाम के वक़्त दारा अपने तीनों छोटे भाइयों के साथ घोड़ों पर सवार एक बड़े जुलूस के साथ बादशाह के सामने दीवान–ए–आम में पहुँचा। उसने सबसे पहले कोर्निश की और बादशाह ने उसके गले में बढ़िया और बेहद क़ीमती मोती की दो

लड़ों वाली माला पहनायी और अपने हाथों से वही सेहरा बाँधा जो कभी बादशाह जहाँगीर ने अर्जुमंद बानो बेगम के साथ हुए निकाह के समय अपने बेटे के सर पर बाँधा था।"

"अब आपको दारा के निकाह की एक और मज़ेदार बात बतायें, वह यह थी कि जब सेहरा बँधवाकर शहज़ादा तैयार हो गया तब नाच–गाना, खाना–पीना होता रहा और जब रात के दो पहर और छह घड़ियाँ बीत गयीं यानी आधी रात के बाद, तब मुहूर्त के अनुसार, काज़ी मुल्ला मुहम्मद इस्लाम निकाह पढ़वाने के लिए हाज़िर हुए। काज़ी–उल–कुज्जत इस बीच इतनी पी चुके थे कि जब वे लड़खड़ाते क़दमों से आये, तब बादशाह सहित सभी के चेहरे पर मुस्कान दौड़ गयी लेकिन औरंगज़ेब जो लगभग परदे के उस पार हमारे पास खड़ा था, उससे रहा नहीं गया और हमारी ओर मुख़ातिब होकर बोला, 'हमारा बस चले तो पहली फ़ुर्सत में इस मुल्ला की छुट्टी कर दें।' उसका इशारा साफ़ था कि हम यह काम अपने अधिकार का इस्तेमाल करते हुए जल्दी कर दें। मगर हमने इस पूरे वाक़िये को एक बड़े उत्सव के हिस्से की तरह ही लिया और उसकी प्रतिक्रिया के लिए अपने भाई ज़ेब को समझाया कि इसको उत्सव की तरह लो। इतनी शिद्दत से हर चीज़ दिल–दिमाग़ पर हरगिज़ न लिया करो'। हाँ, जब हम उसे छोटे भाई की तरह कुछ भी समझाते थे तो उसे 'ज़ेब' ही कहते थे।"

"ख़ैर, काज़ी मुल्ला मुहम्मद इस्लाम ने निकाह पढ़वाया और मेहर की रक़म वही पाँच लाख रुपये मुक़र्रर की गयी, जो हमारी माँ मुमताज़ के लिए की गयी थी। निकाह से जुड़ी रस्मों–रिवाज़ों का सिलसिला फ़रवरी की 8 तारीख़ को जाकर थमा जिस दिन बादशाह शाही सवारी में सारे शहज़ादों, बड़े मंसबदारों और सेवकों के साथ बड़े जुलूस में दारा के घर गये और वहाँ फिर से बड़ा आयोजन, नाच–गाने, खाने–पीने का सिलसिला चलता रहा। हरम की सारी औरतें, बाँदियाँ वग़ैरह पहले ही से पालकियों में सवार होकर दारा के उस महल में पहुँच गयी थीं। हमारे अलावा सती–उन–निसा, हमारी नानी और हमारी बड़ी ख़ाला के ऊपर ज़िम्मेदारियाँ भी थीं। सती बेगम हमारे साथ सारे इन्तज़ामात देख रही थीं तो नानी और ख़ाला ने रिश्तेदारों को सँभालने का बड़ा ज़िम्मा निभाया वरना शादी–ब्याह में लोगों को शाही शादी में भी नाराज़ होने और नुक़्स निकालने में मज़ा ही आता है–शायद रिश्तेदार ऐसे ही होते हैं।

ख़ैर, नानी और ख़ाला के अलावा फूफियाँ भी जुटी हुई थीं—सभी को बादशाह की नज़र और अब तो मेरी नज़र में भी आने की तमन्ना थी। इसी शादी के दौरान ही बादशाह ने हमारे नये ख़िताब 'साहिबल–उज़–ज़मानी' (अपने समय की मल्लिका) का ऐलान दीवान–ए–आम में किया था।"

"आज बहुत मन किया कि हम अपनी शिक्षिका और संरक्षिका सती–उन–निसा के क़दम चूम लें...शकीला को रोशनारा के यहाँ भेजने की जो उनकी तरकीब थी उसने काम करना शुरू कर दिया था...इस शाही शादी के दौरान बादशाह का मेरे ख़िताब का यूँ ऐलान रोशनारा पचा ही नहीं पायी। उसने तो नानी से भी शिकायत की क्योंकि नाना आसफ़ ख़ाँ उसे 'फूफी की भतीजी' कह कर बुलाने लगे थे और हरम की बाक़ी औरतों से वह कहती फिरी कि 'यह तय हो गया है कि मुग़ल अपनी बेटियों–बहनों की शादियाँ नहीं करना चाहते इसीलिए जहाँआरा के साथ ऐसा हो रहा है। उसे इतनी ज़िम्मेदारियों से लाद दिया गया है कि ये न तो राबिया या मीराबाई हो पाये और अपनी 'फूफी की असली भतीजी' हो कर बस हरम में क़ैद हो जाये।' ख़ैर हमने शकीला को चाँदी के सिक्के देकर विदा किया और हम सोचने लगे 'हमको तो वाक़ई राबिया का ही रास्ता पसन्द था और फिर जितनी हमारी राजपूतानी रिश्तेदार 'हरम' में रहती थीं वे सब कृष्ण की मूर्ति ज़रूर रखतीं और हमें तरह–तरह की उनकी मूर्तियाँ बहुत भाती थीं, हमें राधा–कृष्ण और मीराबाई के इस रूहानी प्रेम में बड़ा सुकून मिलता था।"

"हमने तो ख़ुद ही अपनी ज़िन्दगी की राह उस वक़्त अजमेर में ही चुन ली थी जब वालिद साहब के साथ जाकर हमें बिना 'समाअ' के ही 'समाधि' लग गयी थी और सब लोग परेशान हो गये थे शायद जो शेख़ निज़ामुद्दीन औलिया साहब के साथ होता था वही एहसास हमको अजमेर शरीफ़ में हुआ था और हमने संसार में यूँ 'निष्काम' जीने का फ़ैसला कर ही लिया था और शायद इसीलिए हमारे वालिद वग़ैरह हमारे लिए कुछ ज़्यादा सोचते और करते, ताकि हम कोई 'मुग़ल मीराँ' न हो जायें? फिर हमने रोशनारा की बातों को दूसरे नज़रिये से देखा। क्या दारा की इस शादी ने उसकी ख़्वाहिशों को तो नहीं जगा दिया? वो अपने लिए सोचने लगी होगी कि हमारा निकाह तो मुग़लों की इस नीति के चलते होने से रहा, जहाँआरा को तो फ़र्क़ पड़ता नहीं मगर हम भी क्या उसकी ताबेदारी करने को यहाँ 'हरम' में ता–उम्र क़ैद कर लिए गये हैं?

उसकी नाराज़गी खुलकर ज़ाहिर होने लगी थी। हमको तो ये बातें शकीला के मार्फ़त पता चलीं मगर बादशाह सलामत तक लगता है नानी ने पहुँचा दीं और एक दिन बहन रोशनारा नानी की मौजूदगी में बादशाह द्वारा तलब की गयी और शायद उसे इस तरह की बातों से परहेज़ करने की हिदायत दी गयी–चूँकि, उसने खुद नानी से ये शिकायत की थी तो उसका मक़सद ही था कि बादशाह के कानों तक यह बात पहुँचे और बादशाह ने दारा की शादी के समाप्त होने के बाद फ़रवरी 10 को उसे तलब किया था क्योंकि उसका शाम का खाना भी उसके कमरे में पहुँचाया गया और शकीला ने बताया कि अब बादशाह की सख़्त हिदायत के बाद से बेचारी बहुत मायूस और बेबस–सी हो गयी है।"

"हमने ये बातें नानी के सामने सती ख़ानम से कहीं तो वे अजब मासूमियत वाले ढंग से मुस्करायीं और नानी से तफ़रीह लेते हुए बोलीं, 'ये तो ख़ानम बेहतर बतायेंगी कि रोशनारा नाम का यह सँपोला किस तरह की नागिन बनेगा क्योंकि इन्होंने सबसे ज़्यादा अपनी ननद नूरजहाँ को झेला है। और नानी ने सती को उसी तरह से गले से लगा लिया जैसे वे अपनी बेटी और मेरी माँ को गले लगाती थीं। फिर अपने पान की पीक को अपने चाँदी के पीकदान में थूककर बोलने लगीं, 'बेशक इसके लक्षण तो बेगम नूरजहाँ जैसे ही हैं, कैसे वे हमसे और अपने भाई से निहोरे करती थीं कि वालिद साहब से बात करके उसके फिर से निकाह की बात करें, मगर हमारे श्वसुर एतमाद साहब ठहरे वकील–ए–मुत्लक़ तो उन्होंने अपनी बेगम के कहे पर मीना बाज़ार में शिरकत की इजाज़त अपनी बेटी को क्या दी कि उसने पूरी फ़नकारी और अदाकारी दिखाकर बादशाह के होश ही काफ़ूर कर दिये। ये उसकी दबी ख़्वाहिशें हैं जो शहज़ादे दारा की शादी के चलते यूँ हमारे सामने फूट पड़ीं। इसीलिए हमने बादशाह से अर्ज़ किया था कि हमारे सामने ही रोशनारा से बात करें ताकि वो किसी बात से मुकर न सके और हरम और मुग़लिया हुकूमत को किसी झंझट में न फँसा दे।' इधर नानी साहब की बात ख़त्म भी नहीं हुई कि उन्होंने दासियों को आवाज़ लगाकर एक ताज़े पान की फ़रमाइश की और चैन से बैठ गयीं।"

"नानी पान की फ़रमाइश करके उसके इन्तज़ार में अपने मसनद के ऊपर एक और मसनद जमाने लगीं–जैसे हम सबको इशारा हो कि पान तो आये फिर वे अपना मनपसन्द शग़ल करें। न जाने सती बेगम को

क्या सूझा कि पान देकर जब बाँदी जाने लगी तब उसको हुक्म दिया कि जब तक न बुलाया जाये यहाँ कोई न आये। नानी ने बताया कि कैसे समय–समय पर हमारे निहायत शरीफ़ नाना साहब पर भी मल्लिका का रौब झाड़ने से बाज़ नहीं आती थीं। उसका जन्म ही ईरान और हिन्दुस्तान के रास्ते में हुआ था और उसी के बाद उस कारवाँ की लूट हुई थी, जिसमें गियास साहब का परिवार आ रहा था–इसी के बाद रुपये–पैसे भी जाते रहे और कैसे बादशाह अकबर की शाह नज़र पड़ी और हमारे ससुराल वालों की क़िस्मत बदलने लगी–फिर कैसे शेर अफ़्गुन से इसकी शादी हुई और कैसे खूबू के साथ मुक़ाबले में दोनों मारे गये। खूबू, शेख़ सलीम चिश्ती का पोता था और जहाँगीर की शाही सेना लेकर शेर अफ़्गुन के विद्रोह के दमन के लिए गया था लिहाज़ा बेवा हुई मेहर–उन–निसा शाही 'हरम' में दाख़िल हुईं और बाक़ी के क़िस्से से आप सब वाक़िफ़ ही हैं।' लेकिन हमारी नानी ने बात ख़त्म करते–करते अपनी हाज़िरजवाबी का भी एक नुस्ख़ा पेश कर ही दिया। वे सती ख़ानम की ओर पलटीं और उसी तरह से मुस्कुराकर बोलीं जैसे सती बेगम बोली थीं, 'वैसे तो पुरानी मल्लिका आपकी बहन लगेंगी, वे मेहर–उन–निसा और आप सती–उन–निसा।' और हम सभी हँसते–हँसते लोटपोट हो गये। और एक भद्दे मुद्दे को हमने 'हरम' में यूँ आसानी से भुलाने की कोशिश की।"

"जैसे ही ये क़िस्सा और बैठक ख़त्म हुई हमें एकदम से याद आया और हम किताबें खोजने लगे। बर्नी की 'तारीख़–ए–फ़िरोज़शाही', मुतामिद ख़ाँ की 'इक़बालनामा–ए–जहाँगीरी' और खुद बादशाह जहाँगीर की 'तुज़ुक'। और जो हमने पढ़ा उससे हमारा दिमाग़ थोड़ा चकराया... हिन्दुस्तान में चिश्तिया सिलसिले के घटते हुए असर की वजह हमने तलाश ली थी। सबसे पहले उनकी ख़ानक़ाहों के बेहतरीन इन्तज़ामात से प्रभावित होकर सुल्तान हुए मुहम्मद–बिन–तुग़लक़ ने उनकी ख़ासियतों के बेहतर इस्तेमाल के लिए उनके परिवार के सदस्यों को शाही पदों पर नियुक्त करना शुरू किया और उसके बाद हमारे ख़ानदान के एक आफ़ताब, बादशाह अकबर ने भी इसी के चलते इस सिलसिले के शेख़ सलीम चिश्ती के ख़ानदान वालों को शाही नौकरियों में जगह दी। इनके शाही मुलाज़मत करने की वजह से इनका जो रूहानी प्रभाव लोगों पर पड़ता था, वह जाता रहा था। इसीलिए मुहम्मद–बिन–तुग़लक़ के बाद शेख़ सलीम चिश्ती और शेख़ मुबारक का उनसे अकबर को मिलवाने का

सिलसिला जो शुरू हुआ उसने फिर से शासक और चिश्तिया सन्तों को जोड़ दिया। बादशाह अकबर के तो बच्चे पैदा होने के बहुत दिनों बाद तक ज़िन्दा नहीं रह पा रहे थे और फिर कैसे बड़े बेटे का जन्म हुआ और उसका नाम ही शेख़ साहब के नाम पर सलीम रखकर भी बादशाह ने कभी अपनी ज़ुबान से उसका नाम इसलिए नहीं लिया कि महरूम हो चुके शेख़ साहब की शान में गुस्ताख़ी होती और वे अपने बड़े बेटे को 'शेख़ू' ही पुकारते रहे–शेख़ साहब ने उन्हें वली–अहद का ख़िताब भी बख़्शा था।"

"हमारे दिमाग़ में यही आया कि अगर चिश्तिया सन्त शेख़ मुईनुद्दीन चिश्ती साहब के सिद्धान्तों और बातों पर ही शिद्दत से चलते रहते तो शायद यह नौबत नहीं आती। अब हमने जो वादा अजमेर शरीफ़ में किया था उस पर अमल करना शुरू कर दिया और शेख़ मुईनुद्दीन चिश्ती साहब की जीवनी के लिए तारीख़ों में दर्ज उनके और उनके चेलों और सिलसिले से मुताल्लिक़ सभी बातों के साथ मलफूज़ात या सूफ़ी साहित्य में ज़िक्र और बातों को भी इकट्ठा करने लगे ताकि हम शेख़ साहब को अपनी सच्ची श्रद्धांजलि दे सकें और इन सियासी बातों और दुनियावी छलावों से भी दूर रह सकें। वैसे भी सियासी और हुकूमत के मामलों में हमें फँसे रहते हुए भी सुकून पढ़ने–लिखने में ही मिलता है और इसीलिए सरकारी कामों और दफ़्तर की बातें निबटा कर हम पढ़ने बैठ जाते थे। इधर फिर बादशाह ने एक शाही हुक्म का सार्वजनिक ऐलान करके हमें आगरा क़िले के बाहर मगर पूरी शाही चौकसी में रहने की इजाज़त दे दी।"

"बादशाह के इस ऐलान से हम भी कुछ हैरान हुए, मगर शायद वे हमारे ख़िलाफ़ बोलने वालों को अपने ढंग से जवाब दे रहे थे। क्योंकि हम क्या कोई भी हर किसी की ख़्वाहिश तो पूरी कर नहीं सकता–सबकी अपनी हद होती है–और, स्वार्थी लोगों का यही काम है कि उनका हित नहीं सधा तो वे आपके ख़िलाफ़ और कुछ तो कर नहीं सकते हैं तो दुष्प्रचार तो कर ही सकते हैं। ख़ासतौर से तिजारत करने वाले फ़िरंगी आढ़तिये जब तोहफ़े भेजकर हमारे ज़मीर को ख़रीदकर हुकूमत से सरकारी शुल्कों में कटौती के साथ ही अनेक तरह की सहूलियतें चाहते थे–जो हमारे लिए न मुनासिब था और न ही इस मामले में हस्तक्षेप करना उचित ही। 'हरम' का तमाम इन्तज़ाम तो हम अपने लोगों और कर्मचारियों के ज़रिये 'हरम' से दूर रहकर भी कर सकते थे और फिर जो लोग हमारी बहन रोशआरा की तरह सोच रहे थे कि हमको 'हरम' की ज़िम्मेदारी।

इसीलिए सौंपी गयी है—हम शादी न करके बस यहीं क़ैद होकर रह जायें—उनको शाही अन्दाज़ में जवाब बादशाह ही दे सकते थे और उन्होंने फिर से एक बार मेरे ऊपर अपना लाड़—दुलार और भरोसा जता दिया था—कि शहज़ादी के साथ 'हरम' की मल्लिका होकर भी वह पूरी तरह से आज़ाद है।"

"वे अपनी बेटी की असली शख़्सियत वालों को दिखा देना चाहते थे। वे अफ़वाह फैलाकर हमारे ऊपर कीचड़ उछालना चाह रहे थे उनको इस तरह से माक़ूल जवाब दे दिया। वे जानते थे कि हम तो बस राबिया या मीरा होना चाहते थे और अपने रूहानी पीर, शेख़ मुईनुद्दीन चिश्ती के अलावा न किसी से मुहब्बत करते थे न ही किसी और की इबादत। दारा और ज़ेब दोनों से हमारी नज़दीकी भी इसी बात के चलते हुई—वे दोनों भी सूफ़ी साहित्य पढ़ते और इल्म की बातों को लेकर ही हमसे बा—इज़्ज़त बहस भी करते। दारा जहाँ क़ादरिया सिलसिला वाला होता जा रहा था वहीं ज़ेब नक़्शबन्दियों सिलसिला वालों की ओर झुक रहा था। वास्तव में, क़ादरिया सिलसिले वाले अब चिश्तियों की तरह ज़्यादा होते जा रहे थे यानी वे दुनियावी और सियासी बातों और मसलों से उतनी दूरी तो रखते ही थे ताकि उनकी इबादत और सादगी पर कोई जमशेदी का असर न पड़े? नक्शबन्दियों का जहाँ तक सवाल है, तो तारीख़ी पढ़ाई से हमें यही समझ आया कि मुग़लों के पैतृक इलाक़ों में नक़्शबन्दियों ही ज़्यादा असरदार थे—शायद तारीख़ पढ़ने वाला ज़ेब इसी वजह से नक़्शबन्दियों के ज़्यादा नज़दीक होता जा रहा था?"

"वैसे आपको जानकर अचरज होगा कि हमें इन दोनों से इसीलिए बहस—मुबाहिसा करने में मज़ा आता था कि हमें अपनी किताब के लिए बहुत—सी बातें और तर्क मिलते थे। इनसे बातें करना इसलिए भी अच्छा लगता था क्योंकि मेरे बाक़ी दो भाई तो बेतुकी बात भी बीच में बोल सकते थे या बहस को सिर्फ़ इल्म तक न रखकर कहीं भी भटक जाते थे मगर ये दोनों भाई बहुत ही सीधे—सादे ढंग से और पूरी इज़्ज़त और तमीज़ के साथ बात करते थे। इनसे बातों, बहसों से हमें यह भी समझ आता था कि हम जो शेख़ मुईनुद्दीन चिश्ती साहब के बारे में लिख रहे हैं उसे किस तरह से लिखने से लोग वापस चिश्ती सन्तों की ओर लौटें और उनकी बातों से कैसे उनकी ज़िन्दगी और बेहतर हो सकती है। इसके साथ हमें इनकी बातों से यह भी पता चलता था कि आम लोगों का चिश्तिया सन्तों

को लेकर अब क्या ख़्याल और ख़्वाहिशें हैं। मुल्क में क्या कुछ बदल रहा था, समाज में ऐसा क्या हो रहा था या सिलसिले में ही क्या कमी आ गयी थी यानी लोगों के मन में चिश्तियों के बारे में क्या ख़्यालात हैं–यह इन दोनों की बातों से पता चलने लगा था।"

"इनसे एक रोज़ इसी विषय पर बातचीत लम्बी होती जा रही थी–दोनों अपने–अपने सिलसिले की ख़ासियतें गिनवा रहे थे। लम्बी बहस थी लेकिन बिल्कुल भी बेतुकी या बेढंगी नहीं–दोनों एक–दूसरे की बात सुन रहे थे, जवाब दे रहे थे और बीच–बीच में हम बताते जा रहे थे कि मानो या न मानो हिन्दुस्तान में सूफ़ियों की दख़ल की ज़मीन तो चिश्तियों ने ही तैयार की थी, हम मुईनुद्दीन साहब और उनके बाद के सन्तों जैसे कुतबुद्दीन बख़्तियार काकी, फ़रीदुद्दीन गंजशकर, निज़ामुद्दीन औलिया और चिराग़ देहलवी, बन्दा नवाज़ गेसू दराज़ और नागौरी साहब जैसों से लेकर शेख़ सलीम चिश्ती तक की परम्परा वाली बेल की बात कर रहे हैं, जो पूरी तरह से सूख गयी है। होते–होते बात सूफ़ी और सियासत की ओर घूम गयी–दारा और हमारा मानना था कि चिश्तियों को सियासत से वैसे ही दूर रहने चाहिए जैसा कि मुईनुद्दीन साहब और उनके शिष्य बख़्तियार काकी ने किया था या निज़ामुद्दीन औलिया ने किया था–उन्होंने तो अमीर ख़ुसरो को ख़िलाफ़त ही इसीलिए नहीं दी कि वह कितने–कितने सुल्तानों के दरबार में रहा था?"

"हम लोगों के नज़रिये से ठीक उलट औरंगज़ेब ने अलग तरह से इस बात को रखा कि बादशाह और उमरा (अमीर वर्ग) भी तो इसी मुल्क के लोगों में शामिल हैं, अगर इन पर चिश्तियों की बातों–ख़्यालों का असर हुआ तो उनके ज़रिये से मुल्क के और भी ज़्यादा लोगों पर असर होगा। और, रही बात सियासत की तो उसमें अदब और मज़हब के अच्छे लोग आने भी चाहिए, इसी में मुल्क की भलाई है–वैसे भी एक कोने में बैठकर ही इबादत और मज़हब नहीं चल सकते अक़ीदतमन्दों और अदीबों को तो समाज के बीच में आना ही चाहिए। जब दीन के असर में सियासत होगी तब बेहतर ही होगा। दारा ने बात को घुमाते हुए चारों ख़लीफ़ाओं और उनकी सादगी का ज़िक्र करते हुए इस्लाम के प्रसार के लिए उनके योगदान की चर्चा शुरू की, तब औरंगज़ेब ने जवाब में यही कहा कि तब भी तो काफ़िरों से घिरे हुए थे, जब 'दरवेशी' को पूरी तरह से छोड़कर 'जमशेदी' पर उतरे तब पूरी दुनिया में मज़हब फैल पाया।

वरना 'जमशेदी के साथ दरवेशी' जैसा पवित्र ख़लीफ़ाओं के समय हुआ उससे इस्लाम के फैलने की रफ़्तार वो हो ही नहीं पायी जो बाद के उमय्यद और अब्बासी कालों में हुई? दारा भला क्यूँ चूकता उसने यही कहा कि अब्बासियों के ही तो काल में ख़िलाफ़त पतनशील भी हुई–उनसे ज़्यादा जमशेद हलाकू साबित हो गया। औरंगज़ेब ने इस नहले पर दहला जमाया कि इन बाद के ख़िलाफ़त के दौर में भी एक सियासी फ़ायदा तो हुआ कि उनकी कमज़ोरी के चलते सुल्तनतें बनीं वरना हमारे ख़ानदान में सत्ता आती क्या? क्या हम और आप भी शाही ख़ानदान के होते–वहीं फ़रगना में छोटे–मोटे ज़मींदार ही होते। ख़ैर, तब तक फ़ारस के राजदूत के मुग़ल दरबार में आने की ख़बर आयी और महफ़िल बर्ख़ास्त हुई।"

"वैसे औरंगज़ेब की बातें अलग और अजब होकर भी गहरे मतलब की होती हैं–दारा फ़लसफ़े में फँसा रह जाता है जबकि ज़ेब सूफ़ीवाद और फ़लसफ़े से अमली ज़मीन पर उसकी क़ीमत आँकने को तैयार हो जाता था और इससे दारा अपमानित–सा महसूस करने लगता था–शायद ज़ेब की यह मंशा न भी रहती हो पर हर बार उसकी बातें बातों के सिलसिले को ऐसे मोड़ पर ले ही जाती थीं। दारा और उसके बीच ज़्यादा बातें हमारे सामने ही होती थीं–शायद वे जब शाही दरबार में थे तब से दोनों के नज़रिये फ़र्क़ हो गये थे? जहाँ दारा नूरजहाँ की हर बात पर हाँ में हाँ मिलाकर बेगम की भी पसन्द हो गया था, वहीं अपने अक्खड़ अन्दाज़ और साफ़ ज़ुबान के चलते औरंगज़ेब बचपन में ही उनकी नापसन्दगी बन गया था। एक रोज़ हम और ज़ेब अकेले थे–वो जब हमारे साथ अकेले होता है तब हमें पूरी इज़्ज़त और ख़ुलूस के साथ आपा बुलाता है मगर कोई और हुआ तो वह बिल्कुल दरबारी तमीज़ में 'मल्लिका' और 'बेगम साहिबा' के अलावा कुछ नहीं कहता। उसकी इस बात की तो जितनी तारीफ़ की जाये कम ही है ख़ैर, हम उसे हमेशा ही ज़ेब कहकर बुलाते हैं।"

"हाँ तो वह मेरे साथ अकेला था और हम दोनों यूँ ही दुनिया–जहाँ की बातें कर रहे थे कि नूरजहाँ का ज़िक्र आ गया। हमने दारा, शुजा और औरंगज़ेब से आगरा के दिनों की बातें शुरू–शुरू में सुनी थीं। जब हम नाना आसफ़ के साथ लाहौर से लौटे, इन तीनों भाइयों से मिलने सिकन्दरा गये थे लेकिन अब समय बीत जाने के बाद उन बातों का रुख़ बदला होगा और अब सही अन्दाज़ पाने के लिए भी हमारे मन में था

इसीलिए ज़ेब से पूछ लिया क्योंकि यही शख़्स सही बताएगा–दारा फ़लसफ़े के मुलम्मे से बात को ढाँक देगा, शुजा खाने–पीने की बातें तो बता देगा, बाक़ी उसको अपने मतलब के अलावा जल्दी किसी से वास्ता भी नहीं था–बचा ज़ेब तो वह दूसरी मिट्टी से बना था–जो जैसा है उसको वैसा ही बतायेगा और शायद उसकी वजह तक सही बता देगा। उसने एक बात बहुत मार्के की बतायी, 'मल्लिका नूरजहाँ और उनके भाई और बादशाह जहाँगीर का नहीं–बल्कि उनका और हमारे बादशाह का मिज़ाज और सियासी तमन्नाएँ एक सी हैं। वो बादशाह जहाँगीर को अपने हाथों से शराब पिलाती थीं ताकि वे ख़ुद 'जिल्लु–अल्लाह' की हैसियत में रहें और यही इनका भी मिज़ाज है।' इसीलिए एक मोड़ के बाद आपस में इन दोनों में बननी नहीं ही थी–दोनों का निशाना मुग़लिया तख़्त था और मुल्क की सियासत पर पूरी पकड़ की तमन्ना थी। दोनों एक से ज़िद्दी और अपनी हसरतों के लिए किसी भी हद तक जाने को तैयार।' हम बहुत हैरान हो गये और हमने बातों का रुख़ बदलने के लिए शरबत मँगवाया..."

"जब सेवक आया तब हमारी बातों का सिलसिला रुका और हमने ज़ोर देकर कहा, 'नहीं, ये सब नहीं बताओ, वहाँ क्या हुआ और तुम्हारा तजुर्बा कैसा रहा–हमारा पूछने का यह मक़सद था। फालसे का बढ़िया शरबत आ गया तब हम भाई–बहन ने बातों का सिलसिला वहीं से पकड़ा और ज़ेब कहने लगा, 'दारा भाई वहाँ बिल्कुल दस्तूरी बने रहे, जैसा दरबार का दस्तूर उसी हिसाब से पढ़ना, लिखना, शिकार, घुड़सवारी करना वग़ैरह, शुजा भाई का तो आलम थोड़ा दस्तूरी बाक़ी अपने काम से काम न यह देखना–समझना कि इर्द–गिर्द क्या हो रहा है'। हमने ज़ोर देकर कहा, 'हमें अपने बारे में सच–सच बताओ ज़ेब क्योंकि, वैसे भी तुम कुछ नहीं छुपाते और अपनी आपा से तो बिल्कुल भी नहीं, भले ही 'हरम की मल्लिका' से कुछ छुपाओ भी।' वो कहने लगा 'हम दादा जहाँगीर का भी ख़्याल रखते थे, उनकी बातें बहुत ग़ौर से सुना करते थे, नाना आसफ़ ख़ाँ को भी वहीं देखा–समझा, मल्लिका नूरजहाँ को तो जैसे ज़्यादा ही समझ लिया था–एक रोज़ वे दादा के इर्द–गिर्द हमें जमा देखकर बादशाह से बोलीं भी, "इसको सियासत से अभी इसी उम्र से ही लगाव हो गया है क्या? लगता है अपने बाप पर गया है।' वो बात फिर घुमाकर सियासत और वालिद साहब तक ले आया और हम यही हर बार

बचाना चाहते थ–ख़ैर, उसको सुनने से कई बातें बिल्कुल शीशे की तरह साफ़ हो जाती थीं, भले ही आप उसके नज़रिये से सहमत हों या न हों।"

"ख़ैर, औरंगज़ेब ने जाते–जाते बिल्कुल वैसे ही कोर्निश की जैसे दरबार में बादशाह के सामने की जाती है और हमने दिल से दुआ दी बन्द होंठों में ही बुदबुदाये 'जुग–जुग जियो और तुम्हारी सब तमन्नाएँ पूरी हों!' वो जाते–जाते रुक गया और ताज़ुब्ब से बोला, 'आपने तो दिल खोल के दुआ दे दी।' अब उससे ज़्यादा ताज्जुब हमें हुआ, हमसे रहा न गया और पूछ ही बैठे–क्या तुम जुबाँ दबाकर बोली बातें भी समझते हो?' उसने बताया कि वहाँ लाहौर में क़िले के बाहर एक फ़क़ीर रहते थे और हम शिकार या घुड़सवारी पर जब भी जाते उनसे सलाम–दुआ कर लेते थे क्योंकि हमारे साथ जो हमराह जाता था वह उनका चेला था इसीलिए उसी रास्ते ले जाता था। उसकी वजह से हम भी उनको जान गये थे वे किसी से कोई वास्ता नहीं रखते थे न किसी से कोई उम्मीद। बस एक बार उनको कुछ काम था और उन्होंने देखा कि हमारे साथ हमराह नहीं है, तब उन्होंने उसके बाबत जानना चाहा। हम जानते थे कि वह पीछे छूट गया है आता ही होगा फिर भी हमने उनको टटोलने के लिए पूछ ही लिया कि उन्हें क्या काम है? वे बोले आप ठहरे शहज़ादे हम आपसे क्या कहें? हम बस यूँ ही मन–ही–मन बुदबुदाये, 'हम भी तो ख़ुदा के बन्दे हैं जैसे आप, एक–दूसरे के कुछ काम आ सकें इससे बेहतर क्या होगा?' और, वे सब सुन गये...और बोले..."

"ज़ेब जाते–जाते अपनी बात पूरी करता तब तक सती ख़ानम आ गयीं और हमने पूरी बात उन्हें बताते हुए कहा कि उसी के बाबत ज़ेब हमें बहुत अजीब क़िस्सा सुना रहा है, आप भी सुनिए और यह कहते हुए हमने ज़ेब को इशारा किया और वो फिर बताने लगा, 'हमने फ़क़ीर साहब से कहा जब आप हमारी हसरत जान ही चुके और सुन–समझ चुके हैं तो हमको हुक़्म करें–ख़ैर, तब तक हमारा हमराह भी आ पहुँचा था और उसने भी हमारी ज़िद का साथ दिया और उन्होंने अपने एक बीमार शागिर्द को कुछ दूर पर उसके घर छोड़ आने को कहा। हमने उसको अपने घोड़े पर काठी हटाकर लिटा–सा दिया और हमराह के घोड़े पर सवार होकर चल दिये उसको उसके घर तक पहुँचाने। बस इतना ही किया मगर वे इतने से ही ख़ुद को एहसानमन्द मानने लगे और फिर हमारा उनसे लगाव बढ़ गया और उन्हीं ने अपनी मर्ज़ी से हमको होंठों को पढ़ने के इल्म में महारत हासिल करवा दी।'

ये क़िस्सा सुनाने के बाद उसने हमारे साथ ही ख़ानम से भी बा–इज़्ज़त रुख़सती ली और हम लोग बहुत देर तक औरंगज़ेब की चर्चा करते रहे।"

"ख़ैर, सती ख़ानम, चूँकि अब हमारी वकील थीं इसीलिए वे हमको यह बताने आयी थीं कि उम्रौली से नज़ाबत ख़ाँ ख़ुद हाज़िर हुआ है जब आप कहें उसे बुला लें। हमको उम्रौली का मौजा (जिला) जागीर में मिला था और हमने 1632 में ही वहाँ की ज़िम्मेदारी के लिए नज़ाबत ख़ाँ को बहैसियत नाज़िम या फ़ौज़दार तैनात करके अक्टूबर 2, 1632 को उसे सनद भेजकर वहाँ के लोगों और काश्तकारों के साथ माफ़ी की ज़मीन पाये लोगों का ख़ास ख़्याल रखने की हिदायत दी थी। लगता है वह इसी सिलसिले में कुछ बात करने आया होगा क्योंकि अगर रोज़मर्रा की बात होती तो वो ख़ुद हाज़िर न होता या सती ख़ानम ही उसको ब–हैसियत हमारी वकील, मामला निबटा देतीं। जब वो आया तब समझ आया वो नज़राना लेकर और उसके इलाक़े में हुई अच्छी क़िस्म की लीचियाँ हमारे लिए लाया था और साथ में लीची का शरबत भी। नज़ाबत ख़ाँ की सिफ़ारिश औरंगज़ेब ने हमसे की थी लिहाज़ा हमने कुछ लीची और शरबत उसे भिजवाने के लिए नज़ाबत ख़ाँ से कहा तो वह बोला ये आपके लिए हैं, आपके हुक्म से शहज़ादे को हम अलग से दोनों चीज़ें दे देंगे। हमारे जासूसों ने बाद में बताया कि वह शहज़ादे के लिए अलग से लाया ही था।"

"जैसे ही नज़ाबत को रुख़सत किया हमने ख़ानम से बैठने का इसरार करके उसी समय अपने रोज़नामचे में इस बात को दर्ज कर दिया क्योंकि ये सनद का मामला बहुत ख़ास था...मुग़ल हुकूमत में फ़रमान, सनद, निशान, परवाना और हुक्म जैसे शाही दस्तावेज़ एक विशेषाधिकार था जो कुछ ख़ास शाही औरतों को ही नसीब हुआ था जैसे हमीदा बानो या मरियम मकानी, मरियम–उज़–ज़मानी, नूरजहाँ, मुमताज़ महल और अब हमको। लिखने के बाद हमने ख़ानम को पढ़ाया और नयी आमद की लीची खिलायी, शरबत शाम को साथ पीना तय करके वे हमारे ही कमरे में दूसरी मेज़ पर हमारी जागीरों, बाग़ों और 'हरम' के हिसाब–किताब के बाक़ी काग़ज़ात देखने लगीं। असल में, माँ के जाने के बाद जिस तरह से उनकी जागीरें भी हमको मिलीं, उससे उनके इन्तज़ामात का भी काम बढ़ गया और सती ख़ानम चूँकि माँ की भी वकील रही हैं इसीलिए वे सब जानती–समझती थीं। इतना ही नहीं, 'हरम' की ज़िम्मेदारी सिर्फ़ 'हरम'

की ज़रूरतों तक तो सिमटी हुई नहीं थी, शाही रसोईघर से लेकर पूरे मुग़ल ख़ानदान और 'हरम' में रहने वालों के कपड़ों से लेकर हर ज़रूरत की चीज़ के इन्तज़ाम का भी हिसाब–किताब करना होता था–और, उसे ख़ान–ए–सामाँ या शाही कारख़ानों और मालख़ानों के हिसाब–किताब रखने वाले दीवान–ए–बयूतात को बुलाकर ख़ानम को ही देना पड़ता था–इसीलिए बेचारी काग़ज़ों में अपनी गर्दन धँसाये बैठी शिद्दत से काम करती रहीं। हमें उनकी वजह से बहुत राहत रहती थी–कोई ख़ास फ़िक्र नहीं करनी पड़ती थी। आज भी हमें बहुत अजीब–सा लगता था जब वे हमें 'मल्लिका' कहकर बुलाती थीं। उनका दिल भी बहुत नाज़ुक था और उन्होंने कभी हमें माँ की कमी महसूस नहीं होने दी। इसीलिए हम उनको 'ख़ानम' कहकर पुकारते–मुग़ल ख़ानदान की बड़ी–बूढ़ी औरतों को हमेशा इज़्ज़त देते हुए 'ख़ानम' कहा जाता है, पहले उन्हें 'अगाचा' भी कहते थे।"

"इन कारख़ानों के मुताल्लिक़ एक बड़ी ख़ास और दिलचस्प बात औरंगज़ेब से जुड़ी है। उन दिनों शाही–कारख़ानों के काम को समझने के सिलसिले में औरंगज़ेब को बाक़ी ज़िम्मेदारी के साथ 'शाही कारख़ानों' के इन्तज़ाम में इस विभाग के मन्त्री, ख़ान–ए–सामाँ और हिसाब–किताब के दीवान जिसे 'दीवान–ए–बयूतात' कहते थे, उनके कामक़ाज के ऊपर नज़र रखकर हुकूमत का काम सीखने की नीयत से मुग़ल शहज़ादों को लगाया जाता था। हमारे चारों भाइयों में अकेले औरंगज़ेब ही ऐसा था जो हर छोटे–से–छोटे से काम को भी शिद्दत से निभाता और उसे अंजाम तक सही ढंग से पहुँचाने के लिए लगातार कोशिश करता रहता था। इस सिलसिले में बाक़ी तीन भाइयों का इस तरह के कामों में आधा–अधूरा मन ही लगता था–दारा का फ़लसफ़े, शुजा का शराब–कबाब, और मुराद का शान–शौकत के चलते। इसी वजह से औरंगज़ेब ने बादशाह को शाही कारख़ानों में कारीगरों की कमी के बाबत एक ख़त लिखा और उसमें बताया था कि कैसे शाही माँगों को पूरा करने में सामानों की कमी हो रही है। इसको तुरन्त ठीक करवाने के लिए ज़रूरी कार्यवाही के लिए हमारा भी ज़िक्र किया था कि 'शाही हरम' से जो फ़ेहरिस्त आती है उसमें लिखे रसद और सामान भेजने में भी बहुत कमी रह जाती है। साथ ही 'मल्लिका' के कारख़ानों से हो रही उनकी सालाना आमदनी में भी कमी हो रही है।"

"औरंगज़ेब के काम करने के तरीक़े के बारे में यह भी दर्ज करना ज़रूरी है कि वह कैसे काम को अंजाम देता था। चूँकि, यह 'शाही रसोईघर' और 'शाही हरम' से ज़्यादा जुड़ा मामला था इसीलिए उसने हमको भी अलग से एक ख़त लिखा। वह किसी काम को अधूरा नहीं छोड़ता और जानता है कि किस काम की कौन–सी कड़ियाँ हैं जिन पर इसका असर पड़ रहा है और, साथ ही इस बात का भी बारीक ख़्याल रखता था कि, कौन इस बदइन्तज़ामी को दुरुस्त करने में असरदार होंगे। उन सबको मुँहज़ुबानी न कहकर ख़त लिखकर बाक़ायदा सरकारी दस्तावेज़ बना देता था ताकि उस मुद्दे पर ज़रूरी कार्यवाही टाली न जा सके। औरंगज़ेब ने हमारे ख़त में यही लिखा कि कैसे शाही कारख़ानों में कामगारों की कमी हो गयी है और रसद आपूर्ति करना कठिन हो रहा है, लेकिन फिर भी वह अपनी तरफ़ से मल्लिका को (हमको) शिकायत का मौक़ा नहीं देगा और कोशिश करके एक इकाई के कारीगरों को दूसरी में लगाकर उनकी भेजी फ़ेहरिस्त में कोई कमी फ़िलहाल नहीं होने देगा। आख़िर में, वह यह बात भी जोड़ना नहीं भूलता कि, 'हमने बादशाह को भी ख़बर कर दी है, इन कारख़ानों से हो रही आपकी सालाना आमदनी में भी कमी हो रही है।' उसे यह एहसास था कि आमदनी ज़रूरी है लेकिन आपा के मामले में यह ख़त के बिल्कुल आख़िर में ज़िक्र करने की चीज़ है।"

"इसी बीच वीरसिंह देव बुन्देला का बड़ा बेटा जुझार सिंह बुन्देलखण्ड का शासक हो गया था और अप्रैल 10, 1628 में आगरा आकर वह नये बादशाह को एक हज़ार रुपये और एक हाथी का तोहफ़ा भी दे गया था। इस बीच, शायद बादशाह ने दक्खन में ख़ाँ जहाँ के द्वारा निज़ामशाह से रिश्वत लेकर शाही सेनाओं द्वारा जीते गये बालाघाट के इलाक़े के सौंपे जाने वाले मसले की जाँच शुरू करवा दी थी। जुझार सिंह को लगा कि इसी तरह से उसके पिता वीरसिंह देव बुन्देला द्वारा ज़ब्त किये गये या ग़लत तरीक़े से अर्जित किये हुए धन पर भी देर–सवेर जाँच बैठा दी जायेगी इसलिए उसने बग़ावत कर दी। जब बग़ावत बढ़ गयी और मुग़ल फ़ौजें बहुत कामयाब नहीं हो रही थीं तब बादशाह ने बहुत सोचा और एक रोज़ गुलचिरा हमारे पास आयी और बोली कि आज बादशाह कोई सलाह करने आपके पास आना चाहेंगे और चाहेंगे कि आपके नाना और मुग़ल हुकूमत के वकील भी वहाँ रहें–आप शाम को वह समय ख़ाली रखियेगा।"

"बादशाह नियत समय पर हमारे ग़रीबख़ाने में ख़ुद तशरीफ़ लाये उनके साथ हमारे नाना भी आये और बैठने के बाद लीची के शरबत की तारीफ़ करते और उसे पीते हुए हमसे सलाह के तौर पर एक सीधा–सा सवाल किया, 'क्या यह बेहतर होगा कि चूँकि हम औरंगज़ेब को दक्खन की कमान सौंपना चाहते हैं तो क्यूँ न हम उसकी तैयारी के लिए नाम को ही सही–उसे बुन्देलों की बग़ावत की कमान सौंप दें? उसके मौसा शाइस्ता ख़ाँ को उसका संरक्षक और सलाहकार बना दिया जाये? हमने बस इतना ही कहा कि–आप दोनों की जो समझ है उसके आगे हमें क्या जोड़ना? बस उसको सीधे–सीधे युद्ध के मैदान में भेजने से पहले उसका ओहदा बढ़ा देना चाहिए–शायद उनके भी दिमाग़ में उसका कारख़ानों वाला ख़त चल रहा था। हमने उस पर जो उनसे सिफ़ारिश की थी, उसने शायद हमारी हुकूमत की समझ को ज़ाहिर किया था तभी वे कहने लगे, 'हमने तुमको जिस लायक़ समझकर तमाम ज़िम्मेदारियाँ दी थीं तुम बख़ूबी निभा रही हो और तुमने अपना किरदार साबित किया है इसीलिए आज सबसे पहले तुमको एक तरह से हम लोग बताने आये हैं कि औरंगज़ेब के लिए हम क्या सोच रहे हैं। और हम चाहते हैं कि अभी जब हम लोग जायें तो तुम भी साथ चलना ताकि जब हम बरख़ुरदार को इसकी ख़बर देने के लिए कुछ देर बाद बुलायें तो तुम भी साथ रहो'।"

"बादशाह और मेरे नाना ने जो रुतबा हमको अपने आने से बख़्शा उसके हम क़ाबिल भी नहीं थे मगर शायद वे उमरा और आमज़न को यह ख़बर देना चाहते थे कि हमारा सियासी मुक़ाम क्या है। शायद उनके दिमाग़ में यह भी रहा हो कि औरंगज़ेब का जो दिमाग़ है उसे हम ही सँभाल पाते हैं और शहज़ादा भी अभी तक के अपने बर्ताव से साबित कर चुका था कि वह मल्लिका और आपा पर कितना एतबार करता था। क्या रोशआरा को भी इससे कुछ सन्देश नहीं दिया जा रहा था। मुग़ल सियासत इसीलिए भी कामयाब है क्योंकि ये एक तीर से कई–कई शिकार करने की माहिर है। और अब बादशाह और नाना आसफ़ ख़ाँ फिर से अपने लाड़–दुलार से हमें लाद रहे थे। लेकिन बादशाह के साथ जितना हम रहे हैं और आज भी हर दूसरे–तीसरे दिन शतरंज की एक बाज़ी वे हमारे साथ इसलिए खेलते हैं कि उनको राहत और सुकून मिल जाये–हम समझ रहे हैं कि वे औरंगज़ेब में ख़ुद का अक्स देखते हैं और इसीलिए नाना और हमारे मार्फ़त भी उसे सँभाले रखने का काम करते हैं।

शुजा नाना के साथ ज़्यादा रहा है इसीलिए उसके लिए वे बेहतर हैं। मुराद को तो बस दरबार में अच्छी जगह बैठा दिया जाये और वह सबकी नज़र में आता रहे, यही उसके लिए बहुत है। बस फ़लसफ़े में ही डूबे रहने की वजह से दारा की दिलचस्पी सियासत में बनाये रखने के लिए बादशाह ख़ुद सँभालते हुए उसे दरबार में अपने पास रखते हैं।"

"हम बादशाह के साथ नासिक और फिर जुन्नार से ही छोटी–सी यानी बारह साल की उम्र से ही शतरंज खेलते रहे थे इसीलिए हम अपने वालिद और आज जो मुल्क के बादशाह हैं, उनके दिमाग़ को भी उसी समय से अच्छी तरह से पढ़ने लगे थे। वे एक निहायत बेहतरीन और मँझे हुए शतरंज के खिलाड़ी की तरह पूरी पेशबन्दी के साथ एक–एक सियासी चाल चलते थे। शायद यही उनकी कामयाबी का असली राज़ भी था वरना नूरजहाँ के मंसूबों को यूँ बेअसर कर देना मुमकिन था क्या? लेकिन उसमें मेरे नाना आसफ़ ख़ाँ का भी बहुत अहम किरदार था और आज भी यही दोनों हमारे पास आये थे शायद वे औरंगज़ेब को यह एहसास कराना चाहते थे कि इस ओहदे के लिए वह अपनी आपा का भी एहसानमन्द रहे। ख़ैर, उसी के बाद दीवान–ए–ख़ास में औरंगज़ेब को यह ख़बर और फ़रमान दिया गया जिसमें उसका मंसब 15,000 जात और 5,000 सवार किया गया और उसे बुन्देलखण्ड के लिए रवानगी का हुक्म दिया गया।"

"इसी बीच महाबत ख़ाँ के इन्तक़ाल की वजह से दक्खन जाकर वहाँ अहमदनगर के ताबूत में आख़िरी कील जड़ना बेहद ज़रूरी हो गया था। अपने इन्तक़ाल से पहले ही महाबत ख़ाँ ने वहाँ के शासक हुसैन निज़ामशाह और दीवान फ़तह ख़ाँ को बन्दी बनाकर सितम्बर 21, 1633 को गुजरात से आगरा आ रहे इस्लाम ख़ाँ के हाथों भेज दिया था। फ़तह ख़ाँ को तो बख़्श दिया गया लेकिन हुसैन निज़ामशाह को ग्वालियर के क़िले में बन्द कर दिया गया जहाँ उसी के ख़ानदान का बहादुर पहले से बन्दी था–वह अहमदनगर के पतन के बाद ही ग्वालियर के क़िले में क़ैद कर दिया गया था। यहाँ यह दर्ज करना ज़रूरी है कि इस समय ग्वालियर के क़िले में क़ैदियों की ज़िम्मेदारी सईद ख़ाँ जहाँ के पास थी। इस क़िले में उन्हीं क़ैदियों को रखा जाता था जिन्हें मुग़ल बादशाहों को सज़ा–ए–मौत देने का मन होता था।"

"इसी समय बादशाह ने एक बार फिर दक्खन जाकर अहमदनगर के मसले को मात के साथ पूरी तरह से ख़त्म करने का मन बनाया

क्योंकि, शाहजी तब तक जुन्नार, पूना, चाकन तथा कोंकण में बहुत तेज़ी से अपना असर बढ़ा रहा था। ऐसे में हम लोगों ने बादशाह के साथ सितम्बर 21,1635 आगरा से रवानगी करके एक बार फिर दक्खन का रुख़ किया। लेकिन इसी बीच औरंगज़ेब के कई ख़त हमारे और वालिद साहब के पास आ चुके थे। औरंगज़ेब को ख़त लिखने की आदत जुनून के हद तक थी। इन ख़तों से कई बातें साफ़ होती हैं। एक, वह तैमूर और बाबर का असली ख़ानदानी था जो भाषा और लिखने का अन्दाज़ था वह शायराना ही था। दूसरे, हमें न जानें क्यूँ बाबर के बेटों और बेटी गुलबदन का भी ख़्याल आया ये सब ख़ूब एक–दूसरे को ख़त लिखते थे। हमने पढ़ा और सुना भी है कि जब पादशाह बाबर के इन्तक़ाल के बाद बादशाह हुमायूँ और मिर्ज़ा कामरान में अनबन थी तब मिर्ज़ा कामरान ने लमघान और पेशावर तक पर क़ब्ज़ा कर लिया और उसके बाद सौतेले भाई हुमायूँ को ख़त भी लिखा और उसमें बादशाह के नाम के क़सीदे भी पढ़े और कैसे बादशाह हुमायूँ ने बड़प्पन दिखाते हुए ख़त के जवाब में कुछ अपने अश'आर भी लिख भेजे। औरंगज़ेब के ख़तों की एक और ख़ासियत थी, वह नस्तालिक क़लम में बेहतरीन लिखावट के साथ ये ख़त लिखता था।"

"औरंगज़ेब ने अपने इन ख़तों में बुन्देलखण्ड के पूरे इलाक़े की जो तस्वीर खींची थी वह अपने–आप में किसी शायरी से कम न थी और बादशाह को उसने वहाँ के जंगलों और उसमें बेइन्तिहा शिकार की गुंजाइश के साथ वहाँ के झरनों, झीलों और कुदरत के नज़ारों का सब हाल बयाँ किया था कि बादशाह वहाँ जाने को तड़प–सा उठा और बादशाह ने तुरन्त फ़ैसला लिया और ग्वालियर से पूरब की ओर घूमते हुए हम लोग बुन्देलखण्ड में दाख़िल हो गये। भूमागढ़ के झरने और दतिया की बेहतरीन इमारतों ने वाक़ई बादशाह का मन मोह लिया। उसने औरंगज़ेब के बयान के हिसाब से उस जगह को हू–ब–हू वैसा ही पाया–यह भी तैमूर और बाबर का असर था जो मुग़ल ख़ानदान की ख़ासियत ही कही जानी चाहिए कि सबको कुदरत और इमारतों से बहुत लगाव है। जिसने भी समरकन्द से लेकर काबुल, लाहौर, आगरा, दिल्ली वग़ैरह की इमारतों को देखा है, वे इसकी ताकीद भी कर देंगे।"

"बादशाह बहुत ख़ुश हुए और फिर वे ओरछा में वीरसिंह देव के महल में ठहरे और वीर सागर भी देखकर ख़ुशी से झूम गये और हमको

माँडू के जहाज़ महल से लेकर अजमेर के आना सागर की याद हो आयी। और आगे बढ़ने पर धामुनी में औरंगज़ेब ने हम सबका इस्तक़बाल किया और उसके बाद ही हम लोगों ने आगे सिरोंज होते हुए दक्खन की तरफ़ रवानगी की। हमारे वालिद बुन्देलखण्ड में शाही सेनाओं के किये गये कामों और कामयाबी से भी बहुत ख़ुश हुए और औरंगज़ेब तथा उसके संरक्षक शाइस्ता ख़ाँ को भी साथ लेकर सिरोंज से दक्खन के लिए बढ़ गये। बादशाह ने फिर शतरंज की चाल की तरह ज़बरदस्त पेशबन्दी की; बीजापुर और गोलकुंडा की सरहदों पर अपनी फ़ौज तैनात करके उन्हें अहमदनगर की कोई भी मदद न करने की सख़्त चेतावनी दे दी और ख़ान–ए–दौराँ, ख़ाँ जमाँ और शाइस्ता ख़ाँ की सरपरस्ती में अपनी फ़ौजों के साथ तीन तरफ़ से घेरकर अहमदनगर में अपनी इस मुहिम को कामयाबी पर पहुँचाया। इसके बाद बादशाह ने औरंगज़ेब को दक्खन का वायसरॉय और शाइस्ता ख़ाँ को उसका सलाहकार और संरक्षक बनाया। दक्खन से वापस आगरा के लिए निकलते समय बादशाह ने औरंगज़ेब को कई उपहार और सलाह–मशविरे भी दिये। हमने भी उसे बहुत दुआएँ दीं और भीगी आँखों से औरंगज़ेब ने हमें और हमने उसे विदाई दी।"

इसके बाद जहाँआरा अपने रोज़मर्रा की ज़िन्दगी का हाल ही लिखती है : "हम वापस आगरा आ गये और बदस्तूर अपने काम और ज़िम्मेदारियाँ निभाते रहे। लेकिन अब हमें पढ़ने की भी मोहलत ज़्यादा मिलने लगी क्योंकि अब तक हमारा सब काम ढर्रे पर आ चुका था। शाही कारख़ानों की कमियों की वजह से जो हमारी भी आमदनी बाक़ी लोगों की आमदनी की तरह कम हुई थी वह औरंगज़ेब के ख़तों के बाद सुधर गयी थी, इसीलिए यह तय हुआ था कि आधी तनख़्वाह और भत्ते वग़ैरह तो नगद और बाक़ी जागीरों की आमदनी से मिला करेगी और चूँकि, हमारी सालाना आमदनी बढ़ती ही जा रही थी इसीलिए 'ख़ालसा ज़मीन' के अलावा 'पैबाकी' जागीर का एक बड़ा हिस्सा हमारी जागीर हो चुका था। हमारा काम भी बढ़ गया था। सती ख़ानम तो हमारी वकील थीं ही, इशाक बेग याज़्दी को हमारा दीवान बनाया गया था ताकि वो हमारी और हमारे पास जितना काम और ज़िम्मेदारियाँ हैं, उन सबकी आमदनी–ख़र्चे तक का हिसाब–किताब दुरुस्त रख सके। बादशाह याज़्दी पर बहुत भरोसा करते थे। फिर उसके बाद 1651 से 1654 तक मिर्ज़ा मामून हमारे दीवान रहे और उसके बहुत बाद (1655–56) में मीराक शेख़ हार्वी को हमारा दीवान बनाया गया था।

इसके अलावा हमारे लिए काम करने वाले मर्दों की गिनती कई सौ थी–वे सब 'हरम' से दूर लेकिन क़िले के परकोटे के अन्दर रहते थे जिन्हें ख़्वाजासरा से कहकर कभी भी फ़ौरन ही बुलाया जा सकता था। इनके अलावा इतने ख़्वाजा, दासियाँ, बाँदियाँ, होती थीं कि हमें तो लगता है मुग़ल बादशाह के पास जितने नौकर–चाकर ज़ाती तौर पर नहीं होते थे, उससे कहीं ज़्यादा 'हरम' के लिए तैनात होते थे!

"हम इस बीच 1634 में बादशाह के साथ पहली बार कश्मीर गये और तब समझ आया कि बादशाह जहाँगीर जैसे बेहतरीन कुदरत से मुहब्बत करने वाले को क्यूँकर कश्मीर अपनी ओर खींचता था। अभी भी कश्मीर में पादशाह बाबर के सगे रिश्तेदार मिर्ज़ा हैदर दोग्लात के बनाये महल, बगीचे, मदरसे, मकतब, मस्जिदें, मक़बरे सब ऐसे लगते हैं जैसे नये हों! इसी मिर्ज़ा हैदर दोग्लात ने मुग़लिया ख़ानदान का वो इतिहास या तारीख़ लिखी जिसमें मध्य–एशिया के उस दौर का सब ज़िक्र है। इसका नाम है, 'तारीख़–ए–राशिदी'। इतना ही नहीं, इन्हीं मिर्ज़ा हैदर दोग्लात ने ही कश्मीर में मुग़लिया राज्य की नींव रखी थी। वह पादशाह बाबर के ख़ानदान की उस शाखा का था जिसके यहाँ किसी ने मंगोल शहज़ादी से निकाह नहीं किया था इसीलिए उनको ज़्यादा पाक या शुद्ध 'बर्लास तुर्क' माना जाता था और मिर्ज़ा हैदर दोग्लात के घर वाले हम लोगों को मंगोल–ख़ून के मिल जाने से 'चग़ताई तुर्क' मानते थे और पादशाह ने तो मिर्ज़ा हैदर को बचपन से सँभाला और पाला ही था, वरना उज़्बेग शैबानी ख़ाँ उसे भी ज़िन्दा न छोड़ता। चूँकि, दारा भी हम लोगों के साथ था उसे आश्चर्य भी हुआ कि हमको इतना कैसे पता है, हमने उसे समझाया कि तारीख़ पढ़ते रहने से ये बातें ख़ुद–ब–ख़ुद पता चल जाती हैं और भाई तुम्हें समझ आना चाहिए कि फ़लसफ़े की ज़मीन भी यहीं तैयार होती और जब जड़ों में पैर जमें हों तभी रूह तक पहुँच भी हो पाती है।"

"इसी यात्रा के दौरान ही मार्च के महीने में ईद–उल–फ़ितर के रोज़ यानी 21 तारीख़ को दारा की पहली पुत्री का इन्तक़ाल हुआ था और वह बहुत दुखी मन से अप्रैल में मियाँ मीर के ख़ानक़ाह पहुँचा और जैसा सुकून और ख़ुदा की रहमत उस पर बरसी उसने ख़ुद अपनी किताब, 'रिसाले–हक़नुमा' में बयाँ की है और वह मियाँ साहब का चेला या मुरीद हो गया। वह दो दिन बाद फिर उनके यहाँ हाज़िर था और तीन बार में ही उसने अपनी ज़िन्दगी का अहम फ़ैसला कर लिया था कि वह क़ादरिया

सिलसिले में दीक्षित होने वाला था लेकिन कश्मीर जाने के सिलसिले में फ़िलहाल के लिए यह टल गया लेकिन वहाँ से लौटने के बाद जब बादशाह फिर से मियाँ साहब के दरबार में दिसम्बर 14, 1634 को पहुँचे तब दारा ने अपना मन बताया, और मियाँ साहब ने अपने चेले मुल्ला शाह बदख़्शी की ओर इशारा किया और हम दोनों भाई–बहन ने एक साथ ही क़ादरिया सिलसिले के मुरीद होने की प्रक्रिया पूरी की।"

लेकिन जहाँआरा ने अपने रोज़नामचे में कश्मीर यात्रा का जो वर्णन दिया है वह अद्‌भुत है, क्योंकि वह उसके सौन्दर्य–बोध, शब्दों के चयन, लेखन–शैली और तुर्की, अरबी, फ़ारसी, हिन्दी के साथ–साथ, दक्खिनी रेख़्ता के साथ जानकारी को भी प्रकट करती है। इससे पहले यह ख़ूबी हम अमीर ख़ुसरो से लेकर अबुल फ़ज़ल और अब्दुर्रहीम खान–ए–खाना में भी देख चुके हैं। फिर, जहाँआरा तो सूफ़ी साहित्य और दर्शन में इतना डूबी थी और पूरा सूफ़ी साहित्य उसने खँगाल डाला था–इसीलिए उसके भाषा–ज्ञान पर आश्चर्य नहीं होता है। भारत के सूफ़ियों से सम्बन्धित मलफूज़ात साहित्य मिश्रित भाषा या 'भाखा' में ही है अन्यथा उनका प्रचार लोगों तक समझ कैसे आता। वे तो लोगों तक अपनी बातें सम्प्रेषित करने का ही काम करते थे। इतना ही नहीं,वह मुग़ल शाही दरबार के साथ आगरा, अजमेर, माँडू, नासिक, जुन्नार, बुरहानपुर, दौलताबाद जैसी जगहों पर रही थी अतः उसकी भाषा जैसी है वैसी ही हुई।

जहाँआरा कश्मीर के बारे में लिखती है, "कश्मीर में भी बादशाह के फ़ज़ल से हमारी एक जागीर सफ़ापुर है। इस जागीर में एक निहायत ही ख़ूबसूरत बाग़ भी है। हिन्दुस्तान से लेकर मध्य–एशिया तक के फल और फूल इसमें हमने लगवा दिये हैं। वाक़ई इन फलों, फूलों, पौधों, पेड़ों की जानकारी हमें पादशाह बाबर की आत्मकथा, 'तुजुक–ए–बाबरी' से मिली। इसमें पादशाह बाबर ने जिन फलों, फूलों, मेवों और कुछ नायाब ग़ैर–हिन्दुस्तानी सब्ज़ियों का ज़िक्र किया है वो सब हमने वहाँ लगवाने के हुक्म समय–समय पर दिये तो थे लेकिन अब वक़्त था कि ख़ुद जाकर सब देख आयें और ज़रूरी इन्तज़ाम भी करवायें। कश्मीर में जो बादशाह अकबर के समय शाही राजमहल बना था उसी को बादशाह जहाँगीर ने और भी सुन्दर और बेहतरीन बनाने में कोई कसर नहीं छोड़ी थी, हमने भी उसमें अपनी पसन्द से काफ़ी काम करवाये और बादशाह की तो इमारतों और उनकी साज–सज्जा में ख़ासी दिलचस्पी थी ही अतः उनके

और कभी–कभी हमारे दोनों के मिले–जुले ख़्यालों की झलक भी इनमें मिल जाती है।

"सफ़ापुर गाँव इस शाही राजमहल से क़रीब सात 'कुरोह' और आधा 'रब' यानी हिन्दुस्तानी में सवा दो मील दूर है, क्योंकि, 'सात कुरोह' दो मील के और 'आधा रब' एक चौथाई मील के बराबर होता है। यह सिन्ध घाटी और वूलर झील के बीच में यूँ बसा है जैसे वह कुदरत की गोद में हो। मेरा अपना महल मानस झील के उत्तर में एक ऊँचे से टीले पर बना था–हमने यहाँ भी 'तुजुक–ए–बाबरी' में अख़्शी का जो लम्बा ज़िक्र है उसी की तरह इसे भी टीले पर उसी तरह से बनवाया। असल में, अख़्शी भी फ़रगना राज्य का हिस्सा था और यहीं पादशाह बाबर के वालिद साहब का ऊपर से गिरने की वजह से इन्तक़ाल हुआ था और उन्हें इतनी छोटी–सी उम्र में ही फ़रगना का राज्य मिल गया था। हमने यहाँ बाग़ बनवाया, जिसका नाम था, 'बाग़–ए–सफ़ा' रखा। इस बाग़ के बीचों–बीच एक लम्बी–सी नहर बनवायी, जिसके चलते अपने–आप यहाँ मुग़ल शैली यानी चार–बाग़ तैयार हो गया। जैसे क़िलों के चारों ओर दीवार होती है वैसे ही हमने बाग़ के चारों तरफ़ तीन–मंज़िला इमारतें बनवा दीं। इतना ही नहीं इन भवनों की ख़ूबसूरती बढ़ाने के लिए हमने हरेक इमारत में पानी के लिए एक बड़ी हौज़ बनवायी थी जिसमें से पानी ऐसे गिरता था जैसे झरना हो। इसकी वजह से इस चार–बाग़ शैली वाले पूरे बाग़ में चारचाँद लग जाते थे।"

"आज 1050 हिजरी सन् की 26वीं मुहर्रम को बादशाह ख़ुद हमारे यहाँ पधारे और बाग़ की ख़ूबसूरती पर फ़िदा हो गये। पूरे बाग़ के चारों तरफ़ तीन मंज़िलि इमारतें, उनमें बहते हुए झरने और हर इमारत के बीच में फ़व्वारे, जिनमें से रंगीन पानी चारों तरफ़ ऊपर निकलकर नीचे आ रहा था और बाग़ के बीचों–बीच नहर में बहता पानी और उस पार झील–कुल मिलाकर इतना ख़ुशगवार माहौल हो गया था कि बादशाह का दिमाग़ हमेशा की तरह तुरन्त चला और शाम को उन्होंने हमारे तीन–मंज़िला भवन की तीसरी मंज़िल में खुली बारादरी से पूरी तस्वीर और अच्छी बनाने के लिए झील में नावों में चराग़, शमा और मशालें जलवा दीं थीं जिससे पूरा माहौल जगमगा गया था। ऐसी सुरमई रात में बाग़ के ख़ुशबूदार फूलों के पेड़–पौधों से छन–छनकर आती ठण्डी हवा में हमारे महल की तीसरी मंज़िल की उस खुली बारादरी में गीत–संगीत–नृत्य की महफ़िल सज गयी।

आज की शाम यादगार हो गयी थी और बादशाह इतने फ़िदा हो गये कि उन्होंने तीन दिन तक यहीं रुकने का इरादा पक्का कर दिया।"

"दूसरी शाम हम लोग पहले बाग़ में घूम–घूमकर उसका मज़ा लेते रहे फिर जैसे–जैसे रात गहरायी झील में चाँद वाली नौका में गीत–संगीत–नृत्य की महफ़िल सजी और शाम के बेहतरीन शरबत के दौर के बाद अब शराब छलकी–हम, गुलचिरा और बाक़ी कुछ औरतें बादशाह से अलग थोड़ा पीछे बैठकर उसका भी मज़ा कबाब और चीतल के लज़ीज़ गोश्त के साथ लेते रहे। कश्मीर के जितने मेवे थे वे तो पेश किये ही गये थे। कल तो हमने रुपये और कुछ बेहतरीन नगीने और चाँदी की काठी वाला घोड़ा भी बादशाह को नज़र में पेश किया। मगर बादशाह ने तीन दिन रुकने का जो फ़ैसला लिया उससे हम इतने ख़ुश हुए कि हमने आज भी बादशाह को नज़र के तौर पर कश्मीरी तूश की अच्छी–सी शॉल और बेहतरीन रेशम का राजपूती क़िस्म का अँगरखा भी पन्ना और मूँगे के साथ पेश किया और उन्होंने हमको अपने गले में पड़ा दो–लड़ी वाला पुखराज का हार पहना दिया और उसी समय अच्छबल की जागीर भी देने की घोषणा कर दी।"

"तीन दिन के बेहतरीन समय के बाद हम भी बादशाह के साथ शाही महल में लौटे–यहाँ शालीमार बाग़ में ही एक और बाग़ है, 'बाग़–ए–फ़ैज़ाबाद'–यहाँ बादशाह ने बादशाह जहाँगीर के समय से बहुत से बदलाव किये हैं, जिसमें सबसे ख़ास तो संगमरमर के झरोखों, सेहनों, छज्जों से पूरे बाग़ को सजाना था। बादशाह का महल यहाँ चार–मंज़िला था और उसमें अलग–अलग खण्ड थे। चौथी मंज़िल 'जनाना' है। जहाँ तक हमारा सवाल है तो हमें अपने ओहदे के चलते बिल्कुल अलग 'नशिमान' या गुम्बज़दार इमारत नसीब थी, उसमें भी उसी तरह झरने से पानी गिरता रहता था। चारों तरफ़ चीड़ के पेड़ के अलावा ख़ुशबूदार फूलों के पौधे थे जिनसे पूरे समय भीनी–भीनी महक आकर माहौल को ख़ुशनुमा बनाये रहती थी। बाग़–ए–फ़ैज़ाबाद भी हमें बाग़–ए–सफ़ा जितना ही आरामदेह और बेहतरीन लगता था।"

"जब हम 'बाग़–ए–फ़ैज़ाबाद' में ठहरे थे तब एक बहुत अजीब बात हुई, एक रोज़ दिलदार ने हमारे सामने हाज़िर होने की इजाज़त माँगी। हम और गुलचिरा बादशाह की कुछ बातें कर रहे थे। सती ख़ानम की बात बिल्कुल सही थी। भले ही अब गुलचिरा बादशाह के पास ज़्यादा रहती थी ख़ासतौर से आफ़ताब ढलने के बाद, बाक़ी समय तो हमारे साथ

केवल रहती ही नहीं थी बल्कि हमारी ही सगी बनी रहती। वह बादशाह की एक–एक बात हमें बताती। हमारी आदत खोद–खोद के पूछने की कभी नहीं रही–जिसने जो बता दिया वो हम ज़रूर सुनकर अपने ज़ेहन में दर्ज कर लेते थे–शायद इसीलिए लोग अपने से बता भी देते थे। और, गुलचिरा ने वाक़ई कोई राज़ नहीं रखा और न ही शकीला की तरह नमक–मिर्च लगाकर बातों को बढ़ाकर बताया। वह कम लफ़्ज़ों में सीधी और सधी बात बहुत सधी हुई ज़ुबान से आहिस्ता से करती थी, जैसे वह भी मुग़ल ख़ानदान की कोई शाही औरत हो। ख़ैर, एक तरह से तो हो ही गयी थी–बादशाह का फ़तेहपुरी बेगम और अकबराबादी बेगम से ज़्यादा गुलचिरा से लगाव साफ़ दिखता था। हर यात्रा से पहले वे हमको याद दिला देते थे कि गुलचिरा को भी साथ ही चलना होगा।"

"ख़ैर, हम और गुलचिरा बैठे बादशाह की बातें कर रहे थे तभी दिलदार की ख़बर आयी हमने उसे फ़ौरन ही बुला लिया–मगर ये क्या वह एक तरफ़ हट गया और एक निहायत सुन्दर–सी गुलाब की कली जैसी कश्मीरी लड़की खड़ी थी। उसका साफ़ रंग बिल्कुल ही गुलाबी था–शायद उसके गाल छूते तो हाथ भी गुलाबी हो जाते! और अगर प्यार से हाथ से मसलते तो ख़ून से हाथ सन जाते। हमने छूटते ही कहा, 'लो गुलचिरा, अब तो हक़ीक़त में बाग़ से गुलाब की कली क़दमों पे खड़ी हो गयी है।' अगले ही पल हमने दिलदार की तरफ़ सवालिया ढंग से नज़र उठायी। उसने हमें जवाब देते हुए बताया कि यह लड़की आप से अकेले में मिलने और बात करने की ज़िद किये बैठी है–हिफ़ाज़त में तैनात फ़ौजी भी शायद इस नाज़ुक–सी ख़ूबसूरत लड़की देखकर पिघल गये और इसे हम तक पहुँचा ही दिया। आप ठीक समझें तो इससे बात करें वरना मैं इसको लेकर चला जाऊँ–जैसा हुक्म बेगम साहिबा।"

"हमने उसे अकेले जाने का इशारा दिया और लड़की को हमारे पास छोड़ जाने को कहा। दिलदार इतने समय से हमारे साथ है कि उससे कहना कम पड़ता है, वह इशारों को और हमारे मन की बात ख़ूब समझता है। उसके जाने के बाद हमने पहले उस लड़की को पास पड़ी मचिया पर बैठने को कहा, और चूँकि वह सुबह से हमसे मिलने के लिए भटक रही थी इसलिए जैसा हमारी आदत में शुमार है हमने उससे पूछा कि सुबह से कुछ खाया है कि नहीं? उसने जैसे प्रतिप्रश्न ही किया–आप पहले हमारी बात नहीं सुनेंगी? हमारा जवाब जाने बिना ही उसने कहा,

'इनके सामने हमें जो कहना है वो खुलकर कह सकते हैं न?' शायद वो सोच रही थी कि या तो हम खाने की बात कहकर उसे टाल रहे हैं या खाने के बीच जब गुलचिरा चली जाये तब बातें हों। लेकिन हमने उसे बताया कि ये मेरी राज़दार और निहायत ख़ास है इसके सामने कुछ भी बात करने में कोई गुरेज़ नहीं है। सबसे पहले तो अपना नाम बताओ फिर बाक़ी बात जो तुम्हें करनी है।"

"उसने अपना नाम फ़िदा बताया—न जाने क्या हुआ कि हमारे मुँह से बेसाख़्ता निकला कितना सही नाम है, तेरी इस ख़ूबसूरती पर कौन फ़िदा न हो जाये। उसने बातों का सिलसिला शुरू करते हुए हमसे कहा कि वह सूफ़िया कलाम गाती है और उसने हमारे बारे में सुना है कि हम सूफ़ी हैं इसीलिए मिलने आयी है एक ख़ास अर्ज़ लेकर। अगर हम इजाज़त दें तो वह हमारी ख़िदमत में आना चाहती है। हमने गुलचिरा की ओर देखा और उस लड़की से पूछा कि वह क्या ख़िदमत करेगी? क्यूँकि, हमारे पास तो लौंडियों, बाँदियों को एक पूरी फ़ौज है। उसने इतने यक़ीन से कहा, कि हमारे लिए वह कुछ भी कर सकती है—ज़रूरत पड़ने पर जान भी कुर्बान कर देगी। इतना ही नहीं वह आँखों से अश्क पीते हुए बोली कि हम ही उसकी आख़िरी उम्मीद हैं उसकी बूढ़ी ख़ाला ने उसे यही कहकर भेजा है। ज़ाहिर ही है हमने पूछा, 'ख़ाला ने? उसने पूरे भोलेपन से बताया कि उसके माँ—वालिद को गुज़रे दो साल हो गये और वह अपनी फूफी के यहाँ रहती है जो बेवा हैं। फूफी उसे प्यार भी करती हैं, खाने—पीने की कोई कमी नहीं है मगर काम करवाने में भी कोई कसर नहीं छोड़तीं। हमें उसमें भी तकलीफ़ नहीं—मेरा जी काम में बहुत लगता है। ख़ैर, हम तो फूफी लफ़्ज़ सुनकर ही इस लड़की की मदद करने की सोचने लगे थे।"

'जब फूफी के साथ रह रही हो फिर घर छोड़कर यहाँ क्यूँ आना चाहती हो? मल्लिका तो दो—एक दिन में चली जायेंगी फिर?' अब की बार गुलचिरा से नहीं रहा गया और वह यह सब पूछ ही बैठी...फ़िदा ने उसी मासूमियत से बताया कि उसकी फूफी का एक लड़का है, जो उससे पन्द्रह—सोलह बरस बड़ा है—उसकी अपनी बीवी और दो बच्चे भी हैं फिर भी उसको रखना चाहता है। वो बोली, चूँकि हम सब काम करते हैं इसीलिए उसकी नज़र हम पर है। मगर हमने यही कहा कि हम तो उसकी बीवी के भी हिस्से का काम कर देते हैं तब तो हमको बख़्शे रहे

मगर उसकी नज़र गन्दी है मल्लिका, और हमें वह दरिन्दा–सा लगता है। कभी–कभी ज़बरदस्ती भी करने की कोशिश की है और हमने झटक दिया–मगर न उसकी बीवी और न ही फूफी इस बाबत उससे कुछ कहने–सुनने को तैयार हैं, जबकि हमने उसके सामने दोनों से शिकायत की है। गुलचिरा ने न जाने क्या सोचते हुए फिर सवाल किया, 'गर बेगम साहिबा तुम्हें नहीं रख पायेंगी तब?' उसने बिना सोचे हुए और पूरी शिद्दत से कहा कि 'ये वादियाँ बहुत ख़ूबसूरत हैं, यहीं कुदरत में समा जायेंगे, फ़ना होना ही सूफ़ियों के लिए मक़सद है'।

"अब हमारी बारी थी और हमने उससे उसकी सूफ़ी पसन्द के बारे में जानना चाहा। उसने कश्मीर की सूफ़ी परम्परा और सिलसिलों के बारे में बहुत कुछ बता दिया और कहने पर राबिया का ही एक कलाम सुनाकर हमारा ही नहीं बल्कि गुलचिरा का दिल भी जीत लिया। हमने उसको अपनी ख़िदमत में लेने के लिए हामी भर दी और उससे कहा तुम जाकर अपनी फूफी और ख़ाला वग़ैरह जिनसे भी मिलना चाहो मिल आओ। उसने यह कहकर इंकार कर दिया कि दोज़ख से निजात पाकर फिर कोई उसकी तरफ़ देखता भी है क्या? उसके बात करने का लहजा बिल्कुल पानी के बहाव की तरह साफ़ था और शख़्सियत इतनी मुलायम कि हवा के झोंके से पानी की फुहार की तरह लरज जाये। वह यौवन की ऐसी दहलीज़ पर खड़ी थी कि पहले ही झोंके में कली खिल जाये। दिलदार को बुलाकर खवासपुर में अपने कमरे से सबसे नज़दीक वाले कमरे में उसे रखने के लिए कहकर उसे आधे घण्टे बाद आने की हिदायत दे दी। जब हम अकेले हो गये तब गुलचिरा से रहा नहीं गया वो बोली, 'मल्लिका साहिबा इसको तो सबकी नज़रों से बचाना पड़ेगा न, कोई शहज़ादा, और अगर अपनी जान की अमान पाऊँ, तो बादशाह की भी नीयत डोल जायेगी। हमने ताज्जुब और समझने की मिली–जुली नज़र से गुलचिरा की तरफ़ देखा मगर कहा कुछ भी नहीं।"

"हम ज़्यादातर बातों पर ग़ौर करके भी अपनी बात ज़ाहिर नहीं करते थे–इसकी कई वजहें थीं–एक तो हमने वो दौर देखा है जब हमारे वालिद बग़ावत के दौरान मारे–मारे घूम रहे थे, उसी में माँ ने कैसे मुराद को पैदा किया था, कैसे उस नये बच्चे को रोहतास में छोड़कर सब भागे थे। दूसरे, माँ के इन्तक़ाल के बाद जिस उम्र में हमारे ऊपर ज़िम्मेदारियाँ आ गयीं और हम शिद्दत से निभाते चले गये उससे बादशाह और भी ज़िम्मेदारी

देते ही चले गये और हम उस बोझ में दबते चले गये। कई मर्तबा सिर्फ़ ज़िम्मेदारी के चलते भी न बोलना बेहतर साबित हुआ है। फिर सूफ़ी असर और पढ़ने–लिखने के चलते भी कम बोलने की आदत हो गयी। फिर भी हमारे बर्ताव में कोई फ़र्क़ नहीं पड़ा है हम जैसे पहले थे वैसे ही ओहदों के बाद रहे। दारा की तो शिकायतें आनी शुरू हो रही थीं कि वो बोलकर लोगों को और कुछ ख़ास बड़े अमीरों तक को नाराज़ कर दे रहा है; औरंगज़ेब के साथ भी साफ़ बोलने की दिक़्क़त तो है मगर वह काफ़ी कुछ हमारी तरह है सबसे बहुत अदब से पेश आता है चाहे कोई छोटा हो या बड़ा और उसका कोई ओहदा हो या न हो। वैसे ख़ुदा के नेक बन्दों को ऐसा ही होना भी चाहिए। शुजा बहुत ख़ुदग़र्ज़ था वह सिर्फ़ फ़ायदे के हिसाब से मुँह खोलता था इसीलिए उसके बारे में लोगों की कोई पक्की राय नहीं बन पा रही थी; मुराद तो बस दिखावटी शान–शौक़त में ही पड़ा रहता था और इतना बोल जाता था कि क़तई भरोसेमन्द नहीं लगता था।"

कश्मीर के वादियों की ख़ूबसूरती को जज़्ब करते हुए ही जहाँआरा की आँखें बाग़ों में ही ख़ुशी पाती थीं। इसीलिए वह अपने रोज़नामचे में भी फिर–फिर बाग़ की चर्चा ले ही आती है...जहाँआरा बाग़ों की चर्चा करते हुए अपने दो और ख़ास बाग़ों का वर्णन करना भी नहीं भूलती है–पहला बाग़ पेशावर के क़रीब है जिसे उस जगह के नाम पर 'बाग़–ए–निम्लाह' कहते हैं, यहाँ भी बाग़–ए–फ़ैज़ाबाद की तरह ही उसका नशिमान अलग और बाग़ के बीचों–बीच था उसमें भी संगमरमर की इमारत में कमरे बने हुए थे और हर कमरे के सामने खुला हुआ छज्जा था। दूसरा बाग़ काबुल में था, जिसके बारे में जहाँआरा ने कुछ यूँ बयाँ किया है–"हिन्दुस्तान आने से पहले बाबर ने काबुल में ही अपनी हुकूमत क़ायम की थी और उसे यहीं दफ़नाया भी गया है। यह बाग़ शहज़ादे ख़ुर्रम को शाहजहाँ होने से पहले ही शहज़ादे के रूप में ख़र्चे चलाने के लिए आमदनी हेतु दिया गया था। बादशाह बनते ही हमारे वालिद ने इसे हमारी माँ, मरहूम मुमताज़ महल बेगम के नाम कर दिया था और फिर यह हमको नसीब हुआ। जब बादशाह ने हमको यह बाग़ बख़्शा तब उन्होंने इसका नाम बदलकर 'बाग़–ए–जहाँआरा' कर दिया।

"यह बाग़ काबुल के अस्तालिफ़ या फ़र्ज़हरा में पहाड़ी की तलहटी में बना हुआ है–इस बाग़ में जैसे मीठे और बड़े अंगूर पैदा होते हैं वैसे शायद दुनिया में और कहीं नहीं होते। अंगूर की इस नस्ल के न जाने

कितने पौधे पादशाह बाबर ने मध्य–एशिया और ख़ासतौर से फ़रगना से मँगवाये थे। इसीलिए मुग़ल दरबार में जो भी अंगूर जाते हैं इस बाग़ के ही हैं। जब दारा कन्धार के अभियान की कमान सँभाले था तब बादशाह के साथ हम भी यहाँ तक आये थे और अपने बाग़ में ही रुके थे। इतना ही नहीं जब औरंगज़ेब कन्धार की दूसरी घेरेबन्दी के समय उस इलाक़े में गया था तब हमसे इजाज़त लेकर हमारे बाग़ में ही रुकना पसन्द किया था और उसने जो ख़त वहाँ से हमको लिखे थे उसमें एक–एक पेड़, पौधे का ज़िक्र भी शामिल था। हमारी तरह उसको भी तारीख़ में दिलचस्पी थी इसीलिए उसने पादशाह बाबर की 'तुजुक–ए–बाबरी' भी पढ़ी थी और उसने फ़रगना से लाये गये पेड़ों के फलों और यहाँ हिन्दुस्तान में होने वाले उन्हीं पेड़ों के फलों के बारे में विस्तार से चर्चा की थी। उसकी नज़र से भी कुछ बच नहीं सकता था। औरंगज़ेब जहाँ भी रहता था, वहाँ का पूरा परिवेश ही नज़र में रखता था इसीलिए वह राह नहीं भटकता और न ही बिना जानकारी के किसी राह पर चलना ही शुरू करता था। इतनी बारीक नज़र और इतना एतिहयात तो शायद ही कोई बरतता था जितना ज़ेब।"

"जब बादशाह ने हमको अच्छबल की जागीर दी तब हमने यहाँ भी चार–बाग़ शैली का ही एक बेहतरीन बाग़ लगवाया और चूँकि, हम साहिबा हैं इसीलिए इसको लोग 'साहिबाबाद बाग़' कहने लगे हैं। वैसे हम इसे बेगम बाग़ कहना और कहलवाना पसन्द करते हैं–न जाने क्यूँ हमें भी बादशाह जहाँगीर और उससे भी पहले पादशाह बाबर की तरह धूल, धूप, गर्द और गर्मी बहुत परेशान करती है और दूसरी तरफ़ बाग़ एक अजब रूहानी सुकून भी देते हैं। इन बाग़ों में हम अपने–आप को कुदरत के ज़्यादा नज़दीक भी पाते हैं। हमारे लिए तो लिखाई–पढ़ाई के साथ इबादत और ध्यान–इन सबके वास्ते बाग़ बेहद ज़रूरी भी है और वही माकूल भी। यहाँ हम कश्मीर से लाहौर के लिए लौटते हुए जब सितम्बर 24, 1634 को पहुँचे, तब इसे लोग अच्छबल पुकारते थे–शायद इस मुल्क में इस्लाम के आने से पहले शायद इसका नाम अक्षयबल रहा हो और अच्छबल इसका बिगड़ा रूप हो। हमें इसका कोई जानकार नहीं मिला जो इस पर कुछ पक्की जानकारी दे सके।"

"यह जगह पंजाब और ख़ैबर–पख़्तूनख़्वा के चौक में पोथोहर पठार में बसे (रावल) पिण्डी शहर और प्राचीन बौद्ध विहार 'तक्षशिक्षा' से काफ़ी नज़दीक है इसीलिए शायद बौद्धों की ही तरह हमारा यहाँ ख़ुद–ब–ख़ुद ध्यान लग जाता था–कितना कुछ मिलता–जुलता है नाथ–सिद्धों, तान्त्रिकों, बौद्धों और सूफ़ियों में! हमने तो इस सबके बारे में काफ़ी सोचा और ख़ूब पढ़ा भी मगर दारा ने तो बाक़ायदा इस पर गहराई से पढ़ने–समझने के बाद मनन भी किया और लिखना भी शुरू कर दिया था। अक्षयबल–थुंग पहाड़ी वहाँ से साफ़ दिखती थी और उसके पानी का सोता कभी भी नहीं सूखता था–शायद इससे बड़ा चश्मा पूरे मुल्क में कोई और नहीं था। बौद्धों ने अपने विहार ऐसी ही ऊँची जगह बनाये थे, जहाँ वे जंगली जानवरों से बचे रहें और पानी का चश्मा भी हो और अगल–बगल की पैदावार से उनके खाने–पीने के साथ इलाज के भी पौधे मिलने मुमकिन होते हों, 'प्राचीन उत्तरापथ' के रास्तों से बहुत दूर भी न हों, ताकि मध्य–एशिया और चीन, वग़ैरह तक आना–जाना मुमकिन भी होता रहे।"

"अच्छबल में हमने क़दम बाद में रखा और बादशाह ने मन–ही–मन इसका नया नाम भी सोच लिया था–उन्होंने इसका नया नाम मेरे ओहदे के नाम पर 'साहिबाबाद' कर दिया। कश्मीर की पहाड़ियों की तलहटी में बसी कुदरती रूप से यह एक बेहद ख़ूबसूरत जगह थी। यहाँ बस इंसान कुदरत के नज़ारे, ऊँचे–ऊँचे पहाड़, बहते चश्मे, घने पेड़–पौधे देखते हुए भी सारा वक़्त सुकून से गुज़ार सकता है। वैसे तो यह इतनी ख़ूबसूरत जगह थी कि बादशाह जहाँगीर ने यहाँ बाग़ और हम्माम के साथ कुछ इमारतें भी बनवायी थीं। लेकिन हमारे वालिद साहब की पसन्द अपने वालिद से कुछ जुदा ही नहीं बेहतर भी है और उन्होंने उन पुरानी इमारतों को नये और बेहतर ढंग से सजा दिया। यहाँ एक बहुत ख़ूबसूरत महल जिसमें दीवान–ए–आम और दीवान–ए–ख़ास के साथ ही महल और बाग़ के चारों तरफ़ चिनार के पेड़ों की एक माला थी और जगह–जगह बादशाह ने फ़व्वारे बनवा दिये। 'हरम' के महल की ऊपरी मंज़िल में यहाँ भी साये वाले छज्जे और संगमरमर की बारादरी बनवायी। इसमें बेल–बूटों के साथ मस्जिदों और मक़बरों में लिखी गयी कुरान शरीफ़ की आयतें हमारे मिज़ाज के हिसाब से खुदवा दी गयीं–ये उसकी ख़ूबसूरती में चार–चाँद लगाती थीं। साहिबाबाद में भी हमने बादशाह के साथ तीन रोज़ तक सारे कामों को अंजाम देते हुए, अपनी नयी जागीर के भी इन्तज़ाम किये।"

"इस साहिबाबाद में फलों के बगीचे इतने फल देते थे कि इसके महल के सब लोग अकेले इसी पर ज़िन्दा रह सकते थे तब हमें इस जगह और बौद्धों की पसन्दगी का राज़ समझ आया था। वैसे, यहाँ के फल भी मुग़ल दरबार और दस्तरख़्वान में हमेशा पेश किये जाते थे। इनसे हमारी आमदनी बहुत ज़्यादा थी। इसीलिए हमारा साहिबाबाद से हमेशा वास्ता बना ही रहा। कन्धार मुहिम पर जाते हुए दारा, औरंगज़ेब, शुजा और मुराद सभी वहाँ गये थे और सबने वहाँ आराम फ़रमाया और उस जगह की सभी ने बहुत तारीफ़ की। ख़ासतौर से हमारी बनवायी इमारतों और बाग़ के फलों–फूलों के साथ उसके रखरखाव की। हमने कभी भी इस बेहतरीन जगह के रखरखाव को नज़रंदाज़ नहीं किया। 1634 और 1640 के बीच बराबर यहाँ के तमाम इन्तज़ाम करते रहे।"

"यहाँ साहिबाबाद में हमने एक 'जनाना गुसलख़ाना' बनवाया जिसमें एक छोटी–सी सुरंग के सहारे आग जलाकर पानी गर्म करने का भी इन्तज़ाम था। इसके अलावा एक बेहतरीन मुग़ल हम्माम बनवाया और अपनी नौकरानियों, गुलाम बाँदियों के लिए रहने के लिए 'खवासपुरा' या पक्की कोठरियाँ बनवायीं और उसके अलावा बेहतर नक़्क़ाशीदार एक संगमरमर का जालीदार बारजा बनवाया जिसे हमने 'दर्शन–ए–ख़ास–ओ–आम' नाम दिया क्योंकि हम यहीं आकर अपने जागीर के लोगों के अलावा भी आस–पास के लोगों को न केवल दीदार देते थे बल्कि कुछ की अर्ज़ियाँ, फरियादें और दुख–दर्द सुनते और जितना मुमकिन हो उतना सुलझाने की कोशिश करते थे। अगर आपको ताज्जुब न हो तो एक राज़ की बात बताते चलें, इस दर्शन में आने वाले ज़्यादा लोग अपनी रूहानी परेशानियों और दिमाग़ी तकलीफ़ों–उलझनों के लिए आते थे। हमारी सेविकाओं, बाँदियों, ख़्वाजाओं और पहरेदारों ने हमें बताया कि या तो बादशाह अकबर के दर्शन के लिए 'झरोखा–दर्शन' के वक़्त इतनी भीड़ जमा होती थी या आपके इस झरोखे में देखने को मिल रही है। वे बता रहे थे कि ये सब जो इकट्ठा होते हैं वे हमको भी किसी मीरा और राबिया की तरह मानने लगे थे। यह बात हम इसलिए और लिख रहे हैं क्योंकि कुछ दक़ियानूसी क़िस्म के लोग इन सब बातों की वजह से हमको इस्लाम–विरुद्ध भी मानते थे। जबकि हमारी जागीर के हिन्दू–मुस्लिम और कुछ सिक्ख सभी नुमाइन्दे हमसे ख़ुश थे। इस झरोखा–दर्शन पर उमड़ने वाली भीड़ और उसमें जो इज़्ज़त और एतबार लोगों का हमारे ऊपर था वही इसका सबूत है।"

VI

"कश्मीर जाते हुए और वहाँ से लौटते हुए भी हम सब लोग शाही लश्कर के साथ ही लाहौर में रुके थे। ज़ाहिर ही है यह मुग़लों की राजधानी आगरा के बाद सबसे ख़ास शहर है। इस तरफ़ से ही तुर्क हिन्दुस्तान में आये और अपनी हुकूमत क़ायम करने में कामयाबी हासिल की, जबकि उनसे बहुत पहले इस्लाम के बन्दों ने मोहम्मद–बिन–क़ासिम की सरपरस्ती में जब सिन्ध जीत लिया था तब हिन्दुस्तान में अपनी हुकूमत को फैलाने में उन्हें कामयाबी हासिल नहीं हुई थी क्योंकि बीच में रेगिस्तान पड़ता था। इस एक सीख ने आगे के बन्दों को एक सबक़ दे ही दिया था और इसीलिए जाड़े के बाद जब हिमालय और हिन्दुकुश की पहाड़ियों की बर्फ़ पिघलती थी तब पहाड़ों के बीच के दर्रे खुल जाते थे। यही दर्रे बिल्कुल शुरू के समय से रास्ते रहे हैं जहाँ से आम राहगीर, तिजारत वाले व्यापारी और ज़ियारत वाले बौद्ध और शैव वग़ैरह आते–जाते थे। इसीलिए यह शहर बहुत पुराना है और यहाँ शहर के उत्तर–पश्चिम में बादशाह अकबर ने सामरिक स्थिति के हिसाब से एक मज़बूत क़िला बनाया था। यह क़िला इस पूरे इलाक़े के ही साथ मुल्क की हिफ़ाज़त के लिए बहुत ज़रूरी है। इसकी दीवारें चौड़ी, ऊँची और मज़बूत हैं।"

"यहाँ लाहौर के क़िले के 'हरम' वाले महल में औरतों के कमरे बड़े–बड़े और हवादार हैं। इसी के बाद मेरा अपना दो–मंज़िला 'महल' है। हमारे महल में नहरों से फ़व्वारों और झरनों में पानी पहुँचाने का बहुत उम्दा इन्तज़ाम है। इसके दोनों तरफ़ एक–एक झरना और आगे की तरफ़ यानी दक्षिण में तीन फ़व्वारे लगे हैं, जिसमें से बीच वाला बड़ा और बाक़ी दोनों तरफ़ एक–एक छोटा फ़व्वारा है। इनमें से बहता पानी पूरे माहौल को अपने–आप सुकून देने वाला बना देता है। उसके बाद और ज़्यादा दक्षिण में हमारी सेविकाओं, बाँदियों के रहने वाला खवासपुरा है; यहीं से एक सँकरा–सा रास्ता हमारे बेहतरीन बाग़, 'फ़राह बख़्श' में खुलता है। यह बाग़ सिर्फ़ मुग़ल ख़ानदान और बड़े जागीरदारों की औरतों के लिए ही खुला रहता था। जैसे पहाड़ों पर सीढ़ीदार खेत होते हैं बिल्कुल वैसे ही अगली ऊँचाई पर आदमक़द से ज़रा–सी ज़्यादा ऊँची संगमरमर की एक जाली लगी हुई थी जहाँ औरतों के उठने–बैठने, खेल या जश्न करने के लिए ख़ूबसूरत घास और चारों तरफ़ सायेदार पेड़ और ख़ुशबूदार पौधे लगे हुए थे। जाली के उस पार तक ख़्वाजा रहते थे और इस पार सिर्फ़ औरतों

को ही आने की इजाज़त थी। लाहौर में शाही औरतें यहीं पर अपना समय बिताने और दिल लगाने के लिए जुटती थीं। आज हम, गुलचिरा और फ़िदा बहुत देर बाग़ में रहे और फ़िदा ने हमसे पूछ–समझकर रूमी और राबिया के कलाम भी सीख लिए थे उसने हम लोगों को एक–एक कलाम दोनों का सुनाया।"

"न जाने क्या हुआ कि कश्मीर और फिर वहाँ से लाहौर लौटते हुए हमने कई मर्तबा फ़िदा से वापस घर जाने या कश्मीर न छोड़ने के बारे में पूछा। वाक़ई हम अपने दिल की बात बतायें तो हमने उससे इसलिए पूछा कि कहीं वतन छोड़ते हुए उसका मन न बदल जाये। क्योंकि यह सच है कि कहाँ कश्मीर की वादियाँ और कहाँ आगरा की गर्मी, धूल, धूप और दक्खन का बिल्कुल ही अलग मिज़ाज, लेकिन उसने तो जैसे बस हमारी ख़िदमत की क़सम खायी थी। हम जब दिनभर कामों में उलझे रहते तब वह समय–समय पर फलों का जूस निकाल या कभी शरबत लाकर देती–हर डेढ़–दो घण्टे पर खाने के लिए भी कुछ देती। इतना ही नहीं जब से वह आयी है हमारे बालों को धोना, उनमें तेल लगाना, कंघी करना वग़ैरह सब कुछ अब वही करने लगी है और हमें अपने बचपन में सती ख़ानम और माँ के हाथों का सा एहसास होता। कभी–कभी तो तेल लगाते हुए हमें इतना आराम मिल जाता कि हम पीछे होकर उसके मुलायम कन्धे पर अपना सर रख देते थे। कभी वह ख़ुद ही बहुत प्यार और अदब से मेरा सर अपने कन्धे पर रख लेती। वाक़ई ख़िदमत क्या होती है यह कोई उससे सीखे–शाम को नमक के गुनगुने पानी में मेरे पैर रखवाकर लिखने–पढ़ने या दफ़्तर का काम निबटाने देती और फिर तौलिये से पैरों को पोंछकर उसमें धीरे–धीरे बादाम के तेल से मालिश करती चलती। जिस तरह से वह तलवों, एड़ी, पंजों और पिण्डलियों में मालिश करती हम तरोताज़ा महसूस करने लगते। मेरे मुँह से कुछ निकला भर और वह पूरा करने में जुट जाती थी। उसने हमारा दिल–दिमाग़ सब जीत लिया था।"

"हमको एक बात परेशान करती ही रही कि कैसे फ़िदा ने हमको इतने अच्छे से जाना–समझा था और वह हमारे हिसाब से सारे जवाब सोचकर आयी थी या उसने इतना सब पढ़ा–जाना था। मगर वो कश्मीर में रह रही एक अनाथ हो चुकी कमसिन लड़की थी, ज़ाहिर है वो हमारे बारे में इतना कुछ नहीं ही जान सकती थी कि सोच ले कि हम क्या

कुछ पूछ लेंगे और उसके माकूल जवाब भी वो जान–समझ ले। हाँ, यह ठीक है कि उसने 'दर्शनियों' से हमारी कुछ बातें सुनी होंगी, जो ज़ुबानी ढंग से कश्मीर में फैल गयी होंगी। फिर, हमारे मुल्क की ख़ासियत भी है कि एक कान से दूसरे कान तक जाते–जाते लोग अपनी तरफ़ से भी कुछ–न–कुछ जोड़कर उसे और पुख़्ता करते हैं। लेकिन वो ख़ाला से अब माँ की ख़ाला तक आ पहुँची थी। उसने कहा, 'हम उतनी–सी देर में कितना बताते बाहर ही दिलदार हमको इशारा दे चुके थे कि मल्लिका बहुत मसरूफ़ रहती हैं उनका बहुत वक़्त हम न लें–हमारे ऊपर उनका यही एहसान बहुत था कि उन्होंने हमें आपसे रू–ब–रू करवा दिया और आपकी मेहरबानी हम पर हो गयी। हमने सोचा था कि हम ख़ुद आपको कभी बता ही देंगे क्योंकि अब तो हमें आपके पास ही रहना है मगर कभी मौक़ा ही नहीं मिल पाया। मेरी नानी की सगी बहन अनारकली बेगम की ख़िदमत में रही थीं और उनके बाद वे लाहौर से राजौरी रहने लगी थीं–वे हमेशा मुग़ल हुक्मरानों की तारीफ़ के क़सीदे पढ़तीं और मेरी माँ और ख़ाला को सुनातीं, हमारी ख़ाला ने हमको सुनाया। उनका मानना था कि हिफ़ाज़त और सुकून की ज़िन्दगी गुज़ारने के लिए मुग़ल 'हरम' से बेहतर जगह और कोई नहीं–बाक़ी यहाँ के हर आदमी ने आपकी तारीफ़ की थी।"

"उसने फिर कुछ कहने के अन्दाज़ में कहा, 'आपका इक़बाल बुलन्द हो और आप इजाज़त दें तो एक सच्ची बात और कहें–नहीं तो इस बात की तरह वह भी रह जायेगी।' हमारा इशारा पाकर उसने फिर कहना शुरू किया, 'जिस रोज़ हम आपके पास आये थे उससे एक रोज़ सुबह की नमाज़ के बाद हम कुरान शरीफ़ पढ़ रहे थे कि हमें इल्हाम हुआ कि एक पाक रूह तेरे इन्तज़ार में है जैसे कि तू सुकून की तलाश में है और हम ख़ुदा का हुक्म मानकर हाज़िर हो गये और अगर उसकी मंशा न होती तो क्या आप एक बार में हमें ख़िदमत का यूँ मौक़ा दे देतीं। ये सारा ख़ाका परवरदिगार के यहाँ तैयार होता है, कौन, किससे, कब, कैसे और कहाँ मिलेगा सब उसकी मर्ज़ी से होता है। हम लोग तो बस शतरंज के मोहरे हैं अपनी चाल चलते रहेंगे जैसा कि ऊपर बैठे वे खेलने वाले खिलाड़ी चाहेंगे। आप मेरी क़िस्मत थीं अब आपकी ख़िदमत ही मेरी आरज़ू है जैसा कि पहले दिन से हम कह ही रहे हैं–हाँ यह बात दीगर है कि आपको हमारी सेवा में कोई कमी महसूस हो रही है

तो बतायें हम उसे भी दुरुस्त कर लेंगे।' इतना सुनते ही हमने उसे अपनी आग़ोश में भर लिया और कहा कि सती ख़ानम और गुलचिरा के अलावा मेरा कोई इतना ख़ास नहीं जिसे हमने गले से लगाया हो—बस ये तुम्हें हमको समझने में काफ़ी होगा।"

"हमने इतना भर कहा और फ़िदा मेरी बाँहों में सिमटती चली गयी। उसकी उम्र हमसे चार—पाँच साल ही कम होगी मगर उसका काम करने वाला सुता हुआ जिस्म और उस पर उम्र का लचीलापन। उसके हमारे बदन में यूँ लिपट जाने से हमें ख़ुद न जाने क्यूँ एक अजब—सा भरा—भरा सा जिस्मानी और रूहानी एहसास हुआ। और अब वह इस क़दर रोने लगी थी कि उसका बदन पूरी तरह से काँपने लगा था और हम उसे और चिपकाते ही चले जा रहे थे—उसकी सिसकियों की गूँज कमरे से ज़्यादा मेरे दिल में सुनायी दे रही थी। शायद उसके प्यार की तिश्नगी और उसकी उम्र की जिस्मानी ज़रूरत या सर पर साये तक का सवाल—जो भी हो आज उसे कोई अपना बहुत अपना मिला था। हमें याद आया कि हम भी अपनी माँ के इन्तक़ाल पर ऐसे ही सती ख़ानम से चिपक के रोये थे, बहुत रोये थे—और वे ऐसे ही हमको सँभाले रही थीं। वे कभी बाल चूमतीं, कभी गाल और कभी बस कान में धीरे—धीरे कहती रहतीं, 'हम हैं न—जब तक हम हैं, तेरे साये की तरह रहेंगे मेरी नन्ही—सी जान'। आज हमने वही सब फ़िदा से कहा और उसका तो रोना और बढ़ गया—बड़ी मुश्किल से उसे सँभाला और आज पहली बार हमने अपने साथ फ़िदा को शराब चखायी। पहले तो उसे बहुत रास नहीं आयी फिर तो जैसे उसको दवा जैसा असर हुआ और वह बिल्कुल रिंद की तरह पीने लग गयी।"

"हमने उसी दिन फ़ैसला कर लिया कि हमारे हर महल में एक—दो छोटे कमरे अलग से होते हैं जिनमें हमारे काग़ज़ात, किताबें वग़ैरह रहती हैं उसमें से एक कमरा फ़िदा को दे दिया जाये ताकि वह देर रात तक मेरी ख़िदमत करके खवासपुर के अपने कमरे में लौटती है और फिर अल—सुबह भाग आती है हमारे जागने से घण्टे भर पहले—न जाने आराम कितना करती है! पगली इतनी है कि कहती है; 'आपकी ख़िदमत ही मेरा आराम है, ईमान और इनाम है। अब तो ख़ुदा से दुआ में भी बस आपकी ख़िदमत करते रहने की चाहत बयाँ होती है।' ख़ैर, फ़िदा को जब हमने अपने महल के छोटे कमरे में ले आने का फ़ैसला सुनाया तब कुछ बाँदियों को जलन भी हुई, ख़ासतौर से शकीला और रहीमा को,

मगर वे अपनी–अपनी जगह मसरूफ़ रहने के लिए मजबूर थीं, मेरी वजह से। दिलदार बहुत ख़ुश था क्योंकि न जाने क्यों वो पहले दिन से फ़िदा में अपनी ऐसी बच्ची देखने लगा था जो उसकी चाहत रही होगी–अल्लाह की मर्ज़ी के आगे वह ख़ुद मजबूर था। अब वह महल में हमारे कमरों के बाहर और उसकी यह बच्ची उसी की हिफ़ाज़त में मेरे पास। गुलचिरा को हमारा यह फ़ैसला इसलिए भाया कि उसके दिल–दिमाग़ से मेरी फ़िक्र कम हुई क्योंकि दिन–भर तो वह हमारे इर्द–गिर्द मँडराती मगर रात को वह बादशाह की मजबूरी थी। उसे इत्मीनान हुआ अब मेरी देखभाल कोई पूरे समय करता रहेगा।"

जब भी जहाँआरा अपने सम्बन्धों का ज़िक्र करती है लगता है वह शायरा है–जो वो है भी, जब मज़हब और ख़ासतौर से सूफ़ी सन्तों के बारे में बयाँ करती है वह रूहानी होकर अमीर ख़ुसरो सी हो जाती है; जब वह अपने रहने वाली जगहों का वर्णन करती है तो बाबर हो जाती है; जब सामाजिक–सांस्कृतिक माहौल का ब्यौरा देती है वह गुलबदन की लेखन–शैली की क़ायल दिखती है नहीं तो उसके तारीख़ी ब्यौरे कभी फ़िरदौसी या बाबर या अबुल फ़ज़ल से प्रभावित से लगते हैं। लेकिन इतने रंग और अलग–अलग ढंग और शैली में लिखा उसका रोज़नामचा बिल्कुल ही अलग शैली का परिचायक होने के साथ ज़्यादा दिलचस्प और बेहतर है। ये पाठक को बाँधे रहता है। इसके अलावा, जब बादशाह शाहजहाँ को औरंगज़ेब के द्वारा आगरा के क़िले में क़ैद कर दिया गया था और जहाँआरा स्वेच्छा से अपने वालिद की सेवा में उनके साथ कई साल रही, उसमें उसे ख़ूब वक़्त मिला कि वह अपने रोज़नामचे में सुधार कर सके और उसमें वर्णित बातों को जोड़–घटा सके। इसलिए यह और अच्छा एवं दिलचस्प हो गया है।

पंजाब के सूबे में लाहौर के अलावा अम्बाला भी जहाँआरा की जागीर थी, जो उसे बादशाह ने 1633 में प्रदान की थी। वास्तव में, एक शहज़ादे के रूप में शाहजहाँ को यह भी जागीर के रूप में मिली थी। बादशाह बनने और माँ की मृत्यु के बाद इस जागीर को उसने अपनी प्रिय बेटी, जहाँआरा को स्थानान्तरित कर दिया था। वह जब भी लाहौर या कश्मीर जाता, तब यहीं रुकता हुआ आगे बढ़ता था। उसी ने यहाँ एक बड़ा–सा बाग़ लगवाया था और उसमें बेहतरीन शाही महल निर्मित करवाया था। इसमें भी बड़े से 'हरम' के परिसर में जहाँआरा का निवास एक छोटे और

अलग से महल की तरह था जो वास्तव में बादशाह के महल का थोड़ा छोटा रूप माना जा सकता है बाक़ी उसकी भी बनावट हू–ब–हू वैसी ही थी। जहाँआरा ने क़रीब–क़रीब सब जगह बाग़ लगवाये और उन्हें बड़े छायादार वृक्षों के साथ फलों और ख़ुशबूदार फूलों के पेड़ों और पौधों से सुसज्जित किया था। उसकी दूसरी कमज़ोरी बहता हुआ पानी था, अतः यहाँ भी उसके महल में एक झरना और छोटी–सी नहर के सहारे फ़व्वारे और हम्माम में पानी पहुँचने का पूरा तथा पक्का इन्तज़ाम था।

अम्बाला की इस जागीर के काफ़ी साल बाद पंजाब में ही पानीपत में उसे एक जागीर प्रदान की गयी। वह लिखती है : "अल्लाह और बादशाह के करम के चलते हमारे ऊपर दया का सिलसिला यूँ ही जारी रहा और हमें एक करोड़ दाम या ढाई लाख रुपये की पानीपत की जागीर प्रदान की गयी। यह बहुत उपजाऊ इलाक़ा है और फ़िरोज़शाह तुग़लक़ के समय की नहरों को बादशाह अकबर के समय में फिर से दुरुस्त कर दिया गया था, जिससे यहाँ फ़सलों की उपज बहुत बढ़ गयी और किसान ख़ुशहाल हो गये। बादशाह अकबर तो कहते ही थे, 'किसानों की ख़ुशहाली पर मुल्क और हुकूमत की माली हालत, कामयाबी और तरक़्क़ी टिकी होती है इसीलिए सबसे ज़्यादा उनका ख़्याल रखना चाहिए।' और यह बात अपने अलग–अलग अधिकारियों को भेजे गये उनके फ़रमानों से साफ़ हो जाती है।"

लगता है बाबर और जहाँगीर के बाद अगर किसी को बाग़ लगवाने का अतिशय शौक़ था तो वह जहाँआरा ही थी। उसने कई नये बाग़ लगवाये तो कई पुराने बाग़ों का जीर्णोद्धार भी किया और कुछ में इतने मौलिक सुधार और परिवर्तन किये कि वे भी नये से ही नहीं बेहतर और लगातार देख–रेख के चलते चमक उठे और बिल्कुल नये से लगने लगे। जब शाहजहाँ बादशाह बन गया तब उसने आगरा में अपनी पसन्द के हिसाब से बादशाह अकबर की बनवायी तमाम इमारतें बदल डालीं। जहाँ अकबर के समय भवन लाल–बलुआ पत्थर से बने थे और अलंकरण संगमरमर से हुआ वहीं शाहजहाँ ने भवनों की निर्मिति की सामग्री ही संगमरमर कर दी और अलंकरण के लिए पच्चीकारी, जड़ाऊ काम और सुन्दर जालियों का सहारा लिया। इसका पहला परिवर्तन बादशाह ने अपना महल और 'हरम' जिसकी मल्लिका अब उसकी बेटी थी न कि अन्य बीवियाँ जैसे फ़तेहपुरी बेगम और अकबराबादी बेगम वग़ैरह–दोनों को संगमरमर का बनवा दिया।

अगर स्थापत्य के क्षेत्र में मुग़ल महिलाओं की दिलचस्पी की बात करें तो ज़ाहिर है मरियम–उज़–ज़मानी और नूरजहाँ के बाद जहाँआरा का ही नाम लिया जा सकता है। उसने अपने पिता से बुद्धि, चतुराई, बादशाह जहाँगीर से परिष्कृत अभिरुचियाँ, हमीदा बानो बेगम और नूरजहाँ बेगम से सियासत की समझ, अपने ताऊ शहज़ादे ख़ुसरो से सादगी और उदारता और बादशाह अकबर की सुलह–ए–कुल के साथ अपने प्रभुत्व और विशेष भूमिका के प्रति आश्वस्त भाव लिया था। उसके सोचने के ढंग में तो सूफ़ियों की साधना का असर बिल्कुल साफ़ था। इतना ही नहीं, बावजूद इसके कि उसकी शादी नहीं हुई थी फिर भी उसकी शख़्सियत में सलीमा सुल्तान बेगम या मुमताज़ महल बेगम की तरह मातृत्व का भाव था...और इन सबका मिश्रित प्रभाव उसके स्थापत्य में झलकता है। उस काल की इमारतों में जितना योगदान बादशाह शाहजहाँ का था उतना ही इन कार्यों के व्यक्तिगत निरीक्षण के चलते जहाँआरा का भी था–ख़ासतौर से आगरा में ताजमहल और जामा मस्जिद से लेकर दिल्ली के लाल क़िले में जो कोमल स्वर पत्थरों में संगीत की तरह लगे हैं और उनका अनुपात उसकी भव्यता और दृढ़ता के साथ इतना व्यावहारिक है कि उसके सौन्दर्य को ही बढ़ा देता है। यह प्रभाव जहाँआरा का ही है।

शाहजहाँ और जहाँआरा के संगमरमर के महल ऐसी जगह निर्मित हुए कि जमुना नदी बिल्कुल सामने थी और उन हवादार कक्षों में जमुना से होती ठण्डी हवा बराबर आती रहती थी। इतना ही नहीं जमुना से नहर निकाल कर ऊपर की तरफ़ बढ़ते हुए पतली होती जा रही नालियों के माध्यम से यह जल ऊपरी मंज़िल तक पहुँचता था–पूरे महल में पानी की समुचित व्यवस्था थी। जहाँआरा के रोज़नामचे में इसका बेहद अच्छा वर्णन हमें मिलता है : "इसे 'ख़ास महल' के नाम से जाना जाता है। यह अंगूरी बाग़ के सामने एक ऊँची चौकी पर बनाया गया ताकि इसकी सुन्दरता में जो चार चाँद लगे हैं वे लोगों को दूर से भी दिखते रहें। इसमें बादशाह के लिए बिल्कुल अलग 'आरामगाह' है, जहाँ बाहर ख़्वाजाओं का पहरा रहता है। इसी के उत्तर में एक सायेदार छज्जा बना हुआ है, जिससे वह आम जन को 'दर्शन' देता है; यह परम्परा हमारे ख़ानदान में राजपूतों से आयी है और अकबर बादशाह के समय से यह शुरू हुई। इसमें कुछ ऐसे लोग शामिल थे जो बादशाह के दर्शन के बिना कुछ खाते–पीते नहीं थे। इन्हें 'दर्शनिया' कहा जाने लगा था। हिन्दुओं में अनेक सम्प्रदाय हैं जो

सूर्य के दर्शन के बिना कुछ नहीं खाते–पीते, शायद यह रिवाज़ वहीं से आया हो। यह परम्परा चूँकि मुग़ल ख़ानदान में चलती ही रही इसीलिए बादशाह ने भी इसे जारी रखा था। और, हम तो ख़ुद अपनी जागीर में ऐसा करते थे या करने के लिए लोगों द्वारा मजबूर कर दिये जाते थे।"

वह आगे लिखती है : "इसी बादशाही 'आरामगाह' के दक्षिण में हमारा महल है, जिसे 'बँगला–ए–जहाँआरा' कहा जाता है। इसमें भी 'बँगला–ए–दर्शन' की तरह सुन्दर और बारीक काम वाली संगमरमर की जालियाँ लगी हुई हैं इसके छज्जे बिल्कुल राजपूती शैली में बने तोड़ों पर टिके हुए हैं जो इसकी ख़ूबसूरती में चार चाँद लगाते थे। हमारे इस महल के बाद ही अन्य शाही औरतों के कमरों वाले तीन महल बने हुए हैं और इसके बाद दासियों, बाँदियों के रहने के लिए कमरे और कोठरियाँ बनी हुई हैं। हमने अपने महल के सामने ज़ोर देकर एक बड़े से हौज़ में फ़व्वारों का इन्तज़ाम भी करवाया, क्योंकि हमें पानी के बहाव से एक अजब सुकून मिलता है–इससे ठण्डी हवा तो मिलती ही है, ज़िन्दगी के बहाव का भी एहसास होता है। लेकिन इस बहाव की इसलिए ज़्यादा ज़रूरत पड़ती है क्योंकि इसी से हमें ज़िन्दगी के बहाव में सूफ़ियाने ठहराव का इकलौता एहसास होता है जब भी पानी नीचे से ऊपर और फिर ऊपर से नीचे की ओर आता–जाता है।"

वो आगरा के क़िले में बादशाह शाहजहाँ के समय हुए परिवर्तनों के बारे में आगे लिखती है : "हमारे महल में एक बड़े से कमरे के अलावा दो उससे थोड़े छोटे कमरे और दो कोठरियाँ भी हैं, बाहर की तरफ़ दीवारों पर पच्चीकारी के अलावा कटाई से भी सजावट की गयी है जबकि कमरों के अन्दर संगमरमर की दीवारों पर सुनहरी चित्रकारी की गयी है जो दिलो–दिमाग़ को सुकून देने वाली है। इसी अहाते में उत्तर–पूर्व कोने में गर्मी के मौसम में दिन बिताने के लिए एक ठण्डा कमरा बनवाया था जिसका नाम 'शीशमहल' रखा क्योंकि इसके अन्दर वाली दीवारों में हमने ख़ासतौर से शीशे का जड़ाऊ काम करवाया था। हमने एक किताब में यूनानी से लेकर बाइज़ेंटाइन या कुस्तुनतुनिया तक के स्थापत्य में ऐसे शीशे के जड़ाऊ काम के बारे में पढ़ा था कि कैसे इस तरह के कमरों में शमा जलाकर ऐसी रोशनी हो जाती है कि कमरा जगमगा उठे। इसका सबसे बेहतरीन नमूना हलब के महलों में दिखाई देता है जिसे फ़िरंगी अल्लेपो कहते हैं।" जहाँआरा इसके अलावा वहाँ की बाक़ी इमारतों की तारीफ़ करती हैं, ख़ासतौर से नगीना मस्जिद की।

"आगरा में बाग़ लगाने का सिलसिला हिन्दुस्तान में मुग़लिया हुकूमत की शुरुआत करने वाले पादशाह बाबर ने ही किया था जब उन्होंने 'राम बाग़' या 'आराम बाग़' लगवाया था। वे अपनी 'तुज़ुक' में लिखते हैं कि हिन्दुस्तान की लू–धूप, गर्द–ओ–गुबार और धूल–गर्मी से बचने का सबसे नायाब तरीक़ा बाग़ लगाना ही है। इसी तरह हमारी माँ मुमताज़ महल बेगम ने भी 'मल्लिका–ए–जहाँ' बनने के बाद एक बाग़ लगाने का फ़ैसला किया था और उसे शहर के दक्षिणी तरफ़ यमुना के किनारे लगवाया। मेरी माँ ने भी कुछ बड़े सायेदार पेड़ तो लगवाए ही; मगर दूसरी ओर वे पौधे वग़ैरह भी लगवाये, जिनसे वैद्यों, हकीमों और यूनानी हकीमों की दवा बनती थी; वाक़ई कुछ पेड़–पौधों के पत्ते, कुछ के फूल, कुछ की छाल, कुछ के फल और कुछ की जड़ें अलग–अलग बीमारियों के इलाज के लिए इस्तेमाल होती थीं। इनकी ज़रूरत दारुल सफ़ा या सरकारी अस्पतालों में भी होती थी और हकीमों वग़ैरह को, जो इजाज़त लेकर वहाँ से ले जाते थे। बाक़ी, उस बड़े से बाग़ में फूलों और फलों के भी अलग–अलग हिस्से थे।"

"हमने अपनी माँ के इन्तक़ाल के बाद दक्खन से 1634 में आकर सबसे पहले इसी बाग़ पर अपना ध्यान किया और यहाँ पानी की पुरानी नालियों, परनालियों को दुरुस्त करवाया और नहर साफ़ करवायी ताकि पानी सही ढंग से जमुना दरिया से बाग़ में फिर पहुँचने लगा और बाग़ हरा–भरा हो गया। इसको हमने नये तरीक़े से सजाया और 'तुज़ुक–ए–बाबरी' के बयानों के बिना पर कश्मीर से लेकर लाहौर, माँडू, बुरहानपुर और दौलताबाद–हर जगह से नायाब पौधों और बीजों को मँगवाया और इस बाग़ को सजाया। इसमें दरिया की ओर, बाग़ से थोड़ी ज़्यादा ऊँचाई पर संगमरमर का एक छोटा–सा दुमंज़िला महल बनवाया जिसकी ऊपरी मंज़िल में बेहतरीन और बारीक कामवाली जाली से घिरा हुआ एक छज्जा बनवाया था जहाँ बैठकर जमुना से आती ठण्डी हवा में लिखना–पढ़ना और गीत–संगीत, नाच–गाने और खाने–पीने का सुख ही अलग था। इस बाग़ को बादशाह ने देखते ही जन्नत कहा और इसे 'बाग़–ए–जहाँआरा" का नाम भी दे दिया मगर वाह री रियाया, उसने इसका नाम बिगाड़ कर 'जहारा बाग़' कर दिया था–ऐसा हमारे माली, नौकरों–चाकरों और हिफ़ाज़त में तैनात लोगों ने हमें बताया। कुछ माली और नौकर–चाकर भी इस बाग़ को इसी बिगड़े नाम से पुकारते थे।"

इसी बीच औरंगज़ेब की शादी शाहनवाज़ ख़ाँ की बेटी दिलरस बानो से तय हो गयी थी। वो अप्रैल 1637 के अप्रैल के मध्य में दौलताबाद से सिर्फ़ इसीलिए लौटा था। बादशाह के साथ ही साथ वो हमारे लिए भी बहुत से उपहार लेकर आया था, जिसमें एक बहुत ही नायाब हीरा था। हमने इस शादी में भी बढ़–चढ़कर हिस्सा लिया और आधा ख़र्चा उठाने में कोई कोर–कसर नहीं छोड़ी। ज़ेब इतने सालों में बिल्कुल भी नहीं बदला है, मुस्कुराकर बोला, 'आपकी वजह से हमें बहुत फ़ायदा है।' हमने जब उससे यह पूछा कि कैसे? तब उसने पूरी शैतानी से बताया कि–आप जितना हमारे निकाह में ख़र्च कर रही हैं 'हमारी वाली बहन बनने के लिए' वह बदले में उससे दुगना कर रही है, आपा हमारे ऊपर जितना दुलार आप लुटा रही हैं उसमें भी वो बराबरी करने या उसमें भी आपसे आगे निकलने की होड़ में हम को निहाल कर रही हैं। मई 8, 1637 को उसका निकाह भी धूमधाम से हुआ और हमने औरंगज़ेब और दिलरस की दावत 'बाग़–ए–जहाँआरा' में रखी।

"हमारे 'बाग़–ए–जहाँआरा' की इस दावत में बादशाह, नाना आसफ़ ख़ाँ, हमारी तीनों सौतेली माताएँ, हम सारे भाई–बहनों के अलावा 'शाही हरम' के सभी लोग शरीक हुए। पूरा बाग़ रोशनी में नहाया हुआ था हर फ़ुहारे का रंगीन पानी भी मन और दिल को सुकून दे रहा था। मई के महीने में आगरा की गर्मी में आफ़ताब ढले दरिया से आती हवा ही बस ठण्डी लगती है बाक़ी तो बेचैनी का सबब होती। सबने यहाँ होने वाली दावत और इन्तज़ाम की बहुत तारीफ़ की। गीत–संगीत, नाच–गाना बहुत देर रात तक चलता रहा जबकि बादशाह के साथ ज़्यादातर लोग खाने के बाद ही वापस क़िले में लौट गये। फिर कई क़िस्तों में हमारे सारे भाई–बहन और आख़िर में औरंगज़ेब और दिलरस बानो बादशाह के जाने के एक घण्टे बाद गये। बस हम और हमारे 'हरम' के लोग ही बचे थे सब कुछ समेटना और दुरुस्त जो करना था।"

"हमारी इस दावत के कई क़िस्से हफ़्तों तक चलते रहे और हम सुनते रहे; शकीला तो आ–आकर रोशनारा के लटके–झटकों की नक़ल करती रही; उसकी बातें बताती रही; लेकिन जितना हमसे बताती शायद उससे ज़्यादा ही दिलदार को बताती। गुलचिरा तो हमारी तीन माताओं की अदाकारी के क़िस्से बयान करती रही उसको न जाने क्यूँ यह एहसास कराने में मज़ा आता था कि वह हमारी तीनों सौतेली माताओं के बरअक्स

हमारे वालिद के ज़्यादा नज़दीक थी। ख़ैर, किसी भी दावत या उत्सव के बाद इतनी दुनियावी बातें हमको भले फ़िज़ूल की लगती हों, लोगों को और ख़ासतौर से 'हरम' के लोगों के लिए समय बिताने का एक बहुत बड़ा सहारा होता है। किस बेगम ने कितनी पी, कौन कितना बहका, किसने किससे नज़र लड़ायी, कौन किससे बातों में मशगूल रहा और न जाने क्या–क्या। हमारे लिए यह हमारी माँ की आख़िरी ख़्वाहिश थी इसीलिए बड़ी बहन और 'मल्लिका' होने के नाते हमारा यह सब करना एक फ़र्ज़ था।"

"वैसे भी ज़ेब हमसे शुरू से ही लगाव महसूस करता था लेकिन शादी और इस दावत के बाद ज़ेब और उससे ज़्यादा दिलरस हमारे ऊपर मेहरबान हो गये जैसा कि दौलताबाद से उसके ख़तों से ज़ाहिर भी हुआ। औरंगज़ेब के बारे में एक बात दावे से हम कह सकते हैं कि अगर कोई उसे अपने क़ब्ज़े में लेना चाहे तो वह उससे अन्दर ही अन्दर दूर होता जाता है और सच्चे दुलार और मुहब्बत को समझता है और उसके लिए उसकी क़ीमत कहीं ज़्यादा होती है। वह नक़्शबन्दी सिलसिले का मुरीद था लेकिन था तो सूफ़ी ही और यह सूफ़ियाना सादगी उसकी ज़िन्दगी के हर पहलू में झलकती भी थी। इस मामले में वह क़िस्मतवाला भी था शाहनवाज ख़ाँ जैसे अमीर की बेटी होकर भी दिलरस बानो बहुत ज़मीनी क़िस्म की थी, उसके अन्दर भी कोई बनावटीपन हमें नज़र नहीं आया। एक बात और हमें नज़र आयी पहले राज पूताना और अब दक्खन में रहने के चलते ज़ेब की ज़ुबान बहुत मिली–जुली हो चुकी थी और दक्खन की रेख़्ता का असर भी बहुत जल्दी उसके ऊपर दिखने लगा था, जो उसके ख़तों के ढंग से ज़ाहिर होता था। पहले की ही तरह आज भी वह बातें साफ़गोई और दिल से करता है।"

"इधर इतना कुछ होता रहा था मुल्क में और हमारे महलों में कि मन–ही–मन हम बस सूफ़ी सन्तों को शुक्रिया अदा करते रहते थे कि हमें वे सच्ची राह दिखाते हैं और हम उन्हीं की बातों से हिम्मत पाते हैं और जीवन की राह का इशारा भी। अभी ठण्ड बीती ही थी कि फ़रवरी, 1638 में कन्धार वापस पाने की ख़बर मिलते ही ख़ुशी और त्योहार जैसा माहौल हो गया था। दीवाली की तरह पूरे महल को रोशनी से सजा दिया गया। उधर जैसे ही यह ख़बर ईरान पहुँची कि उनके क़िलेदार, अली कुली ख़ाँ ने मुग़ल फ़ौज के बराबर बने दबाव में आकर कन्धार

मुग़ल बादशाह के अधिकारियों को सौंप दिया है तो वे अब लड़कर उसे जीतने की तैयारी में जुट गये। कन्धार फिर से मुग़ल क़ब्ज़े में क्या आया हमारे वालिद साहब के मन की सबसे ज़्यादा क़रीबी ख़्वाहिश ज़ोर मारने लगी। जैसे पादशाह बाबर अपने पुरखे अमीर तैमूर का समरकन्द हासिल करना चाहते थे वैसे ही बादशाह के मन में कन्धार हासिल करने की ललक थी। हम पहले भी इस बात का ज़िक्र कर चुके हैं, कि कैसे ईरान के शाह ने पादशाह बाबर और बादशाह हुमायूँ को मदद इसी शर्त पर की थी कि वे मदद के बदले कन्धार शाह को देंगे। इसीलिए मुग़ल हुकूमत और ईरान के बीच इसको लेकर हमेशा नाक की लड़ाई ज़्यादा रही, फ़ौजी वजह तो थी ही, कि दोनों में से जिसके पास कन्धार रहेगा उसकी सामरिक पकड़ और फ़ौजी बढ़त ज़्यादा रहेगी बनिस्बत दूसरे के। अगर हम नक़्शे में देखें तब ही हम यह बात समझ पायेंगे कि कन्धार जिस तरह से बसा था उससे ऐसा लगता है जैसे वह हिन्दुस्तान की राह में एक ऊँची–सी चौकी पर बसा हो और जैसे ऊपर से हिन्दुस्तान में झाँक सकने की क़ाबिलियत रखता हो।"

"दोनों मक़सद दिमाग़ में लिए एक बहुत बड़ी फ़ौज के साथ शाही लश्कर अगस्त में काबुल के लिए चल पड़ा। पंजाब में रुकते–रुकाते, जगह–जगह तम्बू–क़नात के शहर बनाते और जहाँ–जहाँ जिसकी जागीरें थीं वहाँ–वहाँ शाही लश्कर के लिए उसका ख़ास इन्तज़ाम का ज़िम्मा उसके ऊपर होता...लाहौर में जाड़ा बिताकर और हिमालय–हिन्दुकुश की बर्फ़ पिघलने के बाद हम लोग मई 18, 1639 को काबुल पहुँचे। हम ही नहीं, बादशाह भी पहली बार काबुल आये थे इसीलिए हम सब बाबर पादशाह की पसन्द की हर जगह रोज़ जाते–बादशाह हर रोज़ हमसे इस बाबत पूछते क्योंकि उन्होंने बहुत पहले 'तुजुक–ए–बाबरी' पढ़ी थी और हमारी आदत थी कि अगर अजमेर, माँडू, पंजाब या दक्खन जा रहे हैं तो वहाँ के मुताल्लिक़ सारी जानकारी वाली किताबें रख लेते हैं और फिर काबुल न होता तो पादशाह बाबर हिन्दुस्तान पर हुकूमत ही क़ायम नहीं कर पाते। इसीलिए काबुल की जानकारी के लिए 'तुजुक' के अलावा गुलबदन बेगम और फिर अबुल फ़ज़ल की किताबें भी हमने रख लीं थीं क्योंकि फ़ज़ल ने ही अकबर बादशाह के इस सूबे के बारे में सारी जानकारी–इसकी फ़सलें, लोग, जानवर, आमदनी क्या–क्या नहीं लिखा है। वैसे भी हमें पहले से जानकारी थी कि शाही रसोई और उससे जुड़े

गोदाम में क्या–क्या रहता है और कहाँ–कहाँ से आता है। इसकी पूरी सूची अबुल फ़ज़ल अपनी 'आईन–ए–अकबरी' में दे चुके हैं–हम उसी को देखकर सब सामान उसी मुताबिक़ उतनी ही तादाद में मँगाते रहे हैं।"

"हमारे यहाँ शाही रसोई के लिए अगर राजौरी और निम्लाह से जिन्जिन चावल आता तो मेवे सिर्फ़ काबुल के आज भी पसन्द किये जाते हैं। हालाँकि, पादशाह बाबर और उसके बाद बादशाह अकबर ने मेवों की पैदावार कश्मीर और अफ़ग़ान इलाक़ों से सटे हुए कश्मीर और पंजाब के इलाक़ों में शुरू तो की थी मगर वहाँ के मेवों और काबुल के मेवों में ज़मीन–आसमान का फ़र्क़ है। इसीलिए हमने मीर बकावल को पहले ही तमाम चीज़ों की फ़ेहरिस्त बनाकर दे दी कि क्या–क्या सामान शाही रसोई के लिए काबुल से चाहिए होगा। बादशाह और मीर सामाँ ने भी मीर बकावल से यही कहा– मल्लिका ने हम लोगों के लिए कुछ छोड़ा कहाँ है कि फ़ेहरिस्त में जोड़ सकें–उन्होंने सब कुछ तो लिख दिया है और कितनी तादाद में क्या लेना है–सब कुछ तो दुरुस्त है–किसी के लिए कोई भी गुंजाइश बाक़ी नहीं है। मीर बकावल इस बात से इतना ख़ुश हो गया कि उसने ये बातें हमको उसी समय आकर बतायीं। मीर सामाँ को भी हम गर्म कपड़ों, कालीनों, ख़ास जड़ी–बूटियों के साथ वहाँ की ख़ास शराब भी तादाद सहित उसकी फ़ेहरिस्त में लिखवाकर दे चुके थे। इसीलिए वह ख़ुश था और बादशाह के सामने भी हमारी बहुत तारीफ़ की।"

"पंजाब से काबुल की ओर बढ़ते हुए ख़ासतौर से एक जगह पड़ती है 'देह–मीनार' हमने बादशाह की जानकारी में मीर बख़्शी को कहलवा भेजा कि जलालाबाद और काबुल के बीच हम वहाँ पड़ाव डालेंगे। बादशाह ने राह में हमसे इस बाबत पूछा तब हमने फिर से 'तुजुक–ए–बाबरी' और 'अकबरनामा' में इसका ज़िक्र होने का हवाला दिया। हमने यह भी जोड़ा कि इन दोनों महान लोगों ने कुछ तो ख़ास बात पायी होगी कि पादशाह बाबर ने चार बार और अकबर बादशाह ने तुजुक के तुर्की से फ़ारसी में तर्जुमे के दौरान जानकारी मिलने पर एक बार वहाँ मुक़ाम किया था। इसी तरह राह में एक नदी दिखाई दी तब हमने बज़रिये बादशाह पूरी फ़ौज को रुकने का हुक्म भिजवा दिया–क्योंकि बादशाह इस शाही लश्कर में बहुत आगे और हम लोग क़रीब–क़रीब इसके बीच में चल रहे थे। बादशाह ने रुकने के बाद पूछा कि इस छोटी–सी नदी और उसके इर्द–गिर्द की बस्ती में ऐसा क्या था जो तुमने रुकने का हुक्म दिया है?

हम यही जानने आये हैं क्योंकि हम जानते हैं कि कुछ तो ख़ास होगा। तब हमने उन्हें बताया कि यह जगह लांडी–खाना है–'लांडी–खाना' का मतलब यहाँ की स्थानीय बोली में 'छोटी नदी' होता है। हमारे बड़े नाना गियास बेग साहब जिस कारवाँ में ईरान से हिन्दुस्तान आ रहे थे वह इसी जगह के आसपास लुटा था। जब गियास बेग बादशाह जहाँगीर के समय एतमादद्दौला की पदवी के साथ वकील–ए–मुत्लक़ हो चुके थे तब ये क़िस्सा जानकर लोग इसे 'ग़रीब–ख़ाना' भी कहने लगे। वहाँ के बाशिन्दों ने बताया कि उनके गाँव को इन दोनों नामों से जाना जाता है, क्योंकि वैसे भी यह नदी ज़्यादातर सूखी रहती है और बर्फ़ पिघलने पर जब पानी आता है तभी हमें इसके नदी होने का एहसास होता है।

"इसी तरह ग़ज़नी से काबुल से बढ़ते समय भी हमने एक जगह का नाम बताकर सबको चौंका दिया था। ये नाम ही चौंकाने वाला था–इसका नाम हमें अकबरनामा में 'अलक–बनारस' मिला था। क्या कोई कारवाँ बनारस का वहीं बस गया था? या बहुत पहले के समय में–जब मौर्यों की, यानी चन्द्रगुप्त या अशोक की हुकूमत थी तब बनारस के लोग व्यापार या बाद में 'धम्म' के लिए गये हों और यह नाम उनकी वजह से पड़ गया हो। हमने चूँकि पढ़ा था इसीलिए बता दिया–हम कोई शेख़ी बघारने के लिए ऐसा नहीं कर रहे थे। हमें तारीख़ की किताबों की बिना पर अपना रोज़नामचा दुरुस्त करना था और हर तारीख़ी जगह हम ख़ुद देखना और महसूस करना चाहते थे। यह तरकीब हमने गुलबदन बेगम से सीखी थी–बस फ़र्क़ यह था कि उन्हें लिखने के लिए शाही पुस्तकालय तो मौजूद था ही बहुत फ़ुर्सत भी मिली। हम तो हुकूमत और सियासत की इतनी ज़िम्मेदारियों में उलझ गये हैं कि वैसा कुछ लिखने की नीयत के बावजूद समय नहीं पाते हैं। पहले हम आगरा से अजमेर, माँडू होते हुए दक्खन गये फिर दुबारा बुन्देलखण्ड और फिर पंजाब होते हुए कश्मीर और अब दिल्ली–पंजाब होते हुए काबुल।"

"हमारे साथ यही बड़ी दिक़्क़त थी कि मल्लिका होने के नाते 'शाही हरम' से लेकर शाही रसोई की ज़िम्मेदारी हमारी थी और अब तो शाही मोहर भी हमारे पास थी इसीलिए हमेशा बादशाह के इर्द–गिर्द रहने की मजबूरी थी कि कब, किसको, कौन–सा फ़रमान, निशान और सनद भेजनी पड़ जाये, शाही मोहर की ज़रूरत तो पड़ेगी ही। ख़ैर, हमने दर्रे–दर्रे से लेकर काबुल के सूबे के ज़र्रे–ज़र्रे से सबको वाक़िफ़ करवा दिया।

हमारे लिए तो सबसे ज़्यादा दिलचस्पी थी पादशाह बाबर के आराम की जगह या मक़बरे पर जाकर इस मुल्क में मुग़ल हुकूमत क़ायम करने वाले को अपना सलाम पेश करना और फ़ातिहा पढ़ना था। हमने आराम करने से भी पहले फ़ौरन ही वहाँ जाने के फ़ैसले के बारे में बादशाह को ख़बर भिजवायी। वे भी सुनते ही हमारे साथ चल पड़े और हमने उस पहाड़ी पर उनके आराम करने की जगह का दीदार किया। सच, इतनी ख़ूबसूरत जगह थी–पहाड़ी पर सादा–सा मक़बरा और उसके नीचे घाटी में सिर्फ़ बेहतरीन बाग़ और मक़बरा भी चार–बाग़ के बीचों–बीच पादशाह की पसन्द की दाद ही दे सकते थे। क़यामत के रोज़ के इन्तज़ार में भी वे कुदरत के बेहद नज़दीक ही रहना चाहते थे।"

"बादशाह को इमारतों में बेहद दिलचस्पी थी इसीलिए हमने बाग़ में घुसने से पहले उनको बताना शुरू किया कि कैसे पादशाह बाबर ने इमारतों के साथ बाग़ और बहते पानी को जोड़ कर एक नायाब शुरुआत की थी। वैसे इसका पूरा ख़ाका उन्होंने फ़ारसी के शायरों जैसे फ़िरदौसी, सादी, हाफ़िज़ और खय्याम की नज़्मों में दिये गये बयानों से ही बनाया था। पत्थर की नालियों से चार तरफ़ बाग़ों में पानी दिया जा सकता था। बाग़ की बाहरी दीवार के साथ बेहतरीन ऊँचे–ऊँचे फलदार पेड़ और बाग़ में क्यारियों में मौसम के फूलदार पौधे। जगह–जगह फव्वारे से पादशाह ने वहाँ की कुदरती ख़ूबसूरती में और इज़ाफ़ा कर दिया था। वे शायद काबुल कभी न छोड़ते–वे तो समरकन्द जीत कर भी नहीं छोड़ते लेकिन लड़ाई में उज़्बेग नेता ने एक नयी तकनीक इस्तेमाल करके पादशाह को हराकर चौंका–सा दिया–इस तकनीक को 'तुलुग्मा' कहते थे। कोई सीखे पादशाह से कैसे उन्होंने शैबानी से यूँ हारकर भी जंग की यह नयी तकनीक सीख ली। इस तकनीक के चलते आप छोटी फ़ौज के साथ भी बड़ी फ़ौज वालों को शिकस्त दे सकते थे। वहीं से उन्होंने यह तकनीक सीखकर हिन्दुस्तान के हुक्मरानों को हराकर ताज्जुब में डाल दिया था। उज़्बेगों के बढ़ते असर के चलते पादशाह को न केवल समरकन्द बल्कि फ़रगना और फिर काबुल भी छोड़ने को मजबूर कर दिया था। क्या इंसान थे कि ख़ुद पूरी बातें, सच–सच और पूरी साफ़गोई से अपनी 'तुज़ुक' में बयाँ कर दी हैं!"

"पादशाह बाबर को काबुल छोड़ने का अफ़सोस तो था ही–कहाँ काबुल की ख़ूबसूरती और कुदरत के नज़ारे, क्या बेहतरीन मौसम–और

कहाँ आगरा और हिन्दुस्तान का! हम लोग तो कुदरत के बीच इस बाग़ की ख़ूबसूरती निहारकर निहाल हो रहे थे। और बढ़ते–बढ़ते बाग़ के बीचों–बीच उनके मक़बरे पर जा पहुँचे और यहीं समझ आया कि बादशाह हमारे इस फ़ैसले से बेहद ख़ुश क्यूँ हुए? ये ख़ुशी हमको बाबर की मज़ार के पास उनकी आँखों से ढलकते अश्कों में देखने को मिली थी। हमने और बादशाह ने वहाँ पर फ़ातिहा भी पढ़ा और इबादत भी की, जिसके बाद बादशाह ने वहाँ के रखरखाव के लिए महताब को तैनात किया और ख़र्चे के लिए एक गाँव माफ़ी का मुक़र्रर किया। इतना ही नहीं, जैसा कि उनकी पसन्द है, उन्होंने अपने सामने ही उस मक़बरे की मरम्मत करके उसमें साँप की शक्ल के तोड़ों से छज्जे बनाते हुए मक़बरे के चारों तरफ़ इतनी छाया कर दी कि कोई आये तो न भीगे। हमने बादशाह से इजाज़त लेकर उस मक़बरे में एक छोटी–सी मस्जिद और मदरसा बनवा कर वहाँ 'तुज़ुक' के साथ बाक़ी मुग़ल तारीख़ की हाथ से लिखी हुई और बढ़िया जिल्द चढ़ी किताबें रखवा दीं। बादशाह हमारी इस पसन्द पर नाज़ कर उठे जब उन्हें पता चला कैसे हम ये सब सोचकर और तैयारी करके यहाँ आये थे।"

"हमें लगा हमने काबुल के इस सफ़र को अपने लिए यादगार तो बनाया ही अपना एक निहायत ज़रूरी फ़र्ज़ भी अदा कर दिया और ये सब काम चार महीनों के काबुल मुक़ाम में पूरे कर लिए। जो–जो जगह हमें देखनी थीं हमने देख ली थीं। ज़्यादातर जगह बादशाह ख़ुद भी गये थे बाक़ी जगहों में हमारा पुख़्ता इन्तज़ाम था। हमारे साथ एक फ़ौजी टुकड़ी और उसके नेता की तरह ख़ुद द्वितीय बख़्शी होता था। मीर बख़्शी के बाद ही इस बख़्शी का ओहदा था। यह उन मंसबदारों और अमीरों के रखरखाव और हिसाब–किताब यानी तनख़्वाह तक के लिए ज़िम्मेदार था जिनके सवार पद उनकी जात पद के आधे या उससे ज़्यादा थे। जिनके सवार उनकी जात के आधे से भी कम होते थे उनकी ज़िम्मेदारी तीसरे बख़्शी के सुपुर्द होती थी। मीर बख़्शी अगर बादशाह के साथ होता था तो दूसरा बख़्शी, हमारे मल्लिका होने के नाते, हर कुमुक के समय हमारे साथ तैनात रहता था। इसके अलावा हमारे अपने वकील, दीवान, मीर बकावल, दो–दो ख़्वाजासरा के अलावा ढेरों ख़्वाजा और अमीन वग़ैरह तो थे ही। 'हरम' की बाक़ी औरतों की भी बाँदियाँ, लौंडियाँ, ख़्वाजा सब जोड़ लें तो एक अच्छा–ख़ासा क़ाफ़िला हमारा अपना भी होता था।

हम सबको अपनी हिफ़ाज़त के लिए भी छोटे–मोटे हथियार रखने पड़ते थे और ज़रूरत पड़ने पर फ़ौरन भागने की तैयारी भी। यानी मुक़ाम भी इस तरह से कि माहौल बदले तो भागने में कोई कोताही न हो।"

"यहाँ यह सब बताने की ज़रूरत इसलिए आ पड़ी थी क्योंकि हमें फ़र्ज़ाहारा या अस्तालिफ़ में अपने बाग़ के रखरखाव के इन्तज़ामात देखने का मौक़ा मिला था और बादशाह ने हमें वहाँ चार दिन रुकने की इजाज़त दी और इस फ़ौज का इन्तज़ाम किया–दो रोज़ बाद ख़ुद फ़र्ज़ाहारा आने का भी ऐलान किया और उसी रात पहाड़ी की तलहटी की राह में बने हमारे एक बड़े से बाग़ में दावत के इन्तज़ाम का हुक्म भी मीर बकावल को दिया। फ़र्ज़ाहारा के हमारे 'बाग़–ए–जहाँआरा' में अंगूर की फ़सल बहुत ज़बरदस्त हुई थी इसीलिए हमने फिर से मीर बकावल को और तादाद में अंगूर ले चलने को कहा और बादशाह को इस बाबत उनके आने के बाद बताया तब उन्होंने हमारे इस फ़ैसले को ठीक बताया, और मीर सामाँ के अलावा मीर बकावल से इसको शामिल करके अपनी फ़ेहरिस्त को दुरुस्त करने के लिए कहा।"

"हम लोग ठण्ड शुरू होने के पहले काबुल छोड़ देने का मन बना चुके थे। इसीलिए जाड़ों के काफ़ी पहले ही काबुल से चल दिये क्योंकि राह के दर्रों में बर्फ़ जमने से बर्फ़ से ढँके ये दर्रे पूरी तरह से बन्द हो जाते थे। हम लोग फिर से ग़ज़नी होते हुए पंजाब के इलाक़े में पहुँच गये–रास्ते भर कुदरती ख़ूबसूरती निहारते, गाते–बजाते भारी फ़ौज–फट्टे के साथ हम लाहौर आ गये। हम लोग मई 18, 1639 को काबुल पहुँच गये थे और चार महीने वहाँ रहकर ठण्ड से पहले ही सितम्बर में लाहौर लौट आये थे। तब तक हम तो काबुल के इस सूबे का चप्पा–चप्पा घूम चुके थे। लाहौर में हमारा इस्तक़बाल वहाँ के सूबेदार और दीवान ने तो किया ही मगर बादशाह ने सबसे ज़्यादा बात की लाहौर के वाक़ियानवीस से, क्योंकि उसके पास पूरे सूबे की ख़ुफ़िया जानकारी होती थी–यहाँ तक कि सूबेदार और सूबे के दीवान की भी एक–एक हरकत की ख़बर वह दरबार को देता था ताकि बादशाह किसी बात से अनजान न रहें!"

"ख़ैर, हम भी वहीं परदे के पीछे मौजूद थे इसीलिए हमने भी सब जाना; वाक़ियानवीस ने हमारी जागीरों और वहाँ के बारे में सब जानकारी दी। एक जानकारी जो उसने ख़ासतौर से बादशाह और हमको दी वह गुज़रे दौर की मल्लिका–ए–जहाँ के बारे में थी।

उसके मुताबिक़ 'वह तो बिल्कुल हिन्दू औरतों की तरह बेवा की ज़िन्दगी गुज़ारती है; सिर्फ़ सफ़ेद कपड़े ही पहनती हैं; इबादत करना और अपनी बेटी लाड़ली बेगम का ख़्याल रखना इसके अलावा न किसी से मिलना न जुलना–बस अकेले अपने–आप में रहना। जब ख़ाँ जहाँ लोदी ने बग़ावत की थी तब वकील आसफ़ ख़ाँ साहब ने ख़ास तौर से ताकीद की थी कि उन पर गहरी नज़र रखी जाये क्योंकि वह बेगम का बहुत ख़ास रहा है और आप तो जानते ही हैं कि आपके उस बुरे दौर में बेगम साहिबा ने ख़ाँ जहाँ को ही दक्खन का बड़ा सूबेदार बनाया था। इसी तरह जुझार सिंह की बग़ावत के दौरान में जो शक था वह ग़लत साबित हुआ। बेगम ने इन दोनों के ख़तों का कोई जवाब नहीं दिया बल्कि हमारी जानकारी में तो उनके दूतों से मिलने से यह कहते हुए साफ़ इंकार कर दिया था कि हमारा सियासी दौर ख़त्म हुआ–हम अपने इस दौर को इबादत और पढ़ने–लिखने में निहायत सुकून से बिताना चाहते हैं। हमारा मक़सद मुग़ल हुकूमत को बेवजह झंझट में फँसाना नहीं है।' हमारे वालिद साहब ने उस झीने परदे के पीछे हमारी ओर देखा और हमने मल्लिका नूरजहाँ, बादशाह और मुग़ल तख़्त के लिए दुआ पढ़ी।"

"हम लोग लाहौर आकर बिना नागा सबसे पहले बादशाह जहाँगीर के मक़बरे पर जाते थे–मुग़ल बादशाहों की एक बात बहुत ही अलग और ख़ास है कि वे अपनी विरासत को ख़ूब सँभालते हैं। भले ही अपने वालिद के जीते–जी उनकी मुख़ालफ़त की हो और खुली बग़ावत भी, मगर उनके गुज़रने के बाद न केवल उनके मक़बरे बनवाते हैं बल्कि उनकी पूरी देखभाल करते हैं। वे बिना नागा उन मक़बरों पे बिल्कुल ज़ियारत करने के ढंग से जाते हैं। वे वहाँ पर फ़ातिहा पढ़ने, इबादत करने और उसकी पूरे रखरखाव की बेहतरीन ज़िम्मेदारी निभाते हैं! इसीलिए हम लोगों ने लाहौर पहुँचने के बाद उसी शाम शाहदरा बाग़ जाकर बादशाह जहाँगीर की मज़ार पर पूरी शिद्दत से इबादत की और काफ़ी समय बिताया। हमने अपने वालिद से कहा, 'न जाने क्यूँ पूरे समय लगता रहा है कि कोई हमें देख रहा है।' बादशाह ने मुस्कुराकर जवाब दिया, 'बेटा, हमारे वालिद साहब की रूह का एहसास हुआ होगा तुमको, क्योंकि तुम सूफ़ी हो और फ़क़ीरों जैसा कितनी पाक–साफ़ ज़िन्दगी जीती हो तो यह एहसास मुमकिन ही है। ऐसी ज़िन्दा रूहों को गुज़रे हुए इंसानों की रूह अपना एहसास कराती ही हैं।' ख़ैर, हम लोग बाहर निकलने को घूमे भर थे कि

वाक़ियानवीस ने ख़ुद बताया कि मल्लिका नूरजहाँ भी हर शाम आती हैं और एक तरफ़ रुककर आप लोगों के जाने का इन्तज़ार कर रही हैं। अब हमारी समझ में वो राज़ आया कि कोई रूह नहीं बेगम लगातार हमें देख रही थीं।"

"बादशाह की अपनी बन्दिशें होती हैं, सियासी चालें होती हैं, वैसे होती तो मल्लिका–ए–जहाँ की भी हैं लेकिन हमने मल्लिका–ए–जहाँ का सियासी ठप्पा हटाकर उसे इंसानी और सूफ़ी जामा पहनाने की ही कोशिश की थी, इसीलिए बादशाह से इजाज़त लेकर हम ख़ुद बेगम की ख़िदमत में हाज़िर होने गये। हमारे मन में उनके ख़िलाफ़ अपने वालिद की बग़ावत और माफ़ी माँगने के बाद भी दारा और औरंगज़ेब को ज़मानत के तौर पर मँगवाने पर गुस्सा था; हमारा गुस्सा इस बात पर और बढ़ गया था कि अगर ज़मानत के तौर पर शाहजहाँ के बच्चों की ज़रूरत थी तो इन दोनों को हाज़िर करने की ज़रूरत क्या थी जबकि हमारा एक भाई शुजा तो उन्हीं के पास था, माफ़ी के बाद नासिक और जुन्नार के दौर में ख़ासा गुस्सा था और हम वाक़ई उन्हें नागिन मानते और कहते थे। मगर अब बड़े होने के साथ–साथ सियासी अक्ल और दरबार के हालात और मुल्क की हक़ीक़त जानने के बाद धीरे–धीरे हम उनको एक अलग नज़रिये से देखने–समझने लगे थे। और, आज जब वाक़ियानवीस के मुँह से ख़ुद उनकी सादगी वग़ैरह के बारे में सुना तब ज़ाहिर ही है उनके प्रति हमारा सारा गुस्सा रफ़ूचक्कर हो गया बल्कि उलटे हमारी नज़र में उनकी इज़्ज़त बढ़ गयी। इसीलिए इज़्ज़त देने के लिए हम वहाँ तक गये जहाँ बेगम हम लोगों के जाने के इन्तज़ार में रुकी हुई थीं।"

"हमने हिन्दुओं के धार्मिक ग्रन्थों, ख़ासतौर से उपनिषदों में पढ़ा है पीर या गुरु और मुरीद या शिष्य के बीच मौन संवाद होते थे वैसे ही हम दोनों–पुरानी और नयी 'मल्लिका–ए–जहाँ' के बीच भी ख़ामोशी में ही मिलन हुआ। हमने सर झुकाकर सलाम किया और उन्होंने सर पकड़कर चूम लिया और वाक़ई दुआ दी। हम दोनों की आँखें गीली थीं–जब दो इंसानों के बीच दिलों के बहुत फ़ासले हो जाते हैं और दोनों के बीच फिर भी बहुत कुछ कहना हो और कहा कुछ भी न जाये तब निगाहें सब बयाँ कर देती हैं। आज मुझे वे मुझे किसी सूफ़ी सन्त की शिष्या–सी ही लगीं, और यही हमने लौटकर बादशाह से भी कहा और उनकी

आमदनी बढ़ाने की भी सिफ़ारिश की क्योंकि, हम तो लाहौर आने पर ही शाहदरा बाग़ जाते थे, वे तो हर रोज़ वहाँ शमा जलाने आती हैं; ग़रीबों को खाना खिलाती हैं और अपनी तरफ़ से अपने मरहूम बादशाह के मक़बरे के लिए भी कुछ–न–कुछ ख़र्च करती ही रहती हैं। यह सब हाल हमने पता कर लिया था। हमने जब नाना से ज़िक्र किया तब वे भी बोले कि हमसे भी वो बोलीं तो कभी नहीं मगर हमने वैसे ही सलाम किया जैसे मुग़ल हुकूमत का एक वकील अपनी मल्लिका–ए–जहाँ को करता है। मगर हर बार उन्होंने जवाब तस्लीम से ही दिया, जबकि क्या कहें मल्लिका रहते कभी नहीं सोचा कि हम बड़े भाई हैं और कोर्निश के लिए कभी मना नहीं किया। ख़ैर, जाने दो 'बीती ताहि बिसार दे आगे की सुध ले'।"

"दूसरे रोज़ हम मियाँ मीर जी की दरगाह में हाज़िरी लगाने और मुल्ला शाह बदख़्शी से मिलने की नीयत से दरबार हज़रात मियाँ मीर गये। यह मक़बरा और बाक़ी की इमारतें लगभग तैयार हो चुकी थीं। इन इमारतों के लिए हमने और शहज़ादे दारा ने दिल खोलकर ख़र्च किया था। हम बराबर यहाँ की ख़बर लेते रहते और जो भी ज़रूरत हो अपने तईं पूरी करने की कोशिश करते थे। मुल्ला शाह बदख़्शी जितने पढ़े–लिखे और ज़हीन थे उतने ही सादे इंसान और ख़ुदा के नेक बन्दे थे। दारा तो उनका शागिर्द हो ही गया था और हमने भी अब फ़ैसला कर ही लिया था कि चिश्ती सिलसिले में कोई ऐसा ज़िन्दा पीर नहीं है तो बेहतर यही है कि जो ज़िन्दा पीर है उसी के हम भी मुरीद बन जायें। इसीलिए हम ख़ासतौर से आये थे और बादशाह के साथ ताकि मुल्ला शाह को यह न लगे कि मल्लिका का अपना अकेले का ही फ़ैसला है। बल्कि उनको एहसास हो जाये कि हमारे वालिद और बादशाह सलामत की भी इसमें रज़ामन्दी शामिल है।"

"सूफ़ी सन्तों के साथ ही बाक़ी सन्तों के लिए भी यह सच है कि वे सिर्फ़ सुपात्रों या नेक बन्दों को ही चेला बनाते हैं और बमुश्किल ख़िलाफ़त देते हैं–चाहें शेख़ निज़ामुद्दीन औलिया और अमीर–ख़ुसरो का क़िस्सा याद कीजिए–औलिया साहब ने खुसरो को ख़िलाफ़त नहीं दी तो नहीं ही दी। और रामानन्द–कबीर का क़िस्सा–कैसे वे सीढ़ियों पर लेट गये और गुरु रामानंद का पैर जब अनजाने में कबीर पर पड़ा तब वे अपने मक़सद में कामयाब हुए, मगर हर कोई कबीर हो कहाँ सकता है।

बस इसी वजह से मुल्ला शाह बदख़्शी ने तब भी लाख कोशिश की और न जाने कितने सवाल कर डाले लेकिन सब के सही जवाब पाकर और सूफ़ी राह के सभी क़दमों के साथ–साथ सूफ़ी साहित्य की हमारी जानकारी से हतप्रभ हुए। हमने उन्हें केवल 'सालिक' या 'तालिब' के लिए इश्क़ की राह पर चलते हुए इश्क़–ए–ख़ुदा के तसव्वुर के अलग–अलग अहवालों और 'उबूदियत', 'शरीयत', 'तरीक़त', 'मारिफ़त', 'हक़ीक़त', 'फ़ना' और 'बक़ा' जैसे मुक़ामात (चरणों) के बारे में तफ़सील से समझाते हुए बता डाला। इतना ही नहीं, ग़ज़ाली और राबिया के बीच जो फ़र्क़ हैं और उनको कैसे फ़ारसी के शायरों ने पेश किया है–ये सब सुनकर उनके सारे चेले वाह, वाह। कर उठे और बोले ये ख़ामख़्वाह मुरीद होना चाह रही हैं–ये तो ख़ुद पीर होने लायक हैं। इस तरह हमारे पक्के इरादे और इतने ज्ञान के चलते उन्होंने हामी भरी और हम क़ादिरी सिलसिले में शामिल हो गये। उन्हीं की बदौलत हम बीवी जमाल खातून से मिले जो मरहूम हज़रत मियाँ साहब की सगी बहन और ख़ुद भी सूफ़ी सन्त थीं। इस मायने में लाहौर का यह मुक़ाम हमारी ज़िन्दगी में एक मील का पत्थर साबित हुआ।"

"लाहौर में भी हमने सितम्बर से जनवरी 1640 तक मुक़ाम किया और ठण्ड का मौसम यहाँ बिताया ताकि उसके बाद कश्मीर फिर से जा सकें। अबकी बार मियाँ मीर साहब के क़ादिरी सिलसिले के सूफ़ी की शक्ल में हम लाहौर में थे और चूँकि हमारे पास काफ़ी ख़ाली समय था इसलिए हमने अपने रोज़नामचे में लाहौर की पुरानी तारीख़ दर्ज करने का फ़ैसला किया। इस शहर के लिए यह माना जाता है कि अयोध्या के राजा राम जिन्हें हिन्दू भगवान मानते हैं–के जुड़वाँ बच्चों में से लव ने यह शहर बसाया था। तारीख़ों के हमारे इल्म से या मेरे अपने हिसाब से राम का समय ईसा से कोई चौदह सौ बरस पहले का था। यह शहर रावी दरिया के दक्षिण में बसाया गया था। कभी–कभी बाढ़ का पानी इस शहर को तबाह करता रहा था। यह पाँच दरियाओं का देश है इसीलिए इसका नाम पंजाब है। ये पाँच दरिया हैं–सिन्धु, झेलम, चिनाब, सतलज और रावी–इनका संगम मुल्तान के कुछ नीचे होता है और कराची में ये अरब सागर में समा जाते हैं। इनमें से रावी दरिया सबसे छोटा है। इसे हिन्दू शास्त्रों के 'ऐरावत' से जोड़ा जाता है; जबकि यूनानी इसे 'हाइड्राओट्स' और अलबेरुनी इसे 'इरावा' लिखता है।"

"अब की बार मियाँ मीर साहब के क़ादिरी सिलसिले के सूफ़ी की शक्ल में कश्मीर में हमारा इस्तक़बाल वहाँ के सूबेदार ज़फ़र ख़ाँ ने किया। कश्मीर में बादशाह को सारे इन्तज़ामात देखने थे और कुछ नये लोगों को यहाँ तैनात करना था और पुराने तजुर्बे वालों को काबुल रवाना करना था ताकि वे ईरान के शाह की उन कोशिशों को नाकाम करने में जुटें कि वह कन्धार मुग़लों से वापस न छीन पाये। हमको बादशाह के साथ हर जगह जाने की मजबूरी थी, क्योंकि हम मल्लिका–ए–जहाँ होने के नाते उनके 'हरम' की ज़िम्मेदारी लिए थे दूसरे अब तक शाही मुहर भी हमारे पास आ गयी थी। नाना आसफ़ ख़ाँ ने यह ज़िम्मेदारी हमको सौंप दी थी। चूँकि बादशाह को हर वक़्त कोई–न–कोई फ़रमान, निशान, सनद, हुक्मनामा वग़ैरह भेजने पड़ते थे और सब पर शाही मुहर लगती थी। इसीलिए मुहरदार को बादशाह के आस–पास ही रहना पड़ता था। मुग़ल बादशाहों ने ज़्यादातर मुहर को अपने 'हरम' में ही रखना पसन्द किया। एक तो वे दिन में खाना खाने और कुछ देर आराम करने 'हरम' में जाते ही थे। दूसरे, कोई भी फ़ैसला सोच–समझकर लिया है कि नहीं उस पर मुहर लगने से पहले दुबारा–तिबारा सोचने और सलाह करने का मौक़ा भी मिल जाता था।"

"कश्मीर में इस बार हम लोग बहुत महीने रुके और नवम्बर में ही वापस लाहौर के लिए रवाना हुए थे। हमने कश्मीर की सूफ़ी परम्परा से जुड़ी सभी जगहों को देखा और जगह–जगह मस्जिद, सराय, मदरसे और तीन मकतब बनवाये–सभी जगह बादशाह भी साथ थे और उन्होंने भी दिल खोलकर इन जगहों के लिए रुपये और माफ़ी की ज़मीनें दीं। इस बार हम लोगों ने वहाँ की मशहूर झीलों में शिकारों पर बहुत वक़्त गुज़ारा, शामें उसी पर रोशनी करके गीत–संगीत के साथ गुज़रती थीं। एक रोज़ बहुत सकुचाते हुए फ़िदा ने हमसे ऐसे अर्ज़ किया जैसे वह कोई क़सूर कर रही हो कि हम उसकी अमानत में से उसको पन्द्रह–बीस अशर्फ़ियाँ दे दें। ख़ैर, उसकी अमानत तो थी लेकिन हमारा फ़िदा से अपनापन था तो हम बिना पूछे रह नहीं पाये कि उसको यहाँ पर ख़र्च करने की क्या ज़रूरत आ पड़ी? उसने जो बताया तो हम उस पर और फ़िदा हो गये! उसने कहा कि उसके मोहल्ले में एक फ़क़ीर रहता है जो उसको बेटी की तरह दुलार करता था और दुआएँ देता था जिसकी वजह से आपने एक बार में हमको अपनी ख़िदमत में लेकर हमारी ज़िन्दगी सुधार दी।"

"वो आगे कहने लगी कि जो कुछ हुआ उसमें मेरी नानी की बहन के साथ इस फ़क़ीर की दुआओं का बहुत हाथ है, हम चाहते हैं कि उन फ़क़ीर साहब को ये पैसे दे दें—उनके काम आ जायेंगे। हमने उसे फ़ौरन ही पच्चीस अशर्फ़ी एक बढ़िया—सी कश्मीरी रेशम की पोटली में दीं। इस पोटली को बाँधने वाले धागे सोने के थे हमने यही कहा कि इतना नेक काम कर रही हो, पच्चीस अशर्फ़ी उनको देना और पच्चीस अशर्फ़ी हमारे सामान में से अपनी रेशम की पोटली निकालकर उसमें रख आओ, हम भी तुम्हारे नेक काम के लिए तुम्हें इनाम देकर कुछ सवाब कमा लें। हमारी बातों और इस काम से वो इतनी बेचारी इतनी जज़्बाती हो गयी कि नम आँखों से मेरी तरफ़ देखा और बाँहों में लिपटकर ख़ूब देर सुबकती रही। हमने भी उसके अश्कों को बह जाने दिया और जब उसे सुकून मिल गया तब ही उसके गाल थपथपाकर उसके साथ जाने के लिए दिलदार से कहा कि वह दो—एक हथियारबन्द सैनिक और दो—एक ख़्वाजा को हुक्म दे दें। दिलदार ने ख़ुद भी जाने की इजाज़त माँगी। हमने फ़ौरन दे दी।"

"दिलदार ने ही लौटकर बताया कि इसको पूछने वाले बहुत से लोग इकट्ठे हो गये और इसकी तारीफ़ करते रहे कि ख़ुदा की नेक बन्दी थी इसीलिए साहिबा जैसी सूफ़ी मल्लिका की ख़िदमत में रहने का मौक़ा पायी है। 'वैसे हमको यह भी लगा साहिबा कि वह जानबूझकर अपनी फूफी के यहाँ आपके भेजे इस छोटे से लेकिन शाही लश्कर के साथ दिखाने गयी थी कि जिसका कोई नहीं उसका ख़ुदा होता है। बिना ग़ुरूर दिखाये वो अपने सब रिश्तेदारों और जान—पहचान वालों से बड़े ख़ुलूस और मोहब्बत से मिली।' फ़िदा तो इसके बाद अपनी रौ में आ गयी और एक दिन हमसे बोली कि मल्लिका, आप तो इतना पढ़तीं और जानती हैं कि आपको पता होगा कि यहाँ पहले शैव और बौद्ध भी बहुत थे अगर आप इजाज़त दें तो हम आपको कुछ जगहें दिखायें? हम तो जुन्नार की गुफ़ाओं में वालिद साहब को लिए चले गये थे इसीलिए उनसे अर्ज़ किया लेकिन वे वाक़ई मसरूफ़ थे और हमारा इन्तज़ाम सब था ही। बादशाह ने फ़ौरन द्वितीय बख़्शी को हुक्म दिया और दस दिन हम लोग शैव मन्दिरों और बौद्ध विहारों को देखते उनकी इमारतों के बारे में सब जानकारियाँ दर्ज करते गये। इस मायने में यह कश्मीर का लगभग दस महीने का मुक़ाम हमारे लिए बहुत फ़ायदेमन्द साबित हुआ।"

"नवम्बर में हम लोग वापस लाहौर में थे जहाँ हम कन्धार की वजह से दो साल तक रहे। दरबार हज़रत मियाँ मीर और मुल्ला शाह बदख़्शी के पास अगर रोज़ नहीं तो अक्सर ही पहुँच जाते थे। इसी दौर में दरबार पूरी तरह से बनकर तैयार हो चुका था और हमारे और दारा के पीर मुल्ला शाह हमारे कश्मीर से वापस लौटने का इन्तज़ार कर रहे थे कि हम लोगों की मौजूदगी में ही उसकी शुरुआत कर सकें। दारा ने तो मियाँ साहब के इन्तक़ाल पर ही उनकी मज़ार पर बड़ा और ख़ूबसूरत–सा मक़बरा बनवाने का फ़ैसला किया था। वहाँ पर हो रहा सारा काम खुद शहज़ादे की देख–रेख में शुरू भी चुका था ताकि उसको, मस्जिद और ख़ानक़ाह को मिलाकर ज़ियारत की एक बहुत बढ़िया जगह तामीर हो जाये। इसीलिए सिविस्तान से उनके चचेरे भाई मुहम्मद शरीफ़ को बुलाकर पहले ही वहाँ के इन्तज़ामकर्ता की हैसियत से तैनात कर दिया था। अब बादशाह की मौजूदगी में हम लोग इस जलसे में शरीक हुए। हम दोनों भाई–बहन को तसल्ली थी कि हमने अपने असली पीर के वास्ते कुछ किया, वहीं बादशाह ख़ुश थे क्योंकि उन्होंने तो मियाँ जी से कई मर्तबा लम्बी बातचीत की थी और सूफ़ी ज्ञान पाया था।"

"यह लाहौर शहर से तीन मील पूरब की तरफ़ बनाया गया है। एक बड़े बाग़ के बीचों–बीच मियाँ जी की मज़ार है उसके चारों तरफ़ दारा ने ईंटों से पक्का चौक बनवा दिया है और यह बाग़ चारों ओर ऊँची–ऊँची दीवारों से घिरा हुआ है। इन दीवारों के भीतरी हिस्से–ख़ासतौर से दक्षिणी और पूर्वी भागों में दरवेशों और शेख़ साहब के चेलों के कमरे और कोठरियाँ बनवाई गयी हैं। मियाँ साहब की मज़ार संगमरमर की उठी हुई चौकी पर चौकोर संगमरमर से ही बनी है और उसमें ख़ूबसूरत रंगीन बेल–बूटों के साथ कुरान शरीफ़ की आयतें भी इतने ढंग से ख़ुदी हुई हैं और वैसी ही संगमरमर की बारीक काम वाली जालियाँ क़ब्र के चारों तरफ़ लगायी हैं जो उसकी ख़ूबसूरती को और बढ़ा रही हैं। हमने लाहौर क्या पूरे पंजाब में किसी सन्त का ऐसा असर आम जन पर नहीं देखा जैसा कि मियाँ मीर का था। जब सिखों ने अपने बड़े गुरुद्वारे हरमन्दिर साहब को बनवाना शुरू किया तब उसकी पहली ईंट शेख़ मियाँ मीर से रखवायी थी। मियाँ मीर के इस दरबार में हमने हिन्दू, मुस्लिम, सन्तों, दरवेशों, फ़क़ीरों, बैरागियों सभी को सर नवाते देखा है। लोग न जाने कौन–कौन सी मन्नतें माँगने आते हैं और पूरी हो जाने पर ज़ियारत के लिए आते हैं।"

"जब इस बार हमने लाहौर में दो साल गुज़ारे तो इस बार भी हम हमेशा की तरह शाहदरा तो हर जुम्मे को बादशाह के साथ बादशाह जहाँगीर के मक़बरे पर गये लेकिन इस बार एक और जगह गये और वो था अनारकली का मक़बरा, जो बादशाह जहाँगीर ने अपने बादशाह होने के बाद बनवाया था। यहाँ हम अपने रोज़नामचे में कुछ अजीबोग़रीब लेकिन सच्ची बात दर्ज कर जाना चाहते हैं, क्योंकि भरोसा नहीं कि हम अपनी चाहत के हिसाब से गुलबदन बेगम की तरह कोई तारीख़ी किताब लिख भी पायेंगे। फ़िरंगी लोगों ने अब तक जो बयान दर्ज किये हैं और जो यहाँ के लोगों की याददाश्त के चलते ज़ुबान पर अभी भी हैं—वह है अनारकली की जज़्बाती मगर सच्ची कहानी। लाहौर को हम एक तरह से मुग़लों की दूसरी राजधानी भी मान सकते हैं। यह शहर कई देशों के आने—जाने के लिए हिन्दुस्तान का दरवाज़ा है और यहाँ क़िस्सागोई की एक लम्बी और मज़बूत परम्परा है। इसीलिए हमने कई क़िस्सागोई को शाम के वक़्त बुलाकर उस बेहतरीन—सी तहज़ीब का मुजायरा किया और समझा। क़िस्सागोई भी मुँहज़ुबानी इतिहास या तारीख़ ही है। हिन्दुस्तान में तो हिन्दुओं के वेद और पुराण सब यूँ ही याददाश्त के सहारे चलते रहे बहुत बाद में इनको लिखा गया है।"

"हम फ़िरंगियों के बयानों, लोगों की याददाश्त से सुनी बातों और क़िस्सागोई से कुछ तारीख़ी सच समझ चुके हैं। जिस नतीजे पर हम पहुँचे हैं उसके मुताबिक़ अनारकली बादशाह अकबर के 'हरम' की एक बाँदी थी जिससे बादशाह ने 'मुताह' (शादी) कर लिया था, उससे बादशाह को एक बेटा दानिशमन्द या दानियाल था—उसकी वजह से ही उसकी माँ अनारकली को 'शाही हरम' में 'मुताह' ब्याह वाली बीवी का इख़्तियार मिल गया था। लेकिन बादशाह ने उसके बाद शायद उसके लालची बर्ताव या किसी भी वजह से नाराज़गी के चलते उससे पूरी तरह से किनारा कर लिया था। वैसे भी मुग़ल बादशाह कई सियासी और कूटनीतिक वजहों से भी शादियाँ करते थे—प्राचीन समय से ही इस तरह की शादियाँ कूटनीतिक वजहों से होती रही हैं। इन शादियों के चलते 'शाही हरम' में भीड़भाड़ भी हो जाती थी और बादशाह अपनी ख़ास बेगम के अलावा बाक़ियों से बहुत कम वास्ता रख पाते थे। शायद बादशाह उसके बेटे को तो शहज़ादा मानता था और उसे समय नहीं देता रहा होगा। बादशाह की बेरुख़ी और अपनी चंचलता और ज़िन्दगी जीने के खुले ढंग के चलते

कभी किसी जश्न में मदिरा के सुरूर में उसकी और हमारे निहायत शौक़ीन दादा बादशाह जहाँगीर की नज़रें चार हो गयी थीं। और जब बादशाह को दक्खन में मसरूफ़ पाकर वे आगरा क़ब्ज़ा करने के लिए चले तब उनके और अनारकली के बीच वो हो ही गया जो इंसानियत के रिश्तों को बेहद शर्मशार करने वाला था!"

"शाहजादे सलीम ने जब–जब बग़ावत की तब–तब उसकी दादी मरियम मकानी या हमीदा बानो ने उसे अकबर के गुस्से से बचाया मगर इस हादसे के बाद वे ख़ुद अपने पोते से इतना नाराज़ हुईं कि उन्होंने सलीम के ख़त तक को फाड़कर उसी को पकड़ा दिया था जो उसे लेकर आया था–यही उनका जवाब था। उनके जाने के बाद सलीम को समझाने का ज़िम्मा सलीमा बेगम ने निभाया। दूसरी ओर शहज़ादे सलीम और अबुल फ़ज़ल के बीच दुश्मनी की वजह भी यही एक घटना बनी–अबुल फ़ज़ल के पास ही इसकी ख़बर थी और उसी की हिम्मत थी कि बादशाह को उसने सब बता दिया वरना अकबर के सामने ऐसी बात कहने की भी हिमाक़त कोई कर नहीं सकता था। अधम ख़ाँ को जिस तरह से बादशाह ने ख़ुद मौत के घाट उतारा था उसके बाद से उसके गुस्से से सब डरे रहते थे। इसीलिए सिर्फ़ अबुल फ़ज़ल बता सकता था और उसी ने यह शर्मशार करने वाला राज खोला था। इसीलिए जब उसे बादशाह ने दक्खन से बुला भेजा कि सलीम की जगह क्या वह ख़ुसरो को वली–अहद बना दें–तभी वीरसिंह देव बुन्देला से शहज़ादे सलीम ने उसकी हत्या करवा दी और मुल्क ने इतने पढ़े–लिखे आदमी को सिर्फ़ एक शहज़ादे के रंगीले मिज़ाज और फिर ताज के लिए लालच के चलते हमेशा के लिए खो दिया। और बादशाह ने इस क़सूर के लिए सलीम को कभी भी माफ़ नहीं किया।"

"उधर अनारकली के बेटे, दानिशमन्द को जब माँ की बेशर्मी की ख़बर मिली तो उसने माँ से तो अपने सम्बन्ध तोड़े ही, ख़ुद को शराब में डुबो दिया जबकि बादशाह ने सलीम की तरह उसे भी सूबेदार बना रखा था। इसी नशाखोरी का वह शिकार भी हुआ या यूँ भी कह सकते हैं उसको जीने से अब कोई लगाव नहीं रहा था और वह मरना ही चाहता था। जैसा हम पहले भी बयाँ कर चुके हैं मुग़ल इन्तज़ामात में छोटी–छोटी ख़बर इकट्ठी की जाती थी और वाक़ियानवीस और दरोगा–ए–डाक चौकी के ज़रिये बादशाह तक पहुँचती थी, इतने सारे आम ख़बरची हर जगह

तैनात रहते थे, इतने ख़्वाजा और फ़ौजी दस्ते के सिपाही सबकी हिफ़ाज़त के लिए तो ख़बर तो इतने मुँह से आग की तरह फैल ही जाती थी। इसलिए अबुल फ़ज़ल को अकेले इसका गुनहगार मानकर शहज़ादे सलीम ने एक बेहतरीन आलिम और अदीब की हत्या ही करवायी थी।"

"जब सलीम बादशाह जहाँगीर हो गये तब उन्होंने ही अपने इस गुनहगार साथी वीरसिंह देव बुन्देला को बड़ा मंसबदार ही नहीं बनाया और ओहदे दिये बल्कि इसी के बेटे जुझार ने हमारे वालिद और बादशाह के ख़िलाफ़ बेवजह बग़ावत की थी। वे सिर्फ़ बादशाह जहाँगीर के समय में उनकी दया का बेजा फ़ायदा उठाने और बेइन्तिहा दौलत इकट्ठा करने की जाँच करवाने के लिए सोच रहे थे। इतना ही नहीं, बादशाह होने पर जहाँगीर साहब ने अपनी इस नाजायज़ रिश्ते वाली मोहतरमा के लिए लाहौर में मक़बरा भी बनवाया, जो आज भी अनारकली का मक़बरा कहलाता है। उसकी मज़ार भी चार–बाग़ शैली वाले इस बाग़ के बीचों–बीच बनवायी। इतना ही नहीं उस जगह एक मस्जिद और एक सराय भी बनवायी–वहाँ इसी वजह से एक अच्छा–ख़ासा बाज़ार और फ़ौजी छावनी भी बन गयी है। अब तो यह इसी नाम के मोहल्ले में तब्दील–सा हो गया है। सलीम–अनारकली के क़िस्से के चलते सुना है इस रोजे पर मुहब्बत करने वालों और कमसिनों की भीड़ हो जाती है और वे मन्नतें माँगते हैं और पूरी हो जाने के बाद फिर ज़ियारत का सिलसिला।"

"यहाँ भी एतमादुद्दौला के मक़बरे की तरह संगमरमर की ही इमारत तामीर करवाई गयी है। रोशनी के लिए काफ़ी ऊपर रोशनदान बने हुए हैं जिनसे हवा भी आती है। इसके चारों तरफ़ एक संगमरमर का ही बन्द वरांडा है इसके चलते यह जगह ठण्डी रहती है। यहाँ आकर ही उसके असली नाम का भी पता चला। उसका नाम 'शर्फ़–उन–निसा' था और जब बादशाह के बेटे दानिशमन्द या दानियल को जन्म दिया तब वह 'शाही हरम' में शरीक होकर 'नादिरा बेगम' कहलाने लगी थी। हमने इस बार लगभग दो साल के मुक़ाम में हर जुम्मे के जुम्मे अगर बादशाह जहाँगीर की मज़ार पर इबादत की और शमा जलायी तो बिला–नागा हमने यही काम अनारकली की मज़ार पर भी किया, भले बादशाह ने अपने ख़ानदान के रिवाज़ के चलते वहाँ जाने से इंकार किया मगर हमको कभी मना नहीं किया। हमारा अपना यह मानना है कि इंसानी ज़रूरतें–

दोनों तरह की होती हैं, जिस्मानी भी और रूहानी भी। सन्त मुल्ला शाह बदख़्शी के इतने पास रहकर और सूफ़ी असर के चलते हम इतना जानते और मानते थे कि क़यामत के रोज़ ख़ुदा ही फ़ैसला करेंगे—हम इंसान कौन होते हैं किसी दूसरे को क़ातिल या गुनहगार साबित करने वाले या कहने वाले? इस बात ने मेरा नज़रिया बिल्कुल ही साफ़ कर दिया और इसी वजह से हमने कभी किसी को नहीं आँका और इस बिना पर कभी किसी ने हमसे कोई शिकवा नहीं रखा।"

"बादशाह जहाँगीर, मल्लिका नूरजहाँ और हमारे नाना आसफ़ ख़ाँ या उनके भी वालिद गियास बेग, महाबत खाँव ग़ैरह को लाहौर से बेहद लगाव और मुहब्बत थी। नाना आसफ़ ख़ाँ और उनकी बहन मल्लिका नूरजहाँ दोनों तो आज भी अपने इस लगाव के चलते लाहौर में ही हैं। अगर हम इतना नहीं पढ़ते और उसमें भी तारीख़ी और ग़ैर—तारीख़ी यानी सभी तरह की किताबें तो हम शायद इसकी असली वजह समझ ही नहीं पाते—हिन्दुस्तान में जब तुर्की सुल्तनत की बुनियाद पड़ी तभी बिल्कुल शुरू में, हसन निज़ामी मग़रिब से लाहौर पहुँचा और कुतुबुद्दीन ऐबक की राजधानी यही लाहौर थी। उसके इल्म, फ़न और हुनर के हिसाब से ऐबक ने उसको अपने मालिक मुईजुद्दीन मुहम्मद गौरी की फ़ौजी कामयाबी की दास्ताँ लिखने का काम दिया लेकिन वह एकदम से चौगान खेलते हुए घोड़े से गिरा और उसकी मौत हो गयी। अगले सुल्तान इल्तुतमिश ने अपनी राजधानी दिल्ली बनायी लेकिन निज़ामी को काम पूरा करने के लिए ज़रूरी इमदाद वग़ैरह बदस्तूर जारी ही नहीं रखी, बढ़ा भी दी।"

"इमदाद बढ़ जाने और नये सुल्तान के बेहद सधे हुए नज़रिये के बावजूद हसन निज़ामी अपनी 'ताजुल मासिर' में अपना दुख कुछ यूँ बयाँ करता है कि—'लाहौर से दिल्ली आना हमें क़तई अच्छा नहीं लगा बावजूद इसके कि सुल्तान बहुत भला और दयावान है, क्योंकि हम अपने वतन से बहुत दूर हो गये, लाहौर में तब भी लगता था कि सबा के साथ वतन की ख़ुशबू भी आती है—हम जब चाहेंगे तो वहाँ चले जायेंगे फिर आने—जाने वाले बराबर वहाँ की ख़बर देते ही रहते थे चाहें फिर वे ज़ियारत के लिए आ—जा रहे हों या तिजारत या व्यापार के लिए!' तो असली वजह अब समझ आयी, मुग़लिया हुकूमत में उमरा या अमीर वर्ग में जो लोग मध्य—एशियाई मुल्कों से आये, वे सुन्नी मुस्लमान 'तूरानी' कहलाये क्योंकि वो इलाक़ा तूरान कहलाता था और इसी तरह, ज़ाहिर ही है, ईरान से

आये लोग 'ईरानी' कहलाये और ये शिया थे। मगर दोनों को लाहौर पसन्द था क्योंकि यहीं से वे आसानी से अपने–अपने मुल्कों और जड़ों तक लौट सकते थे। इसीलिए हसन निज़ामी से जो दिलो–दिमाग़ की हालत बनी वह बहुत समय तक चलती ही रही क्योंकि लोग आते ही रहे थे और हिन्दुस्तान में यूँ इंसानी कारवाँ बनता ही रहा था। हमारे नाना आसफ़ ख़ाँ और उनके वालिद गियास बेग तो दोनों ही ईरान से आये थे और बादशाह अकबर के समय में।"

"लाहौर में इतना वक़्त गुज़ारते हुए हमने अपनी दासियों में भी इज़ाफ़ा किया या यूँ कहें हमें करना ही पड़ा। इनमें दो–तीन का ज़िक्र बहुत ज़रूरी है जैसे अफ़साना, सबा, नाज़ वग़ैरह जिन्हें मुग़ल सियासी रिवाज़ के हिसाब से बख़्शी–ए–सागरपेशा ने हमारी ख़िदमत में पेश किया। ज़ाहिर ही है ये तीनों निहायत अदब और शराफ़त से हाज़िर हुईं और हमने उन्हीं की सिफ़ारिश पर इनको शामिल कर लिया। हम तो लाहौर में दो साल रहे और ये एक तरह से अपने घर में थीं और फिर 'मुग़ल हरम' भी एक नये माहौल वाली जगह–इनको गुलचिरा, शकीला और फ़िदा के साथ अलग–अलग जोड़ दिया ताकि ये तीनों उन तीनों से काम सीख लें। ख़्वाजाओं के साथ ये काफ़ी दिन बहुत असहज रहीं फिर धीरे–धीरे ये माहौल में ढलने लगीं। उनको ये बात समझ में आ गयी थी कि हमारी हैसियत क्या है इसीलिए वे हमसे बहुत सहमी–सहमी रहती थीं लिहाज़ा हम उनसे बातें करके उनके बारे में बहुत कुछ जान नहीं पाये। बस इतना ज़रूर पूछ लिया था कि पंजाब छोड़कर आगरा में रहने में कोई दिक़्क़त तो पेश नहीं आएगी? लेकिन जब वे तैयार हो गयीं तो हमने उनको पक्का कर दिया।"

"अब की बार लाहौर के मुक़ाम में एक–दो बातें और हुईं जिनका ज़िक्र कर देना ठीक होगा। मेरे नाना आसफ़ ख़ाँ साहब इधर कुछ ज़्यादा बीमार से रहने लगे थे, जितना मुमकिन हो उनका हर तरीक़े का इलाज हुआ मगर सेहत गिरती ही गयी और नवम्बर 11, 1641 में वे अल्लाह को प्यारे हो गये। हमारे वालिद साहब और हम सब उनके नवासे–नवासियों पर इसका अफ़सोस बहुत समय तक तारी रहा था और समय के साथ ही हम इससे उबर पाये थे। हमें इसलिए ज़्यादा ही अफ़सोस और तकलीफ़ थी कि हमारी जो पहचान और ओहदा मुग़ल सियासत में था उसमें उनका बहुत बड़ा हाथ था। चाहे 'मल्लिका' का ओहदा हो या फिर 'मोहरदार'

होकर अपनी नवासी को अपना हक़ दे देना जिस वजह से हमारी इज़्ज़त और मुक़ाम मुग़लिया हुकूमत में और भी बढ़ गयी थी। हमने जो भी हासिल किया उसमें उनका हाथ और दुआ दोनों ही शामिल रहे। उनको यहीं लाहौर में 'जहाँगीरी सराय' के ज़रा पश्चिम में पूरे अदब और शान के साथ दफ़नाया गया। बादशाह जानते थे कि उनकी बादशाहत में नाना आसफ़ ख़ाँ का कितना हाथ था इसीलिए उन्होंने ख़ुद उनके ताबूत को कन्धा दिया था और उनकी आख़िरी आरामगाह के वास्ते संगमरमर के एक बेहतरीन मक़बरे की शुरुआत करा दी।"

"नाना आसफ़ ख़ाँ साहब के मक़बरे को भी चार-बाग़ के बीचों-बीच बनवाया गया था और अन्दर जाने के लिए इसका ख़ास दरवाज़ा दक्षिण की तरफ़ बनवाया जिसमें बढ़िया चित्रकारी, अरबी में लिखी आयतें और रंगीन खपरों की मदद से उसकी ख़ूबसूरती बहुत बढ़ गयी थी। नाना ने लाहौर में अपने रहने के लिए एक आलीशान महल बीस लाख रुपये की लागत से बनवाया था जो उनके बड़े नवासे दारा शिकोह को दे दिया गया। इसके अलावा भी वे पच्चीस लाख रुपये की मिल्कियत छोड़ गये थे जो मुग़ल नियम के तहत पारगामिता के चलते शाही ख़ज़ाने में चली गयी। उसमें से ही लगभग पाँच लाख रुपये से उनका मक़बरा चार साल में पूरा बनकर तैयार हो पाया बाक़ी बचे रुपयों का जब मुशरिफ़ दफ़्तर में पूरा हिसाब-किताब हो गया और उन पर कोई देनदारी नहीं निकली तो उसमें से आधी दौलत दारा और हमको और बाक़ी आधी बाक़ी के भाई-बहनों में बाँट दी गयी।"

"दूसरी बात जो अलग से दर्ज करने लायक़ हुई वह थी जुलाई, 1642 में शहज़ादे मुराद की शादी। रोहतास में मुराद के पैदा होने में ही हमको काफ़ी मशक़्क़त करनी पड़ी थी और हम रातों-रात काफ़ी बड़े हो गये थे-ज़ाहिर है हमने बड़ी बहन से ज़्यादा एक माँ की तरह ही सारी रस्में अदा की। मुराद बख़्श की शादी भी अमीर शाहनवाज ख़ाँ की दूसरी बेटी के साथ अगस्त 1, 1640 को हुई जिसमें चार लाख रुपये की मेहर-रक़म तय हुई थी। इस शादी में हमने पाँच लाख रुपये ख़र्च किये थे। हमने मुराद की हिनाबन्दी की रस्म को तो इतना यादगार बना दिया था कि सालों-साल लाहौर में इसके क़िस्से चलते रहे और ऐसा शाही जश्न शायद फिर कभी वहाँ नहीं हुआ। एक तो मुराद सारे भाइयों में छोटा था और फिर तड़क-भड़क का बहुत ही शौक़ीन था। वह जानता था कि शादी की पूरी

ज़िम्मेदारी हमारी है तो बीच–बीच में 'मल्लिका' या 'साहिबा' से गुज़ारिश करने आता रहता और अपनी पसन्द बताता रहता। दारा–औरंगज़ेब की शादी में जो भी हमने कह दिया वो होता रहा। उन दोनों शहज़ादों की अपनी कोई ख़ास फ़रमाइश हुई ही नहीं, दारा का निकाह तो माँ के शोक से बादशाह सहित सबको उबारने का एक बहाना और तरीक़ा भी था इसीलिए कुछ ज़्यादा ही शान–शौक़त हो गयी थी और फिर वह बादशाह का बड़ा बेटा और मुग़ल तख़्त का वारिस था। औरंगज़ेब तो वैसे ही सादगी पसन्द और कम बोलने वाला और सीधा–सपाट बोलने वाला इंसान। हमने अगर कुछ जानना भी चाहा तो– 'अरे आपा, आप के रहते हमें सोचने–बोलने की ज़रूरत ही नहीं...हाँ बस उस पाजी क़ाज़ी से निकाह न पढ़वाइयेगा जिसने भाई ज़ियू के निकाह में शराब में धुत होकर पढ़ा था...।' इस सबके दौरान ज़ेब ने हमको कभी ओहदे से नहीं पुकारा और न ही उसने हमसे पेश आने में अदब और इज़्ज़त में कोई कमी ही की।"

VII

"हम लोग लाहौर से आगरा जनवरी, 1643 में वापस आ गये और वही रोज़मर्रा की ज़िन्दगी फिर शुरू हो गयी। रास्ते में हम लोग दिल्ली भी रुके ताकि बादशाह अपने सपने के क़िले–शहर के काम की पूरी जानकारी ले सकें और ख़ुद अपनी पसन्द की इमारतों के काम में ज़रूरी सलाह और हुक्म दे सकें। असल में, 1637 में ही बादशाह ने सबके सामने अपना इरादा साफ़ कर दिया था कि, चूँकि आगरा और लाहौर दोनों उनके सपनों की राजधानी के हिसाब से छोटे पड़ते हैं इसीलिए वह दिल्ली में एक नये शहर के सपने को अमली जामा पहनाना चाहते हैं। एक बात तो सही भी थी कि आगरा तब राजधानी के लिए सही शहर था जब राजपूताना और बुन्देलखण्ड वग़ैरह के राजाओं को दबाना था, अब सारी दिक़्क़त ईरान के शाह के कन्धार पर नज़र गड़ाने की वजह से थी। उसके अलावा बादशाह का एक सपना और था–अपने पुरखों का इलाक़ा, ख़ासतौर से बल्ख–बदख़्शाँ को जीतना। इन दोनों के मद्देनज़र हम लोग दो साल लाहौर रहे थे लेकिन उन्हें लाहौर भी छोटा शहर लगा जहाँ अपने पसन्द के हिसाब से इमारतें बनाने की गुंजाइश कम ही थी।"

"हम लोग लाहौर, फिर काबुल, फिर लाहौर, फिर कश्मीर और फिर लाहौर के बाद अब की बार एक लम्बे अरसे बाद आगरा लौटे थे।

इस बार आगरा लौटने पर ख़ुद को कुछ बहुत अलग–सा महसूस हुआ। हर शहर का अपना मिज़ाज होता है वैसे तो मुग़ल राजधानी का माहौल एक–सा हो जाता है जहाँ बादशाह वहीं राजधानी। हमने तो आगरा के अलावा, काबुल, कश्मीर, अजमेर, माँडू, बुरहानपुर और दौलताबाद में भी मुग़ल राजधानी ही देखी। मालूम नहीं क्यूँ अजमेर शरीफ़ और फ़तेहपुर सीकरी के बाद अब लाहौर ज़्यादा सुकून देने वाला लगता था। सब मज़ाक़ में कहते ही थे कि पहले दो शहर हमारे शुरुआती चिश्ती सन्तों के लगाव की निशानी तो लाहौर हज़रत मियाँ मीर और मुल्ला शाह साहब की वजह से। फिर मेरी माँ भी यहीं आराम फरमा रही हैं इसीलिए आगरा हमें अपनी माँ के पास लौटने जैसा लगता है। इसीलिए हमें बावजूद गर्मी के आगरा आना अच्छा लगता है। यहाँ से मग़रिब में अगर दिल्ली और लाहौर हैं तो पूरब में सबसे पहला सूबा इलाहाबाद का है जो दारा के नाम है। आगरा आकर हमने अपने एक पुराने ख़्वाब को तामीर करने का वक़्त पाया और हम जी–जान से जुट गये अपनी माँ की याद को शायरी, इबादत, कुदरत की मिली–जुली ख़ूबसूरती और सुकून में ढालने के–यानी ताजमहल को तामीर करने के काम में दिलो–दिमाग़ से लग गये, पूरी शिद्दत के साथ। हुकूमत और सियासत के काम तो चलते ही रहे।"

"एक बहुत ख़ास बात जो इस साल हुई वह थी हमारी आमदनी में एक साथ बड़ा इज़ाफ़ा–अक्टूबर (1643) की 29 तारीख़ हमारे लिए वाक़ई में एक तारीख़ी दिन साबित हुआ जब इलाहाबाद में बना हमारा जहाज़ पहली बार समुद्र की लम्बी दूरी तय करने में कामयाब रहा। हमने बहुत पहले ही अबुल फ़ज़ल पढ़ते हुए जाना था कि अकबर बादशाह के समय से ही इलाहाबाद में जहाज़ बनाने का बेहतरीन काम होता है तो हमने भी एक बहुत बड़ा पाल वाला जहाज़ बनाने का ज़िम्मा दारा के ख़ास ख़्वाजा, बाक़ी बेग को दे दिया जो उसकी सूबेदारी का काम इलाहाबाद रहकर देखता था और उसने फ़िरंगियों के जहाज़ों की तर्ज़ पर हमारा जहाज़ बनाकर तैयार करके पेश किया तब दारा ने उसको हमारे सरकारी ओहदे के नाम पे 'साहिबी' नाम दे दिया। यह जमुना के रास्ते इलाहाबाद से आगरा अप्रैल में आ गया था मगर गुजरात पहुँचने और समुद्र में उतरने में इतना समय लग गया क्योंकि उसमें हिफ़ाज़त के लिए कुछ बन्दूक़ और तोप लगाने का काम भी गुजरात के बसीन में हुआ था। हम जिस तरह से दुनियावी बातों से दूर होना चाहकर भी फँसते जा रहे थे

उसे भी हमने अल्लाह की मर्ज़ी माना–इसीलिए पहली मर्तबा 'साहिबी' सीधे मक्का–मदीना गया। उससे न केवल वहाँ ग़रीबों में बाँटने के लिए रुपये–पैसे ही भेजे बल्कि पचास कोणी या दो सौ मन अनाज भी भेजा जिसमें ख़ासतौर से चावल था जिसे आसानी से पकाया जा सकता था। हमारी जितनी आमदनी होने लगी थी उतने खुले हाथ से हम ग़रीबों का ख़्याल रखने लगे–शायद अल्लाहताला इसीलिए हमको दौलत बख़्श रहे थे कि हमसे सवाब के काम करवाना चाहते थे। इसीलिए हमने हर साल ये दो सौ मन अनाज मक्का–मदीने के ग़रीबों और मज़लूमों में बँटवाने को एक तरीक़ा ही बना लिया।"

"अकबर बादशाह के समय से ही 'मुग़ल शाही हरम' की ख़ानमों की दिलचस्पी समुद्र के व्यापार में थी। हमारे बादशाह जहाँगीर की माँ अपने मातहतों की मदद से सूरत और लाल सागर के बीच बराबर व्यापार करती थीं, उनका जहाज़ मोखा तक जाता था उसमें ख़ास चीज़ तो नील थी मगर साथ में कपड़ों, कपास और मसालों की भी खेपें शामिल रहती थीं। उनका जहाज़ 'रहीमी' कहलाता था। पुर्तगालियों ने एक बार उसे क़ब्ज़े में ले लिया था। वहीं से मुग़ल बादशाह और पुर्तगालियों के बीच तनाव पैदा हो गया था। इसी तरह मल्लिका नूरजहाँ के कई जहाज़ थे और वह भी नील के अलावा कपड़ों से बहुत मुनाफ़ा कमाती थीं। चूँकि, उनका यह सारा काम हमारे नाना आसफ़ ख़ाँ साहब ही सँभालते थे इसीलिए हमने भी उनके सहारे और इशारे पर ही यह काम शुरू किया। मगर अफ़सोस सब कुछ उनके सामने हो जाने के बावजूद यह काम उनके जाने के बाद ही शुरू हो पाया। मल्लिका नूरजहाँ ने भी अपने व्यापार के लिए पुर्तगालियों की जगह अंग्रेज़ों से ताल्लुक़ात बनाये और बढ़ाये। हमने तो अंग्रेज़ और हॉलैंडवासियों के साथ ताल्लुक़ात रखकर अपने जहाज़ के अलावा भी किराये के कई जहाज़ों की मदद से नील, कपड़ों, मसालों और पटसन वग़ैरह से बहुत मुनाफ़ा कमाया। इन्हीं जहाज़ों से जो भी हज और उमरा करने के लिए जाना चाहते थे हम उनको भेजने का इन्तज़ाम भी अपनी तरफ़ से करते थे। इन सबके चलते हमको बहुत सवाब के साथ आबे–ज़मज़म और खजूरों की ताज़ा खेप भी मिला करती थी और थोक में दुआएँ! इन दुआओं की वजह से हमारा मुनाफ़ा भी कई गुना हो गया।"

"अगले साल न जाने किसकी नज़र लग गयी कि हम मरते–मरते ही बचे। अपनी ज़िन्दगी के तीस साल पूरे किये ही थे कि हम एक दर्दनाक

हादसे का शिकार हो गये। शायद ये सवाब, ये दुआएँ जो हम बटोर रहे थे उन्हीं ने हमें बचा लिया वरना जिस तरह के हालात थे कोई उम्मीद रह नहीं गयी थी। फिर भी एक साल के इलाज के बाद हम जी उठे। बादशाह, हमारे भाई–बहनों, पूरे 'हरम' के साथ मुल्क और आवाम की दुआओं ने जैसे कोई जादू किया–जो इलाज पहले बेअसर थे वे ही इन दुआओं और प्रार्थनाओं के चलते असरकारी होने लगे और हम पूरी तरह ठीक हो गये। इस पूरे मसले को थोड़ा तफ़सील में समझना पड़ेगा क्योंकि यह एक लम्बी दास्तान है और इसकी न कभी गुत्थियाँ सुलझ सकती हैं, न गिरह खुल सकती हैं–क्योंकि मेरी समझ के यह सब बहुत परे है। इसीलिए आप सबको शुरू से पूरी बातें पेश करना ही बेहतर लग रहा है आप अपने नतीजों पर ख़ुद पहुँचें तो बेहतर होगा।"

"1051 हिजरी सन् के मुहर्रम महीने की 27 तारीख़ या मार्च 26, 1644 को रात में हम बादशाह से मिलकर 'हरम' में लौटे और हमने रोज़नामचा लिखना शुरू किया यानी बस तारीख़ ही डाली थी कि अफ़साना, अदा और नाज़ ज़ोर–ज़ोर से चीख़ने लगीं कि फ़िदा को किसी ने आग लगा दी। हम बदहवास दौड़े और हमेशा की तरह राहत और सुकून के लिए वो बेबस हमसे ही चिपट गयी। देखते–ही–देखते हम दोनों आग के शोलों में घिर गये थे। तब अफ़साना, अदा, नाज़ गुलचिरा ने कम्बल में अलग–अलग हम लोगों को लपेट कर चन्दन का सारा तेल हमारे ऊपर फ़ौरी राहत के लिए उँड़ेल दिया। सवाल यही कि आग कैसे, क्यूँ और किसने लगायी? पहली मर्तबा 'हरम' में ऐसा कुछ घटा था और हम सब बुरी तरह हदस गये थे। ख़ैर, हम तो मौत के मुँह में पहुँच गये।"

"हम उस रोज़ मलमल का गरारा–चोली और उसके ऊपर रेशम की चुन्नी डाले थे इस वजह से आग ने तेज़ी पकड़ी और हमारी खाल जल उठी...इतने में शकीला भी सती ख़ानम को लेकर आ गयी–चूँकि, ख़ानम को चिकित्सा वग़ैरह की बहुत जानकारी थी इसीलिए उन्होंने जलने पर इस्तेमाल किये जाना वाला मशहूर मरहम लगाना शुरू कर दिया जिसकी वजह से फ़ौरन फफोले पड़े और जलन कुछ कम हुई। बाद में वैद्यों, हकीमों, यूनानी के जानकारों ने बताया कि यह काम सही हो गया वरना नुक़सान कहीं ज़्यादा होता। ख़ैर, हमारे 'हरम' में ऐसी जानकार औरतों और दाइयों की भी कमी नहीं थी जो हर बीमारी का इलाज जानती थीं इसीलिए जितना इलाज मुनासिब था फ़ौरन ही शुरू हो गया था–

उसमें न देर हुई और न कोई भी कोताही ही। वैसे हम और फ़िदा ही नहीं जले बल्कि नाज़ और अफ़साना भी हम दोनों को बचाने में काफ़ी जल गयी थीं और उनकी भी हालत नाज़ुक हो गयी थी—नाज़ सात दिन बाद तो अफ़साना बीस दिन बाद दम तोड़ गयीं...जली तो गुलचिरा भी थी मगर वह बहुत हल्का—फुल्का ही जली थी और उस मरहम से ही एक हफ़्ते में ठीक हो गयी।"

"बाद में लोगों से पता चला कि बादशाह भी हल्ला सुनकर 'हरम' की ओर भागे और जहाँआरा को इस हालत में देखकर हदस गये और दुआएँ पढ़ने लगे। उन्होंने उसी समय न केवल हकीम और वैद्य को तलब किया बल्कि फ़िरंगी डॉक्टर, गैब्रियल बाउटन को भी बुला भेजा। इतना ही नहीं उन्होंने सारे शेख़ों, सन्तों को ख़बर भिजवायी कि वे सब बिटिया के ठीक हो जाने के लिए इबादत और पूजा—पाठ करें। मुग़ल बादशाहों की यह ख़ासियत रही है कि वे इन सबको माफ़ी की ज़मीनें देते थे जिनकी आमदनी से ये लोग इल्म और इबादत में मसरूफ़ रह सकते थे। पहले तीन दिनों में बादशाह ने ग़रीबों में सोने की पाँच हज़ार अशर्फ़ियाँ और पाँच हज़ार रुपये बाँट दिये थे ताकि उनकी दुआओं का असर हो और उस सवाब से बेटी को फ़ायदा हो सके। और, हमारे जन्मदिन यानी सफ़र की 21 तारीख़ 1054 हिजरी (अप्रैल 19, 1644) को बादशाह ने फिर पाँच हज़ार अशर्फ़ी और पाँच हज़ार रुपये ग़रीबों और ज़रूरतमन्दों में बाँटे। पूरे महीने भर में तीमारदारी और इलाज के साथ—साथ कुल साठ हज़ार रुपये ग़रीबों में ही बाँट दिये गये थे।"

"एक महीने के बाद भी जब कोई ख़ास फ़ायदा नहीं हुआ तब बादशाह ने एक नियम बना दिया कि हमारे तकिये के नीचे हर रात रुपये रख दिये जाते थे और सुबह ग़रीबों में बाँट दिये जाते थे। इसी के साथ बादशाह ने बहुत से क़ैदियों को रिहा करने के हुक्म भी दिये और कई लोगों की लगभग सात लाख रुपये की बक़ाया राशि माफ़ कर दी। वह ख़ुद अपने सामने हमारे इलाज में दवाई और मरहम—पट्टी करवाने लगे—हमको अपने हाथ से दवाई देते और खाना खिलाते—खिलवाते। इस तरह से कुल चार महीने बीतने को आये। जब चार महीनों तक हालत में कोई ख़ास सुधार नहीं हुआ तब लगता है सवाब का असर हुआ। हुआ यूँ कि जिस रोज़ हम यहाँ हिन्दुस्तान और आगरा में आग में झुलसे थे, उसके बीसवें दिन ईरान में मशहूर हकीम मुहम्मद दाऊद शाह अब्बास

सफ़वी के दरबार में पहुँचा था लेकिन शाह का इन्तक़ाल होते ही शाह अब्बास द्वितीय ने उसकी कोई क़द्र नहीं की और वह अपनी क़िस्मत आज़माने हिन्दुस्तान चला आया। उसकी और हमारी क़िस्मत ही शायद उसे खींच कर आगरा तक ले आयी। वह काफ़ी मशहूर हकीम था और सारी इस्लामी दुनिया में उसको जानने वाले थे इसीलिए उसके पहुँचते ही बादशाह ने उसे बीस हज़ार रुपये पेश किये और हकीम तैनात करते हुए उसे 1,500 जात और 200 सवार का मंसब भी दिया।"

"हकीम दाउद ने सबसे पहले मरहम के साथ ही 'लाजुम तब' (तेज बुखार), 'लाएयनत तबा' (पारी के बुखार) और 'तहभौज इतरग चश्म' या आँखों और उसके इर्द–गिर्द की सूजन का इलाज शुरू किया और हमें एकदम से फ़ायदा हुआ। लेकिन तब तक हमको दस्त और ख़ूनी पेचिश शुरू हो गयी, वो शायद इन दवाओं का असर था। इसी बीच हकीम मोमिना, जो पहले भी हमारा इलाज कर चुका था, उसने हमसे ख़ास इल्तज़ा की कि उसे ख़िदमत और इलाज करने का एक मौक़ा तो दिया जाये। बल्कि अब दोनों ने मिलकर ही इलाज शुरू किया फिर दोनों में एक राय न होने के चलते वापस हकीम दाऊद का ही इलाज फिर शुरू हुआ। लाहौर से ख़ुद मसीह–उज़–ज़माँ भी आगरा हाज़िर हो चुके थे अब हकीम दाऊद और मसीह–उज़–ज़माँ की आपसी सलाह से इलाज हुआ तब एकदम से हमको कुछ राहत तो महसूस हुई मगर उससे घाव में कोई बहुत फ़ायदा नहीं हो रहा था तब एक नये हकीम को इजाज़त दी गयी, जिसका नाम आरिफ़ था। हकीम आरिफ़ ने मरहम–पट्टी एक अलग तरकीब से ख़ुद बनायी, जिससे दो महीने में काफ़ी आराम हो गया और घाव भरने लगे। लेकिन अभी भी रह–रहकर दर्द उठता था। मुहम्मद अली नाम के फ़ौज़दार ने बादशाह से इल्तज़ा की कि वह एक ग़रीब फ़क़ीर, हमुन को जानता है जो उसकी सरकार (ज़िले) में ही रहता है और उसी के रहमोकरम पर है। मुहम्मद अली ने बादशाह से लगभग मिन्नत की और बादशाह तो हर इलाज अपनाने को तैयार थे ही। उनके हामी भरते ही हमुन ने अपना देशी मरहम लगाना शुरू किया ही था कि हमको जादू–सा फ़ायदा हो उठा।"

"जब इतने दिन इलाज चलता रहा तब सारे मुल्क में ही इसके चर्चे होने लगे। मुग़ल शहज़ादों के अपने मुंशी दरबार में रहते थे ताकि वे उनको सब ख़बर देते रहें। इस वजह से औरंगज़ेब ने बुरहानपुर से

और मुराद ने मुल्तान से बादशाह से आगरा आकर हमारी मिज़ाजपुर्सी के लिए इजाज़त माँगी और वे इसको हासिल करके फ़ौरन हमें देखने आये। मई 2, 1644 को औरंगज़ेब के आगरा पहुँचने पर बादशाह ने उसके इस्तक़बाल के लिए दारा के बेटे सुलेमान शिकोह के साथ इस्लाम ख़ाँ, अब्दुल्लाह ख़ाँ, बहादुर फ़िरोज़ जंग, सलाबत ख़ाँ और असालत ख़ाँ जैसे अमीरों को भेजा। इसी तरह मुराद 23 मई को पहुँचा तब उसके इस्तक़बाल को फिर इन्हीं अमीरों को भेजा। जून की 2 तारीख़ को हमारे जलने से हुए घाव पूरी तरह से ठीक हो चुके थे, तब बादशाह ने हमारे तुलादान के लिए हमें सोने में तुलवाया और उस सोने को ग़रीबों में बँटवा दिया। अभी तक सिर्फ़ बादशाहों को ही सोने में तोलने–तुलवाने का रिवाज़ था मगर हमारी बीमारी में बादशाह सलामत ने बिना कुछ परवाह किये यह रस्म भी बदल दी।"

"इसी बीच दक्खन के 'वाक़ियानवीस' ने ख़ुफ़िया जानकारियाँ भेजी थीं जो औरंगज़ेब के ख़िलाफ़ थीं और इससे नाराज़ होकर बादशाह ने उसे ओहदे से ही हटा दिया और उसकी जगह मालवा के सूबेदार, ख़ान–ए–दौरान बहादुर नुसरत जंग को दक्खन का सूबेदार बना दिया। हमें यह बात बहुत ख़राब लगी और हमने बादशाह से इस बारे में बात करने का फ़ैसला करते हुए ज़ेब की तरफ़ से बीच–बचाव किया। आख़िरकार, हमारे ज़ोर देने और सिफ़ारिश करने पर बादशाह ने औरंगज़ेब को माफ़ कर दिया–उसका 15, 000 जात और 10,000 सवार का मंसब और दक्खन की सूबेदारी भी बहाल कर दी। हमने उन्हें और ज़ेब ने हमें बहुत शुक्रिया अदा किया। इस तरह से एक मामला रफ़ा–दफ़ा हुआ, वरना क्या पता कि मुग़लिया तारीख़ में फिर वही शहज़ादे की बग़ावत की कहानी दोहरायी जाती। शायद यही बात बादशाह को भी समझ आयी होगी–सलीम ने बादशाह अकबर के ख़िलाफ़; ख़ुसरो और ख़ुद शहज़ादे रहते बादशाह ने जहाँगीर के ख़िलाफ़ बग़ावत की थी। हमने यही अर्ज़ किया कि समय रहते ठीक करना बेहतर है। देखिए, न हमारा इलाज अभी चल ही रहा है, इसीलिए किसी भी चीज़ को बढ़ने नहीं देना चाहिए। बादशाह इन दलीलों से पिघल गये थे।"

"फ़िरंगी डॉक्टर गैब्रियल बाउटन ने फिर ज़ोर दिया कि अब जब जले में फ़ायदा हो चुका तो अब तबीयत ठीक करने के लिए जगह या माहौल बदलना भी बहुत ज़रूरी है–आठ–नौ महीनों से एक ही कमरे

में रहते–रहते ऊब–सी भी होती है इसीलिए हवाखोरी या हवा बदलनी ज़रूरी होती है और हम आगरा में ही दारा के उस घर में रहने चले गये जो क़िले के बाहर बना था–उसके घर का दुमंज़िले पर बना सबसे दक्षिण वाला कमरा हमारे लिए चुना गया क्योंकि वहाँ सुकून था और जमुना से सीधी ठण्डी हवा आती थी जो ख़ुशनुमा माहौल बना देती थी। वहीं से उसके महल के ख़ूबसूरत बाग़ की शुरुआत होती थी तो बेहतरीन महक से भी कमरा भरा रहता था। यहाँ भी हमें बहुत राहत और सुकून मिला–कुछ दिन रहकर हम वापस क़िले में लौट आये।"

"करते–करते नवम्बर का महीना आ गया और हम पूरी तरह तन और मन से ठीक हो चुके थे और हमने सबसे पहले ख़ुद चलकर अपने वालिद और बादशाह को शुक्रिया अदा करने का फ़ैसला लिया। लेकिन बादशाह ठहरे बादशाह और उन्हीं के रंग में रँगे उनके दरबारी, कर्मचारी वग़ैरह–बिल्कुल ऐसा माहौल बना दिया जैसे सुल्तान बलबन की सवारी निकल रही हो। ख़्वाजासरा, ख़्वाजा, दासियाँ, लौंडियाँ और कुछ हरम की औरतें भी उस गलियारे के दोनों ओर खड़ी हो गयीं और 'बिस्मिल्लाह' या 'बाअदब, होशियार' जैसे नारों से गलियारा गूँज गया और हम अपने वालिद साहब के कमरे में पूरे आठ महीने और आठ दिन बाद दाख़िल हुए। इसी कमरे से निकलकर गये थे और बादशाह से हुई बातों को अपने रोज़नामचे में दर्ज करना शुरू ही किया था कि हादसा हो गया था। हमारी इस लम्बी बीमारी में उन्होंने एक बाप का फ़र्ज़ निभाया था मुल्क के कामों को जैसे–तैसे निबटाते हुए उनका सारा दिलो–दिमाग़ अपनी बड़ी औलाद और बेटी की तीमारदारी में ही लगा रहता था। किसी इंसान से जो कुछ भी ऐसे हालात में किया जा सकता था वो सब उन्होंने किया था। इसीलिए अब हमारी बारी थी कि एक बेटी के नाते इतना प्यार और ख़्याल करने वाले अपने बाप का शुक्रिया अदा करें–इसीलिए मेरे लिए यह एक तरह की ज़ियारत ही थी।"

"बादशाह तो हमें ख़ुद चलकर आया देख ख़ुशी से इतने जज़्बाती हो गये कि न उनकी आँख सूनी रही न मेरी–दोनों ने नम आँखों से एक–दूसरे को देखा और फिर बेटी अपने बाप के गले से लग गयी। बहुत साल बाद ऐसा लगा कि हम माँ मुमताज़ के पास हैं न कि वालिद के पास। पूरी बीमारी में बादशाह ने वालिद की नहीं बल्कि एक माँ की तरह तीमारदारी की थी। इसीलिए ज़ाहिर था हमारे मन में भी वही

ख़्याल था आज उनसे यूँ मिलते हुए। जितने प्यार से बचपन में–मुराद की पैदाइश के बाद; भागकर फिर जब सुकून से नासिक में हमको ख़ुद पढ़ाते, घुड़सवारी करवाते और फिर जुन्नार में, हमारे वालिद जो हमें अपना वारिस बना रहे थे वही वालिद आज फिर अपनी छोटी बारह साल की शहज़ादी के दुलार सर पर से हाथ फेरते रहे और दुआएँ पढ़ते रहे।"

"लेकिन वो सिर्फ़ हमारे वालिद नहीं थे–वे तो मुल्क के बादशाह थे और ऐसे बादशाह जो शान–ओ–शौक़त से अपनी हुकूमत को और दरबार को संजर, महमूद, बलबन और तैमूर के दरबार से ज़्यादा जश्न और तड़क–भड़क से सजा देना चाहते थे। वे जानते थे कि तारीख़ में जब सब बातें दर्ज होती हैं तब इंसान हमेशा चमक–दमक देखकर ही दंग होता है–वे इसका बहुत ख़्याल करते थे और इसीलिए जश्न मनाना उनका सबसे ख़ास शग़ल था और हमारे मामले में वे जज़्बाती भी ज़्यादा ही थे–शायद हमारे भाइयों को जैसे वे चाहते थे वैसा बनते–बढ़ते हुए नहीं पा रहे थे इसीलिए हमारी तरफ़ उनका और भी झुकाव था। फिर हम ठहरे 'मल्लिका–ए–जहाँ'! लिहाज़ा तय पाया गया कि चार रोज़ बाद महल को दुल्हन की तरह सजाया जायेगा और दरबार में पूरी तड़क–भड़क के साथ इस ख़ुशी का जश्न पूरे आठ दिनों तक मनाये जाने का ऐलान कर दिया।"

"पहले दिन सबसे पहले बादशाह ने इबादत में हिस्सा लेते हुए ख़ुदा का शुक्रिया अदा किया और फिर शुक्रिया अदा करने की शक्ल में सबको कुछ–न–कुछ तोहफ़े दिये गये। बादशाह ने इसके बाद हमें 'साहिबत–अल–ज़मानी' या 'इस दौर की साहिबा' (महान महिला) तथा 'पादशाह बेगम' (महिला पादशाह) की पदवियों से नवाज़ा। इसके साथ ही हमको तोहफ़ों से लाद दिया गया जिसमें क़ीमती रत्न और रत्न जड़े ज़ेवर और गुलदस्ते जैसी कई दूसरी चीज़ें भी दी गयीं, जिनकी कुल क़ीमत सत्तर हज़ार रुपये आँकी गयी। हमारे ऊपर दस हज़ार रुपये निसार करके ग़रीबों में भी बाँटे गये। इतना ही नहीं, पहले दिन बादशाह ने पाँच लाख रुपये की क़ीमत के एक सौ तीस बेहतरीन मोती दिये थे; दूसरे दिन हमें एक लाख रुपये की क़ीमत वाला एक रत्नों से जड़ा हुआ बड़े से हीरे का 'तियारा', बाक़ी दिनों के उपहारों की क़ीमत भी कुल मिलाकर चार लाख रुपये थी। इतना ही नहीं, हमको इस जश्न के मौक़े पर सूरत जागीर के रूप में दी गयी। इसकी कुल आमदनी तीन करोड़ दाम या साढ़े सात

लाख रुपये सालाना थी। अगर उसके बन्दरगाह से होने वाली आमदनी को भी जोड़ा जाये तो वह अलग से ढाई लाख रुपये थी। हमारे अलावा सभी शहज़ादों को भी कुछ न कुछ हासिल हुआ।"

"इसी मौक़े पर हमारी सिफ़ारिश के मद्देनज़र बादशाह ने औरंगज़ेब को उसका ओहदा और मंसब वापस किया था बल्कि सभी शहज़ादों को खिल्लत और तोहफ़े भी दिये। शायद ही ऐसा कोई दरबारी और अमीर हो जिसको तोहफ़े या मंसब में बढ़त या कोई ख़ास ओहदा अलग से हासिल न हुआ हो। ऐसा जश्न तो मुग़ल दरबार में बादशाहों के जन्मदिवस या नौरोज़ वग़ैरह जैसे मौक़ों पर ही होता था। इसके अलावा हकीम मुहम्मद दाऊद, हकीम मसीह–उज़–ज़माँ, हकीम हकीज़, हकीम मोमिना, हमुन, आरिफ़ को भी सयुर्घल या माफ़ी की ज़मीन के साथ ही तोहफ़े और रुपये दिये गये, हाज़ी मुहम्मद जान कुद्दुसी और बाक़ी तमाम शायरों–कवियों को, गीत–संगीत से जुड़े फ़नकारों, संगतराशों, मुसव्विरों को भी तोहफ़े और फ़ायदे के पद दिये गये। लगभग आठ महीने से बादशाह ने आगरा नहीं छोड़ा था वह दिसम्बर की 10 तारीख़ को कई हज़ार सवारों, अमीरों, शिकारियों के साथ शिकार पर निकले और चौथे दिन वापस आगरा लौटे।"

"आइए अब आपको इस पूरे क़िस्से के परदे के पीछे की कहानी के बारे में बतायें क्यूँकि अब हम पूरी तरह से ठीक हो चुके हैं...मल्लिका होने के कुछ फ़ायदे थे–ऐसी कोई ख़बर पूरी हुकूमत में नहीं थी जो बादशाह के साथ मल्लिका को नहीं पता होती थी। हुकूमत की सियासी ख़बर दरोगा–ए–डाक–चौकी से होकर पहले बादशाह और फिर हमारे 'हरम' के 'डाक–दरोगा' से होते हुए हम तक आती थी। इसके लिए दिलदार के अलावा एक और ख़्वाजासरा रहता था जो यह काम करता था, उसका नाम रेहान था। मुग़ल शासन का इस तरह का ढाँचा अकबर बादशाह ने इस तरकीब से शुरू किया था कि किसी भी एक इंसान के पास बहुत ज़्यादा अधिकार न हों? मगर 'हरम' और महल की ख़बर तो सबसे पहले हमारे पास ही आती थी और हर छोटी बात छानकर ही हम ख़बरें बादशाह तक पहुँचने देते थे। जैसा हमने कहा कि हमारे हिन्दुस्तानी समाज में लोगों की आदत है कि वे हर किसी की बातें जानने के लिए उत्सुक ही नहीं रहते कभी–कभी वे कुछ बातों में बेवजह दख़ल भी देने से नहीं चूकते। इसकी वजह से अफ़वाह भी बहुत होती हैं और बहुत तेज़ी से सारे मुल्क में हवा के झोंकों के साथ एक–जगह से दूसरी जगह

पहुँच भी जाती हैं। इन अफ़वाहों में से सच छाँटना भी कभी–कभी बहुत दुश्वार हो जाता है।"

"ऐसी ही एक अफ़वाह शुरू–शुरू में बादशाह और सती–उन–निसा को लेकर भी उड़ी हुई थी मगर हम ठण्डे दिमाग़ से सोचकर समझ गये कि यह कोरी अफ़वाह है। अगर दोनों तरफ़ से कुछ होता तो शहज़ादे को और बाद में बादशाह को कौन रोक सकता था। दूसरे, अगर ऐसा होता तब हमारी माँ और सती–उन–निसा ने जब गुलचिरा को बादशाह के पास भेजने के लिए तैयार किया तब उसको भेजने की क्या ज़रूरत थी? इसीलिए कुछ मामले तो इसी तरह के थे। फिर छन–छनकर कुछ और खबरें आने लगीं–इनमें सबसे पहले ख़बर आयी मेरी बड़ी ख़ाला और बादशाह के बीच कुछ पकने की–जब वो दारा की शादी के सिलसिले में आयी हुई थीं और फिर गुलचिरा ने भी एक रोज़ बहुत दबी ज़ुबान में ही सही मगर यही बात हमसे कही थी। मगर हमने सोचा कि ऐसी बात करना शायद उसकी अपनी मजबूरी थी। उसकी जो हैसियत बन गयी थी वह रातों–रात इस सम्बन्ध के चलते काफ़ूर हो सकती थी। ये गुलचिरा की अपनी असुरक्षा की भावना भी हो सकती है। वैसे हमने बादशाह को इस कमसिन फ़िदा को भी अजब निगाहों से देखते हुए कई बार देखा है। मगर शायद बाप–बेटी की दूरी की वजह से वह अभी तक तो बची रही। मगर बकरे की माँ कब तक ख़ैर मनाती? आख़िर बादशाह ने उसे तलब कर ही लिया। या गुलचिरा ने ही उसे तलब करवा दिया। आइए इस पूरे मसले को तफ़सील से समझते हैं..."

"खलीलुल्लाह ख़ाँ और फ़तेह ख़ाँ की बेगमों के साथ बादशाह वाली खबरें जब आने लगीं तब ही शायद गुलचिरा ने सती–उन–निसा वाली चाल चली। जिस तरह सती–उन–निसा ने माँ मुमताज़ के नासाज़ रहते बादशाह को उनकी बाक़ी बेगमों से दूर रखने के लिए गुलचिरा को इस्तेमाल किया था अब शायद गुलचिरा खलीलुल्लाह की बीवी और शाइस्ता ख़ाँ की बीवी को दूर रखने के लिए फ़िदा को इस्तेमाल कर रही है। बादशाह के मिज़ाज से तो हम पहले से वाक़िफ़ थे। वे मेरी माँ को जब उनकी गर्भावस्था में नहीं छोड़ते थे और कैसे वैद्यों, हकीमों की सिफ़ारिश पर मजबूर होकर माँ और सती–उन–निसा ने समझौता करके गुलचिरा को बादशाह के समक्ष पेश किया था और फिर मजबूरी में ये सब बातें हमको कैसे बतायी थीं। सबको पता ही है वैसे ही एक दिन हमको

हुक्म किया कि आज शाम गुलचिरा को अपने साथ 'बाग़–ए–जहाँआरा' लेती जाओ और रात को वहीं रुकना और हाँ, अपनी इस फ़िदा को यहीं छोड़ जाना, मेरे तो पैर के नीचे से ज़मीन ही खिसक गयी। मगर हमें फ़िदा बादशाह की नज़र के बारे में बता चुकी थी और हमने भी उन्हें उसे निहायत प्यासी निगाहों से घूरते हुए देखा था मगर आज वो दूरी भी जाती रही।"

"हम मुग़ल हुकूमत की 'मल्लिका–ए–जहाँ' और बादशाह की दुलारी बिटिया तो थे ही मगर हम मुग़ल सियासी तहज़ीब के चलते और उनकी 'हरम' की मल्लिका होने के नाते उन्हीं के चाकर भी थे। वैसे दिलदार ने भी कई बार हमें आगाह कर दिया था कि बादशाह घुमा–फिराकर नहीं बल्कि सीधे तौर पर उससे फ़िदा के बारे में अक्सर ही पूछा करते हैं, कि वह क्या करती है; कैसे रहती है और अगर दिलदार उसे बेटी की तरह मानता है तो उसे पहले बादशाह के सामने हाज़िर करता–क्यूँ सीधे मल्लिका के पास ले गया, वग़ैरह–वग़ैरह...यानी वे फ़िदा के मसले पर उसे झिड़क देते थे क्योंकि वह उनका ही सबसे भरोसे का ख़्वाजासरा था और इसी वजह से 'हरम' में हमारी हिफ़ाज़त के लिए ख़ासतौर पर तैनात भी था। बादशाह के इरादे यूँ ज़ाहिर ही हो चुके थे और रही–सही कसर गुलचिरा की अपनी असुरक्षा से पैदा हुई थी...या बादशाह और उसकी कोई सदी–बदी थी।"

"ख़ैर, यह सच है कि 'मुग़ल शाही हरम की मल्लिका' भी बादशाह से पूछकर ही किसी को काम पर रख सकती थी मगर कश्मीर में उन्हें फ़ुर्सत ही नहीं थी और हमने जब कहा तो उन्होंने फ़ौरन रज़ामन्दी दे दी थी। जैसे ख़ल्क़ ख़ुदा की होती है, वैसे ही मुल्क बादशाह का। उनकी किसी भी बात या काम पर सवालिया निशान लगाने का हक़ तो किसी को था ही नहीं। हमारी बेबसी को फ़िदा शायद ज़्यादा अच्छी तरह से समझती थी–या तो उसकी माँ की ख़ाला ने, या दुनिया ने, या दिलदार ने आगाह ही नहीं किया था, समझा भी दिया था। शायद उसकी माँ की ख़ाला ने ही उसे समझाया हो जब फूफी की गुलामी ही करनी और उसके बेटे का निवाला भी बनना है तो बेहतर होगा कि 'शाही हरम' में रहो–बनना ही है तो शाही निवाला बनो या यूँ भी हो सकता है कि इतने दिन 'शाही हरम' में रह–रहकर उसने सब जान–समझ लिया हो फिर दिलदार तो उसको और हमें अलग–अलग आगाह करता ही था; और फिर बादशाह

की वो बातें जो गुलचिरा हमें बताती रहती थी, उसकी भी तो फ़िदा न जाने कितनी बार गवाह रही है। यानी वो दुनियादारी में हमसे ज़्यादा पक्की और सयानी थी।"

"ख़ैर, एक बात और है और वह भी पक्की है–सूफ़ी और भक्ति साहित्य का असर भी पूरे हिन्दुस्तान में था और ये दोनों सम्प्रदाय लोगों को एक तरह का समर्पण ही सिखाते थे। रही–सही कसर पूरी कर देता था इस मुल्क की सियासत में जो रचा–बसा बादशाहत का सिद्धान्त था, जो बादशाह को ख़ुदा की परछाईं या 'जिल्लु–अल्लाह' और बादशाहत को 'नियाबत–ए–ख़ुदाई' मानता था–ये सूफ़ी–भक्ति का मिला–जुला असर था और सूफ़ी–भक्ति ख़्याल वालों को यही लगता होगा कि 'जाहि विधि राखे राम ताहि विधि रहिए?' दोनों ही जगह सिर्फ़ भक्ति, समर्पण, त्याग या कुर्बानी के अलावा फ़ना और बक़ा या जीव का परमात्मा में मिलन ही सिखाया जाता था। इस तरह से यहाँ पर यही सोच थी कि आख़िर को बादशाह क्या है–उसी ईश्वर और परवरदिगार का ही तो रूप या छाया है तब फिर बादशाह के लिए जान न्योछावर करने को जब उमरा से लेकर आम जन तक सब तैयार हों तो फ़िदा अकेली का क्या क़सूर? या हमारा क्या क़सूर–हमने इसे हर तरह से सोचा और इसी नतीजे पर पहुँचे कि, 'जब–जब जो–जो होना है तब–तब सो–सो होता है।' और फ़िदा उसी समर्पण के ख़्याल से गयी। रूह तो वह ख़ुदा और उसकी सच्ची बन्दी यानी हमें सौंप चुकी है। उसका नज़रिया बिल्कुल ही साफ़ था उसे किसी से कोई शिकायत नहीं थी। उसके अन्दर गुलचिरा वाला बादशाह को अपने क़ब्ज़े में कर लेने का ख़्याल भी कभी मन में नहीं आया। बादशाह ने उसे पहले दिन जैसा एक अनखिली–सी कली की तरह पाया और उसके बावजूद भी बिना किसी नाज़–नखरे के पूरी तरह कुर्बान हो जाने का भाव भी पाया होगा। उसी का असर था कि उन्होंने अगर फ़िदा को लूटा तो इतना ज़्यादा धन लुटा दिया था कि वह पूरी ज़िन्दगी सुकून से गुज़ार सकती थी।"

"जैसे ही दूसरे रोज़ हम लोग बाग़–ए–जहाँआरा से देर सुबह लौटे तो हमारे कमरे में घुसते ही फ़िदा हमसे ऐसे चिपट गयी जैसे बन्दरिया के बच्चे अपनी माँ के पेट से चिपके रहते हैं। हमारा मन बहुत ही खिन्न था और उससे ज़्यादा गुलचिरा का–वह भी फ़िदा के न आने का मतलब समझ रही थी। हम दोनों ही रात–भर पीते रहे, शहनाई सुनते रहे,

फिर खाने के बाद वहीं बारादरी में बैठकर ठण्डी हवा में बातें करने लगे। गुलचिरा ने जाने उस रात बादशाह के क्या–क्या राज़ खोले–उनके बेटों की तरफ़ उनका नज़रिया, उसी ने बताया कि चूँकि हमने सब कुछ पूरी ज़िम्मेदारी से सँभाला हुआ था इसीलिए हमारे लिए उनके मन और दिल में सबसे ज़्यादा दुलार है। उसी ने बताया कि बादशाह ने उससे ख़ुद कहा था कि जुन्नार के दौर में वे हम ही को 'वली–अहद' या अपना वैध–उत्तराधिकारी बनाने का मन बना चुके थे। ऐसा उन्होंने ही उससे क़बूला वरना हमें बारह साल की उम्र में इसका एहसास कहाँ होता?"

"गुलचिरा ने उस रात धीरे–धीरे बादशाह के पास खलीलुल्लाह ख़ाँ और फ़तेह ख़ाँ की बेगमों की आवाज़ाही के बारे में भी बताया और यह भी कि पहले तो हमें लगा कि मातमपुर्सी को आयी होंगी मगर जब आमदरफ़्त बढ़ गयी तब हमने एक रात बादशाह को पुर्तगाली वाली कुछ ज़्यादा ही पिलाने के बाद पूछा तो वे साफ़–साफ़ बोले कि उन्हें उनके साथ वक़्त गुज़ारना बहुत अच्छा लगता है। उन्होंने बिना लाग–लपेट के सब साफ़–साफ़ बता दिया–हम कौन–सी उनकी ब्याहता हैं? और होते भी तो क्या फ़र्क़ पड़ता है–हैं तो तीन–तीन और पर 'मल्लिका' तो उनकी बिटिया ही है। शायद इसीलिए कि बाप–बेटी का रिश्ता ऐसा ही होता है बेटी को बाप से कोई गिला–शिकवा या शिकायत नहीं हो सकती। वह हमेशा बाप का ही साथ देगी और उसके गुनाहों पर पर्दा ही डाले रहेगी। हम एक–एक बात बिल्कुल ख़ामोशी से सुनते रहे बिना चेहरे पर किसी शिकन के। वैसे भी सुनने के अलावा कोई कर भी क्या सकता था! हमने अपने वालिद साहब का हश्र देखा है बादशाह जहाँगीर के ज़माने में, मल्लिका नूरजहाँ का भी सत्ता की बाज़ी पलटते ही वे कैसे हाशिये पर चली गयीं, और अपनी तीनों सौतेली माँओं का हाल तो सामने था–हम बस गुलचिरा की बातें सुनते रहे और आगे के लिए गाँठ बाँधते रहे।"

"रात–भर के जगे सुबह–सुबह थोड़ी–सी नींद लगी तभी मोरों की आवाज़ और चिड़ियों की चहचहाहट ने उठा ही दिया। वहाँ से लौटने पर अब फ़िदा का यूँ लिपटकर सुबकते हुए और रुलाई रोकने की कोशिश करते हुए अपनी आपबीती बताना–उस बेचारी ने जाने क्या–क्या बताया हमने जान के भी सुना–अनसुना किया–जैसे वह इस मामले में बेमन से सिर्फ़ जिस्म लेकर बादशाह के पास गयी थी वैसे ही हमारा भी जी इन दुनियावी बातों से भर और ऊब गया था। बादशाह के कमरे से जब वह

चलने लगी थी तब बादशाह ने उसको तोहफ़े में जो कुछ दिया यानी उनके दिये गये हार और अशर्फ़ियों से भरी थैली भी हमारे पास रखवा दी। हमने यही कहा, 'तुम्हारी अमानत के तौर पर यह हमारे पास रहेगी, बिना किसी संकोच के हमसे जब मन करे माँग लेना।' तो जवाब में वह बोली, 'बस हमें अपने पास रखे रहियेगा कभी अपने से अलग मत कीजिएगा हम मर जायेंगे–यह बात भी हमें एक रात में ही समझ आ गयी है।' वाक़ई पहली बार मन हुआ कि बहुत हुआ, हम 'शाही हरम' की ज़िम्मेदारी छोड़ दें, मगर मरती हुई माँ की शक्ल बार–बार घूमती रही और ऐसा हो ही नहीं पाया–अब हम बस फ़ौरी तौर पर ही काम करते थे बाक़ी हम भी दारा की तरह से सूफ़ी ख़्यालों में गुम रहना पसन्द करने लगे।"

"आइए हम आप सबको अपना एक मज़ेदार क़िस्सा सुनाते हैं हमने एक रोज़ अपने 'बाग़–ए–जहाँआरा' में पूरे चाँद की रात का खाना कुछ ख़ास औरतों के लिए किया था। वे हमारे ठीक होने की ख़ुशी में बस ख़ास औरतों की एक दावत रखने की माँग कर रही थीं और हमने भी बहुत दिनों से आज़ाद दिल से मौज नहीं की थी। इस ख़ास और निहायत कम लोगों की दावत में मेरी ख़ाला, गुलचिरा सभी शामिल थीं। फ़िदा तो थी ही, क्योंकि अब वो भी बादशाह की राज़दार हो चुकी थी, भले ही दो–चार बार ही गयी थी बादशाह की 'आरामगाह' में। मगर जब हम लोग ठण्डी हवा में शहनाई सुन रहे थे तब ख़ाला ने पुर्तगाल से आयी अंगूर की ख़ास शराब परोसने का हुक्म दिया। ये शराब हमारे पास सीधे आने लगी थी क्योंकि हम सूरत के जागीरदार थे और वहाँ का बन्दरगाह हमारे अधीन था...वहाँ का मुत्सद्दी हमें यह पुर्तगाली शराब मुसलसल तौर पर भेजने लगा था। इस शराब के चलते ही हम लोगों को उस हवा में नशा कुछ ज़्यादा ही तारी हो रहा था या अब की बार की पुर्तगाली मदिरा कुछ तेज़ थी ही?"

"एकदम से ख़ाला ने गुलचिरा से पीकदान उनकी तरफ़ करने का इशारा क्या किया गुलचिरा ने हाथों के भरे होने का बहाना बनाया जिस पर ख़ाला थोड़ी नाराज़–सी हुईं और बोलीं, 'शराब का गिलास नीचे भी रख दो, होंठों से तो शाही नशा मिलता ही है।' गुलचिरा ने निहायत ही तमीज़ से इतनी करारी चोट की कि देखते ही बना। उस वाक़िये का अलग से कोई बयान मुमकिन नहीं है, इसीलिए उसी के लफ़्ज़ों में उसका जवाब : 'उन्हीं शाही होंठों के नशे के लिए आपने तो इस लौंडिया के लिए हुए

नशे की जूठन से भी परहेज़ नहीं किया।' ख़ाला तिलमिलाकर रह गयीं पर हमारी महफ़िल और मौजूदगी के चलते बात आगे नहीं बढ़ी क्योंकि तब तक उसी गुलचिरा ने बेगम को पीकदान पकड़ा दिया था। मगर बातें साफ़ हो चुकी थीं–जहाँ सती–उन–निसा वाली बात अफ़वाह साबित हुई वहीं हमारी खाला वाली बात सच और गुलचिरा और फ़िदा वाली बात तो हमारे लिए ज़ाहिर ही थी।"

"एक रोज़ की बात है हम अपने महल, 'बँगला–ए–जहाँआरा' में बैठे थे कि दिलदार ने आकर अजब–सी शक्ल बनायी तो हमने अपने कागज़ों से सर उठाकर उसी अन्दाज़ में इशारे से पूछा कि कुछ ज़रूरी बात है? ज़ाहिर ही है जब तक बहुत ज़रूरी न हो, दिलदार हमें बिल्कुल रोकता–टोकता नहीं है–शायद उससे ज़्यादा मेरी मसरूफ़ियत और मुतमईन रहने की अदा को कोई नहीं जानता–पहचानता। ख़ैर, उसने ख़ुद ही अपने ख़्वाजाओं को बाहर लगा दिया था ताकि उसकी बात हमारे अलावा और कोई भी न सुन सके। उसने जो बताया वो सुनकर हम दंग रह गये। उसने बताया, 'गुलचिरा अब फ़िदा को बिल्कुल बर्दाश्त नहीं कर पा रही थी। सुना है, उसने तो बादशाह से भी साफ़–साफ़ कह दिया था कि वह फ़िदा पर ही फ़िदा रहें और उसको पूरी तरह से छोड़ दें।' मल्लिका साहिबा इस बेचारी को बचाये रखने की ज़िम्मेदारी हमारी भी है, मगर आप मल्लिका हैं हम तो बन्दे हैं आपके..."

"कुल मिलाकर इतने क़िस्सों से सोच–समझकर जो हमने अनुमान लगाया और फल निकाला वह कुछ यूँ निकाला : कुछ ने कहा था कि इन तीन लड़कियों में से अदा को एक–दो बार फ़िदा ने टोका था क्योंकि वह जान–बूझकर समय–समय पर बादशाह से लेकर शहज़ादे दारा तक को रिझाने की कोशिश करते हुई पकड़ी गयी थी। तो क्या उसी ने आग लगाकर सबसे पहले हल्ला भी मचाना शुरू कर दिया, अफ़साना और नाज़ चूँकि उसकी पक्की सहेलियाँ थीं इसीलिए उन्होंने भी उसका साथ दिया? मगर वे कैसे इतनी बुरी तरह से जल गयीं? ज़ाहिर है बचाने गयीं न कि जलाने को, कुछ का ख़्याल था कि यह एक इंसान का काम हो ही नहीं सकता–यह कई लोगों की मिली–जुली साज़िशन की गयी हरकत ही हो सकती है, तभी कुछ सुराग़ नहीं लग रहा। कुछ अफ़वाहों ने तो इस पूरे मसले के लिए बादशाह को लेकर गुलचिरा और फ़िदा के बीच के तनावों को ज़िम्मेदार पाया और इसीलिए गुलचिरा को ज़िम्मेदार ठहराया।

कुछ और लोग ये भी कहते पाये गये कि ख़्वाजा आफ़ताब की नज़र फ़िदा पर थी मगर वह उसको कई बार झिड़क चुकी थी, हो सकता है उसी ने यह जलील हरकत की हो। इतनी बातों और ख़ुफ़िया निगाहों से मिली ख़बरों को समझते हुए हम इसी नतीजे पर पहुँचे कि गलियारे में जल रही मशाल के वजह से ये सब हुआ होगा..."

"हमें ऐसा इसलिए लगा, क्योंकि हम बादशाह के यहाँ से वापस आ रहे थे और कुछ काग़ज़ात बादशाह और देख रहे थे। फ़िदा वहीं उनके कमरे में रुक गयी थी ताकि वह वो काग़ज़ात लेकर पीछे–पीछे आ जाये... गुलचिरा हमें हमारे कमरे तक पहुँचाना चाह रही थी, मगर हम ही ने उसको वहीं दरवाज़े से ही वापस बादशाह के कमरे में भेज दिया था...वैसे इसी बीच जब हम गुलचिरा से मना कर ही रहे थे, फ़िदा भी बाक़ी के काग़ज़ लेकर थोड़ी–सी देर बाद ही वहाँ से चल दी थी...ऐसा गुलचिरा ने और ख़्वाजाओं ने भी तस्दीक़ की थी...पूरे गलियारे में कुछ मशालें और कुछ आलों में शमा जल रही थीं और इस महीने में हवा भी इतने ज़ोर से चलती रहती है कि इसे 'फागुनी बयार' कहा जाता है जिसमें आम बौराते हैं और गेहूँ की बालियाँ पकती हैं–उसी से उसकी रेशमी चुन्नी ने कहीं आग पकड़ ली होगी। अगर कोई साज़िश या गड़बड़ी होती तो हमेशा चौकन्नी रहने वाली ख़्वाजाओं की नज़र से कोई बात बच सकती थी? इसीलिए हमने अफ़वाहों को शिद्दत से न लेते हुए, उन्हें ख़ारिज करना ही बेहतर समझा था..."

"अब हम उस जलने और उससे हुए घावों से पूरी तरह से उबर चुके थे इसीलिए हमने सबसे पहले अजमेर शरीफ़ जाने का फ़ैसला किया ताकि हम ख़्वाजा साहब का शुक्र अदा कर सकें और अपने शुक्रिया की शक्ल में वहाँ कुछ वाज़िब दान और सवाब वग़ैरह के कुछ काम कर सकें। हम बार–बार इसी बात पर ज़ोर देते हैं कि भले हिन्दुस्तान में आने वाले सूफ़ियों में सबसे पहले सन्त सुल्तान सखी सर्वर थे लेकिन वे थोड़े समय बाद ही यहाँ से वापस अपने मुल्क को चले गये थे। इसीलिए हिन्दुस्तान में सूफ़ी सिलसिलों की दास्ताँ ख़्वाजा साहब से ही शुरू होती है! इसीलिए उनके प्रति हमें अपार श्रद्धा है। इसीलिए सबसे पहले हमने वहाँ ग़रीब ज़ायरीनों के लिए एक मुसाफ़िरख़ाना बनवाया। एक संगमरमर का सेहन या संगमरमर के खम्भों वाला बरामदा हम पहले ही बनवा चुके थे। यहाँ आकर पता चला कि उसका नाम 'बेगम दालान' हो गया था। अपने वज़न के बराबर 'दाम' या ताँबें के सिक्के भी हमने बादशाह से इजाज़त लेकर ग़रीबों में बँटवा दिये।

जब आरिफ़ की मरहम लगाते थे, तब हम दिल से बस शेख़ जी की इबादत करते थे उन्हीं से अपने ठीक होने की दुआ माँगते थे, इसीलिए हमने वहाँ कोढ़ और खाज की और हर क़िस्म की बीमारियों के इलाज के लिए एक दवाख़ाना भी खोला, जिसमें आरिफ़ के एक चेले को लगाया और उसकी मरहम से लोगों को राहत देने के लिए उसके ख़र्चे और सालाना तनख़्वाह के लिए अपने दीवान, हक़ीक़त ख़ाँ को ज़रूरी हुक्म दिये! इस तरह शेख़ साहब के सालाना उर्स के मौक़े पर ग़रीबों में ख़ैरात का भी इन्तज़ाम किया। आगरा लौटते समय हम लोग फ़तेहपुर सीकरी में रुके और वहाँ भी बड़ी झील की तरफ़ हमने एक मदरसा ग़रीब लड़कियों के लिए ख़ासतौर से बनवाया।"

"1645 की शुरुआत में हम लोगों ने फिर आगरा छोड़कर पश्चिम सूबों की तरफ़ रुख़ किया। इस बार भी वजह वही कन्धार और मध्य–एशिया में अपने पुरखों के इलाक़े ख़ासतौर से बल्ख और बदख़्शाँ फ़तह करने की थी। इस बार हम लोग लगभग तीन साल आगरा से बाहर रहे। सबसे पहले इस साल की गर्मी हमने कश्मीर में बितायी ताकि हमारी सेहत में और सुधार हो, हमको कुछ और राहत मिल जाये और हमारा माहौल तथा हवा बदल सके। सभी लोग हमें गर्मी में आगरा छोड़ने की सलाह भी दे ही रहे थे। इसलिए कश्मीर जाने का फ़ैसला से भी लिया गया था। फ़िदा ने अपनी और हमारी जान बचाने का शुक्रिया अदा करने के लिए हमसे खुलकर 'अपनी पोटली में से अशर्फ़ियाँ देने पर ज़ोर देकर माँग की'। उसने बताया, चूँकि उसने अपने और हमारे दोनों के लिए दुआएँ माँगी थीं इसीलिए जितनी अशर्फ़ियाँ उसने माँगी हमने अपनी ओर से भी उतनी अलग से जोड़ दीं। इतनी रक़म की वजह से मेरे बाग़ वाले गाँव, सफ़ापुर में मानस बल झील के दक्षिण वाले किनारे पर एक छोटी मस्जिद और एक मदरसा खुल गया। इतना ही नहीं, बादशाह ने अपनी तरफ़ से एक मुसाफ़िरख़ाना खोलने का ख़र्च उठाया। इतना ही नहीं, जैसी उसकी मन्नत थी उसने ग़रीबों और फ़क़ीरों में भी ख़ासी रक़म बाँटी। उसने खुले हाथ से सारे ख़र्च किये और जैसे ही बादशाह को इसकी ख़बर हुई तब उन्होंने भी उतनी ही रक़म ग़रीबों में बाँटने का हुक्म दे दिया।"

"फ़िदा ने हिम्मत करके पूरे अदब के साथ बादशाह से एक गुज़ारिश और की और यह वाक़िया वाक़ई बताता है कि फ़िदा सबसे फ़र्क़ और हमारी ख़ास पसन्द क्यूँ थी? बादशाह अकबर के समय से कश्मीर में

चावल की फ़सल का आधा भाग मालगुज़ारी के रूप में वसूला जाता था जैसा कि अबुल फ़ज़ल ने आईन में साफ़–साफ़ लिखा भी है। फ़िदा ने बादशाह से इसे कुछ घटाने की गुज़ारिश की–यानी वो अपने फ़ायदे की जगह जनता की भलाई की माँग कर रही थी। बादशाह ने कश्मीर के दीवान और मुल्क के दीवान–वज़ीर से सलाह करके इसको घटाकर फ़सल का चालीस फ़ीसदी कर दिया जिससे लोगों को राहत मिली और उन्होंने बादशाह, हमारा और फ़िदा का शुक्रिया भी किया। फ़िदा ने हमसे एक महीने पहले बीमारी को पछाड़ा था और मना करने पर भी हमारी ख़िदमत में फ़ौरन ही जुट गयी थी। शायद ख़ुद से भी ज़्यादा उसने हमारे ठीक होने की दुआ माँगी थी..."

"इसी तरह हमने साहिबाबाद बाग़ में भी एक छोटी–सी मस्जिद तामीर करवायी और शहर में एक मुसाफ़िरख़ाना बनवाया और अपने साथ मुल्ला शाह बदख़्शी के जिन चार चेलों को हम लाहौर से लेकर गये थे, उनमें से दो को बाग़ वाली मस्जिद और बाक़ी दो को यहाँ मुसाफ़िरख़ाने में इन्तज़ामकर्ता की हैसियत से छोड़ आये। इन्हीं दो लोगों की मदद से धीरे–धीरे कश्मीर में मीर खेल का ख़ूब माहौल बना और मुल्ला शाह बदख़्शी अब अपने पीर मियाँ मीर के सिलसिले को बढ़ाने में शिद्दत से जुट गये। इसके बाद बादशाह ने हमको 'बाग़–ए–नूर अफ़्शाँ' भी प्रदान किया और उसके शुरू के इन्तज़ाम के लिए ज़रूरी हुक्म भी दिये। वहाँ एक संगमरमर की दुमंज़िली इमारत में ऊपर छत पर एक बढ़िया खम्भेदार और तोड़नों वाली बारादारी हमारे लिए ख़ासतौर से बनवायी। इसकी जालियाँ बिल्कुल ताजमहल की जालियों जैसी थीं। हमने निम्लाह में भी अपनी जागीर के पास एक मस्जिद, उससे जुड़ा हुआ मदरसा और एक मुसाफ़िरख़ाना बनवाया और यहाँ भी मुल्ला शाह के ही चेलों को तैनाती दी। यानी हम भी भरसक कोशिश करते रहे कि ज़्यादा से ज़्यादा लोगों को मियाँ मीर साहब के ख़्यालों से अवगत करा सकें। यह हमारा अपना तरीक़ा था शुक्रिया अदा करने का–आख़िर इन्हीं सन्तों ने जो प्रार्थनाएँ की थीं उनकी वजह से हम आज कुछ करने लायक़ बने हुए हैं।"

"इसके बाद हम लोग दो अलग–अलग मौक़ों पर काबुल गये थे। अब की बार बीमारी के बाद वाले समय में तो वालिद साहब ने और भी ज़्यादा ख़्याल रखते हुए हमें अपने बाग़ में एक–दो दिन ज़्यादा रुकने के लिए छोड़ा। वे जब बिल्कुल सरहद पर गये तब मीर बख़्शी तो उनके

साथ ही गया मगर द्वितीय बख़्शी के अलावा दो हकीम और मीर बकावल ही नहीं मुशरिफ़–ए–ममालिक वग़ैरह को भी हमारी ख़िदमत में छोड़ गये थे। औरंगज़ेब तो बल्ख–बदख्शाँ में नज़र मुहम्मद को बादशाह की अधीनता के लिए मजबूर करने में कामयाब भी रहा। एक बात तो सही है, इन इलाक़ों में सीधे तौर पर हुकूमत नहीं की जा सकती थी क्योंकि हिन्दुकुश के दर्रे ठण्ड के चलते होने वाली बर्फ़बारी से पूरी तरह भर जाते हैं इसीलिए आने–जाने के सब रास्ते बन्द हो जाते थे और कोई आमदरफ़्त मुमकिन ही नहीं थी। इसीलिए जो समझौता औरंगज़ेब ने किया वही अमली होने के चलते मुनासिब ही था।

"इस तरह हम लोग जून, 1647 के आख़िर में काबुल छोड़ने को मजबूर थे और लाहौर तथा दिल्ली होते हुए आगरा के लिए चल पड़े। रास्ते में लाहौर में मुल्ला शाह साहब से मिलने दरबार हज़रत मियाँ मीर गये और कश्मीर में क़ादरिया सिलसिले की शाखा 'मीर खेल' के फैलाव के बारे में उनसे ताज़ा जानकारी भी मिली। हमें इसमें दिली ख़ुशी हुई कि आख़िर हम किसी तरह मियाँ मीर साहब के काम आ सके और मुल्ला शाह बदख़्शी के प्रति एक चेली का क़र्ज़ या फ़र्ज़ अदा कर सके। दिल्ली पहुँचकर बादशाह ने सबको शाहजहाँनाबाद का काम जल्दी से ख़त्म करने के लिए हुक्म और हर इमारत के हिसाब से अलग–अलग बारीक ढंग की हिदायतें दीं। उसके बाद हम लोग आगरा आ गये और जिस तरह से दिल्ली में जो इमारतें बन रही थीं उनमें तेज़ी आ गयी। जब दिल्ली में सब इमारतें बन गयी थीं तब हम लोग मार्च 27, 1648 को आगरा छोड़कर दिल्ली चले गये। आगरा छोड़ने से पहले हमने 1643 से बन रही आगरा की जामा मस्जिद बनवाकर पूरी कर ली। हम बीमारी के बाद सिर्फ़ इबादतगाह, मुसाफ़िरख़ाने, मदरसे, मकतब वग़ैरह बनवा रहे थे। इस मस्जिद को बनने में पाँच साल लगे और कुल ख़र्च भी पाँच लाख रुपये का आया। इसे दिल्ली गेट के सामने रोशन मोहल्ले के बगल में बनवाया था। इसको हमने ख़ुद अपनी पसन्द से बनवाया था और संगमरमर से चित्रकारी कर और ख़ूबसूरत बनवाया था। इसको भी एक ऊँची चौकी पर बनवाया था और इसके चारों तरफ़ दुकानें तक़सीम करवा दी थीं ताकि मस्जिद के रखरखाव के लिए अलग से आमदनी हो सके।"

"इस जामा मस्जिद के बारे में हम कुछ ख़ास बातें दर्ज करना चाह रहे हैं। वास्तव में, हमने इस्लाम के धर्मग्रन्थों में ख़ल्क़ या ख़ुदा की

हुकूमत का जो हाल पढ़ा है उसमें जिस तरह से चौथे आसमान में बनी माणिक्य और मोतियों की मस्जिद का जो हाल दर्ज है बिल्कुल हू–ब–हू वैसा ही तक़सीम किया था। इसीलिए शुरू से आख़िर तक यह हमारे दिमाग़ की उपज रही और इसीलिए बादशाह ने उसको पसन्द भी बहुत किया कि धार्मिक किताबों में दर्ज बात को ज़मीनी हक़ीक़त बनाकर हम एक तरह से ज़मीन को बेहतर बनाने की कोशिश कर रहे हैं। बादशाह को इस बात की भी ख़ुशी थी कि यह उनके मुल्क में और उनकी बादशाहत के दौर में हो रहा है इसीलिए वे भी इस सवाब का फल पायेंगे। हमने इसे लाल बलुआ पत्थर से बनवाया न कि संगमरमर से बल्कि संगमरमर का इस्तेमाल जड़ाऊ काम के लिए और नश्क़ क़लम में अरबी में आयतों में सुलेख भी संगमरमर के इसी जड़ाऊ ढंग से ख़ूबसूरती बढ़ाने के लिए करवाया। कुल मिलाकर यह हमारे वालिद साहब के दौर की न होकर बादशाह अकबर के दौर की इमारत जैसी ज़्यादा लगती है–बस घुमावदार मेहराब ही इस दौर की गवाही देते हैं। तीनों गुम्बदों के ऊपर 'अमलक' या उल्टा कमल भी बेहतरीन बन पड़ा है। इसी तरह राजपूताने की शैली वाली छतरियों से गुम्बदों के बीच की जगह को भर दिया गया है। इतना ही नहीं, जामा मस्जिद से जुड़ा हुआ एक मदरसा भी साथ में बनवा दिया था और मुल्ला शाह के ही चेलों को मुअज़्ज़िन और आलिम के पदों पर तैनाती दी।"

"बादशाह को तड़क–भड़क का निहायत शौक़ था इसीलिए नयी राजधानी को पूरे तौर–तरीक़ों, रस्मों–रिवाज़ों के साथ अप्रैल की आठ तारीख़ को दुल्हन की तरह सजाया गया और ख़ास तौर से इबादत, दुआओं और उसके बाद गीत–संगीत या नाच–गाने के साथ जश्न मानते हुए नयी राजधानी की शुरुआत हुई। इस जश्न के मौक़े पर गीत–संगीत के बड़े फ़नकारों जैसे कवीन्द्र, चित्रा ख़ाँ, लाल ख़ाँ और श्रीमान ने न केवल सबका मनोरंजन किया बल्कि उनको हर तरह से तोहफ़ों से भी लाद दिया गया। नाच–बालाओं ने शौक़ीनों के सामने नाच–नाचकर तारीफ़ और रुपये बटोरे। मुग़ल अमीरों और उनकी औरतों ने–यानी जो इस जश्न में मौजूद थे, सबने मदिरा के जाम छलकाये और लज़ीज़ खाने की तारीफ़ के साथ मीर बकावल को अपने कर्मचारियों को देने के लिए बख़्शीश भी दिल खोलकर दी। मल्लिका होने के नाते हम जश्न में शरीक तो रहे मगर हम दिमाग़ी और रूहानी तौर पर सूफ़ी सन्तों की आराधना

करते रहे। वैसे भी इस लम्बी बीमारी के बाद हम पूरी तरह से दुनिया के इस रंग–ढ़ंग से आजिज़ आ चुके थे। औरंगज़ेब को भी यह सब दिखावा बहुत रास नहीं आया, ऐसा उसने बड़े दबे ढंग से हमको अपने ख़त में एहसास करवाया। वैसे ही एक बार वह बादशाह को अपनी साफ़गोई से ख़फ़ा कर चुका था, अब एहतियात बरत रहा था।"

"अब हम दिल्ली में रहने लगे थे और धीरे–धीरे रहने की आदत डाल रहे थे। यहाँ का माहौल आगरा से बहुत फ़र्क़ था–कहाँ ब्रज का वो क्षेत्र इसीलिए सूफ़ी सन्तों की भी क़द्र ज़्यादा थी यहाँ तो सुल्तनत काल की राजधानी होने के चलते उलमा या आलिमों से कहीं ज़्यादा सियासी लोगों और उमरा की क़द्र थी। यहाँ तोताचश्म क़िस्म के लोगों की भरमार थी। ख़ैर, अभी छह महीने ही बीते थे कि ख़बर आयी कि ईरान के शाह अब्बास द्वितीय ने आक्रमण करके कन्धार पर क़ब्ज़ा जमा लिया था। इसलिए नवम्बर, 1648 में बादशाह ने ख़ुद जाकर कमान सँभालने और कन्धार वापस जीतने के लिए लडाई के पास काबुल में मुक़ाम करने का फ़ैसला लिया। इसलिए 'हरम' के पूरी राजधानी फिर चल पड़ी ताकि हुकूमत के बाक़ी काम में कोई हर्जा न हो। चूँकि, बादशाह के लिए यह इज़्ज़त का सवाल था इसीलिए तो हम लोग मुग़ल फ़ौजों पर नज़र रखने और हौसला बढ़ाने के लिए वहीं पास में रहने चले गये थे। इसका एक असर तो पक्का हुआ कि अलग–अलग मुद्दों पर फ़ौजी सरदारों में जो आपसी तकरार होती थी वह तो ख़त्म हुई और सब बादशाह के ही हुक्म और इशारों पर ही काम करने लगे और आपसी तालमेल की कमी ख़त्म हुई... मगर बादशाह के पहुँचने से पहले ही मुग़ल फ़ौजी सरदारों की आपसी अनबन के चलते हालात पूरी तरह से ईरान के शाह के हक़ में और हम लोगों के ख़िलाफ़ हो चुके थे।"

"हम और हमारी फ़ौजें चाहकर भी ईरानियों से कन्धार नहीं छीन पा रहे थीं। वे हर कोशिश को उतनी ही ताक़त और मज़बूत इरादों से नाकाम करते रहे। जब बादशाह को मुसलसल कोशिशों के बाद भी कामयाबी की कोई आस नहीं रही तब उन्होंने मन–मसोस कर यह समझौता किया कि हिन्दुकुश के उस पार का इलाक़ा ईरान के शाह का रहे और वे उसके इस पार तक ही अपनी हद या सरहद मान लें। इस इलाक़े के अभियानों पर भी अगर हम नज़र डालें तो पाते हैं कि अकेले औरंगज़ेब ही कुछ बढ़त बना पाया था। लेकिन कन्धार की दूसरी घेरेबन्दी के बाद उसे हटा

दिया गया और शाह शुजा को लगाया गया था। मगर गड़बड़ी तो सबसे पहले दारा के समय ही हुई जब मंसबदार चापलूसी ही करते रहे और फ़लसफ़े में डूबे रहने वाले शहज़ादे को बहलाते रहे और धीरे–धीरे ईरान के शाह ने अपनी ताक़त को और भी बढ़ा लिया–जिससे ये लोग मंसूबे ही बनाते रहे और बेअसर चढ़ाइयाँ ही करते रहे लिहाज़ा कोई कामयाबी नहीं मिल सकी।" एक बार क़ब्ज़ा हो जाने के बाद तो ईरान वाले फ़ायदे में हो ही गये क्योंकि हम पहले भी इस बात का ज़िक्र कर चुके हैं कि कन्धार की ऊँचाई से हिन्दुस्तान में हम झाँकते–से दिखते हैं। ख़ैर, हर बार ईरान के शाहों ने मुग़ल बादशाहों की मदद के एवज में कन्धार माँगा था मगर पादशाह बाबर और हुमायूँ बादशाह ने उसे मदद लेने के बाद टाल देना ही अपने हक़ में समझा था। यही वजह थी कि ईरान के शाह कन्धार को अपना हक़ मानते थे और उसे जीतकर पा जाते, और कभी पाकर खो देते थे। अब उन्होंने फ़तह हासिल कर ही ली थी–तय हो गया कि कन्धार ईरान के पास ही रहेगा।"

"जिस मक़सद से हम लोग काबुल गये थे वह कामयाब नहीं रहा इसीलिए काबुल से डेरा उठा और फिर हम लाहौर होते और मुल्ला शाह बदख़्शी से मिलते हुए जनवरी 4, 1650 को वापस दिल्ली आ गये थे। अब दिल्ली–शाहजहाँनाबाद की बची हुई या आधी बनी हुई इमारतों को जल्दी–जल्दी पूरा किया जाने लगा। शाहजहाँनाबाद के नाम से ही साफ़ है कि यह बादशाह शाहजहाँ की आरामगाह है मगर इसकी सबसे मज़ेदार बात यह है कि उसमें अगर सबसे बड़ा किसी का महल है तो वह इमारत हमारी है। इसके बड़े–बड़े चार कमरे और उनसे लगे हुए छोटे–छोटे दो–दो कमरे हर तरफ़ और हर तरफ़ आगे की ओर संगमरमर के जालीदार बरामदे जिनके छज्जे बिल्कुल राजपूताना अन्दाज़ के और शेख़ सलीम चिश्ती के मक़बरे में जैसे लगे हैं वैसे ही साँप की सूरत वाले तोड़ों पर टिके हुए छज्जे और उनके ऊपर छतरियाँ–यह मुग़ल–राजपूत शैलियों का बेहद ख़ूबसूरत मिश्रण था क्योंकि यह बहुत आनुपातिक था। हमने अपने पास से अपने 'हरम' के निर्माण पर कुल सात लाख रुपये अलग से ख़र्च किये थे और इसे सजाया था ताकि मुग़ल औरतों को कोई तकलीफ़ न हो। इसके अलावा इस लाल क़िले के अन्दर सारी इमारतें संगमरमर की ही थीं, जैसे, नक़्क़ारख़ाना, दौलत ख़ाना–ए–आम, दौलत ख़ाना–ए–ख़ास, शाह बुर्ज, शाही हम्माम, ख़्वाबगाह, इम्तियाज महल, मोती मस्जिद और एक सायेदार बाज़ार वग़ैरह।"

"हमने इस नये शहर में एक बाग़ लगवाया और इसका भी नाम हमारे नाम के चलते 'साहिबाबाद का बाग़' ही पड़ गया। उसी से लगी हुई एक कारवाँ सराय भी बनवायी जो एक लम्बे से बाज़ार में बनी थी। यह बाज़ार अपने आप में दिल्ली के शाहजहाँनाबाद क़िले के लाहौरी दरवाज़े से फ़तेहपुरी मस्जिद तक यानी 1460 गज लम्बा और 40 गज चौडा–इस मुल्क का यह सबसे लम्बा बाज़ार है। इसके बीचों–बीच बाग़ों की ही तर्ज़ पर एक लम्बी नहर इसकी ज़रूरतों को पूरा करती है। इस नहर का नाम 'नहर–ए–बहिश्त' पड़ गया क्योंकि बादशाह शाहजहाँनाबाद को बहिश्त या स्वर्ग ही मानते थे। इस सड़क के दोनों तरफ़ दुकानें बनी हैं और सड़क के दोनों तरफ़ बड़े सायेदार पेड़ इस बाज़ार को नायाब बनाने में मददगार हैं। इसीलिए इस बाज़ार को जो चौक तक का हिस्सा है उसे 'उर्दू बाज़ार' कहा जाने लगा है क्योंकि इसके पीछे यहाँ पर ज़्यादातर फ़ौजी मुक़ाम थे और चावक से फ़तेहपुरी मस्जिद वाले बाज़ार को लोग कोतवाली बाज़ार कहते थे क्योंकि चौक के बाद ही कोतवाल का दफ़्तर तक़सीम हुआ है। फ़तेहपुरी मस्जिद बादशाह की एक बीवी, फ़तेहपुरी बेगम ने बनवाई है..."

"शाहजहाँनाबाद पूरी तरह से सजाकर और उसे बसाकर बादशाह अपना एक सपना पूरा कर चुके थे इसीलिए शायद कन्धार का काँटा फिर चुभने लगा। इसीलिए हम लोग एक बार फिर उत्तर–पश्चिम की ओर चल दिये। कुछ लोग कह भी रहे थे कि बादशाह ने दिल्ली में मुग़ल मयूर तख़्त इसीलिए आगरा से मँगवाया था कि वह इधर की ओर ज़्यादा ध्यान दे सकें। ख़ैर, 1651 के फ़रवरी माह में ठण्ड कम होते ही हम लोग कश्मीर के लिए चल दिये। हम इस बार–बार की कश्मीर यात्रा से कुछ परेशान भी हुए और ख़ानम से अपनी परेशानी बतायी भी–बादशाह जहाँगीर भी बहुत कश्मीर जाने लगे थे, क्या बादशाह सलामत भी कुछ बीमार हैं? मगर जैसा हम बता ही चुके हैं 'मल्लिका–ए–जहाँ' होने के नाते हर ख़बर हम तक आती ही थी। इसीलिए इस शक को ख़ानम से कहकर अपने मन से ख़ारिज करने की कोशिश की। कन्धार की दूसरी घेरेबन्दी के लिए अपना योगदान देते हुए हमने अक्टूबर 30, 1651 को मिर्ज़ा राजा सिंह को उसमें शरीक होकर उसे कामयाब करने के लिए एक 'सनद' भी भेजी। इस 'सनद' में हमने राजा जयसिंह को फ़ौरन से पेश्तर शाही दरबार में हाज़िर होने की हिदायत भी दी। बादशाह हमारी इस पहल से बहुत ख़ुश हुए कि हम उनकी परेशानी और दिलचस्पी समझ रहे थे।"

"हम लोग फ़रवरी 16, 1652 में लाहौर से काबुल के लिए चल पड़े और अप्रैल के शुरू हफ़्ते में ही काबुल पहुँचे। इस बार बस एक ही दिन के लिए बाग़–ए–जहाँआरा में रुकने के मक़सद से आये थे मगर चूँकि तीन साल पहले ही यहाँ बाग़ में मस्जिद बनाने का हुक्म दे चुके थे, उसको पूरी तरह से बना देखकर बहुत ख़ुश हुए। इस बार मेवों की खेप भी अच्छी–ख़ासी तैयार थी जिसे लेकर हम लोग वहाँ से चलने को तैयार थे। रात को दावत और बारादरी में गीत–संगीत की महफ़िल से बादशाह इतना बेहतर महसूस करने लगे कि एक दिन की जगह दो दिन रुकने का मन बना लिया। हमको अपनी जागीर फर्ज़ाहारा काम भी ठीक से देखने का मौक़ा मिल गया। वहाँ से बहुत दुखी मन से बादशाह के साथ हम लोग उनका मन बदलने और हल्का करने की नीयत से कश्मीर गये।"

"कश्मीर पहुँचकर हमने यहाँ पर मुल्ला शाह बदख़्शी के 'मीर खेल' सिलसिले के लिए ख़ासतौर से 'हरि परबत' पहाड़ी पर एक मस्जिद बनवाई। कश्मीर में हम पहले ही मुल्ला शाह के चेलों को मस्जिदों, मदरसों और मकतबों में तैनात कर चुके थे। इस मस्जिद और उससे जुड़े मुसाफ़िरख़ाने से लोगों को और ख़ासतौर से क़ादिरी सिलसिले की मियाँ खेल शाखा के ज़ायरीनों को कश्मीर तक आने–जाने की सहूलियत भी हासिल हुई। पहाड़ी की इस चोटी का नाम हिन्दू भगवान हरि या विष्णु के नाम पर था–पहाड़ी का पहले क्या नाम था उसके बारे में कोई जानकारी तारीख़ों में भी नहीं मिली। हरि परबत की चोटी जिस पहाड़ी पर मौजूद है उसको आजकल 'कोह–ए–मारान' कहते हैं। यह छोटी डल झील और अँचर झील के बीच में स्थित है इसीलिए दो झीलों के बीच बसी इस मस्जिद की ख़ूबसूरती भी बहुत बढ़ गयी है। यह ज़मीन से 250 फीट ऊँचाई तक उठी हुई है, इसीलिए काफ़ी दूर से दिखती है। हमने इसके बनाने में चालीस हज़ार रुपये ख़र्च किये। मुसाफ़िरखाने के बनाने में बीस हज़ार रुपये अलग से ख़र्च हुए थे। जून 23, 1651 का वो दिन यादगार हो गया जब बादशाह ने यहाँ आकर इबादत ही नहीं की बल्कि माफ़ी की ज़मीन इसकी देखभाल के लिए मुक़र्रर की और वहाँ काम करने वाले या जुड़े हुए आलिमों को वज़ीफ़े भी दिये। हमको शाबाशी के साथ आस–पास के दो और गाँव जागीर में दिये।"

"हम लोग आख़िरकार दिसम्बर की 2 तारीख़ को वापस दिल्ली में थे। रोज़मर्रा के काम चलते रहे। शहज़ादों में दारा दरबार में ही रहा बस

एक बार उपनिषदों के अध्ययन और तर्जुमे के सिलसिले में अपने सूबे इलाहाबाद गया (1656–1657) और वहाँ बनारस सरकार में पण्डितों और ज्ञानियों से वार्तालापों के बाद उसका काम पूरा हुआ। औरंगज़ेब ने दुबारा दक्खन की सूबेदारी सँभालते हुए वहाँ टोडरमल की ज़ब्ती व्यवस्था लागू की; शाह शुजा बंगाल में ठीकठाक ढंग से अपनी सूबेदारी समझ–बूझ के साथ निभा रहा था; और मुराद गुजरात में कामयाब ढंग से मुग़ल हुकूमत का परचम लहराये हुए था। और हमने अपने–आप को सरकारी कामों के साथ सूफ़ीवाद और साहित्य पढ़ने में ही लगाये रखा। मगर परवरदिगार की ऐसी मेहरबानी हुई कि दुनिया के दूसरे देशों के साथ व्यापार से हमारी आमदनी बहुत बढ़ गयी और हम अपने जहाज़ 'साहिबी' के साथ किराये के जहाज़ों से भी व्यापार करने लगे थे।"

VIII

"हम अपनी ज़िम्मेदारियों को निभाने में मसरूफ़ होने के साथ ही अपने हिस्से के शाही कारख़ानों के उत्पादन की ओर भी ध्यान देने लगे। ज़ाहिर है हमारे ख़ुद के ध्यान देने से उनसे होने वाली आमदनी तो बढ़ी ही हम दूसरे देशों के साथ व्यापार में भी दिलचस्पी लेने लगे। इससे हमारी आमदनी बहुत ज़्यादा ही बढ़ गयी और हम अपने जहाज़ 'साहिबी' के साथ किराये के जहाज़ों से भी व्यापार करने के लिए मजबूर होने लगे थे। इसकी एक बड़ी वजह तो जैसा कि हमने बताया हम हर साल लगभग चार सौ मन अनाज मक्का–मदीना भेजते थे ताकि वहाँ ग़रीबों और ज़रूरतमन्दों में उसे बाँटा जा सके। शायद इसीलिए परवरदिगार हमारे ऊपर मेहरबान हुए थे। और, एक ऐसे काम–विदेशी व्यापार में हमें इतनी तरक़्क़ी मिलेगी हमने सपने में भी नहीं सोचा था।"

"इस व्यापार के ही सिलसिले में याद आता है कि सूरत की जागीर मिलते ही, यह लाज़िमी भी था, साल 1648 में बरसात कम होने के चलते नील की फ़सल पर बुरा असर पड़ा और इसीलिए बयाना की मण्डी में नील की कमी महसूस की गयी थी। हमारे दीवान हक़ीक़त ख़ाँ ने हमें आकर बताया कि अंग्रेज़ ईस्ट इंडिया कम्पनी के रिचर्ड डेविंज ने इस बाबत सूरत में अपने अध्यक्ष और परिषद् से हुक्म हासिल किया है कि वह कम्पनी की ओर से नील की ख़रीद में सहूलियत के लिए हमसे 'निशान' हासिल कर सके। हमने अपने शाही कारख़ानों में बनने वाले सामानों

के लिए हॉलैंड और इंग्लैंड दोनों की कम्पनियों से पहले से ही क़रार कर रखा था और इससे हमें अच्छी–ख़ासी कमाई और फ़ायदा मिल रहा था। इसीलिए हमने डेविंज को सहूलियत के लिए 'निशान' दे भी दिया। ज़ाहिर है, उसको इससे फ़ायदा हुआ होगा तभी वह मार्च 7, 1650 को शाही दरबार में हाज़िर हुआ था। उसने बादशाह को सलाम करने के बाद बादशाह और दारा के साथ हमको भी बहुत से तोहफ़े दिये, जो वो ख़ासतौर से हम लोगों के लिए लाया था। हमारे लिए एक निहायत ख़ूबसूरत कामदार लकड़ी की छोटी अलमारी जिसे वे 'कैबिनेट' कहते हैं, लाया था। उसके साथ ही कढ़ाई किये हुए अनेक चादर, ग़िलाफ़, तौलिये और साथ में एक ख़ूबसूरत–सा शीशा, जिसमें अपनी शक्ल बेहतर ढंग से देखी जा सकती थी। इतना ही नहीं, उसने बाद में भी हमको और बादशाह को बहुत तोहफ़े भेजे जिससे हम अंग्रेज़ कम्पनी से ख़ुश होकर उन्हें और फ़ायदा दे सकें।"

"वैसे हम लोगों को तोहफ़ों और इज़्ज़त–अफ़जाई से इतना ज़्यादा ख़ुश कर दिया था कि हमने हक़ीक़त ख़ाँ के ज़रिये रिचर्ड डेविंज को लखनऊ में व्यापार करने के लिए अपना 'निशान' भिजवा दिया। चूँकि हमें पहले भी डेविंज ने जायफल, लौंग, जैतून वग़ैरह के तेल भेजे थे और हमने उनकी तारीफ़ भी की थी अब वो हमको लगातार बतौर तोहफ़े के इनकी आपूर्ति करने लगा था और इसके लिए पैसे लेने को भी तैयार नहीं होता था। जनवरी से मार्च 1651 के बीच डेविंज लगातार हमारे दीवान हक़ीक़त ख़ाँ के साथ सम्पर्क में रहा था और उसी के ज़रिये हमसे व्यापार के लिए वार्तालाप करता रहा था। हम अब यूरोप से बेहतर क़िस्म के ऊनी कपड़े भी मँगवाने लगे थे क्योंकि ऐसे अच्छी क़िस्म के कपड़े यहाँ नहीं बनते थे। इन्हीं कपड़ों को दिखाकर हमने अपने शाही 'कारख़ानों' में शाही वस्त्रों में ही इसे शरीक कर दिया और अब बड़ी तादाद में वैसे ही कपड़े हमारे यहाँ भी बनने लगे। हमारी इस पहल से बादशाह बहुत ख़ुश हुए क्योंकि अभी तक सिर्फ़ रेशमी और ज़रीदार शाही वस्त्र ही लोगों को ख़ास मौक़ों पर दिये जाते थे–अब इनके बनने के चलते एक बेहतर पसन्द बढ़ गयी थी।"

"लेकिन इन सबके बीच हमें हक़ीक़त ख़ाँ की जगह अब मिर्ज़ा मोमिन को अपना दीवान बनाना पड़ गया, क्योंकि हक़ीक़त ख़ाँ की तरक़्क़ी हो गयी थी। एक बात तो थी कि हक़ीक़त ख़ाँ फ़िरंगी व्यापारियों से ज़्यादा बेहतर ढंग से पेश आता था और हमारे फ़ायदे पर नज़र बनाये रखता था।

1650–1652 के बीच अंग्रेज़ों के व्यापारिक फ़ायदे को देखते हुए हिन्दुस्तान के साथ व्यापार से फ़ायदे के नज़रिये से ही दिसम्बर 31, 1652 को हॉलैंड की ईस्ट इंडिया कम्पनी के अफ़सर लोग भी शाही दरबार में हाज़िर हुए–उन्होंने बादशाह को और हमें ख़ूब सारे तोहफ़े दिये ताकि हम सूरत में उनको भी कुछ सहूलियत दे दें, जैसी अंग्रेज़ों ने हासिल की थीं। हमने परदे के पीछे से बादशाह से फ़ारसी में ही इनकी इल्तज़ा को मान लेने के लिए कहा क्योंकि, अंग्रेज़ों और हॉलैंड़वासियों की इस धींगामुश्ती में हमको दोनों ही ख़ुश करना चाहेंगे और हम लोगों को फ़ायदा होगा। हमारे वालिद साहब ने ख़ुशी से हमारी बात को मंज़ूरी दी और इस तरह से डच कम्पनी भी अब हिन्दुस्तान में काम करने लगी। इस डच कम्पनी को 1640 के दशक में फ़ारस और हिन्दुस्तान दोनों जगह हज के जहाज़ को रोक देने की वजह से नुक़सान उठाना पड़ा था लेकिन अब उनकी गाड़ी भी पटरी पर आ गयी और चूँकि, वे भी सूरत में अपने आढ़त की कोठी खोलने की इजाज़त माँग रहे थे और हमें इसमें अपना ख़ुद का फ़ायदा दिखा इसीलिए यह मंज़ूरी उनको बादशाह से दिलवा दी थी।"

"इस समय तक ख़ानम, गुलचिरा, शकीला और फ़िदा के भी पैसे हमने उनसे पूछकर इसी व्यापार में लगा दिये थे, जैसे ही सबको फ़ायदा हुआ हरम की लौंडियों, बाँदियों ने भी अपनी बचत के पैसे लगाने शुरू कर दिये और हमने दीवान से कहकर उसके दफ़्तर में एक–दो और हिसाब–किताब वालों की तैनाती के हुक्म दिये और इसके लिए बादशाह की इजाज़त भी ले ली। और तो और दिलदार को भी इस व्यापार से और फ़िरंगी कम्पनी के अफ़सरों– कर्मचारियों के आने से फ़ायदा होता था, उसे भी वे कुछ–न–कुछ तोहफ़े दिये बग़ैर नहीं जाते थे। वे पता रखते थे कि मल्लिका के दीवान के अलावा और कौन–कौन मल्लिका के फ़ैसलों पर असर डालने वाले हैं। इसका फ़ायदा फ़िदा और दिलदार को सबसे ज़्यादा मिलता रहा। दिलदार को तो टेवेर्नियर ने सोने की घड़ी ही लाकर दे दी थी जिसे वह हाथ में बाँधकर घूमता रहता था और लोगों की नज़र में लाने के लिए उस हाथ को हिला–हिलाकर बातें करता–यह अपने आप में एक दिलचस्प हरकत होती थी, जिसकी वजह से लोग जान–बूझकर उसे बात करने के लिए छेड़ते और उकसाते रहते थे।"

"हम जगह–जगह ज़ियारत करने वालों के लिए तो मुसाफ़िरख़ाने बनवाते रहे थे मगर अब दिल्ली में हमने इस्लामी दुनिया से आने वाले

तिजारत करने वाले मुसाफ़िरों का भी ख़्याल किया–क्योंकि हमारे मुसाफ़िर जो ज़ियारत के लिए अरब मुल्कों में जाते थे उनको भी वहाँ कुछ सहूलियतें मिलती रहती थीं। इसीलिए हमने भी शाहजहाँनाबाद के बाज़ार में अपने साहिबाबाद बाग़ के दरवाज़े के पास ही एक 'कारवाँ–सराय' बनवायी ताकि फ़ारसी, उज़्बेगी और बाक़ी इस्लामी मुल्कों के तिजारत करने वाले अमीर व्यापारियों को ठहरने की मुफ़ीद जगह मिल सके। उस सराय में हमने एक ख़ूबसूरत बाग़ भी लगवाया और उसमें पानी का भी बेहतरीन इन्तज़ाम था। इसके कमरे बड़े और हवादार थे–उन कमरों में बेहतरीन चित्रकारी और जड़ाऊ काम से सजावट करवायी। कमरों के बाहर और पूरे अहाते में बड़े पेड़ों के साये का इन्तज़ाम था और फूलदार छोटे पेड़ों और पौधों के चलते बहार और ख़ुशबूदार माहौल तैयार करवाया। इनके जान–माल की हिफ़ाज़त का भी पूरा इन्तज़ाम किया गया–शाम की नमाज़ के बाद इस सराय के दरवाज़े को बन्द कर दिया जाता था। बाहर से आने वाले तिजारती (व्यापारी) इस इन्तज़ाम से बहुत ख़ुश हुए थे और इससे व्यापार को भी फ़ायदा पहुँचा। यहाँ के इन्तज़ाम की तारीफ़ वे अपने ख़तों में तो करते ही थे–अपने मुल्कों में वापस जाकर भी करते थे जिसकी वजह से वहाँ से बड़ी तादाद में अब व्यापारी दिल्ली आने लगे थे ताकि बादशाह से इजाज़त लेकर तिजारत करके फ़ायदा कमा सकें।"

"जनवरी, 1654 में हम अभी महल में अपनी जगह पर परदे के पीछे बैठे ही थे कि एकदम से अफ़रातफ़री मच गयी। हमने देखा कि जसरूप मिराठिया ने एकदम से बादशाह के ऊपर जानलेवा हमला बोल दिया। ये तो कहिए कि मयूर–तख़्त की ऊँचाई के चलते वह उसके सामने लगी छोटी–सी पावदान वाली चन्दन की सीढ़ी के पहले पायदान पर ही पहुँचा था कि वहाँ खड़े कोतवाल नौबत ख़ाँ ने अपने कोड़े से उसके ऊपर वार किया, कोड़ा उसके सीने में लगा और वह वहीं गिर पड़ा। वह फिर उठा और फिर बादशाह या मयूर तख़्त की ओर बढ़ा। बादशाह अब तक अपनी तलवार म्यान से निकाल चुके थे। बादशाह का हाथ जब तलवार की मूठ पर पहुँचा था उसी समय साथ–साथ हमारा भी फूलकटरा (छोटी कटार), जो हमेशा मेरी कमर में बँधा रहता था, हमारे हाथ में था और हम बेपर्दा हो चुके थे। शायद इसी वजह से जसरूप ने पल–भर को हमारी तरफ़ देखा इसीलिए इसका फ़ायदा उठाते हुए ख़्वाजा रहमतुल्लाह ने अपनी तलवार से उसका सर कलम कर दिया! बादशाह भी हमको यूँ देखकर अवाक् रह गये।

वे अब दुआएँ पढ़ने लगे थे और हम वापस परदे के पीछे चले गये। बादशाह ने इन दोनों को बहुत इनाम–इकराम दिये और हमने भी इनकी हौसला–अफ़ज़ाई करते हुए दोनों को इनाम में एक–एक हज़ार रुपये और एक–एक 'जामधार कटार' भी दी।"

"इसी साल की एक और बात दर्ज करने लायक़ थी, बादशाह की फ़ौज ने गढ़वाल की रियासत पर चढ़ाई की थी। वहाँ की पहाड़ियाँ भी कश्मीर और काबुल जैसी ही घाटियों के चलते ख़ूबसूरत लगने के साथ–साथ दुश्मनों के लिए इस इलाक़े को जीतना नामुमकिन–सा कर देती हैं। इसीलिए वहाँ के राजा पृथ्वीपति शाह (1640–1664) ने शाहजहाँ की न बादशाहत क़बूल की थी और न ही कभी उसने सालाना ख़िराज ही भेजा। वैसे जो हमने यहाँ के बारे में पढ़ा है उसके हिसाब से यहाँ के देवदार और चीड़ के ऊँचे–ऊँचे पेड़ पहाड़ियों की चोटियों के और भी ऊँचा होने का एहसास कराते थे। यहाँ की दो नदियाँ अलकनन्दा और भागीरथी बहुत ख़ास हैं–ऊपर पहाड़ों से बने रास्तों से इनके तेज़ बहाव की आवाज़ें साफ़ सुनाई देती थीं।...बादशाह ने ख़लीलुल्लाह ख़ाँ की सरपरस्ती में 8,000 घुड़सवारों और 2000 पैदल सिपाहियों की एक फ़ौज भेजी और यह चढ़ाई दिक़्क़त वाली थी इसीलिए राजा को हराना मुमकिन नहीं था, भले ही सिरमौर के राजा सौभाग्य प्रकाश और कुमाऊँ के राजा बहादुर चन्द ने मुग़ल सेना की मदद की।"

"यह लड़ाई दो साल तक चलती रही और फिर भी कोई नतीजा नहीं निकला मगर गढ़वाल की जनता इस लम्बी खिंच रही लड़ाई से परेशान हो चुकी थी। राजा ने जनता के दर्द को समझा और हमको कई ख़त लिखे, हमने भी उसको समय–समय पर अपने जवाब लिखे और उसी का नतीजा था कि उसने हमारी सलाह मान ली। हमने दारा से भी यही कहा कि अब वह ख़ुद तैयार है तो ग़लती सुधारने का मौक़ा दिया जाना चाहिए। हम तुमको आगे कर रहे हैं क्योंकि तुम ही वली–अहद हो–उसकी तरफ़ से दरबार में तुम समझौते की बात रखो, हमने जो शर्तें रखी हैं, 'इनमें उसे बादशाह की हुकूमत को मानने के अलावा, एक हज़ार सोने की अशर्फ़ियाँ बतौर ग़लती के भुगतान के साथ ही अब सालाना ख़िराज भी बादशाह को देना होगा। बादशाह से इजाज़त लेकर ही हमने शर्तें रखी हैं, अगर वह तैयार हो और अपने लड़के को दरबार में भेजे तो उसको तुम दरबार में पेश कर देना।' इसी के बाद दारा ने गढ़वाल के

राजा के बेटे मेदिनी सिंह को जुलाई 30, 1656 के दिन दरबार में पेश किया। बादशाह ने उसे शाही वस्त्र, एक अरबी घोड़ा और एक तलवार अपनी तरफ़ से दी और दोनों के बीच क़रार हुआ।"

आग वाले हादसे के बाद जहाँआरा अपना समय सूफ़ी साहित्य पढ़ने और धर्म–कर्म में लगाती थी। वह यथासम्भव ग़रीबों की मदद करती और जनहित के काम करती। मगर उसकी हुकूमत से जुड़ी इतनी ज़्यादा ज़िम्मेदारियाँ थीं कि न चाहते हुए उसे सियासी काम भी करने पड़ते थे जबकि वह सियासी चालों से दूर रहना पसन्द करती; मगर वह ख़ुद सियासत में नहीं पड़ती थी; न कभी कोई सियासी चाल चलती थी न उस पचड़े में पड़ती थी। हाँ, उसका एक क़सूर था कि न चाहते हुए भी मल्लिका–ए–जहाँ होने की वजह से वह मयूर–तख़्त के फ़ैसलों के ख़िलाफ़ नहीं जाती या जा सकती थी। उसका जो आम जनता के साथ उमरा और उलमा के ऊपर मानवीय प्रभाव था, बादशाह उससे न केवल वाक़िफ़ था बल्कि उसका फ़ायदा भी उठाता था। इसीलिए अब जहाँआरा दारा को सम्भावित उत्तराधिकारी मानते हुए उसी को आगे करने लगी थी, जैसे गढ़वाल प्रकरण में समझ आता ही है। वह सीधे तौर पर राजनीति या कूटनीति से परहेज़ करने लगी।

जहाँआरा लिखती है कि गढ़वाल के इस मसले में पड़कर वह अपनी डायरी में राजपूताना प्रकरण का उल्लेख करना भूल गयी और वह अब गढ़वाल प्रकरण के बाद कर रही है। वह दर्ज करती है, "हमारे वालिद ने बादशाह जहाँगीर के समय गुहिलोत शासक, राणा अमर सिंह को 'चित्तौड़ के समझौते' के लिए मजबूर किया था और शर्त के हिसाब से वे लोग चित्तौड़ के क़िले की मरम्मत करवाकर उसे फिर से बहुत मज़बूत नहीं करेंगे। लेकिन इस बीच राणा जगत सिंह ने उसकी मरम्मत शुरू करवा दी थी मगर बीच में वह चल बसा–उसके बेटे राज सिंह ने ये मरम्मत का काम जारी रखा, जिससे बादशाह बेहद नाराज़ हुए और हम सब एक बार फिर आगरा होते हुए अजमेर के लिए चले। अजमेर के नाम से हमारी बाँछें खिल जाती हैं, हमने ख़्वाजा मुईनुद्दीन चिश्ती साहब का शुक्रिया अदा किया कि कम–से–कम उन्होंने अपने यहाँ आने का एक बहाना तो दिया। हम लोगों ने शाही लश्कर में सितम्बर 24, 1654 को दिल्ली से अजमेर के लिए कूच किया।

"बादशाह का शतरंज का शौक़ या यूँ कहें जूनून कम ही नहीं हुआ था और शायद हमारे 'मल्लिका' होने की यह भी एक वजह रही हो? बादशाह को बिना लिहाज़ के शतरंज में कड़ी टक्कर उनकी बेटी के अलावा और कौन दे सकता था? दारा भी अच्छी शतरंज खेलता था मगर उसके साथ खेलने का मज़ा किरकिरा हो सकता था, वह एक–एक चाल में इतनी देर करता था...कि दो चालों के बीच 'बड़े ख़्याल की एक बन्दिश' पूरी हो जाये। हमें बादशाह के अलावा शतरंज खेलने में सिर्फ़ ज़ेब के साथ अच्छा लगता है। जिस तरह से हम बादशाह के साथ कोई मुरव्वत नहीं करते थे वैसे ही औरंगज़ेब हमारे साथ कोई मुरव्वत नहीं करता था। जितना हम बादशाह को इज़्ज़त देते थे, उसी तरह वह हमें बेहद इज़्ज़त देता था–बावजूद इसके कि रोशनारा उसको हमेशा हमारे ख़िलाफ़ भड़काने की कोशिश करती; हमारे ख़िलाफ़ उसके कान भरने की कोशिश में वह कोई कमी नहीं करती थी। यह सब शकीला के साथ–साथ ख़्वाजाओं के ज़रिये ख़्वाजासरा, दिलदार हमें बताते रहते थे। ख़ैर, बादशाह ने बिल्कुल शतरंज की तरह ही फिर से चित्तौड़ के ख़िलाफ़ पेशबन्दी की।"

"बादशाह ख़ुद अजमेर पहुँचकर अपनी फ़ौज की कमान सँभाले हुए थे। उन्होंने सादुल्लाह ख़ाँ को 30,000 की फ़ौज के साथ चित्तौड़ पर चढ़ाई के लिए रवाना किया; उधर शाइस्ता ख़ाँ को ताक़ीद की कि वह अपनी फ़ौज के साथ हुक्म मिलते ही मेवाड़ कूच करने के लिए हमेशा तैयार रहे; और, इसके साथ ही औरंगज़ेब को हुक्म दिया कि वह अपने बेटे को 1,000 फ़ौजियों के साथ मन्दसौर में तैनात कर दे, ताकि उधर से चित्तौड़ की घेरेबन्दी हो सके। इतनी तैयारी देखकर राणा राज सिंह घबश गया और उसने न केवल घुटने टेक दिये बल्कि मरम्मत वाला हिस्सा भी फिर से पुरानी सन्धि की शर्तों के हिसाब से टूट जाने दिया। इस तरह सालों बाद राजपूताने में मुग़लों के ख़िलाफ़ जो दिक़्क़त के बादल छा रहे थे वे हवा के इस एक झोंके से ही छँट गये। इस साल के नवम्बर में, हमने ख़्वाजा मुईनुद्दीन चिश्ती साहब को फिर अगली बार आने की दुआ करते हुए तब तक के लिए अलविदा कहा। हम लोग फ़तेहपुर सीकरी के रास्ते में ही थे कि औरंगज़ेब का बेटा, सुल्तान मुहम्मद जो मन्दसौर में तैनात था बादशाह के सामने पेश हुआ और उसने अपने दादा को सलाम के साथ नज़र अदा की। बादशाह उसको देखकर बहुत ख़ुश हुआ।

वह हमको भी सलाम करने हाज़िर हुआ और हमें अच्छा लगा कि उसे दरबारी तहज़ीब और क़ायदों की पूरी तमीज़ थी। मल्लिका के साथ जैसे एक फूफी दुलार करती है, वही इस तमीज़दार भतीजे के लिए भी तय था मगर उसके अलावा हमने उसे दुआएँ और तोहफ़े भी दिये।"

"हम लोग फ़तेहपुर सीकरी में तीन दिन रुके और यहाँ भी हमारा समय शेख़ सलीम चिश्ती साहब के मक़बरे पर ही ज़्यादा गुज़रा और वहाँ भी हमें बहुत सुकून मिला। वहाँ से चलकर हम लोग आगरा पहुँचे। दारा और अली मरदान ख़ाँ मोती मस्जिद देखने चल दिये और हम बादशाह के साथ शाही नाव पर सवार ताजमहल देखने चल दिये। यहाँ से दिसम्बर 18 को निकलकर खरामा–खरामा यानी बहुत इत्मीनान से रास्ते में शिकार खेलते, हुकूमत के इन्तज़ाम पुख़्ता करते दस दिन बाद दिल्ली पहुँचे। इस बीच बस गढ़वाल की ख़बरें आती रहीं और राजा गढ़वाल और हमारी ख़त–किताबत भी चलती रही जिसकी वजह से आख़िर में समझौता हुआ और बेनतीजा युद्ध ख़त्म हुआ वरना सिर्फ़ समय और दौलत दोनों ही ज़ाया हो रहे थे।"

"शायद आने वाली मुसीबतों की आहट बहुत पहले से होने लगती है। अब बाद में यही समझ आ रहा है (यह बताना ज़रूरी है, कि यह हिस्सा हमने 1660 के बाद के समय में जोड़ा है।) इसीलिए 1656 के पहले वाक़िये की तरफ़ घूमते हैं। गोलकुंडा के अब्दुल्लाह कुतुब शाह ने सालाना ख़िराज का पुराना बक़ाया नहीं चुकाया था। औरंगज़ेब ने इसके लिए उसे तीन साल पहले ही लिखा था और इसीलिए अब उसके ऊपर कई लाख रुपये का जुर्माना भी लगा दिया था। और इतना ही नहीं, उसने औरंगज़ेब के वज़ीर या सूबे के दीवान के बेटे, मुहम्मद अमीन सहित घरवालों को नवम्बर 1655 में क़ैद कर लिया था। औरंगज़ेब ने इस वजह से बादशाह को पूरी बात लिखते हुए उसके ख़िलाफ़ कुछ कड़े क़दम उठाने की इजाज़त माँगी। उसने बादशाह के फ़रमान भी कुतुब शाह को इस आशय के भेजे कि वह मीर जुमला के रिश्तेदारों को फ़ौरन रिहा करे। उसने अपने बेटे शहज़ादे मुहम्मद को गोलकुंडा पर चढ़ाई करने के लिए तैयार किया–इसी बीच कुतुब शाह ने मुहम्मद अमीन को रिहा कर दिया। मगर शहज़ादा मुहम्मद तब तक हैदराबाद जीतकर वहाँ लूट कर चुका था।"

"अब कुतुब शाह की हालत बिगड़ी और वह गोलकुंडा में जाकर छुप गया और शहजादे मुहम्मद को दया और समझौते के लिए रोज़ ख़त

भेजने लगा, मगर उसने अपने वालिद से बात करने को कहा। इसी बीच औरंगज़ेब भी फ़रवरी तक अपनी फ़ौज के साथ घेरेबन्दी करने पहुँच गया। अब्दुल्लाह कुतुब शाह ने औरंगज़ेब के साथ ही बादशाह, दारा और हमको भी लगातार ख़त लिखने शुरू किये—वह औरंगज़ेब के दबाव से राहत चाह रहा था, पर औरंगज़ेब तो अकबर की ही दक्खन नीति को अमली जामा पहनाते हुए उसे शिद्दत से आख़िरी मुक़ाम पर पहुँचाने में लगा हुआ था। ज़ेब की ख़ासियत है जब किसी बात की गाँठ बाँध लेता है तब वह उसे हासिल करके ही मानता है, इसीलिए उसके ऊपर अब्दुल्लाह कुतुब शाह के ख़तों और फ़रियादों का कोई असर नहीं हुआ। अब्दुल्लाह कुतुब शाह बहुत शातिर था उसने जिस तरह से हमको अपने बीवी—बच्चों की दुहाई दी और हमसे इंसानियत के तक़ाज़े की बिना पर भी मिन्नतें कीं, उससे हम वाक़ई पसीज गये—हमने और दारा दोनों ने ही बादशाह से कुतुब शाह को एक मौक़ा और देने को कहा। बादशाह ने इसी के चलते औरंगज़ेब को फ़रमान भेजकर गोलकुंडा की घेरेबन्दी मार्च, 1656 में उठवा दी। औरंगज़ेब ने हमको बहुत जज़्बाती ख़त भी लिखा, तब हमने उसे अब्दुल्लाह के ख़तों की नक़ल करवा कर भिजवा दी। यह ख़त ज़ेब ने 'मल्लिका—ए—जहाँ' को न लिखकर अपनी आपा को लिखा था इसीलिए हमने भी ईमानदारी से जवाब दिया।"

"दूसरा वाक़िया इसी के बाद का है, दिसम्बर, 1656 में दिल्ली में महामारी फैल गयी, बादशाह के साथ हम सब गंगा के तट पर बसे गढ़—मुक्तेश्वर चले गये जहाँ से हम जनवरी 31,1657 को वापस दिल्ली लौटे। दिल्ली के हालात में ज़्यादा सुधार नहीं हुआ था इसीलिए कोतवाल को ज़रूरी हुक्म देकर फ़रवरी की 6 तारीख़ को दिल्ली से सौ मील उत्तर की ओर जमुना तट पर बसे मुख़्लिसपुर में मुक़ाम करने चले गये। यह एक बहुत शानदार और सुकून वाली जगह थी, जहाँ घने पेड़ों और शिवालिक की पहाड़ियों के चलते गर्मी में ठण्डक—सी रहती थी इसीलिए बादशाह ने इसे गर्मी के लिए पहले ही चुन रखा था। यहाँ बहुत सारे महल बने हुए थे और हमारा महल बादशाह के महल के पश्चिम में था—दोनों का आँगन बड़ा और एक ही था, हमारे कमरे के सामने संगमरमर की बारीक कामदार जालियाँ लगी हुई थीं। इन जालियों का एक बड़ा फ़ायदा था—इनमें से हवा और रोशनी आती रहती थी और आप बाहर देख सकते थे मगर बाहर वाला आपको नहीं देख सकता था। यहाँ भी महल चार—बाग़ शैली वाले

एक बड़े से बाग़ के बीचों–बीच बना हुआ था। बादशाह ने इस जगह का नया नाम फ़ैज़ाबाद कर दिया था। हम लोग यहाँ से बरसात से पहले ही अप्रैल में दिल्ली लौट आये।"

"तीसरा वाक़िया तो और भी ग़ज़ब था–वाक़ई कुछ–कुछ चीज़ें ऐसी हो रहीं थीं जो हमें तो बिल्कुल रास नहीं आ रही थीं। सितम्बर 6, 1657 बड़ा मनहूस दिन था...बादशाह की तबीयत अकस्मात ही बिगड़ गयी। उनके पेट में ज़बरदस्त दर्द उठा। उनको कब्ज़ की शिकायत तो चल ही रही थी और उसका इलाज भी चल रहा था कि एकदम से पेशाब में जलन शुरू हुई और फिर पेशाब होने में दिक़्क़त होने लगी–सारे हकीम और वैद्य जुट गये–हमने दुआओं और इबादत का भी सहारा लिया और ग़रीबों में रक़म भी बँटवायी मगर एक हफ़्ता बीतने को आया और बादशाह को कोई फ़ायदा नज़र नहीं आया। बादशाह अकबर ने मुग़ल राजशाही को हिन्दुस्तानी बनाने के वास्ते यहाँ की पुरानी रियासतों के सियासी और हुकूमत के रस्मों–रिवाज़ों को अपनाया था जैसे उन रियासतों के साथ शादी के ज़रिये रिश्तेदारियाँ जोड़ी थीं। इन्हीं रिवाज़ों में अगर 'तुलादान' था तो 'झरोखा–दर्शन' भी था। इस 'झरोखा दर्शन' का ज़िक्र हम कश्मीर का ज़िक्र करते हुए पहले भी कर चुके हैं, जब हम भी मजबूर किये गये थे, अपनी सफ़ापुर के जागीर के लोगों को 'दर्शन' देने के लिए।"

"चौथा वाक़िया कम से कम हमारे लिए व्यक्तिगत रूप से तो बहुत बड़ा झटका था और बादशाह भी ग़मज़दा हुए थे और हमारे लिए यह हादसा ही था–सती–उन–निसा का इन्तक़ाल...शायद हम आज–जो भी जितना भी हैं, उसमें अगर सबसे ज़्यादा किसी का हाथ है तो वह ख़ानम ही हैं...हमें उनको 'थीं' कहने में दिक़्क़त महसूस हो रही है...शायद वक़्त के साथ ज़ख़्म भर जाये, जैसे माँ मुमताज़ के जाने का ज़ख़्म भी समय के साथ धीरे–धीरे भर गया था। वैसे उस ज़ख़्म के भर जाने की भी एक बड़ी वजह ख़ुद ख़ानम थीं–उन्होंने नाना आसफ़ ख़ाँ और बादशाह के साथ मिलकर हमें मल्लिका का ओहदा और ज़िम्मेदारियों से लाद दिया था ताकि हम इसमें फँस कर ग़म भूल सकें। इतना ही नहीं कितनी बार ख़ानम ने माँ की तरह हमें सँभाला था और हिदायतें देती थीं। हमारी पहली शिक्षिका वे ही थीं जिन्होंने हमें मुग़लों या बर्लास (चग़ताई) तुर्कों की मादरी–ज़ुबान तुर्की सिखायी फिर दरबार की ज़ुबान फ़ारसी और क़ुरान शरीफ़ की ज़ुबान अरबी भी। उन्हीं ने तारीख़ों से लेकर शायरी

और मज़हब से लेकर सूफ़ीवाद पढ़ने का स्वाद लगा दिया था; हमको न केवल एक औरत बल्कि शाही ढंग से रहना सिखाया; फिर मल्लिका के साथ–साथ हरम के इन्तज़ामों और कर्तव्यों के एहसास करवाये; कैसे क़रीने से हर काम किया जाता है यह हमने उन्हीं से सीखा; स्वास्थ्य, चिकित्सा, इंसानों के साथ व्यवहार उन्हीं से सीखा था...वह मेरी माँ की सहेली थीं इसीलिए उन्हें ताजमहल में ही उनके नज़दीक दफ़नाने का फ़ैसला लिया गया था। मेरे साथ और आस–पास एक के बाद एक सब गड़बड़ ही होता जा रहा था...हमारी बेचैनी बढ़ती ही जा रही थी..."

"ज़ाहिर ही है, जब बादशाह की तबीयत इतनी बिगड़ गयी हो तब उनके लिए यह मुमकिन ही नहीं था कि वे रोज़ अल–सुबह झरोखे पर जाकर लोगों को दीदार दे सकें। अब बादशाह जब हफ़्तों झरोखे पर नहीं गये तो वाह रे हिन्दुस्तान–बिना सींग–पूँछ वाली अफ़वाहें पंख लगाकर चारों तरफ़ तैरने लगीं और अफ़वाह यह फैली कि बादशाह सलामत नहीं रहे। बादशाह ने रोज़ के कामकाज़ के लिए दारा को ज़िम्मेदारी दे दी–बस वे ख़ुद उसे हर मुद्दे पर सलाह और हुक्म देते रहते थे कि क्या करना है। मगर बादशाह का 'झरोखा–दर्शन' में न दिखाई देना अपने आप में अफ़वाह का सबब बन गया और जब दारा ने बादशाह के हुक्म से रोज़मर्रा के काम सँभाल लिए तब तो यह अफ़वाह पक्की हो गयी कि बादशाह का इन्तक़ाल हो गया है और दारा जान–बूझकर ये ख़बर छुपा रहा है ताकि बादशाहत पर उसकी पकड़ पक्की हो जाये तब वह यह ख़बर आम करे। हमारे सारे भाइयों को जब इस बात की इत्तला हुई तब उन्हें भी इन बातों पर यक़ीन होने लगा। उनके यक़ीन की सबसे बड़ी वजह यह थी कि मुग़ल हुकूमत के रिवाज़ के हिसाब से शहज़ादों के मुंशी दीवान–ए–आम में मौजूद रहते थे और दिनभर की बातों का हवाला उनको भेजते थे। मगर जब बादशाह दरबार तक जाने लायक़ नहीं थे और बिस्तर से ही दारा के ज़रिये काम कर रहे थे तब कैसा दरबार और उसमें कार्यवाहियाँ और ज़ाहिर–सी बात है मुंशी भी अफ़वाहों पर भरोसा करके वही ख़बरें शहज़ादों को भेजने लगे!"

"इन सबके चलते पूरे मुल्क में एक अजब उथलपुथल का सा माहौल बन गया और सारे शहज़ादों को लगने लगा कि वाक़ई बादशाह सलामत नहीं रहे हैं और दारा ने चुपचाप मयूर तख़्त पर अपना ग़ैर–क़ानूनी क़ब्ज़ा जमा लिया है। हमको ज़ेब और मुराद दोनों ने ख़त लिखे थे और हमने

दोनों को हर मुमकिन ढंग से समझाने की कोशिश की थी; मगर उनके जवाबी ख़तों में जो बातें आ रही थीं वे कोरी अफ़वाह थीं–मगर वे समझ रहे थे कि हम मुल्क, उसकी सियासत और सबसे प्रिय भाई दारा के चलते उनसे सच छुपा रहे हैं। शक का जवाब तो हकीम लुक़मान के पास नहीं तो हमारी क्या औक़ात कि हम उसे दूर कर सकें। फिर जैसा कि हमारा दिल बीमारी के बाद हो चुका था हम सियासत से ख़ुद को जितना मुमकिन हो अलग रखते थे। इसी बीच दारा ने हमसे एक रोज़ यह ज़रूर कहा कि रात–बिरात जब भी उसे यह महसूस होता है कि बादशाह की तबीयत ठीक है, उस समय बादशाह से कुछ–न–कुछ सलाह करता और जो वे हुक्म दिया करते हैं उसके हिसाब से शाही 'फ़रमान' वग़ैरह हैं जारी करना मजबूरी हो जाती है। वह नहीं चाहता था कि हमको इस वास्ते हर समय ख़ामख़्वाह परेशान करे। यह बात बीमार बादशाह के होशो–हवास में हो रही थी, हमें भी ठीक ही लगा कि सरकारी कामों में देरी करने से कोई फ़ायदा तो नहीं नुक़सान अलबत्ते होने की गुंजाइश रहती है इसीलिए बादशाह की रज़ामन्दी से हमने 'शाही मोहर' दारा को दे दी और यक़ीन मानिए एक राहत की साँस ली।"

"शाही मोहर रखना निहायत ज़िम्मेदारी का काम था इसीलिए हमने कई वजह से राहत महसूस की थी–एक, हम ख़ुद कुछ ज़िम्मेदारियों से छुटकारा पाना चाहते थे और दूसरे, हमारे लिए तो ये सारे ही छोटे भाई थे और हमने अपनी मरती हुई माँ को सबको सँभालने और उनकी सारी ज़िम्मेदारी निभाने का वादा किया था। वादा अपनी नानी साहिबा और वालिद साहब का भी किया था। नानी के इन्तक़ाल तक उनका पूरा ख़्याल रखा था और नाना आसफ़ ख़ाँ को मुल्क की ज़िम्मेदारी के लिए आज़ाद रखा, मेरी माँ के इन्तक़ाल के बाद वे ज़्यादातर बीमार ही रहती थीं और हम बादशाह का भी पूरा ख़्याल रख रहे थे। एक पल के लिए भी हम बादशाह को नहीं छोड़ते थे, बस इधर बार–बार, उनकी पेशाब बूँद–बूँद करके होने लगी थी, तब हमें मजबूर होकर काफ़ी देर तक उन्हें बाक़ी लोगों के हवाले छोड़ना पड़ता था मगर हमारे भरोसे के लिए तब गुलचिरा उनके पास होती थी और जब वह आराम चाहती थी तब दिलदार या महताब या एक और ख़्वाजासरा रेहान जो बादशाह का काफ़ी मुँहलगा था, वह रहता। इस तरह से हमको बादशाह के साथ बाक़ी हुकूमत की भी सारी ख़बरें मिलती रहीं, क्योंकि ये सारे लोग जो

बादशाह की ख़िदमत में लगे थे बादशाह के हाल के साथ–साथ मुल्क के हाल–चाल भी बताते थे!"

दर्शन में डूबे रहने वाले शहज़ादे दारा ने जब सियासत को अपने हाथ में लेते हुए काम करने का फ़ैसला किया तब तक देर भी हो चुकी थी और हिन्दुस्तान का दृश्य भी बहुत बदल चुका था। दारा के बाक़ी तीन भाइयों को बादशाह शाहजहाँ की मृत्यु की ख़बर पर विश्वास हो न हो किन्तु वे अपने बड़े भाई के सत्ता प्राप्ति के सभी प्रयासों को निष्फल करने के लिए प्रतिबद्ध थे। इसीलिए औरंगज़ेब को कन्धार की द्वितीय घेरेबन्दी के समय जब वापस दक्खन जाने के लिए आदेश दिया गया तब फ़रमान में एक ग़लती ऐसी हुई जिसने बादशाह के स्वस्थ रहते समय से ही इन तीनों भाइयों के कान खड़े कर दिये थे। उनको विश्वास हो गया था कि दारा सत्ता पाने के लिए चालें चलना शुरू कर चुका है। मुग़ल सियासत भी पुरानी शासकीय परम्पराओं के अनुकूल ही चलती थी। इसमें स्थापित मान्यता थी कि जब तक कार्यभार सँभालने वाला नव–नियुक्त न आ जाये और विधिवत उसको कार्यभार सौंप न दें तब तक स्थानान्तरित पदाधिकारी दायित्वों का निर्वहन यथावत करता रहता था। लेकिन इस फ़रमान में साफ़ लिखा था कि जब शाह शुजा एक पड़ाव दूर ही हो तभी औरंगज़ेब कन्धार से चल दे। निर्देश की नीयत बिल्कुल साफ़ थी–दोनों भाइयों के मिलन को हर हाल में रोकना।

इस तरह की नीयत और नीति ने ही मुग़ल राजकुमारों को बड़े भाई के ख़िलाफ़ लामबन्द होने के लिए विवश भी किया। इस तरह से, दारा के ख़िलाफ़ इन भाइयों का एक त्रिगुट पहले से बन गया। रही–सही कसर मुग़ल सियासत के रंग–ढंग ने पूरी कर दी। मुग़ल अमीर वर्ग, जिसे उमरा कहते हैं, वह शहज़ादों को शुरू से अपने निहितार्थों के लिए इस्तेमाल करते रहे थे। इसकी सबसे पहली और प्रभावी अवधि हुमायूँ के शासन–काल में देखने को मिलती है, जब मुग़ल अमीर शहज़ादों, कामरान, अस्करी और हिन्दाल के साथ ही उसके चचेरे भाइयों को उकसाते थे और सत्ता पर क़ब्ज़ा करने के लिए भड़काते रहते थे। मिर्ज़ा कामरान ने तो पेशावर और लमघान पर क़ब्ज़ा किया था मगर मिर्ज़ा अस्करी को गुजरात में और मिर्ज़ा हिन्दाल को बंगाल में हुमायूँ के ख़िलाफ़ बादशाह तक घोषित करवाया था। जब जौनपुर की जामा मस्जिद से बादशाह अकबर के विरुद्ध फ़तवा जारी किया तब उलमा और उमरा एक

हो गये थे और अकबर के सौतेले भाई, मिर्ज़ा हाकिम को निमन्त्रित किया था—ये तो अकबर ने उलमा के विरुद्ध शासकीय और उमरा के ख़िलाफ़ सैन्य कार्यवाही तुरन्त करके मिर्ज़ा हाकिम को युद्ध में परास्त कर दिया इसलिए बाज़ी पलट गयी थी। जहाँगीर के काल में ख़ुसरो, शाहजहाँ, महाबत ख़ाँ तक के उदाहरण मौजूद थे।

जहाँआरा इसकी जड़ की तरफ़ अपने रोज़नामचे में उल्लेख करती है। उसके अनुसार, पैग़म्बर साहब ने जब इस्लाम के मौलिक सिद्धान्तों को परिभाषित किया था तब 'समता, समानता, बन्धुत्व' के भाव को बरक़रार रखने के लिए सांगठनिक उमरा (अमीर वर्ग) या सांगठनिक उलमा (आलिम या धर्माधिकारी वर्ग) की परिकल्पना नहीं की थी—ताकि कोई विशेषाधिकार प्राप्त वर्ग जड़ से ही जन्म न ले सके और जो इस्लाम क़बूल करें वे सब बराबरी महसूस कर सकें। लेकिन मुवय्या की क्रान्ति ने पवित्र ख़िलाफ़त को समाप्त करके, वंशीय ख़िलाफ़त को जन्म दे दिया था। इस तरह से जिस जनतान्त्रिक और समतामूलक समाज की परिकल्पना पैग़म्बर साहब ने की थी वह कुछ ही वर्षों में बिखर गयी। उमरा ने अपने लाभ के लिए मुवय्या की मदद की थी अतः वह उभरा। अब यह भी ज़रूरी हो गया था कि आलिम या पढ़े—लिखे लोग उस वंशीय राजशाही का औचित्य स्थापित करें अतः उन्होंने इस्लामी दुनिया के विस्तार के बाद जनतन्त्र को समस्या बताया। उनके हिसाब से अभी इस्लामी जगत क़ाफ़िरों से घिरा हुआ है इसीलिए राज्य को मज़बूत होना चाहिए। ऐसा मज़बूत राज्य सिर्फ़ वंशीय राजसत्ता में सम्भव है। इसके चलते आप क़ाफ़िरों को पराजित भी कर पायेंगे और ख़ुद को सुरक्षित भी रख पायेंगे।

उमय्यद वंश के बाद अब्बासी ख़लीफ़ाओं का काल आया और फिर स्वतन्त्र राज्य या सुल्तनतें उभरीं तब से लेकर मुग़ल काल तक उलमा और उमरा अपने—अपने स्वार्थ के चलते सिंहासन को कमज़ोर करके अपना नियन्त्रण बढ़ाते थे। लेकिन यह सच है कि उमरा की पद—प्रतिष्ठा सुल्तान या बादशाह से होती थी और उलमा को भी पद—प्रतिष्ठा के साथ भू—अनुदान या सयूर्घल या 'मदद—ए—माश', जिसे हम माफ़ी की ज़मीन कहते हैं शासक से ही प्राप्त होती थी, इसीलिए सशक्त शासक के काल में ये नियन्त्रित रहते थे, लेकिन एक बार कोशिश तो करते थे। जैसे अकबर के काल का ही वर्णन किया है और एक प्रगतिशील सुल्तान को तो पागल तक घोषित कर दिया। मुहम्मद—बिन—तुग़लक़ ने

गंगाजल के औषधीय गुण को पहचाना और वही पानी के तौर पर पीना शुरू किया और मुग़ल बादशाह भी अभी तक गंगाजल ही पीते हैं; उसने होली खेली; चातुर्मास के लिए बसेरे बनाये और गौशाला बनवायी मगर उलमा और उमरा दोनों को नियन्त्रित किया और उसे उलमा ने अपनी क़लम की ताक़त से पागल और सनकी या विरोधाभासों का मिश्रण घोषित कर दिया क्योंकि पढ़े–लिखे वर्ग के सदस्य होने के नाते ये ही इतिहास लिख रहे थे।

एक और महत्त्वपूर्ण बात जो जहाँआरा बहुत समझाकर लिखती है वह है 'उत्तराधिकार' के सम्बन्ध में : "जिस तरह से इस्लाम में उमरा और उलमा पिछले दरवाज़े से घुसे उसी तरह से राजशाही भी आयी या यूँ कहिए राजशाही को लाने और फिर उसको जायज़ ठहराने के लिए उलमा आगे आया। सबको अपने–अपने फ़ायदे दिख रहे थे। फिर ईरान आकर तो इस्लाम का सबसे पुरानी राजशाही से वास्ता पड़ गया और हिन्दुस्तान में तुर्की राज्य क़ायम होने के बाद बलबन ने ग़ैर–इस्लामी 'नौरोज़' (पारसियों का नया साल), 'सजदा' और 'पैबोस' जैसी रस्मों को स्वीकार कर लिया। जहाँ तक क़ानून का सवाल है तो सबको वापस कुरान शरीफ़, हदीस (पैग़म्बर साहब के आचरण या व्यवहार का संकलन) और शरीयत (इस्लामी क़ानून) पर ही भरोसा करना पड़ता है। चूँकि, पैग़म्बर साहब एक बराबरी वाले अवाम के पैरोकार थे इसलिए जम्हूरियत (जनतान्त्रिक) चाहते थे। मगर उमय्यद काल के बाद भी राजशाही में उत्तराधिकार के पक्के नियम नहीं बन सके थे। शुरू में हालात देखते हुए गुलाम और औरत को यह हक़ नहीं दिया गया फिर रज़िया के बाद से यह भी नहीं चल पाया, क्योंकि जब राजशाही ही मंज़ूर नहीं थी तो फिर उत्तराधिकार के सिद्धान्त का सवाल कहाँ था? इसीलिए विरोध की फुसफुसाहट के बाद उलमा भी शान्त हो गया और इल्तुतमिश ने बड़े बेटे के गुज़र जाने के बाद रज़िया को ही अपना वली–अहद बनाया था। इस उत्तराधिकार के सिद्धान्त के अभाव के चलते न केवल वंशीय परिवर्तन हुए बल्कि सबने सिंहासन पर अपना हक़ माना और उसी का नतीजा है कि हर शहज़ादा अपने को मुग़ल सिंहासन का दावेदार मान रहा था।

"जैसे बादशाह अकबर को कई सन्तानों के असमय इन्तक़ाल के बाद शेख़ सलीम चिश्ती की दुआओं से बेटा सलीम मिला था इसीलिए वे उसका नाम न लेकर शेख़ू पुकारते और बेहद प्यार करते। उसका नतीजा क्या हुआ।

वह पूरी तरह से बिगड़ गये और बादशाह के ख़िलाफ़ कई बार बग़ावत की। उसी तरह से बिल्कुल हमारे वालिद ने भी दारा से बेइन्तिहा प्यार किया और उसे सूबेदारी देने के बाद भी हमेशा अपने पास दरबार में ही रखा जबकि बाक़ी तीनों तो उससे भी छोटे थे उन्हें अपने–अपने सूबे में ही भेजा। यह एक बड़ा फ़र्क़ था जो सारे भाई शुरू से महसूस करते थे कि दारा के साथ ज़्यादा पक्षपात हो रहा है। दूसरी बात यह थी कि दरबार में बादशाह के इतने नज़दीक रहते हुए उसको कई फ़ायदे थे और वह अमीरों–दरबारियों से बिल्कुल बादशाह की तरह पेश आता था। बलबन के समय से ही 'राजत्व बन्धुत्व नहीं मानता' का सियासी नियम चला रहा था जिसे बर्नी ने 'फ़तवा–ए–जहाँदारी' और अबुल फ़ज़ल ने 'अकबरनामा' में और मज़बूती दी थी। इसके चलते अगर बादशाह किसी रिश्तेदार की तरफ़ झुकता दिखता था तो वह उसकी कमज़ोरी मानी जाती थी। दारा को बादशाह के नज़दीक बैठने की जगह भी दी गयी थी–उसका मंसब बाक़ी भाइयों के मंसबों से कई गुना ज़्यादा था इसीलिए उन सबका शक, शिकवा और सन्देह जायज़ ही था।"

"जब इस्लाम की बुनियाद में न राजशाही न उत्तराधिकार का कोई निश्चित सिद्धान्त था तब तो सत्ता पर कोई भी बैठ सकता था–इसलिए किसी को इस बात के लिए गुनहगार नहीं माना जा सकता था। जब सारे मुल्क में ही अफ़वाहों ने ज़ोर पकड़ा तो लोगों को पक्का भरोसा हो गया कि बादशाह का इन्तक़ाल हो चुका है और दारा भाइयों को किनारे लगाने की तरकीबें सोच कर वैसी ही सियासी चालें चल रहा है। ज़ाहिर है, ऐसे में अपने अस्तित्व के लिए वे सब उठ खड़े हुए। बादशाह के सारे अमीर और मंसबदार अपने–अपने फ़ायदे के लिए दारा को चढ़ाने भी लगे–जैसा चल रहा है वैसा ही चलता रहे, तभी उनको फ़ायदा था–कुछ भी बदलने से उनकी अनिश्चितता बढ़ती इसीलिए उन्होंने दारा को एक मोहरे की तरह इस्तेमाल किया। इन सब वजहों से मुल्क–भर में फ़ौजें सजने लगीं–लोग क़यास लगाने लगे कि अब मुग़ल मयूर तख़्त पर कौन बैठेगा? मुग़ल सूबेदार भी सूबों में मुग़ल बादशाह की तरह ही दरबार लगाते और शान से रहते थे। उनके अमीर उन्हें उसी तरह से देखते, मानते थे शायद इसीलिए ये शहज़ादे ख़ुद को असली हक़दार समझने लगते थे।"

"हमने कम–से–कम अपने वालिद साहब के बग़ावती तेवर तो देखे ही थे। और बादशाह जहाँगीर के भी क़िस्से सुने और पढ़े हैं।

बादशाह जहाँगीर ने तो अपनी 'तुजुक' में अपने बड़े बेटे ख़ुसरो की बग़ावत के समय लिखा ही है, 'ये बेवकूफ़ शहज़ादा नहीं जानता कि बादशाहत ख़ुदा बख़्शता है और बग़ावत कर बैठा है, हमने भी इसी तरह इलाहाबाद में कुछ अमीरों के बहकावे में आकर अपने वालिद के ख़िलाफ़ यह ग़लती की थी।' ज़ाहिर ही है, बादशाह जहाँगीर ने असली वजह की ओर इशारा कर ही दिया, वही वजह हुई कि हमारे अपने भाई भी मयूर–तख़्त के लिए बग़ावती होने लगे। दारा के पास इलाहाबाद, पंजाब और मुल्तान जैसे सबसे समृद्ध सूबे थे; 'शाह बुलन्द इक़बाल' का ख़िताब था; 40, 000 का मंसब था; वह सोने के आसान पर मयूर–तख़्त के सबसे क़रीब बैठता था; और, हर अमीर बादशाह से फ़ायदे हासिल करने के लिए उसकी वाहवाही और उसकी हाँ में हाँ मिलाने से गुरेज़ नहीं करता था। फ़लसफ़े में डूबे रहने वाला दारा कितना बेहतरीन लिखता–पढ़ता था कि सभी भाई–बहनों को रश्क होता था; मगर दरबार में बस अपनी बात पर अड़ जाना और दूसरे के नज़रिये को न समझना, यह एक बहुत बड़ी कमी थी।"

"हमारा दूसरा भाई, शाह शुजा सबसे ज़्यादा माँ–बाप से दूर रहा था और अजब क़िस्म का मतलबी, आरामतलब इंसान हो गया था; बंगाल का सूबा तिजारत या व्यापार का बहुत समृद्ध सूबा था और सत्रह साल की सूबेदारी ने उसे बेख़ौफ़, बेफ़िक्र और लापरवाह बना दिया था वह सिर्फ़ चापलूसों और रिश्वतख़ोरों से ही घिरा रहता था। औरंगज़ेब दक्खन का सूबेदार होने के साथ ही अच्छा फ़ौजी और फ़ौज का कमांडर था; उसको सियासत और हुकूमत की अच्छी समझ थी; उसने सोलह साल की उम्र से ही बस मुख़ालिफ़ माहौल में समय गुज़ारा था; वो बहादुर, पक्के इरादों और बेहद मेहनत करने वाला इंसान था। उसका मज़हब और उसके रस्मों–रिवाज़ों पर कितना पक्का भरोसा था वह बल्ख–बदख़्शाँ में सबने देखा और दाँतों तले उँगली दबा ली थी। आइए, वह क़िस्सा आपको भी बतायें : 'बल्ख में तोप और दूर की लड़ाई के बाद जब क़रीब की लड़ाई शुरू हो चुकी थी और मैदान में एक फ़ौजी दूसरे फ़ौजी से, घोड़ों से घोड़े, तलवार से तलवार, भाले, बरछे, गोली सब भिड़े हुए थे और ज़बरदस्त मारकाट मची हुई थी तब उन सबके बीच शहज़ादा औरंगज़ेब बेख़ौफ़ अपने घोड़े से उतरा, उसने अपना मुसल्ला बिछाया और एक सच्चे मुसलमान की तरह जुहर (दोपहर–शाम) की नमाज़ के वक़्त बिना इस बात की फ़िक्र के नमाज़ अदा की। दोनों तरफ़ की पूरी फ़ौज यह

अजीबोग़रीब नज़ारा देखती रह गयी। नज़र मुहम्मद ने कहा था 'ऐसा एक सेनानायक हमको मिल जाये तो हम दुनिया जीत के दिखा सकते हैं। ऐसे इंसान के ख़िलाफ़ जंग करना अपनी क़िस्मत के ख़िलाफ़ जंग लड़ने जैसा ही है—ऐसे इंसान से तो जीतना क़तई मुमकिन नहीं'—ऐसा था औरंगज़ेब, पक्के इरादों और अपने उसूलों वाला। और इसी वजह से न केवल उन लोगों से समझौता ही मुमकिन हुआ बल्कि मुग़ल सत्ता को स्वीकार करने की शर्त पर हमारी सारी शर्तें इन बल्ख—बदख्शाँ वालों को मानने के लिए मजबूर होना पड़ा था।"

"हमें एक बात और याद आ रही है और आज भी उसका वह ख़त हमने बहुत सँभाल कर रखा है जो उसने उस वक़्त लिखा था जब बादशाह ने उसे उसके ओहदे से हटा दिया था। उसने बादशाह को भी यही लिखा था कि वे चाहें तो वह ख़ुद अपनी जान तक की कुर्बानी उनके कहने पर देने को तैयार है और उसे किसी ओहदे की चाहत नहीं है—इतना जज़्बाती और हिम्मत से सच कहने का बूता जो उसके अन्दर था वह कभी—कभी लोगों को बहुत ही नागवार गुज़रता था। उसकी शख़्सियत सिर्फ़ मुख़ालिफ़त से सँवरी थी इसीलिए शायद वह ख़ुदा का ही एहतराम करता था; और नक़्शबन्दी सूफ़ी ख़्यालातों ने भी उसे मुख़्तलिफ़ नज़रिये से चीज़ों को देखने—समझने की सलाहियत दी थी। वो हर काम बहुत सलीक़े से सोच—समझकर करता था—बिल्कुल शतरंज के माहिर खिलाड़ी की तरह यानी हर चाल पूरी पेशबन्दी के साथ। हमको और बादशाह दोनों को ही वह शतरंज के खेल में कई बार शिकस्त दे चुका था, जबकि उससे ज़्यादा हम दोनों शतरंज खेलते थे। उसने बल्ख—बदख्शाँ, कन्धार, मुल्तान, सिन्ध, गुजरात और अब दक्खन में अपनी और मुग़ल हुकूमत की धाक जमायी थी और अच्छा नाम कमाया था।"

"सबसे छोटा भाई शहज़ादा मुराद बख़्श और औरंगज़ेब दोनों भाई होने के साथ साढ़ू भाई भी हैं, दोनों शाहनवाज़ ख़ाँ के दामाद हैं; मगर मुराद सबसे छोटे होने के नाते हर चीज़ को अपना हक़ समझकर चाहता है, उसके अन्दर एक ख़ौफ़—सा समाया रहता है शायद बचपन में माँ के आँचल की छाँव न मिल पाना और फिर शुरू का दौर जुन्नार में बहनों और हरम के बाशिन्दों के बीच बीता था तो वह हर काम अपनी मनमर्ज़ी का करवाने का आदी हो गया था। दूसरे, इस बात का हमने पहले भी ज़िक्र किया है कि वह शान—शौक़त का बहुत शौक़ीन था।

बस दरबार में लोग–बाग उसको तवज्जो दें इतने से वह ख़ुश हो जाता और मुग़ल मंसबदार इस मामले में बहुत होशियार थे–उन्हें उसकी इस कमज़ोरी से फ़ायदा उठाने में कोई देरी नहीं हुई। उसके पास भी पैदावार के चलते मालवा एक समृद्ध सूबा था और तिजारत के चलते गुजरात की आमदनी का कोई जवाब ही नहीं था। जब एक जगह सूरत से हमारी आमदनी इतनी थी तब मुराद की कमाई का आलम समझा जा सकता है और हर फ़िरंगी तिजारती मुग़ल शहज़ादे को ख़ुश करने के लिए तोहफ़ों की मुसलसल बरसात करता रहा होगा–क्योंकि, इसी सूबे से ज़्यादातर तिजारत होती थी।"

"वह भला और अमीरों के साथ अच्छा बर्ताव करने वाला शहज़ादा था; मगर दिमाग़ में सिवाय मयूर–तख़्त पर बैठने की हसरत के अलावा और कोई बात नहीं घुसती थी; पुर्तगालियों ने और उनकी देखा–देखी बाद में बाक़ी फ़िरंगी व्यापारियों ने उसे शराब का आदी बना दिया था। इसीलिए वह एकतरफ़ा ही सोच पाता और सिर्फ़ सपना देखने में मसरूफ़ रहता, कामयाबी तक पहुँचाने की कोई योजना उसके बस की बात नहीं थी...जैसे ही हमारे इन तीन भाइयों को बादशाह की ख़राब सेहत की पक्की ख़बर और मरने की अफ़वाह मिली उन्होंने आपस में ख़त–किताबत शुरू की और इसकी ख़बरें दक्खन, गुजरात–मालवा, उड़ीसा–बंगाल के वाक़ियानवीसों से दरबार में आने लगीं...उन्होंने मुग़ल हुकूमत की डाक–इन्तज़ाम के बरअक्स अपनी डाक को तेज़ी से पहुँचाने के लिए घुड़सवारों का इन्तज़ाम किया। गुजरात से मुराद अगर बंगाल में भाई शुजा को ख़त भेजता था तो भी वह दक्खन होकर ही जाता–इसीलिए हर ख़बर और दारा की मुख़ालिफ़त की हो रही या होने वाली कार्यवाहियों में केन्द्रीय भूमिका और उन सब पर सबसे ज़्यादा नियन्त्रण औरंगज़ेब का हो गया था।"

"एक बात की तारीफ़ हम अपने भाइयों की करना चाहेंगे–ज़ेब हो या मुराद वे दोनों ही बड़े भाई शुजा को ख़त लिखते समय उसे पूरी इज़्ज़त देते थे। वे उसको लिखे अपने ख़तों में उसे 'भाई जियू' सम्बोधित करते हैं। एक बात जो छनकर ख़ुफ़िया तरीक़े से आयी उसमें यह पता चला कि इन ख़तों में औरंगज़ेब ने दो–तीन बातों पर ज़ोर दिया था और इसीलिए दारा के ख़िलाफ़ वे कामयाब ढंग से लामबन्द हो गये थे। एक, उसने दोनों भाइयों को लिखा था कि जैसे बादशाह के दरबार में

हमारे मुंशी तैनात रहते हैं और वहाँ की ख़बरों से हमें वाक़िफ़ करवाते रहते हैं उसी तरह हम लोगों को अपने—अपने दरबार में एक—दूसरे के मुंशियों को रहने की इजाज़त देनी चाहिए; दूसरे, अगर किसी एक भाई पर मुग़ल फ़ौज (मतलब, दारा) आक्रमण करे तब बाक़ी दोनों भाइयों को उस भाई के बचाव में अपनी फ़ौज लेकर हाज़िर होना चाहिए। तीसरे, उसने आगाह भी किया कि कोई भी दारा की चिकनी—चुपड़ी बातों में न आ जाये और वह तीनों के गुट को तोड़ने में कामयाब हो जाये। उसके ख़िलाफ़ हमारी कामयाबी हम लोगों की एकता पर टिकी होगी, इसका ख़्याल रखना होगा।"

"ऐसी ख़बरें भी दरबार में आने लगीं कि तीनों भाइयों ने बादशाह के इन्तक़ाल और दारा को हराने के बाद, मुल्क का पश्चिमी हिस्सा मुराद को; दक्खन औरंगज़ेब को, बाक़ी का हिन्दुस्तान भाई शुजा को देने की आपसी रज़ामन्दी भी कर ली थी। इस तरह ये तीनों भाई अपने—अपने हिस्सों के आज़ाद बादशाह रहेंगे। लेकिन जो ख़त औरंगज़ेब ने हमको लिखा उसमें वह ख़ुद को बादशाह के प्रति पूरा भरोसा रखने वाला एक ग़ुलाम ही बता रहा था और हर हुक्म मानने को तैयार भी था। साथ ही वह हमको लिखे अपने ख़तों में यही इशारा देता था कि वह जो मुख़ालिफ़त कर रहा है उसकी वजह दारा का बादशाह पर ग़लत दबाव है और वह बादशाह सलामत को भाई दारा के चंगुल से आज़ाद—भर कराना चाहता है। जैसे ही बादशाह की बीमारी को एक हफ़्ता बीता था उन्होंने दारा को अपना वली—अहद या उत्तराधिकारी होने का सरकारी ऐलान कर दिया। इसी के साथ, मीर जुमला, महाबत ख़ाँ जैसे तमाम मुग़ल अमीरों—मंसबदारों को दक्खन से वापस आने का फ़रमान भेज दिया। इतना ही नहीं दारा को बिहार की सूबेदारी देकर उसका ओहदा और बढ़ाया गया। उसका साथ देने वालों में ख़लीलुल्लाह ख़ाँ को दिल्ली का सूबेदार, क़ासिम ख़ाँ को मालवा या गुजरात में से एक का सूबेदार बनाया ताकि मुराद के पास बस एक सूबा बचे और वह कमज़ोर हो जाये। जैसे ही दारा ने बिहार की कमान सँभाली वैसे ही खुली बग़ावत शुरू हो गयी।"

"मुराद ने इस बग़ावत की शुरुआत की—उसने अपने दीवान अली नकी को अक्टूबर में मार डाला और नवम्बर में मेरी जागीर सूरत में लूट की। इस के बाद दौलत बटोरते ही उसने दिसम्बर 5, 1657 को ख़ुद को बादशाह घोषित कर दिया। दारा ने बादशाह के दस्तख़त से एक फ़रमान

भेजा जिसमें उसे फ़ौरन बरार की सूबेदारी सँभालने का हुक्म था। वह ज़ोर से हँसा और दोनों भाइयों को बताया कि वह दारा की चाल में नहीं फँसेगा और भाई औरंगज़ेब की सूबेदारी में कोई सेंधमारी नहीं करेगा। दारा दोनों को आपस में लड़ाना चाह रहा है–यह साफ़ हो गया है। तब तक शुजा ने भी ख़ुद को बंगाल में बादशाह घोषित कर दिया। बादशाह ने एक फ़ौज क़ासिम ख़ाँ की सरपरस्ती में भेजी ताकि वह मुराद को गुजरात की सूबेदारी से बेदख़ल कर सके और दूसरी फ़ौज राजा जसवन्त सिंह के साथ ताकि वह औरंगज़ेब को दक्खन में रोके। शाइस्ता ख़ाँ औरंगज़ेब का बहुत क़रीबी था इसीलिए उसे मालवा से वापस बुलवा लिया गया।"

"उधर औरंगज़ेब और मुराद ने ख़तों के ज़रिये आगरा–दिल्ली की तरफ़ कूच करने का पक्का ख़ाका तैयार कर लिया कि कब वे अपने–अपने सूबों से निकलेंगे; कहाँ–कहाँ कितना पड़ाव करते हुए कब नर्मदा पार करके किस जगह मिलेंगे और दोनों की फ़ौजें कैसे साथ कूच करेंगी। औरंगज़ेब ने सबसे पहले दरबार के वफ़ादार मीर जुमला को क़ैद कर दिया ताकि वह बादशाह के हुक्म की तामील करते हुए वापस दिल्ली न चल दे। फिर दोनों भाई आधा अप्रैल बीतते–बीतते मिल गये। इसी बीच राजा जसवन्त सिंह और क़ासिम ख़ाँ जो दक्खन और गुजरात के लिए निकले थे, वे भी नर्मदा के पास तक जा पहुँचे थे। औरंगज़ेब ने ब्राह्मण कवि राय को अपना ख़त लेकर राजा जसवन्त सिंह के पास इस सन्देश के साथ भेजा कि वह जोधपुर वापस लौट जाये। लेकिन चूँकि, दोनों ने बादशाह की हुक्म उदूली से इंकार कर दिया इसीलिए उज्जैन के पास धर्मत के मैदान में जंग हुई और औरंगज़ेब ने अपने सब्र और बहादुरी से शाही सेना के पैर उखाड़ दिये–हारकर राजा जसवन्त सिंह जोधपुर और कासिम ख़ाँ आगरा लौट गया। बादशाह बावजूद बीमारी के आगरा में ही रुके हुए थे और ख़ुद फ़ौज के साथ बढ़े मगर बिलोचपुर पहुँचे थे कि उन्हें धर्मत में शाही फ़ौज की हार की ख़बर मिली (अप्रैल 11, 1658)।"

"हमसे बादशाह ने कहा कि हम औरंगज़ेब को समझाने की कोशिश करें कि वह यह जंग और ख़ून–ख़राबा बन्द करे–हम ज़िन्दा हैं अभी! हमने उनकी बात को जायज़ समझा और औरंगज़ेब को ख़त लिखा कि 'बादशाह के रहते यह बेवजह की जंग बग़ावत है मगर शहंशाह तुम्हें माफ़ कर देंगे अगर तुम जहाँ हो वहीं रुक जाओ और बिल्कुल आगे न बढ़ो। बादशाह बहुत बीमार थे मगर अब बिल्कुल ठीक हैं और इबादत के अलावा

सारा समय हुकूमत के कामों में लगाते हैं इसीलिए एक वफ़ादार बेटे की तरह तुम कहना मानो। वैसे भी इस जंग से तुम बेवजह मुसलमानों का ही ख़ून बहा रहे हो। तुम्हें अगर दरबार से कोई शिकवा या शिकायत हो तो फ़ौरन भेजो उस पर तवज्जोह दी जायेगी और तुम्हारी जायज़ बातें सुनी और मानी जायेंगी।' उसने हमें ख़त लिखकर कहा कि हम आपकी बात मानते अगर बादशाह ने सिर्फ़ दारा भाई के कहने से हम लोगों का हक़ न मारा होता–ये जो नयी तैनातियाँ हुई हैं, उनका मतलब हम लोग नहीं समझते हैं क्या? हमको उसके जवाब से यही समझ आया कि असल में ज़ेब को लग रहा है कि धर्मत की शिकस्त के बाद दारा भाई और बादशाह शायद कुछ वक़्त चाहते थे कि वे अपनी फ़ौजों को और बेहतर ढंग से तैयार कर सकें।"

"इस तरह का ख़त खुद बादशाह ने भी औरंगज़ेब को लिखा और उसका जवाब हमेशा की तरह बहुत साफ़ लफ़्ज़ों में था, 'हमको पता है बादशाह सलामत की आपकी तबीयत काफ़ी नासाज़ है और आप बिस्तर पर ही हैं–मुल्क और हुकूमत की सियासी और माली हालत पर भाई दारा ने क़ब्ज़ा कर लिया है और वो जो क़दम उठा रहे हैं वो हम लोगों को कमज़ोर करके अपनी ताक़त बढ़ाने के ही क़दम हैं, हम लोग तो बस उनसे यह क़ब्ज़ा छीन कर वापस आपको सत्ता सौंपने के इरादे से ही बढ़े चले आ रहे हैं ताकि मुल्क और मुग़ल हुकूमत को बचा सकें। हम जब बीजापुर और गोलकुंडा लगभग जीत चुके थे तब हमको भाई ने आपके ऊपर ग़लत दबाव बनाकर रुकवा दिया कि कहीं हमारा रुतबा और हैसियत बढ़ न जाये। भाई ने आपसे झूठ बोलकर हमारे ऊपर बुरहानपुर के 'बादशाह पसन्द' आम की चोरी जैसा घटिया इल्ज़ाम लगाया; कैसे एक पड़ाव पहले कन्धार की घेरेबन्दी ख़त्म करके दक्खन जाने का फ़रमान लिखवाया। पहले हमारी फ़ौज से बेहतर मंसबदार बुलवाये फिर जसवन्त सिंह को भेजा गया कि वह बरार की सूबेदारी हमसे ले ले। जब वो हारकर भाग गये हैं अब वह आपसे और मल्लिका से ख़त लिखवा रहे हैं। हमारे पास पक्की ख़बर आ चुकी है और हम जानते हैं कि शाह इक़बाल बुलन्द बड़ी मज़बूत फ़ौज के साथ धौलपुर आ पहुँचे हैं अगर आप सबकी भलाई चाहते हैं तो भाई जियू से कहिए धौलपुर छोड़कर पंजाब की अपनी जागीर वापस लौट जायें और हम आपकी गुलामी करेंगे।"

"इन दो भाइयों के बीच नफ़रत कितनी गहरा गयी थी यह तो औरंगज़ेब के ख़तों से उजागर होने लगा था। हमने कभी सोचा नहीं था की मामला इस हद तक बिगड़ जायेगा। शायद हम ही मोहरदार बने रहते और कुछ फ़रमान भेजने से पहले बादशाह और दारा को समझाते तो शायद यह नौबत नहीं आती। मगर जब–जब जो–जो होना है, तब–तब सो–सो होता ही है। लाख मुद्दई सोचे, होना वही है जो मंजूरे–ख़ुदा है। औरंगज़ेब और मुराद ने उज्जैन से ग्वालियर की ओर बढ़ना शुरू किया और भदावर में चम्बल पार की और आगरा की तरफ़ बढ़ने लगे। आगरा के पहले सामूगढ़ के मैदान में दारा और इनकी फ़ौजों में सुबह से ज़बरदस्त जंग शुरू हुई मगर दोपहर बाद दारा की फ़ौज के क़दम पूरी तरह से उखड़ गये और वे भाग निकले। हमने और बादशाह ने कितना इन्तज़ार किया मगर दारा न जाने क्या सोचकर हम लोगों से बिना मिले ही अपने परिवार के साथ दिल्ली भाग गया–शायद उसे वहाँ से ख़ज़ाने और फ़ौज दोनों के मिल जाने की उम्मीद थी जिससे वह हारी हुई बाज़ी पलट दे। शायद यही उसकी भूल थी। बादशाह आगरा में मौजूद थे अगर वे फ़ौज के साथ मैदान में उतर जाते तो न तो शहज़ादों और न ही उनके मंसबदारों या फ़ौज की एकबारगी हिम्मत होती आमने–सामने होने की। मगर दारा ने यह मौक़ा न देकर बहुत बड़ी ग़लती ही की।"

"इस बीच मुराद को इस सच का एहसास हुआ कि वालिद साहब का इन्तक़ाल नहीं हुआ है लिहाज़ा उसने एक निहायत जज़्बाती–सा ख़त भेजा : 'हमने ग़लती की है क्योंकि हम भी इंसान हैं, मगर जब हमें पता चल गया कि आप मौजूद हैं तब हम आपसे माफ़ी माँगते हैं और हमेशा आपके ग़ुलाम ही रहेंगे। यक़ीन कीजिए, आपकी बीमारी में भाई जियू ने कुछ ऐसे क़दम उठाये थे कि हमारे मुंशी या वकील भी दरबार से हमको कोई ख़बर नहीं भेज रहे थे इसीलिए हमने अफ़वाहों को ही सच माना। इतना ही नहीं, हमारे ख़त भी आप तक क्यूँ नहीं पहुँचे, हमें समझ नहीं आता। हमारी मजबूरी थी कि हम अजमेर से सीधे न आकर मालवा होकर आये क्यूँकि अजमेर में दाना–पानी सब की क़िल्लत होती। इस वजह से हमें भाई औरंगज़ेब राह में मिल गये...शायद राजा जसवन्त सिंह और क़ासिम ख़ाँ रास्ता न रोकते तो जंग न होती और हम आपसे मिलकर माफ़ी माँगते और यह सिलसिला वहीं ख़त्म होता। मगर उसने हमें आपसे मिलने के लिए; आगे बढ़ने की इजाज़त नहीं दी तब ज़ाहिर है उससे जंग करनी पड़ी।

मगर उसकी हार के बाद फ़िज़ा बदलती चली गयी...फिर भी आप मेरे बादशाह भी हैं और वालिद भी, हम आपसे तहे–दिल से और पूरी ईमानदारी से माफ़ी माँगते हैं, बस माफ़ कर दीजिए।' वाकई में, मुराद ने एक और ख़त इसी तरह का भेजा। ऐसा लगता है उसने सच्चाई जानने के बाद सही रास्ते पर आने का फ़ैसला कर लिया था।"

"अब मुराद और औरंगज़ेब आगरा के क़रीब आ चुके थे और बादशाह का ख़त दोनों को मिला जिसमें उन्होंने दोनों को माफ करने और जल्दी से जल्दी आकर मिलने की बात लिखी। औरंगज़ेब ने जवाब में यही लिखा वह सही समय के इन्तज़ार में है जब आकर अपने बादशाह और वालिद के क़दम चूमेगा...मगर बादशाह और औरंगज़ेब के बीच बस ख़त–किताबत ही होती रही, औरंगज़ेब ने आकर माफ़ी माँगने की जब कोई पहल नहीं की तब हमने अपनी तरफ़ से पहल की और हम ख़ुद उसके पास गये। उसने इज़्ज़त और ख़ुलूस के साथ हमारा पूरा इस्तक़बाल किया। हमने उससे यही कहा, 'बादशाह इस ख़ूनी खेल को जल्द ही ख़त्म करना चाहते हैं और पूरी तरह से तैयार हैं कि तुम्हें वली–अहद बनाने का ऐलान कर देंगे; दारा को पंजाब और उससे सटे इलाक़े देने; गुजरात मुराद को और बंगाल शुजा को देने के लिए तैयार हैं। दक्खन तुम्हारे नुमाइंदे के रूप में तुम्हारे बेटे मुअज्जम को दे दिया जायेगा...' मगर जितनी बातें वह हमको ख़त में लिख चुका था वही बातें उसने न सिर्फ़ फिर दोहरायीं बल्कि पूरी तल्ख़ी से...उसने साफ़ कहा कि दारा के रहते वह किसी भी तरह शाही वादों पर भरोसा करने को तैयार नहीं था। उसने हमसे सीधा सवाल शाही मोहर का भी किया...आख़िर शाही मोहर मल्लिका से लेकर क्या–क्या गुल खिले, कैसे भूला जा सकता है। उसने आख़िर में यही कहा आप बादशाह होतीं तो अभी अपनी तलवार से ख़ुद अपना सर कलम कर देता, मगर आपको भी धोखे में रखकर बहुत कुछ घटा है जो आप ग़ैर–सियासी, सूफ़ी ज़िन्दगी की क़सम खाकर आप समझ नहीं सकतीं। इसीलिए जब तक हम भाई दारा का मामला पूरी तरह से नहीं सुलझा लेंगे हम बादशाह से नहीं मिलेंगे, वरना भाई फिर उनका मन बदल देंगे और हम बेबस हो जायेंगे...आप भी कुछ मदद नहीं कर पायेंगी...हम बेज़ुबान और बुझे व भारी मन से वापस आगरा लौटे..."

"इस बीच ज़ेब के भी मन पर न जाने क्या–क्या गुजरा...वह अपना मलाल अपने आप से निकाल चुकने के बाद शायद राहत महसूस करने लगा था, उसने हमें एक ख़त भेजा और 'दहर आरा बाग़' से क़िले

की तरफ़ बादशाह से मिलने को निकल लिया...तभी मुग़ल अमीरों का असली चेहरा भी सामने आया। ख़लीलुल्लाह ख़ाँ ने ही ज़ेब को सबसे पहले आगाह किया कि बादशाह उसे बग़ावत करने की वजह से क़ैद करवा देंगे। लेकिन ठीक क़िले से पहले शाइस्ता ख़ाँ और शेख़ मीर ने तो बाक़ायदा उसका रास्ता ही रोक दिया। वे बोले, 'बेवक़ूफ़ी मत करो, इन खुफ़िया सिपाहियों से बात करो जो बता रहे हैं कि तुम्हें क़ैद करने की मुकम्मल तैयारी हो चुकी है, क्योंकि वह हमें ख़त में सब लिख चुका है...और फिर इन अमीरों ने उसके सामने बादशाह के ख़ास दूत नाहिर दिल चेहरा को पेश किया, जो बादशाह का फ़रमान लेकर दारा के पास दिल्ली भेजा जा रहा था...उस फ़रमान में बादशाह ने दारा को दिल्ली में ही रुके रहने को कहा ताकि तब तक वह अपने तरीक़े से उसके दुश्मनों को किनारे लगा दें...और उसके लिए सब रास्ता साफ़ हो जाये।' अब औरंगज़ेब ने अपना इरादा बदल दिया और क़िले के पास से बादशाह से बिना मिले ही वापस दहर आरा बाग़ लौट गया।"

"मल्लिका होने की वजह से तो हमें सब ख़बरें मिल ही जाती थीं मगर हमारे ऊपर भी मौला का इतना करम था कि हमें कश्मीर, लाहौर, दिल्ली, आगरा और अजमेर से सरकारी तरीक़ों यानी वाक़ियानवीसों के ज़रिये से ख़बरें देर से भी मिलें लेकिन जल्दी और ज़्यादा खबरें हमें कुछ ऐसे ख़ैरख़्वाह भेज देते थे जो ख़ुद को हमारा ख़ास मानते थे। हमने जिस तरह से इन जगहों पर मस्जिदें, मदरसे, मकतब, मुसाफ़िरख़ाने और सरायें बनवायी थीं और लोगों को वहाँ तैनाती दी थीं साथ ही, भत्ते और माफ़ी की ज़मीनें दी थीं यह सब उसी का नतीजा था। हमको सरकारी महकमे से भी ज़्यादा और जल्दी जानकारी मिल जाती थी, क्योंकि वहाँ तो पहले सब ख़बरें सूबे के वाक़ियानवीस के पास फिर दरोगा–ए–डाक चौकी से होते हुए दरबार में बादशाह और मल्लिका के पास आती थीं, यह सीधा रास्ता हमारे या हमारे वकील या दीवान या ख़्वाजासरा के ज़रिये से पहुँचता था। इसीलिए हमको सारी जानकारियाँ मिल रही थीं और बादशाह को हम बताते चल रहे थे।"

"बादशाह के कहने से हमने उनकी तरफ़ और उन्हीं के हिसाब से शुजा और मुराद को भी ख़त लिखे कि औरंगज़ेब चूँकि बादशाह का हुक्म नहीं मान रहा है इसीलिए वे उसका साथ देना छोड़ दें और दारा के ख़िलाफ़ लामबन्दी न करें...मगर वे तो काफ़ी हद तक आपसी क़रारों

में बँधे थे...क्या उन पर इन बातों का अब असर होगा? फिर भी हम बादशाह और मुग़ल हुकूमत के लिए सब कुछ करने को तैयार थे। शायद मल्लिका–ए–जहाँ होने के नाते हमारी हालत महाभारत के भीष्म पितामह वाली हो गयी थी। ख़ैर, बदायूँनी ने महाभारत का फ़ारसी में तजुर्मा अच्छा किया है जिसकी वजह से हमको ये सब बातें पता चलती हैं और हम कृष्ण या विदुर की बातों और सलाहों से भी अपने बादशाह और वालिद को अवगत कराते रहते हैं...और शायद इसी वजह से गीता में जो भगवान कृष्ण ने कहा है–'बिना फल की चाहत के बस अपना काम करते जा रहे हैं'...ये बातें बाद में शेख़ मुईनुद्दीन चिश्ती और उसके बहुत बाद मियाँ मीर ने भी कहीं और ज़िन्दगी में उतारीं भी। इसीलिए हमने मान लिया था कि होगा वही जो अल्लाह ने सोचा है।"

"शायद दारा जिसने ये सब हिन्दू ग्रन्थ पढ़े और समझे थे इस बात को ज़्यादा समझ रहा था और उसे लगा होगा कि जैसे कृष्ण ने मथुरा छोड़ी उसे भी आगरा–दिल्ली छोड़ देना चाहिए। बावजूद बादशाह की सलाह के वह दिल्ली से लाहौर चला गया और बियास दरिया को अपनी सरहद मानकर उसको महफ़ूज़ करने लगा...इस बीच औरंगज़ेब आगरा से तो चला मगर न जाने क्या हुआ उसने मथुरा के रास्ते में सगे छोटे भाई, साढ़ू और हमदर्द या हमराह मुराद को क़ैद कर लिया जैसे मीर जुमला को किया था। क्या उसे मुराद के बादशाह को लिखे ख़त का मजमून पसन्द नहीं आया था? या उसे डर था कहीं वह बीच राह में पलट न जाये? या बादशाह की कोई चाल न चल रहा हो। उसको मुराद पर शक होने लगा था। उसी का नतीजा था कि मुराद अब क़ैद में था...हम कई बार इस बात का ज़िक्र कर चुके हैं कि औरंगज़ेब कैसे शतरंज का माहिर खिलाड़ी था। वह चार–पाँच चालें आगे की सोच कर कोई एक चाल चलता था यानी बिना पूरी पेशबन्दी के एक भी क़दम नहीं उठाता था। उसने मुराद को क़ैद किया। आगरा के क़िले के बाहर बादशाह के चारों तरफ़ अपने लोग लगा दिये और दारा की फ़ौज में दरार डालने के लिए कोशिशें तेज़ कर दीं। और, दारा को अपने ही लोगों पर शक होने लगा।"

"जब आपको अपने ही लोगों पर शक हो जाये तब आपकी जो हालत हो सकती थी वही दारा की हुई और वह न जाने क्यूँ लाहौर छोड़कर मुल्तान और सिन्ध की तरफ़ चला गया–जैसे–जैसे दारा मैदान

छोड़ता गया वैसे–वैसे औरंगज़ेब के हौसले बुलन्द होते गये और अब बहुत से शाही मुग़ल मंसबदार और अमीर उसको जीतता देखकर उसकी तरफ़ होने लगे थे। उसके मंसूबों और हौसले के साथ उसकी फ़ौज भी बढ़ने लगी–दारा सिन्ध छोड़कर कच्छ होते हुए गुजरात पहुँचा और वहाँ के सूबेदार और राजा जसवन्त सिंह से मदद मिलने के बाद वह अजमेर की तरफ़ पलटा। देओराई की जंग में ऐन वक़्त पर राजा जसवन्त सिंह ने साथ छोड़ दिया और दारा को ज़बरदस्त जंग लड़नी पड़ी और हार के वह अहमदाबाद भागा मगर वहाँ के शाही फ़ौज़दार ने उसे शहर में घुसने नहीं दिया। अब तक वह थककर हताश हो चुका था और उसने सिन्ध के रास्ते ईरान जाने का मन बना लिया था। पादशाह बाबर के ही समय से मुग़ल बादशाहों और शहज़ादों की आख़िरी उम्मीद और पनाह ईरान ही होता था। और इसीलिए ईरान हिन्दुस्तान की सियासत में दख़ल रखता था। यहाँ दक्खन के बीजापुर और गोलकुंडा की हुकूमतें तो एक तरह से उसके भरोसे ही मुग़ल सत्ता से टकराती रहती थीं।"

"दारा का एक बहुत क़रीबी और वफ़ादार समझा जाने वाला ज़मींदार था–ददेर का मलिक जीवन और उसने ग़द्दारी करते हुए औरंगज़ेब के लोगों को दारा सौंप दिया। हमको इस ख़बर से जितनी तकलीफ़ हुई, हम लफ़्ज़ों में बयाँ नहीं कर सकते क्योंकि हम ज़ेब की असली दुश्मनी समझते थे, वह दारा के हिन्दू ग्रन्थों के अध्ययन से नफरत की हद तक चिढ़ता था और जब हमने एक बार दारा के दिमाग़ और अध्ययन की गहराई को समझने की नीयत से उसे 'सकीनत' और 'सफ़ीनत' की नक़ल करवा कर भिजवायी थीं तो उसने पढ़ने के बाद उन्हें जलवा दिया था। हम जब उससे मुल्क के बँटवारे की बादशाह की पेशकश लेकर 10 जून को मिलने गये थे तब भी उसने इसका ज़िक्र किया था। उसने पूरी तल्ख़ी और कड़ुवाहट के साथ कहा था : 'शाह बुलन्द इक़बाल की हमसे कोई बात नहीं कीजिए, वे अपनी किताब में यह लिखते हैं कि कुरान शरीफ़ में जिस ग़ायब हो गयी अहले–किताब का ज़िक्र है वही क़ाफ़िरों के वेद–पुराण हैं। और, उसने अपने क़ाज़ी–ए–लश्कर, अब्दुल वहाब को बुलाकर दारा की किताब के वो पन्ने दिखाये और अब्दुल वहाब को उस पर जो मज़हबी एतराज़ थे वे सब क़रीने से लिख रखे थे और हाशिये पर भी कुछ न कुछ दर्ज था..."

"हमने तो ईमानदारी से ये किताबें इस चाह के साथ सब भाइयों को भेजी थीं कि वे दारा के अध्ययन की गहराई को समझ सकें न कि वे उसे क़ाफ़िर घोषित करें। हमने इन किताबों से बहुत कुछ सीखा–समझा था बादशाह अकबर के 'सुलह–ए–कुल' को इसीलिए हिन्दुस्तान के लिए बेहतर नीति माना था मगर इन भाइयों ने उन किताबों का उसका ठीक उल्टा इस्तेमाल किया। हिन्दुस्तान में हमेशा से सियासी फ़ायदे की लिए ही मज़हब को इस्तेमाल किया गया था और मुग़ल काल में तो ख़ासतौर से–जब–जब ईरान के शाह से पादशाह बाबर या हुमायूँ बादशाह ने मदद माँगी थी, दोनों के सामने एक ही शर्त रखी थी कि वे शिया मत और तरीक़ा अपनाये और दोनों ने सियासी फ़ायदे के लिए उसे अपनाने से कोई गुरेज़ नहीं किया था। और फ़ायदा हासिल करने के बाद उसे पहने हुए कपड़ों की तरह उतार फेंका था। अब अगर औरंगज़ेब दारा के ख़िलाफ़ सियासी फ़ायदे के लिए इस मज़हबी मुद्दे को उठा रहा था तब हम सब समझकर सिर्फ़ सिहर रहे थे। हमारी रातों की नींद उड़ गयी थी...गुलचिरा, फ़िदा, शकीला, हकीम आरिफ़ मिलकर न जाने कौन–कौन सी दवा पिलाने की कोशिश करते रहे और हमको हर तरह की मदिरा पिलाकर थक गयीं...हमको सिर्फ़ ख़ूनी हक़ीक़त ही नज़र आ रही थी... हमने शतरंज के बहाने इस खुली बग़ावत की चालों और उसकी शह–मात के आख़िरी मुक़ाम का अन्दाज़ा कर लिया था पर हम ख़ुद को शायद उसके लिए दिमाग़ी और जिस्मानी तौर पर तैयार नहीं कर पा रहे थे?!"

"वाक़ई हमारे चारों भाइयों में ये दोनों ही, दारा और औरंगज़ेब अपने सभी हम–उम्र वालों से अलग और काँधे से भी बहुत ऊपर थे...दारा ख़्यालों और किताबों की दुनिया में अव्वल था तो औरंगज़ेब अपने ख़्यालों को अमली जामा पहनाने में, दारा ने इस्लाम और सूफ़ीवाद के अलावा वेद–पुराण और बाइबिल भी पढ़ी थी तो औरंगज़ेब ने इस्लामी क़ानून में महारत हासिल की थी; औरंगज़ेब का भी रुझान मज़हबी रहस्यवाद की तरफ़ था। वह भी धर्म के मर्म की जानकारी और समझ तो रखता था मगर वह उसे किताब तक ही सीमित रखने वाला था; जबकि दारा उसे ही ज़िन्दगी की असलियत समझता और दुनियावी ढंग के साथ इस फ़लसफ़े के किसी समझौते के लिए तैयार नहीं था...यानी दोनों ही अकबर की तरह इन दोनों बातों में कोई सन्तुलन बना पाते तो शायद दोनों के बीच मतभेद, मनभेद और आपसी झगड़े की गुंजाइश न होती।

दारा और औरंगज़ेब दोनों ही इस्लाम मानने वाले थे, बस दारा उसे उलमा की कट्टरता से बचाने का हिमायती था तो औरंगज़ेब उलमा की नकेल भी सियासी हाथों में रखने का हिमायती था। दारा इस्लाम को आमफ़हम बनाने के साथ उसके रहस्यवाद के साथ थोड़ी मिलावट चाहता था जबकि औरंगज़ेब इस्लाम के साथ किसी तरह के समझौते के ख़िलाफ़ था।"

"उसे न दारा और उसके ख़्याल पसन्द थे और न ही इलाहाबाद वाले शेख़ महीबुल्लाह या सरमद या मुहसिन फ़ानी के ही ख़्याल–वह इन सबके पूरी तरह से ख़िलाफ़ था और उसने हमें ख़तों में आगाह भी किया था कि हम उसके 'भाईजान जियू' की किताबें और रिसालें पढ़ें तो, मगर उन पर हरगिज़ यकीन न करें। भाईजान कुफ़्र कर रहे हैं और अपने साथ सबको दोज़ख़ की सैर करायेंगे। दारा पूरी तरह से क़ादरिया और ग़ैर–मजहबी इंसान–हाँ सिर्फ़ अच्छा इंसान बनने और अपने साथ औरों को भी बनाने पर आमादा दूसरी तरफ़ औरंगज़ेब अपने सिवा किसी की सुनने को तैयार नहीं। एक को अपने ज्ञान पर एतबार तो दूसरे को अपनी ताक़त पर; दारा दिमाग़ी और रूहानी बातों में डूबा हुआं तो औरंगज़ेब ठेठ जिस्मानी और दुनियावी हसरतों के पीछे। दोनों अपने–अपने ख़्वाबों को अमली जामा पहनाने के लिए तैयार, मगर दोनों के लिए ही रास्ता एक और मोड़ भी एक–जिससे वे अपने मुक़ाम को हासिल कर सकें। बस यही दिक़्क़त हुई क्योंकि इसका रास्ता सियासी चालों से होकर सत्ता पाने तक का था और इसमें औरंगज़ेब कहीं आगे निकल गया था। औरंगज़ेब ने हमेशा मुख़ालिफ़त का सामना किया था और इसीलिए वह सब तरह के हालातों और माहौल के लिए तैयार था जबकि दारा सिर्फ़ दरबार और माकूल माहौल का आदी था। औरंगज़ेब ने दारा को क़ाफ़िर घोषित करवा के, दिल्ली की सड़कों पर घुमाकर उसे बेरहमी से मौत के घाट उतार दिया। लेकिन मौत जैसी दारा को दी वैसी दर्दनाक मौत किसी दुश्मन को भी कोई न दे। और उसी से अपने बड़े भाई के ख़िलाफ़ औरंगज़ेब की घृणा की हद समझ आती है।"

"इस बीच जब शुजा ने ख़ुद को बादशाह घोषित कर के पटना पर भी क़ब्ज़ा जमा लिया था तब दारा ने अपने बेटे सुलेमान शिकोह के साथ राजा जयसिंह को उसके ख़िलाफ़ भेजा। दोनों फ़ौजों के बीच फ़रवरी 1658 में बनारस से कोई पाँच मील उत्तर–पूर्व बहादुरपुर में मुठभेड़ हुई और शाही सेनाओं ने उसे शिकस्त देने में कामयाबी हासिल की।

लेकिन, औरंगज़ेब को दारा के ख़िलाफ़ पंजाब सिन्ध में मसरूफ़ पाकर शुजा फिर से अपनी फ़ौज इक्ट्ठी करके उसी साल के अक्टूबर में आगरा की तरफ़ चल पड़ा। शायद उसे औरंगज़ेब की चालों और चीते जैसी फुर्ती का अन्दाज़ नहीं था। दूसरी तरफ़ वह ख़ुद बंगाल में आराम कर–करके बहुत इत्मीनान वाला हो चुका है। औरंगज़ेब ने उसे ख़त लिखा कि वह बहादुरपुर की जंग हार चुका था, फिर भी औरंगज़ेब अपनी तरफ़ से उसे बंगाल से लेकर बहादुरपुर तक के इलाक़े का बादशाह मानने को तैयार है और इसीलिए अब अपने घोड़े का मुँह वापस बंगाल की तरफ़ घुमा ले तो दोनों के लिए ही बेहतर होगा। मगर होता वही है जो रब चाहता है..."

"शुजा ने इलाहाबाद पर क़ब्ज़ा जमाया और दिल्ली की तरफ़ बढ़ चला उसको रोकने के लिए औरंगज़ेब का बेटा मुहम्मद खजुवा पहुँच गया था। कन्नौज से आगे बढ़ते हुए औरंगज़ेब भी जनवरी 2, 1659 खजुवा पहुँचा। दोनों सेनाओं की जंग 4 और 5 तारीख़ को हुई और ज़ाहिर–सी बात है, बेहतर सिपाही और फ़ौज का असरदार सरदार जीत गया...औरंगज़ेब ने अपने दो बेटों, शहज़ादे मुहम्मद? और मुअज्जम को अपनी फ़ौज की एक टुकड़ी के साथ उसके पीछे लगा दिया और वे उसे खदेड़ते बिहार, बंगाल के पार तक चले गये। शुजा बर्मा की तरफ़ भागा और अराकान की पहाड़ियों में वहाँ के लोगों के हाथों मारा गया...उसके साथ भी वही हुआ 'न ख़ुदा ही मिला न विसाले–सनम'...कहाँ औरंगज़ेब उसे बंगाल, बिहार और बहादुरपुर तक के इलाक़े का बादशाह मानने को तैयार था और कहाँ ऐसी मौत..."

"इसके बाद औरंगज़ेब ने सुलेमान शिकोह की तरफ़ अपनी नज़र घुमायी और जैसा मुग़ल अमीरों का कौल और ईमान है, राजा जयसिंह और उसके बाद दिलेर ख़ाँ ने भी अपनी जान बचाने के लिए शहज़ादे का साथ छोड़ दिया। वह हरिद्वार से गढ़वाल भागा, जहाँ के शासक पृथ्वीपति शाह ने उसे शरण दी और दबाव बढ़ने पर उसे औरंगज़ेब के हाथों सौंप दिया, उसको भी मृत्युदण्ड मिला और फिर ग्वालियर के क़िले में बन्द मुराद को अपने ही दीवान, अली नकी के ख़ून के जुर्म में मौत की सज़ा दे दी गयी। एक–एक करके शतरंज के मोहरों को पीटकर औरंगज़ेब ने बादशाह को मात देते हुए आगरा के क़िले में क़ैद कर दिया! उफ़ ये क्या हो गया? हम से रहा नहीं गया और हम फ़रियाद और इल्तज़ा करने उसके पास पहुँचे...जब वह टस–से–मस नहीं हुआ तब हमने उससे यही

भीख माँगी कि हमारे लिए हमारे वालिद ने वाक़ई वो सब कुछ किया जो एक बाप अपनी बेटी के साथ करता है। हमारी बीमारी में तुम हमें देखने आये थे और ख़ुद देखा होगा कि एक बेबस बाप कैसे अपनी बेटी की तीमारदारी कर रहा था...अब कुछ नहीं तो इतना एहसान कर दो हमें इस बुरे वक़्त में अपने बीमार और क़ैद वालिद की तीमारदारी करने की इजाज़त दे दो...वो औरंगज़ेब था उसने तुरन्त शतरंज की चाल बदली, 'आप की मर्ज़ी मेरा हुक्म आप मेरी आपा भी हैं और मल्लिका भी'...और हम अपने वालिद के पास आगरा के क़िले के अन्दर चले गये..."

IX

"औरंगज़ेब ने एक भाई का फ़र्ज़ निभाते हुए हमारे साथ बेहतरीन व्यवहार किया और हमारे पूरे पुराने सरकारी अमले को हमारे पास क़िले में रहने को भेज दिया–जैसे हम अब भी मल्लिका हों और हमें कोई असुविधा न हो। उसके क़ैदी तो बादशाह थे–उसकी क़ानूनी समझ और उसका नज़रिया अब भी साफ़ था–किसके साथ कैसे पेश आना है उसके लिए शतरंज के मोहरों की चाल की तरह दिमाग़ में एकदम साफ़ था। किसी चाल को लेकर दारा की तरह कोई दुविधा नहीं कि चलें कि न चलें या चलते–चलते हाथ रोककर फिर सोचने लगना...शायद यही वजह थी कि उसने जो चाहा वो हमेशा पाया उसके लिए जंग में कुछ भी नाजायज़ नहीं! बादशाह होने से पहले जहाँगीर ने बादशाह अकबर के ख़िलाफ़ बग़ावत नहीं की थी क्या? या कि, हमारे वालिद ने ही अपने वालिद और बादशाह के ख़िलाफ़ बग़ावत नहीं की थी क्या? हमने न केवल बीमार वालिद की तीमारदारी ही की बल्कि समय का फ़ायदा उठाते हुए हमने अपने रोज़नामचे को भी दुरुस्त किया और सूफ़ी सन्तों पर जो सामग्री सालों से इकट्ठी की थी, उसको लिखना शुरू किया...गुलचिरा, फ़िदा, शकीला, दिलदार, महताब, रेहान वग़ैरह तो थे ही बादशाह का ख़्याल बख़ूबी रखा जा रहा था–उनको एक पल के लिए भी अकेला नहीं छोड़ा जाता था और जो वक़्त हमें मिलता हम अपना पढ़ते–लिखते... पढ़ने–लिखने की पुरानी ज़िन्दगी पाकर हमको बहुत सुकून मिला..."

"मगर आज मन हो रहा है कि जो बेवजह कट्टरता का शिकार हुआ उसकी बात लिखें क्योंकि न बादशाह कुछ कह पा रहे थे न हम इस एक बात पर उनको ढाँढस बँधा पा रहे थे। क़िले में सब इकट्ठे थे मगर इतनी

बेचैन ख़ामोशी, जैसे अभी भी सब हदसे हुए से थे। यूँ भी कोई किसी सगे भाई को मारता है! उसने इस तरह से किसी दुश्मन को मारा होता तो भी बात थी और इतना ही नहीं, फिर सोने की तश्तरी में अपने ही वालिद को अपने भाई का कटा हुआ सर भिजवा देना...सन्तोष के लिए या तड़पाने के लिए। एक तरफ़ इतनी जलील हरकत और फिर उन्हीं को ख़त में उलटी दलील देना कि आपने भी तो कैसे बड़े भाई ख़ुसरो और परवेज़ को राह से हटाया था। कैसे दावर बख़्श, शहरयार, छोटे–छोटे बेक़सूर शहज़ादों को क़त्ल करवाया था। हमने तो सबूत के तौर पर आपको भाईजान जियू का कटा हुआ सर भेजा है, ताकि आपको भरोसा हो जाये कि आपने तख़्त के लिए ख़ुद जो–जो किया था यानी आपने अपनी करनी से जो कुछ सिखाया है वो हमने कितने अच्छे से सीखा है और कामयाब हुए हैं। हमें याद है उस रोज़ किसी ने खाना तो छोड़, कुछ भी नहीं खाया था...पूरा 'हरम' शोक में डूबा रहा और रोने की आवाज़ गूँजती रही। मुग़ल शहज़ादों के अन्दर जो ये दस फ़ीसदी जानवर बसता है न, यह एक दिन मुग़ल हुकूमत के लिए क़यामत का सबब बनेगा। हिन्दुओं का जो 'प्रारब्ध का सिद्धान्त' है–वह यही है क्या? बादशाह को अपने जीते जी वही सब भोगना पड़ा–तो क्या औरंगज़ेब का भी यही हश्र होगा? सब अपना भविष्य बो रहे हैं क्या? हमको मुग़ल हुकूमत का भी हश्र समझ आ रहा है...महाभारत के युद्ध से पहले कृष्ण के मुँह से गीता–प्रवचन कहलवा कर सबको असलियत का एहसास करवाया गया था। वाह रे मुल्क–इतने ज्ञान या इल्म की बातें जानते हो और उसे भुला दिया जाये तो उसका दण्ड तो सबको भोगना ही पड़ेगा।"

"दारा को मियाँ मीर के यहाँ सुकून मिला था। वह 'रिसाला–ए–हक़नुमा' में 1646 में ही एक हातिफ़ या जन्नत के फ़रिश्ता का ज़िक्र करता है जो उसको ख़्वाब में कई मर्तबा इशारा दे गया था कि उसे वो इल्म हासिल होगा जो किसी बादशाह को कभी नसीब नहीं हुआ, न ही होगा। इसीलिए वह सूफ़ियों से जुड़ता ही चला गया और फिर उसने इस्लाम के इन सूफ़ी बन्दों और उनके क़िस्सों, कहानियों को संकलित करना शुरू कर दिया। उसका सबसे पहला बड़ा काम था, 'सफ़ीनत–उल–औलिया' जिसे उसने जनवरी 11, 1640 को पूरा किया था–मेरे पास उसकी अपने हाथ की लिखी हुई पूरी किताब आज भी है, जिसमें यह तारीख़ भी दर्ज है। दारा और हम दोनों ही शुरू में अपने से पहले मुग़ल बादशाहों–शहज़ादों की

ही तरह चिश्ती सूफ़ियों के ज़्यादा क़रीब थे इसीलिए उसके कहने पर ही हमने शेख़ मुईनुद्दीन साहब की जीवनी, 'मुनीस–उल–अरवा' तैयार की थी, जिसकी बात हम बाद में करेंगे..."

"जब हमको भी अपने साथ उसने मियाँ मीर साहब का मुरीद बना दिया तब उसने अपनी दूसरी किताब, 'सकीनत–उल–औलिया' 1642 में ही पूरी कर ली थी–उसकी पहली नक़ल उसने बादशाह और हमें दी थी और वह आज भी आगरा के इसी क़िले में जो पुस्तकालय है, उसमें मौजूद है...यह मियाँ मीर साहब की जीवनी के साथ सूफ़ियों के आध्यात्मिक सफ़र के अलग–अलग पड़ावों को सरल भाषा में समझाता है। अगर दारा के आध्यात्मिक सफ़र को समझना है तो वाक़ई 1646 में लिखी 'रिसाला–ए–हक़नुमा' में देखा जा सकता है, यह 1639 से लेकर 1646 तक के उसके फ़लसफ़े की गहराई में समझने की पूरी दास्तान बयाँ करता है। वह दावा करता है कि जो कुछ इस रिसाले में लिखा है उसमें पैग़म्बर साहब की बातों से रत्ती–भर भी फ़र्क़ नहीं है। वह लिखता है कि कैसे हारा की गुफ़ा में वे अपने चक्रों पर ध्यान केन्द्रित करते हुए प्राणायाम करते; अपनी कुण्डलिनी जाग्रत करते फिर ज्योति के दर्शन और अनहद की गूँज सुनने के बाद ही उन्होंने इस्लाम के सिद्धान्त परिभाषित किये। दारा ने ये भी साफ़ किया कि वह कुछ नया नहीं कह रहा है बल्कि जो सूफ़ीवाद की पुरानी किताबों में दर्ज है और कठिन भाषा है पर सबकी पहुँच में नहीं है इसीलिए लिख रहा है। ये बातें, इब्न–अल–अरबी की 'फुसुसुल हिकाम' और 'फुतुहात–उल–मक्किया' के साथ ही अबू अल–सरराज की 'किताब–अल–लुमा' और सूफ़ी की तमाम ऐसी ही किताबों और रिसालों में दर्ज हैं।"

"वह गीता के 'निष्काम कर्म' और मियाँ मीर के फ़लसफ़े में समानताएँ बताता है। और कैसे इसकी गूढ़ बातें मियाँ मीर ने बहुत ख़ास लोगों को सिखायीं जैसे पीर मुल्ला शाह और 'हम' को भी...ये जो उसका 'हम' था उसने उसे इल्म की वजह से ख़ुद को बाक़ी सबसे बेहतर समझने की भूल करवायी और वह दुनियावी बातों और उनमें पड़ने वालों को बेहतर इंसान ही नहीं समझता था। इसके दो पहलू हो सकते थे–दूसरा हमने अपनाया और वह था सन्त राबिया वाला। यह 'निष्काम कर्म' के ज़्यादा क़रीब था और हमने इसी को अपनाया–ख़ुद दुनियावी बातों में फँसे हुए लोगों से राबिया अपनी दूरी बनाये रहती थीं और वही हमने उनके जीवन

से सीखा और जैसे कमल कीचड़ के ऊपर खिलता है वही हमने अपनी ज़िन्दगी का फ़लसफ़ा बना लिया है। यही एक असली फ़र्क़ है दारा और हमारे नज़रिये में–वह इस फ़लसफ़े से ख़ुद को औरों से बेहतर समझने लगा और हम ख़ुद को दुनियावी बातों के असर से बचाते रहे।"

"उसने 'तौहीद' को अपने इल्म और इबादत का सब कुछ बना लिया। 'तौहीद' के हिसाब से हमारा अपना अस्तित्व कुछ भी नहीं और सिर्फ़ एक सच है वो है ख़ुदा। और इसीलिए वह सूफ़ियों की तरह 'फ़ना' की अहमियत को समझता था और मानता था कि 'आदम' (इंसान) और 'वजूद' (इकलौता सच या अल्लाह) का इल्म सिर्फ़ बुद्धि से नहीं बल्कि अल्लाह के करम से ही हासिल हो सकता था। इसीलिए उसकी 'तिश्नगी दर तलब–ए–तौहीद' या 'तौहीद' को ही अपनी प्यास में तब्दील करके उसी को पूरी तरह से हासिल करना अपने जीवन की मंज़िल और मुक़ाम मान लिया था। और इसी 'तौहीद' के चलते ही वह भी ख़ुदा को 'शख़्स–ए–कुल' मानता था–इसे हिन्दुओं के धार्मिक ग्रन्थों में संस्कृत के 'विराट' से समझा जा सकता है। और भगवतगीता के फ़लसफ़े और 'हमह वजह, हमह समा, हमह आयन' की समानता को ख़ासतौर से ज़ोर देकर लिखकर समझाता है। इसी तरह वह अपनी किताब में 'अनल हक़' और 'अहंब्रह्मास्मि' को भी समझाता है। इसीलिए जब उलमा और उसमें भी सूफ़ी सन्त उसे 'अल–कामिल' कहते तो उसे ख़ुशी भी होती, मगर उसके साथ ही अपने इल्म पर गुरूर भी। यह गुरूर चिश्ती सन्तों को छू भर भी नहीं जाता था..."

"वह आत्मा और परमात्मा की एकता या 'तौहीद' से भी आगे बढ़कर हिन्दुओं–मुस्लिमों को असली इल्म की ओर जाने वाले रास्ते पर चलने के लिए ज़ोर देता है ताकि दोनों के बीच एका हो सके। वो 'मजमा–अल–बहारेन' में लिखता भी है : 'मारा बा–उमुआम–ए–इन हर दो क़ौम करे निस्त'–हम इन दोनों क़ौमों के आम लोगों से क्या उम्मीद करें...हम तो बस उनके पढ़े–लिखों से बात करके उन्हें सच्ची राह पर लाना चाहते हैं। यही 'वहीदिय्या'–अनेकता में एकता उसके फ़लसफ़े का मज़मून भी था और निचोड़ भी। वह ईश्वरीय सत्ता या अल्लाह के विस्तार के सिलसिले में भी हिन्दू और इस्लामी (सूफ़ी) ग्रन्थों में समानताओं को दर्शाते हुए 'तौहीद ओ इरफ़ान' को 'ब्रह्म सत्य' घोषित कर रहा था–वह बहुत गूढ़ फ़लसफ़े की बातें लिख रहा था, जिनको समझने के लिए बहुत पढ़ने के साथ ही बहुत चिन्तन और ध्यान की ज़रूरत थी–जो हर किसी के बस की बात नहीं थी–

आम आदमी तो आम आदमी, बड़े–बड़े आलिमों के लिए भी यह सब समझना बहुत मुश्किल तलब था और उस पर अमल करना नामुमकिन। कैसे कोई सूफ़ी इन रास्तों पर चलते हुए अलग–अलग पड़ावों को पार करते हुए अल्लाह से एकता या 'सह्वाल–जाम' महसूस करने लगता है, यह सब उसने तरतीब और सरल भाषा में समझाया है। उसके हिसाब से इस रहस्यवाद को हिन्दुओं की राम भक्ति में परमात्मा (राम) और आत्मा (हनुमान) की निकटता से आसानी से समझा जा सकता है।"

"अकबर बादशाह ने अपने समय में इन सब बातों को जानते–समझते हुए ही 'सुलह–ए–कुल' की नीति ही नहीं लागू की बल्कि उसने 'महाभारत', 'रामायण' और 'अथर्ववेद' जैसे हिन्दू ग्रन्थों का अनुवाद भी करवाया था; अलबेरुनी ने भारत के छह प्राचीन सनातन फ़लसफ़ों का अनुवाद किया था जिसको फिर से अबुल फ़ज़ल ने भी लिखा, इन सबको पढ़कर और न जाने क्या–क्या पढ़ने के बाद सूफ़ियों की तरह ध्यान और एहसास किये; उसके भी बाद ख़ुद दो किताबों और एक रिसाला लिखने के बाद उसकी समझ और गहरी ही नहीं हुई बल्कि उसमें और फैलाव भी आ गया। वह इस्लाम और हिन्दू ग्रन्थों और फ़लसफ़ों के साथ अब जरथुस्त्र, यहूदी और ईसाई धर्म के ग्रन्थों और फ़लसफ़ों से भी भली–भाँति वाक़िफ़ हो चुका था। इसी का नतीजा था कि उसने सबसे पहले उसने पण्डितों की मदद से महाभारत की कथा के आधार पर 'भगवद्गीता' का तर्जुमा किया; फिर, 'गुलज़ार–ए–हाल' के नाम से संस्कृत नाटक 'प्रबोध–चन्द्रोदय' और 'योग–वशिष्ठ' का अनुवाद 'तर्जुमा–ए–जोग–वशिष्ठ' के नाम से करवाया; इसके बाद ही उसने हिन्दू–मुस्लिम धर्मों के बीच की एकता सिर्फ़ समाज और मुल्क की ज़मीन पर ही नहीं बल्कि फ़लसफ़े और बौद्धिक–आध्यात्मिक स्तरों पर स्थापित करने की कोशिश में 'मजमा–उल–बहारेन' ('दो सागरों का मिलन') का लेखन 1650 से 1656 के बीच में किया। इसी से समझ में आता है कि कितना बड़ा फलक होगा इस काम का और कितना उलझा रहा होगा दारा–जो दुनियावी और सियासी चालों को समझने और उनका सामना करने का वक़्त ही नहीं निकाल पाया होगा।"

"इन किताबों, रिसालों को देखते हुए और उसकी इतनी अच्छी और दूर की सोच जिससे इस मुल्क में सिर्फ़ इंसानियत बचे और मज़हब के मसले हमेशा के लिए ख़त्म हो जायें–उसी को ख़त्म कर गये क्योंकि फ़लसफ़े और दुनियावी बातों में–ज्ञान और जंग में बहुत फ़र्क़ होता है।

अमन और इंसानी फ़लसफ़े की बात करने वालों का हश्र बहुत अच्छा नहीं होता और तारीख़ इसकी गवाह है। उसने इस किताब की शुरुआत में जैसे इस्लाम के सभी मानने वाले रसूल की तारीफ़ करते हुए उसको याद करते हैं, बिल्कुल वैसे ही किया है। इससे एक बात तो बहुत साफ़तौर पर साबित हो जाता है कि वह 'काफ़िर' नहीं हो सकता था। क्या औरंगज़ेब को ये हिस्सा पढ़वाना चाहिए? मगर अब इसका क्या फ़ायदा? अब मेरा प्रिय भाई दारा तो वापस नहीं आ जायेगा। वह स्थापित करता है कि दोनों मज़हबों के मज़हबी किताबों को पढ़ने से साफ़ तौर पर यह बरक़रार या स्थापित होता है कि दोनों मज़हबों में बस 'इख़्तिलाफ़–ए–लफ़्ज़ी' या शब्दों की या ज़ुबानी जंग है। अगर हम दोनों के बुनियादी सिद्धान्तों पर ग़ौर करें तो दुनिया क़ायम करने की बात हो या ज़िन्दगी जीने की राह हो–क्या सभी मज़हबों में दोनों एक–सी ही हैं?"

"दारा ने हमेशा इल्म और मुल्क के लिए सोचा न कि एक क़ौम के लिए और अगर वह जो एकता क़ायम करना चाहता था उस मक़सद में कामयाब हो जाता तो इस मुल्क में अमन–चैन, भाईचारा हमेशा के लिए क़ायम होता और किसी भी तरह का क़ौमी झगड़ा और फसाद न होता–शायद दारा और आगे जाकर जेसुईट ही नहीं, ईसाइयों के सभी सम्प्रदायों, यहूदियों, पुराने पारसियों तक में एकता करवाता क्योंकि वह इन सबके मज़हबी किताबों को पढ़ चुका था, तब तक बादशाह की हालत बिगड़ी और भाइयों ने हुकूमत के ख़िलाफ़ खुली बग़ावत कर दी। ये किसी भी नज़रिये से उत्तराधिकार के लिए जंग नहीं थी। क्योंकि जब यह शुरू हुई तब बादशाह ज़िन्दा थे और अब जब औरंगज़ेब बादशाह बन बैठा है तब भी बादशाह क़ैद में हैं, मगर ज़िन्दा हैं...क्या वे लोग जो इस मुल्क में क़ौमी एकता के प्रयास को रोकने के लिए कोशिश कर रहे थे, वे अब बादशाह और उसकी हुकूमत के ख़िलाफ़ इन शहज़ादों के साथ लामबन्द हो गये थे? फिर मुराद और शुजा का हाल क्या दारा से कुछ फ़र्क़ हुआ? अगर औरंगज़ेब दारा के ख़िलाफ़ था और उसने हमसे ख़ुद यही बात जून 10 को कही थी तो अब तो दारा क्या, मुराद और शुजा भी राह में नहीं हैं, तब वह बादशाह को क्योंकर क़ैद किये हुए है? अब तो वही वली–अहद होगा। इसी से समझ आता है कि यह खुला विद्रोह या बग़ावत थी और सिर्फ़ सत्ता और हुकूमत की सियासी भूख का नतीजा था जिसका शिकार हर पीढ़ी के मुग़ल शहज़ादे रहे हैं। यह अकेले औरंगज़ेब का ही क़सूर नहीं है।"

"ख़ैर, दारा की बातें सोचते–सोचते, उसकी किताबें, रिसाले पढ़ते और कभी–कभी सबको सुनाते हुए भी बहुत समय अब हमारे पास या हाथ में रहता था। कहाँ कब दिन गुज़र जाता था ख़बर ही नहीं लगती थी और दिन हफ़्तों, में हफ़्ते महीनों में और महीने साल में–न जाने ऐसे कितने साल यूँ ही गुज़र गये थे...बस एक चीज़ अब भी वही थी आगरा के क़िले में यूँ क़ैदी–सी ज़िन्दगी में, और वह थी जुन्नार से चला आ रहा वालिद के साथ शतरंज खेलने का सिलसिला और वही एक सूत्र था जो बाप–बेटी के बीच–मेरी बीमारी में जैसे वे रात–दिन परेशान और बेबस रहते थे, ठीक वैसी ही हालत हमारी भी हो गयी है, इसलिए और भी, क्योंकि हिन्दुस्तान का यह शहंशाह यूँ अपने ही बेटे के हाथों क़ैद और बेबस था। बस हम सब के सब जो बादशाह के साथ आगरा आ गये थे, धर्मत की जंग के भी पहले सब ख़ुद को बेबस पा रहे थे और बादशाह की बेबसी की वजह से ख़ुद को और भी ज़्यादा बेबस और ग़मज़दा पा रहे थे और ऐसे में हमने भी अपने रिसाले और रोज़नामचे के साथ ही सूफ़ीवाद और सूफ़ियों से जुड़ी अपनी दोनों किताबों को सुधारने का काम कर डाला...रोज़मर्रों के काम के साथ और उनके बाद..."

"आइए अपनी पहली किताब, 'मुनीस–अल–अरवाह' से आपका तार्रूफ़ करवायें। यह किताब हमने यूँ तो 1639 में लिख दी थी मगर अब इसमें सुधार करने और उसके बारे में कुछ बात करने की गुंजाइश मिली है। हमने ख़्वाजा साहब मुईनुद्दीन चिश्ती की जीवनी फ़ारसी में लिखी और सबसे पहले इसे सती ख़ानम को पढ़ाया और दारा को उसकी नक़ल भेजी। दारा ने उसकी इतनी तारीफ़ की और उसकी नक़ल करवाकर न केवल बादशाह को बल्कि अजमेर शरीफ़ सहित लगभग सभी सूफ़ी दायरों में भिजवा दी थी। शायद ही कोई ऐसा दानिशमन्द और आलिम बचा हो जिसे दारा ने इसकी नक़ल नहीं भेजी और पूरे मुल्क में हम इस किताब की वजह से मशहूर हो गये और इसका असर हमने दूर कश्मीर और काबुल में भी देखा था। आइए, पहले 'मुनीस–अल–अरवाह' से आपको मिलवाते हैं। बादशाह ने भी इसरार किया और हम रोज़ उनको इसे पढ़कर सुनाते भी रहे और जगह–जगह पर कुछ सुधार भी करते रहे। ख़्वाजा साहब का जादू ही था कि सब के सर चढ़कर बोलने लगा–आगरा क़िले में मौजूद शाही परिवार और 'हरम' के सभी लोग इकट्ठे हो जाते थे जब हम बादशाह को 'मुनीस–अल–अरवाह' से मुईनुद्दीन चिश्ती की ज़िन्दगी के बारे में बताते थे..."

"इस किताब को हमने तीन हिस्सों में बाँटा था—पहले हिस्से की शुरुआत बिल्कुल परम्परागत मज़हबी किताबों के ढंग से ही 'हम्द—ओ—नात' से की, यानी अल्लाह और उनके पैग़म्बर की प्रशंसा और स्तुति से की; इसके बाद 'मंकब'—यानी चारों प्रारम्भिक और पवित्र ख़लीफ़ाओं—अबू बकर, उमर, उस्मान और अली की प्रशंसा पद्य और गद्य में मिले—जुले ढंग से की है; फिर अपने पुरखों के बारे में बात करते हुए ख़ानदानी शजरे को बादशाह अकबर तक लाये हैं; उसके बाद हमने इसमें ख़्वाजा साहब के बहुत से क़िस्सों के साथ ही जादुई करिश्मों के क़िस्से भी शामिल किये हैं; उनकी पेशीनगोई यानी उनकी कहावतों या प्रवचनों के साथ ही हमने उनका शज़रा दिया है। ख़्वाजा मुईनुद्दीन साहब के पीर थे ख़्वाजा उस्मान आरिफ़, जो मुरीद थे हजरात हाज़ी शरीफ़ जन्दनी के; वे ख़ुद अपने वालिद हज़रत ख़्वाजा मौदूद चिश्ती के मुरीद थे; वे अपने वालिद हज़रत ख़्वाजा युसुफ़ चिश्ती के मुरीद थे; हज़रत ख़्वाजा युसुफ़ चिश्ती अपने मामू, हज़रत ख़्वाजा मुहम्मद चिश्ती के शिष्य थे; जो अपने वालिद हज़रत ख़्वाजा अबु अहमद अब्दाल चिश्ती के मुरीद थे; वे हज़रत शेख़ अबु इस्हाक शामी के मुरीद थे; जो हज़रत शेख़ मुमशाद अल्द दिम्व्री के मुरीद और ये ख़ुद हज़रत शेख़ हबीरह—उल—बशरी के मुरीद थे; जो हज़रत सुल्तान इब्राहिम आदम के और आदम साहब ख़ुद हज़रत शेख़ बशरी और वे हज़रात अली के मुरीद थे और ख़ुद हज़रात अली जैसा हम सब जानते ही हैं, पैगम्बर साहब के मुरीद थे। इस तरह हमने मुईनुद्दीन साहब का शज़रा बड़ी मेहनत से खोजकर उजागर कर दिया जिससे ख़ानम और दारा तब और उसके बाद सारी आलिम दुनिया और आजकल सुनने वालों को बेहद ताज्जुब भी हुआ।"

"हमने 'मुनीस—अल—अरवाह' के दूसरे हिस्से में ख़्वाजा मुईनुद्दीन चिश्ती और उनके मुरीदों या शिष्यों की जीवनियों और जादुई क़िस्सों के बारे में बहुत गहराई से लिखा है। उनके जिन मुरीदों की किताब के इस हिस्से में चर्चा की है, उनमें ख़्वाजा कुतबुद्दीन बख़्तियार काकी, शेख़ हमीदुद्दीन नागौरी, शेख़ फ़रीदुद्दीन गंजशकर, ख़्वाजा निज़ामुद्दीन औलिया, ख़्वाजा नासिरुद्दीन चिराग़ देहलवी शामिल हैं। तीसरे हिस्से में, हमने अजमेर शरीफ़ की अपनी उस ज़ियारत के बारे में विस्तार से लिखा है जब हम अपने वालिद के साथ वहाँ 1634 में गये थे। हाँ, एक बात आपसे ज़रूर कहना चाहेंगे कि हमने यह किताब जब लिखी थी तब हमारी उम्र

सिर्फ़ छब्बीस साल थी–इसलिए इसमें पढ़ने के साथ अब कुछ–कुछ बदलते भी चल रहे हैं मगर ज़्यादातर वही है जो लिखा था...हमें इस किताब को लिखने में जिस एक किताब का काफ़ी सहारा रहा था वह मेरे छोटे भाई दारा की 'सफ़ीनत–उल–औलिया' थी। वैसे हमारी ज़िन्दगी का यह सबसे बड़ा सच है कि हमें अगर सबसे ज़्यादा प्रभावित किया है तो वह ख़्वाजा साहब और उनके 'मलफूज़ात' या प्रवचन और उनकी सादगी और सच्चाई की ज़िन्दगी ने...हमको वे बिल्कुल राबिया का पुरुष रूप ही लगे।"

"बादशाह ने अपनी चाह ज़ाहिर की कि हम ख़्वाजा साहब के बारे में उन्हें और तफ़सील से बतायें, इसीलिए हमने शेख़ साहब के बारे में शुरू से बताना ठीक समझा जैसा हमने लिखा था : हज़रत ख़्वाजा मुईनुद्दीन चिश्ती साजजी साजिस्तान में पैदा हुए थे। शुरुआती पढ़ाई के बाद दुनिया–भर के कई मुल्कों में इस्लामी शिक्षा के तमाम केन्द्रों में वे ज्ञान की तलाश में भटकते रहे थे। इस दौरान हर सिलसिले के ढेरों सूफ़ी सन्तों का उन्होंने सत्संग किया फिर खुद पैग़म्बर साहब ने उनको आध्यात्मिक और भीतरी प्रेरणा दी और वे लाहौर और दिल्ली होते हुए अजमेर चले आये...और अजमेर में ही बस गये। इस तबके या अध्याय में हमने सिर्फ़ एक पद्य उद्धृत किया है और वो है अरबी में क़ुरान शरीफ़ की एक आयत...इस तबक़ में ख़्वाजा साहब के ढ़ेरों प्रवचन भी दिये गये हैं...इसके बाद उनकी दिलचस्पी देखते हुए हमने चिश्ती सूफ़ियों की कुछ ख़ास किताबों और रिसालों के बारे में भी तरतीब से बताया जैसे कि 'फ़वायद–उल–फवाद' 'सियरूल–आरिफीन', 'अख़बार–उल–अख़्यार' और 'अनीस–उल–आरिफ़ीन'। हमने जब इस रोज़ होने वाली मजलिस को यह बताया कि ख़्वाजा साहब ने बुढ़ापे में निकाह किया था तब हमने ग़ौर किया कि गुलचिरा और फ़िदा ने एक दूसरे को कैसे देखा..."

"हमने बताने के सिलसिले को जारी रखते हुए बताया कि शेख़ साहब ने दो शादियाँ की थीं, उनकी बीवियों के नाम बीवी इस्मत और उम्मत–उल–अल्लाह थे। उनकी दूसरी बीवी एक हिन्दू औरत थी, जिसने उनकी बातों से मुतासिर होकर इस्लाम स्वीकार कर लिया था। हमने यह भी बताया कि हमको अपने अध्ययन से उनके तीन लड़कों के नाम भी पता चले, जो शेख़ अबू सैयद, शेख़ फ़ख़रुद्दीन और शेख़ हिसामुद्दीन थे। ख़्वाजा साहब ने अपना शरीर 97 साल की उम्र में रजब 6, 633 हिजरी सन् या मार्च 16, 1236 को छोड़ा था। बादशाह ने हमारे तारीख़ी ज्ञान

की वजह से ही अजमेर के इतिहास के बारे में बताने को कहा क्योंकि यह सवाल किसी के भी दिमाग़ में आना वाजिब ही था कि ख़्वाजा साहब ने अपने रहने के लिए आख़िर अजमेर को ही क्यूँ चुना? हमने फिर अजमेर शरीफ़ के नाम पर भी रोशनी डाली क्योंकि तारीख़ में भी हमारी दिलचस्पी थी और सुनने वालों के लिए भी इसे दिलचस्प बनाना था...हमने उन्हें ख़्वाजा साहब के पहले के इतिहास के बारे में बताया कि कैसे यहाँ इस्लाम के आने से पहले एक राजा था जिसका नाम 'आजा' था—इसके नाम का मतलब 'पर्वत या पहाड़' होता है। इसका राज्य ग़ज़नी तक फैला हुआ था। उसका नाम इसलिए बहुत मशहूर हुआ क्योंकि उसने हिन्दुस्तान में पहाड़ पर पहली दीवार अजमेर में बनाई थी और उसने पहला तालाब या कुण्ड पुष्कर में बनाया था। इस तरह से हमने सूफ़ी फ़लसफ़े के साथ तारीख़ी बात को भी अपने विवरण में शामिल किया है।"

"अब हमने मुईनुद्दीन चिश्ती साहब की जीवनी का आख़िरी हिस्सा पढ़ना शुरू किया तो ज़्यादातर लोगों की शक्लें बनने लग गयीं। उनके चेहरों से समझ आ रहा था कि वे समझ नहीं पा रहे हैं...तब हमें एहसास हुआ कि चूँकि यह हिस्सा हमने अरबी में लिखा था इसीलिए उसी ज़ुबान में हम पढ़कर सुनाने लग गये थे। मगर अरबी से बहुत कम लोग वाक़िफ़ हैं, जैसे ही यह समझ आया हमने उसको आमफ़हम बोली में बताना शुरू कर दिया। हमने यही कहा, 'हम उम्मीद करते हैं कि उनका शज़रा चलता रहे और गुनहगारों को गुनाहों से दूर रख सके...शेख़ की दया से ही उनके सभी शागिर्द बचे रहेंगे और यह नाचीज़ 'शागिर्दा' भी...आख़िर को ख़ुदा ही सब कुछ है और हमने महसूस किया है कि ख़ुदा के इस नेक बन्दे शेख़ मुईनुद्दीन चिश्ती साहब की दुआ सबसे ज़्यादा क़बूल भी होती है...' फिर हमने शेख़ साहब के शागिर्दों के बारे में भी थोड़ा—थोड़ा बताया क्योंकि अब तक सबकी दिलचस्पी चिश्ती सिलसिले के सन्तों के करिश्मों के क़िस्सों के तारीख़ी हाल में भी जाग गयी थी। वे सब क़ुतुबुद्दीन बख़्तियर काकी और कुतुबुद्दीन ऐबक के बारे में जानना चाह रहे थे कि वे क्या एक ही इंसान तो नहीं? हमने बताया कि ऐबक तो तुर्की सुल्तनत का पहला सुल्तान था मगर काकी साहब ख़्वाजा साहब के मुर्शिद और ख़लीफ़ा थे।"

"काकी साहब के पिता का इन्तक़ाल उनके बचपन में ही हो गया था और उनकी सच्चरित्र माँ ने उनको पाला था। पाँच साल की उम्र में ही एक पड़ोस में रहने वाले आलिम से क़ुरान शरीफ़ पढ़कर याद कर ली थी।

आगे की तालीम उन्होंने शेख़ अबू हफ़स से हासिल की और फिर आप ख़्वाजा साहब से आ जुड़े और उन्हीं के साथ हिन्दुस्तान आ गये। यहाँ पर उनका इस्तक़बाल सुल्तान ऐबक ने नहीं बल्कि सुल्तान इल्तुतमिश ने किया था और सुल्तान उनसे इतना ज़्यादा मुतासिर रहा कि हफ़्ते में कम–से–कम दो मर्तबा तो उनके हुज़ूर में हाज़िर होता ही था...वह जब अजमेर जाने लगे तब सुल्तान दिल्ली के लोगों के साथ बाहर तक छोड़ने के लिए नहीं बल्कि उनको दिल्ली में ही रोकने के लिए आया...। जिस साल (1236) सुल्तान की मौत अप्रैल में हुई उसी साल के नवम्बर में काकी साहब ने भी शरीर छोड़ दिया..."

"अब की बार बादशाह ने हमसे कहा, 'बेटी' ज़रा नागौरी साहब की दास्ताँ भी सुनाओ क्योंकि हमने 'हरम' में राजपूताने की औरतों से उनकी बहुत तारीफ़ सुनी है। हम बस इतना जानते हैं कि वे भी अजमेर वाले ख़्वाजा साहब के शागिर्द थे। हमने उनके क़रीब सरकते हुए बताया कि नागौरी साहब इतना मशहूर थे कि उनको लोगों ने कई नामों से पुकारा और कई पदवियों से नवाज़ा जैसे उन्हें, 'सुल्तान–ए–तारकीन' कहा जाता था। वे ख़्वाजा साहब के शागिर्द थे इसीलिए लोग उन्हें 'शेख़ शागिर्द' भी पुकारते थे। वे काफ़ी छोटी उम्र से ख़्वाजा साहब के साथ हो लिए थे...वे ख़्वाजा साहब की सादगी से इतने मुतासिर हुए थे कि वे किसी भी सियासी या सत्ता वाले इंसान से मतलब नहीं रखते थे और इसीलिए नागौर ज़िले के सवाली गाँव में एक मामूली किसान की तरह ज़िन्दगी गुज़ारने लगे। उनका इन्तक़ाल नवम्बर, 1274 में हुआ था और नागौर ही नहीं पूरे राजपूताने में ही उनकी सादगी और करिश्मों के क़िस्से मशहूर थे।"

"बादशाह ने हमारी इस बात की बहुत तारीफ़ की क्योंकि उन्होंने बस क़िस्से सुने थे हमने उसमें जगह और तारीख़ तक खोजकर बताने की कामयाब कोशिश की थी। अब बारी फ़िदा की थी और वह बिल्कुल नादानी के सवाल करती थी, उसने जानना चाहा तो जैसे शेख़ हमीदुद्दीन किसानी या खेती करते थे क्या 'गंजशकर' गन्ने की खेती या शक्कर बनाने के काम करते थे? तब हमने शेख़ फ़रीदुद्दीन गंजशकर के बारे में बताना शुरू किया कि वे ख़्वाजा कुतुबुद्दीन उशी के शागिर्द थे और वे अपने स्वभाव से इतने मीठे थे इसीलिए उन्हें 'शकर का भण्डार' कहते थे, यूँ उनका नाम 'गंजशकर' पड़ा। उनके वालिद ग़ज़नवी के सुल्तान महमूद के भतीजे और माँ मौलाना वजीहुद्दीन की बेटी थीं।

उनकी अपना ख़ानक़ाह लाहौर के क़रीब पाक–पाटन में थी। उनका तावीज़ लेने लोग दिल्ली तक से जाते थे और उनके क़िस्सों में सबसे ज़्यादा क़िस्से उनके तावीज़ से ठीक हो जाने वाले लोगों के ही हैं...उनका इन्तक़ाल वहीं पाक–पाटन में 1265 के अक्टूबर महीने की 17 तारीख़ को हुआ था और वे वहीं दफ़न हैं जहाँ बाद में सुल्तान मुहम्मद–बिन–तुग़लक़ ने उनका मक़बरा बनवाया था। बादशाह और सभी लोग इस पूरे बयान से बहुत ही ज़्यादा ख़ुश हुए थे।"

"इसी तरह अगले दिन की मजलिस में हमने सबको शेख़ निज़ामुद्दीन औलिया के बारे में बताने का फ़ैसला किया, जिनका उस दौर में सबसे ज़्यादा नाम हुआ था। वे इन्हीं 'गंजशकर' के मुर्शिद या मुरीद थे। इनको लोग शेख़ निज़ामुद्दीन बदायूँनी भी कहते थे क्योंकि ये बदायूँ आकर बस गये थे। वे शेख़ फ़रीदुद्दीन गंजशकर के ही शागिर्द थे और इनके वालिद शेख़ अहमद–बन–दानियाल ग़जनी से हिन्दुस्तान आये थे और बदायूँ में बस गये थे। जब बिल्कुल शुरू में ऐबक सुल्तान ने बदायूँ का इक़्ता इल्तुतमिश को दिया था तब से ही आपने बदायूँ को तहज़ीब की नगरी बना दिया था। यहीं सुल्तान रज़िया का भी जन्म हुआ था–चूँकि, सुल्तान इल्तुतमिश को अपनी बेटी पर बहुत नाज़ था इसीलिए उसने मदरसों, मकतबों, पुस्तकालयों को बनाते समय इस बात पर ख़ास तवज्जो दी कि लड़कियों के पढ़ने–लिखने का भी माकूल इन्तज़ाम और माहौल हो। उसकी इस सोच ने बदायूँ को तालीम और तहज़ीब का एक बेहतर शहर बना दिया था। अब हम अपने वालिद साहब की ओर मुख़ातिब हुए और सबको सुनाते हुए कहा, 'जिस तरह सुल्तान इल्तुतमिश ने अपने सबसे बड़े बेटे नासिरुद्दीन महमूद के इन्तक़ाल के बाद अपने बाक़ी बेटों को नालायक़ पाते हुए, अपनी बेटी को अपना वली–अहद बनाया था ठीक उसी तरह से जुन्नार के उस दौर में जब दारा, शुजा और औरंगज़ेब सब मल्लिका नूरजहाँ और बादशाह जहाँगीर के क़ब्ज़े में ज़मानत के तौर पर थे तब हमारे वालिद ने भी हमें ही वली–अहद के लिए तैयार किया था... उस समय मुराद दूध पीता बच्चा ही था।"

"शेख़ निज़ामुद्दीन औलिया साहब के साथ भी क़िस्मत ने अजब खेल खेला, जब वे पाँच साल के थे तभी उनके वालिद का इन्तक़ाल हो गया था। उनकी माँ ने ही उनको पाला–पोसा और पढ़ाई का इन्तज़ाम किया। जब वे पच्चीस साल के हुए तब वे बदायूँ से दिल्ली आ गये।

यहाँ वे सबसे पहले उस समय के सबसे मशहूर आलिम, मौलाना शम्सुद्दीन ख़्वारिज़्मी से मुतासिर हुए और उन्हीं के पास आते–जाते थे। इसी के कुछ समय बाद उन्होंने अपना 'हुजरा' या ख़िदमतख़ाना शेख़ गंजशकर के भाई, शेख़ नजीबुद्दीन की दरगाह के बगल में बनाया और ख़ुदा की इबादत और ख़िदमत में जुट गये। एक रोज़ रात को किसी फ़रिश्ते की आवाज़ ने इन्हें चौंका दिया और उसने इन्हें गियासपुर में अपनी ख़ानक़ाह बनाने के लिए मशविरा दिया...देखत–ही–देखते लोगों का ताँता उनकी ख़ानक़ाह में लगने लगा। जब मंगोलों ने अलाउद्दीन खलजी के समय सीरी के क़िले में उसे घेर लिया था, तब कहते हैं कि शेख़ की प्रार्थनाओं ने ही दिल्ली और मुल्क को बचाया था।"

"उनकी शोहरत से सभी लोग चाहें सुल्तान हो या अमीर, शहज़ादा हो या कमीन, सूफ़ी हो या ग़ैर–सूफ़ी आलिम सब हाज़िरी लगाते थे। वे चिश्ती सन्त थे उनके यहाँ समा का जश्न होता था और वे ख़ुद क़व्वाली गाते–गाते बेसुध या गहरी योगनिद्रा में चले जाते थे...कहते हैं इसी क़व्वाली की तर्ज़ पर हिन्दुओं में कीर्तन की शुरुआत हुई थी, वरना उनके यहाँ आत्मा और परमात्मा का मिलन शान्ति से सम्पन्न होता था। इसी समा के आयोजन के चलते उनके यहाँ लोगों का जमघट रहता था। इसी समा को ग़ैर–इस्लामी हरकत घोषित करते हुए उस समय का सुल्तान गियासुद्दीन तुग़लक़ शेख़ साहब से नाराज़ हो गया। और तो और, जब शहज़ादा और वली अहद, जौना ख़ाँ या मुहम्मद–बिन–तुग़लक़ भी उनका मुरीद हो गया तब सुल्तान बंगाल में थे और वहीं उन्होंने गुस्से में कहा, 'दिल्ली पहुँचकर सबसे पहले हम इस शेख़ से निबटेंगे'। कहते हैं जब शेख़ साहब को उनके लोगों ने सुल्तान की बात बतायी, तब शेख़ साहब ने मुस्कुराकर कहा, 'हनूज़ दिल्ली दूर अस्त' और वाक़ई दिल्ली से पहले ही अफ़ग़ानपुर में आँधी–तूफान में छत गिरी और सुल्तान उसी के नीचे दबकर गुज़र गया...यह कहावत जो आज भी हम इस्तेमाल करते हैं वह इन्हीं शेख़ का क़िस्सा है।"

"ऐसा था शेख़ निज़ामुदीन का जलवा...उनके तार सीधे ख़ुदा से जुड़ गये थे और सुल्तान ने नाहक उनसे दुश्मनी ठान ली थी। वे किस सादगी की मिसाल थे उसे इस बात से समझा जा सकता है कि सबको ख़िलाफ़त देने के बाद भी अमीर ख़ुसरो को सिर्फ़ इसलिए उन्होंने ख़िलाफ़त अता नहीं फरमायी थी क्योंकि वो सियासत, सत्ता और सुल्तानों के बहुत क़रीब था–

वह सात–आठ सुल्तानों के दरबार में रहा था। जबकि निज़ामुद्दीन के गुज़रने पर अमीर ख़ुसरो कितना दुखी हुआ था, हम सब जानते ही हैं... उसके मुँह से बरबस हिन्दवी में फूटा था, 'गोरी सोवे सेज पे, मुख पे डाले केश/चल ख़ुसरो घर आपने अब रैन भई चहुँ देश।' और वे उसके बाद ज़्यादा दिन ज़िन्दा नहीं रह पाये और जब गुज़रे तो उनकी इच्छा थी कि औलिया साहब के पाँवों तले ही उन्हें दफ़ना दिया जाये। आज भी गियासपुर में लोग बेनागा ज़ियारत करने जाते हैं और इसीलिए यह इलाक़ा अब पुराने नाम की जगह निज़ामुद्दीन ही कहलाने लगा..."

"अगले रोज़ हमने अपनी इस किताब का आख़िरी तबक़ा जो चिराग़ देहलवी पर था उसको पढ़कर सुनाना शुरू किया और सबसे पहले यही बताया कि ख़्वाजा नासिरुद्दीन चिराग़ देहलवी, शेख़ निज़ामुद्दीन औलिया के ख़लीफ़ा थे, जिनका जन्म अवध में हुआ था और जब वे नौ साल के थे तब उनके पिता का इन्तक़ाल हो गया था और वे परम्परागत तालीम हासिल करके आलिम हो गये थे। तैंतालीस साल की उम्र में वे दिल्ली आकर शेख़ निज़ामुद्दीन औलिया के शागिर्द हो गये। उनका इन्तक़ाल सन् 1356 के सितम्बर की 14 तारीख़ को हो गया और चूँकि वे अपने इन्तक़ाल से पहले किसी ख़लीफ़ा का ऐलान नहीं कर पाये थे इसीलिए चिश्तियों का सिलसिला चिराग़ देहलवी के साथ ख़त्म हो गया...हमने यह सब इसीलिए खोजा ताकि हम समझ सकें क्योंकर वे चिश्ती जो इस मुल्क की तहज़ीब पर पूरी तरह से हावी थे और जो एक मिली–जुली तहज़ीब की वकालत कर रहे थे, वे एकदम से कैसे बेअसर–से हो गये? उसके बाद एक बार फिर बादशाह अकबर के समय तक और ख़ासतौर से शेख़ सलीम चिश्ती तक ही क्यूँ अपना परचम लहरा पाये? हमने अपने लम्बे और तक़रीर अध्ययन से जाना कि चिश्तियों की ख़ासियत, सियासत और सत्ता से दूर रहने की थी और जब सुल्तान मुहम्मद–बिन–तुग़लक़ ने शेख़ निज़ामुद्दीन औलिया के और बादशाह अकबर ने शेख़ सलीम चिश्ती के परिवार के लोगों को सियासत में प्रवेश करवा दिया तब उनका वो आध्यात्मिक प्रभाव ख़त्म हो गया।"

"इस किताब का सिलसिला यूँ ख़त्म करने से पहले हम आपको अपनी इल्तज़ा भी सुना दें, जो हमने इसके बिल्कुल आख़िर में की है : हमने ज़िन्दगी–भर कुरान शरीफ़ का पाठ किया; अपने सारे धार्मिक–आध्यात्मिक कर्तव्यों का पालन किया; सन्तों का हमेशा पुण्य स्मरण किया है,

हमने पूरी शिद्दत से इनके बारे में पढ़ा और समझा है और इबादत समझकर इस किताब को या बाक़ी रिसालों को लिखा है...हमने हज़रात ख़्वाजा मुईनुद्दीन चिश्ती साहब को अपना औलिया मान लिया था और उनकी मुर्शिदा हो गये थे, जैसे राबिया ख़ुद पैग़म्बर की मुर्शिदा हो गयी थीं...इसीलिए उनके पूरे शजरे को मय तारीख़ के साथ बयान किया है ताकि उनकी अक़ीदत में हम अपने श्रद्धा-सुमन अर्पित कर सकें...हमने उनकी बतायी राह पर एक फ़क़ीरा की तरह चलने की कोशिश की है... यह किताब हमने हिजरी सन् 1049 में रमज़ान के पाक माह में पूरी कर ली थी और अब इसको आप लोगों को भी सुना दिया..."

"बादशाह ने अपने गले में पहना हुआ एक लड़ वाला माणिक्य का हार हमारे गले में डालते हुए हमको हुक्म किया कि अभी ख़त्म न करो। पहले तफ़सील से वो हाल भी बयान कर दो जब तुम हमारे साथ अजमेर शरीफ़ गयी थीं और इस किताब के सबसे आख़िर में तो वही लिखा है...ये तुमने शुरू में किताब के बारे में संक्षेप में बताते समय हम सबको बताया भी था। हमने दुबारा से अपनी किताब उठा ली और फ़िदा ने शमा मेरे पास खिसका कर उसकी लौ और तेज़ कर दी...हमने अपना बयान नये सिरे से शुरू किया : '1053 हिजरी सन् के शाबान महीने की 17 तारीख़ अपने शानदार और महान वालिद के साथ हम अजमेर शरीफ़ गये थे और मेरी क़िस्मत थी कि बीस दिन ख़्वाजा साहब के पाक साये में बेहतरीन दिन इबादत और अक़ीदत में गुज़ारे। हम लोग रमज़ान के पाक महीने की 7 तारीख़ जो जुम्मे के रोज़ पड़ी थी-तक वहीं रहे थे और ऐसा रूहानी सुकून हासिल हुआ कि ये फ़क़ीरा पूरी तरह से तरोताज़ा होकर वहाँ से आगरा लौटी थी।' हम आना सागर के किनारे बसी इस पाक दरगाह में रोज़ दो मर्तबा पूरी शिद्दत, भक्ति और क़ायदे से इबादत करते थे-सूरा यासीन के साथ अल-फ़ातिहा पढ़ते और मौला के साथ ख़्वाजा साहब को दिल से पूरी श्रद्धा अर्पित करने के साथ ही इबादत करते थे..."

"हम जितने दिन वहाँ रहे, हमने दरगाह की तरफ़ पैर करके सोना भी गुनाह समझा और चीते की खाल से ढँके अपने बिस्तर को भी छोड़ दिया। हम वहाँ पेड़ों के साये में सोना पसन्द करने लगे थे...उनकी असीम अनुकम्पा और अल्लाह के करम से उस पूरे दौर में कई-कई बार बहुत सुकून वाला ध्यान हम लगा सके और ईश्वरीय अनुभूति के बिल्कुल वही एहसासात हुए जैसे हमने सूफ़ियों की ज़िन्दगी पढ़ते समय जाने थे-

तभी हमें समझ आया कि यह ग़रीब फ़कीरा भी फ़ना और बका की ओर बढ़ चली है...यहाँ कई लोग उस रात के भी गवाह हैं जब हमने ख़्वाजा साहब का जन्मदिन या उर्स मनाया था और शब्बेरात की रोशनी और इबादत की थी। हमने इन दोनों मौक़ों पर रोज़ से भी ज़्यादा सवाब के काम किये थे, ग़रीबों को खाना, कपड़ा, बर्तन और रुपये दिल खोलकर दिये थे...सब ख़्वाजा जी के रहमो–करम और अल्लाह की कृपा से मिल रहा था इसीलिए अब्दुर्रहीम खान–ए–खाना साहब का वो दोहा बहुत पसन्द है, जिसमें वे खुद कहते हैं कि 'देनहार कोई और है, देवत है दिन रैन/लोग भरम हम पर करें, याते नीचे नैन।'...तो हम सवाब का काम इसीलिए करते थे कि अल्लाह के बन्दे होने के नाते वे सब अपने हिस्से का पा रहे हैं...और यक़ीन मानिए इतनी तसल्ली और ख़ुशी जितना इन ग़रीबों को बाँटने में होती है वैसी कभी महसूस नहीं होती।"

"हम जुम्मे रात को उनकी पाक मज़ार पर अपना सर और मुँह रगड़ना नहीं भूले थे...उनके करम से हम फ़क़ीरा की ज़िन्दगी ढंग से गुज़ारने में कामयाब हुए थे! उनके यहाँ की धूल माथे और मुँह पर रगड़ कर भोर से एक घण्टे पहले हम उनके क़रीब से आहिस्ता से उठकर आते थे... हम जब उनकी मज़ार के सात फेरे शिद्दत से लगाते रहते थे तब हमारी आँखें ख़ुद–ब–ख़ुद भारी हो जाती थीं और अश्क टपकने लगते थे...फिर क्या हुआ हम नहीं जानते न शब्दों–लफ़्ज़ों में उस अनुभूति को बयान ही कर सकते हैं...यही गुलचिरा और फ़िदा, शकीला वग़ैरह ने जो बताया वही हमने दर्ज कर दिया है और आपको बता दिया... बादशाह ने बिल्कुल किसी बच्चे की तरह गुलचिरा, फ़िदा और शकीला से अलग–अलग बताने को कहा ताकि वे जान सकें कि दोनों जुम्मे की रातों को क्या हुआ था? ख़ैर, उनके बताने से यही साफ़ हुआ कि कैसे हम बादशाह द्वारा उनकी मज़ार के पास बनवायी गयी संगमरमर की मस्जिद में इबादत करके हज़रत की मज़ार पर गये..."

"हमने वहाँ पहुँचकर अपने हाथों से गुलाब की पूरी माला से उनके पवित्र स्थल को ढँक दिया; फिर अपने हाथों से उनके स्पर्श से ख़ुद को पाक और धन्य किया फिर वहीं सबसे पहले सूरा यासीन और अल–फ़ातिहा पढ़ा और फिर उनकी सबसे ख़ास आयत का जाप शुरू किया...हमारी लौ उनमें लग गयी और जैसी समाधि में सूफ़ियों की हालत होती है, वैसी ही मेरी भी हालत हो गयी थी और उसके बाद से तो सभी

लोग हमको हज़रत फ़क़ीरा और ख़लीफ़ा–ए–हज़रत ही पुकारने लगे थे और सूफ़ी सन्त और मुर्शिद सब हमको ख़्वाजा की ख़लीफ़ा ही मानने लगे। तब उसके बाद तो वही शोहरत और इज़्ज़त हमको बख़्शी जाने लगी! हम वहीं जाकर अपना रोज़ा खोलते थे...हम घर–द्वार की ज़िम्मेदारी से लेकर दुनियादारी; रोज़मर्रा की ज़िन्दगी बस उन्हीं ख़्वाजा साहब की मर्ज़ी के मुताबिक़ करते थे...'रिश्ता–दर गर्दनम अफ़्गादाह अस्त दूस्त/ मी बर्द हर्जा केह खातिर खुवाह–ए–ऊस्त।' यानी बिल्कुल यही एहसास रहता है कि हज़रत ख़्वाजा साहब हमें अपने साथ किसी डोर से बाँधे हुए हैं और जिधर चाहते हैं, हमें हाँक दे रहे हैं और हम उनकी कृपा से ही सारे काम, ज़िम्मेदारियाँ बस निभाते चले जा रहे हैं बग़ैर उनमें फँसे और डूबे हुए...बिल्कुल निष्काम कर्म की तरह..."

"हमारी तो यह हालत थी हमारी तबीयत ही वहाँ से हटने की नहीं थी। हमारा बस चलता तो हम वहीं ज़िन्दगी गुज़ार लेते, उस पाक मक़बरे की साफ़–सफ़ाई करने में। उस पाक धूल से हमारा शरीर भी पाक हो जाता और उसकी माया से हमें निजात मिलती मगर वह भी तभी मुमकिन था जब उनकी ख़ुद की मर्ज़ी हो। अगली सुबह ही जैसे बादशाह सलामत ने मेरी मौजूदगी में आगरा चलने का हुक्म दिया मेरे चेहरे का रंग उतर गया और बादशाह ने दुलार से पूछा भी कि हमारी तबीयत तो ठीक है? हमने ख़्वाजा साहब की प्रेरणा से ही कहा कि सब ठीक है, बस जुम्मे–रात देर तक ख़्वाजा साहब की सेवा में थे इसीलिए उनको ऐसा लगा होगा। दरअसल हर बार ज़िम्मेदारियाँ माँ की शक्ल बन मेरी मजबूरी हो जाती थीं। उनके मरते दम उनसे किया हुआ वादा जो अपने मरते दम तक निभाना था। हम लोग आगरा के लिए चल पड़े...रास्ते–भर हमारी आँखें भरी रहीं, अश्क ढुलकते रहे और हमने उन अश्कों को पोंछने की भी कोशिश नहीं की, हमारी ही चुन्नी के किनारे से कभी गुलचिरा और कभी फ़िदा ही यह ज़िम्मेदारी निभाती रही। ख़्वाजा साहब के यहाँ से ऐसी रुख़सती हो रही थी जैसे निकाह के बाद किसी कमसिन लड़की की अपने मायके से पहली बार विदाई हो रही हो। और, वो बस अपना मायका छूटने की वजह से मुसलसल रोती है, वैसी ही हालत मेरी भी हो गयी अपने पीर से बिछड़ने के दुख की वजह से : 'मुईनुद्दीन–ए–मा फ़नीस्त दर हक़/अज़ आम बाक़ी शुदन, दर जात–ए–मुत्लक़।' यानी जैसे ख़्वाजा मुईनुद्दीन चिश्ती साहब बक़ा हुए अल्लाह में, हम भी उनकी दुआ से बक़ा की उम्मीद करते हैं।"

"एक बात साफ़ हो गयी उस रात हमें जब बादशाह छेड़–छेड़कर हमारे अलावा गुलचिरा, फ़िदा और शकीला वग़ैरह से भी हमारा हाल जानना चाह रहे थे कि उन्हें अब सूफ़ी सन्त ख़्वाजा साहब की बातें और हमारे एहसासों या अनुभूतियों को सुनने में ही सुकून मिल रहा था। वे इस पूरे दौर में औरंगज़ेब को तल्ख़ ख़त लिख रहे थे और वह उनके जवाब में उतने ही तंज़ के साथ उनके गुनाह गिना रहा था...उफ़्फ़, हमको ये ख़त बादशाह को सुनाने पड़ते थे और जवाब भी लिखने पड़ते थे... हम बस ज़िन्दा लाश की तरह अपना फ़र्ज़–भर निभाते रहे। लेकिन एक दूसरी बात दूसरे ही दिन और साफ़ हो गयी थी कि हम लोग आगरे के क़िले में वाक़ई औरंगज़ेब के क़ैदी ही थे। उसका ख़त जो हमें लिखा था वह मिला तो हम पढ़कर दंग रह गये...उसने पूरी इज़्ज़त के साथ 'आपा' लफ़्ज़ के साथ ख़त शुरू किया था और लिखा था, 'उसे पहले से पता है कि (उसकी) आपा एक पाक फ़क़ीरा हैं और ख़ुद को ख़्वाजा हज़रत मुईनुद्दीन साहब की पक्की मुर्शिद और मुरीद मानती हैं...आपकी मंशा उनके पास से हटने की नहीं थी, शायद बादशाह ने न तब समझा न अब समझ पायें मगर हमें सौ फ़ीसदी यक़ीन है आपकी बातों पर और यक़ीन मानिए हमने अपनी माँ के गुज़रने के बाद आपको दिलों–दिमाग़ से माँ ही माना है...' यानी उसके जासूस हमारे इर्द–गिर्द थे और हरम में भी मौजूद थे...तभी उसने इतने दिनों की मजलिस और 'अनीस–उल–अरवाह' की ढेरों बातें जो हमने की थीं वे सब अपने ख़त में लिखी थीं। ख़ैर, ये तो मुग़ल जासूसी का इन्तज़ाम है जो इंसानी समाज में राजशाही के साथ ही शुरू हो गया था। क्या ईरान, यूनान और हिन्दुस्तान की पुरानी तहज़ीबें, हमने तारीख़ों में सब जगह यही सूरते–हाल पाया था।"

"इन तल्ख़ियों, तंज़ों और क़ैद के दुख के माहौल में शायद सूफ़ी सन्तों की बातें ही सुकून भी देती थीं और शायद इन सूफ़ी सन्तों के करिश्माई क़िस्से सुनकर कोई उम्मीद भी जगती होगी कि शायद इसी तरह कुछ उनकी भी क़िस्मत पलटे। जैसे चमत्कार सूफ़ियों की जीवनियों में हैं वैसे ही चमत्कार शायद हम सबकी ज़िन्दगी में भी हों। इसके अलावा भी अगर आख़िरी समय का एहसास हो रहा है तब भी सूफ़ी सन्तों की जीवनियाँ और क़िस्से ही आख़िरी मुकाम की राह आसान–सी कर देते हैं। बादशाह के भीतर क्या चल रहा था ये तो वे ही जाने और हमने तो 'खुली बग़ावत' के बाद से बोलना छोड़कर बस फ़र्ज़ अदायगी पर ही अपनी ज़िन्दगी को

टिका दिया था...हम बस अपनी ज़िम्मेदारियाँ निभाते रहेंगे, उससे पीछे नहीं हटेंगे। इस समय बीमार और कैदी की ज़िन्दगी बसर करने को मजबूर हमारे वालिद साहब को मेरी सबसे ज़्यादा ज़रूरत थी। इसीलिए हम खुद यहाँ आये जबकि औरंगज़ेब हरगिज़ नहीं चाहता था, मगर उसने साफ़ कहा था कि वह हमारी हर बात मानने को मजबूर है...ख़ैर, बादशाह को अपने इस दुख भरे समय को बिताने में अगर हमारी सूफ़ीवाद की किताब के बारे में यूँ सुनकर राहत मिलती है तब यही सही और इसीलिए उनके कहने पर हमने अपनी दूसरी किताब, 'साहबिया' को भी क़िस्सागोई के अन्दाज़ में पढ़ना और सबको सुनाना शुरू किया...पहली किताब सुनाने में महीनों बीत चुके थे। शायद इसको सुनाने में भी महीनों अच्छे माहौल में गुज़र जायें?"

"पहले रोज़ हमने सबको किताब के बारे में बहुत संक्षेप में बताना शुरू किया ताकि सबको एक एहसास हो कि यह किताब किस तरह की है और इसे हमने क्यूँ और किस तरह से लिखा है। हमने यहीं से शुरू किया : 'सबसे पहले यह समझ लें कि इस किताब में दो हिस्से हैं—पहला, जिसमें अल्लाह और उनके पैग़म्बर की इबादत और तारीफ़ है। इसी हिस्से में हमने अपने बारे में बताने की कोशिश की है कि हम कैसे मुल्ला शाह साहब के मुरीद हुए। दूसरे हिस्से में, हमने मुल्ला शाह साहब की ज़िन्दगी, उनसे जुड़े जादुई क़िस्सों, उनकी शिक्षाओं के साथ ही उनके चेलों या मुरीदों का ज़िक्र किया है। सबसे पहले तो आप ये जानिए कि हज़रत मुल्ला शाह साहब का पाक पैतृक स्थान, बदख़्शाँ में अर्क्सा नाम की जगह थी...वे अपने समय के बिल्कुल ही फ़र्क़ और बहुत पहुँचे हुए आलिम थे—उनकी शख़्सियत बहुत बेदाग़ और ऊँची थी। हमने जैसे—जैसे उनके बारे में पढ़ा, वैसे—वैसे हम उनके ज्ञान के चलते उनसे मुतासिर होते ही चले गये। फिर उन्होंने बहुत दया करते हुए इस फ़क़ीरा को ख़ुद अपना लिखा हुआ 'दीवान' देने लायक़ समझा तब हमने उनके ख़्यालों को पढ़कर और भी गहराई से जाना—समझा..."

"मुल्ला शाह के वालिद का नाम मौलाना सुल्तान अली था, जो ख़ुद हज़रात क़ाज़ी फ़तेहुल्लाह के बेटे थे। उनके ख़ानदान में सारे ही मर्द निहायत पाक, शरीफ़ और पढ़े—लिखे इंसान होने के नाते क़ाज़ी ही हुए थे। ऐसे ही इंसानों से इंसाफ़ की उम्मीद होती है और ये सब उस बिना पर सच्चे उतरे। इनकी माँ का नाम बीवी ख़ातून था। ये कुल तीन भाई और एक बहन थे। बाक़ी दो भाइयों के नाम मुल्ला बेग और मुल्ला इनायत अली थे।

बहन बीवी फ़ातिमा के नाम से जानी जाती थीं। जैसा कि हमने कहा है जब हमने उनका दीवान पढ़ा तब उनकी शख़्सियत को सही ढंग से जाना, तब जाकर हमें समझ आया कि दारा ने उनको इतना क्यूँ माना, क्यूँ इस कदर मुतासिर रहा, वरना हम समझ ही नहीं पाते। इस मुल्क के शुरू के सूफ़ियों को छोड़कर इधर के किसी सूफ़ी सन्त में ये सलाहियत और ख़ासियत नज़र ही नहीं आयी कि वे ख़ुदा से यूँ मुहब्बत कर सकें कि उन्हें सूफ़ियाने ढंग की ज़िन्दगी यूँ जीते हुए फ़ना और बक़ा ख़ुद अता हो जाये। अपने शुरुआती दौर के इल्म के बाद भी आप इक्कीस साल की उम्र तक अक्सा में रहकर बस पढ़ते ही रहे और उसके बाद आप बल्ख चले आये। जहाँ आपने दो साल गुज़ारे और फिर कश्मीर की तरफ़ रुख़ किया...कश्मीर का नाम आते ही फ़िदा की आँखों में ग़ज़ब की चमक आयी और वह हमारे बहुत क़रीब आकर बैठ गयी, बादशाह ने उसे ऐसा करते देखा और वे बिल्कुल बच्चों की तरह मुस्कुरा दिये...अरसे बाद उनकी आँखों में वह चमक और मासूमियत देखी और हमें बहुत तसल्ली हुई..."

"मुल्ला शाह साहब तीन साल कश्मीर में रहे और पढ़ने के साथ–साथ अपनी साधना करते रहे। फिर उसके बाद वे लाहौर चले आये जहाँ मियाँ मीर को पीर मानकर उनके साथ उन्नीस साल रहे मगर हर साल कुछ महीनों के लिए अकेले में अपनी साधना के सिलसिले में कश्मीर चले जाते थे और साथ ही क़ादरिया सिलसिले के मियाँ मीर खेल का भी प्रचार हो जाता था...वाक़ई अच्छे चेले हों तो गुरु का ज़्यादा नाम होता ही है। वे ख़ुद भी सुबह से शाम ज़्यादातर वक़्त इबादत में गुज़ारते और यही अपने शागिर्दों से उम्मीद करते थे...फ़िदा गवाह है कि कश्मीर में उनकी सादगी, उनके जादुई क़िस्सों की इतनी ज़बरदस्त धूम मच गयी कि वहाँ के बहुत से हिन्दुओं ने ख़ुद ही उनसे मुतासिर होकर इस्लाम अपना लिया...जबकि मुल्ला शाह की अपनी ऐसी न तो कोई मंशा थी न नीयत। वे मज़हब और सिलसिलों से भी ऊपर ही थे बस मियाँ मीर से बड़ा कोई ज़िन्दा पीर नहीं था इसीलिए उन्होंने उनसे ही जुड़ना मुनासिब समझा।"

"हम भी बीस सालों तक सिर्फ़ चिश्ती और वो भी अजमेर शरीफ़ से ही मुतासिर रहे थे मगर चिश्तिया सिलसिले का कोई ऐसा मशहूर सन्त अब नहीं रह गया था इसीलिए किसी और सिलसिले में कोई पहुँचा हुआ ज़िन्दा पीर मिले तो ज़ाहिर है ऐसा कौन होगा जो सूफ़ीवाद की तरफ़ झुकाव रखता हो और उनसे जुड़ना नहीं चाहे। फिर जब मियाँ मीर से दारा

ने चेले हो जाने की मंशा ज़ाहिर की थी तब भी उन्होंने ही अपनी जगह मुल्ला शाह का ही नाम सुझाया था। दारा जब मुल्ला शाह के सम्पर्क में आया तब वह उनसे और उनके अध्ययन की गहराई से इतना मुतासिर हुआ कि वह हमारे पीछे ही पड़ गया कि हम एक बार बस सन्त से मिल ही लें और उसने बादशाह से भी यही दरख़्वास्त की। ख़ैर, जब हम सत्ताईस साल की उम्र में बादशाह के साथ मार्च, 1640 को कश्मीर पहुँचे तब मुल्ला शाह वहीं मौजूद थे। हम जाड़े के अगले मौसम से पहले छह महीने कश्मीर में बिताने का मौक़ा पाये थे और इसी बीच दारा ने ही हमारी पढ़ाई की गहराई के बारे में मुल्ला शाह को बताया था और यह भी कि हम अरबी, तुर्की, फ़ारसी और देशी ज़ुबानों–हिन्दवी, रेख़्ता और मराठी की समझ रखने के साथ इनको लिख भी सकते हैं। उसने उन्हें यह भी बताया कि कैसे इतने ऊँचे ओहदे के बावजूद हम दुनियावी नहीं थे। तब कहीं जाकर मुल्ला शाह साहब ने हमें मिलने का वक़्त दिया हम तीनों लोग देर तक अलग–अलग विषयों से लेकर सूफ़ीवाद की शुरुआत और सिलसिलों तक की चर्चा करते रहे और जब मुल्ला शाह साहब को पूरी तरह से यक़ीन हो चला तब उन्होंने हमको शागिर्दा बनाने की मंज़ूरी दे ही दी..."

"हमारे भाई ने मुल्ला शाह साहब से हमारी ज़बरदस्त वकालत की थी और बराबर अर्ज़ किया था तब मुल्ला साहब ने हमें 'शागिर्दा' बना लिया था। एक सवाल जो आज भी कभी–कभी हमारे दिलो–दिमाग़ में कौंधता है और जिसके बारे में हम ख़ुद से भी सवाल करते हैं, वह यही है कि चिश्तिया सिलसिले में इतनी गहरी श्रद्धा और अक़ीदत के बाद क़ादरिया सिलसिले की तरफ़ हमारा झुकाव कैसे मुमकिन हुआ था। हमने शायद इसलिए दो किताबें ही लिखी हैं कि मन की बातें तो आ जायें साथ ही हम ख़ुद को तसल्ली दे सकें कि दोनों के ख़्यालात अब कितने एक से थे! दूसरी बात यह थी कि चिश्तिया सिलसिले में अब कोई ज़िन्दा पीर नहीं मिल रहा था, जबकि उस एक ही समय में क़ादरिया सिलसिले में एक नहीं दो–दो ज़िन्दा पीर मौजूद थे–ख़ुद मियाँ जी और दूसरे ख़ुद उनकी नज़र में भी, मुल्लाशाह साहब। एक वजह और भी है जिसे बताने में इसलिए तकलीफ़ हो रही है मगर चूँकि लिखा है तो बता रहे हैं–शायद हमारे बताने से हमारा और इसे इस तरह मजलिस में सुनने से बादशाह का ग़म बढ़ने की जगह कुछ हल्का हो सके। हमने दारा ने ज़िद की थी मुल्लाशाह की बाबत शायद और सबको एहसास न हो मगर यह सच है कि

हम और दारा दो जिस्म एक रूह थे...उसका कहना ही काफ़ी था और हमने समझ लिया कि यह कहीं बहुत भीतर मेरी रूह की चाहत होगी जो हमारे सबसे प्यारे भाई की ज़ुबान से बयान हो गयी। और शायद मियाँ मीर से बादशाह ख़ुद इतने मुतासिर न हुए होते तो हम लोगों के भी उनसे यूँ तार न जुड़े होते। सबसे पहले तो बादशाह ख़ुद मियाँ मीर के यहाँ जाते और उनसे बातें करते थे फिर हम दोनों भाई–बहन जुड़े और शायद इसीलिए हम तीन लोग एक–दूसरे के ज़्यादा नज़दीक भी हुए।"

"बादशाह ने बिना संकोच किये ही अपनी दोनों आँखों को पोंछा और फिर आगे की बातें सुनने लगे, हमने भी किसी तरह अपने–आप को सँभाला और यह ताज़ा ज़ख़्म सब पर तारी होता उससे पहले दारा की तारीफ़ करनी शुरू कर दी जो लिखी भी नहीं थी ताकि बातों में ही सब उलझ जायें–ज़िम्मेदारी और हालात ख़ुद–ब–ख़ुद कई चीज़ या बात सिखा देते हैं, जो कभी आपके ज़ेहन में भी न हो। हमने फ़ौरन ही बातों का सिलसिला दूसरी तरफ़ मोड़ते हुए कहना शुरू किया...मगर, क्या बतायें, हमें उस रात तो क्या उसके बाद कई रात नींद नहीं आई। हम शुरू से ही चिश्तिया सिलसिले के ख़्वाजा मुईनुद्दीन साहब से मुतासिर थे और अब क़ादरिया सिलसिले में जा रहे थे इसीलिए यह कशमकश लाज़िमी–सी बात थी। यह सवाल बराबर हमें परेशान करता था कि क्या यूँ सिलसिला बदल देने से हमें ख़ुदा की रहमत मिलेगी? फिर एक रोज़ हम इबादत करते–करते गहरी समाधि में चले गये, फ़िदा हमारे पास पंखा झल रही थी। हमें सूफ़ियों जैसे एहसास हुए...हमने देखा कि पैग़म्बर साहब की महफ़िल सजी हुई है; उसमें चारों पवित्र ख़लीफ़ा, पुराने शागिर्द, शेख़ और उलमा सभी मौजूद थे। और उसमें एक शख़्स और दिखाई दे रहा था जिसका सर पैग़म्बर साहब के क़दमों में सजदे में झुका हुआ था। हमने देखा कि पैग़म्बर साहब ने उस झुके हुए इंसान के सर पर प्यार और ख़ुलूस के साथ हाथ फेरते हुए उसका नाम लिया तब हमें समझ आया कि यह शख़्स कौन है। और फिर जब पैग़म्बर साहब से आशीर्वाद लेकर उसने अपना सर उठाया तो हमने फ़ौरन ही पहचान लिया...अरे, ये तो मुल्ला शाह हैं! अब हमें एहसास हो गया था कि हमें ख़ुदा के पैग़म्बर ने इशारा दे दिया है कि हम मुल्ला शाह की शागिर्दा हो जायें और हमने होश में आते ही फ़ैसला कर लिया था...उस एहसास में हमने पैग़म्बर साहब को मुल्ला शाह से यह भी कहते सुना था :

जा, तेरा जलवा हमेशा क़ायम रहेगा क्योंकि तुमने तैमूर के ख़ानदान को सूफ़ी ज्ञान से रोशन कर दिया है।"

"आगे हमने हिम्मत से काम लिया और मुल्लाशाह साहब को एक के बाद एक कुल तीन ख़त लिखकर अपनी शिद्दत और ईमानदारी का भरोसा उन्हें दिला दिया। हमने पुराने पहुँचे हुए सूफ़ियों के ऊँचे ख़्यालात बयान करते हुए जब उन्हें अपनी तर्बियत और रूहानी तबीयत से वाक़िफ़ करवा दिया तब जाकर वे भी ख़ुशी–ख़ुशी हमारे ख़तों के जवाब देने लगे और हमें समय–समय पर ख़ुद ख़ुदा की राह में चलने के ढंग से वाक़िफ़ करवाने लगे। असल में, हमने अपने दूसरे ही ख़त में उनको अपना ही एक शे'र लिख भेजा था जो यूँ है : 'गर मयस्सर शवद आन रुए चू ख़ुर्शीद म्रा/पादशाही चेह केह दावा खुदाई बे कुनम।' यानी 'अगर हमें अपने पीर का आफ़ताबी चेहरा नसीब हो और उनके ज्ञान की रोशनी में हम चमक सकें तो हम कभी बादशाहत की तरफ़ देखें भी न, सिर्फ़ सूफ़ियों की राह पकड़ ख़ुदा के पास पहुँचना चाहेंगे'। मुल्लाशाह साहब ने इस ख़त और शे'र के बाद हमारी दिली और रूहानी कैफ़ियत को बाक़ायदा समझा और मान भी लिया। उसके बाद वे फिर हमारे ख़तों के जवाब देते रहे और हमें उन जवाबों में वे सारे जवाब मिले जिनकी वजह से हम बेवजह सूफ़ियों के सिलसिलों को अलग–अलग मानकर भ्रम पाले हुए थे। सारे सिलसिले एक ही ख़ुदा की तरफ़ ले जाने वाले अलग–अलग रास्ते ही थे जैसे हम लोगों के मुल्क में कितने अलग–अलग मज़हब हैं मगर मक़सद सबका एक ही है।"

"हमने उसके बाद बेनागा कश्मीर में रहते हुए हर रोज़ ख़ुद अपने हाथों से पकाकर मुल्लाशाह साहब के लिए न केवल रोटी बल्कि सब्ज़ियाँ भी भेजना शुरू किया, जिसके कई गवाह इस मजलिस में भी मौजूद हैं...दिलदार ही रोज़ मेरे हाथों का बना खाना ख़्वाजाग़रीब मुल्ला शाह साहब तक पहुँचाता और वो कहता कि इसी से उसे इतना सवाब मिला कि वह भी उनको पीर मानने लगा है...वो हमसे इजाज़त लेकर वहाँ देर तक बैठा करता, कहता कि उसे वहाँ बहुत सुकून मिलता है। धीरे–धीरे वे हमारी हालत समझने लगे थे वरना शुरू में यही कहते पाये गये कि हमें बादशाहों और अमीरों से क्या वास्ता...हम तो ग़रीबों की सेवा को ही ख़ुदा की ख़िदमत मानते हैं, मगर जब उन्होंने इस मल्लिका में फ़क़ीरी का एहसास किया तब से ही उनके साथ ख़त–किताबत शुरू हुई जिससे

मेरी ज़िन्दगी में एक अजब–सा मीज़ान, सुकून आया और तमाम मसलों के हल ख़ुद–ब–ख़ुद मिलने लगे...जब हम दारा के साथ बादशाह की इजाज़त के बाद उनकी कश्मीर वाले ख़ानक़ाह में पहुँचे और दूर से ही उनपर हमारी नज़र पड़ी तो एक पाक शख़्स की रूह से जो कैफ़ियत होती है–बिल्कुल वैसा ही महसूस हुआ...और हम उस पवित्रता में डूब से गये...और तब हमने लिखा था : 'पीर–ए–मन–ओ–ख़ुदा–ए–मन, दीन–ए–मन–ओ–पनाह–ए–मन/निश्त के बग़ैर तू, शाह–ए–मन वस इलाह–ए–मन।' यानी 'मेरे आध्यात्मिक गुरु, मेरे स्वामी मेरी आस्था, मेरी पनाह/हम खुदा की क़सम खाते हैं, हमारे एक ही पीर हैं और वो मुल्ला शाह साहब हैं' ऐसा एहसास हुआ और हम खुद को उनके एक मुर्शिद की तरह देखने लगे..."

"अगले रोज़ शुरू करने से पहले ही बादशाह ने हमसे पहले कुछ अपने अश'आर सुनाने को कहा तब हमने अल्लाह की इबादत करते हुए ये सुनाकर अपनी बात शुरू की : 'हक्का तुई अंखें मी रसानद शाह/फ़ैज़ नज़रत तलिबनरा नाजुदा/बेहर केह नज़र कुनी, बेह मक़सूद रसद/नूर–ए–नज़र–ए–तू शुद मगर नूर–ए–ख़ुदा।' अब ज़ाहिर था कुछ लोगों के चेहरे के भावों को देखकर हमें एहसास हुआ कि वे समझ नहीं पाये हैं इसीलिए हमने इसको आमफ़हम भाषा में समझाने की कोशिश भी की : 'वाक़ई शाह आप के पाक दीदार से ही मुर्शिद, ख़ुदा की राह पा जाता है। आपकी कृपा–दृष्टि जिस पर भी पड़ जाये वह अपनी मंज़िल पा ही जाता है/और आपकी नज़र रोशनी ही ख़ुदा की कृपा–दृष्टि की रोशनी हो जाती है।' हमने इसके बाद अपने कई और अश'आर सुनाये जिनको सभी लोगों की दाद मिली और पूरा माहौल उस रोज़ मुशायरे जैसा हो गया और बादशाह ने बहुत अरसे बाद ख़ुद को अब भी बादशाह महसूस किया और महफ़िल के बाद उनसे रहा नहीं गया और वे कह ही बैठे, 'काश, हम आगरा छोड़कर कभी गये ही न होते। उसके बाद वे फिर उसी मुसम्मन बुर्ज में हम लोगों की तरफ़ पीठ करके बैठ गये...सबने महफ़िल बर्ख़ास्त होने का यह इशारा समझ लिया था। बादशाह अब अकेले में अपनी बेगम की याद में ताजमहल देख रहे थे और शायद चुपके–चुपके आँसू बहा रहे थे और चाह नहीं रहे थे कि कोई यह देखे। उस रोज़ के अश'आरों, नज़्मों और ग़ज़लों ने वही पुराने दिन याद दिला दिये थे।"

X

"जितने रोज़ ये किताबों और रिसालों को सुनने–सुनाने का दौर चल सकता था, चला, मगर इसकी भी एक हद थी। फिर वही ज़िन्दगी फिर वही तल्खी...औरंगज़ेब को लिखे ख़त और उनके तंज़ भरे जवाब–मेरी बदकि़स्मती कि हमें उसके ख़त पढ़ने पड़ते थे, कभी–कभी सुनाने के लिए और कभी बादशाह की कैफ़ियत और दुख समझने के लिए। आइए, ख़त–किताबत की भी ऐसी कुछ बातें आपको बताते चलें...इसकी शुरुआत भी एक रोज़ बादशाह ने खुद ही की थी, जब उन्होंने पूछा, 'उस समय कुछ तबीयत और कुछ उलझनों के बीच हम समझ नहीं पाये थे कि उस बेदौलत ने तुम्हें क्या जवाब भेजा था? या हो सकता है अब ठीक से याद न रह गया हो तो एक बार वो ख़त देखो। तुम्हारे पास तो हर ख़त एक अलग सुनहरी जिल्द में रखा रहता है। याद है तुम्हें रोज़नामचे में बातें दर्ज करता देख हमने जुन्नार में सोने की जिल्द वाला दिया था?' वे फिर औरंगज़ेब की बात पर लौटते हुए बोले, 'वो ख़त सुनाओ...' न जाने वे अब क्या समझना चाह रहे थे, उसको अब क्या लिखना चाह रहे थे?"

"ख़ैर, वालिद साहब के कहने पर हमने जैसे ही अपना ख़तों वाला बस्ता खोला तो जिस ख़त की बादशाह बात कर रहे थे वह मिल गया क्योंकि हम इन सब ख़तों को उनकी तारीख़ के हिसाब से सिलसिलेवार ही रखते हैं...हाँ, इससे एक बात और याद आयी दारा अपने फ़लसफ़े वाले काग़ज़ातों के अलावा बाक़ी और कोई काग़ज़ सिलसिलेवार ढंग से नहीं रखता था जबकि ज़ेब की आदत हमारी जैसी ही सिलसिलेवार ढंग से–सिर्फ़ काग़ज़ात ही नहीं हर चीज़ क़रीने से रखने की है–शायद फ़लसफ़े और पढ़ाई–लिखाई में हम और दारा में समानता है तो इस आदत में हम और ज़ेब एक से हैं...हाँ तो बिल्कुल शुरू में जब हमने उसे ख़त लिखा था और मना किया कि वह ऐसा कुछ न करे, तब शायद हम ज़्यादा गुस्से में रहे होंगे या बादशाह का गुस्सा हमारे अल्फ़ाज़ों में उभर आया होगा। उस समय भी उसका जवाब ठण्डे दिमाग़ और इ़ज़्ज़त से लबरेज़ था : 'आपा, हमें तो अच्छा लगा कि आपने अपना समझा और उसी हक़ से आप हम पर नाराज़ हुईं। हम तो बादशाह से भी यही अर्ज़ करते रहे कि आपसे हमें सिर्फ़ और सिर्फ़ इंसाफ़ की चाह है। काश! वे भी नाराज़गी में ही सही, कुछ तो लिखते, मगर उन्होंने उस ख़त का कोई जवाब नहीं दिया। क्या हम इतने बेग़ैरत हो गये? वे सिर्फ़ भाई जियू की

बात का भरोसा कर रहे थे और वे बस सत्ता के ख़्वाब में थे, चाहे राजा जसवन्त सिंह हों या जयसिंह, महाबत ख़ाँ हों या ख़लीलुल्लाह ख़ाँ–सब उनको ही बादशाह के चलते इतना मान दे रहे थे। आइए, हम आपको उस ख़त की नक़ल भेज रहे हैं पढ़ लीजिए और हमारी जो ग़लती हो बताइए और आप हमारे लिए जो सज़ा मुक़र्रर करिए, हमें मंज़ूर है...हम उफ़्फ़ न करेंगे... ।"

"बादशाह सलामत को इस नाचीज़ गुलाम का सलाम पहुँचे, हम आपसे इंसाफ़ की गुहार करते हुए कुछ बातें साफ़–साफ़ लिखने की इजाज़त चाहते हैं...जब आप बीमार पड़े तब भाई जियू ने हम तीनों भाइयों के वकीलों को शाही दरबार से सिर्फ इसलिए बर्ख़ास्त कर दिया ताकि हम लोगों के पास कोई ख़बर न आ सके...इतना ही नहीं, हमारे दरबारी मुंशी, ईसा बेग को जो बेक़सूर था बिना किसी जुर्म के ही क़ैद कर दिया गया और उसकी दौलत और जायदाद तक सब बेवजह ज़ब्त कर ली गयी। और तो और, ज़ाहिर ही है, उन्होंने आपको बिना बताये ही मालवा–गुजरात, बंगाल और दक्खन के रास्तों में आमदरफ़्त पर इतनी रोक लगा दी थी कि सारे माल–असबाब की बिना जाँच के कोई भी आ–जा न सके, किसी भी सूरत में हम तीनों भाइयों तक कोई ख़बर न पहुँच जाये। क्या आपसे कहकर ही भाई जियू ने हमारे सबसे अच्छे सेनानायक, महाबत ख़ाँ और राव छत्रसाल को वापस बुला लिया था? जबकि आपके हुक्म से हम बीजापुर में गुलबर्ग की घेरेबन्दी कर रहे थे। क्या हम लोग बग़ावत कर रहे थे या भाई जियू ने हमको बग़ावती तेवर अपनाने के लिए मजबूर किया था? आप ख़ुद सोचिए। हम लोग आपके गुलाम की तरह अपने–अपने सूबे में ईमानदारी और शिद्दत से काम कर रहे थे तब भी जसवन्त सिंह और बाक़ी लोगों के साथ हमारे ख़िलाफ़ बड़ी फ़ौज भेजने का क्या मक़सद था? क्या हमने कोई गुनाह किया था जिसका दण्ड देने के लिए आपने इस फ़ौज के भेजे जाने का हुक्म दिया था? या हमको भड़काने, हड़काने और डराने के लिए ये सब किया जा रहा था? क्या हमको बेवजह दिमाग़ी वजह से परेशान नहीं किया जा रहा था?"

"उसके ख़त को हम पढ़ते जा रहे थे और बादशाह के चेहरे के बदलते भाव और शिकन को समझने की कोशिश भी करते जा रहे थे। 'हमने तो राजा जसवन्त सिंह के पास ब्राह्मण कवि राय को इसी ग़रज़ से भेजा था कि वह राह छोड़ दे और हमें अपने बादशाह और वालिद से

मिलकर मिज़ाजपुर्सी करने दे ताकि ख़ुद हमको तसल्ली हो जाये और हम बादशाह को सलाम करके और अगर ज़रूरत हुई तो तीमारदारी के बाद वापस दक्खन लौट जायेंगे। हम तो हादसे के बाद जब आपा की तबीयत बिगड़ी तब भी राजधानी इजाज़त लेकर आये थे और आज भी आपको यह भरोसा दिलाते हुए आ रहे हैं कि हम आपके ग़ुलाम भी हैं और बेटे भी... हमने कवि राय को इसीलिए भेजा था कि वह भी हिन्दू और पढ़ा–लिखा ब्राह्मण था, जो राजा जसवन्त सिंह को सही बात बता सकेगा। मगर जब जसवन्त सिंह ने कुछ भी सुनने से इंकार कर दिया तब हमारे पास कोई चारा नहीं था सिवाय मुराद की बात मानने के।"

"ज़ाहिर है, आपको शायद वाक़ियानवीस के ज़रिये वाक़ियानिगारों की भेजी ख़बरें तो मिली होंगी कि कैसे सबसे पहले भाई शुजा ने ख़ुद को बंगाल में बादशाह घोषित कर दिया था! फिर मुराद ने तो ख़ुद को बादशाह घोषित करके अपने नाम के सिक्के भी जारी कर दिये थे। हमने मुराद को लाख समझाया कि पहले ख़ुद चलकर बादशाह सलामत का हालचाल पक्की तौर पर ले लिया जाये तब हम कोई आख़िरी फ़ैसला करें। इतना ही नहीं, हमने तो उसे सूरत की लूट करने से भी भरसक रोका था। आख़िर में, ये तक कह दिया था कि तुम्हें बग़ावत करनी है, करो मगर अपनी बेक़सूर बड़ी बहन की जागीर तो मत लूटो। वो तो सिर्फ़ माँ से किये गये वादे के चलते महाभारत के भीष्म पितामह की तरह मुग़ल मयूर तख़्त से बँधी हुई हैं। आप तो दिल्ली से आगरा तक आ गये थे...क्या आपकी बात भी भाई जियू नहीं सुन रहा था? या आप उसके प्यार में इतने बेबस थे कि इंसाफ़ का भी ख़्याल नहीं रहा? या मुराद की बात सही है...जब वह लिखता है कि भाई जियू 'शाह इक़बाल बुलन्द' ने आपकी (बादशाह की) लेखनी की बनावट की नक़ल कर ली है और आपके ख़त ख़ुद बादशाह बनकर वही लिख रहा है।"

"हमने तो दोनों भाइयों को लिखा और आपके पास उस ख़त की नक़ल भी भेजी ताकि आपको भरोसा हो सके...हमने दोनों को यही तो लिखा था कि वे जल्दबाज़ी न करें और मुतमईन होने के बाद ही कोई फ़ैसला करें। मगर हमारे भाई जियू ने अपनी ज़िद, अमीरों के भड़काने और ख़ामख़्वाह की नफ़रत में पूरे मुल्क को हिला दिया है...क्या आप उन्हें नहीं रोक पा रहे हैं? तो हमें आगरा आने दीजिए, हम आपको भी उनसे मुक्त करवा कर ख़ुद इंसाफ़ भी हासिल कर लेंगे और आपकी ख़िदमत करते रहेंगे।

अगर आप ही धर्मत में या भाई जियू की जगह सामूगढ़ में फ़ौज की सरपरस्ती कर रहे होते तब यक़ीन मानिए आपको देखते ही हमें तसल्ली हो जाती और हम सलाम और नज़राना पेश करके आपकी ख़िदमत में जुट जाते, मगर भाई जियू ने ऐसा न चाहा और न ही होने दिया। फिर भी आपको लगता है कि मेरा क़सूर है तो हमें इसी तरह से एहसास करा दीजिए..."

"औरंगज़ेब का एक और ख़त तो सीधे–सीधे बादशाह पर इल्ज़ाम लगाते हुए था...ख़ैर, हमें नहीं मालूम कि बादशाह ने कब ज़ेब को ख़त लिखा था और उसमें क्या लिखा था कि वह एक तरह से बदजुबानी ही कर बैठा बेअदबी तो थी ही...उसने लिखा : 'भाई जियू ने जो किया वो किया...आपने शुरू से हमको बेटा न मानकर न जाने क्यूँ दुश्मन–सा समझा। आपके मन में अपने पाप नहीं तो और क्या था? आपने कितना घटिया इल्ज़ाम लगाया था, याद ही होगा आपको? क्या यह भी भाई जियू के कहने पर था? आपने इल्ज़ाम लगाते समय कुछ पल के लिए भी नहीं सोचा कि आप सिर्फ़ बादशाह नहीं एक ज़िम्मेदार वालिद भी हैं...और, इल्ज़ाम भी घटिया–सा...इतनी घटिया सोच किसकी थी? आपकी या भाई जियू की? और अगर इतनी घटिया सोच है तो फिर जो आप भुगत रहे हैं वह वाजिब भी और कुदरती इंसाफ़ भी। हमारा तो कोई गुनाह नहीं है...। क्या सोचा है कभी क्या गुज़री होगी हमारे दिल पर कि आपके गुलाम और बेटे होने के बावजूद, आप, मेरे आक़ा, बादशाह और वालिद ख़त में ये लिखे कि हमने आपके बुरहानपुर में लगाये 'बादशाह पसन्द' पेड़ों से आम 'चुरा' लिए! और आपने ये इल्ज़ाम लगाने के साथ ही, बुरहानपुर का सिर्फ़ उस बाग़ वाला उतना ही हिस्सा 'खालसा ज़मीन' में शामिल कर लिया कि उसका इन्तज़ाम सीधे दिल्ली से आपके द्वारा तैनात किये गये अमीन से किया जायेगा! ये आपका भरोसा था अपने सूबेदार पर? अपने बेटे पर! हमने कौन–सा गुनाह किया था? इसी तरह अगर आपा न होतीं तो आपने तो हमको 1644 में ही बेदख़ल और बेओहदा कर ही दिया था।"

"हमसे इससे आगे पढ़ा नहीं जा रहा था और हम पढ़ते–पढ़ते रुक गये...मगर बादशाह ने इस ख़त को पूरा सुनने की इच्छा ज़ाहिर की। शायद उनके दिमाग़ में कुछ घूम रहा था कि उनको अपने अगले ख़त में क्या लिखना है। और अब जब सब ख़त्म हो चुका है तब ज़ुबानी जंग ही जीत लें। ख़ैर, हम तो ख़िदमत में हाज़िर ही थे इसीलिए हमने पढ़ना फिर

से जारी रखा...'हम जब कन्धार की दूसरी घेरेबन्दी के समय पूरी तरह से क़िले पर अपनी पकड़ बनाने में कामयाब हो रहे थे और लगने लगा कि कन्धार हमारे क़ब्ज़े में आ जायेगा, उसी समय, आपने हमें वापस दक्खन भेज दिया था और कितना जलील करने वाला फ़रमान था—जब शुजा एक पड़ाव दूर हो तभी तुम वहाँ से चल देना...ऐसा आपने क्यूँ किया था? ताकि दो भाइयों में कोई बातचीत न हो सके। आप ख़ुद वालिद होकर अपने ही घर में अपने बेटों के बीच झगड़े लगवा रहे थे। आपको डर था कि बाक़ी बेटे आपके नालायक़ लेकिन प्यारे बड़े बेटे से ज़्यादा लायक़ होने के नाते कहीं उसको दरकिनार न कर दें! जो आप ज़िन्दगी—भर अपने भाइयों के साथ करते रहे, आपको उसी का डर था कि कहीं हम सब दारा के साथ वही सब न करें।"

"हम थोड़ा—सा रुके और फिर पढ़ने लगे : 'उसकी वजह से आपने हमारे साथ तो ख़ासतौर से नाइंसाफ़ी ही की। याद तो होगा कैसे गुलबर्ग की घेरेबन्दी ख़त्म करने का फ़रमान भेजा था या कैसे गोलकुण्डा जीतने की कगार पर थे तभी हमें वापस बुलाने के लिए फ़रमान गया था। और आपने मल्लिका—ए—जहाँ को भी मजबूर किया था कि वो भी हमको इसी आशय का अलग से अपना 'निशान' भेजें। ख़ैर, हम उनके मिज़ाज से वाक़िफ़ हैं, जो भाषा उस 'निशान' में थी उतनी कड़ी भाषा और वैसे अल्फ़ाज़ उनके हो ही नहीं सकते—तो क्या भाई जियू या आपने उन्हें मजबूर किया था? या ख़त लिखवाकर उनसे बस दस्तख़त करवा दिये गये थे? या वो ख़त ही फ़र्ज़ी था? मुराद तो कहता था कि भाई जियू दारा ने सबकी लिखावटों की नक़ल करने में महारत हासिल कर ली है। और इस तरह के ख़त, निशान, फ़रमान वे अपने मक़सद के हिसाब से भेजते ही रहते हैं। आपका क़सूर यही है कि आप अपने नज़रिये से सबको देखते रहे...जो—जो आपने किया है आपको लगता है सब लोग वैसे ही हैं और वैसा ही सोचते हैं। आपने बादशाह अकबर के दौर में जो रामायण का तर्जुमा हुआ है वो तो पढ़ा ही होगा। क्या लिखा है मानस के शायर ने? 'जाकी रही भावना जैसी प्रभु मूरत देखि तिन तैसी?' यह कहावत आपके ऊपर तो बिल्कुल ही सही बैठती है।' ख़ैर, ज़ेब की आदत और फ़ितरत से हम अच्छी तरह से वाक़िफ़ हैं, इतनी बेबाक़ी से वो बात कहता भी था और लिखता भी..."

"आप मुग़ल तख़्त पाकर सत्ता के खेल के माहिर खिलाड़ी साबित होकर गुरूर में भर गये थे...उम्मीद है, भूले नहीं होंगे कैसे एक बार शतरंज

के खेल में आपको हराया था तब आपको उतनी तकलीफ़ नहीं हुई थी मगर जब आपके लाड़ले बेटे और अपने बड़े भाई को कई मर्तबा हरा दिया तब आप ख़ुद बिसात पर मोहरों को चलाने लगे थे...और, फिर भी दोनों मिलकर हार गये थे। कोई और बाप होता तो कम–से–कम बेटे को गले से तो लगा ही लेता भले ही अपने गले का पन्ना का हार–हाँ, उस रोज़ आप पन्ना का हार पहने बैठे थे और हम मासूमियत में सोचते रहे थे कि आज की हमारी चालों और दिमाग़ की चुस्ती–फुर्ती को देखकर आप यह हार पक्का हमारे गले में ख़ुश होकर डाल देंगे। मगर हमने क़सूर किया था, आपके लाडले और आपको हराकर। भाई जियू के साथ आपका भी यह गुनाह तो था कि आप उससे ज़्यादा दिमाग़दार किसी और को समझते ही नहीं थे। इसीलिए आपको उसकी हार अपनी शिकस्त लगी थी। आपने उसे सीधे दिल पर ले लिया था और हमको उसी दिन समझ में आ गया था आपका इंसाफ़। जो अपने वालिद के लिए 'पेटीकोट का गुलाम' जैसे घटिया लफ़्ज़ इस्तेमाल करता रहा हो वह क्या और कैसा होगा–कोई भी समझ सकता है।' ज़ेब का यह लम्बा ख़त बादशाह सुनते हुए फिर एक बार ताज की तरफ़ मुँह करके बैठ गये और हमने ख़त वहीं रोक दिया..."

"एक रोज़ की बात है, न जाने बादशाह को क्या सूझा–उस रात चाँद जब पूरे शबाब पर था तब उन्होंने हम सबको वहीं मुसम्मन बुर्ज पर इकट्ठा किया और हम सबको चौदहवीं के चाँद की रोशनी में ताज देखने को कहा और फिर बताना शुरू किया कि इसमें क्या–क्या ख़ूबियाँ हैं–क्या तैमूर के समरकन्द की इमारतों से लिया गया है; क्या ईरानी तत्त्वों को इस्तेमाल किया है; क्या हिन्दुस्तान में राजपूतों से और क्या मेरी बेटी ने जालियों में बारीक काम करवाये हैं–ऐसा लगता ही नहीं कि संगमरमर की जालियाँ हैं, बल्कि ये ऐसा एहसास देती हैं जैसे ये रेशम की झालर हों...देखो दूर से ऐसा लग रहा जैसे कोई सितारा अलग से चमक रहा है...उफ़ुक़ का एक कोना उस सितारे की जागीर है और यह सितारा सुबह आफ़ताब के निकलने के समय भी अलग से दिखता है–कोई भी कमबख़्त हमें तो क़ैद कर सकता है पर हमारे नाम को, हमारे काम को, या जलाल को क़ैद कर पायेगा? अकेला ताज ही बहुत है, हमने तो फ़तेहपुर सीकरी और आगरा के क़िले में भी बहुत तब्दीलियाँ की हैं, जिन्हें आप सबने देखा और सराहा भी है। दिल्ली तो हमने बसा ही दिया बिल्कुल नये मिज़ाज

का शहर वहाँ तो हरेक इमारत में हमारी सारी मुहब्बत और ख़ुलूस ही उसी तरह से दिखाई दे सकती है जैसी ताजमहल में! शायद बादशाह बेटे के ख़तों में किये गये पैने तंज़ों का जवाब अपनी इन ख़ूबियों से देकर अपने दिल को सुकून दे रहे थे।"

"मगर ऐसा होता है एक दौर में, बाद में, जब वो दौर गुज़र जाता है तब इंसान शायद अपने ज़ख़्मों को कुरेदता है...दर्द बढ़कर दवा हो जाता है–बादशाह के लिए औरंगज़ेब के तंज़ भरे, कड़वे, तीखे ख़त मरहम का काम कर रहे थे। फिर, अब हारने को क्या था? जिस बेटे को वारिस और वली–अहद बना रहे थे वो जंग और ज़िन्दगी सब हार चुका था। हम समझ ही नहीं पा रहे थे कि अब क्या है जिस पर ये बाप–बेटे यूँ ख़तों के ज़रिये झगड़ रहे हैं? मगर हमने जब दारा को समझाया था कि राजा जसवन्त सिंह और क़ासिम ख़ाँ की फ़ौज धर्मत के मैदान में हार चुकी है, अब बादशाह को फ़ौज की सरपरस्ती करने दो–देखना जो मुग़ल अमीर भाग गये हैं और मुराद और औरंगज़ेब की तरफ़ गये हैं जब वे बादशाह को फ़ौज के सेनानायक की तरह देखेंगे तब पक्का जानो वे सब शाही फ़ौज में लौट आयेंगे और हो सकता है शहज़ादों को भी अक्ल आ जाये। वैसे तब हमने ज़ोर देकर दारा से यह भी कहा था कि औरंगज़ेब अपने हर ख़त में बादशाह से बस उनके दीदार की अर्ज़ कर रहा है और जसवन्त सिंह को जो उसने ख़त भेजा था उसका आशय था कि हमें बादशाह का हाल जानने को जाने दो, हम उनके प्रति आदर प्रकट करके, हाज़िरी लगाकर वापस चले जायेंगे...तब भी जसवन्त सिंह यह कहते हुए औरंगज़ेब की राह रोक रहा था क्योंकि उसे शहज़ादे दारा ने साफ़ हुक्म दिया था कि किसी भी क़ीमत पर औरंगज़ेब को नर्मदा पार करके आगरा–दिल्ली की तरफ़ आने से रोकना उसका फ़र्ज़ था...दारा ने कोई जवाब नहीं दिया था।"

"इतना ही नहीं, हमारे समझाने के बाद बादशाह ने भी ख़ुद फ़ौज के नेतृत्व के लिए कहा था, मगर दारा को न जाने क्या सूझी थी। शायद कवि तुलसीदास साहब ने सही ही लिखा है, 'जाको प्रभु दारुण दुःख देहीं/ताकि मति पहले हर लेहीं।' प्यारे भाई किसी की भी कोई बात सुनने को तैयार नहीं थे–हमने पहली बार उसका यह रूप भी देखा था...जैसे उसके ऊपर ख़ून सवार हो। हमने उसे औरंगज़ेब का वो ख़त भी दिखाया जो उसने धर्मत के बाद बादशाह को लिखकर उनसे फिर गुज़ारिश की थी कि अगर उसका मक़सद ख़ून–ख़राबा होता तो क्या वो

जंग जीतने के बाद उस घाटी में फँसे राजा जसवन्त सिंह और बाक़ी फ़ौज को यूँ जाने देता जबकि वह आसानी से क़ैद भी कर सकता—उसने ये बातें अपने ख़त में साफ़—साफ़ लिखी हैं, हम उसे ख़ूब जानते हैं, वो साफ़ बात करता है बिना यह सोचे हुए कि किसी को भला लगेगा या बुरा। उसने तो बादशाह को ये लिखा था कि 'हम बस आपसे (बादशाह से) मिलने को बेक़रार हैं कि हम भाई जियू की ज़्यादतियों की शिकायत आपसे कर सकें और आपको सलाम करके हालचाल लेकर वापस आपकी गुलामी में लौट जायेंगे...।' मगर वाह रे दारा सब अनसुना कर दिया।"

"हमने उसको उस ख़त की भी याद दिलायी जो बादशाह के बीमार और बिस्तर पर होने की वजह से सीधे उसी के हाथों में पहुँचा था; ख़त तो औरंगज़ेब ने बादशाह को सिर्फ़ उस (दारा) की शिकायतों के ज़ख़ीरे के साथ भेजा था उसने सबसे पहले यही अर्ज़ किया था, 'चूँकि, आप बीमार हैं इसीलिए उसका फ़ायदा उठाते हुए भाई जियू ने बादशाही के सारे हक़ ख़ुद इख़्तियार कर लिए हैं और आपको हम भाइयों के ख़िलाफ़ भड़का दिया है। उसने हमारी जागीरों से भी हमें बेदख़ल करने की कोशिश की है और जब हम दक्खन में आदिल शाही और कुत्बशाही को ख़त्म करने के क़रीब पहुँच गये थे, तब क्या किया था? अब जसवन्त सिंह को भेज रहे हैं कि हम मिज़ाजपुर्सी के लिए आपको देखने भी न आ सके। और फिर ये ही आपसे हमारी शिकायत करते हुए कहें कि ऐसा ख़ुदगर्ज़, एहसानफ़रामोश और ना—फ़रमान बेटा है कि आपकी ख़ैरियत की न दुआ की और न ख़ुद ही आया?' इस ख़त के जवाब का औरंगज़ेब ने एक महीने तक इन्तज़ार किया था तब कहीं जाकर वह आगे बढ़ा था..."

"इतना ही नहीं, औरंगज़ेब के इस पूरे दौर के ख़तों में एक ख़त और है जिसमें वह फिर बिल्कुल साफ़ लफ़्ज़ों में बादशाह से गुज़ारिश कर रहा है कि वे राजा जसवन्त और क़ासिम ख़ाँ को वापस बुलाने का हुक्म दे दें क्यूँकि वह सिर्फ़ उनके दीदार करके और दारा की शिकायतों का ज़िक्र करके वापस दक्खन लौट जायेगा। और अब जब जसवन्त अड़ गया है और भाई जियू ख़ुद धौलपुर तक बढ़े चले आये हैं तब हमारी यही गुज़ारिश है कि आप भाई जियू को अगर वापस उनके सूबे पंजाब जाने का हुक्म दे दें तब कोई झंझट और झगड़ा ही न रहे। वैसे भी वे फ़लसफ़े के इंसान हैं जहाँ हम में से कोई भाई उनको छू भी नहीं सकता उसी तरह हम सब जंग और फ़ौज के लोग हैं, वे हमसे कभी भी जीत नहीं पायेंगे।

शायद यही ख़त ऐसा था जिसने दारा का ख़ून खौला दिया होगा और उसने बादशाह की बात की भी अनसुनी की और हमारे कहने पर भी नहीं माना कि बादशाह को सेना के आगे चलने दे–शायद उसे ख़ुद जीत हासिल करने की चाह थी। यह बात इससे भी ज़ाहिर होती है कि सामूगढ़ की जंग के पहले दारा ने ख़ुद नारा दिया था, 'जीत या मौत!' वो भूल रहा था वह पादशाह बाबर या अमीर तैमूर नहीं था। काश! दारा ने यह नारा न दिया होता तो शायद मौत...उसको नसीब न होती। उसी के बाद सारी उम्मीदें ख़ाक होती चली गयीं...मेरी माँ की रूह शायद हमारी मजबूरी को समझते हुए हमें माफ़ कर भी दे...न दारा सुन रहा था और न ही बाक़ी भाई, जिन्हें यही लगता रहा होगा कि दारा हमको और बादशाह को सबसे ज़्यादा प्रिय था और ये हक़ीक़त भी है...मगर हमने मरती हुई माँ को वचन दिया था कि हम सबका ख़्याल करेंगे इसीलिए आख़िर तक ख़त लिख–लिखकर, दूत भेजकर सबको समझाने की नाकाम कोशिशें करते रहे थे...हमारी इस मजबूरी वाली बात को बादशाह बन गये औरंगज़ेब ने भी खुले–आम स्वीकार किया था।"

"हमें याद है बादशाह ने हमसे ही वो आख़िरी ख़त लिखवाया था जब सामूगढ़ की हार के बाद दारा बिना हम लोगों से मिले, रात के अँधेरे में अपने बीवी–बच्चों को लेकर दिल्ली और फिर वहाँ से सारा ख़ज़ाना लेकर लाहौर के लिए निकल गया–उसे अपने सूबे पंजाब से आख़िरी उम्मीद रही होगी। यह ख़त बादशाह की कैफ़ियत बयान करने वाला ख़त था–लिखते हुए हमारा भी दिल बैठ गया था जैसा माँ के इन्तक़ाल पर हुआ था वैसा ही एहसास दारा के यूँ आगरा से भागने और उसके बाद मोम की तरह पिघलते बादशाह का यह जज़्बाती ख़त। बादशाह ने लिखवाया, 'मेरी प्रिय औलाद, मेरे बेटे...कभी–कभी क़िस्मत भी इंसान की कोशिशों पर हँसती है...शायद ही किसी ने अपने जिस्म से अपनी जान को यूँ निकलते हुए बेबस–सा देखा होगा...जैसे हमने अपनी रूह को यूँ आज जाते हुए देखा है...' बादशाह ने जितना हो सकता था सोना–चाँदी, पैसा–रुपया दारा को भिजवाया और मुल्क के सारे सूबेदारों को उसकी मदद करने के फ़रमान भेज दिये...जिसकी भनक औरंगज़ेब के लोगों को लगी और उसे ख़बर हो गयी। उसके उन दो ख़तों को देखें जो उसके फ़ौरन बाद के हैं तो यह बात बिल्कुल साफ़ हो जाती है।"

"एक ख़त में वह बता रहा है कि कैसे उसे इसीलिए बादशाह के पास अपने बेटे मुहम्मद अकबर को भेजना पड़ा था : 'याद कीजिए कि

कौन एहसानफ़रामोश साबित हुआ उस रात? कौन अपने बीवी–बच्चों को लेकर बस अपने स्वार्थ में भाग खड़ा हुआ था, आप बुलाते रह गये, ख़बर पर ख़बर और दूत पर दूत भेजते रहे थे। धन–दौलत भी भेज दी, मगर वो पलटा क्या? क्या आपके कहने पर दिल्ली में रुका रहा जबकि आपने उससे वादा किया था कि आप हमको बहलाकर क़ैद कर लेंगे और उसकी मदद हो जायेगी। ये तो कहिए आपके ख़्वाजासरा नहर–दिल के हाथों वह ख़त हमारे लोगों ने देख लिया था...तब हमने अगले दिन रमज़ान 7, 1068 हिजरी–तारीख़ आपको याद दिलाने के लिए लिखनी पड़ रही है–हमें झक मारकर आपको ताकीद करने के लिए शहज़ादे, मुहम्मद सुल्तान को आपके पास पूरी इज़्ज़त के साथ भेजना पड़ा था–मेरे कहने से उसने बाक़ायदा आपको एक बादशाह का सम्मान देते हुए क़िले से बाहर न जाने के लिए विनम्र अनुरोध किया था।"

"इसी तरह ताकीद करने के बाद भी आप अपनी बेजा हरकतों से बाज़ नहीं आ रहे थे और अब भी उस भगोड़े भाई जियू की मदद के लिए हर क़िस्म की कोशिश कर रहे थे। याद है ना, काबुल के सूबेदार, महाबत ख़ाँ को आपने फ़रमान भेजकर फ़ौज और धन–दौलत से शहज़ादे की मदद की गुहार लगायी थी। और, आपके हाथ का लिखा हुआ हिन्दी का वह ख़त जो आपने भाई जियू शुजा को भेजा था, जिसमें हमारे ख़िलाफ़ उसकी मदद करके आपस में हम लोगों में फूट डलवाने की कामयाब–सी कोशिश की थी। ख़ैर, उससे हमारा रास्ता साफ़ और आसान होने में हमको ही मदद मिली थी। आपने पूरी तैयारी कर ली थी कि हम आगरा क़िले में आयेंगे और दिलदार जैसे ख़्वाजासरा और उनकी एक हज़ार से ज़्यादा ख़्वाजाओं और सिपाहियों की ज़बरदस्त टुकड़ी हमारे टुकड़े–टुकड़े कर देगी। तब भी हमने अपनी तरफ़ से शहज़ादे को आपसे से माफ़ी माँगने के लिए भेजा था। याद कीजिए उसने पूरी इज़्ज़त और मुग़ल दरबारी रस्मो–रिवाज़ के साथ आपको सलाम करके ही आपको पेशकश और नजराने में पाँच सौ अशर्फ़ी और चार हज़ार रुपये दिये थे, और आपको लगता है कि हम नाफ़रमान, बेअदब, और बदज़ुबान हैं? हमने अपनी तरफ़ से हर कोशिश कर के देख ली और यही समझ में आया है कि आप हमें न तो तब पसन्द करते थे न अब। इसकी कोई ख़ास और ठोस वजह है क्या? या कि यह आपके दिमाग़ का कोई फ़िज़ूल–सा फ़ितूर है? अब तो उसका कोई मतलब भी नहीं।"

"एक ख़त और देखकर जून की पहली तारीख़ की वो शाम हमारी आँखों के सामने घूम गयी जब सामूगढ़ की जंग के बाद दारा की फ़ौज के कितने सरदार और फ़ौजी औरंगज़ेब के ख़ेमे में शरीक हो गये थे। औरंगज़ेब ने बिना देर किये ही नूर मंज़िल से बादशाह से माफ़ी माँगते हुए और ख़ुद को उनका एक गुलाम बताते हुए ख़त लिखा था। बादशाह ने ख़ुद अपनी प्रिय तलवार 'आलमगीर' औरंगज़ेब को भेंट की थी तभी उसने ख़ुद को 'आलमगीर' की पदवी से विभूषित करने का फ़ैसला कर लिया था। हमने सोचा था अब शान्ति स्थापित हो जायेगी। दारा पंजाब में, शुजा बंगाल और मुराद गुजरात में, बादशाह के वली–अहद की तरह से काम करते हुए औरंगज़ेब अपने बेटों को दक्खन के अलग–अलग हिस्सों में तैनात करके वहाँ अपनी पकड़ बनाये रखेगा? मगर होनी तो उलझती चली गयी...हम सूफ़ी सन्तों से बस दुआएँ करते रहे, मन्नतें मानते रहे, ग़रीबों के लिए ख़ैरात बाँटते रहे मगर 'होनी–अनहोनी बहुत ही प्रबल होती है..."। इसी के बाद तो उस साल जून की उमस वाली गर्मी में हम यही विभाजन का सुझाव लेकर गये थे मगर..."

"वैसे हम बादशाह के कहे पर भी ख़ुद को चलने–कहने को मजबूर पा रहे थे, हमारी अपनी चलती तो हम सीधे–सीधे ज़ेब से बात करते मगर बादशाह ने बिना इस बात पर ग़ौर फ़रमाये हुए कि औरंगज़ेब विधि या क़ानून के सारे पेंचोखम से वाक़िफ़ है ख़ामख़्वाह में बादशाहत के ख़्यालातों से बात शुरू करने का मशविरा दे डाला था–बादशाह का मशविरा सिर्फ़ मशविरा नहीं होता वो हुक्म होता है और हमारे तो वो वालिद भी हैं...जब हमने उसे बादशाहत की बात कही तब उसने साफ़ लफ़्ज़ों में कहा कि 'हम राजत्व के सिद्धान्त से भली–भाँति वाक़िफ़ हैं, इसके हिसाब से बादशाहत उसी को नसीब होती है जिसे अल्लाह बख़्शता है और जो सबसे ज़्यादा उसके क़ाबिल होता है हमने जंग में बादशाहत जीती है और हम इसे यूँ नहीं जाने देंगे–आपा, आप बस उनको इतना याद भर दिला दीजिए। तलवार की धार और जिगर का जोश ये सब तय करता है वरना क्या उन्होंने यूँ बग़ावत की होती?' ख़ैर, हम ख़ुद भी वाक़िफ़ थे इतिहास के इन बीते लम्हों से और हम तो अपने रोज़नामचे में इस खुली ख़ूनी बग़ावत के अन्देशे से ही राजत्व के सिद्धान्त के साथ इस्लाम में राज्य के जनतन्त्र से राजतन्त्र में तब्दील होने की कहानी भी दर्ज कर चुके हैं।"

"एक बहुत दिल को छू लेने वाली बात भी इस बीच हुई। बादशाह ने ज़ेब को ख़त लिखा, 'दिल्ली का तख़्त अब तुम्हारे क़ब्ज़े में है, हमें आगरा के क़िले में तो सुकून से रहने दो। ठीक है, कि क़िले में कई कुएँ हैं मगर हम सब गंगा–जमुना का पानी पीने के आदी हैं हमारा जमुना का जल तो न रोकते। एक तरफ़ हिन्दू हैं, जो अपने मरे हुए पुरखों को पानी देते हैं और दूसरी तरफ़ तुम अपने ज़िन्दा बाप का पानी रोक रहे हो।' औरंगज़ेब का जवाब हमें पसन्द नहीं आया मगर हम कर भी क्या सकते थे। उसने लिखा : 'ये सब आपकी अपनी करनी का फल है, आप जिस तरह से कभी भाई जियू शाह इक़बाल बुलन्द और भाई जियू शाह शुजा को ख़त लिख रहे हैं, जिस तरह राजा जयसिंह, मीर जुमला, महाबत ख़ाँ को फ़रमान भेज रहे हैं...हमारे लिए आपने यही रास्ता छोड़ा है। हमने तो सिर्फ़ एहतियातन जमुना की ओर जाने वाले सभी रास्ते बन्द किये हैं। जिस तरह से नहर से पानी आता है उसमें से तो कई आदमी गुज़र सकते हैं...तो कहीं आप या आपके ख़ास आदमी गुप्त ख़बरें न भेज सकें या जैसे बादशाह अकबर के आख़िरी वक़्त में सलीम जमुना के इसी रास्ते से इलाहाबाद भागने की फ़िराक़ में थे, हम क्या नहीं जानते। उन्हें एहसास था कि अकबरी जलाल वाले अमीर ख़ुसरो के साथ हैं और वे बादशाह नहीं हो पायेंगे, ये तो बारहा के सैयद थे कि बाज़ी पलट गयी ...मगर हम आपके साथ अब किसी तरह की रियायत नहीं करेंगे। सब जानते–समझते आपको हमसे यही उम्मीद करनी चाहिए कि हम चौकसी ढीली न होने दें। वैसे भी अपनी इन तकलीफ़ों के लिए आप ख़ुद भी ज़िम्मेदार हैं...आप अब भी अपनी चालाकियों और चालबाज़ी से बाज नहीं आ रहे हैं...इसीलिए जो हम कर रहे हैं आप इसी के लायक़ हैं।' और आगरा में क़ैद हुए बादशाह और उनके बेटे नये बादशाह में यूँ ज़ुबानी जंग चलती रही। शायद बादशाह अपने मन और दिल का गुबार यूँ ही निकालते। और इसके बाद थककर ताजमहल की ओर ताक़ते–शायद माँ से कुछ शिकायत करते रहे होंगे या ग़म ग़लत करने की यही राह निकली होगी।"

"दारा के ताबूत की आख़िरी कील उसके मारे जाने से बहुत पहले ही औरंगज़ेब दिमाग़ी तौर पर ठोंक चुका था–यह औरंगज़ेब के एक ख़त से समझ आता है जो हमें अब क़ैद के दौरान मिला और हमने ख़त की तारीख़ के हिसाब से ही उसे भी अपने ख़तों के ख़ज़ाने में सहेजकर रख

लिया था...उसने लिखा था : 'हमने सामूगढ़ की जंग से पहले ही आपको ख़त भेजा था कि हमारा इरादा इस्लाम के बादशाह के ख़िलाफ़ बग़ावत करने का हरगिज़ नहीं है, हम तो आपके उस क़ाफ़िर बेटे को बस सबक़ सिखाने के लिए निकले हैं, जिसने इस्लाम और मुग़ल बादशाहत को नीचा देखने के लिए मजबूर कर दिया है...आप भी बेबस हैं और इस्लाम भी। हम आपको हटाने के बारे में ख़्याल भी मन में नहीं ला सकते क्योंकि यह क़ानूनन गुनाह होने के साथ ही मज़हब के हिसाब से पाप भी होगा। हमने तो बस एक क़ाफ़िर के ख़िलाफ़ जिहाद करने की क़सम खाकर दक्खन से कूच किया है–आपको हमारी किसी बात पर हमेशा की तरह भरोसा नहीं होगा इसीलिए हम अपने 'क़ाज़ी–ए–लश्कर', अब्दुल वहाब से लिए गये 'फ़तवा–ए–ख़ुरूज' की नक़ल भी इस ख़त के साथ भेज रहे हैं!' हमारे पैरों तले ज़मीन खिसक गयी तो क्या वाक़ई ज़ेब भी बादशाह की तर्ज़ पर सियासी शतरंज के एक माहिर खिलाड़ी की तरह मुग़लिया तख़्त की तरफ़ बढ़ते हुए अपनी मंज़िल तय करने की सही चालें चल चुका था? उसकी यह बिसात बिछने के साथ ही शह–मात तक की चालें दिमाग़ में चली जा चुकी थीं!"

"इसीलिए वो एक ख़त के जवाब में लिखता है कि उसने सिर्फ़ मज़हब और मुल्क की भलाई के लिए ही क़दम उठाये मगर बादशाह ने ख़ुद उस क़ाफ़िर को बढ़ावा देकर अपनी दुर्गति करवाई है। अगर वे उसके ख़तों का जवाब देते रहते और उसे सही रास्ते पर चलने को मजबूर करते तब वो क्यूँ बुरहानपुर से निकलता? जब सामूगढ़ के बाद भी आपने क़ाफ़िर की मदद का सिलसिला बन्द नहीं किया और हमको आगरा में ही क़ैद करने और मारने तक की साज़िश रची...बस हमको बुलाने के लिए कि आप बात करना चाह रहे थे। इत्तिफ़ाक़ से हमने भी महाभारत पढ़ी है। महाभारत की पूरी जंग जब अट्ठारह दिनों में ख़त्म हो गयी तब भी सब कुछ हार चुके धृतराष्ट्र ने कैसे अपने लाड़ले बेटे, दुर्योधन के हत्यारे भीम को मारने की साज़िश की थी–कैसे कृष्ण ने सब समझा दिया था। हमको भी हमारे लोगों ने समझा दिया और हम बच गये...अभी तक भाई जियू ही हमारा गुनहगार था अब आप भी हैं–इसीलिए आपकी क़िस्मत यही है...जैसे आपने अपने बड़े भाइयों, ख़ुसरो और परवेज़ को राह से हटाया हमने भी वही किया, अब क्या–क्या याद दिलायें? अच्छा हुआ हम हर्जाने के तौर पर बादशाह जहाँगीर के पास रहे वहीं 'शाही हरम' में

ये बातें सुनकर और 'शाही पुस्तकालय' में ये सब पढ़कर जान चुके हैं। भाई जियू तो उस बचपन में भी फ़लसफ़े पढ़ने में मशगूल रहा'—हमको अन्दाज़ भी न था कि दोनों भाइयों के बीच की खाई इतनी गहरी हो गयी थी और वालिद साहब अपने बड़े बेटे के दुलार में इस क़दर डूब गये थे—मगर फिर भी ज़ेब ने जो किया वो...ख़ैर, हम कौन हैं किसी को सही या ग़लत साबित करने वाले, जब अपने बस में कुछ भी और कोई न हो।"

"हमने सोचा था जितनी भी कडुवाहट भरी है धीरे-धीरे इन ख़तों के ज़रिये कमतर होती जायेगी। मगर अब लग रहा है वो ज़ख़्मों को हरा ही रख रहे थे—दर्द बढ़ जाने दे रहे थे—शायद बादशाह को जिस्मानी तकलीफ़ से ज़्यादा दिमाग़ी और रूहानी चोट पहुँची थी। जैसा कि उन्होंने ख़ुद लिखा भी था। तो क्या यही इलाज था—दर्द ही मरहम और दवा हो रहा था! न इनके ख़तों में और न ज़ेब के जवाबों में कोई फ़र्क़ आया...और यूँ ही दिन, हफ़्ते, महीने और साल गुज़रते रहे...न उसने बादशाह को कहीं और क़ैद करने की कोशिश की, न ही उनको मौत के घाट उतार देने का भी ख़्याल आया...बल्कि हमको हर ख़त में उनकी सलामती के लिए दुआ करता और कभी-कभी तो कुछ न कुछ भेंट-उपहार बादशाह और हमारे लिए भेजता ही रहा। वो बराबर लिखता रहा और आगरा के शाही हकीम, हकीम मोमिन को साफ़ हुक्म था कि रोज़ दो बार बादशाह का हाल-चाल ख़ुद लेने जायेगा...और उसको हर रोज़ की ख़बर भेजी जायेगी।"

"जैसे-जैसे दिन, हफ़्ते, महीने और साल गुज़रते गये बादशाह दिमाग़ी तौर पर तो चौकन्ने रहे पर वे जिस्मानी ढंग से कमज़ोर होते जा रहे थे, उनकी आँखें धँसती जा रही थीं—गुलचिरा के हिसाब से उन आँखों में 'फ़िरदौस-ए-मयकदा-सी चमक' दो ही बार देखी जा सकती है एक तो, जब वे अपनी बेगम के मक़बरे ताज को निहारते हैं और दूसरी बार, जब दिन में पहली मर्तबा फ़िदा को देखते हैं! उनकी सेहत अच्छी नहीं हो पा रही थी, दिलदार और उसके ख़्वाजा ही गुस्ल के सारे काम करवाते और उसके बाद ही हम सब उनके दीदार कर पाते थे...कभी सूफ़ियों की बातें करते तो कभी सियासत की; कभी तारीख़ की तो कभी फ़लसफ़े की...अपने तैमूरी ख़ानदान पर उन्हें बहुत नाज़ था और समरकन्द में उनकी इमारतों को हमेशा इस्लामी ग्रन्थों के जन्नत की इमारतों जैसा बताने से नहीं चूकते। पादशाह बाबर की बहादुरी को वे सलाम ही करते थे जो उस समरकंद को तीन बार जीतने में कामयाब हुए थे।

बादशाह हुमायूँ के लिए भी उनके मन में बड़ी इज़्ज़त थी, हमेशा यही कहते कि हिन्दुस्तान से भागने को मजबूर होने के बाद भी आख़िर वे फिर से अपनी सत्ता क़ायम करने में कामयाब हुए थे। बादशाह अकबर के लिए उनके मन में वही ख़्याल है जैसा हिन्दुओं में अपने देवता के लिए होता है। वे बताते थे कैसे बादशाह अकबर की तबीयत बिगड़ी थी और कैसे उनके वालिद शहज़ादे सलीम और उन्हीं के बड़े बेटे के बीच तख़्त के लिए तकरार बढ़ी थी। शहज़ादे ख़ुसरो और उनके मामा श्वसुर जैसे बड़े अमीर महल में बादशाह के साथ थे और हम भी अपने वालिद के न चाहते हुए भी बादशाह के कमरे से हटे ही नहीं। जब शहज़ादा ख़ुसरो बड़ा हो गया तब हम ही बादशाह अकबर के दुलारे हो गये थे! वे बादशाह जहाँगीर की भी शान के क़सीदे पढ़ते थे मगर उनके ऊपर नूरजहाँ के असर को अच्छा नहीं मानते थे..."

"इस बीच तीन साल से ग्वालियर के क़िले में क़ैदी रहे शहज़ादे मुराद का भी भाग्य डूबने लगा, जब उसके दीवान रहे अली नकी के दूसरे बेटे ने अपने वालिद की मौत के बदले उनकी मौत के गुनहगार शहज़ादे मुराद के ख़ून की माँग की, जो इस्लामी शरीयत के सिद्धान्त के अनुकूल माँग थी। दिसम्बर 4, 1661 को उसके दो गुलामों ने मौत के घाट उतरवा दिया और वहीं ग्वालियर के क़िले में उसे दफ़न भी कर दिया गया था। हमारे आगरा के क़िले में लोगों के बीच और ख़ासतौर से 'हरम' की औरतों में आपस में इस बात की फुसफुसाहट रही कि बादशाह आलमगीर ने ही अली नकी के दूसरे बेटे को इस बात के लिए नौकरी के लालच में राज़ी कर लिया था और वह क़ाज़ी के इजलास में बस 'ख़ून का बदला ख़ून' की जायज़ माँग पर अड़ा ही रहा और आख़िर में शरीअत का हवाला देकर उसे भी हमेशा के लिए राह से हटाने में औरंगज़ेब कामयाब रहा...बादशाह ने ख़त में मायूसी ज़ाहिर की तो उसने जवाब में उनकी ही करनी फिर से याद दिलायी। पूरे तंज़ में उसने लिखा कि वो तो क़ानून का पालन ही कर रहा था जबकि बादशाह ने तो वो भी नहीं किया था जब दावर बख़्श या शहरयार या होशंग और उसके भाई के क़त्ल करवाये थे। अगर अली नकी का बेटा अपने वालिद के ख़ून का बदला माँग रहा था तब क़ानून क्या कहता है? क्या बादशाह को नहीं मालूम?"

"औरंगज़ेब आख़िर औरंगज़ेब ठहरा वह वहीं तक नहीं रुका और, फिर से बादशाह के सबसे बड़े दुख को कुरेदा और उनका ज़ख़्म ताज़ा

करने के लिए लिखा : 'हमने तो भाई जियू को भी यूँ ही नहीं मारा–उसने भी इस्लामी क़ानून के हिसाब से कुफ़्र किया था उसे भी क़ानूनन सज़ा में मृत्युदण्ड दिया गया था। हमने किसी को भी यूँ नहीं मौत के घाट उतारा था बेवजह! आपको हमने ख़त भी लिखा था कि अगर आप अपने प्रिय बेटे, शाह इक़बाल बुलन्द को उसके सूबे पंजाब जाने को कह देते तो भाई जियू को भी बख़्श दिया गया होता...। और, भाई जियू शाह शुजा तो ख़ुद भागकर अराकान अपनी मौत के क़रीब (फ़रवरी, 1661) पहुँच गये थे। इन तीनों भाइयों की मौत में मेरा हाथ कहीं ख़ून से नहीं सना है, जबकि आप ख़ून से सने हाथ से मुग़ल तख़्त के मालिक हुए थे। आपने इसीलिए अपने गुनाह धोने के लिए उस तख़्त को बदलकर मयूर तख़्त बनवा दिया मगर ख़ून के दाग़ आपके दामन, दिल और दिमाग़ में थे इसीलिए आज तक आपका पीछा कर रहे हैं और आपको हर कोई गुनहगार ही लगता है, बिल्कुल उस कहावत की तरह, 'जाकी रही भावना जैसी...' और आपकी यह भावना कोई नयी नहीं है, हमने आपको पहले भी याद दिलाया था कि कैसे आपने हमारे ऊपर 'बादशाह–पसन्द आम' की चोरी का इल्ज़ाम लगाया था...इंसान का स्वभाव कभी भी नहीं बदलता–आपका क्या कसूर!"

"एक रोज़ की बात है, दिलदार के साथ तीन और ख़्वाजासरा बादशाह के पास आये और कान में कुछ कहना चाहा। बादशाह ने कहा 'यार, ज़ोर से कहो यहाँ सब अपने ही बैठे हैं कोई भी ग़ैर नहीं है..." तब दिलदार ने बोलना शुरू किया : 'खबर आयी है रमज़ान के रोज़ों के चलते (अप्रैल 10 से मई 9, 1662) और इस गर्मी में लगातार काम करते रहने और, सहरी के चलते जल्दी उठने की क़वायद में पूरी नींद न लेने या कम सोने की वजह से शहज़ादे (बादशाह नहीं) औरंगज़ेब की 12 मई से जो तबीयत बिगड़नी शुरू हुई है, वो पाँचवाँ दिन आते–आते बहुत संगीन हो गयी और आज तो सारे शहज़ादे अमीरों को अपने–अपने पक्ष में खुले–आम बुलावा दे रहे हैं और लालच दे रहे हैं–पूरे दरबार में हलचल मच गयी है, 'हरम' से निकलकर अलग–अलग अफ़वाहें दिल्ली में फैल रही हैं...सारे बाज़ार बन्द हो गये हैं कि कहीं लूट न हो जाये। यह ख़बर सुनते ही बादशाह ने फ़ौरन अपने लोगों को तैयार रहने को कहा और पूरी उम्मीद से आगे का ख़ाका बनाने लगे–एक बार फिर से लगा बादशाह अपनी पुराने रौ में लौट रहे हैं। उनको लगा मौक़ा हाथ आया है–वे आगरा से निकलेंगे और लोग उनके ज़िन्दाबाद के नारे लगाते

दिल्ली तक हुजूम की तरह जायेंगे और वे फिर मयूर तख़्त पर क़ाबिज़ होंगे। तभी वे बोले, हमने कहा था न और उसी को लिखा था क़ानून का हवाला देकर दो–दो भाइयों को क़त्ल ही किया है, क़ानूनन नहीं तो ख़ुदा का तो वह गुनहगार है ही और देखो, ख़ुदा का इंसाफ़...!"

"मगर वो औरंगज़ेब जो ठहरा एक महीने में ठीक हो चला...मौत को धता बताते हुए और बीमारी की हालत में भी पालकी में बैठकर मई 23 और 30 को पड़ने वाले जुम्मों पर जामा मस्जिद में नमाज़ अदा करने गया ताकि कोई अफ़वाह न फैले और वो हालात न पैदा हो जायें जैसे बादशाह शाहजहाँ की बीमारी और झरोखा–दर्शन के बन्द होते ही पैदा हो गये थे–ख़ुद अवाम के सामने जाकर ही उन्हें भरोसा दिलाया जा सकता है। इसीलिए उसने झरोखा–दर्शन बन्द किया था। मगर वह पूरी तरह से वाकिफ़ था लोगों की फ़ितरत से और उसके वाक़ियानिगार और हरकारे सारी ख़बरें दे रहे थे। सूबों की ख़बरें भी वाक़ियानवीस भेज रहे थे–जो थोड़ी बहुत हलचल थी वह पंजाब से लेकर अजमेर तक ही थी और वो उसने फ़रमानों की झड़ी लगाकर ख़त्म कर दी। जब अवाम ने दोनों जुम्मों पर बादशाह को ख़ुद अपनी आँखों से देख लिया तो अफ़वाहें ख़ुद–ब–ख़ुद बन्द हो गयीं।"

"हमने औरंगज़ेब को जल्दी ठीक होने की दुआ के साथ ख़त भेजा था और अजमेर शरीफ़ में ज़रूरतमन्दों में अनाज और पैसा बँटवाया और मन्नत भी माँगी...उसके वाक़ियानवीस ने उसको ख़बर कर दी थी क्योंकि उसके जवाब में इस बात के ज़िक्र के साथ उसके एहसानमन्द होने की बात थी...एक बार फिर उसने हमें आपा कहते हुए एक बहुत जज़्बाती ख़त लिखा था। हमने भी जवाब में यही लिखा, 'तुमने अपनी आपा को ख़त लिखा है तो ये भी तो सोचो तुम हमारे इकलौते भाई हो जो अब इस दुनिया में है...हम क्यूँ नहीं तुम्हारी ख़ैरियत की दुआ माँगेंगे।' उसके अगले ख़त के जवाब में हमने उसके बिना माँगे ही एक सलाह और दे डाली...हमने उसे लिखा : 'तुम कुछ रोज़ के लिए कश्मीर चले जाओ, गर्मी में कट्टरता से रोज़े रखते हुए जो शिद्दत से काम करते हो उसकी वजह से तबीयत इतनी नासाज़ हुई, वहाँ ठण्डक में तुम्हें सुकून मिलेगा। उसने लिखा अभी तो हुकूमत के मसलों में मसरूफ़ियत के चलते और फ़ौरन इतनी लम्बी यात्रा न कर सकने के चलते वह थोड़ा ठीक होने के बाद हमारी सलाह पर अमल करेगा। वह पूरी तरह से बीमारी और कमज़ोरी

से उबर जाने के बाद न केवल कश्मीर गया बल्कि उसने वहाँ से भी हमको बराबर ख़त लिखे..."

"एक तरफ़, हमारे और बादशाह औरंगज़ेब के बीच की ख़त–किताबत थी दूसरी तरफ़, बाप–बेटे की हमारे वालिद साहब ने जब औरंगज़ेब के बेटों की खुले तौर पर अमीरों को अपनी तरफ़ करने की ख़बर पायी तो बिना चूके लिख मारा : 'जैसा तुमने किया वैसा ही तुम भुगतोगे और लग रहा है जल्दी ही इंसाफ़ होगा।' औरंगज़ेब ने फ़ौरन जवाब भिजवाया : 'हर इंसान को अपने किये की सज़ा भुगतनी ही पड़ती है। यही ख़ुदा का इंसाफ़ है...जैसा हमने अपने बुज़ुर्गों को भी भुगतते देखा है और इत्तिफ़ाक़ से देख भी रहे हैं...तो हम कैसे उससे बचेंगे? मगर ख़ुदा सबको उनके ख़्यालों को देखकर ही सज़ा देता है और हम उसके क़ानून के मुताबिक़ ही चलते हैं इसीलिए हमें न कोई डर है न तकलीफ़...हमें जब भी वो देगा, अच्छा ही देगा...देखिएगा आप इंसाफ़परस्त हैं या कि आपकी यह औलाद जिसे आज भी आप क़बूल नहीं कर पा रहे हैं। इसी तरह बादशाह जहाँगीर अपने ही बेटे शहजादे ख़ुसरो से अपनी सत्ता के लिए ख़तरा समझ कर ख़फ़ा रहते थे, वही हालत आपकी भी है।' वाक़ई शायद ज़ेब को ऐसा नहीं लिखना चाहिए था मगर हम ये कहकर उनका दुख और नहीं बढ़ाना चाहते थे इसीलिए बस चुप रहना ही बेहतर समझा।"

"बादशाह को दुखी करने के लिए तो हम लोग थे नहीं, इसीलिए हर मुमकिन कोशिश होती थी कि वे ग़मज़दा न रहें...हमको जिस तरह गुलचिरा, फ़िदा, शकीला वग़ैरह से, मदद मिलती और बादशाह को सेवा करने वाले दिलदार, रेहान वग़ैरह थे उसी तरह उन्हें आध्यात्मिक और मज़हबी सुकून कन्नौज के मशहूर आलिम सैयद मोहम्मद साहब की संगत में मिलता था। वे बादशाह के साथ इस दौरान पूरे समय रहते थे और मानसिक, आध्यात्मिक शान्ति के लिए वे धार्मिक ग्रन्थों से और हम तारीख़ी ग्रन्थों से उनको कुछ–न–कुछ सुनाते रहते थे। सैयद मोहम्मद साहब उनको सभी मज़हबी कामों के लिए प्रेरित करते और कुरान शरीफ़ और हदीस से कुछ–न–कुछ सुनाते रहते थे। इस तरह से बादशाह के दिन बीत रहे थे...देखते–देखते 1665 का साल भी बीतने लगा। इस बार ठण्डक बहुत ज़्यादा ही थी। वही वाला हाल एक तो करेला ऊपर से नीम चढ़ा, हम सब आगरा में थे, कहीं और जा सकने का सवाल ही नहीं था। आगरा राजपूताने से बिल्कुल सटा हुआ शहर है इसीलिए यहाँ गर्मी और

ठण्डक दोनों ही अधिक पड़ती है। इसीलिए बादशाह ने दिल्ली को ज़्यादा मुफ़ीद पाकर उसे नये सिरे से बसाया था। ऊपर से जमुना का किनारा और बादशाह की ज़िद ज़्यादा से ज़्यादा समय ताज देखने की ग़रज़ से यहीं मुसम्मन बुर्ज में खुली सबा में बिताया जाये। बादशाह की ढलती उम्र, बीमार जिस्म और हाड़ कँपाती ठण्डक और उसके ऊपर से खुले में ठण्डी हवा...बादशाह की हालत जनवरी 7, 1666 से ज़्यादा बिगड़ने लगी। उनको ठण्ड लग गयी थी और तेज़ बुखार हो गया। हमने दो–तीन देखने और अपनी ज़िम्मेदारी के चलते उसके बाद ख़ुद औरंगज़ेब को इस बाबत ख़त लिख दिया..."

"परेशानी में ख़त लिखकर भेजना ही भूल गये। एक दिन बाद कुछ होश आया और उस ख़त को औरंगज़ेब के लिए दिल्ली रवाना किया। औरंगज़ेब को जैसे ही हमारा यह ख़त मिला उसने जवाब भी दिया और ऐसा इन्तज़ाम किया कि बादशाह की सारी ख़बर सीधे हकीम मोमिन से उसे हर रोज़ मिलती रहे। इसके लिए उसने ख़ुद घुड़सवार हरकारों को तैनात किया था। इतना ही नहीं, उसने दिल्ली से शाही हकीम को भी रवाना कर दिया और अपने बड़े बेटे शहज़ादे मुअज्जम को भी इसी मक़सद से बाईस जनवरी को रवाना करते समय तेज़ी से आगरा पहुँचने का हुक्म दिया...मगर उसी रात बादशाह की तबीयत और बिगड़ने लगी और वे समझ गये थे कि उनका अन्त क़रीब आ गया है और सुकून से मरने की तैयारी करने के सिलसिले में उन्होंने सैयद मोहम्मद साहब की मदद से दुआ की। बादशाह ने अपनी इस आख़िरी इबादत में ख़ुदा को अपनी नायाब ज़िन्दगी के लिए दिल से शुक्रिया अदा किया। बादशाह ने ये भी कहा कि परवरदिगार ने उन्हें जितना अता फ़रमाया वह उस जैसे इंसान के लिए इक ख़्वाब ही था! बिल्कुल एक शहंशाह की तरह हमको क़रीब बुलाया...और अपनी दोनों ज़िन्दा बीवियों, अकबराबादी महल और फ़तेहपुरी महल को तसल्ली देते हुए विदा चाही; हमसे 'हरम' के सभी औरतों का ख़्याल रखने को कहा, ख़ासतौर से, हमारी सौतेली बहन पुरहुनर बानो का, जो इस दरमियान उनके सबसे क़रीब आ गयी थी और सबसे कम उम्र की होने के नाते उनके लाड़–दुलार की हक़दार हो गयी थी। उन्होंने हमारी बेगमों और हकीम मोमिन की गवाही के साथ आलिम सैयद मोहम्मद साहब से अपनी वसीयत लिखवायी और एक बार फिर कुल धन–दौलत का आधा हिस्सा हमको देकर बाक़ी आधे में सबको बाँट दिया।

इसके अलावा नौकर–चाकरों, सेवकों, दासियों, बाँदियों को–यानी सबको खुले हाथ से ख़ूब बाँटा। जैसे शौक़ और शान–ओ–शौक़त से वे एक बादशाह की तरह अपने दौर में जिये थे वैसे ही सबको बख़्शते हुए जाने की तैयारी करने लगे...उन्होंने ज़ोर–ज़ोर से क़ुरान शरीफ़ पढ़ने का हुक्म दिया तो 'हरम' की औरतों को एहसास हुआ और वे उनके बिस्तर के चारों तरफ़ खड़ी होकर रोने लगीं...रात कोई सवा सात बजे अपने पूरे होशो–हवास में वहीं मुसम्मन बुर्ज से ताजमहल की ओर देखते हुए बादशाह ने दुआ पढ़ते हुए इस फ़ानी दुनिया से विदा ली...!"

"हमने फ़ातिहा पढ़ा और उसी शाम से एक अजब अकेलेपन और ख़ालीपन के एहसास ने हमें घेरना शुरू कर दिया था। बादशाह तो अपनी ज़िन्दगी के 74 साल पूरे कर चुके थे और बीमार भी थे...हमने क़यामत के रोज़ के लिए उनके सुकून और भाई औरंगज़ेब के लिए एक 'माफ़ीनामा' भी लिखवा दिया था जिसकी एक नक़ल बाक़ायदा उनके दस्तख़त के अपने उस ख़त के साथ ही बादशाह औरंगज़ेब को भिजवा दिया था...अभी शहज़ादा मुअज्जम रास्ते में ही था कि बादशाह ने आख़िरी साँस ले ली थी और उधर जैसे ही औरंगज़ेब को ख़बर हुई उसने एक फ़रमान जारी करके 'जामी बन्दहाई–ए–बादशाही' के इन्तज़ाम की फ़ौरन तैयारी यानी शाही रिवायत के साथ सुपुर्द–ए–ख़ाक करने की हिदायत शामिल थी। यह फ़रमान आधी रात के क़रीब आगरा पहुँच भी गया था। इसीलिए मय्यत की तैयारी में बादशाह को नहलाया और धुलाया गया और चन्दन के ताबूत में उनकी शाही विदाई की तैयारी हुई...औरंगज़ेब के हुक्म के हिसाब से आगरा में मौजूद सभी सरकारी अधिकारियों–फ़ौजियों और ग़ैर–फ़ौजियों को आगरा के सूबेदार, होशदार ख़ाँ की सरपरस्ती में उनके 'शाही जनाज़े' में शरीक होने का हुक्म साफ़तौर पर दिया गया था!"

"बादशाह की आख़िरी विदाई में राज्य के अधिकारियों के अलावा आगरा के क़ाज़ी और सद्र, आलिम, शायर, संगतराश, चित्रकार, कलाकार, हुनरमन्द, उनके चाहने वाले, नौकर–चाकर, सेवक, ख़्वाजासरा और ख़्वाजा तक शरीक हुए थे...हम एकटक बहुत दूर तक उनके जनाज़े को देखते रहे...वे इसी मुसम्मन बुर्ज से नीचे उतरकर नाव में बैठकर पहले भी हर जुम्मे को ताजमहल फ़ातिहा पढ़ने जाया करते थे–ठीक उसी तरह आज भी नावों के शाही बेड़े में वे विदा हो रहे थे, उसी ताजमहल की तरफ़, इस बार फ़ातिहा पढ़ने को नहीं बल्कि उसी ख़ाक में अपनी

प्यारी बेगम के साथ हमेशा के लिए मिल जाने के लिए...हमने उस पूरे दिन ख़ुद मुसम्मन बुर्ज नहीं छोड़ा, वहीं से हम भी ताजमहल निहारते रहे, जैसे बादशाह निहारते थे...शायद ख़ालीपन का एहसास बढ़ता जा रहा था। पहले माँ के गुज़र जाने के कितने साल हम 'मल्लिका–ए–जहाँ' की ज़िम्मेदारियों और सरकारी कामकाजों में ही उलझे रहे थे, कभी फुर्सत ही नहीं मिली थी ख़ुद के लिए अलग से सोचने की। फिर शुरू हुआ शहज़ादों की खुली बग़ावत का दौर और उसके बाद के मसले जिसके बाद बादशाह को आगरा में क़ैद कर दिया गया था। हमने ज़ेब से इसरार किया कि बादशाह को हमारी ख़िदमत की ज़रूरत इसीलिए हमें वहाँ उनके साथ रहने की इजाज़त दे। आगरा के इस क़िले में हमने साढ़े छह साल बादशाह की ख़िदमत में काटे थे...अब एक ख़ालीपन का अजब–सा एहसास उभरने लगा था...हम मुसम्मन बुर्ज में 'हरम' की ढेरों औरतों के बीच अकेले थे...कहने को तो गुलचिरा और फ़िदा, अकबराबादी महल और फ़तेहपुरी महल और 'हरम' की सभी औरतें भी वहीं से ताजमहल की तरफ़ देखने हमारे साथ भी थीं मगर हमारे ऊपर और बहुत गहरे तक ख़ालीपन तारी होने लगा था...इतनी भीड़ में भी हम बहुत अकेले थे..."

"सूफ़ियों और उनके प्रभाव में बहुत पुराने फ़ारसी शायरों ख़ासतौर से रूमी और सादी वग़ैरह ने बहुत वजह फ़रमाया है कि भीड़ में ही अकेलेपन का और भी ज़्यादा एहसास होता है। हमारा दिलो–दिमाग़ जन्नतनशीं माँ, वालिद और भाई दारा के साथ था इसीलिए ज़मीन पर चलना भी बहुत भारी लग रहा था...अब हम अपनी बाक़ी ज़िन्दगी का मक़सद तलाशने लगे...। अब जीकर क्या करना था? बस एक ही तरह के ख़्याल आते रहे...क्या हम अजमेर शरीफ़ चले जायें और वास्तव में अपनी एक दबी इच्छा पूरी कर लें–वहाँ सफ़ाई से लेकर ख़्वाजा साहब की ख़िदमत के सारे काम करके बाक़ी की ज़िन्दगी वाक़ई एक फ़कीरा की तरह बसर कर लें या फिर कश्मीर चले जायें, मुल्लाशाह के ख़ानक़ाह में–वे तो अपना ख़लीफ़ा ही बनाना चाहते थे...मियाँ मीर साहब की बहन, बीवी ख़ातून की परम्परा को बढ़ाते हुए राबिया की तरह ज़िन्दगी अब तो जी लें...मगर जैसे माँ ने मरते समय दुनियावी ज़िम्मेदारियों में फँसा दिया था वैसे ही बादशाह ने भी मरते–मरते इन सभी औरतों की ज़िम्मेदारी हमारे कन्धों पर फिर डालकर पैरों में बेड़ियाँ पहना दी हैं। हमने सोचा अपनी आगे की ज़िन्दगी के लिए ही इन 'हरम' की औरतों से लेकर सारे अधिकारी–कर्मचारी हमारे इर्द–गिर्द मौजूद भी हैं,

यही एहसास कराने के वास्ते कि अपने लिए नहीं तो कम–से–कम इनके लिए हम कुछ सोचें और कुछ करें। उफ़्फ़ ये ज़िन्दगी और इसकी कशमकश! हमारा दिल चाहता कुछ और है मगर ख़ुदा को मंज़ूर कुछ और...तो क्या ख़ुदा अपने सच्चे बन्दों को सिर्फ़ ज़िम्मेदारियाँ ही अता करता है? जो इंसान शिद्दत से सभी ज़िम्मेदारियाँ निभाते हैं उन पर ज़िम्मेदारियों का पहाड़ लादा भी जाता है! न जाने क्या–क्या सोचते यह दिन कट ही गया...बाक़ी भी बस यूँ ही गुज़र जायेंगे?"

"बादशाह के गुज़र जाने के एक महीने बाद बादशाह औरंगज़ेब आगरा आये और एक नया मसला खड़ा कर दिया...उसने पूरी शिद्दत और इज़्ज़त के साथ हमें वापस 'मल्लिका–ए–जहाँ' की ज़िम्मेदारी सँभालने की पेशकश की। हमने जब इंकार किया तब उसने मिन्नत करने में कोई कसर न छोड़ते हुए घुटनों के बल बैठकर अपनी 'आपा' से इसरार करना शुरू कर दिया। हमने बहुत समझाया कि हिन्दुस्तान के बादशाह को यूँ घुटने के बल बैठकर गुज़ारिश करना शोभा नहीं देता तो वह बोला : 'किसी भी भाई के लिए माँ–समान आपा के आगे हाथ फैलाने में कोई हर्ज़ नहीं है। ये बादशाह भी इंसान ही है और उसे इंसानों की पहचान भी है और क़द्र भी!' हमने अपने तरकश का आख़िरी तीर चला : 'ज़ेब, ये बहुत बड़ी भूल तुम कर रहे हो, वो बेचारी रोशनारा हमारे लिए उतनी ही प्रिय है जितने तुम और तुम दोनों ही हमसे छोटे हो–हमने अपनी मरती हुई माँ कहने पर तुम सबका ख़्याल रखने का वादा किया था...जितना मुमकिन हुआ उस वादे को हमने निभाया भी, इसीलिए तुमको समझाकर अगर हम वालिद साहब की सेवा के लिए आ गये थे वो भी उसी वादे की वजह से किया था।"

"हमें तो मालूम है तुम सबको शिकस्त देकर मुग़ल सियासी परम्परा के हिसाब से इस तख़्त पर अपनी क़ाबिलियत से पहुँचे हो। अब हमारे माँ–बाप के अलावा तीन–तीन भाई नहीं रहे, अब बस तुम हो और दो बहनें और अब भी बड़े होने के नाते हमें अपनी आख़िरी साँस तक तुम सबका ख़्याल रखना है,...माँ के वादे पे खरा उतरने और उनकी रूह के सुकून के लिए। इसीलिए दिमाग़ से सोचो, रोशनारा का हक़ मारकर हमको हासिल क्या होगा? और, यह भी सच है, हमसे छोटा दारा था हमारा झुकाव उसकी तरफ़ ज़्यादा था और रोशनारा से फ़ौरन बाद तुम हुए थे इसीलिए वो हमेशा कहती और मानती थी कि उसके हिस्से के भाई तुम हो।

और वो अब भी ऐसा ही मानती है...इसीलिए उसे ही 'मल्लिका–ए–जहाँ' रहने दो। वाक़ई में हमको अब बस सुकून चाहिए और हाँ, अब आगरा में न रहकर हम या तो अजमेर–शरीफ़ में ख़्वाजा जी के पास या लाहौर में मियाँ मीर साहब की दरगाह में और नहीं तो कश्मीर में मुल्लाशाह बदख़्शी की ख़ानक़ाह में रहना पसन्द करेंगे। वैसे भी, तुमने भाई होने का फ़र्ज़ हमेशा निभाया है इसीलिए रोशनारा के बराबर ज़िद करने के बाद भी हम कभी मान नहीं पाये कि तुम मेरे हिस्से के भाई नहीं हो...! हिन्दुस्तान का बादशाह चाहता तो पुरानी 'मल्लिका–ए–जहाँ' की जागीरें पूरी तरह न भी सही तो कुछ कम तो कर ही सकता था, क्योंकि अब हम 'मल्लिका–ए–जहाँ' नहीं रह गये थे और न ही अब उतने ख़र्चे थे। न ही तुमने हमारे 'हरम' में कोई कटौती या कमी की–उसके अधिकारी–कर्मचारी भी जस–के–तस बने रहने दिये...वाह रे मेरे भाई, तुम पर हमें हमेशा फ़ख़्र रहेगा कि बादशाह होने के बाद तुमने हमारी आमदनी में एक–दो नहीं पूरे पाँच लाख रुपये का इज़ाफ़ा किया था, यह जानते हुए भी कि हम दारा को बादशाह देखना चाहते थे।' हम उसके जवाब के लिए ज़ेब की तरफ़ देखने लगे..."

"वह हमेशा की तरह निहायत संजीदा था, मुस्कुराया और बोला : 'आपने जो कुछ किया आपा, समय की माँग थी और हम इसे समझते भी हैं...इस बात को कई साल गुज़र चुके हैं अब हम भी ठण्डे दिमाग़ से सब समझ–परख रहे हैं। हम तो अपने वालिद साहब की नज़र से 1644 में ही उतर चुके थे। आपको नहीं पता मगर बादशाह बनने के बाद सारे सरकारी ख़त–किताबत मेरे हाथों में आ गयी तब हमें समझ आया कि अगर आप इंसाफ़पसन्द न होती तो आपने भाई जियू दारा का साथ दिया होता क्योंकि ये शिकायत भी उन्हीं ने वाक़ियानवीस से करवाई थी और सरासर बेबुनियाद आरोप हमारे ऊपर लगाये गये थे। आपने जिस तरह बादशाह से पूरी शिद्दत से इंसाफ़ करने और अपने ज़ेब को इक बेटे की तरह से देखने और उसके साथ भी बराबर का इंसाफ़ करने को कहा था। सब हमने अपनी आँखों से पढ़ा–समझा है। आपने जब हमसे आगरा में क़ैदी की हैसियत से रह रहे वालिद साहब की सेवा में रहने की माँग की थी तब भी हमने भारी मन से ही माना था और अगर आपको याद हो तो हमने यह जोड़ा था कि आप क़ैदी नहीं हैं और यह हमेशा याद रखिएगा...इसिलिए बादशाह और उनके ख़ास लोगों और

ख़्वाजासराओं की चौकसी के बावजूद आपकी जासूसी से साफ़ मना कर दिया था–अकेले आपके ख़त बिना किसी जाँच के आने–जाने की इजाज़त थी, वरना आगरे के दुर्ग को हमने ग्वालियर के क़िले की तर्ज़ पर पूरी तरह से महफ़ूज़ और बन्द कर दिया था।' हम उसका चेहरा ही देखते रह गये..."

"हमने कुछ वक़्त लेने की ग़रज़ से बादशाह को आराम से बैठ जाने के लिए फ़िदा को आवाज़ देकर दो मसनद और मँगवाये और साथ ही शरबत और मेवों की तश्तरी पेश करने को कहा ताकि वो इन सबका इन्तज़ाम करवा दे। इस बीच दो–तीन बार अकबराबादी महल और फ़तेहपुरी महल बादशाह के बारे में दरयाफ़्त कर चुकी थीं–वे भी बादशाह से मिलना चाह रही थीं इसीलिए हमने बात का रुख़ मोड़ने के लिए औरंगज़ेब से कहा तो उसने यही कहा कि उन लोगों को ख़बर करवा दें कि दोपहर के खाने के समय सबसे दस्तरख़ान पर मुलाक़ात हो जायेगी। ख़ैर, ज़ेब को शरबत और मेवे, अंगूर वग़ैरह पेश हो चुका था हमने सबको इशारा कर दिया था कि हम लोगों को बात करने के लिए बिल्कुल तनहा छोड़ दिया जाये। हम चाहते थे कि हम ज़ेब को समझाकर 'मल्लिका–ए–जहाँ' के झंझट से वाक़ई बच जायें। इसी नीयत से हमने शरबत पीते औरंगज़ेब की तरफ़ सवालिया चेहरा बनाया।"

"जैसी उसकी बचपन की आदत है उसने सबसे पहले पूरे कमरे और माहौल को तीखी नज़र से मुआयना करते हुए देखा और फिर हमेशा की तरह निहायत संजीदा अन्दाज़ में, तर्क के साथ जवाब देना शुरू किया : 'अव्वल तो हम तब भी तैयार नहीं थे आपको आपके ओहदे से महरूम करने के, मगर आपकी ज़िद के आगे हम मजबूर थे, वैसे ही हम गुनहगार तो थे–अपने गुनाह को और नहीं बढ़ाना चाहते थे; दूसरे, आपने कभी इस हक़दार ओहदे का बेजा इस्तेमाल नहीं किया बल्कि ताज और तख़्त के हिसाब से काम करते हुए सिर्फ़ ज़िम्मेदारियाँ निभाना अपना फ़र्ज़ समझा; तीसरे, आपने उस 'मल्लिका–ए–जहाँ' के ओहदे को अपनी इंसानियत और निःस्वार्थ ढंग से कितना अलग बना दिया था वरना तो हम सबने 'मल्लिका–ए–जहाँ, नूर जहाँ' का दौर देखा, भुगता और नापसन्द ही किया था...और क्या कहें पिछले साढ़े छह सालों में बीच–बीच में मल्लिका नूरजहाँ की रूह मेरे हिस्से की बड़ी बहन में समा जाती है और हमें टोकना भी पड़ता है और ज़ाहिर–सी बात है, उन्हें बुरा भी लगता है;

तब हमने उन्हें वो बुनियादी अन्तर समझा दिया जो नूरजहाँ और आपके बीच का है और इसीलिए आपकी परम्परा को ही बढ़ाने की बात समझायी; उसको भी अब आपका नज़रिया और इंसानियत वाला अन्दाज़ और उसका मतलब अब अच्छी तरह से समझ आने लगा है और वो ख़ुद कहती है कि आपा होना कठिन ही नहीं नामुमकिन है...आप हमेशा मुल्क की भलाई के लिए सोचतीं और बादशाहत की मदद के साथ इंसाफ़ का ईमानदार नज़रिया रखती थीं, जो इस ओहदे के लिए सबसे ज़्यादा ज़रूरी है न कि अपने स्वार्थ और अपनी ताक़त की नुमाइश। अब और मुमकिन नहीं रहा दोनों के लिए...और इसी बात पर समझौता हुआ है कि आप राज़ी हो जायें।' हमने उसे अपनी बात से टस–से–मस होते न देखकर खाना खा लेने को कहा ताकि हमें सोचने का कुछ और समय मिल जाये और हम फ़ैसला करे सकें..."

"हमारे इस भाई की यह तारीफ़ तो है ही कि वह शतरंज के एक माहिर खिलाड़ी की तरह ही हर चाल सोच–समझकर चलता है और पूरी पेशबन्दी के साथ बढ़ता है...वो दिल्ली से चलने के पहले पक्का इरादा कर के आया था कि हमको राज़ी करके अपने साथ ले ही जायेगा। इसीलिए चूँकि अभी दस्तरख़ान पर खाना लग ही रहा था और हकीम–ए–ख़ास और मीर बकावल के आने पर उनके साथ बादशाह आख़िर में जाता है जब बाक़ी लोग आकर दस्तरख़ान पर बैठ जाते हैं...तो हमने यूँ ही छेड़ दिया, 'दो बातें हमारी भी ख़्याल रखना, एक हम सालों से उस ओहदे से दूर रहे हैं और जैसे–तैसे ज़िम्मेदारियों से मुक्त न भी होकर उनके कम हो जाने के बारे में सोचकर ख़ुश हो रहे थे, तुम फिर वही सब लाद दोगे हमारे ऊपर? यार, दुनियावी कामों में सूफ़ियानी और फ़क़ीरानी ज़िन्दगी का जीना मय्यत तक ख़्वाब ही रह जायेगा।' वो ठिठका और बहुत हल्के से मुस्कुराया जैसे वह शतरंज की बाज़ी जीतने की कगार पर पहुँचने पर अक्सर मुस्कुराता था...उसका बचपना अभी गया नहीं था और न ही हाज़िरजवाबी, फ़ौरन बोला, 'हम जिस सादगी से दरबार चला रहे हैं और तड़क–भड़क और दिखावटी शान–ओ–शौक़त बन्द कर दी है उसी से हमारी 'मल्लिका–ए–जहाँ' ही नहीं सभी परेशान और दुखी हैं। यानी यूँ समझिए बिल्कुल सूफ़ियाने अन्दाज़ का सादगी भरा माहौल–बिल्कुल आपके मनमाफ़िक, जैसे आपके लिए ही हमने वाज़िब–सा माहौल बना दिया है। यकीन मानिए, दरबार में आपको ऐसी सादगी, इंसाफ़, इंसानियत

की ईमानदारी दिखेगी कि इन मामलों में आपको ख़ानक़ाह और मुग़ल दरबार में बहुत फ़र्क़ नहीं लगेगा'...ख़ैर, हम लोग दस्तरख़ान की तरफ़ बढ़ गये, हम थोड़ा आगे–आगे गये क्योंकि वह बादशाह भी था और मेहमान भी।"

"वो बादशाह होने के बाद भी बिल्कुल नहीं बदला था...दस्तरख़ान पर भी सबका ख़्याल रख रहा था अपनी दोनों सौतेली माताओं से बराबर मुख़ातिब रहा और उनसे हालचाल पूछता रहा...खाने की तारीफ़ भी करता रहा। खाना ख़त्म होते ही वह फिर हमारे साथ हमारे कमरे तक आया। उसने अब की बार कुछ अर्ज़ करने से पहले धीरे से काग़ज़ातों का एक मोटा–सा बस्ता हमारी तरफ़ बढ़ा दिया : 'हमने जो कुछ आप से कहा है, वह बहुत सोच–समझ कर कहा है, आपको फिर भी यक़ीन दिलाने के लिए हम जान–बूझकर ये सारे सबूत के तौर पर लेकर आये हैं और हम जानते हैं ये सब जानने–समझने के बाद आप हमारी अर्ज़ ज़रूर क़बूल फ़रमायेंगी। इससे ज़्यादा ज़रूरी बात यह है कि इन काग़ज़ातों के पूरे बस्ते की नक़ल अपनी बड़ी बहन रोशनारा बेगम को भी हम दो महीने पहले दे चुके हैं और उसके बाद ही पूरा इंसाफ़ करते हुए हमने उनके 'मल्लिका' के सारे इख़्तियारात छीन लिए हैं...वो अब केवल नाम की ही 'मल्लिका' हैं और आप देखेंगी कि हमारी इस कार्यवाही में सिर्फ़ और सिर्फ़ उनका क़सूर है, हमने बहुत धीरे से, इशारों से, उन्हें कई मर्तबे समझाया मगर जैसा कि हमने आपसे कहा, वे न कुछ सुनने और न ही कुछ समझने को तैयार थीं, अपनी आदतों और तरीक़ों को बदलना तो दूर, उनकी बस एक ही टेक थी, हमने तुम्हें बचाया वरना जहाँआरा आपा और दारा भाई मिलकर तुम्हारी हत्या करके रास्ते से हटा चुके होते; तुम बादशाह हो तो उसमें मेरा बहुत बड़ा योगदान है...हम भी उनका एहसान मानते रहे, मगर योगदान का मतलब मुल्क लूटने के लिए छूट देना नहीं हो सकता था। हम और आप दोनों ही सूफ़ियाने मिज़ाज के हैं, हम मानते हैं कि हुकूमत इंसाफ़ के लिए की जाती है, मनमाफ़िक काम को जायज़ नहीं बल्कि जायज़ काम को करना ही हुकूमत करने की पहले शर्त और ज़िम्मेदारी है। आपको तो मालूम ही है हम तो वालिद साहब, बादशाह शाहजहाँ को भी ख़तों में बराबर यही लिखते रहे हैं, बादशाहत के बारे में। ये सारी ख़तो–किताबत भी तो बेगम रोशनारा की नज़र में हुई थी, मगर वह हमारे इस नज़रिये को समझने के लिए तैयार ही नहीं हैं।'

अब हमारे चेहरे से तो हवाइयाँ उड़ने लगी थीं...अरे, ये क्या हो गया! और, ज़ेब मन–ही–मन ख़ुश हुआ होगा कि वह हमको लगभग मना चुका है!"

XI

"औरंगज़ेब ने पूरी तमीज़ और मुग़लिया दरबारी तहज़ीब के साथ हमसे विदा ली। उसने हमारी चिश्तिया सूफ़ी मुहब्बत को जानते–समझते ही बड़ी होशियारी से हमको ख़ुश करने के लिए सूफ़ी सन्त निज़ामुद्दीन औलिया की दरगाह पर होने वाले 'बसन्तोत्सव' में शरीक होकर उसकी हुकूमत और दरबार में भी 'बसन्त' का एहसास कराने की इल्तज़ा की। उसकी सवारी दिल्ली को चल दी...ग़ज़ब का इंसान दोपहर को चलकर किसी भी नौजवान की तरह घोड़े पर सवार वह दूसरी सुबह दिल्ली पहुँच गया था। हमारी रातों की नींद और दिन का चैन भी सब अपने साथ ले गया...हम जब सब छोड़छाड़ कर अजमेर, लाहौर या कश्मीर के लिए ख़ुद को मानसिक रूप से तैयार कर चुके थे तब वह फिर हमें दुनियावी झंझटों में घसीट रहा था। ख़ैर, एक बार फिर हम जुन्नार वाली जहाँआरा हो गये...काग़ज़ातों का इतना मोटा बस्ता जो ज़ेब दे गया था उसको पढ़ने की हिम्मत बटोरते रहे...हमने इतने सालों ये सरकारी काग़ज़ात निबटाये हैं कि हम इनकी लेखनी से समझने लगते हैं और फिर जो कुछ वो कह गया रोशनारा के बारे में, वो तो हम सब जानते ही थे–उसे बचपन से देखा ही नहीं है बल्कि औरंगज़ेब से ज़्यादा देखा भी और झेला भी...हमको ख़ानम की बहुत याद आयी और माँ की भी–एक ने हमें शिक्षित–प्रशिक्षित कर दिया था और दूसरी ने ये करते हुए भी हमें ज़िम्मेदारियों के चक्रव्यूह में फँसा दिया था, जिसके चलते हम इतने रियाज़ी हो गये थे कि ख़त का मज़मून भाँप लेते थे लिफ़ाफ़ा देखकर ही।"

"बस इसीलिए हिम्मत बटोरने लगे थे उस मोटे से बस्ते के काग़ज़ात पढ़ने की; हमारे वालिद को यानी बादशाहे–हिन्द को तो हर किसी की हर हरकत की ख़बर होती ही थी और हमें उनके बाद 'मल्लिका' होने के नाते सब ख़बर दी जाती थी। हमें तो पता ही है कि कैसे रोशनारा ने अपनी कमसिन उम्र में ही एक उम्रदार और ऊँचे ओहदे वाले राजपूत अमीर से दोस्ती कर ली थी; बात आगे बढ़ती, उससे पहले ही बादशाह सलामत उस राजपूत मंसबदार को उसकी 'वतन–जागीर' वापस भेज चुके थे। मामला उन्हीं की एक ससुराल का था और बात इतनी बिगड़ी भी नहीं थी,

इसीलिए हम लोगों ने आपस में सलाह करते हुए बस इतना ही करने का फ़ैसला लिया था। यही नहीं, उसके बाद मोहतरमा का एक दूसरा क़िस्सा भी हुआ था। इस बार वाला इंसान हमारे नाना आसफ़ ख़ाँ साहब की तरफ़ से एक दूर का रिश्तेदार भी होता था यानी एक ईरानी अमीर। फिर वही कहानी...मगर पल–पल की ख़बर रखने की हुकूमत की मजबूरी ने शुरुआती पींगों में रोशनारा के इश्क़ के इस झूले की चाल समझी और, फिर वही बादशाह की मजबूरी, उस मंसबदार को भी आगरा–दिल्ली से दूर काबुल रवाना कर दिया गया था। इतना ही नहीं, इन्हीं हरकतों की वजह से इसे बादशाह ने एक तरह से 'शाही हरम' में 'नज़रबन्द' ही कर दिया था। चूँकि, हम 'मल्लिका–ए–जहाँ' होने के साथ अपने वालिद साहब के सबसे नज़दीकी थे इसीलिए वो अपनी 'नज़रबन्दी' के लिए हमको ज़िम्मेदार मानती थी। हमने अपनी तरफ़ से दिलदार, महताब, शकीला के साथ उसके इर्द–गिर्द नौकर–चाकर, दासियों, लौंडियों की फ़ौज ही रख दी थी ताकि हमें उसकी हर ख़बर मिलती रहे। मगर जब उसकी चाल, फ़ितरत और मिज़ाज बदला तब हम लोगों का उसपर नज़र रखना और ज़रूरी हो गया था। हम पूरी ईमानदारी से अपने रोज़नामचे में यह दर्ज करना चाहते हैं कि हम बस इसीलिए रोशनारा पर नज़र रखते थे कि गड़बड़ी से पहले हम उसे होशियार कर दें, मगर ये सोचती थी कि हम इसके दुश्मन हैं और उसकी ज़िन्दगी उसकी तरह से नहीं जीने देना चाहते। हम ख़ुद ही जाकर उसके ख़िलाफ़ बादशाह के कान भरते रहते हैं, जबकि हमारा नज़रिया इसके ठीक उल्टा था। हमें पूरे समय शरीर छोड़ती अपनी माँ और उनके वादे की याद आती थी और 'मल्लिका' के साथ ही, एक बड़ी बहन का फ़र्ज़ निभाने की हमारी हर कोशिश उसे नागवार गुज़रती थी..."

"हमारा मन साफ़ था मगर अब डरा हुआ था, क्या ज़ेब को भी इसकी हरकतों का पता चल गया है, बाप रे! और इसे शर्म भी नहीं आयी अपने छोटे भाई को जलील करते हुए। बादशाह आलमगीर ने उसके दबाव के चलते उसे 'मल्लिका' बना दिया था क्योंकि वह हमसे बदला लेने के लिए हमारे ओहदे पर रहना चाहती थी। हमारे वालिद की सेवा में रहने के फ़ैसले ने उसको कितना सुकून दिया था, हम समझ सकते हैं। लेकिन बाक़ी सबके साथ उसकी जलन और उसका गुस्सा कहाँ कम होने वाला था। मुसम्मन बुर्ज से एक सीढ़ी सीधे नीचे जमुना में खुलती थी,

हमारे 'हरम' की राजपूत औरतें बादशाह अकबर के समय से उन्हीं सीढ़ियों से उतरकर जमुना नहाती थीं। हमने तो तारीख़ में पढ़ा है कि ऐसी ही सीढ़ियाँ इलाहाबाद के क़िले में भी इसी वजह से बनी हुई हैं... जब हम दारा के साथ उसके सूबे इलाहाबाद गये थे तब सीधे वहीं इन्हीं सीढ़ियों के पास हमारा शाही बेड़ा लगा था और हम अपनी नाव से उतर कर उन सीढ़ियों से ऊपर गऊघाट या गाँव–घाट के दरवाज़े से क़िले में दाख़िल हुए थे...ख़ैर, औरंगज़ेब को दारा के ख़िलाफ़ उकसाने–भड़काने में रोशनारा ने कोई कोर–कसर नहीं छोड़ी थी। हमें तो मालूम है जब दारा ने ज़ेब को अपना 'माफ़ीनामा' पेश किया तो ज़ेब अपने भाई जियू को भी रोहतास या ग्वालियर के क़िले में ही भेजने से सन्तोष कर लेता, मगर इसने वो गुनाह करवाया जिसका मलाल शायद अब ज़ेब को भी हो। बादशाह के इन्तकाल के एक महीने बाद जब वह अभी आगरा आया तब समय बीतने के साथ शायद यह मलाल उसकी आँखों में साफ़ झलक आया था। रोशनारा ने दारा के मृत्युदण्ड के लिए अब्दुल वहाब को तैयार किया था और शाइस्ता ख़ाँ, ख़लीलुल्लाह ख़ाँ जैसे अमीरों ने 'मल्लिका' का साथ दिया था। उसकी नफ़रत की इन्तिहा तो देखिए, इतने से भी उसका जी नहीं भरा था, उसने इस ख़ूनी बग़ावत को ख़ूनी अंजाम तक पहुँचाने के लिए अपने ही सगे बड़े भाई का कटा हुआ सर बादशाह को तोहफ़े की शक्ल में भिजवाने की हिमाक़त की थी। शायद यह करने में ज़ेब कुछ तो झिझकता–यह हमें बादशाह को लिखे उसके एक–एक ख़त से समझ में आया है!"

"न जाने दूसरों की तकलीफ़ से रोशनारा को क्या सुकून मिलता था, मगर ऐसे लोग होते हैं, जो अपनी जलन और स्वार्थ में इतने अन्धे हो जाते हैं कि उन्हें समझ में ही नहीं आता है कि वे इन हरकतों से आख़िर में अपना ही बुरा करते हैं। ऐसे लोग दिन–रात उसी नफ़रत और बदले की आग में ख़ुद भी जलते रहते हैं। हम जैसे–जैसे सरकारी काग़ज़ात, वाक़ियानिगारों, वाक़ियानवीसों, हरकारों की रिपोर्ट पढ़ते गये, वैसे–वैसे कलेजा मुँह को आता गया...उसे कितना सोना–चाँदी, रुपया–पैसा, हीरे–जवाहारात चाहिए थे! एक तरफ़ ईमानदारी और सादगी की मिसाल बादशाह आलमगीर तो दूसरी तरफ़ उसके ठीक उलटी 'मल्लिका–ए–जहाँ'। इन काग़ज़ातों में उसके ख़िलाफ़ हर तरह के भ्रष्ट बर्ताव और बेईमानी की शिकायतें! सरकारी अधिकारियों से लेकर

तिजारत और ज़ियारत करने वाले भी बादशाह से उसकी दबी ज़ुबान में शिकायतें करने लगे थे और जब इन शिकायतों का पुलिन्दा बढ़ता ही गया और जमुना का पानी हुकूमत के सर से ऊपर बहने लगा तब बादशाह औरंगज़ेब के सहने की हद ख़त्म हो गयी।"

"सत्ता और अधिकार पाते ही उसने एक बार फिर वही कहानी शुरू की थी–उसने हमारे उसी ईरानी रिश्तेदार को, जो इश्क़बाज़ी के चलते काबुल निर्वासित हुआ था, उसे वापस बुलवा भेजा और अपनी सेवा में ही लगवा लिया। जैसी वो थी वैसा ही औरंगज़ेब, मगर दोनों में एक फ़र्क़ था, वह 'हरम' से ख़ूनी बग़ावत की अगर बिसात बिछा रही थी तो औरंगज़ेब जंग के मैदान में लड़कर फ़तह हासिल कर रहा था? वह जिस ख़ून–पसीने को बहाकर मयूर–तख़्त तक पहुँचा था उसे न तो गँवाना चाहता था और न ही उसका नाम ख़राब करने को तैयार था। बादशाहत को लेकर उसके अपने परिपक्व ख़्यालात थे इसीलिए वह कोई काम बिना ठोकबजाये, जाँच–पड़ताल के नहीं करता था। उसने जाँच करवायी कि उसे क्यूँकर काबुल भेजा गया था? फिर भी तो वो पेशबन्दी का माहिर था, उसको अरसे से रोशनारा की शिकायतें मिल ही रही थीं इसीलिए उसने एक मौक़ा देते हुए 'मल्लिका–ए–जहाँ' को आज़माने की कोशिश की। ख़्वाजाओं की शिकायत पर ही ख़्वाजासरा ने बहुत हिम्मत करते हुए लिखित शिकायत की और औरंगज़ेब एक दिन अचानक 'हरम' में उसी समय जा पहुँचा।"

"वह आलमगीर था, मुल्क का बादशाह और शतरंज का बेताज बादशाह–उसने 'हरम' के सारे अधिकारी और कर्मचारी पहले ही फ़ौज की नज़र कर दिये ताकि कोई उनके ऊपर शक न करे। इसलिए, एक तरह से शाही फ़ौज की टुकड़ी ने ही 'हरम' की घेराबन्दी कर दी थी और आलमगीर 'हरम' में जा पहुँचा। रोशनारा की बेशर्मी का सारा मामला साफ़ हो गया और वह उसके लिए ज़ेब के ऊपर दबाव का वही आख़िरी दिन साबित हुआ। वो बेचारा ईरानी अमीर तो 'मल्लिका' को ख़ुश करने में अपनी जान गँवा बैठा और ओहदे का ख़्याल न करते हुए रोशनारा अपनी जलील हरकत की वजह से 'मल्लिका' की इज़्ज़त ही दाँव पर लगा बैठी। अफ़वाहों में मज़ा लेना और उन्हें हवा देकर बढ़ाना हमारे मुल्क के लोगों की ख़ासियत भी है और मुग़ल 'हरम' की पर्दादारी के चलते ही इसके मौक़े ज़्यादा ही मिलते थे। हर अफ़वाह 'हरम' से बाज़ार होते हुए हवा की तरह सारे मुल्क में फैल जाती है, वही इस मामले भी हुआ।"

"इन कागज़ातों में यह मसला पढ़ते हुए एक बहुत पुरानी कहावत याद हो आयी है : 'चोर चोरी से जाये, सीनाज़ोरी से नहीं।' इतना ही नहीं, इसी तरह के एक और मसले का ज़िक्र हमें उन कागज़ातों में मिला था। एक रोज़ औरंगज़ेब ने अपनी बेटी ज़ेबुन्निसा को ही अपनी फूफी की जासूसी में लगाया और उसने एक बेहद चौंकाने वाली ख़बर दी–फूफी के एक–दो नहीं पूरे नौ आशिक़ हैं और वे समय–समय पर मोहतरमा से मिलते रहते हैं। न जाने वह कैसे भूल गयी कि वह 'मल्लिका–ए–जहाँ' है और मुग़ल हुकूमत में हरेक इंसान की हर हरकत पर जासूस नज़र रखते ही थे। 'राजत्व किसी बन्धुत्व को नहीं जानता/मानता' बादशाहत का यही सिद्धान्त मुग़ल हुकूमत का क़ायदा था। सारे झगड़े, बग़ावत मुग़ल ख़ानदान की ही वजह से होते थे। शायद इसीलिए अपनों पर भी नज़र रखी ही जाती थी और वह भी कुछ ज़्यादा ही। रोशनारा न जाने क्यूँ ख़ुद को बादशाह से भी ऊपर समझने लगी थी। वह अपनी लालसा और ओहदे के चलते बेहिस भी हो गयी थी। वह सबसे बड़ी ग़लती औरंगज़ेब को समझने में कर बैठी। जो इंसान अपना एक–एक क़दम फूँक–फूँककर रखता हो, सत्ता के संघर्ष में अपने भाइयों की कुर्बानी देने में न झिझका हो, वह उसे कितना और क्यूँकर बर्दाश्त करेगा? वैसे भी हर इंसान के लिए हर चीज़ की एक हद तो होती ही है। वो सत्ता पर अपनी मज़बूत पकड़ की वजह से यह भूल कर बैठी थी कि उसका पाला औरंगज़ेब से पड़ा है, जो शतरंज और सियासत का सबसे माहिर खिलाड़ी था। वह बिना पूरी पेशबन्दी के कोई चाल ही नहीं चलता था–अच्छा काम हो या बुरा वह जो भी बीड़ा उठाता था उसे अंजाम तक पहुँचाकर ही दम लेता था। उसने जब रोशनारा से सवाल किया तो उसने उल्टे ज़ेबुन्निस्सा को क़सूरवार ठहराने की कोशिश की और अपने एक आशिक़ तक को उसका बताने का सरासर झूठ बोला। बादशाह के आदमी अब तक सबको पकड़ चुके थे और सबकी क़ाज़ी के सामने गवाही भी हो चुकी थी, उसका गुनाह साफ़ था और उसे फ़ौरन ही 'मल्लिका' की ज़िम्मेदारी से अलग कर दिया गया–ईरानी अमीर के मसले ने उसके ताबूत में आख़िरी कील ठोंक दी।"

"इसी के साथ ज़ेब का एक ख़त था जो उसने हमसे कागज़ात देखने के बाद पढ़ने की इल्तज़ा की थी...इसमें उसने अपने साफ़गोई

के अन्दाज़ में लिखा था : 'वो बस नाम की 'मल्लिका' है, जब तक हम इस ओहदे के लिए तैयार न हो जायें। उसने अपने ख़त में आगे बहुत चौंकाने वाली ख़बर दी–रोशनारा आपा को न जाने उसके बाद क्या हुआ है कि उनके पूरे जिस्म में सूजन आ गयी है। हमारे जासूसों और बाक़ी लोगों ने भी हमें ख़बर की थी कि उन्होंने इन दो मसलों के बाद, जिनमें वे गुनहगार साबित हो चुकी थीं, ख़ुद ज़हर पीकर जान देने की नाकाम कोशिश की थी। क्योंकि, उन नौ में से पाँच को–जिनका गुनाह स्थापित हो गया था उन्हें हनफ़ी क़ानून के तहत मौत की सज़ा दे दी गयी थी। वे ना जाने कितने लोगों का बुरा कर चुकी थीं, कितनों का दिल दुखा चुकी थीं। ये बातें उन शिकायतों की लम्बी फ़ेहरिस्त से साफ़ भी हो जाती हैं। वे मनमाने ढंग से हर किसी से वसूली करती रही हैं, अपने इस ग़लत व्यवहार से उन्होंने न जाने कितने दुश्मन बना लिए और न जाने कितने लोगों की बद्दुआ ले ली थी। जब वे अपने गुनाह छुपाने के लिए अपनी सगी और कमसिन भतीजी को नहीं छोड़ सकतीं तो उनसे और उम्मीद भी क्या की जा सकती है? शायद उसमें से किसी को किसी मौक़े पर बदला लेने का अवसर मिला हो और उसने इनको ज़हर दे दिया हो–क्योंकि हकीमों, वैद्यों और फ़िरंगी डॉक्टरों सबकी यही राय है कि उनके जिस्म की सूजन किसी धीमे ज़हर का असर है।' दिल की बात तो यह है कि ज़ेब के इस ख़त को पढ़ते ही हमारा माथा चकराया। हम ज़ेब को बहुत अच्छी तरह से जानते थे और रही–बची कसर इन छह–साढ़े छह सालों की ख़त–किताबत ने पूरी कर दी थी जो उसके और बादशाह तथा उसके हमारे साथ होती रही थी। क्या ज़ेब ने रोशनारा को उसी की तरकीब से राह से हटाने का क़दम बढ़ा दिया था? इसीलिए शायद उसने सारे काग़ज़ातों को देखने–पढ़ने–समझने के बाद हमसे यह ख़त पढ़ने की गुज़ारिश की थी।"

"शायद ऐसी कशमकश में हम कभी नहीं पड़े थे। हमने उसे एक ख़त लिखा कि 'जिस उम्र में हमने 'मल्लिका' का ओहदा हासिल कर लिया था और ज़िम्मेदारी निभानी शुरू की थी क्यूँ न ज़ेबुन्निसा बिटिया को अभी से ज़िम्मेदारी दे दी जाये?' उसका जवाबी ख़त नसतालिक क़लम में बड़ी फ़ुर्सत और भरोसे के साथ लिखा हुआ हमें ठीक तीन दिन बाद मिला...उसमें उसने हमारी बात से रज़ामन्दी जतायी और यही अर्ज़ किया, 'इसी फ़िराक़ में हम भी हैं मगर उसे अभी बहुत सीखना है,

इसीलिए यह और ज़रूरी है कि उसे सही तरीक़े से आपके साथ रहकर सीखने का मौक़ा मिल जाये! आप भी तो बात–बात में सती ख़ानम का ज़िक्र करती हैं कि उन्होंने ही आपको इल्म, अक़ीदत, सूफ़ीवाद, इंसानियत, इंसाफ़ के साथ बर्ताव और सादगी के जीवन के साथ सियासी दाँव–पेंच इसलिए सिखाये ताकि आप करें या न करें उनको समझकर उनसे बच सकें। हम भी चाहते हैं कि ज़ेबुन्निस्सा अपनी फूफी के साथ काम करके, इसी तरह ढंग से सीखकर आगे चलकर हमारा हाथ उसी तरह बँटाये और शिद्दत से ज़िम्मेदारी निभाये जैसे आपा, आपने आज तक निभायी है। हमको भरोसा है कि हमको हरगिज़ निराश न करते हुए आप हमारी अर्ज़ दाश्त स्वीकार करते हुए आगे भी इस ओहदे की ज़िम्मेदारी निभाकर मुल्क और मुग़लिया हुकूमत को मज़बूती देने में कोई कसर नहीं छोड़ेंगी।' वाक़ई ज़ेब के इस ख़त ने हमको शायद मजबूर ही कर दिया..."

"दिल्ली में शेख़ निज़ामुद्दीन औलिया की दरगाह में बसन्त का उत्सव प्राचीन हिन्दू परम्परानुसार मनाया जाता है। जहाँ तक हमें समझ आया यह जलसा और जश्न मुल्क की तारीख़ और मिली–जुली तहज़ीब का ही एक रूप है। इस 'बसन्तोत्सव' के मुताल्लिक़ हमें सबसे पहले चर्चा अमीर ख़ुसरो के 'नूह सिपहर' या नौ आसमान (1318) में मिलती है। ख़ुसरो ने इस किताब में अपने वत़न हिन्दुस्तान की तहज़ीब, क़ुदरत या प्रकृति, जलवायु, पशु–पक्षियों, त्योहारों और मौसमों की दिल खोलकर तारीफ़ की है। उसके हिसाब से यह मुल्क साल–भर फूलों से लबालब भरा रहता है और हवाओं के चलते उनकी ख़ुशबू पूरे माहौल को ख़ुशनुमा और ख़ुशबूदार बनाये रहती है। बस गर्मी के दिनों को छोड़कर यहाँ की ठण्डी हवा भी जन्नत का एहसास कराती है। वो लिखता है कि हमारे यहाँ ऐसे भी फूल हैं, जो सूखने पर भी ख़ुशबू से लबरेज़ रहते हैं। अमीर ख़ुसरो ने ही क़ुदरत को ख़ुदा की सबसे बड़ी इनायत मानकर, अपने पीर, निज़ामुद्दीन साहब की ख़ानक़ाह में इस बसन्त के त्योहार की शुरुआत करवायी थी। तीन दिन चलने वाले इस बसन्त–मेले में मर्द–औरत सभी सर पर पीला कपड़ा बाँधकर हाथों में सरसों के फूल का गढ़वा लिए ख़ुसरो की क़व्वाली गाते थे, 'बहार के बादल आँसू बहाने आ रहे हैं/बसन्त के आते ही रंग–बिरंगे फूलों की बरखा हो रही है/ऐ साकी, फूल बरसाओ कि मस्ती की मदिरा पिलाओ...' या 'आज बसन्त मना ले सुहागिन/आज बसन्त मना ले/अंजन–मंजन कर पिया बौरी, लम्बे नेहर लगाए/

तू का सोवे नींद की मासी/सो जागे तोरे भाग सुहागन, ऊँची नार के ऊँचे चितवन, ऐसो दियो है बनाए/शाहे अमीर तोहे देखन को, नैनों से नैना मिलाये सुहागन।'

"बसन्त के इस त्योहार को धूमधाम से मनाने की इजाज़त देते हुए शेख़ निज़ामुद्दीन औलिया ने अपनी ख़ानक़ाह में यही कहा था, 'सूखे पत्तों की आवाज़ से नये पत्तों के आने की आहट मिलती है और ये हमारी ज़िन्दगी में नया जोश, ताक़त, उम्मीद और उमंग भरती है। इसी सबा से गेहूँ की बाली भी पकती और फलती है और फलों, फूलों, अनाजों की महक इन हवाओं में घुलती है। हम तो ख़ुदा के बन्दे ठहरे, हमें इन आवाज़ों में ख़ुदा की आवाज़ की गूँज सुनाई देती है...और, नतीजतन हम लोगों के दिलो–दिमाग़ से सारी सुस्ती और उदासी ग़ायब हो जाती है।' अब हमारे मुग़ल दौर में तो यह त्योहार मुल्क के सभी सूफ़ी दरगाहों में मनाया जाने लगा है। बस इतना ही फ़र्क़ आया है कि अब सरसों के गढ़वे शेख़ निज़ामुद्दीन औलिया साहब की मज़ार पर चढ़ाये जाते हैं और अमीर ख़ुसरो की लिखी क़व्वालियाँ बहुतायत में गायी जातीं हैं–क़ुदरत के बदलते–महकते रंग को मनाने की यह रिवायत चिश्ती सूफ़ियों की क़व्वाली परम्परा का एक नायाब हिस्सा हो गयी। हमारे लिए दिल्ली जाने के लिए इससे अच्छा और बेहतरीन वक़्त और मौक़ा क्या होता! इसीलिए हमने वहाँ के इन्तज़ामकर्ताओं को लिख भेजा अब वालिद साहब के गुज़र जाने के बाद हम आगरा से अपनी मर्ज़ी की क़ैद से आज़ाद हो गये हैं इसलिए जैसे छह साल पहले इस मौक़े पर 'मल्लिका–ए–जहाँ' की तरह आते थे, अब पहली बार एक आम 'फ़क़ीरा' की तरह हाज़िर होने की हसरत है!"

"ख़ैर, हम बसन्त पंचमी से दो रोज़ पहले आगरा से निकल भी लिए और ठीक उसी दिन सबसे पहले औलिया साहब की दरगाह पर पहुँचे। वाह रे बादशाह आलमगीर, हमारे इस्तक़बाल के लिए न केवल दिल्ली का सूबेदार बल्कि शाही फ़ौज का द्वितीय बख़्शी, दिल्ली का कोतवाल, दिल्ली का सद्र सब हाज़िर थे। हमारा माथा ठनका हमने सद्र साहब से दरयाफ़्त की क्योंकि यह मज़हब से जुड़ा जश्न था और दूसरे हम उनसे पहले से वाक़िफ़ थे, जब वे शाही पुस्तकालय में तैनात हुआ करते थे। उन्हीं ने बताया कि बादशाह के पास आपके आने की इत्तिला थी इसीलिए हम सबको हुक्म हुआ है। इतना ही नहीं, आपके लिए एक ख़त भी दिया है

और हमें ख़ास शाही दूत ने वह ख़त दिलदार के ज़रिये पकड़ाया...इस ख़त में आलमगीर ने ख़ुद हमसे यहाँ से सीधे अपने क़ाफ़िले सहित शाहजहाँनाबाद आने की गुजारिश करते हुए हमें सभी इन्तज़ामों के लिए तमाम लोगों को तैनात करने की बात भी लिखी थी, जो वैसे भी वहाँ पर दिखाई ही दे रहे थे। उसने यह भी लिखा था : 'आपके रहने के लिए आपका पुराना महल भी बादशाह ने रँगवा–पुतवा कर पूरी तरह से तैयार करवा दिया है! पहले आप यहाँ जश्न में शिरकत कर लें।' और, हमारी पालकी के लिए अलग रास्ते से सीधे शेख़ साहब की मज़ार तक जाने के पुख़्ता इन्तज़ामात थे...हमने वहाँ सारे रस्मों–रिवाज़ों को अपनाते हुए जश्न की अपनी भागीदारी पूरी की और फिर इसलिए क़िले की तरफ़ चल पड़े ताकि बाक़ी लोगों को हमारी मौजूदगी की वजह से कोई परेशानी न उठानी पड़े।"

"हम जब क़िले में पहुँचे हमने वाक़ई पाया कि हमारे पुराने महल को सजा दिया गया है, और हमारे और बादशाह के महल का जो दालान था उसे देखकर ये समझ में आया कि बीच में कभी दीवार खड़ी की गयी थी और अब फिर उसे हटाकर एक किया गया है, क्योंकि कई जगह संगमरमर की बारीक काम वाली जालियों को जस का तस छोड़ दिया गया है। हाँ, एक तब्दीली पर हमारी नज़र ज़रूर गयी–हमारे महल के दालान वाली बाहरी दीवार पर चित्रकारी कम और क़ुरान शरीफ़ की आयतें ज़्यादा जड़वा दी गयी थीं...हम अभी सब देखते हुए आगे बढ़ ही रहे थे कि ज़ेब ने सामने आकर अदब से सर झुकाकर इस्तक़बाल किया...हम चौंक गये और बोले 'आलमगीर' आप ख़ुद! उसने हमारा हाथ पकड़कर दोनों सीढ़ी चढ़ाया और बोला, 'आप हमें इस दालान और 'हरम' में ज़ेब ही पुकारिएगा हम इसीलिए आपको लेकर ही आये हैं...कोई अपना ख़ास और बड़ा हमारे पास हो और उसका साया हमारे ऊपर रहे–ऐसा बड़ा जिसके पास आप जैसा 'बड़प्पन' भी हो।'"

"हम फिर से एक बार महल, हुकूमत और मुल्क के मसलों में फँस गये और औरंगज़ेब ने एक ज़िम्मेदारी और बढ़ा दी कि अब सद्र–ए–आला को हुक्म था कि जब भी किसी आलिम को माफ़ी की ज़मीन या वज़ीफ़ा देने की सिफ़ारिश की जाये उस पर 'मल्लिका–ए–जहाँ' की मंजूरी ज़रूरी है। इसका एक सीधा–सीधा फ़ायदा उन पुराने आलिमों को हुआ, जिनके वज़ीफ़े की रक़म हमने बढ़ा दी थी और जिन हिन्दू आलिमों की माफ़ी

ज़मीनें और वज़ीफ़े कम या बन्द हुए थे वे फिर से शुरू होते ही ख़ुशी की लहर दौड़ी और हमारे और बादशाह के पास शुक्रिया के कितने ही ख़त आने लगे...धीरे–धीरे हमारा अमला बढ़ता ही गया मगर जो सबसे मेहनती और शिद्दत से काम करने वाली थी, वह ज़ेबुन्निसा ही थी, हमने उससे कहा भी हम बचपन से तेरे वालिद को ज़ेब कहते रहे हैं तुझे हम बिटिया कहेंगे...इतना कहते ही वो मेरी आग़ोश में समा गयी और हम देर तक उसके सर पर हाथ फेरते रहे, दुआएँ पढ़ते रहे...एक रोज़ आलमगीर ने पूछा 'ये आपको परेशान तो नहीं करती आपा, वरना हम इसे आपके पास न भेजा करें, ये तो आपकी एक शर्त थी जिसकी वजह से हम ज़ेबुन्निसा को आपके पास रखने के लिए मजबूर हुए हैं।' तब हमने उसके सामने ही ज़ेब से कहा 'ये तो बिना पूछे न कमरे में आती है और न ही कोई काग़ज़ छूती है, न जाने क्यूँ इस सलोनी–सी बिटिया के ऊपर किसी ने बेवजह शक किया? हमें तो इससे इतनी मदद और राहत रहती है कि क्या बतायें...' और, वाक़ई ज़ेबुन्निसा ने हमारा काफ़ी काम सँभाल भी लिया हम कई ज़िम्मेदारी उसके ऊपर छोड़ने लगे थे क्योंकि हम कुछ भूल भी जायें तो वो याद ही नहीं रखती बल्कि सही समय पर हमको याद भी दिला देती। उसको देखकर हमें अपने शुरू के दिन और ख़ानम की याद आने लगी थी..."

"मगर सारी अच्छाइयों के बावजूद हमें ऐसा लगा कि रोशनारा ने उसके बारे में पूरा झूठ नहीं बोला था। साथ ही जैसा हमने मुग़ल हुकूमत के तरीक़े के बारे में सच ही कहा है मुल्क की सारी ख़बर बादशाह के बाद 'मल्लिका' को मिलती थी मगर 'हरम' के मामले में ये उल्टा था...हम ख़ुद ही बादशाह को वो ख़बर देते थे जो देने लायक़ होती थी, वही हमने इस दूसरे दौर में भी जारी रखा। हमारे बर्ताव और आम लोगों को इंसानियत के नज़रिये से देखने के चलते ही सभी लोग हमसे ख़ुश रहते और ईमानदारी से बर्ताव भी करते। हमारी पुरानी इज़्ज़त और उस समय के ख़ुशनुमा माहौल के क़िस्से नये लोगों ने भी सुने थे, बाक़ी तो पुराने लोगों ने हमारे दौर की तारीफ़ के पुल बाँधे ही थे तभी तो उन क़िस्सों के चलते ख़्वाजासरा के अलावा ख़्वाजा भी हमको हमेशा सारी ख़बरें देने लगे थे और हमें ज़ेबुन्निसा की हरकतों की भी ख़बर मिलने लगी थीं...ये भी पता चला कि रोशनारा वाली घटना में नौ में से जिन चार लोगों की जान बच गयी थी उनकी जान बचाने में इन मोहतरमा का ही हाथ था।"

"शाही 'हरम' भी मुल्क और मुग़ल हुकूमत का ही एक छोटा रूप ही है...इधर एक अफ़वाह शुरू हुई और वह बहुत ज़ोर पकड़ रही थी। इसके हिसाब से शहज़ादी ज़ेबुन्निसा का दिल आलमगीर के वज़ीर मीर अस्करी आकिल ख़ाँ पर आ गया है और वह 'हरम' और 'मल्लिका' यानी हमसे जुड़े मामलों के बहाने उससे मिलने की कोशिश में रहती थी। ईरानी मूल के इस वज़ीर आकिल ख़ाँ को अपनी जान प्यारी थी और वह आलमगीर के ख़ौफ़ के चलते वह ख़ुद बचने की हरचन्द कोशिश करने लगा। उसने हमारे सामने हाज़िर होकर बहुत ही संजीदगी और नपे–तुले लफ़्ज़ों में मगर इशारों–इशारों में ये बताने की कोशिश की थी और हमने उसको समझा दिया कि जब तक हमारी तरफ़ से 'हुकुम' या 'निशान' यानी शाही ख़त न पहुँचे तब तक वह हरगिज़ हाज़िर होने की नीयत से यहाँ न आये। इतना ही नहीं, हमने इस बाबत एक ख़त भी उसे दे दिया। इसीलिए हम इस पचड़े में अब और नहीं पड़ना चाहते थे। छह–साढ़े छह साल में 'शाही हरम' का ढर्रा बदल ही नहीं, बिगड़ गया था। इसीलिए 'शाही हरम' की ज़िम्मेदारी और महल की चारदीवारी हमें बहुत रास नहीं आ रही थी। हमने आलमगीर को समझाया कि जिस तरह बादशाह अकबर ने मुग़लिया हुकूमत में सियासी मीज़ान या सन्तुलन और नज़र रखने के लिए एक अधिकारी के अधिकार को दूसरे के अधिकार से नियन्त्रित किया था उसी तरह तुम अपनी हुकूमत में अब हर विभाग में यही कर दो।"

"हम तो जानते हैं कि आलमगीर की ये पुरानी आदत ही है, किसी पर भी पूरा एतबार न करना, इसीलिए उसने हमारी सलाह मानी भी। वह इस बात से सहमत हो गया और हमने दूसरी बेटी, ज़ीनतुन्निसा को भी अपने साथ लगा लिया। जीनतुन्निसा अपनी बहन ज़ेबुन्निसा से उम्र में पाँच साल छोटी थी और तेईस साल की हो रही थी...वो बहुत ख़ुश हुई और ज़ेबुन्निसा को कुछ नागवार गुज़रा भी तो उसने अपने चेहरे से ज़ाहिर नहीं होने दिया मगर एक बात तो हमने महसूस की। इस तैनाती से 'हरम' में कुछ लोगों ने सुकून की साँस ली थी और 'हरम' में एक सियासी मीज़ान या सन्तुलन भी स्थापित हुआ; इतना ही नहीं, दोनों बहनों के बीच काम के इस बँटवारे से हमारी ज़िम्मेदारी भी कुछ कम हुई और हमें काफ़ी राहत हुई। वाक़ई ज़ेबुन्निसा और ज़ीनतुन्निसा इस समय तक सयानी हो चुकीं थीं और उन्हें सारी ज़िम्मेदारी निभाने लायक़ समझकर हमने उन दोनों को अपने लगभग सब काम सौंप दिये थे।

ज़ेब को हमने समझा दिया था कि यह न समझना हम ज़िम्मेदारी नहीं निभायेंगे बल्कि हम अब भी सारा काम देखते ही रहेंगे..."

"अब हमने भी शतरंज के खेल की तरह अपनी अगली चाल चली, हम अपने वालिद और बादशाह के गुज़र जाने के बाद से ही एक आज़ाद सूफ़ियानी ज़िन्दगी जीने को तड़प ही रहे थे और बन्दिशों से दूर रहकर जीना चाहते थे...इसीलिए हमने ज़ेब को ख़त लिखा : 'मुल्क के बादशाह और मेरे छोटे भाई, तुम तो हमारी ज़िन्दगी के ढंग से बख़ूबी वाक़िफ़ ही हो। हमने छह–साढ़े छह साल तक ख़ुद क़ैद स्वीकार की थी और अपने तमाम ख़्वाहिशों, कामों और लोगों से जुड़ाव बस ख़तों के ज़रिये ही रखा था मगर अब आज़ाद होकर भी उनसे न मिलना–जुलना ठीक नहीं...अब हमारी ज़िन्दगी इन सरकारी कामों में कम और सवाब के कामों में ही ज़्यादा ख़र्च हो यही बेहतर होगा। अगर एतराज़ न हो तो हम क़िले और महल के बाहर रहना चाहेंगे और सबसे मिल–जुल कर अपनी सामाजिक, सांस्कृतिक और आध्यात्मिक गतिविधियों को आगे बढ़ाना चाहेंगे। हमारे सूफ़ी जमावड़े से लेकर जागीर वग़ैरह के आम लोग हमसे मिलने आते ही रहते थे इसीलिए पिछले बादशाह (शाहजहाँ) के ज़माने में भी हमें क़िले के बाहर रहने की इजाज़त थी।"

"आलमगीर ने फ़ौरन ही हमसे इत्तिफ़ाक़ किया और कहा : 'आपकी हर शर्त हमें मंज़ूर है बस अपना साया बनाये रखें यही हमारी अर्ज़ है। इस तरह जो बादशाह शाहजहाँ के समय हमको मिली हुई थी, वही आज़ादी हमें आलमगीर ने दिल्ली में दे दी थी। हमारे लिए उसने अली मरदान ख़ाँ का शानदार महल रँगवा–पुतवा कर एकदम नया–सा करवा दिया था। उसके हर कमरे की भीतरी दीवारों पर ख़ूबसूरत जड़ाऊ काम से क़ुरान शरीफ़ की आयतों के साथ ही सूफ़ी–सन्तों और पुराने फ़ारसी शायरों के कुछ सूफ़ियाने अश'आर भी लिखवा दिये थे...इतना ही नहीं, दिल्ली के कोतवाल के साथ कुछ नाहरम अमीरों को हमारी सेवा में तैनात भी कर दिया था, ताकि हमें कोई तकलीफ़ न हो? हमने इसी को बहाना भी बनाया कि 'शाही मोहर' भी अब 'हरम' में ज़ेबुन्निसा–ज़ीनतुन्निसा के पास रहनी थी? वाक़ई जो 'शाही हरम' में रहे वही मोहरदार हो भी सकता है रात–बिरात कोई फ़रमान भेजना हो तो सहूलियत इसी तरह से हो सकती थी। हम चूँकि बाहर रहने लगे थे इसीलिए बेहतर ही था और हमारी एक ज़िम्मेदारी और कम हुई..."

"हमारी और रोशनारा की ही तरह ज़ेबुन्निसा को भी अपने छोटे भाई सुल्तान अकबर से ख़ास दुलार था। इतना ही नहीं, ज़ेबुन्निसा हमारी तरह शायरा भी थी और 'मख्फ़ी' तख़ल्लुस से शायरी करती थी; जबकि ज़ीनतुन्निसा अपनी माँ, दिलरस बानो के इन्तक़ाल (1657) के बाद बहुत अकेली हो चुकी थी और मेरे इस दुलार; अपने साथ काम करने के लिए बादशाह से उसकी सिफ़ारिश और फिर तैनाती से इतनी ख़ुश हो गयी थी कि हमें 'माँ' पुकारने लगी—वैसे दारा की बेटी, जानी बेगम को हमने हमेशा अपनी बेटी की ही तरह माना था और जैसे हम अपनी माँ, मुमताज़ महल को इस मुल्क के आम लोगों की तरह 'माँ' पुकारते थे उसी तरह हमें इस लफ़्ज से बहुत मुहब्बत थी और अब जानी बेगम के बाद ज़ीनतुन्निसा हमको माँ पुकारने ही नहीं लगी बल्कि वैसे ही मानने लगी थी।.हमने काफ़ी अधिकार ख़ुद से छोड़कर भी अपने सकारात्मक रवैये को बनाये रखा और सबसे पहले आलमगीर को राज़ी किया कि हमारी लाड़ली भतीजी और दारा की लड़की, जानी बेगम जिसको हमने बिटिया की तरह दुलार किया है उसका निकाह आलमगीर के तीसरे बेटे मुहम्मद आज़म से करवा दिया जाये—यह निकाह 1669 में आलमगीर के सादगी पसन्द तरीक़े और कम धूमधाम मगर पूरे शाही अन्दाज़ से सम्पन्न हुआ था।"

"इस एक निकाह के बाद फिर तो हमने जैसे दारा, औरंगज़ेब और मुराद की शादियाँ करवायी थीं वैसे ही 1671 में दारा के बेटे सिपहर शिकोह को न केवल चौदह साल बाद क़ैद से रिहा करने के लिए आलमगीर को राज़ी किया बल्कि उसका निकाह औरंगज़ेब की ही एक बेटी, जुब्दतुल्निसा से करवा दिया। आलमगीर ने उसे मंसब भी दिया और सरकारी ओहदा भी; फिर हमने मुराद के बेटे इज़्ज़त बख़्श को रिहा करवाकर, उसका निकाह औरंगज़ेब की एक और बेटी, मेहरुलन्निसा से करवा दिया। ऐसे ही हमने मुराद की बेटी, दोस्तदार बेगम का निकाह औरंगज़ेब के बेटे, मुहम्मद सुल्तान से करवा दिया। इसी तरह औरंगज़ेब के बेटे, शहज़ादे अकबर का निकाह दारा की पोती या सुलेमान शिकोह की बेटी सलीमा बानो से करवा दिया। इन शादियों के हर जलसे पर आलमगीर ये बताना नहीं भूलते थे कि हमारी आपा ही शाही शादियाँ और ख़ानदानी जोड़ियाँ बनवाने में महारत हासिल किये हुए हैं...भाई जियू दारा, हमारी ख़ुद की और मुराद की शादियाँ आपा ने ही करवायी थीं।"

"आलमगीर सबसे यही कहते हुए हमारी दिल खोलकर तारीफ़ करता था कि 'देखो, आपा का रवैया कैसा है! वे हमारी अगली पीढ़ी में शादियाँ करवाकर, और ख़ानदानी जोड़ियाँ बनवाकर हम लोगों में आपसी मेल करवाने की कोशिश कर रही हैं ताकि ख़ानदान की एकता बनी रहे...यही इनका मिज़ाज और फ़ितरत या मूल स्वभाव ही है।' वो यह कहते नहीं चूकता था कि 'साहिबा ने हमेशा मुग़ल ख़ानदान, उसकी इज़्ज़त, उसकी हुकूमत की हिफ़ाज़त के ख़्याल को ही सबसे ऊपर रखा है और क़ैद किये गये शहज़ादों को आज़ाद ही नहीं करवाया बल्कि उन्हें ऊँचे ओहदे दिलवाकर मुग़ल तख़्त और ख़ानदानी परम्परा से जोड़ दिया...'यानी जो झगड़े हमारी पीढ़ी में हुए थे उनको रिश्तेदारियों में तब्दील करके हमने हर कोशिश की अब मुग़ल ख़ानदान में एकता, सुकून और स्थायित्व या मज़बूती आये...पुराने झगड़ों और ख़ूनी तारीख़ों से सबक लेकर हम अच्छी सोच के साथ आगे बढें। हमें लगता था कि ये मुग़ल शहज़ादे अपने–अपने वालिदों के झगड़ों के चलते सजाएँ भुगत रहे थे और बेवजह अपने मन में नफ़रत पाल रहे होंगे या वे शायद आज भी बदले की आग से जल रहे होंगे। आज़ाद होकर उनकी फ़ितरत बदलने की पूरी गुंजाइश थी। इसीलिए इस दूरअन्देशी की वजह से ही शायद आलमगीर भी फ़ौरन तैयार हो गया था।"

"इस बीच 1669 में हमारा रुतबा बढ़ाने के लिए आलमगीर ने दानिशमन्द ख़ाँ को, जो मुग़ल हुकूमत में चार–हज़ारी मंसबदार था, को हमारी सेवा में लगा दिया था, इसी तरह अशरफ़ ख़ाँ को हमारी जागीरों, कारख़ानों और सभी मामलों का दीवान नियुक्त कर दिया...शाही सेवक, अब्दुल्लाह के पुत्र तालिब मुहम्मद को हमारे प्रधान सेवक के रूप में तैनाती दे दी गयी...अब्दुल्लाह ने हम सबकी बहुत सेवा की थी और हम तालिब को बचपन से जानते हैं। तालिब की तरह अब्दुल्लाह के साथ ही शाही सेवा में रहे इलाही–दीन का बेटा नियामतुल्लाह भी हमारी सेवा में आकर बहुत ख़ुश हुआ...एक तरह से हमारा पुराना परिवार ही आलमगीर ने हमारे लिए जुटा दिया, वो इतना मसरूफ़ होने के बावजूद हर छोटी–छोटी चीज़ और बात को मद्देनज़र रखकर ही फ़ैसले लेता था। मुहम्मद शरीफ़ को सूरत का मुत्सद्दी बना दिया गया, वो पहले भी हमारे लिए तट–अधीक्षक का काम सूरत में करता था। मुहम्मद फ़ारूक़ को हमारा बख़्शी बनाया गया और सैयद अशरफ़ को ख़ाँ की पदवी देते हुए हमारा मीर–ए–सामाँ नियुक्त किया गया..."

"इस बीच एक और हादसा गुज़रा था। हमारे सूरत पर न जाने क्यूँ सबकी नज़र लगती थी? मराठा सरदार शिवाजी ने 1664 में सूरत में ज़बरदस्त लूट की थी और व्यापार को बहुत नुक़सान पहुँचाया था। इसीलिए औरंगज़ेब ने शाइस्ता ख़ाँ को हटाकर राजा जयसिंह के वहाँ नियुक्त किया था...और आलमगीर के साथ–साथ राजा जयसिंह ने इस हादसे पर दुःख प्रकट करते हुए हमको ख़त लिखे थे। वही राजा जय सिंह राजपूतों की तरह अपने वचन के पक्के साबित हुए और शिवाजी को शिकस्त देकर 'पुरन्दर के समझौते' (1665) के लिए मजबूर कर दिया था! हम जैसे ही आगरा पहुँचे थे तभी शिवाजी को इन्हीं शर्तों के तहत दिल्ली आकर दरबार में उपस्थित होना था। असल में जून 12, 1666 को चन्द्र–राशि के हिसाब से बादशाह का पचासवाँ जन्मदिन था। इसी सिलसिले में एक शाही जश्न का आयोजन था और उसी के आयोजन के मौक़े पर शिवाजी को भी आना था मगर उसे जून 11 को दिल्ली पहुँचना था। मार्च में, शम्भा जी के साथ चला मराठा सरदार एक दिन बाद ऐन जश्न के मौक़े पर बीच में पहुँचा। उस समय दूसरी गतिविधियाँ शुरू हो चुकी थीं लिहाज़ा उसको इन्तज़ार करने के लिए अमीरों के साथ खड़े होना पड़ा और उसे लगा उसे जान–बूझकर तवज्जो नहीं दी गयी। हम लोग भी मयूर तख़्त के पीछे की तरफ़ हलके झीने परदे में बैठे हुए थे। तब तक उस जगह जहाँ राजकुमार रामसिंह ने उसे खड़ा किया था वहाँ हल्ला हुआ–वो शायद फ़ौरन बादशाह की तवज्जो चाहता था मगर मुग़ल दरबारी रस्मों–रिवाज़ों की औपचारिकताओं में यह मुमकिन ही नहीं था और शिवाजी के अनुशासनहीन बर्ताव को दरबार और मुग़लिया शान के सरासर ख़िलाफ़ माना गया और उसे आलमगीर ने क़ैद करवा दिया..."

"हमने आलमगीर से कहा भी उसने हमें समझाते हुए जवाब दिया कि दक्खन के दोनों शाह भी इससे नाराज़ हैं और यह हमारा और आप दोनों का गुनहगार है। अगर सूरत आपकी जागीर है, तो हमारे मुल्क का हिस्सा ही नहीं सबसे दौलतमन्द बन्दरगाहों में से एक है और यह इतना मनबढ़ है कि इसे सबक़ नहीं सिखाया गया तो ये हमारा जीना दुश्वार कर देगा...लगता है आलमगीर आदमी की नस–नस से वाक़िफ़ है, वरना वह यूँ चकमा देकर भागने में कामयाब नहीं होता। हमने तो बड़े होने के चलते आलमगीर को समझाया भी 'जब अपने भाई मुराद ने लूटपाट की शुरुआत की थी तो दुश्मनों को रास्ता तो घर का भेदी ही दिखा गया था

...हालाँकि, हमें ये भी पता है तुमने इस पर सख़्त एतराज़ करते हुए मुराद को ख़त भी लिखा था मगर उसके बाद सूरत की लूट के लिए शिवाजी को क्या और क्यूँ गुनहगार मानना—घर का भेदी लंका ढाये!"

"हम अपने शाही फ़र्ज़ अदा करते हुए सूफ़ी दायरों, क़ाज़ियों, अशरफ़ों, मुफ़्तियों, आलिमों, और ज़रूरतमन्दों की हर मुमकिन मदद करते रहे—इतने बड़े मुल्क में कहीं बाढ़ से फ़सल ख़राब हो जाती है तो कभी बहुत गर्मी और कम बरसात की वजह से—इसीलिए हम इन सब मज़लूमों की सेवा करते और मदद के लिए इमदाद पहुँचाने की बराबर कोशिश में लगे रहते...आलमगीर कहता कि कितनी बड़ी ज़िम्मेदारी आपने अपने कन्धों पर लेकर हमें स्नेह दिया है। वह हमारे प्रति हमेशा एहसानमन्द होने की भावना रखता और हमेशा इज़्ज़त और ख़ुलूस से पेश आया—उसके अपने भाइयों से जो भी दुश्मनी रही हो और वालिद साहब के साथ उसके जो आरोप थे वे तो सब उन दोनों के ख़तों में हमने पढ़े ही। हम शुरू से यही कहते रहे हैं कि उसकी बातों में साफ़गोई बहुत है मगर अड़ियल ढंग से वह मुँह पर कहने में नहीं हिचकता जिसकी वजह से सब लोग उससे ख़फ़ा हो ही जाते हैं...खुली बग़ावत और सत्ता—संघर्ष के दौरान हमारे साथ हुई उसकी छोटी—मोटी ख़ताएँ हमने माफ़ कर दी थीं। मगर उसके बाद से न तो कोई ख़ता ही की और न ही अपने बारे में उन पुरानी बातों को सोचने का उसने हमें कोई मौक़ा ही दिया है। ख़ैर अब जो हालात बन गये हैं, उसमें मेरे लिए वही एक भाई है और उसकी नज़र में हम माँ जैसे ही थे और वो हमारा साथ अपने लिए माँ के साये की तरह महसूस करता था।"

"हम फिर सियासी मसलों में भी फँसने को मजबूर थे जैसे अपने वालिद के दौर में मसरूफ़ हुआ करते थे। हम जैसे ही बादशाह शाहजहाँ के इन्तक़ाल के बाद आगरा से दिल्ली आये थे वैसे ही तिजारत या व्यापार के फ़ायदे के लिए रत्नों के व्यापारी, टेवर्नियर ने दिलदार को एक महँगी हाथ की घड़ी तोहफ़े में दी थी, यानी मज़हबी और तिजारती या व्यापारी से लेकर सियासी फिर हमारे ज़रिये बादशाह तक पहुँचने के लिए कोशिशें करने लगे थे। इस बात को समझने—समझाने के लिए एक क़िस्सा बहुत होगा इसीलिए आपके लिए रोज़नामचे में दर्ज कर दे रहे हैं। यह वाक़िया राजा बुद्ध प्रकाश से सम्बन्धित है...हमने अक्टूबर 31, 1670 को उसे पहली सनद और दूसरी फ़रवरी 1672 का भेजी। राजा बुद्ध प्रकाश ने हमें दोनों

मौकों पर कुछ तोहफ़े भेजे थे उसी सिलसिले में शुक्रिया अदा करने के लिए हमने उनको ये सनद भेजी। एक बात साफ़ कर दें, ये 'सनद' भेजने की दो वजहें थीं...एक, हम मल्लिका थे और इसके हक़दार थे कि 'सनद' और 'निशान' या 'हुकुम' भेज सकें। लेकिन भेजी सिर्फ़ इसलिए कि कहीं आलमगीर को ये न लगे कि हम अपने अधिकारों का इस्तेमाल उसके दौर में नहीं कर रहे हैं...दूसरे, हम राजा बुद्ध प्रकाश के तोहफ़ों को शाही हिसाब में दर्ज कर देना चाहते हैं ताकि यह सियासत में ग़लत तरीक़े से इस्तेमाल न हों बल्कि सबको सनद रहे और वक़्त की ज़रूरत इसी नज़रिये से राजा के साथ सम्बन्धों को देखा–समझा और निभाया जाये। शायद हमारे ऊपर तारीख़ और सूफ़ीवाद के अध्ययन का यही मिला–जुला असर था...और आलमगीर को यही साफ़गोई पसन्द भी थी।"

"हमें मुल्क और हुकूमत के कामों के साथ अपनी जागीर की भी ज़िम्मेदारी निभानी होती थी इसके लिए हमको 'हुकुम' भेजने पड़ते थे। वे भी 'सनद' और निशान' की ही तरह लिखे जाते थे–चूँकि इस पर भेजने वाले की (यानी यहाँ हमारी) मोहर लगी होती थी इसीलिए उसे आम बोलचाल की भाषा में 'निशान' भी कहा जाता था ऐसा एक 'निशान' हमने जनवरी 21, 1673 को फ़ैजुल्लाह ख़ाँ को भेजा ताकि वो फ़ौरन ही हमारी जागीर पानीपत में उन लोगों को मदद–ए–माश या माफ़ी की ज़मीनें मुहैया करवाये जिनको हमने ये प्रदान की थीं ताकि वे वहाँ की फ़सल की आमदनी से अपना ख़र्चा–पानी चला लें...पानीपत के फ़ौज़दार फ़ैजुल्लाह ख़ाँ ने उस पर अमल करते हुए हमें जवाब में हुक्म के पालन की इत्तिला दी थी और साथ ही हमसे यह इजाज़त चाही थी कि वह शाही दीवान–वज़ीर को उसकी नक़ल भेज दे। हमने उसको इस बात की मंज़ूरी देते हुए बता दिया कि हमारे दीवान ने पहले ही इस पर अमल कर दिया है इसीलिए वह भी अपनी रिपोर्ट भेज दे तो बेहतर ही होगा! पानीपत की जागीर हमको बादशाह शाहजहाँ ने शाहजहाँनाबाद में राजधानी बनने के जश्न के मौक़े पर अता फ़रमायी थी..."

"भाई आलमगीर ने हमारी सभी जागीरों को बरक़रार रखा था बावजूद रोशनारा के न चाहने पर भी। उसने रोशनारा से साफ़ लफ़्ज़ों में कह दिया था हमारे भाइयों का मामला अलग था मगर आपा का मामला फ़र्क़ है–इस समय सब कुछ छोड़छाड़ जहाँ सबसे ज़्यादा ज़रूरत है वहीं आगरा के क़िले में वे वालिद साहब के साथ मौजूद हैं।

उनके सेवा–भाव और ज़िम्मेदारी के चलते हम यह गुनाह नहीं करेंगे। एक इस ख़ूनी दौर को छोड़ दें, तो हमारा तो उन्होंने भला ही किया है...और जब वे जून में हम भाइयों के बीच मुल्क के विभाजन का प्रस्ताव लेकर आयीं थीं तभी साफ़ हो गया था कि वे दारा के साथ तो हैं मगर असली वजह वालिद साहब और मुग़ल तख़्त को महफ़ूज़ रखने की क़वायद कर रही हैं। हम सूबेदारों को 'मल्लिका–ए–जहाँ' से भी वास्ता पड़ता था हमने कभी अपने वालिद साहब की तरह उनको नाइंसाफ़ी करते नहीं पाया। इसीलिए हम अपनी तरफ़ से कोई नाइंसाफ़ी नहीं करेंगे। फिर, सबकी करनी सबके साथ, क़यामत के रोज़ अल्लाह पाक इंसाफ़ करेंगे ही, हम उनके हक़ कैसे ले सकते हैं? यही सब तो हमने बादशाह को अपने ख़तों में बराबर याद ही दिलाया था! ज़ाहिर–सी बात है, हम उस क़सूर को तो नहीं दोहरायेंगे। हमारी जब–जब जागीर छीनी जाती थी हम उसे नाइंसाफ़ी ही मानते थे। इसलिए हमसे यह मुमकिन नहीं होगा, न हम कभी ऐसा करेंगे।"

"मगर इंसानी फ़ितरत कुछ ज़्यादा ही दुनियावी होती है–इंसान हमेशा छोटे–छोटे मसलों में फँसा रहता है। हमने ज़िक्र किया ही कि कैसे राजा बुद्ध प्रकाश हमको यानी मुल्क की 'मल्लिका' को तोहफ़े भेजने लगे थे; दोनों मर्तबे हमने उनको 'सनद' भी इसीलिए भेजी ताकि सबको सनद रहे...अब राजा बुद्ध प्रकाश को लगा कि वह हमारे ताल्लुक़ात के ज़रिये सियासी फ़ायदा उठायें। वो किसी मामले में हमारे ज़रिये कोई शाही हस्तक्षेप चाह रहा था और उसने इस सिलसिले में हमको बादशाह से सिफ़ारिश करने की गुज़ारिश की मगर हमने उसके ख़त का जवाब जुलाई 25, 1674 की 'सनद' से दिया ताकि यह भी 'शाही दस्तावेज़ों' (रिकॉर्ड) में दर्ज हो सके। हमने इस 'सनद' में उसे साफ़ लफ़्ज़ों में लिखा कि 'हम शाही मामलों में क़तई दख़लन्दाज़ी नहीं करते हैं। अपनी हद में रहते हैं और सबको उसी हिसाब से काम करने की सलाह भी देते हैं इसीलिए कहीं बेहतर होगा कि वह एक अर्ज़ दाश्त सीधे शाही दरबार में भेजे ताकि इंसाफ़ हो सके।' वाक़ई, हमने अपने वालिद के समय में तो उनसे कुछ कहा भी क्योंकि हम उनकी बच्ची थे मगर आलमगीर हमसे छोटा था उससे कुछ कहना और फिर उस काम का न होना! इसीलिए हमने क़ायदा ही बना लिया था कि हुकूमत के शाही मामलों में हरगिज़ दख़ल नहीं देंगे..."

"वाक़ई, हमने आलमगीर के दौर में सियासत और हुकूमत में दख़लन्दाज़ी इसी वजह से कभी नहीं की–हाँ, जब उसने अपने सियासत और हुकूमत को मज़हबी रंग देने की कोशिश की तब ज़रूर हमने उसके ख़्यालों की मुख़ालफ़त उसी के मुँह पर की और लम्बी ख़त–किताबत भी की। मगर हमने उससे ही कहा और ख़त लिखे मगर कहीं और इस पर टिप्पणी नहीं की क्योंकि हमने खुद अपनी हदें तय कर ली थीं...इसका एक मुद्दा तब उभरा जब 1679 में उसने ग़ैर–मुस्लिमों पर फिर से 'जज़िया' जैसा कर लगाया तब हमने शायद उससे सबसे ज़्यादा लम्बी बहस की थी और हम दोनों में सामूगढ़ के युद्ध के बाद जून में हुई तीखी झड़प के बाद शायद उतनी ही यानी निहायत तेज़ तकरार हुई थी। मगर उस रोज़ भी ऐसा ही लगा जैसे वह पूरी तैयारी से आया हो–शतरंज की बिसात बिछाकर एक मर्तबा फिर हमको शह देने के इरादे से..."

"आलमगीर के तर्क से आप सहमत हों न हों और उन्हें कुतर्क भी कहें मगर वो कुरान शरीफ़ के अलावा क़ानून की किताबों, हदीस और शरीअत का सहारा लेकर उसी में से सिर्फ़ अपनी याद के सहारे मुँह ज़ुबानी बातें करने लगा...और साबित करने की कोशिश करता रहा कि वह जो कर रहा है वह इस्लामी क़ानून के मुताबिक़ ही है...इससे ज़्यादा बहस कोई भी क्या करे जो सोच लिया था वो तो वह करके ही रहता है...हमें तो याद ही है कैसे दारा की हत्या को भी उसने क़ानून के हिसाब से कुफ़्र के चलते मृत्युदण्ड ही घोषित किया था! बाक़ायदा क़ाज़ी, मुफ़्ती और आलिम सब जुट गये थे मज़हबी पोथी और किताबें लेकर और 'मजमा–उल–बहारेन' का वो हिस्सा पढ़ना शुरू किया जिसमें दारा ने यह साबित किया था कि कुरान शरीफ़ में जिस 'अहले–किताब' का ज़िक्र है वह हिन्दुओं की ऋग्वेद आदि ही है। क्या कभी कोई विजेता क़ौम शिकस्त खायी क़ौम को ऊँचा और बेहतर दिखाना पसन्द करेगी...ज़ाहिर ही है, उलमा के हिसाब से दारा ने कुफ़्र किया था।"

"...ऐसे ही जब हमने उससे यह कहा कि सामूगढ़ के बाद भी तुमने यही कहा था कि भाई जियू पंजाब चले जायें और तुम बादशाह से अपनी बग़ावत के लिए माफ़ी भी माँग लोगे तब क्या सिर्फ़ अपनी मज़बूत सियासी स्थिति के मद्देनज़र तुमने अपना इरादा बदल दिया था और बादशाह को क़ैद करने का कड़ा फ़ैसला कर लिया। उस समय भी उसका जवाब यही क़ानूनी दाँव–पेंच वाला ही था कि 'बादशाह ने बीमारी के चलते

ख़ुशी–ख़ुशी ही सही दारा को सत्ता सौंप दी थी तो क़ानूनन मयूर तख़्त खाली हो गया था और तुम्हारा मज़हबी फ़र्ज़ था कि तुम हिन्दुस्तान को 'दारुल इस्लाम' न भी बनाओ मगर 'दारुल–हर्ब' भी नहीं होने दोगे। इसीलिए तुमने बादशाह को आगरा में क़ैद करके भी क़ानून और मज़हब की नज़र में जायज़ काम किया है?!' इसलिए हम जो कुछ कह सकते थे, कहते रहे और वो अपने जवाब देता रहा। वो जब एक बार मन बना लेता था तब शायद बदलने को तैयार नहीं होता था। वह ज़िद्दी तो बचपन से था और अब सत्ता का नशा भी तारी था। इस मुल्क में लोग खरबूजे की तरह ज़्यादा हैं जो खरबूजे को देखकर रंग बदलने में महारत हासिल किये हुए हैं। वे उसे 'ज़िन्दा पीर' कहते हैं और वह मज़हब की तरफ़ झुकता जा रहा है, जो मुल्क और हुकूमत के लिए नाकाफ़ी भी है और ख़तरनाक भी। यह मुग़ल विरासत के हिसाब से भी पूरी तरह से उल्टी धारा है मगर होनी को कौन टाल सका है!"

"हम अपने वालिद बादशाह शाहजहाँ के इन्तक़ाल के बाद बिल्कुल कुदरत के साथ कुदरती आज़ाद अन्दाज़ में अजमेर शरीफ़ या लाहौर मियाँ जी और उनकी बहन बीवी ख़ातून की दरगाह पर या कश्मीर में उन्हीं के मियाँ खेल वाले असली ख़लीफ़ा मुल्लाशाह बदख़्शी की ख़ानक़ाह में रहना चाहते थे, न आगरा और न ही दिल्ली में–यानी सियासत और हुकूमत से दूर। मगर जब कुदरत को चलाने वाले को ही ये मंज़ूर नहीं तो हमारा क्या क़सूर! हम फिर वही 'मल्लिका–ए–जहाँ' हो गये और शायद अपनी आख़िरी साँस तक...मगर ये शाहजहाँनाबाद जिसके बनवाने में हमने भी बहुत पापड़ बेले थे–चाँदनी चौक से लेकर अपने साहिबाबाद बाग़ से लेकर उससे जुड़ी मस्जिद, मकतब, मदरसा, मुसाफ़िरख़ाना फ़व्वारे, पेड़–पौधे, पूरे बाज़ार का नक़्शा...वहाँ भी लौटकर अगर आपको याद हो तो हमने सबसे पहले क़दम रखा था शेख़ निज़ामुद्दीन औलिया की दरगाह में और बसन्तोत्सव में शामिल होकर और उनका आशीर्वाद हासिल किया था और क़िले के बाहर अली मरदान के महल में रहना पसन्द किया था। एक ख़्याल उसी दिन से मन में आया था और वक़्त गुज़रने के साथ और भी पक्का, शदीद और मज़बूत होता गया था–वह यही था कि अगर अजमेर शरीफ़ या लाहौर या कश्मीर नहीं तो बेहतर है यहीं शेख़ निज़ामुद्दीन औलिया की दरगाह में अमीर ख़ुसरो की तरह हम भी पनाह पा जायें... जीते–जी नहीं तो कम–से–कम क़यामत के रोज़ का इन्तज़ार करते हुए..."

"और हमने एक रोज़ आलमगीर के सामने अपनी यह इच्छा ज़ाहिर क्या की उसने फ़ौरन ही सारा इन्तज़ाम करवा दिया...और ताजमहल जैसी ख़ूबसूरत, बारीक कामदार जालियाँ जिनके हाशियों पर क़ुरान शरीफ़ की आयतों और रूमी के अश'आर के साथ ही बेल–बूटों की जड़ाऊ ढंग से सजावट की गयी थी, वह हमें दिखवायी। क्योंकि हमने अपना ख़्याल साफ़ कर दिया था कि हम सिर्फ़ क़ुदरत और आसमान से जुड़ने के क़ायल हैं इसीलिए हमारी मज़ार पर कोई साया न हो...उसकी छत सिर्फ़ खुला आसमान ही हो। उसको ये बात इतनी पसन्द आयी और, शायद यहीं हम दोनों भाई–बहन ज़्यादा नज़दीक हो जाते थे–उसने भी तारीख़ को ख़ूब पढ़ा था फ़ौरन ही बोला; 'वाह! जब अब तक सदियों बाद भी सिकन्दर की याद हम सबको आती है...अगर उसका नाम अब तक चल रहा है तो उसकी वजह भी यही है कि जो वह मरते दम सबको ख़बरदार करने वाला सन्देश दे गया–'हमारी क़ब्र पर कुछ साया न किया जाये ताकि लोग समझ सकें कि सिकन्दर भी इस फ़ानी दुनिया से ख़ाली हाथ ही गया था। आपा, आपने तो कमाल कर दिया और हमको भी प्रेरित कर दिया–हम आपसे वादा करते हैं कि हम भी आपकी ही तरह अपनी क़ब्र पर कोई छत नहीं तक़सीम करवायेंगे...देखिए आपको 'मल्लिका' बनाने के कितने फ़ायदे हमको पहुँच चुके हैं और यह तो सबसे बेहतरीन इबादत है, क़ुदरत की और सबक़ है अवाम के लिए–कोई कितना बड़ा बादशाह, सिकन्दरे–आज़म या अज़ीम शख़्सियत क्यूँ न हो; जाना सबको खाली हाथ ही है!' हमारी देखा–देखी उसने अपने लिए भी यही तय कर लिया..."

"आलमगीर होकर भी वो अपनी आपा का ज़ेब ही रहना पसन्द करता था। उसने रोशनारा को छह–सात सालों में अच्छे से समझ और भुगत लिया था और इससे उसे हमारे और उसके बीच का फ़र्क़ बहुत साफ़ समझ आ गया था–इसीलिए पहले से भी बहुत ज़्यादा इज़्ज़त करने लगा था–अब तो हमारे आगे बस सर झुकाये रहता है, जबकि हमने दरबार में उसका जलवा और जलाल देखा है। इतनी बातों के बाद भी उससे रहा नहीं गया और बहुत संकोच करते हुए बोला : 'तब आपा आप से एक बात और पूछने की आज हिमाक़त कर ही लूँ, जब आख़िरी 'ख़ासगाह' की तैयारी हो गयी है तो इस मेरी सूफ़ी, फ़क़ीरा, शायरा आपा ने अपना 'संगे–मज़ार' या 'समाधि लेख' भी ज़रूर तैयार कर लिया होगा...क्या वो भी हम जान सकते हैं क्या ताकि उसे भी बेहतरीन ढंग से सामने संगमरमर पर खुदवा

कर तैयार करवा दें और आपसे पसन्द करवा लें कि आपके माफ़िक़ है कि नहीं?' हमने कुछ सोचा और फिर अपना रोज़नामचा उठा लाये।"

"हमने फ़ौरन से पेश्तर अपने उस रोज़नामचे का आख़िरी पन्ना उसके आगे कर दिया...उसमें ही हमारे संगे–मज़ार का मसविदा दर्ज था। वो कुछ यूँ है : 'होवाल हय्यूल कय्यूम/बेग़ैर सब्ज़ा न पोशद कसे मज़ार मेरा/ के क़ब्र पोश घरिबन हमीं गेयाह बसस्त/अल–फ़क़ीरह फ़ानीहा जहाँआरा मुरीद ख़्वाजगनी चिश्त बिन्त–ए–शाहजहाँ पादशाह गाज़ी अनारुल्लाह बुरहानाह। साल...' यानी 'वह जीवित और आत्मनिर्भर है/कोई इंसान हमारी क़ब्र को हरी घास के अलावा किसी और पोशिश (नक़ाब) से न ढके/क्योंकि यही घास इस (आम–सी) फ़क़ीरा के लिए सबसे मुफ़ीद चुन्नी होगी जिससे क़ब्र ढक जाये/इंसानी तबीयत की नश्वर जहाँआरा जो चिश्त के पीर की शिष्या और दीन के रक्षक पादशाह शाहजहाँ/ख़ुदा इनका नाम हमेशा रोशन करे...उनकी बेटी की यह क़ब्र है। साल...' वो कई मर्तबा इसको पूरा पढ़ गया और बिना सर उठाये बोला, 'इससे बेहतर संगे–मज़ार का मसविदा कुछ और हो ही नहीं सकता। हम भी फ़क़ीरों की तरह ही रह रहे हैं और वैसे ही जायेंगे, ये हम आपसे वादा करते हैं और हम भी ऐसी ही सादी क़ब्र में दफ़न होंगे! इसीलिए आज ही अपनी वसीयत लिखवाते हैं।' वो उतनी ही संजीदगी के साथ उठा और बाक़ायदा सलाम पेश करके हमसे विदा लेकर चला गया..."

ज़ाहिर ही है, इस पूरे समाधि लेख को फ़ारसी, अरबी, तुर्की और हिन्दुस्तानी में ख़ुद बादशाह आलमगीर के हुक्म से इस मज़ार पर खुदवाया गया था और आख़िर में साल भी जोड़ दिया गया था... 1092 हिजरी (1681)...आलमगीर ने जहाँआरा को याद करते हुए उसके रोज़नामचे को जैसे ही खोला तो पहले पन्ने पर बादशाह शाहजहाँ के प्रिय शायर, मिर्ज़ा मुहम्मद अली जौहर ने जहाँआरा के लिए जो शे'र लिखकर नज़र किया था वो पढ़ा : 'बे ज़ात–ए–ओसेफ़ात–ए–कर्द–ए–गर अस्त/के खोद पेंहन–ओ–फ़ैज़ शकर अस्त।' यानी 'उसकी शख़्सियत में निर्माता के सभी गुण मौजूद हैं/वो ख़ुद नहीं कहती–दिखाती मगर ये ख़ुद–ब–ख़ुद बयाँ होते हैं।' उसने ज़ोर–ज़ोर से उसे पढ़ा और हामी भरी कितना सच लिखा है आपा! आपकी शख़्सियत परवरदिगार को समझने का ठोस और अच्छा पायदान है।

□□